国家社科基金
GUOJIA SHEKE JIJIN HOUQI ZIZHU XIANGMU
后期资助项目

明清通州范氏家族文学
与文化研究

Research on Literature and Culture of the Fan Family in
Tongzhou during the Ming and Qing dynasties

陈晓峰 著

中华书局
ZHONGHUA BOOK COMPANY

图书在版编目（CIP）数据

明清通州范氏家族文学与文化研究/陈晓峰著. —北京：中华书局，2021.9

（国家社科基金后期资助项目）

ISBN 978-7-101-15300-2

Ⅰ.明… Ⅱ.陈… Ⅲ.①中国文学-古代文学史-文学史研究-通州区（南通）-明清时代②家族-文化研究-通州区（南通）-明清时代 Ⅳ.①I209.953.4②K820.9

中国版本图书馆 CIP 数据核字（2021）第 166659 号

书　　名	明清通州范氏家族文学与文化研究
著　　者	陈晓峰
丛 书 名	国家社科基金后期资助项目
责任编辑	吴爱兰
出版发行	中华书局
	（北京市丰台区太平桥西里 38 号　100073）
	http://www.zhbc.com.cn
	E-mail：zhbc@zhbc.com.cn
印　　刷	北京瑞古冠中印刷厂
版　　次	2021 年 9 月北京第 1 版
	2021 年 9 月北京第 1 次印刷
规　　格	开本/710×1000 毫米　1/16
	印张 33¼　插页 2　字数 520 千字
国际书号	ISBN 978-7-101-15300-2
定　　价	138.00 元

国家社科基金后期资助项目出版说明

后期资助项目是国家社科基金设立的一类重要项目，旨在鼓励广大社科研究者潜心治学，支持基础研究多出优秀成果。它是经过严格评审，从接近完成的科研成果中遴选立项的。为扩大后期资助项目的影响，更好地推动学术发展，促进成果转化，全国哲学社会科学工作办公室按照"统一设计、统一标识、统一版式、形成系列"的总体要求，组织出版国家社科基金后期资助项目成果。

全国哲学社会科学工作办公室

目　录

引　言

　　家族制是中国封建社会结构的基础和特征之一,在古代安土重迁的农业文明中形成了文学世家的独特现象,具体表现为家族的绵延不绝和文化的世代传承,明清时期文学世家成为普遍存在的文化现象。通州(今江苏省南通市)范氏家族是北宋范仲淹直系后裔,明洪武三年(1370)由江西抚州始迁通州,落第生根,发展壮大,成为了该地首屈一指的名门望族。家族将文学视作情感寄托和生存方式,以诗礼书香传家,跨越明、清、民国,直至当代,450 余年间繁衍生息,绵延 13 代,克绍箕裘,文人辈出,先后诞生了文学家 30 余人,文献留存丰富,形成了中国文学史上令人叹为观止的家族景观。

　　通州范氏各代成员具备高度的文化修养和自觉的传承意识,家族发展不仅表现为血脉延续,更是文化传承,文献累积。13 代留存的诗文著述是家族文化建设的见证,更是地方文献和民族文化的成果,以巨大的容量、丰富的内涵、多元的门类,勾勒出文学发展的脉络、时代变迁的轨迹。通州范氏家族作为引人瞩目的世家文化现象,学界近年以来颇为关注,且随着深入推进,诞生了不少新观点、新领域。研究现状主要可从以下方面加以概括:

　　1. 范凤翼:学界对范凤翼的相关研究开始起步,相互启发,取得了可喜的进展。首先是文学创作。顾友泽《范凤翼诗论与诗歌创作初探》[《徐州师范大学学报》(哲学社会科学版)2010 年第 3 期]、唐明亮《乱世隐士心——论范凤翼诗歌情感的转变》(《文艺评论》2013 年第 2 期),紧扣其朝官、隐士的身份,联系明清之际的文坛思潮,考察其诗学思想、诗歌内容和文学成就,揭示出延续七子、提倡复古的宗尚,各体兼备、风格多样的创作,前后有别、内涵丰富的情感,初步确立了人物诗歌面貌和文坛地位,认识深刻,把握准确。其次是家族影响。范凤翼作为宋代名臣范仲淹直系后裔,立身处世受到先祖的深刻影响。唐明亮《文正家风对范凤翼社会活动和诗文创作的影响》[《南通大学学报》(社会科学版)2013 年第 1 期]一文,从家风传承角度入手,论述对先祖"先天下之忧而忧,后天下之乐而乐"人文精神的发扬,居庙堂之高尽忠职守、嫉恶如仇,处江湖之远关注民生、造福桑梓,思路清晰,角度新颖,坚持史论结合的原则,条分缕析,阐释翔实。需要关注的是,现有研究之外还存有一定空间,范凤翼辞官归隐之后,积极投身文化事业,交游结社,刊布图籍,对地域文化发展作出不可忽视的贡献。朝纲紊乱、政治黑暗的晚明,范凤翼陷入了党争漩涡,其政治立场与"东林眉目"之称是否相符? 这些都可作为研究切入点。

2. 范国禄:近年以来范国禄已经被纳入了学术视野,陆续有单篇论文发表。尽管如此,现有研究篇目不多,范围相对狭小,集中于交游考述。史薇《交尽天下士,门庭无杂宾——范国禄诗文的交游情况略论》[《苏州科技学院学报》(社会科学版)2009 年第 4 期],王业强《范国禄与王士禛、王士禄交游考》[《南通大学学报》(社会科学版)2013 年第 4 期]、《范国禄、陈维崧交游考》(《文教资料》2013 年第 25 期),三篇论文紧扣范国禄乐于交游的特点,深入爬梳清初诗文别集、人物年谱等文献,结合明清易代背景、人物生平遭遇,详细考察了与王士禛、王士禄、陈维崧、孔尚任的交往,基本厘清了范氏一生重大行迹、与当时文坛的交流互动。论者探赜阐微,考述详明,持说公允,具有开拓之功。范国禄著述宏富,诗文杂著且逾百卷,如此丰硕的撰著成果乏人问津,其著述版本、诗学思想、词学思想、诗文创作等期待更多学术研究者的关注。

3. 范当世:范当世在晚清诗坛文苑享有盛名,通州范氏家族现有研究中,学界对其关注最多,成果最丰。

第一,生平资料。当代陈国安和孙建两位先生将近代撰著中涉及的范氏材料详加稽查,考辨芟伪,合力编纂而成《范伯子研究资料集》,可谓搜罗殆尽。其中《范伯子年谱》对丁红禅《范伯子年谱》、黄树模《范伯子先生行实编年》、季本奕《范当世年谱》进行了大量补充,以诗文、联语、书信、日记为线索,广泛征引当时友人著述,考证、推原、责实、辨正,扎实严谨,是近年范当世研究的一大力作,为深入推进铺垫了文献基础,学术价值颇高。

第二,诗文理论。范当世与晚清桐城古文、同光诗派发生了千丝万缕的关联,其诗学主张成为了研究的焦点,引起了广泛的讨论。谢遂联《范当世的诗学主张及其对诗坛的影响》(《和田师范专科学校学报》2004 年第 4 期)、侯长生《范当世与清代宋诗学》[《河北师范大学学报》(哲学社会科学版)2008 年第 4 期]、汪朝勇《姚鼐与范当世诗文理论之关系》[《阜阳师范学院学报》(社会科学版)2007 年第 3 期]、马亚中《〈范伯子诗文集〉点校前言》(上海古籍出版社,2003 年),诸文细致考量范当世与文坛各派之间的紧密联系,各种观点碰撞之后渐趋一致,达成了“文学桐城,诗肖宋人”的基本共识,兹不赘述。黄伟、董芬《范伯子诗学渊源考论》[《南通大学学报》(社会科学版)2009 年第 5 期]一文重新审视范氏诗学,对学界现有认识提出质疑,有所突破。论者深刻洞察到在祖先先忧后乐的家训熏陶、师友民胞物与的情怀浸染下,范当世兼具恢弘阔大的文化品格与治学胸襟,其诗学并无界唐分宋的门户之见,体现了古典诗学总结时期的集大成特点,见解允当,结论明确,令人信服。龚敏《论范当世诗学观念的形成》(《中国韵文学刊》2014 年第 1 期),探析了范当世诗学思想的形成原因,认为其诗歌理论与博文蓄德的家风、广泛开阔的师承交游密切相关,论述充分,言之凿凿,极具说服力。唐一方博士论文《范伯子的诗学世界》(华东师范大学,2013 年)具有集大成意义,论文分为三部分,上编从乡土风貌、家族传承,追溯诗心的酝酿。中编考察了诗艺的锤炼,重点论述了对刘熙载《艺概》、桐城诗学的吸纳与变化。下篇以“政与道:诗学的表现”为主题,剖析范氏在西学与儒学之间变与守的文化心态,呈现其以旧风格含新意境的诗学实践。论者归纳其诗学世界为:“以儒者的生命为根基,以反映和回应时代为表现,其诗心、诗学大背景、时世剧变又反作用于其诗论。”高屋建瓴,言简意赅,这是对范氏生命与文学的深刻体认和宏观把握。

第三,文学创作。近代学人言及同光诗或贬斥其为形式主义文学,或批评诗中挥之不去的纱帽气、缙绅气。研究者从范当世诗歌文本出发,赏鉴分析,实事求是,归纳诗歌内容,提炼艺术特征,有力回击了上述论断,深化了对晚清同光诗的整体认识。姜光斗《同光诗派中的翘楚——范伯子》(《苏东学刊》2000 年第 2 期),罗列范氏愤慨时局、关心民生之诗,揭示其抒发怀才不遇、报国无门的悲愤,而非一己之荣辱、个人之否泰,以纠陈衍《石遗室诗话》中“抑郁牢愁,诗境几于荆天棘地,不啻东野之诗囚”的狭隘认识,发覆真疑,客观评价了范氏在近代文学史上的地位。严迪昌《范伯子诗述略》(《文史知识》2003 年第 8 期)一文多有发明,新见迭出。论者紧密结合范当世身份地位,揭示其是晚清诗坛“最足称不假诗外名位以为推力的本色诗人”,指出诗歌“读之往往使人不欢”(陈衍《石遗室诗话》)缘于“那原是个国人无欢的时代",一语中的,鞭辟入里,令人耳目一新。同时,从家学入手,认为家族人文精神对范氏诗文具有重要影响,这一结论提供了又一研究路径,足资深思。该文最具价值之处在于打破前人陈说,明确范诗优长在于"葆真写心",主张超越对体派宗尚的机械归纳,由文本寻觅士人末世心境,眼光独到,难能可贵。谢遂联硕士论文《范当世诗歌研究》(暨南大学,2001年)从诗学主张入手,提炼了范当世诗歌病患、国难、文化反思的三大主题,并以甲午为分界,指出其前期兀傲健举、后期沉郁悲愤的不同风貌,分析精湛,用力甚勤,多有创获。

第四,人物交游。范当世交游遍布大江南北,其中不乏对其人生命运产生重大影响者。学界现已关注范氏与近代史上重要人物的交往,沈云龙《通州三生——朱铭盘、张謇、范当世》(《张季直传记资料·现代政治人物述评》,天一出版社,1966年)、章品镇《涕泪乾坤焉置我——读范肯堂诗》(《读书》,1994年)、侯长生《范当世与李鸿章幕府》(《文史知识》2007年第1期)、龚敏《范当世与陈三立的文学交往》(《古典文学知识》2009年第3期),交往事迹中不少细节耐人寻味,如光绪十八年(1892)前后范氏与张謇数年若即若离的关系,光绪二十年(1894)范氏不顾挽留毅然离开李鸿章幕府的举动,光绪三十一年(1905)范氏逝去陈三立"斯文将丧吾滋惧"的慨叹。论者均能从小处着眼,结合风云变幻、岌岌可危的晚清时局,正讹纠误,挖掘交往背后深厚的历史文化内涵,可资借鉴。

范当世研究虽然现有成果颇多,但是相对个案的完整考察尚属起步阶段,留有诸多可供开掘的领域,如古文创作、家族文献整理、著述版本、教育思想和实践、悼亡文学等。

4. 范曾:范曾是通州范氏诗文世家的第13代传人,作为当代著名国画大师,鲜明的文化符号和精湛的艺术成就蜚声国内,饮誉海外。其书画艺术成为学界研究的焦点,郑庆余博士论文《范曾简笔泼墨人物艺术探研》(中国艺术研究院,2008年)、张宏亮《论范曾的艺术变法》(《艺苑》2008年第1期)、吴士娟《范曾国画艺术视界的建构》(《当代美术》2010年9月)、郝翰《论八大山人对范曾的影响》(《当代艺术》2010年第12期),积极探讨其笔墨风格、题材取向、意境构建、文化精神等。范曾是当代国画界简笔泼墨的重要代表,对民族艺术的复兴与创新厥功甚巨。需要关注的是,范曾还是造诣精深的国学家,其传统文化的深厚积淀和家族精神的深刻熏染在文学与书画创作中表现得淋漓尽致。他提倡"回归古典、回归自然",艺文理论以老庄哲学为内核,诗、词、赋等古体文学创作独树一帜,笔墨艺术受到家族文化潜移默化的影响,这些都是当代语境下极具意义的研究课题,有待深入阐述。

5. 其他成员:通州范氏家族研究呈现出全面开拓之势,其中不乏对重要成员之外的关注。朱菊颐硕士论文《范罕研究》(苏州大学,2010 年),将范罕视为近代文学向现代转型中的典型案例,分析其诗歌渊源、诗学主张、诗文创作,揭示出"尚奇""求真"的核心价值取向。论文重点阐释其诗话著作《蜗牛舍说诗新语》中贯穿始终的"通变"思想,笔墨集中,深中肯綮。夏文婕硕士论文《范钟年谱》(苏州大学,2011 年),立足家族原始文献,阅读同期交游材料,详加辨析,将范钟诗文先后编年,并纳入时代政治风云,具体再现了谱主的生命轨迹。因借阅到范曾先生处珍藏的《范钟日记》五册,明晰了范钟光绪二十四年(1898)十月至光绪三十二年(1906)的仕宦履历和心路历程,这为相关研究提供了可贵的原始材料。另外,薛瑞《范崇简社集酬唱诗研究》(《语文学刊》2010 年第 9 期)、《范崇简纪游写景诗研究》[《苏州科技学院学报》(社会科学版)2010 年第 6 期]、《范崇简怀古咏史诗研究》(《文学艺术》2011 年第 1 期),考察了范氏家族中期成就最高的诗人,走入文本,并进行有益延伸,知人论世,思路开阔,触及到满清严酷的文化政策对家族创作的影响,这一研究路径具有启发意义。范当世妻子姚倚云也颇为学界关注,徐丽丽硕士论文《清末民初才媛姚倚云研究》(苏州大学,2014 年),围绕姚倚云近代著名诗人和教育家的双重身份,论述其在社会转型时期丰富的诗文创作和先进的教育理念,凸显了女性由传统向现代的嬗变轨迹,开拓了范氏家族研究的又一崭新领域。

6. 家族整体:通州范氏家族历经明、清、民国,直至当代,450 余年间绵延 13 代。随着 2004 年范曾编《南通范氏诗文世家》丛书的出版,这一文化世家脱颖而出,进入了研究视野。王成彬《范氏诗文世家发展的几个时期》[《南通大学学报》(社会科学版)2005 年第 2 期]一文,将范氏家族置于古代文学世家发展的历史长河之中,揭示出独特意义和文化影响,高度赞叹其"在东西方家族史、文学史上都是一个奇迹"。论者整体把握家族文学的发展演变,界定为开创时期(第 1 代范应龙)、第一个高峰时期(第 2 代范凤翼、第 3 代范国禄)、相对低谷时期(第 4 代至第 9 代)、第二个高峰时期(第

10代以范伯子为代表)、继承开拓时期(第11代和第12代)、第三个高峰时期(第13代范曾)。论文首次向世人呈现了通州范氏13代的文学传承谱系,以人物小传的形式先后次第,涵括生平、著述等,披露了大量原始文献,是具有奠基意义的成果。邵盈午《诗礼书香说范家——〈南通范氏诗文世家〉出版的当代意义》(《文艺研究》2005年第5期),纵向寻绎历史上"世家现象"的存在价值和文化内涵,接着由宏观而微观,深入探讨范氏家族的家学、师承,挖掘世家文化中极富当代意义的精神资源,层层推进,视域广阔。论者纵横捭阖,驰骋今古,分析精辟,激发了对古代世家文化研究的深入思考。

　　立足于现有研究基础,本书以明清文学视野中的通州范氏家族作为研究对象,对家族整体进行系统的学术观照。从原始文献出发,探讨"文学的家族"与"家族的文学"的演变轨迹、文化精神和社会地位,坚持文学本位的多元化研究,形成"个体—家族—社会"三位一体整体构想,将范氏家族文学与文化全面纳入考察视野。以家族发展中具有举足轻重地位的人物为中心,紧密联系时代风云、主流文坛、地域文化,宏观论证与微观考察相结合,重点研究与一般关注相交叉,进行既深入系统又视阈广阔的研究。

上　编

第一章 通州范氏家族文学谱系

通州即今江苏南通,位居江海交汇之处,是由长江北岸的古沙嘴不断堆积、合并若干沙洲而成。明代至清初隶属扬州府,领海门县。雍正二年(1724)始升为直隶州,属江苏布政使司,地位与府相当,下辖如皋、泰兴二县。通州范氏家族经过长期的文化积累和文学传承,风雅相继,以书香门第享誉乡邑,成为该地首屈一指的文学世家。通州范氏门祚悠久,根据国家图书馆藏《范氏宗谱》《范氏支谱》,苏州图书馆藏《范氏家乘》等文献资料考证,该家族系北宋名臣范仲淹直系后裔,属其次子忠宣公范纯仁支脉。明清时期海内名流与家族成员对这一传承谱系多有文献记载:

> 本宋文正公之裔,其渊源固已远。(顾起元《尊腰馆八十寿言》)[1]

> 公讳应龙,字士见,宋文正公后,国初徙居扬之海陵。(丁元荐《范太公小传》)[2]

> 先生范文正公忠宣裔也,濯行绩文,介仪矩步,里落化之,远近高才生多廪廪执北面礼。(陈继儒《尊腰馆八十寿言》)[3]

> 先生宋文正公裔也,家学渊源,大指以忠孝为主。(徐应奇《尊腰馆八十寿言》)[4]

> 吾家先文正以麦舟助石曼卿之丧,谊高千古。(范凤翼《题贺千秋〈牺尊卷〉后》)[5]

> 系出唐相履冰公,在宋为文正、忠宣两公之后。家江西抚州,洪

---

[1][明]叶向高等:《尊腰馆八十寿言》,启祯年间刻本,国家图书馆藏。
[2]范曾编:《南通范氏诗文世家》(壹),河北教育出版社,2004 年,第 13 页。"海陵"直属泰州,与通州相邻,此处丁元荐将其误为范氏徙居之地。
[3]范曾编:《南通范氏诗文世家》(壹),河北教育出版社,2004 年,第 36 页。
[4][明]叶向高等:《尊腰馆八十寿言》,启祯年间刻本,国家图书馆藏。
[5]范曾编:《南通范氏诗文世家》(贰),河北教育出版社,2004 年,第 160 页。

武初,徙居扬州府通州。世居通,是为盛甫公。(范国禄《先府君行述》)①

　　予宗自文正公次房忠宣公分支,始祖盛甫公与弟和甫公避张士诚之乱,一迁通,一迁如皋。盛甫公五传而至禹迹公,皆以耕读传。至介石公、小石公、云从公,为前明之诸生。(范崇简《怀旧琐言》)②

通州范氏祖居苏州,北宋覆亡之时扈从孟太后南迁至江西,遂家抚州临川县。南宋灭亡,范家各支风流云散,一远戍沈阳,一由盛甫公带领,举家迁居通州,落地生根,子嗣后裔日渐壮大,闻名乡里。随后,范氏家族均用公、世魁公、廷镇公、秉深公传至六世祖禹迹公。禹迹公,讳九州,以名德重于乡里。又传希颜公,讳介石。博学多闻,以一经赍志,为乡里祭酒。著有诗文,因年代久远,散失殆尽,文献无存。明代通州文人汤慈明组诗《前伤逝》其三为追念希颜公之作,曰:"封翁如古人,末世所希觏。世方趋儇薄,翁独为长厚。世方竞浮华,翁独示朴茂。及乎吐文词,烂若披绮绣。屈信者恒理,是以贵翁后。"③醇厚朴茂的蔼然学者呼之欲出。希颜公长子应旗公,讳小石;次子云从公,讳应龙,皆为明代诸生,通州范氏家族诗文存世始于范应龙。

第一节　家族谱系简表

　　笔者根据家谱、史志、别集等历史文献以及当代学者的最新成果④,稽古钩沉,对家族源流及世系传承进行了考订和补充。整理而成的范氏谱系简表力求准确全面,世系不明、记载抵牾者皆在摒弃之列,以清晰勾勒家族繁衍生息的历史轨迹。

①范曾编:《南通范氏诗文世家》(陆),河北教育出版社,2004年,第371页。
②范曾编:《南通范氏诗文世家》(柒),河北教育出版社,2004年,第180页。
③[清]杨廷撰:《五山耆旧集》卷十,道光四年一经堂刻本。
④此表主要依据的材料有:北京图书馆藏清代范维瑸撰《范氏支谱》,清代袁景星、刘长华辑《崇川书香录》,清代顾鸿辑《通庠题名录》,当代王成彬先生整理的范曾编《南通范氏诗文世家世系简表》等。

唐代

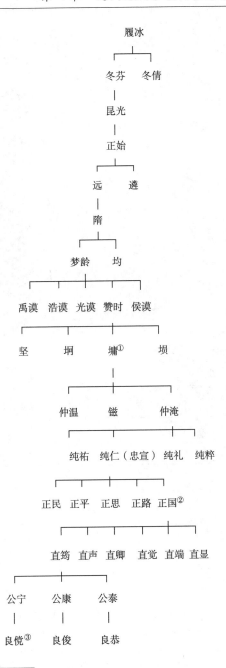

宋代

---

①范墉生五子,其二子早亡,失名不载。

②苏州图书馆藏《范氏家乘·左编·流寓录》曰:"忠宣房正国宗靖康之变,扈从孟太后至江西,遂家抚州临川县。"

③六世孙岳戍远东,为沈阳支。

元代①　　　　　　　　　　　　　　……

明代

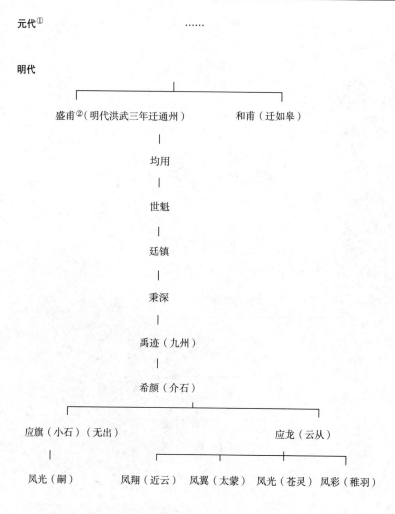

盛甫②（明代洪武三年迁通州）　　　和甫（迁如皋）

均用

世魁

廷镇

秉深

禹迹（九州）

希颜（介石）

应旗（小石）（无出）　　　　　　应龙（云从）

凤光（嗣）　　　凤翔（近云）　凤翼（太蒙）　凤光（苍灵）　凤彩（稚羽）

---

①元季忽必烈、蒙可汗率大军侵凌，因种族歧视，南人受抑最烈，世家大族转徙流散，遂致系谱不赓者垂百年三世。查阅国家图书馆藏《范氏支谱》《范氏宗谱》、苏州图书馆藏《范氏家乘·左编·流寓录》、湖南湘阴《范氏家谱》，皆阙。

②《通州范氏家谱》序曰："宁子良倪迁江西抚州乐平后，六世孙岳戍远东为沈阳支。康子良俊、泰子良恭□迁乐平河田。后盛甫徙通，当在岳世。"范岳为范仲淹十世孙，据此，范盛甫也应为范仲淹十世孙。《通州范氏家谱·五房稚羽公世系表》曰："良俊后迁居江西抚州乐平，凡三世无考。"《通州范氏家谱·五房稚羽公》曰："明洪武三年，文正公十代孙支脉盛甫公迁通。"

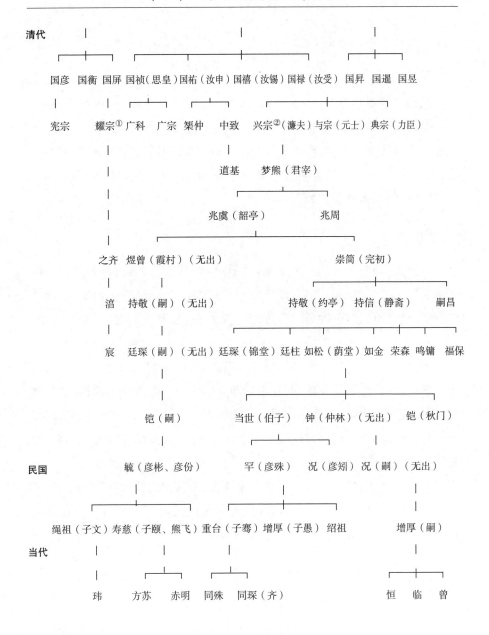

第二节　家族人物小传

范氏家族源远流长,谱系清晰,传承有序,迁至通州,以耕读传子孙。前期虽有擅长吟咏之人,惜其诗作湮没无存。家族诗文存世始自明代中叶范应龙,"衣钵家声远,文章世业工"[①]。通州范氏历经明、清、民国,直至当下,瓜瓞绵延13代,450年间留存诗文8000余首(篇),可谓薪传火继,雅颂未绝,各代主要人物小传如下:

第一世

范应龙(1544—1623),字士见,号云从,时称庆云公,斋号尊腰馆。明代嘉靖四十二年(1563)诸生,万历二十三年(1595)贡生。"少有文名,为学者所宗,诸生出其门下者可二百许"[②]。文行并优,里中典型,后学楷模,从游者众,乡中庠生飞腾者多出其门。范应龙少为都讲,晚为良牧。万历三十六年(1608),以明经高第拜直隶庆云县令,通敏廉洁,著有民誉。随后因子任职吏部,毅然引嫌辞廛,五月之后即弃官归里。返乡筑尊腰馆,取陶渊明"不为五斗米折腰"之意,优游林泉,徜徉诗酒。万历三十八年(1610),因子敕封承德郎,为人低调,笥衣冠藏之,岁时仅一再御,曰:"奈何以孺子余艳惊里中儿?"(丁元荐《范太公小传》)[③]天启三年(1623),重游通州沜水。范应龙辞官林居,"间一治诗,不过陶咏性情,无追琢之苦,故流传亦罕"(杨廷撰《一经堂诗话》)[④]。虽然如此,范应龙是范氏由诗书科举步入仕途的起始,也是家族诗文存世的第一人,意义不凡。

第二世

范凤翼(1575—1655),字异羽,号泰蒙、太蒙,又称五山长、退园主人,范应龙第二子。弱冠登朝,名重海内,《东林朋党录》列为"东林胁从"[⑤],时

①[明]叶向高等:《尊腰馆八十寿言》,启祯年间刻本,国家图书馆藏。
②[明]邵潜:《州乘资》,南通市图书馆影印,1985年。
③[明]叶向高等:《尊腰馆七十寿言》,启祯年间刻本,国家图书馆藏。
④[清]杨廷撰辑:《五山耆旧集》卷九,道光四年(1824)一经堂刻本。
⑤不著撰者:《东林朋党录》,《四库全书存目丛书》史部第107册,齐鲁书社,1996年,第711页。

人称范勋卿、范玺卿、范吏部、范尚玺,学者尊称真隐先生。万历二十六年(1598),会试中式第三十六名,殿试赐进士第二甲四十名。万历二十七年(1599),授直隶滦州(今属河北省)知州,自疏改教职。万历二十八年(1600),改授顺天府(治所在今北京市)教授。万历二十九年(1601),升国子监助教。万历三十年(1602),授阶修职佐郎。因妻钱氏病亡,请假送子还乡。万历三十一年(1603),假满赴部。时楚宗请勘假王,郭正域谓不勘则楚王不白、宗罪不定,范议论与之相合,故郭罢去久不得复其位。万历三十二年(1604)三月,补原官。吏部侍郎周寅承执政风旨,条陈铨政,对国子监多所贬抑,因此请假觐省。万历三十三年(1605)正月,丁母忧。万历三十五年(1607),五月服除,八月奉父入京谒选,十二月补原官。万历三十六年(1608)三月,升户部云南司主事,管南新、济阳二仓,对收放陋规革斥殆尽。万历三十七年(1609),五月调吏部验封司主事,管册库,题参假印假官缪欂等,八月调考功司主事。万历三十八年(1610),正月调文选司主事,四月升稽勋司员外郎,七月挂冠归隐。万历四十五年(1617),大计京官,虽里居八年,犹不能免,被降一级调补。万历四十八年(1620)十二月,调长芦都转盐运司判官,以父在堂,不就。天启二年(1622)五月,升工部营缮司主事,不就。天启三年(1623)五月,诏改尚宝司丞,疏恳终养,不就。天启五年(1625)三月升尚宝司少卿,六月推大理寺寺丞。虽两起京堂,毫无出山之志。天启六年(1626),因御史曾应瑞疏参,削职为民,追夺诰命。崇祯元年(1628),诏以原官起用,不赴。崇祯三年(1630),通州海上乱起,明铎、苏如轼等人焚掠乡绅数十家,范凤翼举家遭受重创,避居京口、金陵等地,直至崇祯十三年(1640)九月方返归故里。崇祯十五年(1642),诏复原官,自陈不赴。弘光元年(1645)三月,拜光禄寺少卿,不就。顺治三年(1646),开始逃禅,热衷与高僧谈佛讲经。顺治十二年(1655)四月二十四日,正襟危坐卒于家。万历三十八年(1610)辞官归隐是范凤翼一生的分界点,随后坚卧不出,结社赋诗,唱酬不辍,成为东南文坛的风雅主持。

范凤彩(1612—?),字稚羽,斋号存云堂,范应龙第四子。十三岁时父亲去世,由母亲黄宜人教读,精举子业。崇祯二年(1629)诸生。博学有文名,尤喜赋诗。"才情远出一时,由于天限其年,遂使人有葛士修之痛"(《山茨社诗品》)①。英年早逝,未遑尽显其文学之才,令人遗憾。

第三世

范国祐(1616—1658),字汝申,号寒泉,斋号天庸,范凤翼第二子。崇祯五年(1632),从父侨居金陵,读书乌龙潭,工制举,与茂苑周茂藻、江宁王亦临、梁溪何燧、濑水宋之绳、同里陈世祥并推于时。明崇祯七年(1635),补博士弟子员。崇祯八年(1635)诸生。慷慨好客,无纨绮习气。鼎革之后,以颐养府君为事。虽遭家多难,力能斡旋。敦尚气谊,见义必为。里中每有大故,不惜经营破产,时刻予人以安全。喜好交游,诗文俱佳,识与不识者咸称佳公子。杨廷撰《一经堂诗话》评曰:"簪缨世族,胚胎前光,性情恬澹,杜门却扫,不妄与人交接。诗摆落尘氛,正如秋水芙蓉,亭亭自远。"②父亡之后,范国祐发愤欲游京城,临行之前携诸友饮酒叙别,数日无疾而终。

范国禄(1624—1696),字汝受,一名灟,字平渊,号十山,又号秋墅,后人称十山公。范凤翼第四子。范国禄家学渊源,立志高远。崇祯十二年(1639)入庠,无奈屡试不第,布衣终身。父亲逝后,求食江湖,穷困潦倒。范国禄为人负气尚义,洁身自好,以诗、文、词名震一时,著述宏富。热衷交游,与清初名流王士禛、王士禄、陈维崧、孙枝蔚、李渔、孔尚任、冒辟疆、吴绮、宗元鼎、张潮等诗文来往,关系密切。康熙十三年(1674),应通州知州王宜亨之请修撰州志,因泛论乡土,以文字得祸,开罪于狼山镇总兵诸迈,遂自削其名,投书而去。因忧逸畏祸,糊口四方,远走湘、赣、鲁、冀等地,沿途遍访师友,创作了大量诗文。康熙十八年(1679)至十九年(1680),入幕南安。康熙二十三年(1684),诸迈调离通州,范国禄返归故园。是时,家业尽废,遂闭门守拙以终老。

第四世

范遇(1650—?),原名兴宗,又名祖遇,字濂夫,又作濂敷,斋号一陶园,

---

①葛幼元,字士修,通州人。嘉靖四十五年与江都陆弼等人从广东欧大任学。明隆庆三年与陆弼奉欧大任之命,在扬州结为竹竹社。早有才,人称才子。惜海祖、父相继病亡,哀伤过度,呕血离世,年仅二十七。著《海居》《浮槎》《行药》《倚剑》诸集。
②[清]杨廷撰辑:《五山耆旧今集》卷三,道光四年(1824)一经堂刻本。

时称桃源公、陶园公。范国禄长子,康熙五年(1666)诸生。少承家学,为文幽秀劲折,迥非耳目近玩,礼部尚书韩菼(1637—1704)奇之。康熙十四年(1675),在京师结识清初军事将领李桑额之子李若士,一见如故。康熙十五年(1676)春,李若士延请范遇,过从甚密。"讨论经史冬复夏,研究精义昼继夜"(《聚别歌为李公子若士赋》)①。康熙十六年(1677),追随李浪游四方。"走燕、赵,历齐、鲁,驰驱乎晋、梁,周流乎三楚、豫章,而从事于军旅"(范遇《拟园记》)②。康熙十七年(1678),同李游邢台、大梁,与邢台令申松岳结识。康熙十八年(1679)正月十八日,与李若士兄弟前往李桑额军幕至湖南岳阳。李桑额激赏范氏之才,劝其留为幕宾,终以亲老未应。"己未春正十八日,功成玉帐靖狂澜","将军爱我眼独青,提携劝作幕中宾。不是书生怯戎马,亲远谁为膝下人"(《聚别歌为李公子若士赋》)③。康熙十九年(1680),与泾阳张顺恭买舟自胥浦(今扬州仪征)前往豫章,同游共赏。康熙二十三年(1684),入都,受到王士禛、陈维崧、胡存人、李敬可等人的赏识揄扬。康熙二十九年(1690),客广州,编次《范濂夫文集选》。康熙四十三年(1704),谒选金门。康熙四十四年(1705),以武功授武陵县丞。康熙四十五年(1706)秋季,辞官归里,武陵人士送行唱和者数百人,赠诗数百首。卒年不详。

范广宗,字灏人,生卒年代不详。范国祯子,崇祯十四年(1641)职贡,应例为县丞。

第五世

范梦熊,字君宰,生卒年代不详。范遇之子,诸生。自幼受父影响,崇尚武功,青年时期胸怀大志,奋然投笔从戎,驰骋疆场,有班超立功封侯之志,卒老于家。

范利仁,字西麬,生卒年代不详。工绘事,尤善画花鸟。

第六世

范兆虞,字述揆,号韶亭,生卒年代不详。范梦熊长子,清乾隆十三年

---

① 范曾编:《南通范氏诗文世家》(柒),河北教育出版社,2004年,第3页。
② 范曾编:《南通范氏诗文世家》(柒),河北教育出版社,2004年,第52页。
③ 范曾编:《南通范氏诗文世家》(柒),河北教育出版社,2004年,第3页。

(1748)诸生。由于父亲从军在外,范兆虞担负起经家理业之重任,吟诗撰赋,延续家族文脉。

范士桢、范箴(字心澡),生卒年代不详。二人俱为范利仁子,并精父画艺。

第七世

范崇简(1757—1840),生于古重阳日(九月十九日),字完初,自号懒牛,又号浮休居士,斋号蜂窠馆,范兆虞第二子。六岁能背诵《楚辞》终篇,九岁受传习业于凤凰桥杨氏。乾隆五十六年(1791)诸生。家贫,行孤介,为人淳朴高旷,不好举业。范崇简自言:"至子、史、诗、文以及稗官杂说,辄复自得,往复不已。弱冠后通声律,初不知所从来,但觉吟咏一遍,益人意智,乃知入世,各有天性。"(《怀旧琐言》)①凤承家学,欲挽颓风,重振文业。嘉庆四年(1799),馆于监州遂宁陈际熙之署,每日晨至夜返,迁延至十月辞归。里居家贫,与李懿曾、胡长龄、钱绂等相聚唱和,谈诗竟日,物外逍遥,娓娓不倦。范崇简究心文献,熟悉乡曲遗事掌故,曲折原委,精于人鉴,性情慎默,不轻易臧否人物,以夷澹终其身。

第八世

范持信(1793—1865),字敬斋,范崇简第二子,道光五年(1825)诸生,道光二十一年(1841)始不复应乡试。虽然雅重诗道,当时文字狱盛行,其父不令为诗,或潜为之,不令示人,仅口占默记。"独咸丰年间寇警,城垂破,期与吾父死之,口占二绝"(范当世《〈通州范氏诗钞〉序》)②。存世之作仅此一见。

第九世

范如松(1827—1898),字荫堂,斋号未信堂。范持信第三子,受学于父,有能于诗。诸生,同治三年(1864)始不复参加科考。行义立身,孝慈天挺,年十三丧母,因家贫弃儒而贾,夹书哦诵市列,大惊市人,主者改请授

---

①范曾编:《南通范氏诗文世家》(柒),河北教育出版社,2004年,第197页。
②范曾编:《南通范氏诗文世家》(玖),河北教育出版社,2004年,第60页。

经,温养以济。咸丰七年(1857),入乡人浙江按察使徐宗干幕,不久乞归,虽百般慰留,不顾径去。同治元年(1862)正月,徐氏擢为福建巡抚,礼聘入幕。范如松坚卧不赴,自陈心志曰:"誓为先人守敝庐,一心补读未完书。他人富贵我何有,不去南闽错得无?"(《六十述怀》)①谨记先祖文业,放弃功名,埋首图籍,安贫守志。

第十世

范当世(1854—1905),初名铸,字铜士、铜生,字无错,号肯堂,别号今,因排行第一,世称范伯子。范如松长子,岁贡生,晚清著名诗人、古文家、教育家。博好文章,才思敏捷,初闻《艺概》于兴化刘熙载;继而受诗、古文法于武昌张裕钊;后应冀州刺史吴汝纶之请,担任信都书院教员、武邑观津书院山长,与吴研求文学。范当世因与弟范钟、范铠皆有诗名,时称"通州三范";与张謇、顾延卿、朱铭盘交往密切,世称"通州四才子";与姻亲陈三立在晚清诗坛双峰并峙,皆为"同光体"领袖人物。光绪十七年(1891),直隶总督李鸿章聘为西席,教其幼子李经迈读书。光绪二十年(1894)南归,往返于沪、宁之间,与时贤相过从。范当世反对八股,提倡新学,以助国家培育人才为己任。虽然晚年多病,积极投身教育事业,百折不挠,鞠躬尽瘁。光绪二十四年(1898),朝廷定经济特科及岁举法,被荐为经济特科。光绪二十七年(1901),通州知州汪树堂延请主讲东渐书院。光绪二十八年(1902),协助张謇创办通州师范学堂,并主持兴建通州小学堂。光绪二十九年(1903)十月,赴任江宁三江师范学堂总教习一职。光绪三十年(1904),病情加剧,诊断为肺水肿,已漫及心脏。十一月就医上海,终治疗无效,十二月客死沪上。

姚倚云(1864—1944),字蕴素,名门闺秀,为著名散文家姚鼐(1731—1815)第五世侄孙女,爱国将领、史学家、文学家姚莹(1785—1853)孙女,桐城诗派重要代表姚浚昌(1833—1900)次女。十岁母殁,与诸兄弟随父隐逸于邑中挂车山,勤勉学问,素嗜吟咏,诗词兼擅。由吴汝纶以诗为介,光绪十五年(1889),与范当世喜结连理。"既归南通,入侍姑嫜,抚前室子女,闺

---

①范曾编:《南通范氏诗文世家》(柒),河北教育出版社,2004年,第222页。

中唱和不辍,戚族咸以范氏得贤媛也"(徐昂《范姚太夫人家传》)①。勤勉持家,竭诚尽劳,淑善称贤,坤德懿范,多有美誉。光绪三十年(1904),范当世病逝,姚倚云化悲恸为力量,继承丈夫遗志,走出闺阁,致力于近代女子教育事业。光绪三十一年(1905),张謇与地方乡绅共同集资,创办了通州女子师范学校。光绪三十二年(1906),姚倚云担任该校首任校长,前后长达十年之久。民国八年(1919),应姨侄方时简之请任安徽女子职业学校校长。民国十三年(1924),返回通州讲授经义。姚倚云情系通州教育,校誉冠乡国,被誉为"南通女界的第一块碑石"。民国二十六年(1937),抗日战争爆发,避居如东马塘。1943年,出任南通红十字会会长。

范钟(1856—1909),字仲林,又字仲木、中木、中子,号辰君,斋号蜂腰馆,寓有自谦之意。"自以为介于伯、季之间,名以寓谦抑之意"(陈衡恪《〈蜂腰馆诗集〉跋》)②。自谓三范名下,居中最差也。范如松第二子,光绪八年(1882)举优贡,光绪二十四年(1898)进士。光绪十三年(1887),就武昌知府李有棻馆。十七年(1891),为湖北按察使陈宝箴课其孙陈衡恪,与陈三立相契甚殷。是时张之洞再三来招,频繁以请,以教读其孙、办理文案,缓辞。十九年(1893),担任两湖书院教习。二十四年(1898),充河南巡抚文案,并任大学堂教习。二十七年(1901),丁忧起服,再充河南巡抚文案,继而调任广东巡抚文案兼课吏馆讲席。三十一年(1905),担任山西巡抚文案,并为山西省学务处主管,山西大学堂、山西农林学堂教习。三十三年(1909),赴河南鹿邑为县令,卒于任上。

范铠(1861—1915),字秋门,号酉君,以生年属酉,故以为号。范如松第三子,清光绪二十三年(1897)拔贡,善古文,工书。张裕钊尝赠联云:"此才冠当代;吾道有传人。"爱重极矣。光绪十七年(1891),随蔡金台赴甘肃,入其学幕。光绪二十四年(1898),以朝考一等授试用知县,签发山东。二十六年(1900),守孝期满,复就官山东。同年秋季,入山东巡抚袁世凯幕府。二十八年(1902),复入山东巡抚张人骏幕府。三十年(1904),在山东省警察局掌文案。三十一年(1905),署理山东寿光知县。宣统三年(1911),署理河南濮阳知县。民国元年(1912),弃官还乡,开始修撰《南通

---

①范曾编:《南通范氏诗文世家》(壹拾陆),河北教育出版社,2004年,第186页。
②范曾编:《南通范氏诗文世家》(壹拾),河北教育出版社,2004年,第171页。

县图志》。三年竣事,卒以细故忤乡人,忿然再作济南游。民国四年(1915)十二月,卒于山东交涉署任上。

第十一世

范罕(1874—1938),字彦殊,自号蜗牛,范当世长子。其《题冀平〈万壑松风一木鱼〉图》注曰:"吾家旧有蜗牛舍名。新构一庭,乞师曾题额,师曾仍题蜗牛舍,予乐而受之。"①"蜗牛"之名本乎此。范罕继承家传诗学,尤爱杜诗,对苏、陆、欧、王、韩、黄诸人亦颇为倾心②。光绪十七年(1891),跟从继母姚倚云学诗。二十年(1894),赴武昌二叔范钟处,读严复译作《天演论》、辜鸿铭译作《论语》,眼界大开。二十一年(1895),以第一名成绩考入州学。二十二年(1896),肄业于南菁书院。二十六年(1900),入上海法国教会学堂读书,同年腊月补廪。二十九年(1903),授馆海门。是年多病,其父令作诗以导性情。光绪三十一年(1905),随三叔范铠至济南,在山东省立高等师范学堂教授英文、历史,后任教务长。三十二年(1906),留学日本,学习法律、财务预算等。宣统三年(1911),学成回国。民国二年(1913),始任农商部秘书,先后十年。民国十三年(1924),自北京归里,教授于南通农院。

范况(1880—1929),字彦矧,范当世次子。因范钟无子,范况继嗣。光绪二十四年(1898),入州学。二十七年(1901),以第二名考入南洋公学特班。三十二年(1906),游学日本,学习商学。民国十三年(1925)归国,担任东南大学国文系教授。在诗学理论方面颇有造诣,著《中国诗学通论》。该著作共分四章二十七节,从规式、意匠、结构和指摘等方面,对古典诗歌鉴赏与写作进行了系统论述。

范毓(1891—1949),字彦彬、彦份,范铠之子。光绪二十九年(1903),就读于山东省公立高等小学。三十四年(1908),赴日本游学,就读于东京成城中学,肄业于日本中央大学政治经济科。归国之后,先后担任山东交涉署文牍、安徽财政厅秘书、《善后日刊》编辑、国民代表会议筹备处编辑股

---

①范曾编:《南通范氏诗文世家》(壹拾壹),河北教育出版社,2004年,第18页。
②《读杜书怀》曰:"十五始读杜,挈登舅氏堂。""生平爱杜拙,三十犹深藏。""放言近苏陆,或许为欧王。我意殊未惬,欲跨韩与黄。"《息嘲》曰:"经旬学杜过万劫,昨日始觉樽罍空。""焚香请问杜老诀,诗不穷我谁能穷。"民国十二年还有《夜雨读杜》《癸亥秋读杜放歌》等。

科员、民国政府国务院法制局办事、财政部助理员、税赋司办事等职。

范彦纾,字孝婉,范铠之女。生卒年不详。幼时聪慧异常,随父前往山东,就读于山东女子师范学校。十七岁适安徽寿县枸杞戴远达,知书达理,颇有贤达之名。民国十年(1921),丈夫去世,辛勤抚育两子。因时局动荡,军阀混战,一度将子女寄养于通州范氏。范彦纾开明通达,乐善好施。民国二十年(1931),开始主持家政,十分体恤民情,不顾族人反对,主动将佃户陈帐付之一炬,深为乡人敬重。民国二十五年(1936),寿县遭遇洪水,饿殍遍野,民不聊生。范彦纾开仓放粮,慷慨解囊,捐出四千大洋以赈济灾民。晚年辛勤教育孙辈,后代均受过高等教育,毕业于海内外知名学府。

第十二世

范子愚(1899—1984),原名范增厚,子愚为其字。范罕长子,后嗣承范况。自幼喜读书写字,6岁入家塾,7岁入儒学小学,12岁随父游学日本,敏慧能诗。13岁归国居于北京,18岁修预科于北京中国大学,23岁与泰州名儒缪篆长女镜心成婚,26岁攻读美术于上海美专。毕业后游幕安徽,旋任职苏北盐垦公司。1922年,在芜湖聆听谛闲法师讲《法华经》,皈依佛教,终身是为居士。民国十九年(1930),回通,不复远游,潜心经史,先后担任南通商益中学、女子师范、南通中学国文、美术教师近三十年。范子愚淳和朴厚,精于七律,擅为古风。诗多禅意,敏妙可观,却藏之箱箧,不愿示人。其子解释曰:"父亲或以为祖上多为诗坛巨擘,唯恐一字之失,贻笑大方,此谦揖之一面也;抑或以为知音寥落,歌者正不必自苦,自娱足矣,此矜持之一面也。"(《〈南通范氏诗文世家〉序》)①可见深情于诗,淡泊于名。

范祖珠(1914—1997),范毓长女,儿童心理学家,最早将法国瓦龙、瑞士皮亚杰等世界著名心理学家的思想介绍到中国。1937年毕业于南通中学,同年考入浙江大学教育系。1941年担任重庆南开中学语文教师,随后成为正中书局语文教材编辑。1944年考取西南联大清华研究院心理系研究生。1946年担任清华大学心理系和北京师范大学教育系讲师。1948年出国留学瑞士福利堡大学教育心理系,并成为该校中文教师。1957年响应号召回国,在中央教育研究所从事研究工作。1973年在外贸部人事局

---

① 范曾编:《南通范氏诗文世家》(壹),河北教育出版社,2004年,第4页。

外语教研室承担法语教学。

第十三世

范恒(1925—1972)，字志常，南通中学毕业。1945 年南通"三一八惨案"中脱险到苏北参加新四军，随后潜入上海从事党的地下工作，旋又转苏北解放区。中华人民共和国成立后，担任南通市委宣传部宣传科科长、《南通市报》副主编。1957 年错划为"右派"，1980 年彻底平反，被追认为"优秀共产党员"。博学宏赡，精研杜诗，尤善古风、律诗。

范临(1927—1971)，字志匡，南通中学毕业。1945 年随舅父缪孝威先生至香港，担任中南银行职员，后为中南银行九龙办事处主任。才思俊发，精于音律。

范曾(1938—)，原名范燚，字志纲，当代中国书画大师，著名国学家、诗人。自幼濡染于家族艺文氛围，家学渐积，颇多会意，具有深厚的古典文学修养。1955 年南通中学毕业，1955 年至 1957 年攻读历史于南开大学历史系，1957 年至 1962 年就读于中央美术学院中国画系，1962 年至 1978 年就职于中国历史博物馆，1978 年至 1984 年担任中央工艺美术学院副教授，1984 年始为南开大学东方艺术系主任、教授，现为北京大学教授、画法研究院院长，中国艺术研究院博士生导师、终身研究员，南开大学终身教授。范曾博古通今，游弋于文、史、哲诸领域，提倡"回归古典、回归自然"，身体力行"以诗为魂、以书为骨"的美学原则，开创了"新古典主义"艺术的先河。

第三节　家族著述知见

文章著述是家族文化传承和影响的见证，通州范氏各代成员具有高度的文化修养，积极参与家族文化建构，从明代中叶范应龙开始诗文存世，十三代著书立说，翰墨相继，几乎人人有集，诗书相传。由于年久时迁，加之遭遇兵燹虫蠹等不虞之祸，家族著述散佚亦夥。笔者根据各类文献记载，广泛搜集通州范氏家族成员著述信息，务求其详，力求其尽。同时按图索骥，奔赴全国各大图书馆，梳理出家族成员各类撰著、辑录，以期还原家族成员著述全貌。

范氏家族著述一览

著者	编撰书目	备注
范凤翼	《超逍遥草》一卷（又名《勋卿集》）	刻本，曹学佺《石仓十二代诗选》选本，现藏于山东大学图书馆。
	《吴中吟》	见《真隐年谱》，已佚。
	《湖上吟》	见《真隐年谱》，已佚。
	《摄山游草》	见《真隐年谱》，已佚。
	《适患草》	见《真隐年谱》，已佚。
	《范玺卿诗集》二十一卷	刻本，现藏于国家图书馆、上海图书馆。
	《范勋卿诗集》二十一卷	刻本，现藏于国家图书馆、曲阜文物管理委员会。
	《范勋卿文集》六卷	刻本，现藏于北京大学图书馆、曲阜文物管理委员会。
	《范玺卿诗集》一卷，《补遗》一卷	抄本，现藏于国家图书馆。
	《法帖》二卷	见《五山耆旧集》卷十一，已佚。
	《勋卿诗余》一卷	见《五山耆旧集》卷十一，已佚。
	《历代诗选》	见（光绪）《通州直隶州志》，已佚。
	《尺牍稿》一卷	稿本，范氏家藏。
	《耕阳客问》	稿本，范氏家藏。
	《山茨振响集》	见《真隐年谱》，已佚。
	《桐余集》	见《真隐年谱》，已佚。
范凤彩	《存云堂集》	见《五山耆旧集》，已佚。
范国祐	《天庸斋集》	见《五山耆旧集》，已佚。
	《塔山草堂诗约》	见《通州范氏家世遗文目录》，已佚。
范国禄	（康熙）《通州志》二十四卷	残本，范氏家藏。
	《十山楼诗年》十二卷	残本，中国科学院图书馆藏。
	《纫香草》一卷	刻本，中国科学院图书馆藏。
	《漫烟》一卷	刻本，中国科学院图书馆、南京图书馆藏。

续表

著者	编撰书目	备注
	《扫雪》一卷	刻本，中国科学院图书馆藏。
	《秋深声》一卷	刻本，中国科学院图书馆藏。
	《十山楼诗》三十二卷	抄本，国家图书馆、南京图书馆藏。
	《十山联句稿》一卷	抄本，范氏家藏。
	《十山楼文》二十卷	抄本，中国科学院图书馆藏。
	《十山楼尺牍》	稿本，中国科学院图书馆藏。
	《十山楼序稿》	稿本，中国科学院图书馆藏。
	《狼五诗存》	抄本，中国科学院图书馆藏。
	《十山楼诗抄》三卷	见《崇川各家诗抄汇存》，南通市图书馆藏。
	《山茨社诗品》	见（光绪）《通州直隶州志》，已佚。
	《山游草》	见《十山书刻序》，已佚。
	《听涛》	见《十山书刻序》，已佚。
	《浪游草》	见《十山书刻序》，已佚。
	《腴厄》	见《十山书刻序》，已佚。
	《簇锦》	见《十山书刻序》，已佚。
	《銮江游》	见《十山书刻序》，已佚。
	《步尘篇》	见《十山书刻序》，已佚。
	《知非》	抄本，中国科学院图书馆藏。
	《离忧》	抄本，中国科学院图书馆藏。
	《江湖游》	见《十山书刻序》，已佚。
	《波余草》	见《十山书刻序》，已佚。
	《古学一斑》	见《十山书刻序》，已佚。
	《咏梅》	见《十山书刻序》，已佚。
	《腻玉词》	见《十山书刻序》，已佚。
	《古字类正》	见《十山楼文》，已佚。
	《词韵约》	刻本，见《通州范氏家世遗文目录》，存佚不详。

续表

著者	编撰书目	备注
	《冬日游狼山诗一卷》	刻本,见《通州范氏家世遗文目录》,存佚不详。
	《诗余习孔》	稿本,见《通州范氏家世遗文目录》,存佚不详。
	《塔山草堂诗约》	抄本,见《通州范氏家世遗文目录》,存佚不详。
	《广陵倡和词》	刻本,见《通州范氏家世遗文目录》,存佚不详。
范遇	《一陶园存今文集选》	刻本,南京图书馆藏。
	《一陶园存今诗集选》	刻本,中国科学院图书馆藏。
	《一陶园杂钞诗》	抄本,中国科学院图书馆藏。
	《廉夫词》	见(光绪)《通州直隶州志》,已佚。
	《心印》	刻本,已佚。
	《月因集》	刻本,残,范氏家藏。
	《东游草》	稿本,中国科学院图书馆藏。
	《史眼类评》	见范当世《戊寅日记》,已佚。
范兆虞	《韶亭诗稿》	稿本,范氏家藏。
范崇简	《怀旧琐言》一卷	抄本,南京图书馆藏。
	《懒牛诗钞》一卷	见《崇川各家诗抄汇存》,南通市图书馆藏。
	《浮休集》	见(光绪)《通州直隶州志》,已佚。
范如松	《荫堂诗稿》	稿本,范氏家藏。
范当世	《隙鸿集》	见范当世《戊寅日记》。
	《彦牖集》	见范当世《戊寅日记》。
	《范伯子手稿》	稿本,范氏家藏。
	《三百止遗》不分卷	稿本,南通市图书馆藏。
	《范伯子诗集》十九卷	刻本,国家图书馆、中科院图书馆、南京图书馆、南通市图书馆等藏。

续表

著者	编撰书目	备注
	《范伯子文集》十二卷	国家图书馆、南通市图书馆等藏。
	《〈范伯子联语〉注》	南通市图书馆藏。
	《范伯子诗文全集》	《近代中国史料丛刊续编》第24辑。
	《通州范氏家世遗文目录》	稿本,中国科学院图书馆藏。
	《通州范氏诗钞》	稿本,南京博物院藏。
	《戊寅日记》	稿本,范氏家藏。
姚倚云	《蕴素轩诗稿》三卷	清末铅印本,中国科学院图书馆藏。
	《蕴素轩诗稿》五卷	附于《范伯子诗集》,民国二十二年浙江徐氏校刻,国家图书馆藏。
	《蕴素轩诗集》十一卷、词一卷	民国二十二年铅印本,中国科学院图书馆藏。
	《沧海归来集》十一卷、《续集》一卷《选余》二卷、《消愁吟》二卷、《文》一卷	民国铅印本,中国科学院图书馆藏。
	《蕴素轩集》十七卷	民国二十二年刻本,复旦大学图书馆藏。
	《榴花馆稿》二册	抄本,见胡文楷《历代妇女著作考》附编。
范钟	《蜂腰馆诗集》四卷(附词一卷)	刻本,南京图书馆藏。
	《范中子外集》	稿本,范氏家藏。
	《椎冰集》	稿本,范氏家藏。
	《高秋集》	稿本,范氏家藏。
	《范钟诗稿附文集》一卷	稿本,范氏家藏。
	《范钟日记》	稿本,范氏家藏。
	《庐山诗录》四册	刻本,上海图书馆、浙江图书馆藏。
范铠	《范季子诗集》三卷	稿本,范氏家藏。
	《范季子文集》五卷	稿本,范氏家藏。
	《南通县图志》二十四卷	民国十四年翰墨林书局铅印本,南通市图书馆藏。
	《通海垦牧乡志》一卷	民国十年铅印本,南通市图书馆藏。

续表

著者	编撰书目	备注
范罕	《蜗牛舍诗》四卷	民国十二年刊本。
	《蜗牛舍诗别集》	民国二十四年刊本。
	《蜗牛舍诗》本集	民国二十五年南通翰墨林书局刊本。
	《蜗牛舍说诗新语》一卷	民国二十五年南州国学专修院刊本。
	《历史小说》四十篇	见《蜗牛舍诗》，已佚。
范况	《中国诗学通论》	民国二十三年上海商务印书馆出版。
	《彦殉诗》	见范曾《〈南通范氏诗文世家〉序》。
范毓	《范彦彬诗稿》一卷	稿本，范氏家藏。
	《一字文》一卷	稿本，范氏家藏。
范彦纾	《苦海浮槎记》	已佚。
范子愚	《子愚诗抄》一卷	范氏家藏。
	《伯子先生诗笺注》（未竟稿）	稿本，范氏家藏。
范祖珠	《发生论认识》（瑞士皮亚杰著，范祖珠译）	商务印书馆 1990 年。
范恒	《匈奴史》（未竟稿）	稿本，范氏家藏。
	《范恒诗稿》	稿本，范氏家藏。
范临	《五山楼吟草》	稿本，范氏家藏。
	《范二诗稿》	稿本，范氏家藏。
范曾①	《范曾吟草》	河南人民出版社 1985 年。
	《范曾诗稿》	中国青年出版社 1997 年。
	《范曾散文三十三篇》	河北教育出版社 2001 年。
	《范曾七绝诗百首》	线装书局 2002 年。
	《老庄心解》	华东师范大学出版社 2005 年。
	《庄子显灵记》	作家出版社 2005 年。
	《大丈夫之词：范曾论文新作》	北京大学出版社 2007 年。

---

① 范曾笔耕不辍，著述等身，出版专著一百余部，现择其要者列于表中。

续表

著者	编撰书目	备注
	《范曾诗文选集》	浙江古籍出版社 2008 年。
	《范曾海外散文三十三篇》	中国人民大学出版社 2009 年。
	《国故三讲》	中国人民大学出版社 2013 年。

　　通州范氏满门诗书竞风雅,上表集中展示了该家族的文学成就及文化品格。其一,人数众多,著述繁富。家族 450 余年间文人辈出,翰墨承继,述作繁盛,共计 21 位成员撰著、辑录了超过 200 部著述,此外还有不少文献阙记、笔者尚未寓目之作,阵容庞大,数量可观,可谓代不乏人,彬彬称盛。其二,内容丰富,涉猎广泛。范氏家族著述涵盖经、史、子、集诸多门类,在诗、词、文、史学、音韵学、金石学等方面均有建树,家族成员群体建构了名副其实的文化世家。

第四节　家族文学脉络

　　通州范氏家族以诗文传世,横跨明、清、民国,直至当代,绵延 13 代,450 余年间薪传火继,建构起庞大的家族文学谱系。漫长发展过程中既有彬彬之盛、著述盈门之时,也有衰落不振、命悬一线之刻,呈现出曲折推进的态势。

　　范氏家族文学存世始自明代中叶范应龙,高风映人,洁身自好,辞官之后以诗趣颐养天年,超然物外,导夫先路,奠定了家族吟咏自适的取向和诗文传世的传统。明末范凤翼居朝言政,清以立身,竭忠尽智;退居林下,提倡风雅,投身艺文,实现了家族由耕读向仕宦、文学并举的转变,具有筚路蓝缕之功。自此,范氏跻身名门,产生了广泛的社会影响,实现了文学传统的初步建立。第 3 代范国禄屡试不第,功名无望,表现出家族传承初期的压力。其《答同学诸子》曰:“某以谋生无术,弗克守先人之业,家计零落,不得不糊口四方,避人耳目。”[①]陷入家族发展的巨大危机之中,紧张与焦虑可见。因其才华横溢,喜好交游,以诗为业,著述宏富,在家族政治势力衰

---

①范曾编:《南通范氏诗文世家》(伍),河北教育出版社,2004 年,第 379 页。

败、经济条件困窘之时积淀文化,积累声誉,极大增加了文学能量。艰难困苦,玉汝于成。经过其苦心经营,家族成为了名副其实的文学世家。紧随其后,第4代范遇、第5代范梦熊迫于现实生存,为复兴家族,改弦更张,投笔从戎,寄身军旅,表现了新变家风的尝试,诗文吟咏已成副业,故存世之作不多,这是范氏文学创作的低谷阶段。第6代诗人范兆虞是家族文学由衰而盛的中坚人物,回归正途,以接续前代文脉为志,表现出对家族文学传统的认同与重构。范当世深刻洞察到其振衰起弊之举的重要意义:"上承三世而下开我曾王父。设公之世复弃而之他,先泽殆将坠乎! 然则是卷虽寥寥数篇,盖吾家中流砥柱云。"(范当世《〈韶亭诗稿〉跋》)①致力于恢复文业,家族终在短暂偏离文学之后又步入了正轨。第7代范崇简性情恬淡,寄身文墨,雅好吟咏,不以科举萦怀,具有高度自觉的文化传承意识,文学开始凸显出在家族维系中的显著地位。"念自高曾三世以来,累叶以诗名世,昔人所谓'诗是吾家事'者,予即冥顽,何多让焉!"(《怀旧琐言》)②尽管生计维艰,谨记家风于心:"自昔先公遗书笈,文章气节家声立。盛极翻令后代悲,对此茫茫心愈急。"(《七歌》)③勉力为之,延续书香,推动了家族文学的发展和复兴。第8代范持信是通州范氏文脉一线的重要节点,生当文字狱酷烈之际,其父不欲家族后代沦为牺牲品,故不令为诗,或潜为之,不以示人,导致了创作锐减,寂寞后世。家族文学传承岌岌可危,显示了文化高压下的世家生存状态。同治元年(1862),太平军侵扰通州,范持信时73岁,入乡团卫城,口占《不惊寇警》二绝。

　　　七十老翁何所求? 要将一死抵封侯。人间乱世飘零尽,赢得先庐作一邱。

　　　偃卧归来夜不惊,呻吟愁汝到天明。分明一夕城垂破,又听街头卖饼声。④

才思敏捷,脱口赋诗,方使文脉不坠。第9代范如松受学于父,吟咏自娱,表现出昌盛家族文事的使命和忧患。其《六十述怀七绝》曰:"亲老家贫

①[清]范兆虞:《韶亭诗稿》,范氏家藏。
②范曾编:《南通范氏诗文世家》(柒),河北教育出版社,2004年,第199页。
③范曾编:《南通范氏诗文世家》(柒),河北教育出版社,2004年,第124页。
④范曾编:《南通范氏诗文世家》(柒),河北教育出版社,2004年,第206页。

愧旨甘,更无毫忽博亲欢。诗书未克承先志,一度思量一碎肝。"①克承先祖诗文传家之志,家族文学渐渐走出了低谷,转入高潮。时至晚清,通州范氏经过长期积累,形成了深厚广博的文化底蕴,与初期的焦虑惶恐判然有别。第10代范当世、范钟、范铠对家族世代相承的文学遗产敬颂备至。

> 人莫不重其先世,贵者曰:"吾欲继家声。"崛起者曰:"吾欲表其先人之隐德。"寒家显于郡国者四百余年,而载在志书者六世有文集,不可谓崛起矣。(范当世《与张幼樵论不应举书》)②

因家族代有文人激发了莫大自信,遂专心文事,以振兴家业。三范久不获第,李鸿章以为祖坟风水不佳,亟须改造。范当世驳斥曰:

> 不然。谓老坟风水不佳,则寒家十余世举秀才,五六代有文集,亦复差强人意。通州境内求此风水亦不多……假令风水一改,而忽然使孝友风微、文章减色,但出无数举人、进士,而功业、福泽之际并不能及中堂之毫厘,徒然闹饥荒,丧廉耻,其为一日二日惊愚炫俗之计则善矣,其奈百年何哉?故家大人平生绝不望儿辈以此事跨越祖宗,而但望其弗斫丧元气,愚兄弟安之有素,故不必有十分品德而已能杜绝营私也。(范当世《与父翁书》)③

自豪之情溢于言表,对于功名富贵安之若素,谨守文业,力推诗书之泽,以播后裔。其坚定的文化传承立场带来家族文学的繁荣,受到文坛名家的广泛注目,建构了诗文传家的鼎盛局面。三范博学多才,交相辉映,表现不凡。

> 兄弟以头腹尾擅誉,文字与梅曾张代兴。(吴汝纶《寿伯子三十二岁联语》)④

> 江南有三范,家在狼山麓。仲叔亦清才,文史各洽熟。(姚永朴《予交海内贤士甚寡偶怀逝者得五君泫然成咏诗》)⑤

---

① 范曾编:《南通范氏诗文世家》(柒),河北教育出版社,2004年,第221页。
② 范曾编:《南通范氏诗文世家》(玖),河北教育出版社,2004年,第35页。
③ 范曾编:《南通范氏诗文世家》(玖),河北教育出版社,2004年,第178页。
④ 陈国安、孙建编著:《范伯子研究资料集》,江苏大学出版社,2011年,第246页。
⑤ 陈国安、孙建编著:《范伯子研究资料集》,江苏大学出版社,2011年,第249页。

三范皆无敌，门才亦自夸。除书惊里巷，遗卷动京华。（周家禄《赠范氏兄弟》）①

三范文章天下闻，华亭千古说机云。（周学渊《范秋门录示其兄肯堂先生庚辛国事诗与己文》）②

三范脱颖而出，形成合力，驰誉晚清文坛，进一步提升了通州范氏家族的社会声望。耳提面命、家风濡染之下，第11代诗人范罕、范况、范毓三人雅好艺文，活跃民国文坛，被目为"通州小三范"。

蜗牛不名为诗人，而蜗牛之父则诗人也，国人皆知之，蜗牛独不名为诗人之子可耶？且蜗牛之家，代有诗人，而一系至蜗牛父，实九世焉。蜗牛为九世诗人之裔，乃不勉为第十世之诗人，又乌可呼？（范罕《〈蜗牛舍诗〉初印本自序》）③

诚俾范氏子孙明先人之业如此，其精求德行于文字间有所绍述，父禅子，子禅孙，莫大乎此也。（范毓《〈先府君集〉后序》）④

是时国故式微，依然坚守古典文学阵地，继承和发展家传诗学，不约而同，一以贯之。第12代范子愚酷好文艺，对家族诗文累世延续倍感自豪。其《题曾儿为我传神像赞》曰："我有家珍，十代诗稿。上溯凤翼，《十山楼》高；伯子《蜗牛》，音彻云霄。我有佳儿，慰我娱老。艺文有传，猷谋有造。"⑤俯吟仰哦，铿铿激越，以不坠家风自励。第13代范曾幼承庭训，饱受家学诗文熏陶，开创了家族文学创作的又一高峰。范曾自言："先曾祖范伯子先生以诗行天下，先祖范罕以诗授大学，先严子愚翁则以诗自娱，此足征近世以还古典诗歌之渐趋式微。"⑥（《〈自书七绝百首〉序》）当代文化背景之下，独树一帜，积淀了深厚的古典诗文修养，延续家族文脉，弘扬悠久的文学传统。自《范曾吟草》问世以来，先后陆续出版6部诗集，著述甚富，饶有家风。通州范氏家族13代共同参与并见证了家族文学积累，可见父继祖业、子承父业的传承方式，虽然呈现出兴衰替变的形态，文学相伴

---

①陈国安、孙建编著：《范伯子研究资料集》，江苏大学出版社，2011年，第34页。
②陈国安、孙建编著：《范伯子研究资料集》，江苏大学出版社，2011年，第256页。
③范曾编：《南通范氏诗文世家》（壹拾壹），河北教育出版社，2004年，第146页。
④范曾编：《南通范氏诗文世家》（壹拾壹），河北教育出版社，2004年，第217页。
⑤范曾编：《南通范氏诗文世家》（壹拾叁），河北教育出版社，2004年，第10页。
⑥侯军编：《范曾谈艺录》，中国青年出版社，2001年，第412页。

始终。

文学世家是以血缘关系作为纽带的同一姓氏数代成员的创作，不同于文学流派或者文学社团，具有自身特殊之处。长辈以言传身教影响、教育晚辈，家族内部人文环境、家风家法高度一致，加以通州范氏后代精心呵护家学渊源，对先人文体选择、艺术笔法、作品风格的接受模仿十分普遍。陈继儒言及范应龙父子曰："先生娴经术，工诗赋，而异羽言语妙天下，艺苑推为代兴，其文学同也。"(《尊腰馆八十寿言》)①谢起秀评范国禄曰："十山得父膏腴，其性深醇，故其辞质而不肤；其情笃挚，故其辞温而不削；其才豁达，故其辞辨而不支；其气纵横，故其辞逸而不促。"②夏敬观评范罕诗言：

> 予曩论彦殊诗有其尊甫伯子之风。伯子丁世衰微，愁愤悲叹，一寓于诗。其气浩荡，若江河趋海，群流奔凑，滋蔓曲折，纳之而不繁，审而为渊，莫测其深。窃意世知重伯子之诗，未必能尽喻其旨也。彦殊才如其父，夙饫庭闻，每一篇出，波澜起伏，吹漂千里，固恒人所不能效。而抒写其穷苦啾发之音，不自悯而悯世，盖所遭际更非伯子所及见。(《〈蜗牛舍诗〉序》)③

不止于此，家族内部评价时也多以前代为参照，此举丰富了古代文学批评的理论和形态。

> 昔先勋卿公起明季，先十山公继之；先徵君起于清季，伯兄继之。徵君似勋卿，伯兄似十山，其为优劣，匪小子所得评。(范毓《〈蜗牛舍诗〉跋》)④

> 曩所寄诗，以六月十五夜怀我之作音节最佳，盖朴而近古，颇足追肖我家集中先勋卿古诗。(范当世《与夫人书》)⑤

卓越前辈具有典范意义，后代追思仰慕，揣摩体悟，带来了创作题材和文学审美的相似性。诸人品鉴提供了考量人物创作的独特视角，表现了对

---

① 范曾编：《南通范氏诗文世家》(壹)，河北教育出版社，2004年，第36页。
② [清]李渔等：《十山书刻序》，抄本，中国科学院图书馆藏。
③ 范曾编：《南通范氏诗文世家》(壹拾壹)，河北教育出版社，2004年，第159页。
④ 范曾编：《南通范氏诗文世家》(壹拾壹)，河北教育出版社，2004年，第224页。
⑤ 范曾编：《南通范氏诗文世家》(玖)，河北教育出版社，2004年，第192页。

家族文学传统自觉的建构和认同。范氏家族诗学传承"守先"的同时,更重
"裕后"。范罕提及年幼追随祖辈学诗,曰:

> 忆昔读诗爱《豳风》,春日出郊祝老农。归侍祖傍习背诵,梦寐
> 得见岐山翁。时予家贫五字富,疏食往往闻歌钟。祖倡四字我答
> 一,一字正坠山花红。举家欢喜未曾有,云此凤慧非凡聪。安排美
> 粟置虾菜,百钱市果围筠笼。遂分甘芳暨弟妹,如此大赉诚难逢。
> 我以诗名实始此,已调平仄谐商宫。(《晨起读毛诗至〈豳风〉感昨梦
> 而作》)①

祖倡孙答,联袂吟咏,对晚辈文学上的崭露头角欢喜异常,在长辈殷切
期望的目光中年幼之人步武其后,顺利走上了文学道途,成为家学传承的
新生力量。通州范氏世代相承,经过漫长的演化、补充和丰富,形成了家族
独有的诗风、文风。诚如范曾先生曰:

> 不作无病呻吟之语,不为刻红剪翠之句,亦未见喁喁鬼唱之诗。
> 大凡范氏作手,往往挟雄风以长驱,进则有豪侠气,退则有高士气,而
> 儒家经世、禅家感悟、道家睿语,皆若散花之近维摩,不着痕迹。世之
> 评范诗者,不惟评诗,兼评品节,高风起于海澨,噌吰振于颍洞。有国
> 魂在,有诗灵在,有家山风物、故人情怀,此四百年间范氏以诗意融于
> 人生。(《〈南通范氏诗文世家〉序》)②

范氏家风高秀,超脱旷达,进则积极进取,退则安贫守志,不以个人穷
通得失介怀,追求日常生活的文学审美,以艺文自娱的方式获取内在圆满
自足,寻找精神安顿和心灵释放,实现对人生困厄穷苦的超越。家族成员
以诗意融于人生,诗文涉及时事政治、家乡风物、人情世态、心志沉浮,内涵
丰富,真实不欺,意致深长,带有鲜明的情感色彩,袒露了丰富深邃的生命
感悟和心灵世界,以及对人生意义的追问和对命运价值的终极关怀。同
时,家族成员思想融通,眼界开阔,因命运遭际、时代思潮、师友渊源、天赋
个性等影响,博采众长,与时俱进,促使了家族文学的变异。就创作文体而
言,或一人众体兼擅,如范国禄诗、词兼擅,范当世诗、文俱佳;或不同成员

---

①范曾编:《南通范氏诗文世家》(壹拾壹),河北教育出版社,2004年,第19页。
②范曾编:《南通范氏诗文世家》(壹),河北教育出版社,2004年,第6页。

各擅一体,如范利仁长于画,范罕工于诗,呈现出不求一律、不拘一格的创作格局。就创作风格而言,面貌各具,丰富多彩。范凤翼"大雅之音,且有英雄气"(董其昌语)①,范国禄"淡远清深"(周士章《〈十山楼诗〉序》)②,范遇"雄文玉赋,宛如开府"(程珮玉《〈范二尹归田诗〉序》)③,范当世"才气纵横,体格雄富"(吴汝纶《答范肯堂》)④,范钟"闳肆瑰伟,不可端倪"(陈师曾《〈蜂腰馆诗集〉跋》)⑤,范铠"豪健无敌,肯堂难乎为兄"(吴汝纶语)⑥,范罕"奇怀警语,归于浑亮"(陈三立)⑦。《通州范氏十二世诗略·丛稿》中收录范应龙、范梦熊、范兆虞三代诗歌,杂然相陈,莫能辨其归属。范曾根据人物身世、阅历、诗风、语词,经过穷年推考,判断出诗中三种绝不相类的遭际与诗风。"沉郁深雄,平居忧思,多故国黍离之叹,必处颓乱之世,当为应龙襟抱","拔剑苍茫,报国无门,必曾经军旅生涯,非梦熊莫属","迂回悱恻,幽静深美,恰合兆虞心怀"(《〈南通范氏诗文世家〉序》)⑧,具有参考价值。范氏家族各代成员显示出独特的风格面貌和艺术手法,承中有变,同中有异,由此带来文学生命的绵延久远。

第五节　家族独特之处

文学世家是中国古代文学繁荣发展的重要组成,自汉魏以来普遍存在,明清两代更是星罗棋布,不可胜数,仅江南地区的著姓望族就数以百计,成为文坛重要的文化现象,其中不乏影响重大者。笔者现就近年学位论文考察的明清热点家族罗列如下,通过对具体内容的比较,通州范氏家族整体面貌方能有较为充分的揭示。

---

① 范曾编:《南通范氏诗文世家》(贰),河北教育出版社,2004年,第235页。
② [清]李渔等:《十山书刻序》,抄本,中国科学院图书馆藏。
③ 范曾编:《南通范氏诗文世家》(柒),河北教育出版社,2004年,第62页。
④ 陈国安、孙建编著:《范伯子研究资料集》,江苏大学出版社,2011年,第30页。
⑤ 范曾编:《南通范氏诗文世家》(壹拾),河北教育出版社,2004年,第170页。
⑥ 范曾编:《南通范氏诗文世家》(壹拾),河北教育出版社,2004年,第190页。
⑦ 范曾编:《南通范氏诗文世家》(壹拾壹),河北教育出版社,2004年,第165页。
⑧ 范曾编:《南通范氏诗文世家》(壹),河北教育出版社,2004年,第2页。

名称	规模	时间	传统	家族文献	代表人物
锡山秦氏①	22代242人	600多年	科举、仕宦、理学、诗文	656种	秦旭、秦松龄、秦瀛
长洲庄氏②	20代116人	600多年	科举、仕宦、经学、诗文	432种	庄以临、庄起元、庄存与
桐城方氏③	18代70人	500多年	科举、诗文、理学、书画	151种	方文、方以智、方维仪
麻溪姚氏④	17代39人	500多年	科举、仕宦、古文	352种	姚范、姚鼐、姚莹
吴江沈氏⑤	17代149人	500多年	科举、仕宦、诗文、戏曲	183种	沈璟、沈自晋、沈永令
吴江叶氏⑥	15代51人	500多年	科举、仕宦、诗文	152种	叶绍袁、叶小鸾、叶燮
海宁查氏⑦	14代56人	400多年	科举、仕宦、诗词	136种	查继佐、查诗继、查慎行
安丘曹氏⑧	12代28人	400多年	科举、仕宦、诗文	95种	曹贞吉、曹申吉、曹元询
金坛于氏⑨	12代37人	400多年	科举、仕宦、诗文、书画	73种	于孔兼、于敏中、于光华
长洲文氏⑩	12代88人	300多年	科举、仕宦、诗文、书画	111种	文征明、文彭、文震孟
新城王氏⑪	12代39人	300多年	科举、仕宦、诗词	118种	王象春、王士禛、王士禄

---

①高田:《锡山秦氏家族文学研究》,博士论文,苏州大学,2013年。
②丁蓉:《明清常州庄氏家族研究》,博士论文,华东师范大学,2012年。
③张家波:《明清之际桐城桂林方氏文学世家研究》,硕士论文,上海师范大学,2011年。
④汪孔丰:《桐城麻溪姚氏家族与桐城派兴衰嬗变研究》,博士论文,上海大学,2012年。
⑤郝丽霞:《吴江沈氏文学世家研究》,博士论文,华东师范大学,2004年。
⑥王晓洋:《明清江南文化望族研究——以吴江汾湖叶氏为中心》,硕士论文,苏州大学,2004年。
⑦韩逢华:《海宁查氏文学家族研究》,硕士论文,苏州大学,2008年。
⑧赵红卫:《明清安丘曹氏家族文化与文学研究》,博士论文,山东师范大学,2009年。
⑨吴婷芳:《金坛于氏家族文化研究》,硕士论文,安庆师范学院,2013年。
⑩杨昇:《长洲文氏家族文学研究》,博士论文,苏州大学,2011年。
⑪张敏:《明清时期山东新城王氏家族文化研究》,硕士论文,辽宁大学,2014年。

续表

名称	规模	时间	传统	家族文献	代表人物
昭阳李氏①	9 代 29 人	200 多年	科举、仕宦、诗文、书画	113 种	李春芳、李清、李鳝
全椒吴氏②	8 代 10 人	200 多年	科举、仕宦、诗文、小说	30 种	吴沛、吴敬梓、吴烺
临朐冯氏③	7 代 9 人	200 多年	科举、仕宦、诗文、散曲	38 种	冯惟敏、冯子咸、冯琦
侯官许氏④	6 代 13 人	200 多年	仕宦、诗文、书画	30 种	许豸、许友、许遇
新安吕氏⑤	6 代 32 人	200 多年	科举、仕宦、诗文、理学	122 种	吕维祺、吕履恒、吕谦恒
通州范氏	13 代 27 人	450 多年	诗文、书画	253 种	范凤翼、范国禄、范当世、范曾

　　就文学世家生命周期而论，大致可以划分为小型、中型、大型、巨型四类。孟子曰："君子之泽，五世而斩。"(《离娄章句下》)⑥与辉耀一时、昙花一现者相比，上列诸家均属巨型，在文学史上屈指可数。其中锡山秦氏、吴江叶氏、桐城方氏、麻溪姚氏文人辈出，延续了 20 代左右，高居榜首。通州范氏家族也令人望尘莫及，岁月迁流，经历朝代更替、兵燹动乱，450 余年间 13 代坚持以文传家，形成自在运行的文化衍生机制，俊才代出，经久不衰，呈现出顽强的文学生命力，通过家族规模、传统、文献留存等具体内容的细致对比，其独特之处一览无遗。

　　第一，以文兴家。通州范氏以外的 16 个家族典型代表了"科举兴——家道兴——文学兴"的一般发展规律，基本都是科甲蝉联、簪缨不绝的世家大族。锡山秦氏科第联翩，明清两代进士及第者 30 多人，宦迹遍及京城和多个行省。桐城方氏据张杰《清代科举家族》统计，至光绪十五年(1889)，

①郭馨馨：《兴化李氏家族及其文献研究》，硕士论文，南京师范大学，2006 年。
②吕贤平：《明清时期全椒吴氏科举家族及其文学研究》，博士论文，福建师范大学，2011 年。
③张秉国：《临朐冯氏文学世家研究》，博士论文，四川大学，2006 年。
④郑珊珊：《明清侯官许氏家族文学研究》，博士论文，福建师范大学，2010 年。
⑤杜培响：《明清之际新安吕氏家族及文学研究》，博士论文，福建师范大学，2012 年。
⑥[清]阮元校刻：《十三经注疏》，中华书局，1980 年，第 2728 页。

家族共有进士 27 人,达官显贵代不乏人。又如新城王氏,科甲蝉联不绝,中进士者 24 人,仕宦人员众多,王之垣、王象乾、王士禛等更是炙手可热,显赫一时。根据民国《海宁州志稿·选举表》记载,海宁查氏明清共有进士 20 人,举人 76 人,进而入仕,官众势大。昭阳李氏,进士及第者 11 人,创造了"九世一品"的家族传奇,名公累累,项背相望。新安吕氏 5 代 7 进士,小至一地教谕,大至朝廷要员,为宦者超过 35 位,名满士林。与此相比,通州范氏家族功名零落,仅明代万历二十六年(1598)范凤翼、清代光绪二十四年(1898)范钟进士及第、清代光绪二十三年(1897)范铠得拔贡,余者皆为诸生。家族中朝廷高官仅一见,州县小吏寥寥可数。明清时期,科举入仕成为普通家族跻身望族和维持声望的基本保障。吴仁安先生曰:"做官既可以提高个人乃至宗族的声望,又可以迅速增大财富,因此,族人出仕为官且'代有高官显宦'乃是望族能够形成和经久不衰的关键所在。"①其创始人、代表人物与科甲结下了不解之缘。通州范氏家族特立独行,多见主动放弃科考仕进的集体取向,如范凤翼、范遇、范崇简、范如松、范当世等,自觉游离于现有功名体制之外。基于对传统文化的敬畏和家学传统的守护,安贫乐道,以诗文担负兴家振族之责,专注通过文学与文化的力量营建家族声誉和名望,这一发展形态令人深思。范氏家族具备丰厚的文学积累和悠久的家学渊源,艺文并茂,以此最大限度地弥补科举功名道途遭遇到的缺憾,成功实现了对同期制度的消解和超越,以维护家族文学的良性发展,在文学世家林立的明清一枝独秀,极具鲜明个性,显示了古代世家的多元存在方式和发展态势。

第二,传承不辍。关注明清两代文学世家的历史命运,能够带给我们更为深刻的思考。上述家族声名远播,著誉文史,不乏独步一时的文坛霸主,如姚鼐、沈璟、王士禛、文征明、冯惟敏等。然而这些家族不无文脉中断之撼,且渐从历史舞台上消亡,代表了文学世家在文化变迁中的普遍结局。或者中间断层,吴江叶氏绵延 15 代,第 20、21 两世均无文名。桐城方氏虽然先后延续 18 代,第 6、20、22 世无文人名世。或者后代无闻,新城王氏在清代中叶王启涑之后,文学传统衰落,史迹渐隐。新安吕氏在燕昭兄弟之后,走向衰微,鲜有文名。吴江沈氏在道光沈桂芬之后,相继沦谢,衰败的

---

①吴仁安:《明清江南望族与社会经济文化》,上海人民出版社,2001 年,第 66 页。

趋势不可逆转。或者完成转型,安丘曹氏在民国时代思潮推动下,转向了法律、医学、农林、教育等领域,家学影响越来越淡。麻溪姚氏第 21 世成员,接受新式教育,在新文化运动冲击之下,文学世家的光环也随之黯然失色。范氏家族落魄困窘、寸步难行是普遍的生存境遇,没有持久显要的政治地位,没有雄厚富足的经济实力,没有族大支繁的创作阵容,在"诗是吾家事"的神圣信念指引下,虽有起落变化,坚定维护诗书传家的生存模式,保持书香本色,全力以赴。家族人均文献留存最具说服力,通州范氏成员著述平均接近 10 种,位列表中诸家第一。与附庸风雅者截然有别,积学敦行,态度真诚,守节自励,具有高度的文化素养和文学才能,追求文学与人生的水乳交融,是超越功利的纯粹文学家族,群体诠释了对文学的生命重托。450 余年间虽然人丁血脉单薄,却代有文人,高潮迭起。即使在古典诗文一落千丈、教育体制深刻变革的今日,范氏成员继往开来,守持和弘扬传统文化,诗、文、书、画传承不辍。群体表现出一以贯之、经久不衰的创作热情,延续至今,岿然灵光,这份艺文传承的自觉担当和坚持不懈,充分彰显了中国文学与文化的深厚积淀和衍生机制。

第二章　通州范氏家族文化生态

文化如林木,必有其滋生养育的土壤。通州范氏家族 13 代以翰墨为业,薪传火继,克绍箕裘,绵延 450 余年,其崛起、兴盛绝非孤立和偶然的现象,涉及世风时变、地域氛围、家族环境等文化生态,这些因素交互作用之下,形成了这一引人瞩目的人文景观。

第一节　世变时风

"文变染乎世情,兴废系乎时序"(《文心雕龙·时序》)①。研究文学家族,对其时代背景的考量是无法回避的话题。通州范氏漫长的发展过程中,朝代更迭、社会政治、文学思潮与家族命运紧密相关,深刻影响到成员的境遇心态、处世方式、创作阵容、文学审美等。现将通州范氏置身历史洪流之中,动态考察其演变轨迹,探讨兴衰隆替的时代因素。

一、社会政治深刻影响

风雨如晦、鸡鸣不已的晚明党争激烈,范凤翼立朝十载,如履薄冰,如临深渊,尽管为官时间短暂,坚决反对结党营私,自觉疏离朝政,却无可奈何、终其一生地陷入了党争漩涡。万历二十八年(1600),授顺天府儒学教授,见时政阙失,刚肠疾恶,仗义执言,孤鲠不阿。其房师田东明以气节称,忤时见逐,同门中有借田师以媚时相者,排挤及之,以致八年久锢不迁。万历四十五年(1617)丁巳京察,主察者郑继之、李志,考功科则赵士谔、徐绍吉、韩浚。

> 八法之处分,台省之例转,大僚之拾遗,黑白颠倒,私意横行。凡抗论建藩,催请之国,保护先帝,有功国本者,靡不痛加摧抑,必欲败其

---

① [南朝·梁]刘勰撰,黄叔琳注,李详补注,杨明照校注拾遗:《增订文心雕龙校注》,中华书局,2012 年,第 542 页。

名,锢其身,尽其伦类而后快。(《明史·蒋允仪传》)①

此次京察尽斥在朝及林居东林士子,正人无一漏网。范凤翼自庚戌(1610)至丁巳(1617),在告已经八年,不合"京官六年"考察之法,主察诸人违制拾遗,故被降一级调补。天启五年(1625),魏忠贤对东林党采取了残酷镇压,贤人正士,尽撄邪锋。下令向全国颁示共计309人的《东林党人榜》,规定凡在榜之人,"生者削籍,死者追夺,已经削夺者禁锢"②。严酷的政治气候下,范凤翼不免于难。《〈真隐先生年谱〉补注》曰:"徐绍吉属(曾)应瑞参之,再鼓清流之祸,以先生据清卿之席引高不出为罪。"③天启六年(1626),被削籍为民,追夺诰命。"据清卿之席引高不出"为深文周纳之牵强名目,深层隐含错综复杂的政治斗争。范凤翼《耕阳客问》中道出隐情:

> 止因(高)景逸参崔呈秀按淮扬贪状疏中有云"出淮扬士民之口",后呈秀修怨景逸甚毒。而乡人某遂献媚呈秀,而引景老所称"士民之口"正予与宝应刘静之,遂令徐绍吉本房门生曾应瑞上疏削夺予矣。④

崔呈秀捕风捉影,怀恨于心,故欲杀之而后快。范凤翼虽然谨言慎行,主动规避,却屡遭不测,典型呈现了晚明恶劣的政治环境影响下人物无法自主的命运。

清朝为维护社会统治,推行严酷的高压文化政策,大兴文字狱,以加强思想钳制。无论草野小民,还是朝廷重臣,都难逃脱文字狱的戕害。文网之密、数量之多、处刑之重、株连之广,前代罕见,通州范氏家族成员也沦为了受害者。乾隆三十八年(1773),朝廷组织学者编纂《四库全书》,开始大规模销毁"违禁"书籍,以使群言归于雅正。范凤翼《范玺卿集》遭到禁毁,后文将详尽阐述。范国禄秉承家学,博通经史,具有深厚的史学修养。钱禧遍观其诗文杂著,对史论尤为激赏,"此编最称奇富","几千年事物大抵

---

① [清]张廷玉:《明史》卷二百三十五,中华书局,1974年,第6135页。
② [清]高攀:《东林书院志》卷二十一,《续修四库全书》史部第721册,上海古籍出版社,2002年,第307页。"不过魏珰借东林名目为罗织耳实,则其人有与东林毫不相涉者,有托足东林而人品不类者,有人品虽端而与学脉终隔者,其间相去奚翅倍蓰"。
③ 范曾编:《南通范氏诗文世家》(壹拾捌),河北教育出版社,2004年,第140页。
④ 范曾编:《南通范氏诗文世家》(贰),河北教育出版社,2004年,第199页。

从不乱道中来,从乱道中去。能开着不乱道眼,放下乱道手,争个好字,不争乱道不乱道,其十山之谓欤"①。识地高远、通脱不拘之史笔颇为时人称许。清朝建立后,基于开拓疆土及有效管理的需要,统治者大力提倡各地撰修地方志。康熙十一年(1672),知州王宜亨延请在通州享有盛誉的范国禄纂修地方志。范国禄深谙修志的重要意义:"郡之有志,犹国之有史,所以纪政事、考风俗也,而美恶之义备焉。义出乎美而观感兴,出乎恶而惩创得。"(《与宋少参书》)②通州志自永乐戊戌至万历丁丑,先后六修,至清初百年以来未加重辑,记载阙如。范国禄世代居于通州,熟悉地方掌故,故欣然受命,修撰清代首部通州志。三年之后终成二十四卷,体例完善,内容丰富。令人意想不到的是,康熙十四年(1675),范国禄因文字得祸。其《寄李维饶》详述事件始末:

> 昨因修志,泛论风土,怒触镇帅,咨呈各宪,究问所指,屡详屡驳,几蹈不测。幸四方士大夫主持公道,始得稍解,然家已破矣。身无立椎,不知将来何以结局?且寒族与镇帅同城,出入行动不免嫌疑。虽大度或见海涵,而困惫老生忧谗畏讥,不能一刻自安于中。③

因直载陋习,语触狼山镇总兵诺迈,竟至获罪。诺迈(?—1694),清初将领李国翰(?—1658)第三子,字眉居,汉军镶蓝旗人。康熙八年(1669)九月任江南狼山镇总兵。汉军旗人是满汉两族长期融合过程中孕育出来的产物,由于其效忠清廷、洞悉满洲政治法令、熟知汉族民情的特殊身份,备受满洲统治者垂青倚重,诺迈即是其中典型代表。狼山滨江临海,为"斥堠之地",一直是长江中下游的军事要冲。狼山镇总兵官全称为"镇守江南江北狼山,统辖淮扬徐等处地方总兵官,都督佥事",仅次于提督,秩正二品。中国科学院图书馆藏抄本《十山楼诗年》卷三十甲寅(康熙十三年)下注:"春在泰州,五月客淮上,而文字之祸作,遂从延令之吴门、京口、白下,赴各宪,八月以后待罪扬州。"④又如管劲臣考证曰:"清初通州无官渡,国禄时以避祸离家南渡,仓卒求速。"⑤可见罗织之烈、得祸之惧、情势之峻。

---

①[清]李渔等:《十山书刻序》,抄本,中国科学院图书馆藏。
②范曾编:《南通范氏诗文世家》(伍),河北教育出版社,2004年,第262页。
③范曾编:《南通范氏诗文世家》(伍),河北教育出版社,2004年,第338页。
④[清]范国禄:《十山楼诗年》,抄本,中国科学院图书馆藏。
⑤管劲丞:《南通历史札记》,南通博物苑、南通市图书馆,1985年,第184页。

幸得四方友人斡旋营救，方化险为夷。随后，范国禄忧谗畏祸，远离家乡，直至康熙十九年(1680)九月诺迈升为福建陆路提督，避难十年之后方才返归。有个细节值得注意，中国科学院图书馆藏《十山楼尺牍》为范国禄本人晚年亲笔校订，《寄李维饶》中"泛论风土好尚，怒触诺镇台"改为"泛论风土，怒触镇帅"。"诺"姓之删足见范氏心有余悸，对其人忌讳莫深。

诺迈康熙八年(1669)九月至康熙十九年(1680)九月担任狼山镇总兵，权重一时，"宜乎知州不可与抗"，也要颂其人者"再三再四"①方可。以气节文章著称于世的冒襄撰有《五狼督抚镇台诺公德政碑》："江南大总戎眉居诺公，以元臣子弟开阃崇川，建牙树纛，功在疆场。在事八年，我四郡五十一州县之民，待菢于公之怀抱者，如赤子之仰慈母也。雉皋去崇川百里，而近公政教所及，独先于他州县而沐浴德泽。讴吟而思慕者，亦较他州县倍切。"②极尽歌功颂德之能事。现存文献无法找到对诺迈通州履职情况的客观叙述，虽然如此，据《清实录》记载可窥其为官大略。康熙二十一年(1682)，皇帝谕福建将军佟国瑶曰：

> 国家设立督抚提镇，原以为民。向来驻防镇江、杭州、福建等处汉军官兵，皆恣意妄为，侵占廛市，擅放私债，多买人口。如哈喇库、诺迈等，止知营私，罔遵法纪，买人至盈千百，此等匪人，用之何益？③

康熙二十六年(1687)，皇帝谕大学士等曰：

> 凡人之行，莫先于孝。近者汉军居父母之丧，亲朋聚会，演剧饮酒，呼卢斗牌，俨如筵宴，毫无居丧之体，至孝服、鞍辔之类，所用素帛，皆异常华美。丧礼止当服用粗恶，岂宜华美耶？居丧演剧，满洲所无，汉人亦未有，特汉军为然耳。百行以孝为先，如此所行，以为孝道，其他又何足观也。又汉军外官赴任，每借京债，整饬行装，务极奇丽。且多携仆从，致债主抵任索逋，复谋赡仆从衣食，势必苛敛于民，以资用度；且亲朋债主，迭往任所，请托需索，不可数计。是官虽一人，实数人为之，以致朘削小民，民何以堪？又汉军外官，不能骑射，乃自称行猎，多带鹰犬，借宿村庄，滋害于民。禽兽本在山野，岂在村庄耶？又汉军

---

①管劲丞：《南通历史札记》，南通博物苑、南通市图书馆，1985年，第197页。

②［清］冒辟疆：《冒辟疆全集》，凤凰出版社，2014年，第446页。

③《清实录》卷一百〇四，中华书局影印，2008年，第3921页。

服用,多僭越非分,终日群居,以马吊饮酒为乐,此等物力,从何而出,有非苛取诸民者乎? 汉军习尚之恶,以至于极,如原任总兵诺迈,原任提督哈喇库、祖永烈等,于任所多买良民带归。原任总督张长庚,原任巡抚张德地、韩世琦等,皆贪婪虐民,居官甚劣。今著汉军都统、副都统等,凡有居丧演剧饮酒、呼卢斗牌者,照赌博例,严行禁止。在外汉军官员任所,有亲朋债主,前往请托需索,贻累小民者,亦令察访指名题参。①

由上述材料可知,驻地汉军军官腐败,军纪涣散,圈地占房,买卖人口,随处牧放马匹,践食田禾,苛敛于民,以资挥霍,反映了清初八旗汉军与当地百姓的激烈冲突,这与统治者对其沟通满汉、缓和矛盾、化除隔阂的期许大相径庭。诺迈仰仗特权威势,在地方上横行无忌,远非恪遵国宪、安戢兵民之人,营私舞弊、称霸一方朝野俱知,声名狼藉,通州百姓深受其害。只是此等权贵飞扬跋扈,拥有特殊的身份地位,百姓多敢怒不敢言。范国禄作为撰志之人,尊重事实,未加贡谀,秉笔直书,很有可能语及驻军对通州一地带来的恶劣影响和不良风习。"通于旧俗为淳庞,近虽不古,然民风土习未至浇漓"(《书〈风土志〉后》)②。庄廷鑨《明史》一案之后,修史修志者曲讳甚多,且愈演愈烈,审查越加苛细,吹毛求疵。范氏感慨民风不古之言怒触当政,以至破家败名,这背后既有诺迈等人的望文生义、刻意深求,更可见清廷在立国之初对巩固统治地位的焦虑与警觉。"各种笼络手段的采用,只是试图扩大其精神一统的版图,但深层的防范意识未尝松懈过,对文字之防尤为重视,禁毁之厉堪称空前"③。明清易鼎之际直至康熙初年成为了清代文人焚稿的高峰期。时过境迁,范国禄修史的才德学识得到了世人的认可和尊重。康熙十三年(1674),王儌通、李遴等人重修《通州志》,因仍者居半。

清朝成功入主中原,鉴于江南地区的反抗势力旷日持久,于是不遗余力地加强对这一重地的控制,以建立新的统治秩序。"人主的惩创东南士人,竟也因其抵抗之顽强,即大局已定后仍迟迟不肯归附","使江南士人大

---

① 《清实录》卷一三一,中华书局影印,2008 年,第 4279 页。
② 范曾编:《南通范氏诗文世家》(伍),河北教育出版社,2004 年,第 178 页。
③ 罗时进:《清人焚稿现象的历史还原》,《文学遗产》2017 年第 5 期。

吃其苦头的科场、奏销、哭庙三案及庄氏史狱,无不宣示着人主的报复欲——也是所谓空前的"①。清代前中期的统治者始终坚持以八旗驻军弹压地方、威慑汉人官民的思路,尤其是江南地区,形成了完备的驻防格局和严密的控制网络。范国禄虽为布衣,对此深有感触:"江南大狱,元气太伤。壁上闲观,惟有叹息。督台请调重镇,或以为公私设备,兵之害甚于贼,部中亦再议再寝,谓饷无所出。若然,则鲸鲵复鼓,保无瓜、仪、京口之患乎?江南无老成大声疾呼于朝,在外者各抚一方,又远不能相应,谁为建白,终悠悠坐视而已。"(《三与徐岩叟》)②兴革理乱、安危顺逆之交,整个江南地区纷挈惶骇,紧张感普遍存在,这是范国禄修史得祸的时代语境。文字狱不仅造成了其个人悲剧,更对范氏家族带来了深重灾难。

> 受祸甚奇亦甚毒……破家败名,则已不可收拾矣。(《重寄毕使君》)③

> 十年中,流浪江湖间,撄乱避迹,穷累万状。倦游而归,家计已全坏矣。(《寄周屺公》)④

> 某遭文字之祸,流浪十年,归返故园,家业尽废,不能一步出门。(《候方伯胡公》)⑤

个体心灵饱受创伤,家族力量遭到严重削弱,跌入贫贱深渊,蹶而难振,代表了文字狱对清代文化家族的巨大打击和摧残。乾隆四十三年(1778),通州近邻东台徐述夔《一柱楼诗集》案发,因诗中"明朝期振翮,一举去清都"句,被指为大逆不道。时徐氏及子怀祖均已死去,剖棺戮尸,枭首示众。其孙食田、食书及列名校对、稍有关涉之人均处斩监候。曾为徐诗作跋的文人毛澄被流放,曾为徐诗作序的沈德潜也被革职、夺名、毁祠、碎尸。因这一文字冤狱,通州、如皋等地遭难者数千人,惨不忍言。数年之后,余波又累及辑录《东皋诗存》的如皋文人汪之珩后人。是时,恐怖压抑的文化氛围中,通州、如皋一带文化世家谈文色变,惊恐万状,焚毁诗文信札,以免遗祸子孙及族人。基于家族前代以及身边因文得祸之鉴,为避免

①赵园:《明清之际士大夫研究》,北京大学出版社,2014年,第82—83页。

②范曾编:《南通范氏诗文世家》(伍),河北教育出版社,2004年,第286—287页。

③范曾编:《南通范氏诗文世家》(伍),河北教育出版社,2004年,第336页。

④范曾编:《南通范氏诗文世家》(伍),河北教育出版社,2004年,第315页。

⑤范曾编:《南通范氏诗文世家》(伍),河北教育出版社,2004年,第344页。

悲剧重演,范崇简不求闻达于乱世,故不让其子范持信迎刃而上,令其保持沉默,或潜为诗,不以示人,清廷高压的文化政策造成了家族文学创作的锐减。

晚清列强加紧对中国的侵略,步步紧逼,国势危急。"或占海疆,或吞藩属,无端欺蔑,遇事生风,一波未平,一波又起"(刘铭传《遵筹整顿海防讲求武备折》)[1]。面对贫弱国情和强大外敌,以李鸿章为首的朝廷重臣奉行妥协退让的外交政策,力保和局。光绪十七年(1891),范当世以吴汝纶之荐担任李鸿章西席,此间谨守教职,保持文人的本色和品格,然而在波谲云诡的时局中也被牵连。甲午惨败是近代史上具有划时代意义的重大事件,李鸿章遭到举国攻击。范当世战前与之持有不同政见,反对轻易开衅,却也饱受非议,时有"东床西席,狼狈为奸"之奏牍,被视作同流合污之人。考虑到立身大节,范氏毅然解职南归,以诗文倾泻胸中难以遏抑的愤懑,曰:"时危复有忠奸论,俯仰寒蝉只自同。"(《和顾晴谷〈六十述怀〉诗》)[2]道出了群疑众谤之际的百口莫辩,显示了大时代对小人物尤可避免的影响。

二、各代成员与世推移

朝廷易代之际,出处去就是士人群体面对的普遍问题。许多家族因守节自持,违抗新朝,以致杀身成仁,造成了传承中断的遗憾。通州范氏面对朝代更替,选择了执着与变通兼而有之的处世态度。因忠孝节义对故国怀有深情,同时又能审时度势,与时舒卷,逐渐适应新的政治形势,以实现家族的平稳延续。范凤翼基于对现实政治的清醒判断,预测到明朝必亡之势,一旦国破成为事实,仍然悲不自胜。顺治元年(1644)七十大寿,远方称贺者填咽阊左。时传农民起义军李自成逼近宣府,罢宴不遑食,人以是服其孤忠。顺治二年(1645)四月,清军南下,大破扬州。《扬州十日记》载,五月初二日:

> 传府道州县已置安民官吏,执安民牌遍谕百姓,毋得惊惧。又谕各寺院僧人焚化积尸,而寺院中藏匿妇女亦复不少,亦有惊饿死者。

---

①刘铭传:《刘壮肃公奏议》卷二,《近代中国史料丛刊》第20辑,文海出版社,1966年,第223页。
②范曾编:《南通范氏诗文世家》(捌),河北教育出版社,2004年,第144页。

查簿载数,共八十余万,其落井投河、闭门焚缢者不与焉。①

闰六月,乡人明万里、苏如辙等劫杀清朝通州首任知州李乔。七月,清军围攻通州,兵临城下。在这危如累卵的时刻,范凤翼为保全阖州无辜百姓,挣脱狭隘固执的民族观念,不计一己生死荣辱、千秋功罪,勇于任事,力劝清军统帅唐翊明罢杀。范氏叙述与之交往曰:

> 公于不佞无一面交,乃思辱眄睐,眷眷有加,念不佞瘝堕空山,惠书再至,引进入城,令百姓身家无损,兵不牟侵。又怜老夫抱疴寝阁,慰问伏床,披露心肝,立见里底,又何温然如玉也。(《贤州守唐翊明传》)②

唐氏接受呈请并致书慰问,因范凤翼奔走斡旋,最终通城百姓躲过此劫,免遭大量杀戮,其选择归顺新朝是无奈之举,也是理性之举。

清朝入主中原之后,恢复经济,发展生产,平定叛乱,减免赋税,同时采取措施缓和民族矛盾和阶级矛盾,文治武功日渐昌盛。清廷将科举考试作为笼络汉族知识分子的有效手段,顺治二年(1645)开科举士,康熙十八年(1679)平定三藩之际开博学鸿词科,以网罗天下英杰。这一时代氛围中,通过科举进入仕途成为了新朝成长起来的多数文人的选择。范国禄胸怀强烈的建功立业志愿,与不食周粟、敌视清朝的遗民不同,并非愚忠于前明,怀揣淑世济民和家族振兴的理想,与父立场一致,顺从大势所趋,接受新朝,积极响应时代号召,从明入清,在求取功名的道途上辗转奔波五十年。其《时文自序》曰:"余自九岁始操觚,过庭受教以来,究心五十年于此。"③崇祯十二年(1639)入庠,入清以后继续参加科举,汲汲于此,却连败场屋,以一介诸生终老。面对残酷的现实生存,为了重振家声,执着追求,坚韧不拔。顺治八年(1651),其《述怀》诗曰:"功名未许甘心热,贫贱何忧彻骨寒?举国无人休挟铗,中天有日待弹冠。"④康熙十八年(1679),其《南州旅感用前韵》诗曰:"独伏三冬蛰,仍藏万汇春。龙雷蟠浩气,星斗焕元辰。"⑤虽然遭遇挫折失败,不坠青云之志,多方寻找能够改善困境的机遇

①［清］王秀楚:《扬州十日记》,《四库禁毁书刊》史部第 72 册,北京出版社,1998 年,第 196 页。
②范曾编:《南通范氏诗文世家》(贰),河北教育出版社,2004 年,第 74 页。
③范曾编:《南通范氏诗文世家》(陆),河北教育出版社,2004 年,第 88 页。
④范曾编:《南通范氏诗文世家》(肆),河北教育出版社,2004 年,第 124 页。
⑤［清］王藻编:《崇川各家诗钞汇存》卷首二中,咸丰七年(1857)刊本。

和出路。其《复毕载积先生书》曰:"某年逾不惑,学愧无成,守拙食贫,不必言矣。每见故人子弟举业初成,一入北雍则高魁如掇,心甚艳之。而援纳无资,可胜浩叹!"①坚持一己名节的原则之下,或结交贤达,干谒权贵;或远家入幕,解决生计,可谓惨淡经营,不遗余力。

晚清西方先进的社会学说和自然科学知识大量涌入中国,强烈冲击着传统的文化价值观念,对以儒学为安身立命之本的传统知识分子造成了前所未有的思想危机。这一文化背景之下,范当世立足现实,以开明的姿态接受西方文明。"好言经世,究中外之务。其后更甲午、戊戌、庚子之变,益慕泰西学说,愤生平所习无实用,昌言贱之"(陈三立《〈范伯子文集〉跋》)②。当众多士人观望之际,追随风气之先,克服守旧与顽固,开启了传统知识分子的转型。他具体表现为:首先,反对科举。"窃观于今日之势,盖不特时文之末流处于当废,即士大夫间所传之古学亦必有中旷之一日,而更待百年而后兴"(《与张幼樵论不应举书》)③。切中科举弊端,表达强烈不满,坚决要求废除旧有体制。其次,褒赞西学。范当世追求新文化、新知识,其《答桂生书》曰:"我之今日,乃独皇然于西学之合乎天理、周乎人事,而视我向者之所为几不成其为学,且其为道深博无涯涘,断断不尽于已译之书。"④他高度赞扬西方学说,倾心于各类国外译著,为之作序,有《〈游历日本考察商务记〉序》《税务司戴乐尔〈中国理财节略〉序》《〈列国岁计政要〉序》等。又次,提倡民主。范当世蒿目时艰,提倡变法图强,以挽救没落的国家命运。他目睹腐朽政体和因此导致的社会衰败,对摇摇欲坠的封建君主专制提出质疑和反抗。"明朝便叱玉皇退,何能一帝专诸天"(《书贾人语》)⑤。"遂令山中虮虱臣,浩然独叹生民主。一诏弥纶有万年,百姓身家不可侮"(《狼山观烧感赋》)⑥。完全背离传统价值观念,可见对封建政体的颠覆,言论激进,振聋发聩。

范当世以开放胸怀接受外来文明的精神影响了家族后代,范罕《六十自谶诗》云:"《天演》诚特怪,严子诠道元。荂生契鲁叟,译述搜遗文。我于

①范曾编:《南通范氏诗文世家》(伍),河北教育出版社,2004年,第276页。
②陈国安、孙建编著:《范伯子研究资料集》,江苏大学出版社,2011年,第71页。
③范曾编:《南通范氏诗文世家》(玖),河北教育出版社,2004年,第34页。
④范曾编:《南通范氏诗文世家》(玖),河北教育出版社,2004年,第109页。
⑤范曾编:《南通范氏诗文世家》(捌),河北教育出版社,2004年,第191页。
⑥范曾编:《南通范氏诗文世家》(捌),河北教育出版社,2004年,第284页。

二子最私淑,亦赖健弟传芳荪。"光绪二十年(1894),范罕赴两湖书院,见到严复尚未出版之《天演论》,惊告父亲,"以为卓越周秦诸子"。又见辜鸿铭正译之《论语》,大开眼界,以为"生平所见留西学生之著述,无过于此者"①。是时,其弟范况就读两湖书院,常告以严氏新学,影响之下故勇于接受新生事物。通州范氏成员还顺应时势变化,较早投入到了近代新式教育,带来历史转型时期家族的顺利过渡,持续发展。光绪二十六年(1900)春,范罕入法国教会学校学习。光绪二十七年(1901),范况考取南洋公学特科班,教以英文、政治、理财等学科,以备日后保送经济特科之选。光绪三十二年(1906),范况赴日本游学,学习英、日两国法律,研究最深者为法理学、宪法、财务预算制度等学科。宣统元年(1909),范毓赴日本游学。宣统二年(1910),范罕携子范子愚赴日学习。诸人积极接纳和迅速适应社会新语境,走出国门,接触到传统经学之外的广阔领域,人才辈出,家族因此实现了世代承传、瓜瓞绵延。

三、文学思想与时俱进

通州范氏家族远非封闭自守的社会存在,因博览群书,宦学四方,广交师友,普遍思想宏通,主张文学随时以变,与主流文坛保持了密切联系。明清两朝,文学风尚不断变化,通州范氏家族受到外部环境的深刻影响,紧跟文坛主流,成员创作中留下了时代烙印,显示出明清文学的演进轨迹。

明清易代的巨大变革中,士人普遍反思历史,审视现实,批判明代空疏不学之风。晚明文坛公安派以及步尘其后的竟陵派师心独造,有识之士对之大加挞伐,修复和重整传统。范凤翼参与其间,推波助澜,目睹"求新于俚俗陋劣幽怪寒俭之语"的流弊,提倡"祖述二《南》、宪章汉魏而陶铸三唐"(《〈西溪草〉序》)②,破除狭隘观念,努力将更广泛的诗学传统纳入视野。与清初江苏多数作家立场一致,肯定七子,以汉魏和盛唐为宗法对象,并对其成败得失进行深刻思考,以扭转时风。社友汤慈明诗歌创作体现了这一审美追求,"时而唐人、时而七子、或时而先生,富有日新而变化莫测,受之以冲气而一归于自然"(《〈汤慈明诗〉序》)③,推崇其以唐诗、明代前后七子

---

①范曾编:《南通范氏诗文世家》(壹拾壹),河北教育出版社,2004年,第116页。
②范曾编:《南通范氏诗文世家》(贰),河北教育出版社,2004年,第54页。
③范曾编:《南通范氏诗文世家》(贰),河北教育出版社,2004年,第50页。

作为效法榜样，又能批判吸收，自成一家，可谓"善学汉唐无汉唐"（《酒间与范穆其山人谈诗兼用为赠》）①。范凤翼诗歌得到了当时名流的一致肯定，方震孺评曰："句必选声，调必合格，一轨于盛唐。"②钱谦益赞曰："清妍深稳，有风有雅，出入六朝、三唐，不名一家，亦成其为异羽之诗而已。"③取法汉唐，不悖风雅，又面貌独具，代表了明末清初文坛的主流风习。

范国禄积极投身到清初诗学重建之中，对竟陵诗派的晦涩艰深亦颇有微辞，因故作深奥，刻意为难，其消亡命运不可避免。清初以降，随着政权逐渐稳定，社会走向繁荣盛世。王士禛执文坛牛耳近五十年之久，引领了顺康之际的诗风走向。其论诗以神韵为宗，追求含蓄深蕴、清幽淡远的意境，创作了大量模山范水、披风抹月之作，超然于政治生活之外，代表了盛世之音，影响甚广。范国禄投其门下，追游两年，研讨诗学是题中应有之义，文学审美受到了深刻影响，终身尊奉王氏为文字之师。范氏嗜好山水，"每一登临，辄经旬累月，吞丘壑而吐江海，浩瀚灵秀之气流露颖端"④。"游草"是其诗集中持续生成、数量最多的题材，山水成为了独立的审美对象，穷形尽相，细致描摹，表达由衷挚爱。"渊秀奇逸之致，与山川之性情相发"（熊人霖《〈江湖游〉序》）⑤。诗中鲜见黍离之痛、故国之哀的凄凉沉郁，呈现出清逸之美，典型代表了诗坛创作题材和审美心态的重大转变。范国禄诗中还纳入了平凡生活中的细事琐务、器具杂物，创作趋于散文化，以赋为笔，摹形状物，显示了清初文坛对宋诗笔法的普遍关注和积极借鉴。

清代道咸以后，对宋诗的学习和摹仿成为诗坛主流，全国范围内展开了声势浩大的宋诗运动，形成了影响甚巨的"同光体"。该诗派是指同光以来不墨守盛唐者，推举"三元""三关"之说，合学人之诗与诗人之诗为一，避俗戒熟，风格上表现为清苍幽峭、生涩奥衍、清新圆润等审美取向，成员众多，在晚清诗坛独领风骚。范当世遍交海内名宿，各方师友影响之下，与时代文坛主流保持一致，学界普遍视之为同光体的中坚人物。

————————

①范曾编：《南通范氏诗文世家》（壹），河北教育出版社，2004年，第104页。

②范曾编：《南通范氏诗文世家》（贰），河北教育出版社，2004年，第239页。

③范曾编：《南通范氏诗文世家》（贰），河北教育出版社，2004年，第237页。

④［清］刘名芳：《五山全志》卷九，乾隆十六年（1751）刻本。

⑤［清］李渔等：《十山书刻序》，抄本，中国科学院图书馆藏。

濂卿弟子范肯堂固亦同光体一作家。(钱锺书《谈艺录》)①

同光诗人,如郑珍、江湜、范当世、郑孝胥、陈三立皆不尽雕琢,能屹然自成其一家。(林庚白《丽白楼自选诗》)②

到了同治光绪年代,以陈三立为首的同光派诗人,展开了宋诗运动,在江苏的一面旗帜是范当世。(钱仲联《晚清以来的各种复古诗派》)③

诚如诸人所言,范当世坚守旧诗营垒,以复古的方式开创新境界。其诗歌纳入了天地民物,再现了时代风云,具有强烈的现实关怀与深邃的忧患意识,彰显了近代士人的政治责任和文化担当。其诗学主要取法宋代,由苏、黄而上溯杜、韩,以文为诗,淋漓挥洒,崇尚新奇,变化无方,锻炼字句,典故繁多,与同光诸子共同建构了古典诗歌最后的辉煌。

近代西学东渐的历史语境中,黄遵宪等人以博大胸襟面向世界,汲取外来文化,从理论和实践上主张诗歌革新,加速了古典诗歌的解体,成为五四运动前后白话新体诗诞生的先导,其创作具有新旧交替、承前启后的特点。置身传统文学转型阶段,范罕因袭了古典旧体诗歌形式,融合李、杜、苏、黄诸家精长。由于具备留学背景,传统体式中呈现了国外的新事物、新名词、新境界,与“诗界革命”如出一辙,“可当新旧两坛之介品”(范罕《〈蜗牛舍诗〉再版自跋》)④。同时,范罕具备开放宏通的眼光,走到了现代文学的门口。其诗学理论《蜗牛舍说诗新语》集中反映了“通变”的时代精神,博古通今,出入中西,游刃有余。

诗之一艺,实能引发国故,鼓舞民风,亦今日我国学者应有之思想也。但又不徒矜持一国之文明,拘拘步武前人,依傍门户,先当置身于世界之广场,放大眼光,抛弃从来诗人恶习,然后探元索隐,择术立言,性情之余,兼通利济,则艺之为用,亦何尝不宏?⑤

诗未有无形式者,英国诗形式甚多,我国词曲亦然。作诗者既不能离形式,而又生造一形式,则莫如仍以五七言为标准。(范罕《蜗牛

---

①陈国安、孙建编著:《范伯子研究资料集》,江苏大学出版社,2011年,第142页。

②陈国安、孙建编著:《范伯子研究资料集》,江苏大学出版社,2011年,第134页。

③陈国安、孙建编著:《范伯子研究资料集》,江苏大学出版社,2011年,第135页。

④范曾编:《南通范氏诗文世家》(壹拾壹),河北教育出版社,2004年,第149页。

⑤范曾编:《南通范氏诗文世家》(壹拾壹),河北教育出版社,2004年,第126页。

舍说诗新语》）①

　　深入思考传统诗歌发展路径，调和新旧，以期通过古典诗歌的自身改良，突破旧有格局，以适应现实社会环境，显示了传统文学向现代的过渡。通州范氏家族成员虽少见叱咤文坛、影响一代的领袖人物，其诗学流变受到时代背景、诗坛风气等影响，家族文学史与文坛主流步调一致，成为了明清以至近代文学发展演变的缩影。

第二节　地域文化

　　人类活动是在特定区域的自然环境中展开的，乡园作为直接影响人物生活、成长的地域环境，对生存方式、文化生成具有重要作用。"凡居民材，必因天地寒燠燥湿，广谷大川异制，民生其间者异俗"（《礼记·王制》）②。尤其对于封建时代聚族而居的世家大族，长期稳定生活于特定地域，受到山川地理、风土民情和历史文化、人文传统的熏陶影响，无可避免带有该地自然与人文环境的基因，形成了具有地域特色的生活形态、思维方式和文学表现，通州范氏代表了这一普遍规律。

一、襟江负海的地理位置

　　通州历史悠久，远在 5000 多年前先民就在这里生存、繁衍，海安县西北沙岗乡青墩村新石器时代人类活动遗址粗略勾画了当时社会的图景。通州地名其来有自，"州之东北海通辽海诸夷，西南江通吴粤楚蜀，内运渠通齐鲁燕冀"（《万历通州志》）③，南北交汇，广为交通，因以命名。通州襟江枕海，民风淳朴：

> 　　山川毓秀，风气日上，文章之余，发为艺术者间有之，农喜积谷，计口储蓄，以备荒歉，商不赶集，不以妇女主店，不久客在外，董董于本土贸易有无，市罕游民。
> 　　习朴实而负气，性醇直而不阿，耕凿为生，鱼盐为利，士读书而耻

---

①范曾编：《南通范氏诗文世家》（壹拾壹），河北教育出版社，2004 年，第 125 页。
②〔清〕阮元校刻：《十三经注疏》，中华书局，1980 年，第 1338 页。
③〔明〕林云程、沈明臣纂修：（万历）《通州志》卷二，明万历刻本。

于奔竞之风,商为市而无图射之巧。

　　地肥美,民事耕桑樵渔,性多朴野,士有文雅之风。①

　　该地三面距川,南有五山排列以为砥柱,东北有长堤绵亘以为屏障,加以民众服田力穑,勤劳务实,质朴淳俭,历代遭遇兵燹重创与毁坏较少,形成了相对安定封闭的生活环境。该地亲族观念浓厚,"其土之所生又皆足以自给,故虽游宦万里罔不归其乡,其视父子、兄弟、九族、三党为不可动摇"(范当世《顾醴泉先生寿序》)②。同时,山水清嘉,风光秀丽。五山拱列于前,沿江成弧形排列,川岳之奇秀顿入眼帘。宋刘弇《狼山记》曰:"白狼五山,距通州城南十里,率不百步,则崭然迭起。若踞若蹲,若前拱后负,若期而赴有待。"③严尔珪《五山拱北碑铭》曰:

　　　登五岳而小天下,登五山而小崇川。五山其通之五岳乎! 大江洸荡自恣,五峰盘峙如列掌。余每过之,几片青芙蓉,奇秀万状。白狼居然长之,若剑迹,若黄泥,若马鞍,皆其伯仲而鳞次者矣。军山在水中央,宛一旁伍,波臣澎湃,走五山之趾,狂欲吞山。④

　　五山之中最为著名者当属狼山,喻为"江海之锁钥,淮扬之门户"⑤。地处江面最宽阔之境,水天一色,风光绮丽。宋代淳化年间州官杨钧以"狼"字不雅上书改为"琅",又因山岩多紫色故又称紫琅山。南坡石径曲折,古木参天,寺、院、碑、坊点缀其间,亭、塔、楼、阁交相辉映,有支云塔、招隐堂、穿云洞、萃景楼、大观台、振衣亭、笠云亭、半千石、望海楼、朝阳洞、狮子石、海月岩等景点,山石奇绝,峭壁兀立,吸引了历代文人墨客驻足流连,歌咏不绝,留下了大量诗文。据(光绪)《通州志》存录,宋代有王安石、文天祥、刘弇、吴及、夏竦、齐唐、姚闢、王观、蒋之奇、任伯雨、吴宗卿、赵抃等,元代有陈原等,明代有王鏊、林云程、周长应、张元芳、舒缨、钱嵘、窦承芳、董璘、邵旻、王瓖、王琥、刘澄甫、王廷、崔桐、丰坊、严怡、陈尧、卢枫、陈大壮、陈大震、葛增、卢纯忠、卢纯臣、卢纯学、沈明臣、吴时来、陆弼、柳应芳、顾梦

①［清］梁悦馨等:(光绪)《通州志》卷一,光绪元年(1875)刻本。
②范曾编:《南通范氏诗文世家》(玖),河北教育出版社,2004年,第64页。
③［清］梁悦馨等:(光绪)《通州志》卷二,光绪元年(1875)刻本。
④［清］梁悦馨等:(光绪)《通州志》卷二,光绪元年(1875)刻本。
⑤［清］徐缙、杨廷撰纂:《崇川咫闻录》卷二,道光八年(1828)刻本。

游、李宁、李长科、凌录、邵潜、张继孟、凌相、曹大同、范凤翼、殷国鼎、顾养谦、王醒之、江一山、顾磐、王伉、朱当世等；清代有冒襄、王宜亨、范国禄、陈魁文、王宏业、李堂、丁有煜、孙世仪、曹星谷、李懿曾、唐仲冕、夏忠、王资佶、李方膺、江干、吴球、李琪、保玉躬、熊际泰、徐锡爵、吴廷燮等。诸人探幽访胜，反复题咏，为通州山水增添了浓厚的人文气息，沉淀为丰富的地域文化。明代嘉靖、隆庆年间，通州由州牧高启新、郑舜臣率民众于城北筑土为冈，参错棋置，为钟秀五山，藤萝掩映，清流欲滴，美不胜收。明陈尧《新筑钟秀山碑记》曰：

> 中为主山，旁为四小山，高广各若干尺。登其上而望焉，江云海鸟近在眉睫，城中庐舍簇簇如鱼鳞，可俯而瞰也。遂与五山南北对峙，若宾主相见，或揖或趋，或拱或立，争奇献秀，各极其态，而卒莫能相下也。①

地开千载胜，人皆一时贤。南北五山成为通州文人汇聚诗性、激扬诗情之地，坐对十山，日夕其下，名山胜水涤荡心胸，歌吟袅袅，实现了群体对自然环境的美学建构。山川景物和风土人情影响了主体审美心理和创作实践，这在范氏家族各代别集中表现突出。据笔者不完全统计，范凤翼自署"五山长"(《王宛委大将军〈狼五山赋〉引》)②，有超过 40 首诗，范国禄有超过 70 首诗，均以通州自然景观为吟咏对象。或发思古之幽情，或摹山水之神韵，陶醉流连，形诸笔墨，山之峻伟，水之灵秀，随处可见。通州独特的地域景观潜移默化地陶冶了文人性情，也为该地文学创作提供了诗思勃发的场域和鲜活生动的题材。

二、蒸蒸日上的文教事业

教育的兴盛对地域人才培养具有决定意义，明清时期的通州呈现出重文教科第的人文风尚。后周显德五年(958)设通州，宋太平兴国五年(980)始设州学，辖区静海、海门两县随之先后创立了县学。北宋乾兴元年(1022)，知州王随将州学与先圣庙合并，迁至州城东门内。此后州学规模更大，据《通庠题名录》统计，明代州学入学人数为 2069 人，清代州学入学

---

① [清]梁悦馨等：(光绪)《通州志》卷二，光绪元年(1875)刻本。
② 范曾编：《南通范氏诗文世家》(贰)，河北教育出版社，2004 年，第 52 页。

生徒 4803 人,另有海门、静海乡生徒 1583 人,总计通州生徒达 6386 人,这些生员均需通过严格考试方能取得学籍。通州初等教育的官学,宋、元、明三代有小学,元、明、清三代有社学。宋代儒学东侧设有小学,明嘉靖十六年(1537)同知舒缨再建小学。通州社学始于元代,明代通州州治有社学 7所,金沙、石港、余西、余东、西亭、吕四等盐场也建有社学,海门有社学 2所。如皋社学在明洪武八年(1375)达 84 所,嘉靖三年(1524)还有社学 15所。初等教育中还有专收孤寒儿童免费入学的义学,光绪初年通州有义学9 所。

古代书院是集藏书、教学与研究为一体的高等教育机构,成为官学之外有益补充,对社会教育与文化发展产生了重要影响。史载通州最早建立的书院见于宋代,即紫薇书院和万竹书院。明代通州书院兴建最多,增至12 所。正德八年(1513),举人顾磐在西门外铁钱河畔建铁渠书院讲学。嘉靖七年(1528),通州判官史立模在东门外龙津桥建崇川书院。嘉靖十六年(1537),通州同知舒缨析通济仓半址建文会书院。嘉靖二十七年(1548),巡盐御史陈其学在石港场建忠孝书院,这是通州延续时间最长的书院。万历四年(1576),知州林云程建五山书院于狼山东麓。万历二十四年(1596),州人陈大乾在东濠建文昌阁,阁有两翼,东翼为书院。清承明制,文教持续兴盛。康熙三年(1664),分司杨鹤年重修忠孝书院,增祀北宋范仲淹,易名文正书院。延请马中翰主讲,加增膏火。马氏立规约训,肄业生童崇尚实学,一时翕然从之。乾隆十年(1745),知州董权文于城西北隅选址建紫琅书院。乾隆二十九年(1764),知州沈雯募筹经费;复加规划,始聘浙西著名进士吴坦为师,拨归公余田分给膏火,学额由 60 人扩大至 120人。乾隆三十八年(1773),巡道袁鉴、知州荆如棠更定课程。嘉庆十六年(1811)知州唐仲冕、道光十年(1830)知州周焘、道光二十二年(1842)知州景寿春相继修缮,同治十一年(1872)知州梁悦馨重修。长沙唐陶山先生守通之时,翰林侍读张涵斋先生为紫琅书院院长,一月两课,文风蒸蒸日上。张氏主通州讲席最久,书院肄业生登贤书、入词林者先后 20 余人。同治七年(1868),梁悦馨在四甲镇建东渐书院。与此同时,余西镇建精进书院,吕四场建鹤城书院、东瀛书院,泰兴建马洲书院、延令书院、襟江书院等,如皋建王俊义书院、丁天锡书院、陈应雷书院、许芳书院、崇正书院、安定书院等,大师临坛,学者众多,对通州地域文化发展极具助推之力。随着通州教育体系的渐趋完备，教育成果日益显著，人文大兴。"今则束发以上，咸知谈经说史，讲经明道术"，"衡门之家，髫龀之子亦知挟册从师，喜为儒者之言"①。诗书在前，钟鼓在侧，缙绅学士，考德问业，弦诵不绝。经过引导教化，逐渐形成了该地尚文学、崇诗礼、重科举的文化传统。

近代为实现救亡图存之宏愿，通州张謇敢为人先，以"祁通中西"为理念，崇尚科学，以"实业"和"教育"为两大支撑，率先引进国外先进文化，包容汇通，缔造了"中国近代第一城"。当时，全国绝大多数地区固守封建社会陈旧的教育理念，张謇等邑中贤达开风气之先，带来了通州教育的近代转型，许多领域处于国内领先地位。通州师范学校是中国第一所民间自立师范，通州女子师范学校为全国第一所完全科的女师，南通博物苑为全国第一所博物馆，南通私立纺织专门学校为全国第一所纺织学校，河海工程专门学校为全国第一所水利专科学校，女红传习所为全国第一所刺绣学校，南通伶工学社为全国第一所戏剧学校，南通盲哑学校为全国第一所由中国人自办的盲哑学校，南通新育婴堂为全国第一所由中国人自办的新式托儿所。学校重视聘请知名学者教授，以通州师范为例，有外聘教师18人，邀请王国维、章太炎、梁启超、黄炎培、陶行知、杜威等各界精英前来讲学。

通州重文兴教的文化氛围下，培养了大批德才兼备之人。考中进士者明代通州32人、静海11人、泰兴19人、如皋23人。清代至光绪元年(1875)通州55人、静海3人、泰兴22人、如皋27人，可见递增之势。其中，获一甲"赐进士及第"4人，马宏琪是清雍正五年(1727)一甲第三名，王广荫是道光三年(1823)一甲第二名，胡昌龄是乾隆四十八年(1783)一甲第一名，张謇是光绪二十年(1894)一甲第一名，享誉一时。

三、繁富多元的艺文成就

浓厚的人文氛围熏陶下，明清时期通州在艺文领域多有建树。

第一，音乐。万历十五年(1587)，说书艺人柳敬亭生于通州余西。其平话传声摹神，独开生面，嬉笑怒骂，穷形极相，张岱、钱谦益、吴伟业、周容、黄宗羲等均对其精湛技艺赞叹有加。通州白氏以琵琶传世，白在湄、白

---

① [明]林云程、沈明臣纂修：(万历)《通州志》卷三，明万历刻本。

或如、白璧双祖孙三代皆善音律。清初白璧双善弹琵琶,取古今曲,操谱被之,五音不爽,名公巨卿皆与纳交。徐祐兄弟并工琴,甫冠囊琴走京师,集报国寺,拥弦角艺,四座倾倒。谢伯甘贫好学,师从徐祐,技成游都,往来公卿之间。孙模兼擅计元孺、郝友生二家所长,精通音律,熟谙琴艺。

第二,印刻。苏州文彭创建的"三桥派"是印学史上首个篆刻流派,其弟子何震随后又开创了"雪渔派",这一印风传播到了古邑如皋。明代万历年间,通州邵潜侨居此地,研究六书和金石篆刻,运自心灵,不由蹈袭。各地文人学士精于此业者接踵而至,互相切磋,呈现了"家祝秦汉,户尸斯籀"(《〈东皋印人传〉跋》)[1]的局面,形成为东皋印派,先后延续二百年。东皋印派师宗秦汉,取法高古。陶澍言:"国朝二百年来,摹印名家者,可以指数,而大半皆得之雉皋。岂非古法之所流传,同人之所攻错,亦如宋斤鲁削,业固善于所聚也。"(《〈东皋印人传〉序》)[2]其繁荣发展影响深远,在明清印学史上占有重要地位。

第三,绘画。该地还涌现了一批雅好丹青、才艺卓越之人,徐沁《明画录》中收录通州三人,顾绪喜画梅,苍劲异常;保甸善花卉,兼擅山水;黄希宪,工山水、花卉。清代通州艺苑更为繁盛,康熙三十七年(1698),诞生了该地首个画社——五山画社,创始人为李黄、李堂父子,在借水园结社,长达14年之久。

> 下榻此园中三年者,陈菊村也。时凌镜庵、吴西庐、马药山恒与来往。又招张研夫、保裻庵、王买山、李顽石入社。未几,菊村、买山逝,诸人多远游,社几废,适镜庵、西庐、药山、研夫、裻庵、顽石至园,续旧社。益以陈揖石、蒋开士,每月一集。[3]

五山画社既有长期主持日常事务者,又因谢世、远游等,不乏短期参与、更替相接者。精于画艺之人汇聚一堂,人才济济,驰骋艺林,切磋交流,营造了浓郁的地域艺术氛围。李方膺(1695—1755),字虬仲,号晴江,别号秋池、抑园、白衣山人等,寓居金陵借园,自号"借园主人",清代中叶著名的"扬州八怪"之一。善画松竹兰菊,尤爱画梅,以瘦硬见长。师法造化,不拘

①[清]黄学圯:《东皋印人传》,西泠印社铅印本,南京图书馆藏。
②[清]陶澍:《陶文毅公全集》《续修四库全书》集部第1503册,上海古籍出版社,2002年,第389页。
③[清]徐缙、杨廷撰纂:《崇川咫闻录》卷八,清道光十年(1830)徐氏芸晖阁刻本。

成法,笔雄墨健,气势豪放。郜连,善画芭蕉,墨色华润,简洁清新,传至日本,人称"郜蕉"。黄经,精绘山水,苍古淡远。袁璜,工画山水。蒋芳,精草虫,从子纾潇洒更过之。李山,工山水人物,间涉禽鱼草虫,无不入妙。曹星谷在金陵画梅,观者叹绝。汤密以书法画劈兰竹,苍劲挺秀。姜恭寿善花卉竹石,风雅可人。凌瑚擅长花卉、禽虫,亦工仕女,风致娟好。李敕谟画荷深受东瀛人士喜爱,时称"李荷花"。张经,无师自通,自成一格。其子张雨森,甚得家传,兼取名家风韵,尤擅泼墨,乾隆时为画院祗候,深受嘉赏。钱球与弟俱工绘山水,球子钱恕得家传,人称"三钱"。通州画家挥毫泼墨,各擅胜场,造诣不凡。

第四,著述。(光绪)《通州志》序曰:"硕德宏儒,代有传人。其仕于朝者,经文纬武,焜耀闾里,其潜于野者,枕经葄史,著作等身。"①根据其中《艺文志》,宋以来通州(含海门、如皋、泰兴及部分客居)人士撰著如下:经部凡127部,其中易类21部、书类5部、诗类12部、礼类8部、春秋类20部、孝经类4部、五经总类10部、四书类25部、乐类5部、小学类17部;史部凡103部,其中杂史类13部、诏令奏议类16部、传记类30部、地理类17部、政书类15部、史钞史评类12部;子部凡160部,其中儒家类31部、兵家类4部、医家类11部、术数类4部、艺术谱录类20部、杂家类70部、类书类12部、道家类8部;集部凡569部,其中别集类503部、总集类36部、诗文评类19部、词曲类10部等。明清通州文学风气十分浓厚,云蒸霞蔚,呈现出前所未有的繁荣局面。诚如王藻《崇川诗钞汇存》中曰:

> 淮之南,江之北,绵亘千有余里,平野莽旷,独通州五山耸峙,云霞之表,大海环护,其中多产异才,故其为诗也,包藏汉魏,酝酿风骚,本山川之所孕毓,才气所至,准之律度,动与古人颉颃,是亦可以得其概矣。②

名家相望,诗文繁富,由明清时期编辑的地方文献可窥一斑。清初范国禄编纂《狼五诗存》辑录了该地(不含泰兴、如皋)宋代以至清初231位诗人作品,其中宋代4人,元代2人,其他皆属明清,文人规模庞大。清代道光年间,杨廷撰辑《五山耆旧集》二十卷,"凡见闻所逮及,自吾郡外,泰兴、

---

①[清]梁悦馨等:(光绪)《通州志》卷首,光绪元年(1875)刻本。
②[清]王藻编:《崇川各家诗钞汇存》卷首序言,咸丰七年(1857)刊本。

如皋、海门三邑，诗之存者，靡不搜辑"①。收录宋至明末通州作者 439 人，诗 4570 首，其中明代 390 余人。随后，杨氏又辑《五山耆旧今集》八卷，收录清初至康熙通州作者 174 人，诗 1903 首。清汪之珩编《东皋诗存》五十二卷，凡诗四十八卷，诗余四卷。全书收录宋代至清乾隆间如皋籍诗人 379 家作品，其中卷十一至三十七为清代诗人诗作，共 323 家诗 4310 首。此外，还有孙翔《崇川诗集》二十卷、《补遗》一卷，王藻《崇川各家诗钞汇存》六十二卷、《补遗》六十一卷，陈心颖等《明紫琅诗》四卷、《国朝紫琅诗》四卷，可见地域文风之盛。

在这艺文兴盛、英才辈出的地域氛围中，明清通州涌现出了大批文化世家。袁景星、刘长华辑《崇川书香录》，以该地书香门第三世一贯者编辑成帙。"士君子里闬伏处，皓首穷经，其贻厥孙子者，不在科名之显达，而在书香之绵延"②。书中共列有钱、孙、李、周、吴、郑、王、冯、陈、蒋、沈、范、朱、施、张、曹、杨、许、魏、姜、谢、潘、马、袁、顾、黄、姚、汪、明、戴、宋、江、徐、胡、凌、丁、单、包、程、陆、刘、白、曾、沙、保、达 46 家，其中书香绵延超过十世者超过 10 余家，标举风雅，青箱世守，经久不衰，互相辉映，成为了引人注目的文化现象。范氏家族崇文好学，书香一脉，是明清通州地域整体氛围中孕育而出的文化硕果。

第三节　社会交往

明清时期衡量家族文化地位和社会影响普遍以是否参与大型文化活动为重要参数。通州范氏以范凤翼、范国禄、范当世为代表，各代爱重交游，在不同历史阶段以文会友，组织和参与了明清一系列令人瞩目的艺文活动，诗酒唱和，结游交往，不断掀起了创作高潮，将单个的文学家族融入时代群体性的文化活动之中，通州范氏拥有了超越一家、一地的影响力，与地域文化、时代文坛深层关联，呈现出互动性的发展轨迹，为家族提供了家学之外的文化资源。

①[清]杨廷撰辑：《五山耆旧集》卷首，道光四年（1824）一经堂刻本。
②[清]袁景星、刘长华纂辑：《崇川书香录》，道光年间刻本。

一、通州范氏家族交游考述

家族各代热衷交游,交往密切者不乏社会名流,志同道合,诗文联吟,或影响了家族成员的人生命运,或营造出高扬风雅的群体氛围,对家族成员文学水平的提高、创作热情的激发、文坛地位的奠定具有积极作用。

(一)交往对象

师友在范氏家族子弟成长过程中扮演了重要角色。首先,人数众多。万历三十八年(1610),范凤翼罢官归里,退居林下,热衷与志同道合者交游结社,喻为"南北都会"。"若怀才抱德与夫挟一技一能者,招徕而汲引之,靡有余力"(范国禄《先府君行述》)①。士人多慕名与交,以其为核心形成了开阔的社会交往圈。万历四十一年(1613)八月,范应龙七十寿辰,远近贺者近百人。天启三年(1623)八月,范应龙八十寿诞,以诗文寿者达一百四十余人,直接显示了其子范凤翼的社会影响。崇祯三年(1630)至十三年(1640),范凤翼避难京口、金陵,虽然身居异地,追随者不绝如缕,成为文坛艺苑的风雅主持。顺治元年(1644),范凤翼七十寿,贺者盈门,寿言多至三千余首;八十寿诞,各界来贺,结为《真隐八十寿言》。在父亲影响下,范国禄雅好交游,足迹遍布天下,颇识四方之士。由文献爬梳辨析,其交游人物接近1000人,由于大量原始文献的披露,成为研究清初文人交往的新见资料。范国禄子范遇浪游四方,康熙十六年(1677)之后,走燕、赵,历齐、鲁,驰驱乎晋、梁,周游乎三楚、豫章,广为交接。晚清范当世、范钟、范铠囊笔走四方,南北数千里,声名动公卿。通州范氏家族社交人物身份多元,既有达官显贵,如晚明叶向高、朱国祚、李维桢、高攀龙、丁元荐、李三才、顾宪成、邹元标、赵南星、郭正域、杨时乔、徐良彦、范文景等,清初王士禛、龚鼎孳、李柟额,晚清李鸿章、张之洞、袁世凯等;又有文坛名流,如范国禄与钱谦益、陈维崧、李渔、施闰章、孔尚任、吴绮、张潮、宗元鼎、邓汉仪等,范当世与刘熙载、张裕钊、吴汝纶、黄遵宪、沈瑜庆、俞明震等;还有下层文人,如范凤翼与汤慈明、邵潜、钱五长、马是龙、周千载、姜荆璆、汤岱渊、陈于到、顾国玺、顾圭峰、朱摩诘、胡麟分等,范国禄与孙默、谢起秀、方以智、白梦鼎、杨麓、陈鹄、钱瑚、喜越、孙模等。家族还与宗教界雅好诗文者交好,如范凤

①范曾编:《南通范氏诗文世家》(陆),河北教育出版社,2004年,第380页。

翼与苍雪、道开、文照、介法师、若昧、宗白等，范国禄与储公、玉环、觉公、弘上人、补禅师、尧封方丈、彤公、石涛、四照禅师、续那禅师等。物以类聚，人以群分，交往对象与家族地位变迁密切相关，范氏交游人物身份取向由政治功利逐渐回归文学本位，才学志趣成为了主要因素。需要关注的是，范氏家族开阔的社会交往并非均匀分布于各代，而是集中于明末第二世范凤翼、清初第三世范国禄、晚清第十世范当世，呈现出鲜明的阶段特征，因广泛交游带来积极影响，成为家族文学的三座高峰。

其次，地域广阔。范氏家族注重交往，虽然世代居于通州，却能超越狭隘的地域局限，与各地文士广为交际。崇祯三年(1630)，范凤翼家京口，赁春杨文襄公西第，与少司农于公仕廉、大京兆谈公自省、兵宪万公编、潘山人一桂、钱山人邦苊订文酒之会。崇祯五年(1632)，移居金陵，与南北才俊结为白门社、兰社，优游艺苑，风雅唱和。频繁的文人社集，大量的诗歌创作，丰富的文化活动，生动记录了一幅幅晚明文人交往图景。范国禄一生活跃于各地文坛，顺治七年(1650)春，与吴绮等集冒襄深翠山房。康熙元年(1662)，同杜濬、程邃、陈允衡应郑星之招，集天瑞堂。康熙四年(1665)，有江楚之游，备览山川名胜，寻访故旧亲友，吟诗颇丰。康熙五年(1666)，与句容张芳等在武昌洪山寺会丹徒钱邦苊，成《述感事诗》一卷。同年，与邓汉仪、陈维崧、孙枝蔚、宗元鼎等人参加了广陵诗界词坛盛事，蔚为风雅。康熙十三年(1674)至二十四年(1685)避祸于外，足迹踏及江苏、湖南、湖北、河南、山东、河北、南安等地，遍访诗人墨客。康熙二十八年(1689)，与孔尚任、周稚廉、周京等人齐聚扬州，尽文酒之兴。晚清"通州三范"继承了家族前辈这一立身处世方式，努力开拓社会交往圈。光绪四年(1878)，范当世与顾延卿前往江苏兴化拜谒刘熙载。光绪六年(1880)，谒张裕钊于南京凤池书院。光绪八年(1882)，范当世受张之洞聘请，佐张裕钊修撰《湖北通志》。光绪十一年(1885)，应吴汝纶之聘赴冀州，扶植后进，辛勤育人。光绪十七年(1891)至二十年(1894)，担任李鸿章西席，寓居天津，宾朋络绎，遍与交接。光绪二十年(1894)至二十七年(1901)，先后滞留金陵、广东、上海、扬州等地，与沈瑜庆、陈季同、林纾、王义门、方小汀、黄晓秋、柯逊庵、吴彦复、洪荫之、赵善夫、刘一山等结欢。光绪十一年(1885)，范钟首来武昌，交游李有棻兄弟。光绪十九年(1893)，与陈宝箴、梁节庵、易实甫、郑寿彭宴集琴台，唱和甚欢。同年，与陈三立、易实甫、罗达衡自武昌抵九江游庐山,尽兴而返,得诗182首,结集为《庐山诗录》。光绪二十年(1894)二月,与诸友宴集两湖书院,有诗记之。随后,又入河南、广东、山西三地巡抚文案,光绪三十三年(1907)署河南鹿邑。光绪十七年(1891)九月,范铠到京,拜会左筠庵、刘幼丹、志中鲁、黄中弢、李香缘等友朋,游宴唱和。三十日,赴甘肃途中至保定,赴莲池书院拜会吴汝纶。光绪二十四年(1898)始,分别就职山东袁世凯幕府、张人骏幕府、警察局文案、寿光知县。范氏世代相承的多地交往,因才华修养带来个体与家族的广泛被接受与被认可,有效提高了社会声望。

又次,时间长久。通州范氏家族重义轻利,普遍重视世代交好。范国禄著《两世交游人鉴》,收录父子两世相承之交游,上下百年,共计36人,或以经济称,或以文章著,或以气节名。书札中也多可见:

> 不遗通家犹子然者,抑何道义骨肉之情深而靡间也。(《奉钱牧斋先生书》)①

> 自先君辱教于老伯,以及弟荷教于翁兄,先后盖四十年。(《寄黄俞邰书》)②

> 道义文章仰翁兄如师表盖三十年矣,世德世谊沦浃于寒家,历祖孙、父子、叔侄、兄弟而深之,非寻常关切所可拟其百一也。(《四与徐岩叟书》)③

范氏与钱谦益、黄居中、徐起霖等世代交好,感情笃挚。清代以降,范氏将家族交往不断向后代延伸。

> 四世交游敦旧好,五山风雨赠新诗。(范兆虞《送别程简亭》)④

> 桐城方樵松,名性成,与吾家有五世之谊。自其游通握手,慨然念两家之名德,不独先光禄与其先中丞戊戌同谱已也。(范崇简《怀旧琐言》)⑤

> 吾两家之好及三世矣……若先大父之与公,固皆有古人之契;而家君与公子明经君,又好以行谊节操相砥砺;少卿又慷慨好学问,爱余

---

①范曾编:《南通范氏诗文世家》(伍),河北教育出版社,2004年,第259页。
②范曾编:《南通范氏诗文世家》(伍),河北教育出版社,2004年,第293页。
③范曾编:《南通范氏诗文世家》(伍),河北教育出版社,2004年,第287页。
④范曾编:《南通范氏诗文世家》(柒),河北教育出版社,2004年,第78页。
⑤范曾编:《南通范氏诗文世家》(玖),河北教育出版社,2004年,第195页。

之兄弟，往往不耻为刍荛之诮，宜吾两家之好独至也。（范当世《晓山达公墓志铭》)①

风雨同舟，相互砥砺，长久维系，以成故家世交。通州范氏与如皋冒氏交往时间之长尤其突出：

余先人与九翁至莫逆交，公与余何异同胞兄弟。（范凤翼《〈拙存堂逸稿〉序》)②

冒之先曰巢民先生，与吾先人十山公同时以文采相尚，称邦国间二百年弗衰。（范当世《冒伯棠六十寿序》)③

家族之间从明至清，几百年间，用心维系。范凤翼与冒嵩少，范国禄与冒襄，范当世与冒伯棠，过从甚密，情同手足，如此跨越时空的家族情谊不可多得。

(二)交往活动

通州范氏家族与社会各界人物交往活动丰富。首先，雅集赋诗。以文会友成为范氏社会交往的主要方式，由此可见在当时文坛的地位和影响。范凤翼辞官归隐，提倡风雅，文酒欢会不绝，金陵期间所作诗序生动记录。

丙子中秋前二日，携酒钱过汪遗民托园，邀同薛千仞、黄海鹤、程德懋、周安期、林茂之、经行一、李芳生小集同赋。（《玉宇何澄鲜》)④

秋日李玄素彻侯招同汪遗民诸子饮瑶华堂，观演家乐，即席赠歌童云在，和玄素作，每句次韵，另一格也。（《青童妙丽夺红裙》)⑤

春日大司马质公宗兄载酒俞容自勖卿园中，招同黄石、圆海、震甫畅叙，而质公诗先成，步韵二首。（《异境春偏静》)⑥

宋量公续兰社三山阁，毕至群贤，惟眉、月二美人阻雨未至。予分得齐字。（《雨压乱峰齐》)⑦

---

①范曾编：《南通范氏诗文世家》（玖），河北教育出版社，2004年，第129页。
②范曾编：《南通范氏诗文世家》（贰），河北教育出版社，2004年，第60页。
③范曾编：《南通范氏诗文世家》（玖），河北教育出版社，2004年，第77页。
④范曾编：《南通范氏诗文世家》（壹），河北教育出版社，2004年，第86页。
⑤范曾编：《南通范氏诗文世家》（壹），河北教育出版社，2004年，第106页。
⑥范曾编：《南通范氏诗文世家》（壹），河北教育出版社，2004年，第159页。
⑦范曾编：《南通范氏诗文世家》（壹），河北教育出版社，2004年，第171页。

酌酒助兴,登临选胜,听歌观剧,还原了晚明诗歌创作的真实场景。雅集也是范国禄社会参与的重要方式,热衷参与各类文人聚会,前已详述,此不赘言。清代中叶范崇简潜心艺文,超然世外,远近名流频繁与之雅会。海门李甘溪招其观梅:

> 庭中古梅、二桐,一桐老而屈曲如龙蛇,大可合抱。对面二梅,虬枝老干,幕天席地,洵为百余年物。是日,招曹竹人、成象、庚可文及其兄香芸辈赋诗花下,花香与月色似妒吟侣,而人影徘徊于宵深冷艳之中,不复知为尘世。

海门绿漪园主人招看芍药:

> 时值盛开,数百本高低错出于湖石之中。晨起观之,香盈襟袖。花围之北有亭,亭后有池,池外即土山,竹柏森森,颇有林壑气象。每日分题赋诗,夜则张灯,看家乐演《长生殿》全部,至通宵方就枕,此余燕会中之极豪侈者。

桐城张朴庵邀同泛舟游冠芳园:

> 初登舟即为鼓《塞上鸿》一曲,琴声应水,愈见悠扬。至园复弹《雄朝飞》《平沙》《昭君》诸操,予即席得诗一首。(范崇简《怀旧琐言》)①

风物清嘉,曲声悠扬,染墨运翰,品味高雅,尽显风流。光绪十七年(1891)至二十年(1894),范当世居津期间,李府名流云集,高潮迭起,现存诗集主要收录了与李经方、李经迈、吴彦复、言謇博、徐宗亮、俞明震、陈介庵、陈季同、曾重伯等人的酬唱之作。光绪二十五年(1899)八月,范当世留上海王欣甫署中,纵情诗酒,几无虚日,有《消寒第二集同人属余先赋仍用敬如调而易其韵》《消寒第三集咏日本小田切所谓沪上四假者四首》《东坡生日即消寒第六集敬如为长歌甚有高致余转自愧其才思枯竭不能和也无已复用前韵叠一首赠之》《消寒第七集》等。光绪十八年(1892),范铠随蔡金台赴甘肃,出甘州东行至平番界,折而西南,行至西宁,凡十四日行一千三百五十里。虽然道途萧旷,加之八月风雪苦寒逼人,朝夕停宿荒山野馆之时,雅兴大发,蔡得新诗十三首,范得二十二首,左笏卿、刘幼丹亦得十余

---

①范曾编:《南通范氏诗文世家》(柒),河北教育出版社,2004年,第181、184、198页。

首。诸人相与诵读评论,欢笑一室,行役之苦抛之脑后。

其次,交流诗学。通州范氏及时关注时代文学动向,通过与师友交流沟通,形成了相近的文学观念和审美追求。范凤翼《酒间与范穆其山人谈诗兼用为赠》曰:

> 枚马淹远李何死,隆万年来数王李。善学汉唐无汉唐,迩日词人不及此。风蜩雨蚓亦争鸣,刻鹄涂鸦浑不似。欲排七子作衙官,故与晚唐为从史。中郎亦仅了中郎,而我为我尔为尔。穆其曳履游海上,见予便出诗相饷。掷地能为金石声,光怪射人非一状。摹古何曾甘效颦,铸今时自标心匠。①

诗中可见双方既宗尚汉唐、又自出机杼的诗学追求,并通过各种文学交往积极宣传这一创作主张。范国禄主动向名家学习请教,顺治十七年(1660)至康熙四年(1665),王士禛担任扬州推官,追随从游,交往频繁,研讨诗学是题中应有之义,对其文学审美产生了深刻影响。范氏追求含蓄淡远、兴趣盎然的诗境:"意味深长,不在语句多少,耐人寻绎,愈淡愈至。"(《〈南山陲〉诗评》)②其论述与王氏神韵说颇多相通之处。康熙四年(1665),漫游南州,施闰章作为地方长官,对其赏爱有加,多见文学交流。"触绪皆诗话,生平所未听"(《陈允衡熊业华招集侣鸥园倍施大参闰章》)③,"论诗直欲开生面,尚友还如见古人"(《周宪副体观招同施大参李孝廉署中雅集》)④。切磋琢磨,精义迭现,置身其间令范氏受益匪浅,极大地开阔了诗学境界。康熙十一年(1672),寄居海陵,与邓汉仪商略《诗观》之选,知音相遇,论文赋诗,雅相推重,莫不称心。为挽救明末诗坛流弊,两人责无旁贷。范言:"邓子孝威继《诗观》而选《诗品》,独于二名家有使集之目,因得读而绅绎之。"他们共同坚守儒家正统诗学理论,《慎墨堂诗品》中二家之作可资"观政治考风俗",邓氏"品藻甚详"(《〈二名家使集〉序》)⑤。范氏与之桴鼓相应,为撰序言,阐扬诗歌的政教功用,以扩大诗坛影响。黄仙裳与范国禄具有截然不同的词学观念,黄氏贬抑词体,以之为宴嬉逸乐、

---

① 范曾编:《南通范氏诗文世家》(壹),河北教育出版社,2004年,第104页。
② 范曾编:《南通范氏诗文世家》(伍),河北教育出版社,2004年,第111页。
③ 范曾编:《南通范氏诗文世家》(叁),河北教育出版社,2004年,第324页。
④ 范曾编:《南通范氏诗文世家》(肆),河北教育出版社,2004年,第205页。
⑤ 范曾编:《南通范氏诗文世家》(陆),河北教育出版社,2004年,第3页。

聊佐清欢的娱乐工具。范氏则曰:"文章之道,各溯其源,支节虽分,无小大之异也,自成一派而止耳。"(《〈潘文水词〉序》)①因与范氏交往,黄云词学观念发生了重大转变,随后以全新理念投入创作,收获颇多。晚清范当世具有宏通的文学视野,鼓励切磋诗学,曰:"为诗不但唱酬而已,必得互相争论,有所云云,乃足以为极乐也。否则,辛苦撰成,密行细字书而投之,如掷诸水,杳无回音,此亦有何趣味?"(《与言謇博书》)②王守恂回忆曰:

> 时俞恪士在范先生许,每夕阳西下,步访范先生,同恪士谈诗道故,夜分始散。一日,夜已三更,同范先生、恪士、謇博及余四人,小步河干,星月交朗,河上渔火烂然。(王守恂《集外杂存》)③

诸人沉浸于密集深入的切磋交流中,流连忘返,不觉夜深。范当世热衷诗学讨论,从与言謇博书信可见一斑:

> 一近著酬仁山之作绝佳,而夜作一首"宝刀拂拭"四字,我欲易为"探之肺腑",盖曰"犹恐雄心坐消折,探之肺腑夜灯看",坐实"雄心"二字,既清且奇矣,所谓独造之诗也,如"宝刀拂拭"云者,则无论是何诗人集,其间定当有此一句耳。謇博以为何如?当复我,无唯诺,亦无刚愎也。(《与言謇博书》)④

> 诗各不可同,要之大段必当有合处。第一韵味胜,而气势乃次之,典实文雅或居其三。(《与言謇博书》)⑤

新诗就正,互为推敲,或此甲而彼乙,或是丹而非素,剧争雄辩,传笺往复,且晚不倦,视为至乐。又如《稍与采南和度论文章生造之法再叠前韵奉诒》《与义门论诗文久之书二绝句》《再与义门论文设譬一首》《与蔡燕生论文第一书》等,谈文论艺,自相师友,不断反思、修正既有文学观念。

最后,誉扬文名。通州范氏家族成员多为布衣,其闻名天下,与师友的提携赞誉不可分离,受惠良多,带来家族门第的奠定、提升、延续。范凤翼

---

① 范曾编:《南通范氏诗文世家》(陆),河北教育出版社,2004年,第77页。
② 范曾编:《南通范氏诗文世家》(玖),河北教育出版社,2004年,第150页。
③ 陈国安、孙建编著:《范伯子研究资料集》,江苏大学出版社,2011年,第265页。
④ 范曾编:《南通范氏诗文世家》(玖),河北教育出版社,2004年,第166—167页。
⑤ 范曾编:《南通范氏诗文世家》(玖),河北教育出版社,2004年,第151页。

少时如冰壶秋水，澄映不俗，叶向高"心仪其为国器"（《尊腰馆七十寿言》）①，可见赏爱。立朝言政，孤鲠不阿，时人对其评价甚高。高攀龙曰："入都门而不见范博士者，非夫也。"（范国禄《先府君行述》）②遂在东林诸子中声誉鹊起。晚明党争激烈，因正道直行遭到宵小攻讦，任咎出都，因以告归。孙丕扬曰："版曹久著贤声，铨署方称拔萃。"又言："科臣言事，多属风闻；司属生平，自有定论。"（范国禄《先府君行述》）③以其政治身份高度评价范氏才干品行，为其辩诬，还以清白，可当定论，影响广泛。同时，范凤翼文学创作也得到何如宠、董其昌、方震孺、冒起宗等名流的普遍肯定，其中钱谦益评其诗"清妍深稳，有风有雅，出入六朝、三唐，不名一家"④，其文"原本经术，贯穿古今，凿凿乎如五谷之疗饥、药石之治病"⑤，以文坛盟主的地位由衷认可、延誉称美，影响不言而喻，家族自此跻身名流之列。范国禄为名父之子，书香门第，文采出众，受到广泛注目。王士禛以诗为之延誉："翩翩浊世佳公子，只属扬州范十山。"⑥王氏不吝赞赏，因此声名大振，海内传诵。黄云《怀范汝受久客楚中》、徐波《〈秋深声〉序》中皆有"浊世翩翩"之赞，可见揄扬之效。范国禄著述丰富，同时延请名家撰序，以提高声望，现存《十山书刻序》共收录李渔等33人为16种书刻所撰序言。其中不乏名家时贤：

　　以澹通为体，以巨丽为用，以陶洒而近于自然为宗者，然则情境妙合，风格道上，不为古役，不堕今蹊。（张文峙《〈十山楼诗〉序》）

　　十山若拱若揖，若屐若屏，尽收之范子腕下，有十山游，而十山乃与五岳并垂千古矣，江山得助于文章，何能为文章助，吾于范子诗而益信。（李长科《〈山游草〉序》）

　　吾友范子汝受，为诗绝有法，十山楼诗，集古人之成，乐府拟古，可云空谷之响。（周令树《〈十山楼诗〉序》）

　　读其诗，俨入山阴道上，万壑千岩，令人应接不暇。其雄伟典丽，

①［明］叶向高等：《尊腰馆八十寿言》，启祯年间刻本，国家图书馆藏。
②范曾编：《南通范氏诗文世家》（陆），河北教育出版社，2004年，第380页。
③范曾编：《南通范氏诗文世家》（陆），河北教育出版社，2004年，第375页。
④范曾编：《南通范氏诗文世家》（贰），河北教育出版社，2004年，第237页。
⑤范曾编：《南通范氏诗文世家》（贰），河北教育出版社，2004年，第245页。
⑥［清］杨廷撰辑：《五山耆旧今集》卷二，道光四年（1824）一经堂刻本。

则历下也;其隽逸幽秀,则公安也;其淡远清深,则竟陵也。无美不备,无奇不收,兴到成吟,直发性情,畴为左右袒,泂得三百篇遗意,会汉魏六朝四唐于一人者也。(周士章《〈十山楼诗〉序》)①

　　各界名流或譬喻,或直陈,或因人赏文,或由文及人,涉及多端,奖掖推重,合力推动了范国禄作为一介布衣扬名天下。范遇家学渊源,入都以诗为介,因父辈交往,受到多人关照爱护,逐渐见重于世。王士禛评《山间月》曰:"兴寄高远,如置身万丈峰头。"施闰章评《江上月》曰:"如吟孟浩然诗,尘怀顿洗,二、三联更有凭虚御风之致。"陈维崧评《楼头月》曰:"格调、才情俱臻上乘。"②晚学后进在踏上文学道路之初,近距离接触到文坛中心人物,受到诸人鞭策褒扬,可谓幸运备至。晚清张裕钊对范当世赏爱有加,初晤之时,赞其文曰:"辞气诚盛昌不可御,深叹异以为今之世所罕觏也。"(《赠范生当世序》)③问学伊始,受到文坛巨擘如此好评实属罕见,直接助推了其以古文鸣于时。吴汝纶对其揄扬更是不遗余力:

　　　　大范今健者,笔阵可横使。九天咳珠玉,洒落在墨纸。(《和范肯堂元韵》)

　　　　有夫白晳又甚口,世才一石君八斗。谪仙雄笔乞与君,问君久假何当还?遗我新诗十七纸,使我置身开宝间。元凯论才霄汉上,草茅珍怪知谁赏。(《前韵和范肯堂》)④

　　赞其人才气纵横,其诗变化无方,奇横不可敌,立刻赢得了文坛声誉。随着范当世日益精进,吴氏更推其为文坛魁硕。"文之道莫大乎自然,而莫妙于沉稳。无错中年到此,则天下文章其在通州乎?"(范当世《与姚夫人书》)⑤评《上吴先生》曰:"句句横亘万里,字字扪之起棱,不知肯堂吞并几许古人也。"⑥对《武昌张先生寿文》一文推崇备至:"令我俯首至地,纵欲以文寿濂,读此不得不焚弃笔砚,佩服! 佩服!"(《答范肯堂》)⑦甘拜下风,赞

①[清]李渔等:《十山书刻序》,抄本,中国科学院图书馆藏。
②范曾编:《南通范氏诗文世家》(柒),河北教育出版社,2004 年,第 26—27 页。
③陈国安、孙建编著:《范伯子研究资料集》,江苏大学出版社,2011 年,第 19 页。
④陈国安、孙建编著:《范伯子研究资料集》,江苏大学出版社,2011 年,第 28 页。
⑤范曾编:《南通范氏诗文世家》(玖),河北教育出版社,2004 年,第 190 页。
⑥陈国安、孙建编著:《范伯子研究资料集》,江苏大学出版社,2011 年,第 107 页。
⑦陈国安、孙建编著:《范伯子研究资料集》,江苏大学出版社,2011 年,第 30 页。

叹不绝,如此奖掖提携助推了范氏在晚清文坛的影响。

二、通州范氏家族与山茨社考述

明清时期东南和沿海地区盛行结社,范凤翼是通州文人雅集的积极倡导和努力践行者,其创建的山茨社直接促成了当地诗文彬彬之盛的创作局面。在范氏家族为代表的数代文人努力下,山茨社横跨明清,绵延近二百年,时间之长,实属罕见。遗憾的是,目前学界对其论述寥寥,仅郭绍虞《明代文人集团》、何宗美《文人结社与明代文学的演进》中列为条目。笔者将梳理这一诗社漫长的发展历程,揭示文化家族对地域文学的深刻影响。

(一)山茨社始末论

通州山茨社是晚明范凤翼为逃避污浊官场、险恶政治创立的地方性诗社,张慧剑《明清江苏文人年表》中曰:"万历三十九年,通州范凤翼解京职还里,此际与同里杨麓、汤有光等共结山茨社。"①又,同社汤有光有诗《送异羽母除服北上时尊公士见先生待铨都下》曰:"独念五山诗社冷,故人分手若为情。"②通州以狼山、军山、剑山、黄泥山、马鞍山著名,故以"五山"为代称。据汤诗,范凤翼万历三十五年(1607)除服补原官时诗社业已成立,名为"五山诗社",在其万历三十九年(1611)退居隐乡后正式更名"山茨社",该社成员钱良胤有诗《午日范异羽招集山茨新社同陈抱一卢子明孙啸父朱右文汤慈明杨伯荣张巨卿王梦觉》,可为证明。

诗社"山茨"之名寓有深意,李善《文选》注《北山移文》中"钟山之英,草堂之灵"句,引梁简文帝《草堂传》曰:"汝南周颙,昔经在蜀,以蜀草堂寺林壑可怀,乃于钟岭雷次宗学馆立寺,因名草堂,亦号山茨。"③范凤翼自陈诗社命名与金陵北山之内在联系,曰:"社在崇川城北山,即拟金陵所称北山草堂又名山茨者。予少年谬叨选俊,滥辱铨曹,耿介违时,辞禄归隐,因结宇正公方丈之侧,社额山茨,盖亦有年。中间屡奉朝命,三起京卿,终未出一步,且经海上奇乱,流寓白门八载,每优游钟山之麓。疴瘳喜还故乡,旧社亦犹无异白门。忆昔周彦伦初标幽操,后黦尘容,空吊山灵,遗诮千古。

①张慧剑:《江苏文人年表》,人民文学出版社,2008年,第416页。

②[明]汤有光:《汤慈明诗集》,明天启二年(1622)周长应刻本。

③[南朝·梁]萧统编,[唐]李善注:《文选》卷四十三,中华书局,2005年,第612页。

余殊无愧此意,乃作《重修山茨社歌》以告同人。"①"山茨"寄寓了林壑可
怀、归隐泉石之志,与周颙故作高蹈而又醉心利禄不同,范凤翼虽屡起京
师,却坚卧不出,"愿言效明哲,归欤守山茨"(《述怀》)②是其一生的真实践
履。山茨位于通州崇川城北钟秀山,"入林寻胜友,爽吹豁岩扃。散帙凭鬶
几,窥窗展翠屏。古苔欺短屐,瘦石傲空庭。树叠疑山色,云流学水形"(范
凤翼《秋日同汤慈明冒伯麟游北山二首》)③。诸人置身清幽雅致之境,聚
友为社,文酒觞咏。

　　崇祯三年(1630),通州地区发生民变,阖州涂炭。面对飞来横祸,范凤
翼家族百口流离,因此避居京口和金陵,山茨社集自此基本处于停滞状态。
范凤翼《寱言堂宴集》小引曰:"予自庚午(崇祯三年)避乱,远游至今,甲戌
(崇祯七年)始归,则山茨诗社荒落久矣。"然而,崇祯七年(1634)范凤翼返
乡虽仅两月,却带来山茨社的恢复与振兴,"身经乱离复追陪,美尽东南词
社开"④。需要注意的是,其子范国禄《先府君行述》中言:"山茨修社,西林
振响,匝两月而去。"⑤因山茨久已荒芜,遂移居西林,社集地点出现了变
更,故该社后世遂有"山茨""西林"的不同称呼。范国禄《西林社集记》中还
描述了"西林"一地:"城之南郭,水市烟寰,石桥柳港,旁折而入,有禅刹焉。
崇林森郁,方池清漪,路幽僻而境深邃。其西林则苇上人所居也,精结梵
宇,种竹开径,位置草木,可玩可坐。"⑥草木葱茏,古刹深邃,亦为水木清华
之所。崇祯七年(1634)山茨社集,胡澄一有《范异羽社集二十人于西寺方
丈斋会复携酒顾镇之庭中分得五歌十八韵》,诗下注明:"粤东程无我时、楚
蕲孟元白璧、歙州吴冠卿介、平江周千载明良、丹阳江孟辰应枢,里中胡京
孺拱极、张完樸元芳、江荆琚玉果、汤岱渊尊生、陈于到远、顾国玺镇之、顾
圭峰国琬、朱摩诘长康、胡麟兮公孙、钱五长岳、李羽中翀、保升父时、单惠
仍思恭、异羽及余。"⑦此次雅集,既有远道而来、仰慕追随者,亦有该地仕
途坎坷、选择归隐者,抑或晚生后学、观摩揣习者,超越了地域和年龄,具有

---

①范曾编:《南通范氏诗文世家》(壹),河北教育出版社,2004年,第328页。
②范曾编:《南通范氏诗文世家》(壹),河北教育出版社,2004年,第65页。
③范曾编:《南通范氏诗文世家》(壹),河北教育出版社,2004年,第336页。
④范曾编:《南通范氏诗文世家》(壹),河北教育出版社,2004年,第266页。
⑤范曾编:《南通范氏诗文世家》(陆),河北教育出版社,2004年,第379页。
⑥范曾编:《南通范氏诗文世家》(伍),河北教育出版社,2004年,第213页。
⑦[清]杨廷撰辑:《五山耆旧集》卷十三,道光四年(1824)一经堂刻本。

极大的包容性和吸纳力。

崇祯十三年(1640)范凤翼因病由金陵返回通州,十四年(1641)重修山茨社,作《重修山茨社歌》以告同人。此后,范凤翼基本没有离开通州,社集频繁。山茨社从万历三十九年(1611)始建至范凤翼顺治十二年(1655)离世,其间成员因生老病死、出仕、远游等各种因素,尽管间有中断,但在主持者不懈努力下,前后绵延五十余年,完成了成员的新老交替,实现了诗社的持续发展。

更为难得的是,范凤翼逝世后,范氏家族后代薪传火继,书写了山茨社集的崭新篇章。范凤翼五世孙范崇简在《山茨社集》中缕述诗社传承:"先大夫在告里居,感稚圭之移,构筑山茨社于北山……十山(范国禄)、濂夫(范遇)两公复继之,迄今几二百载。"[①]范国禄《西林社集图跋》详述社事曰:"忆昔丙戌(顺治三年),家仲兄(范国祐)挈余同殷夫子及凌允昌、喜越、杨麓、姚咸、孙模、杨梦、吴遐结诗社。至己丑(顺治六年)冬,仲兄久客吴越间,而昭阳李长科、海陵童点、闽中陈瑶、东昌陈关调、邗江性持、虞山智融两上人来游五狼,属余续社事,合同里孙谦、陈鹄、保汜、白熺、张耄共二十人,宴集西林赋诗。"[②]顺治三年(1646),范凤翼两子与里中文士续社。顺治六年(1649),范国禄与诸人续社,且吸纳李长科、童点、陈瑶、陈关调等文名满天下、气节凛然可嘉之人,诗文樽酒,备极一时之盛。又,《南通范氏诗文世家纪事编年》记:"乾隆四十九年(1784)春,范崇简与乡里诸名隽曹星谷、李耀曾、李懿曾、周耕麓、胡长龄、钱绮楼、孙瓠涧等人共结山茨社。"[③]经由范崇简等人共理,这次社集招纳诗友逾百人,将社集活动推向了高潮。

通州山茨社从万历三十九年(1611)至乾隆四十九年(1784),在范氏家族为主体的数代文人努力下,尽管其间呈现出高峰与低谷交替的发展态势,然而生生不息,衣钵传承近二百载,其生存时间和衍生方式堪称奇迹,令人叹为观止。

(二)山茨社成员考

山茨社是明清时期通州地区最为突出和重要的文学群体,成员多为通州本地文人。其资料除少数现有诗文别集传世之人,余者散落于地方史志

---

①范曾编:《南通范氏诗文世家》(柒),河北教育出版社,2004年,第173页。

②范曾编:《南通范氏诗文世家》(伍),河北教育出版社,2004年,第231页。

③范曾编:《南通范氏诗文世家》(贰拾壹),河北教育出版社,2004年,第76页。

和地方性诗文集,主要人物生平如下:

第一,范凤翼时期。朱当世,字右文,号白衣小士,诸生。著《敝帚集》《古今合辙》《沧海集》;卢纯学,字子明,性醇谨。辑《明诗正声》《明广陵诗》,编《类林探赜》,著《食翠馆集》《山中集》《白下吟》;白正蒙,字尔亨,号五石,万历四十一年(1613)进士,两奉命入蜀。著《吹剑篇》《燕中草》《西征草》《养疴篇》《四松轩稿》《潮音集》《大梦斋文稿》《大梦斋诗稿》《大梦斋诗集》《梦醒轩赓和草》等;张元芳,字扬伯,号完璞,万历四十四年(1616)进士。时貂珰势炽,遂致仕归。著《五游草》;陈纯,字抱一,号太朴。嘉靖四十三年(1564)举人,授巨野知县。著《长啸轩集》;潘允谐,字仲和;孙幼登,字啸父,秀才。著《五芝草》《苏门集》;汤有光,字慈明,诸生。高尚自持,肆力学问,以布衣雄开江北文坛。著《汤慈明诗集》;王醒之,字梦叟,诸生,以文章自娱。著《怡云草》《仙夷草》《詹詹言》;杨茂芳,字伯荣。著《青过轩集》《玄亭草》;姜山斗,字文河,万历四十三年(1615)举人。五试礼部不第,肆志古籍。著《易传阐庸》;钱良胤,字王孙,明季州学生员,入清不仕。著《春雪馆诗》;张光缙,字颖初,一字钜卿,国子生,官陈州同知。著《广陵游》《乘槎篇》《蓟门草》;邵潜,字潜夫,自署五岳外臣,布衣。著《字书考误》《州乘资》《皇明印史》《潜夫诗选》《眉如草》《邵山人集》《五言古诗稿》《游览诗》《蜉蝣寄伤乱诗》《邵潜夫别集》等;李翀,字羽中,布衣。著《烽余草》;陈魁文,字公存,顺治元年(1644)举人才,授吴江县丞。著《五山小史》《快宜堂集》《古剩集》《越游集》《渼陂集》《桐花集》;汤不疑,字袭明。著《四书窥》《汤袭明文集》;胡拱极,字京孺,以古文雄乡里。著《檍庵集》;姜玉果,字荆璆,天启二年(1622)进士,官至江西临江府知府。与杨廷芳同著《四书说约》《卧游草》;陈远,字于到。著《葩经新义》《磊轩集》《偶存集》《喁喁集》;顾国玺,字镇之,号玉章。著《元览斋集》;顾国琬,字去非,号圭峰,诸生,嗜古文,癖性孤峭。著《天友斋集》《双峤亭稿》《庆堂父子集》;朱长康,字摩诘,崇祯三年(1630)举人,性耿直,取予不苟。著《摩诘山人集》;胡公孙,字麟兮,诸生,不谐于俗。著《践山集》;钱岳,字五长,号循陔,正直刚毅,为复社成员,入清不赴科举。著述八百余卷,有十六种书,因贫甚,多被湮没。著《渔素阁十六种》;保时,字升甫。著《逋园集》。单思恭,字惠仍,号蝶庵,天启间选贡。著《甜雪斋集》《吾鼎篇》《天问篇》《秋人篇》《西泠别吹》《谑庵绣玉》《南宫吹雅录》《谭子孤情》等;胡澄一,字止水,负才不羁,清顺治二年

(1645)改姓名为古今兼,字辣泉。著《诗年》《竺庐冬咏》《古辣泉诗集》。

第二,范国禄时期。范国祐,范凤翼长子,字汝申,号寒泉,著《天庸斋集》;范国禄,范凤翼第四子,字汝受,号十山,又号秋墅,著《十山楼稿》《纫香》《扫雪》《听涛》《江湖游》《古学一斑》《深秋声》《漫烟》《山茨社诗品》《腻玉词》等;范遇,范凤翼长孙,字濂夫,斋号一陶园,著《一陶园诗集》《一陶园存今文集选》;孙模,字楷人,明诸生,嗜酒性豪。著《孙皆山集》《悲烟集》;杨麓,字户云,号不周山人,诸生。著《竹柳堂草》《云社草》《西林社草》《自怡集》等;杨模,字皆人,杨麓子。合辑《狼五诗存》;杨喜越,字太素,合辑《狼五诗存》;杨时遏,字赤文,号介亭,又号酒生。著《云山集》;凌录,字木道,诸生。著《冰雪携集》《竹灰集》《愁课集》《古文选》等;孙谦,字伯益,号黍庵,家贫好学,不妄交接。著《涛响》;保汜,字稚恭,号啸人,诸生,负才不羁。著《南山陲》。

第三,范崇简时期。范崇简,范凤翼五世孙,字完初,号懒牛,又号浮休居士,著《懒牛诗钞》《浮休集》;曹星谷,字御香,号竹人。著《岳西草堂诗集》;李耀曾,字季潜,号红桥。专攻诗古文辞,晚年失明后以口授卖诗文为生。著《约园诗钞》;李懿曾,字拾珊,号渔衫。著《西汉会要》《春明校余录》《天海楼诗集》《天海楼文续集》《紫琅山馆诗集》《扶海楼词钞》;胡长龄,字西庚,清乾隆五十四年(1789)状元。入史馆,才誉卓绝,累官礼部尚书。著《三余堂存稿》。

通州山茨诗社二百年间诗人林立,名家辈出,人员构成有以下特点:一是雅好诗文、耿介绝俗。或为功名道路之落拓者,或无意科举功名者,流落江湖,甚至饱受生活贫乏之煎熬。以诗词文艺相切磋,以道德气节相砥砺,诗社成员皆有诗文别集,并以清名传世。二是连续生成、前后承继。明万历三十九年(1611)至乾隆四十九年(1784),山茨诗社成员吟咏不辍。考察其漫长的发展过程,立足历时性体现了交集,表现为个体诗人同时参与前后两个时期的社集活动,诗社呈现出巨大的发展惯性,如杨麓,既是山茨社成立伊始的创建者,亦为范国禄主盟时期的歌吟主力;立足共时性体现了密集,表现为诗社人数众多、互动频繁,尤其是明末清初阶段,呈现出唱酬繁盛的诗社风貌。三是家族传承、一门风雅。通州文学家族积极参与了山茨社活动,除范氏家族范凤翼、范国祐、范国禄、范遇、范崇简外,另有朱氏家族朱当世、朱长康,汤氏家族汤慈明、汤袭明,杨氏家族杨麓、杨模,体现了文化家族对地域文人结社的积极推进。

(三)山茨社活动论

通州山茨社文人留下的诸多诗篇记录了雅集现场,每值花朝月夕,活动丰富,体现出高雅的艺术品位和广泛的生活趣味,舒展开一幅幅明清时期文人生活画卷。

第一,诗酒风流。美酒与文人墨客豪放磊落、负才不羁之性高度吻合,跌荡文酒也是通州山茨社最为普遍的活动方式。范凤翼有诗《酒间与范穆其山人谈诗兼用为赠》曰:"山茨诸子建旗鼓,家握灵蛇人绣虎。穆其阑入共探骊,弱毫陡健如张弩。诗成对酒更披衷,侠气英英露眉宇。穆其落拓真吾徒,满饮听我歌乌乌。"①山茨诸人连舆接席,以狂欢的心态恣意享乐,酒酣耳热之际才情迸发。文人雅集时进行了多种形式的诗歌创作,尤其热衷于带有竞技色彩的生成方式。以范凤翼诗为例,或即席分韵,如《悠然楼立夏前一日分韵》《陈氏醒园分韵》等。或限韵,如《秋日游北山社集正公禅房限层僧藤灯四字》《十六夜同稚修潜夫诸子即席限韵是月以十七日望》。或次韵,如《陈寿昌先辈见枉山茨社辱惠七言近体次韵赋酬》《山茨社次韵》等。或联句,如《夜过朝爽阁联句》:"深夜过朝爽,疏帘月色佳。何缘来上客,况复挟名娃?钱王孙对竹舒清啸,逢花旸好怀。轻风挥麈玉,高烛照鸾钗。汤慈明潦倒吾曹合,迂狂世路乖。微言多感激,名理杂诙谐。王梦觉礼佛何嫌佞,参禅懒茹斋。语深悬涕泪,情至黜形骸。范穆其幻迹看苍狗,浮荣等附蜗。共怜人似邺,肯惜醉如淮?范异羽玩世驱延饮,逃人兽可侪。隐期同皂帽,游欲借青鞋。汤慈明久坐云生榻,将归露满阶。令严觞愈急,律细语多俳。范异羽但得生长醉,何妨死便埋?哪能仍蹒跚,骑马洛阳街。范穆其"②题、体、韵的限制下,共同完成对归隐林泉、高蹈遗世的诗意表达。

第二,吟赏烟霞。文人雅集自古与清嘉山水结下了不解之缘,通州地区滨江临海,长江奔腾,黄海浩荡,尤其是五山,被喻为"江海之锁钥,淮扬之门户"③。独特的地理位置和秀美风光,成为诗社成员登高揽胜、激扬文字之地。面对如画风物,兴会所致,吟咏不绝如缕。刘名芳《五山全志》中录有多篇,如陈纯《同社中诸子集饮支云塔》:"孤塔依然秀,登临四望通。

①范曾编:《南通范氏诗文世家》(壹),河北教育出版社,2004年,第104页。
②范曾编:《南通范氏诗文世家》(壹),河北教育出版社,2004年,第339页。
③[清]徐缙、杨廷撰纂:《崇川咫闻录》卷二,道光八年(1828)刻本。

金光分晓日,铃响落天风。"顾国宝《秋夜同社中诸子狼山坐月兼订重九之游》:"不禁清露坠,坐待夜潮平。月午杯无算,更残日欲生。潜虬听醉语,独崔落秋声。肯负山灵意,黄花好结盟。"卢纯学《白都尉无咎邀同社诸子游军山》:"万片桃花袍色乱,五千犀甲锦旛多。江翻雪浪鸣鼍鼓,山划晴虹拂太阿。"①以上诸诗,高耸入云之塔、江翻雪涌之浪、雄奇伟岸之山、嶙峋栉比之石、隐逸泉林之思,浅吟低唱,寄寓了对桑梓林泉涧壑的无限深情。

第三,忧念社稷。晚明风雨飘摇之际,山茨社成员对于行将没落之国运是清醒又无可奈何的,选择游离于现实政治之外。然而眼冷心热,雅集内容绝非停留于及时行乐、寻常诗酒,表现出对国家命运的及时关注。《明史·熹宗本纪》云天启元年(1621):"三月乙卯,大清兵取沈阳,总兵官尤世功、贺世贤战死。总兵官陈策、童仲揆、戚金、张名世帅诸将援辽,战于浑河,皆败没。"②边关告急,局势困顿,成为社集吟咏的鲜明主题。范凤翼诗《夏日同社宴集元孺斋头赋得四支时总兵吾通州》曰:"热肠好饮奴儿血,冷眼终看越子皮。促柱莫弹浑不似,辽阳战角正堪悲。"③另有《七月五日集元孺衙斋再叠前韵》,两诗均为社集之作,闻知边军受困满洲铁骑,不堪一击,忧心如焚。又如《朱右文先生沧海集序》曰:"有'民膏吸到骨,民愁空疾首'二语,余读之而重有慨焉,先生此诗即是太白日为苍生忧,少陵穷年忧黎元之意。"即使朱当世选择了晏然高卧,也无法沉默于哀鸿遍野之境,以正义和勇气针砭时弊,感知百姓疾苦。邵潜虽以高隐远遁之态示人,甲申巨变前后之诗有《纪甲申三月十九日事》《哭思宗烈皇帝》《喜吴大将军破贼》《伤皇太子及定王永王》《甲申五月十五日群臣迎福藩即皇帝位于南都恭述志喜》等,连篇累牍,具有重要史料价值。

第四,优游艺苑。山茨社成员才华横溢,具备多元艺文修养。范凤翼擅长书法,李犹龙《赠范异羽先生》赞曰:"笔兼羲献法,诗在汉唐间。"④邵潜,精籀篆,善李潮八分书,最攻字学,著《皇明印史》。陈继儒叹曰:"盖不衮不钺之春秋,而不传记不编年之实录也。"⑤杨茂芳,攻诗弹琴三十年,善

①[清]刘名芳:《五山全志》,乾隆十六年(1751)刻本。
②[清]张廷玉等:《明史》卷二十二,中华书局,1974年,第298页。
③范曾编:《南通范氏诗文世家》(壹),河北教育出版社,2004年,第261页。
④[清]杨廷撰辑:《五山耆旧集》卷十三,道光四年(1824)一经堂刻本。
⑤[明]邵潜:《皇明印史》,天启元年(1621)刻本,国家图书馆藏。

山水画。汤慈明,书法王右军,纸幅充积栋宇。孙幼登,每作鹤啸,野鹤皆应而来。保时善诗画篆刻,李翀、陈钜野手谈冠海内。才艺广博之人汇聚一堂,艺术品鉴成为了雅集内容之一。钱良胤《春雪馆诗》中有《社集顾所建环术浮黎馆酒间出其五世祖雪坡道人画册纵观却赋》《春日同社中诸子集慈明斋中醉歌是日观新都王生弈淮阴李生画》,或出其所藏,赏玩字画;或亲临现场,观摩品鉴,营造了极富艺术情调和文化气息的社集氛围。晚明家乐蓬勃发展,听歌观剧成为了雅集不可或缺的内容。"盘餐侈鲜脆,歌舞列俳优。吴越迹已陈,敷衍生新愁"(钱良胤《陈钜野招集山茨观剧即事》)①。彝鼎陈前,丝竹列后,群贤毕集,技艺精湛之演绎再现了吴越兴亡,令人感慨唏嘘。

第五,谈禅论佛。晚明许多文人都有嗜禅佞佛之习,陈垣先生云:"万历而后,禅风寖盛,士夫无不谈禅,僧亦无不欲与士夫接纳。"②朝政黑暗、宦海沉浮中命运多舛,范凤翼选择了皈依佛教,恭奉佛事。范国禄《准提庵小疏》言及其逃禅之事曰:"数十年间,逍遥林下,半托足于空门,大而丛林,小而净业,缔造者既多,劝相者亦多。感性命之学,雅不以佞佛为名;念利济之功,慨然以护法为任。"③山茨社集多见谈禅论佛之举,范凤翼有诗《秋日游北山社集正公禅房限层僧藤灯四字》《庚寅清和日招同凌宾阳陈公车袁云野汤岱渊李羽中姜荆璆胡麟兮赵豹南凌君受钱五长并介立禅丈结社静寄轩分赋》等,习禅好佛者相聚一堂,修身、习理、吟诗,庙宇禅房之内,别有镜天。"群公摘藻轹邹枚,素业仍从觉地开。云曲微闻仙梵转,帘虚时过定香来。倩僧阐韵分牙慧,因境兴悲到劫灰"(《兴教寺社集》)④。品茗赋诗,师心禅悦,消解现实坎坷、人生失意带来的苦闷空虚。

(四)山茨社意义论

通州山茨社不仅作为一种文学现象,体现了文人群体的风雅才情,更以其丰富内涵,成为士人的情感寄托和生存方式,对个体文学创作、地域文学传统、明清结社史研究具有特殊意义。

---

① [明]钱良胤:《春雪馆集》,《天津图书馆孤本秘籍丛书》第十二册,天津图书馆出版社,1999年,第536页。
② 陈垣:《明季滇黔佛教考》,《陈垣全集》第十八册,安徽大学出版社,2009年,第119页。
③ 范曾编:《南通范氏诗文世家》(陆),河北教育出版社,2004年,第284页。
④ 范曾编:《南通范氏诗文世家》(壹),河北教育出版社,2004年,第266页。

第一,标志着通州文人群体的崛起,构建了情深意长的交往图景

山茨诗社成立与通州文人群体崛起紧密相关,带来地域文学传统的形成。首先,从写作主体来看,山茨社作为明清通州历时最久、规模最大的诗社,是该地文人集会的中心。散居各处的文学才俊基于地缘、血缘等关系,联结为特殊社会阶层,通过唱和、竞赛、品第等形式,形成了稳定的文学交往圈。极具审美的人文场域中,营造了浓厚的地域文学氛围,完成对现实和自我的诗意表达。文人结社带来地域诗歌的繁荣兴盛,建构起地域文学谱系,成为通州文学史的重要一笔。其次,从写作方式上看,文人骚客诗酒流连,结社联吟成为了诗歌诞生的基本方式。没有规定严格的诗社条约,没有标举具体的诗学审美,没有形成鲜明的文学流派。诗学审美多元,风格各异,群体各擅其场,个体通脱不拘,如陈于到,“无一定奇,无一定正,无一定古,无一定今。意偶然则然之,意偶不然则不然之,格无有意创,议无有意立”(汤有光《陈于到偶存集》序)①。平等和谐的氛围激发了社员创作活力,带来自由舒张的文学表达。第三,从写作内容上看,多为自然形胜、地方掌故、人文传统、文士交往的歌吟。通州一方水土成为社集现场与背景时,更成为了精神渊薮和文学资源,生成了独具特色的江海人文景观,成为了通州一地的文学记忆和文化坐标。

山茨社作为联结通州文人的精神纽带,文学对话的同时带来情感共鸣,构建了情深意长的交往图景。诗人恃才傲物,灵魂深处的契合吸引走到一起,朝夕同处,交往中忽略了政治命运的坎坷、科举功名的落寞、日常营生的窘迫,肝胆相照,相濡以沫。范凤翼古道热肠,其仁爱之心体现于社友生活起居的诸多方面,延伸到生命的最后时刻,邵潜有《敝庐为族人所据藉范思勋得复书此为谢》《家难作将避地陪京留别范思勋异羽》《渡江访范尚玺异羽》《客东皋适范思勋异羽亦至损惠三金书此为谢》等,汤慈明有《病中承异羽携酒邀同幼桓梦叟见过赋此为谢兼抒鄙怀时七夕前一日也》《除夕谢异羽司勋见饷》《病中异羽司勋枉看兼惠药资赋此为谢并有所托情见乎词》等。范凤翼仗义疏财,对邵潜、李翀、汤有光等人敬重爱护之,妻之室之饮食之,关怀备至,情同手足。天崩地裂、风雨飘摇的时代,人情冷漠、世风日下的周遭,因文学结社发展为坚定的生命同盟和诗意栖息。正如范国

---

①[清]徐缙、杨廷撰纂:《崇川咫闻录》卷二,道光八年(1828)刻本。

禄《西林社集记》所述："我有西林，与子盘桓；我有文琴，与子弹之；我有方樽，与子酌之。我醉子欢，我唱子和。谓天何高，我仰则亲；谓地何卑，我履则平。"①高山流水的遇合，抚琴觞咏的欢乐，诗中可见。

第二，呈现了文人结社的独特形态，彰显了家族对地域文化建设之功

通州范氏家族家学源远流长，文化积淀深厚，一门风雅，建构家族文学的同时带来山茨社的发展，积极创建，努力兴复，不懈维持，主导了诗社发展的重要进程，直接促成了当地文学的繁荣，是家族介入地域文化建设的典型。范凤翼疏离朝政之后，致力于与志同道合者交游结社，高风雅韵，辉映乡邦，被目为东南诗坛的风雅主持。白正蒙《赠范异羽司勋》诗曰："项背不随流俗伍，肝肠惟向明廷吐。卧疴乞得天子恩，释肩暂作山茨主。万轴牙签足自娱，诸子追随互唱於。"②他提倡风雅近五十年，对山茨诗社厥功甚巨。尤其值得关注的是，为扫除晚明党习对朝政的不良影响，清初一度下令禁社，结社再度兴盛则为嘉庆年间。通州山茨社自万历而下，直至乾隆末年，文脉不断，高潮迭起，独树一帜，显示了顽强的生命力。这主要归功于以范氏家族为代表的诗社成员高度自觉的文化传承意识。范崇简《怀旧琐言》中言："吾郡自治熙以后，士大夫以诗为畏途，数十年来，风流歇绝矣。予弱冠即留心声律，积久而癖愈甚，虽谤议交集所弗计也。盖斯道关一乡之风气而存乎人之性情，贞淫雅俗于斯见焉，非性分之所有不能学也。念自高曾三世以来，累叶以诗名世，昔人所谓'诗是吾家事'者，予即冥顽，何多让焉！"③虽谤议交集，克绍箕裘，勇往直前。"诗是吾家事"，掷地有声，可见其振兴风雅之使命、舍我其谁之担当。

通州山茨社还重视保存、传播社集文献资料，一是编订刊刻社诗。崇祯七年（1634）范凤翼编《山茨振响集》、顺治三年（1646）范国祐编《塔山草堂诗约》、顺治六年（1646）范国禄编《西林诗》，这些成为考察诗社活动和诗文创作的重要文献。二是评骘诗社作品。范国禄撰有诗社批评专著——《山茨社诗品》，现附录于杨廷撰《五山耆旧集》收录各家条目之下。通过即兴漫话、闲谈随笔的形式，在诗歌审美中阐发文学观点。简约隽永、富有诗性的语言涉笔成趣，如朱当世，"诗如南金，在握不必问所从来，而见者色

①范曾编：《南通范氏诗文世家》(伍)，河北教育出版社，2004年，第214页。
②[清]杨廷撰辑：《五山耆旧集》卷十三，道光四年（1824）一经堂刻本。
③范曾编：《南通范氏诗文世家》(柒)河北教育出版社，2004年，第177页。

动";孙幼登,"诗如云水头陀,有杖笠飘然之致";陈魁文,"如鹤步深林,雅有姿态";杨茂芳诗草,"流水高山,清泠物外"。同时,针对诸人创作实际,结合时代审美,指陈其失。如汤慈明,"诗如西人造神仙酒,曲水既备,顷刻而成,可以供一时之欢笑,而味则近市,难餍兰陵之口";单思恭,"刻划公安竟陵各有所就,颇餍人意,然事久论定,知不为大家所赏"①。直言不讳,切中肯綮,难能可贵。范国禄品题社诗之举,对个体和地域文学走向的影响是不言而喻的。三是绘制社集图景。张觱曾绘同社诸子《行乐图》,顺治六年(1646)社集又绘《西林社集图》,范国禄《〈西林社集图〉跋》曰:"宴集西林赋诗,诗成作图以纪一时之盛。觱写像,瑨补景,人为一幅,或二三人为一幅,幅得十二,余记而赞之,长科弁其前,乞包水部壮行为之序。"②张觱写像,陈瑨补景,踞石观涛、逍遥竹林、抚松盘桓、携琴调鹤、品茗谈禅等写真,既是对社集场景的记录、风雅生活的提炼,更是对结社活动的有益补充和深度延展,逸人韵事遗芳后代,表现出超越当下的文化诉求。

第四节　家族氛围

通州人杰地灵,地域环境为范氏文学世家的出现提供了良好的外部条件,该家族能够形成自觉的文化传承意识,诞生世代赓续的文人群体,构建规模庞大的文学谱系,还得益于家族内部具体而微的人文场域。

一、重视教育

"大抵为学必有师承,而家学之濡染为尤易成就"③。人才的培养中,虽然天赋禀资起到一定作用,但是后天教育毋庸置疑是更为关键的因素。一个文化世家的长久兴旺,不仅依赖家族成员的繁衍生息,还需重视家庭教育,以提高成员文化素养。通州范氏形成了世代相承的重教传统,以实现家学的累积和传承。长辈凭借知识、经验上的优势,或亲授,或督责,循循善诱,其核心是学问和道德。范凤翼曾受业于大伯父小石公范应旗,以读书明理。万历三十六年(1608),范应龙辞官返乡,早夜课诸子若孙,娓娓

①[清]杨廷撰辑:《五山耆旧集》卷十三,道光四年(1824)一经堂刻本。
②范曾编:《南通范氏诗文世家》(陆),河北教育出版社,2004年,第231页。
③[清]钱泰吉:《曝书杂记》卷二,《续修四库全书》史部第926册,上海古籍出版社,2002年,第30页。

不倦。崇祯六年(1633),范凤翼在金陵清凉山东侧购置乌龙潭山,建高光阁教读子孙,悉心传授。其三弟华羽虽为布衣,静居以理家政,课子若孙庸玉于成,以绳祖武。第九世范如松居家时,日夜伴读两孙,具体涉及对范况的教育曰:

> 自四月中旬后,放学归即灯下讲读学堂功课,外加单日讲解《通鉴》,读古文;双日作文讲书,中间责一次。未一月而灵机大开,《论》《孟》大章大节凡未讲者,使其先看注书,讲,颇能明白大旨;作文出口便能成句,其悟心不在莲儿之下。(《与子当世书》)①

长辈严格要求,谆谆教诲,晚辈灵性大开,效果显著。又如,范崇简《示子元静》,范毓《丁丑告子女书》《癸酉谕子女》等,可知子弟朝夕受教,从小受到良好的文化教养。通州范氏家族内部不限于父辈传授,还见同辈相教。范国禄幼时,女兄国姬方学《内则》《女诫》,并读古文诗歌。其母任氏教导曰:"无吝教汝弟侄也。"(《先母任孺人行述》)②范当世亲授其弟范铠读书,光绪四年(1878)二月十六日至月底课其"四书"、《易知录》等经文,命书《功过格》悬座右。三月,课经书诗赋,命抄《说文》,改其文《人无远虑》二章。是年春末夏初,携范铠读书养病于黄泥山新绿轩。

与此同时,母教在范氏家族延续中发挥了重要作用,多见勤谨贤淑、身兼严慈之母协助丈夫治家教子。范毓对此深有体会,曰:"有清一代,为年二百数十,人伦之道,肇端乎夫妇。而吾国故,基于母教,则为泽以及于子孙。"(《〈蕴素轩诗〉跋》)③此为基于自我家族发展实际有感而发之言。古代社会男性忙碌于科举仕宦、漫游求学,女性承担了更多持家育子之责,对家族文雅继兴、风流代起功不可没。范崇简妻不妄言笑,爱儿女如有不及,督子勤学,含辛茹苦。文中深情回忆曰:"炊爨后,为儿女补衣,时吟常诵之句。予每值夜归,一灯荧荧照儿读,而内人低吟于傍,此境何能再得!"(《怀旧琐言》)④一幅温馨的青灯课子图清晰呈现,寄托了慈母的无限希望,这是文化世家常有的景观。范当世前妻吴氏知书明理,教子矢志不渝,安贫

---

① 范曾编:《南通范氏诗文世家》(柒),河北教育出版社,2004年,第228页。
② 范曾编:《南通范氏诗文世家》(陆),河北教育出版社,2004年,第390页。
③ 范曾编:《南通范氏诗文世家》(壹拾壹),河北教育出版社,2004年,第223页。
④ 范曾编:《南通范氏诗文世家》(柒),河北教育出版社,2004年,第189页。

守业，深意可见。姚倚云涵养诗礼教泽，继女孝嫱受其教益颇多。范当世曰："女出前母吴，而成于今母，适陈氏，人皆谓其有母风，然女从母天津诚学三年耳。"（《陈氏女墓碣铭》）①母教之功有目共睹，为人称许。身教甚于言传，范铠教女以二伯母为榜样：

> 汝二伯母以五十岁之人学写学算，此次寄我之信，文理简净明白，意思沉着笃实，真了不得，汝父心中真佩服汝二伯母。汝二伯母信中说近练体操，手足不发麻木之病，可见天生一做人，要学什么，便会什么，自然长益得快。（《示次女定儿书》）②

伯母刻苦勤学，年老不辍，亲身垂范，颇具激励意义。通州范氏家族不乏寡母教子的典范，彰显了女性的坚韧和母教的力量。范凤彩 13 岁父亲去世，其母黄宜人督子苦读，修身砺行。范凤翼叙述曰："先是终日夕教读以致精举子业，且养志率训，敦伦树义，庸玉于成。且不徒务文，而性成纯孝，与予异胞同心，立卜其成身成亲，因重其亲能教子。"（《贤庶母黄宜人六十寿序》）③寡母以延续家族文化传统为职志，亲以教子，不遗余力，冀其成立。又如，范兆虞配曾孺人，教子有方，在通州范氏文化家族发展的薄弱环节发挥了振衰起蔽之功。范当世记述曰：

> 昔我曾王父幼孤，高姚曹君淑以慧。弟兄适戴为高门，赠之衣裘弗加币；亦有短衣持与孤，教儿慎言母手制。高姚令孤往谢姨，便着此衣拜姨惠。谓我茕茕寡妇身，他人寸缕焉能系？此时北风吹敞帏，薄炊米汁看儿啜。夜雪沉沉火不明，孤儿读书不可锐。高姚欣然发旧琴，吾今一奏儿寒霁。他日吾儿不悔穷，乃肯教儿学此艺。嗟尔何曾在祖旁，听闻旧德馨于桂。（《寄仲弟六十韵》）④

家道式微，孺人独持家政，虽缺衣食，拒其女弟所遗，安贫守节，承继亡夫之志，训育子弟诗书传家，可见对于家族品格的珍惜与坚守。其品节德行、苦心孤诣定能在幼子心灵深处留下深刻记忆，后代时以追忆、体味，真切感人的场景成为家族延续的动力。

---

① 范曾编：《南通范氏诗文世家》（玖），河北教育出版社，2004 年，第 92 页。
② 范曾编：《南通范氏诗文世家》（壹拾），河北教育出版社，2004 年，第 350 页。
③ 范曾编：《南通范氏诗文世家》（贰），河北教育出版社，2004 年，第 34 页。
④ 范曾编：《南通范氏诗文世家》（捌），河北教育出版社，2004 年，第 37 页。

此外,范氏家族还多方延请名师讲学。崇祯九年(1636),范凤翼客金陵,聘请钱邦芑为西席以训诸子。钱邦芑(1602—1673),字开少,丹徒县博士弟子员,博学工文章,尚气节。有《大错和尚遗集》《甲申记变实录》等20余种刊行于世。又延凌君受为西席,授范凤彩、范国佑叔侄。凌君受,名质,顺治六年(1649)贡生,隽才洞灵,器量弘旷,性严直,授徒训子弟皆有法。官广德训导,转华亭教谕,旋归。有《大树山房诗文集》。顺治七年(1650),范国祐延里人庄虚舟教诸女于家塾。乾隆三十年(1765),范崇简受业于凤凰桥杨氏。同治三年(1864),范当世受业于塾师王兆榛。王兆榛,字景周,诸生,以教授名,四方来学者尤众。州及学政试,其弟子辄居前列。同治六年(1867),范当世始从邑人顾金标问学。顾金标,字京詹,一字韵芳,岁贡生。尝权海州、高邮二州训导。以文学教授乡里,弟子著籍者各数十百人,为时名宿。

二、文化联姻

通州范氏不仅重视自身文化建设,还非常强调家族婚姻圈的建立,遵循门当户对、志趣相投的原则,现择其要者述于下:范国祐娶少参何公汝健曾孙大参公湛之孙太仆公栋如女。何栋如(1572—1637),字子极,号天玉,晚更号在翁,无锡人,万历二十六年(1598)进士。刻意经济,亢直忤时,坚守气节,九死不悔。著述丰富,有《初续南音》《徂东草》《摄园草》《出山疏牍》《楚辽记略》《恢辽议》《石城会语》等。范国禧娶姜山斗女。姜山斗,字文河,通州人。万历四十三年(1615)举人,五试礼部不第,遂肆志古籍,有《易传阐庸》30卷。范凤翼女一适朱敷庆,大中丞朱一冯子。朱一冯(1572—1646),字非二,泰兴人,以进士知信阳州,举卓异,升兵部郎。历职方武选,出任八闽,从臬藩至巡抚,定乱福宁,平贼汀州。天启间,所在立魏珰生祠,冯独不为立,罢官。著《朱金都自订诗文集》30卷;一适包孕大,虞部包公壮行子。包壮行,字稺修,博通经史,为文磊落有奇气,领乡荐,久之始成进士,授工部主事,见诸臣泄泄,遂挂冠归,坚卧山水。好读书,善制艺文及古文词。精于书法,擅长治园林假山。著《石圃老人诗文集》10卷;一适吴□胤,少司马吴公光义子。吴光义,字行可,无为人,万历辛丑(1605)进士。知仁和县,有异政,擢工部主事,理山海关流民,百计周全,生还者数万人。备兵神木,转四川副使,以平奢贼功,历升河南巡抚。参劾藩宗,助民筑塞河决,奖廉锄强,御寇有方。内艰归起仓场总督,转兵部侍郎,以老乞休。范国禄一子范遇,娶比部王公傲通女。王傲通,字龙门,号塞士。通州人。明崇祯十五年(1642)特用出身举人,官刑部郎中。争成勇之狱,忤杨嗣昌,激怒崇祯帝,谪广西驿丞。寻复原官。入清后弃官不仕。著《越游草》《秋香园集》《武陵游集》《且园杂咏》;一子娶徐起霖女,徐公字傅岩,号岩叟,通州人。明崇祯十二年(1639)贡生。历官三十年,以德抚民,理大务,决大疑,措手立办。以病归,啸咏泉石间。著《孝经同善录》。

范崇简娶胡长龄嗣女。胡长龄(1758—1814),字西庚,一字印渚,通州人。乾隆四十八年(1783)举人,五十四年(1789)状元。入史馆,才誉卓绝,累官礼部尚书。著《三余堂存稿》2卷。范当世继室姚倚云为桐城姚鼐第五世侄孙女,祖父姚莹(1785—1853),字石甫,号明叔,晚号展和,又因其斋名自称幸翁。具经世之才,政绩卓著。为"姚门四杰"之一,是桐城派中期的重要传人。著述宏富,有《康輶纪行》16卷、《东槎纪略》5卷、《东冥文集》《后湘诗集》等。父亲姚浚昌(1833—1900),字慕庭,号幸余。青年时期入曾国藩幕府五年,以军功授江西湖口县知县,又历任江西安福、湖北竹山、南漳县知县,官清如水,意闲似鸥。著《读易推见》3卷、《叩瓴琐语》4卷、《幸余求定稿》12卷、《五瑞斋诗续钞》9卷、《慎终举要》1卷、《里俗纠谬》1卷。姚倚云仲兄姚永朴(1861—1939),字仲实,号素园,光绪二十年(1894)举人。历任广东起凤书院山长,山东、安徽等省高等学堂教授,北京大学教授,清史馆纂修,东南大学以及安徽大学等校教授。著《蜕私轩集》《文学研究法》《史学研究法》等。三弟姚永概(1866—1923),字叔节,号幸孙,二十三岁中光绪十四年(1888)江南乡试解元。后以大挑二等,选授太平县教谕,又举博学鸿儒,皆不就。清末民初,殚心教育,先后任京师大学堂教授、北京正志中学教务长,又兼充清史馆协修,工诗、古文词。著《慎宜轩诗文集》。

范当世女孝嫱嫁江西陈三立子陈衡恪。陈三立(1853—1937),字伯严,号散原,宝箴子。光绪十二年(1886)进士,授吏部主事。戊戌变法期间,助其父在湖南创行新政,后同遭革职。辛亥后,曾以遗老自命,避居杭州、庐山、金陵间。晚年迁居北平,坚守民族大义,不受日寇利诱,著《散原精舍诗文集》。陈师曾(1876—1923),又名衡恪,号朽道人、槐堂,留学日本,归国后从事美术教育。新文化运动带来传统危机之际,提倡中国文人画进步论,善诗文、书法,尤长于绘画、篆刻,取途渊博,是20世纪中国艺坛泰斗。梁启超评曰："在现代美术界,可称第一人。"①著《中国绘画史》《中国文人画之研究》等。

　　宣统三年(1911),范毓娶桐城方君淑。君淑又名希静,桐城古文学派鼻祖方苞后裔。其父方子和,字律轩,光绪二十八年(1902)乡试中第,后入山东巡抚周馥幕,佐治文牍。曾署邱县、临邑、东阿知县。著《律轩文稿》《诗草》《日录》等。范铠女一适桐城姚东彦(姚永楷长子),在上海学习西方语言文字,出国留学,民国毕业归来,担任财政部秘书;一适邓际昌嗣子邓翰芬。邓际昌(1856—1930),字璞君,如皋人,贡生,同治七年(1868)进士。宦游山东十余年,政治清廉,爱民利物。晚归乡梓,以所有俸钱创立义庄以赡合族之孤贫无告者,又提倡佛学,志度众生;一适安徽寿县戴远达,戴远达祖父戴宗骞(1842—1895),同治元年(1862)入李鸿章幕,光绪八年(1882)受命建造威海卫军港,光绪十八年(1892)晋升为道员,甲午战争中以身殉国,谥号"太常"。民国十年(1921),范子愚娶缪篆之女缪镜心。缪篆(1877—1939),字子才,江苏泰州人。近代著名学者,在老庄研究领域颇有造诣。1926年执教于厦门大学,为人狷介,其耿介不阿的品节令鲁迅击节叹赏②。著《齐物论释注》《中国哲学史》《中国学术史》等。

　　虽然家族文献材料散佚,无法全景呈现通州范氏的姻亲图谱,仅就上述建构的姻娅网络,可见联姻是一种文化选择,起决定作用的是品节操守和文化背景。胡长龄与范崇简比邻而居,幼时同窗,长同艺能,欣赏其淡泊名利、诗文传家。胡虽贵为尚书,闻范为子择妻,"手提布裙、挈茶果往聘,戒无以资送也"(《〈通州范氏诗钞〉序》)③。姚倚云为名门闺秀,范氏世代清贫,且为续弦,上有公姑,下有前子,能无顾虑? 姚氏自言:"先君以世传文德择婿,必重文行,高范伯子之英才,故不辞小嫌,授以继配之命。"(《论为继母之义》)④姚父慎择佳婿,将文章道德视作首要标准,显示了鲜明的文化取向。通州范氏、义宁陈氏以风雅为胜,陈宝箴对两家联姻十分满意:

　　　　我已见君家四代诗文稿,为江南第一。旧家孝友相传,而尊公人

①梁启超:《在师曾先生追悼会上演说》,载俞剑华《陈师曾》,上海人民美术出版社,1981年,第45页。
②在《两地书》和《鲁迅日记》中对缪篆有过征述,其中一九二六年十一月十七日《鲁迅日记》云:"林玉霖妄语,缪才子痛斥。"(林玉霖,林语堂之兄,时任厦门大学学生指导长)
③范曾编:《南通范氏诗文世家》(玖),河北教育出版社,2004年,第59页。
④范曾编:《南通范氏诗文世家》(壹拾陆),河北教育出版社,2004年,第179页。

品学问,绝非世俗。今我与对亲,真是喜极。我儿子品学,与君家兄弟相类;我孙子师曾又与彦殊略同;及内眷无不相似,真天假之姻![1]

范如松也难掩内心喜悦:"此事极其得体,我甚无限欢喜,虽劳亦不觉。"(《与子当世书》)[2]双方以才华相慕,以道义相期,在血脉相连的姻娅网络中,家族之间保持了紧密联系,共享丰富的文化资源,带来不同背景家族文学的交流、碰撞、融合和提升。

三、诗歌唱酬

文学家族的形成除了文化积累,还需群体的积极参与。诗歌酬唱作为文学交游活动,自古相沿,风流不替。这也是通州范氏的生活方式之一,成员之间酬赠不胜枚举,具有明确的家族指向。现以第十世范当世、范钟、范铠、姚倚云为例,列表如下:

家族成员	酬唱对象	诗篇名称
范当世	父亲:范如松	《十里坊竹枝词》、《六月三十日外舅以〈写怀〉六首示读谨依韵次上即以自寿其四十而寄示莲儿俾转呈大人一笑云》六首
	二弟:范钟	《欧家坊答仲弟寄笺》《寄仲弟欧家坊馆次》《寄仲弟六十韵》、《即事三绝寄仲林江夏叔节京师》三首、《天津节署有小园登楼晚眺寄仲林武昌秋门京师》《除夕无聊复次山谷〈还家呈伯氏〉诗以贻余仲》《二弟书言河南锡中丞受任以来其勤至矣本日方以电话延聘姚叔节而遽闻其调热河都统叠韵慨之》《已是飘飞四日程》《晚眺悲咏寄仲弟广东幕府季弟山东警军》《赋一绝调钟弟》《和钟弟途中诗》、《祭墓与钟铠联句得〈冬青树〉》一首、《先光禄墓旁与钟铠二弟联句》《携钟铠二弟与少卿联句》《支云绝顶诵先公太蒙诗与弟共赋》《军山之半有废寺为咸丰间土贼纠众处与弟侍大人共赋》
	三弟:范铠	《祭墓与钟铠联句得〈冬青树〉》一首、《先光禄墓旁与钟铠二弟联句》《携钟铠二弟与少卿联句》《天津节署有小园登楼晚眺寄仲林武昌秋门京师》《晚眺悲咏寄仲弟广东幕府季弟山东警军》
	前妻:吴大桥	《寄内》

---

[1]范曾编:《南通范氏诗文世家》(柒),河北教育出版社,2004年,第238页。
[2]范曾编:《南通范氏诗文世家》(柒),河北教育出版社,2004年,第240页。

续表

家族成员	酬唱对象	诗篇名称
范当世	继室：姚倚云	《成婚有日内子为诗三十韵以道其相与为善之意与其迫欲侍舅姑之忧余亦作三十韵答之》《与蕴素联吟乐甚因而感怀前室诵其遗诗忽复与之流涕蕴素用前韵余复次之》《戏答蕴素见慰诗次其韵》《我之弗思子》、《三叠前韵述怀示内子》二首、《南昌城外眺望回舟示蕴素》《守风不行而船得泊岸蒲仙去之安福内人触动悲怀余无以慰之乃携之游滕王阁各为长歌一篇以取欢》《叠韵述怀示蕴素》《叠韵再示蕴素》《朝来病耳聋叠韵示妻女》《吾欲日课一诗四叠前韵以速内子》《与内子登狼山游宴极乐内子先有诗而余次其韵》《叠韵速内子和章》《苦雨不寐太息作示内》《鄱阳湖中感念昔日与内子同吟写诗寄与益悲思外舅》、《润生爱余答徐秀才诗为呓语次其韵余因叠韵以示蕴素以为元夜消遣之资》八首、《金陵病中寄内子桐城以代家信》《次韵内子见慰之作》《况儿以伯严叔节皆在沪请速就医夜出江口占示内子》
	长子：范罕	《六月三十日外舅以〈写怀〉六首示读谨依韵次上即以自寿其四十而寄示莲儿俾转呈大人一笑云》六首、《入此年忽忽又经旬矣时日之流惊心动魄五叠前韵示儿曹》、《礼失犹求野》三首
	次子：范况	《入此年忽忽又经旬矣时日之流惊心动魄五叠前韵示儿曹》《喜闻况儿诵吾文因示之要》
	长女：范孝嫦	《朝来病耳聋叠韵示妻女》
	岳丈：姚慕庭	《安福试院登阁和外舅》《和外舅关字韵有怀挚父先生》《同外舅登楼》《骤暖出眺还复同外舅登阁次韵一篇》《外舅朝出门索余半臂又愁婿冷而送还之并示以诗即呈和作》《外舅劝当世与诸子为时文每五日一会则具佳馔相劳又作诗一篇以叹喟而欣动之当世敬述愚意为和章》《仲实相拉出游病懒不行作诗自嘲兼和外舅遮莫敲门惜大惭之作》、《奉和外舅〈积雨感事诗〉》二首、《端午即席和外舅》、《山行既爽高兴为诗而病余胆怯殊甚亦用自伤续成二首到日献外舅》二首、《滔滔江汉古来并》《余再来安福专务嬉戏不甚读书外舅行野寄诗归命和遂缀此篇》、《外舅以〈初见雪花〉见示欣然命赋四叠前韵奉呈》二首、《外舅方约当世以明年留此而挚父先生以李相见召传电相告蒲仙诸子皆惜其不久处也六叠前韵倒押之》二首、《外舅用到日饶字韵题〈大桥遗照〉感诵不已叠韵陈谢》二首、《和外舅速仲实远馆因而自道即附于外舅诗后以愿其行》《莽莽风沙溷此身》二首、《外舅用山谷〈松扇〉韵题诗刻诸竹扇上以与当世敬和》二首、《送外舅入绥鞓支应局仍用前韵》《天津问津书院姜坞先生

家族成员	酬唱对象	诗篇名称
范当世	岳丈：姚慕庭	讲于此者八年外舅重游其地感欲为诗乃约当世同用山谷〈武昌松风阁〉韵》《以馆中分饷之蟠桃转饷外舅外舅以诗酬走笔奉和》《外舅为帆字二十四韵付当世转呈大人以谢来时之未能赴约而索和焉当世谨先和以呈》《穷十宵之力读竟义山诗用外舅〈偶成〉韵》《叠韵广外舅》《外舅附诗与罕况两儿依其韵相示》《外舅与吾唱和一日至十余首多挥汗不已内人方谏之而苦热题壁又来矣走笔和示内》二首、《和外舅〈痴才〉》《暴冷和外舅〈寂寥〉》、《重阳先二日锡翁以诗闻余及外舅走笔奉答遂约外舅登高》二首、《一叹离筵各暮迟》《寓庐杂遣》十二首次外舅〈粞台杂遣〉韵以示恪士》、《恪士避嚣而来外舅感时有作诸公发兴连咏同于去年余因怀挚父先生次韵感述》四首、《奉和外舅都门寄诗用辞某某君之聘兼述近况寄怀昔日天津诸公》、《次韵外舅竹山君〈南漳寄怀〉之作》二首
	姻丈：姚锡九	姚锡九《冀州宅中再为姚锡九姻丈置酒次韵奉留》二首、《遇姚大令锡九天津市上即夕招余饮赠余诗已而在青县道中又连篇来促和次二首答之》二首、《何人放此老诗囚》二首、《锡翁贻诗告以六月孪生二子而称其县大水以故不通问因讯以倭寇之事余以近所为诗赋寄之次韵奉答》
	妻舅：姚永楷	《赠别闲伯》二首、《叔节行有日矣为吾来展十日期闲伯喜而为诗吾次其韵》《闲伯送余至庐陵途中作赠》《舟次庐陵闲伯兄妹将别泣不休余呼小妓作歌以乱之又手书二绝促闲伯过舟》二首
	妻舅：姚永朴	《与仲实论诗境三次前韵》《废井无由更起波》《雪压沙碛填冰川》《我家骨肉如流川》
	妻舅：姚永概	《送叔节北上》五首、《即事三绝寄仲林江夏叔节京师》三首、《回甘一首将以示叔节叔节甫离家怀内有"凄凉临野阔清切觉霜新"之句余最诵之》《叔节在安福盼我久矣我欲山行而病不能强迟风又不可耐诵其诗依其〈忆昔行〉韵为思叔节一篇》《为叔节题〈西山精舍图〉》、《叔节将行为余题〈大桥遗照〉悲吴仲懿之早亡重以逝者之可哀益觉生存之可宝叠并字韵以送之》二首、《叔节送其夫人徐还家治病以徐旧日送别之作授当世入〈三釜稿〉中蕴素次韵赠之余亦和之》《叔节寄诗言愁蕴素设两端以慰之吾则率吾之臆而已甘苦实不相喻不必谬附知己亦录相视以当反骚何妨》二首、《挚父先生来书劝乡试欲以诗答会连日用山谷韵乃复效其次韵晁补之廖正一连缀二篇因示叔节》二首、《正欲通辞托素波》《七月十八日晨兴叔节搴帘以入喜可知也叠梦中诗韵》《赠叔节》、《和叔节次韵陈后山〈秋怀〉十首》、《喜叔节来而读其诗益有感于时也赠之一首》《感次叔节金陵见怀韵兼酬丹徒陶宾南依韵见寄之作》

家族成员	酬唱对象	诗篇名称
范当世	僚婿：马其昶	《叔节谓我既知通伯深而念之如此其挚也曷不为诗以问之用前韵》二首、《题通伯所藏濂亭先生手迹一册》《题通伯所藏惜抱先生手迹卷子》、《骨肉衔悲日》二首
	妻弟：吴肇嘉	《兴化见刘融斋先生还至欧家坊馆次寄内弟吴肇嘉》
	族侄：姚笃生	《内子族侄姚笃生贫而有志余甚期之于其行也既饯以酒又勖以诗五叠前韵二首》
	亲家：陈三立	《余以岁莫疾还里濒发而为风浪所阻乃又喜与伯严兄得稍聚也抚事有赠》二首、《余既与伯严稍稍赠答无几而决行矣携大集以归用韵而成惜今日之作》《里中岁晚郊行复用伯严见贻之第二首韵以寄》、《西山崝庐吊伯严悲思右铭姻伯作〈伤秋〉五首次韵杜甫〈伤春〉》、《舟中劝伯严节哀》《本约伯严邻岘同诣金陵过而不下诗道意也》《伯严以所影日本遗留之宋刻黄山谷集为中丞公墓铭润笔且诒一诗次韵奉答》《答伯严用叔节韵见寄系以辞曰时势隔日而异观心期极古而相喻来章所慨决答如斯》《天高无云但有风》《一世不为明日计》《酿雪不成送伯严江西省墓》《示伯严》《雪夜叠韵酬伯严见和伯严谓我来岁当垦西山》《藐姑冰雪寻常事》
	女婿：陈师曾	《内人有诗别女吾亦不可无以诒师曾也遂次其韵》二首、《写诗与女婿陈师曾三叠前韵跋尾》《阅女婿陈师曾近作至其画菊为吾女遗照而题四诗潸然有述》《陈甥为孝娥写〈病菊〉以寄其思久之复写〈嗟菊〉诗速余之题咏余泫然而反慰之》
范钟	兄：范当世	《旅鄂一月有怀伯子天津季子兰州》《雨夜不寐有怀伯子季子》《台城路·大兄命题〈大桥烟柳遗照〉》《寄怀伯兄》《怀大兄》《自十里坊归途吟上大兄》《和伯兄》《钟携伯兄侍大人联句得冬青树》《同伯兄李幼清联句赋得管宁木榻》《同伯兄联句赋得文信国卖鱼湾渡海处》、《秋荷同伯兄赋》十一首、《华亭试院对月寄大兄汉上》《江西寄大兄信戏书后绝句》《初抵汉上寄大兄冀州》
	弟：范铠	《旅鄂一月有怀伯子天津季子兰州》《中秋小病卧雨有怀季子并燕生兰州》《雨夜不寐有怀伯子季子》《重阳前二日得家信中季子泾州来讯不相闻六月矣诗以道悲》《喜三弟归自甘肃时同次陈廉访署中》二首、《九日方至长沙弟游衡未归诗以忆之》《秦淮夜饮时三弟初归》《贺新凉·将去天津之鄂寄三弟兰州》《寄三弟》《为三弟题扇》

家族成员	酬唱对象	诗篇名称
范钟	陈宝箴	《陈右铭姻丈招饮晴川阁同芷苏邻岘分体七言一首》《送陈右铭中丞入湘四律》
	陈三立	《寒夜饮酒诒伯严》《和伯严送别二绝句》、《二月二十五日同伯严诸子宴集两湖书院》二首、《与伯严夜谭有感》《庚子七月伯严寄诗奉和一首不通问者三年矣》《再和原韵》《送女侄之武昌将归留别伯严》
	陈师曾	《师曾写折枝以误笔去灯下感题》二首
	姚永楷	《携姚闲伯游龙眠归途赋赠时并谒石甫先生祠墓》
	姚遂生	《将去天津别姚甥遂生》
范铠	父亲：范如松	《和大人〈出门吟〉》《再和一首》
	伯兄：范当世	《岁莫望伯兄归》《怀伯兄》《用慕庭姻伯韵寄伯兄》《晨过韩侯岭忆伯兄怀归见寄之作马上口占》
	仲兄：范钟	《庚寅岁莫仲兄之湖北作短歌送之》《辛卯秋将就馆陇西别仲兄》
	姻伯：姚慕庭	《姚慕庭姻伯见伯兄扇头铠所书近作宠寄七律二首和韵敬谢》二首、《尊大嫂命和大人寄慕庭姻伯诗》四首
	侄子：范罕	《赋寄彦殊兄弟及毓儿》
	侄子：范况	《赋寄彦殊兄弟及毓儿》
	儿子：范毓	《寄儿》《赋寄彦殊兄弟及毓儿》
姚倚云	父亲：姚浚昌	《次大人〈枯柏鹊巢〉韵》、《和大人寄大姊三弟诗韵》三首、《次大人〈积雨〉原韵》《次大人〈试院酬唱〉韵》《次大人〈蚕事〉诗韵》五首、《次大人〈春霁〉韵》《次大人〈夜坐书怀〉韵》《次大人〈月夜〉韵》《次大人〈秋柳〉韵》、《岁暮那堪别思饶》二首
	公公：范如松	《奉和舅大人寄安福韵》四首、《敬和舅大人〈秋兰〉原韵》《江南好·寄呈舅大人》、《补和舅大人寄家君韵》八首
	丈夫：范当世	《次大人韵呈夫子》《呈夫子》《次夫子韵》、《再次韵》、《送别夫子》二首、《六月十五夜寄怀夫子》、《用大人"乐"字韵怀肯堂》三首、《安成孟夏寄怀夫子》三首、《寄外子》、《用三弟怀夫子韵

家族成员	酬唱对象	诗篇名称
姚倚云	丈夫：范当世	《寄怀夫子》三首、《春日漫题有怀夫子信笔书来聊以拨闷》六首、《题〈五美笺〉寄怀外子》五首、《夫子之来也病将痊可喜而赋此》、《次韵夫子〈四时词〉》四首、《和夫子》二首、《病后重来诗境饶》二首、《随夫子登滕王阁》《舟行大孤山书呈夫子》《忆昨送君时》《次夫子和李伯行〈唐花〉韵》《和夫子用山谷韵》《和夫子〈四十自寿〉韵》《夫子次三弟〈秋怀十首〉命倚云和之得三首而为俗务所稽因循数月冬日小暇复成七章》《夫子命题薛次申观察枕经书屋画卷》二首、《从夫子游琅山归而戏为长句》《同夫子和顾延卿见贻原韵》《〈沪上行〉赠肯堂》《同夫子过焦山感旧次韵》《秋深肃霜露》《和夫子酬江太守原韵即以写怀》三首、《晓窗即事书闷和夫子韵》《夫子肺疾渐愈私心稍适偶作短章以博一粲》《侍夫子就医沪上候轮旅舍酬其见示原韵》《浪淘沙·津门雪夜同外子作》、《春日漫题有怀夫子信笔书来聊以拨闷》八首
	大兄：姚永楷	《和夫子赠伯兄韵并以奉赠》《盼伯兄以其乡试枉道省亲》、《为大兄题〈斗影图〉》十三首
	二兄：姚永朴	《送别大姊二兄》《还乡有感因用仲兄韵呈姨母》《和二兄过皖见示原韵》、《癸未仲兄召归乡里感赋奉呈》四首、《初秋闲理小园因作十韵寄仲兄时在天津》《中秋月夜怀二兄三弟》《雪中忆仲兄兼送伯兄季弟之天津》《闻仲兄避乱秦中有怀复以自劝》
	三弟：姚永概	《和三弟〈归里留别〉韵》《和三弟〈九日登凤仙坛〉诗韵》《送三弟公车北上》《次"鼠"字韵送三弟归里》《和三弟〈忆西山〉原韵》《清宵独坐忽见案头先君遗诗泫然泣下步门存韵寄三弟》《三弟悼侄女结弟以诗余怆然和其元韵》《和叔弟寄慰原韵》《中秋月夜怀二兄三弟》、《题〈西山图〉次三弟原韵》四首
	大姊：姚倚洁	《登滕王阁寄怀大姊》《秋夜无聊徘徊庭际凉月满天有怀大姊》《寄大姊》《再次前韵寄大姊》《癸卯还乡感呈伯姊》《月下怀大姊》《偕大姊晚眺》《留别大姊》《初冬与大姊烹茶于春荣轩作》《七夕欣逢大姊归宁》《江行月夜怀大姊》《怀大姊》
	姊夫：马其昶	《马闲伯六十征诗》《赠马闲伯夫妇五十同庚》二首
	夫弟：范钟	《次仲林韵赠吴挚甫先生》《思归不得和夫子韵寄二兄广州仲林河南》

续表

家族成员	酬唱对象	诗篇名称
姚倚云	夫弟:范铠	《思归不得和夫子韵寄二兄广州仲林河南》《正忆山东与粤东》
	继子:范况	《为汝重来复此城》
	继女:范孝嫦	《遣嫁孝嫦以书勖之》二首
	女婿:陈师曾	《师曾以〈菊华遗影〉征题有所感怀援笔为赋》《题师曾夫妇合画梅幅》《蝶恋花·春日郊行柬师曾》
	侄女:范彦姝	《书慰彦姝三侄女并勉泽芳》《月皎霜华冷》
	侄女:孝娴	《初夏新晴怀孝娴》
	侄女:孝嫘	《马塘示邓氏侄女孝嫘》
	侄婿:马翰芬	《避乱马塘邓氏义庄用去年病后谢亲友韵以谢翰芬侄婿》《闲来无事下南乡》
	侄媳:方希静	《除夕有怀希静侄媳示祖玉姐妹》
	孙子:范增厚	《夜读先外子遗诗有感示次孙增厚》
	曾孙:范恒、范临	《示恒临二曾孙》

首先,一门风雅。家族内部文学创作形式多样,在宗族祭祀、节令团圆、文会雅集等场合,父子、兄弟、夫妇、妻弟、舅媳等人,以同题同咏、分韵唱和、联句赋诗、寄赠酬答等形式,交相师友,相互砥砺,诗歌富有人情意味和家族意识,洋溢着高雅的文化气息。范曾忆及年幼趣事曰:

> 时家贫无以为乐,父亲子愚翁恒燃香计时以作联语、诗钟为戏。二兄清俊,时夺头标;大兄沉稳,每有佳句;独我幼稚,遮旁作天真怪异语,每令父兄大乐不置。(《〈南通范氏诗文世家〉序》)[1]

---

[1]范曾编:《南通范氏诗文世家》(壹)卷首,河北教育出版社,2004年,第5页。

家族激发出的文学创造力既增进了亲情，又锻炼了诗艺，娱乐性与竞争性兼备，子弟得到了自然有效的文学训练。群体唱和是家族文学优势的直接展示，参与唱和的成员数量、规模代表了家族文学实力。通州范氏一门联珠，风雅相继，群体在艺术化、审美化的生活方式中同志同学，艺文相长，激发了巨大的家族文学能量。其中，女性成员创作值得关注，近代姚倚云深受父兄为中心的家族文学熏染，嫁入通州范氏，不仅扩大了家族文会范围，并以女性文学独有的真挚、细腻，广为男性社会认同，成为通州范氏家族文学的重要组成部分。

其次，数门联吟。徐雁平先生言："清代文学世家的联姻，是一种文化选择与生产行为；中国传统文化能绵绵瓜瓞，从文学世家联姻中当能找寻到一种切实的解释。"①具有相似文化背景与文学取向的家族以姻亲为纽带，形成了密集的通家交游唱和。光绪十四年（1888），范当世就婚安福，与岳丈姚浚昌、妻舅姚永楷、姚永朴、姚永概、僚婿马其昶、妻子姚倚云，7人吟诗唱和，以贺新婚，成《三釜斋唱酬小集》。诗酒风雅，悠然物外，知音相赏，晨夕不辍，留下了生动的交往图景，构造了有情的人文世界。又如，范当世与陈三立并为同光体领袖人物，两者相契，酬唱赠答，堪称文坛佳话。家族联姻对文学创作产生了积极影响，范当世迎娶桐城姚氏，"由是益探讨惜抱之精谊，学业大进"（徐昂《范无错先生传》）②。陈师曾少承父训，入赘通州范氏，"濡染于妇翁范肯堂先生之诗学者至深"（叶恭绰《〈陈师曾遗诗〉序》）③。同时，范氏并不局限于单一的嫁娶关系，追求世代缔结秦晋之好。范毓感慨曰："婚嫁于桐城者四，燕婉之求，室家之好，通两地亲姻，蔚然以厚吾宗。"（《〈蕴素轩诗〉跋》）④通州与桐城形成了婚姻关系的累复叠加，世代敦谊，诞生了错综复杂的家族文化链，世家地位得到巩固和提高。潘光旦先生曰："盖优越之血统与优越之血统遇，层层相因，累积愈久，蕴蓄愈深，非社会情势有大更革大变动有若朝代之兴替，不足以摧毁之也。"（《江苏通志增辑族望志议》）⑤世家之间文化资源共享，由女性通过唱酬、母教

①徐雁平：《清代文学世家姻亲谱系》，凤凰出版社，2010年，第16页。

②陈国安、孙建编著：《范伯子研究资料集》，江苏大学出版社，2011年，第6页。

③陈师曾：《陈师曾遗诗》卷首，民国十九年（1930）刻本，南京图书馆藏。

④范曾编：《南通范氏诗文世家》（壹拾壹），河北教育出版社，2004年，第223页。

⑤潘光旦：《潘光旦文集》卷八，北京大学出版社，2000年，第265页。

等方式,转化为家族内部的有机组成。家族成员普遍受到舅家文化的滋养,范国禄言及父亲曰:"先君教人以立身,教子不厚于教甥。"(《赠中表李五兄》)①范罕曰:"十五始读杜,挈登舅氏堂。殷勤会一字,竹舍留孤芳。"(《读杜书怀》)②获益颇多,均见舅教之功。文学家族强强联手,有效增加了双方文化实力。范当世《与三弟范铠书》曰:"吾门真无弱手,姚氏复多美才,假若其真动心于门祚而深自振拔于污俗,则亦何可限量?"③这份自信来源于文学家族联姻带来的积极效应。

四、文学切磋

范氏家族文学活动在一般唱酬之外,还见文字品评。首先,父子之间。光绪十八年(1890)五月,范如松寄诗长子范当世,有《仍用铠儿〈留别〉原韵》诗二首、《送铠儿去甘肃学幕馆时犹未揭晓仍用原韵》二首、《寄送铠儿仍叠前韵》二首、《又示儿媳去桐葬后即去安福》十首。范当世评曰:"大人是诗蓄意浑厚,音节苍凉,在宋元诸诗中类元遗山而过之。"(《南通范氏诗文世家纪事编年》)④由衷尊崇父亲浑厚之意、沉郁之风。范罕亲得父教,其《〈蜗牛舍诗〉附记》曰:"戊子前后随先大人习业时,颇多诗句,经先大人改削而成为完璧者。"⑤父亲殷殷教导,对家族后代文才的培养和呵护可见一斑。光绪二十年(1894),范罕客武昌期间,有《秋愤赋》,颇为自赏,整理《蜗牛舍诗稿》时,将该文置于各篇之前。其父评曰:"赋颇感于《纤月赋》而作,而得力具别,风格亦殊。后有识者必论向韵异同矣。"又曰:"气之结穴处瑰然至宝,神理俱会,万怪惶惑。"(《南通范氏诗文世家纪事编年》)⑥既言与己作一脉相承之处,又指出其独特新出之格,充分肯定该文神理兼备、匠心独具的结尾,这对范罕诗歌最终以"奇"享誉士林不无影响。民国十四年(1925)元旦,范罕祭拜祖先,追溯家学渊源,与子范子愚论《英译杜诗》,平等的氛围中研习交流,有助文学观点的自由表达和对问题的深入思考。

其次,手足之间。范当世具备深厚的诗文修养,多见其为两弟文学创

①范曾编:《南通范氏诗文世家》(肆),河北教育出版社,2004年,第33页。
②范曾编:《南通范氏诗文世家》(壹拾壹),河北教育出版社,2004年,第30页。
③范曾编:《南通范氏诗文世家》(玖),河北教育出版社,2004年,第220页。
④范曾编:《南通范氏诗文世家》(贰拾壹),河北教育出版社,2004年,第120页。
⑤范曾编:《南通范氏诗文世家》(壹拾壹),河北教育出版社,2004年,第150页。
⑥范曾编:《南通范氏诗文世家》(贰拾壹),河北教育出版社,2004年,第125页为

作指点迷津。光绪四年(1878),范钟自选诗集《范中子外集》第二集、《椎冰集》上集、第三集《椎冰集》下集、第四集《高秋集》告成,范当世评点、修改诗集几十处,这对渴望指授之人可谓如获至宝。光绪十八年(1892)闰六月,范钟护送大嫂赴津。居津期间,与兄展开了激烈的诗学争辩。范当世《与三弟范铠书》曰:"此人在此一个月,与我争论便有三十夜。"在自由民主的讨论中,范钟最终折服,"胸中直换了一个世界",发生了翻天覆地的转变,形成了与兄相近的诗学观念,即"先要赤膊子打架,然后锦衣绣裳",将诗歌本质与内涵置于首要地位。范钟痛改前非,将这一诗学理念成功运用于实践,"已是换了七八成[①],令兄长欢喜淋漓,竟至不能易一字,可见教导之功、蜕变之剧。范当世对三弟范铠诗文评改也随处可见,光绪三十年(1904)其《与三弟范铠书》颇具代表,曰:

> 来诗第一首第二句太使劲太露,三、四乃成无聊之复句也,第五句抉除雾界以下不消说,连圈到底,实在沉雄,然则三四便当放松让开些,后半更得力。吾往复读"海天沉暗"、"鸡唱五更"之二句,实在爱不忍释,因直改前半三句云:"凄迷落照寻常见,飘瞥余霞着意红。岂意谯台晚登眺,恍如日观晓瞳眬。"如此则下半回合风起云扬,真杰作矣,而一辞不露,比"风雨鸡鸣"、"尚称君子"或过之也。第二首是好的,嫂嫂读至"商量周孔"句,问我作何解,我不能答,即作为嫂嫂之挑剔可也。"山川"想是"河山"。第三、四首最完美,从"惜花心事"起直圈到底,或空之三四句,但圈六句亦可,"纾"字改作"回"。第四首三、四句圈后半,连点"著书亲授军中读",故谓文因事而益美,我亦无从得知,可羡;下句亦是劲对,此二句与"海天"二句吾屡诵之矣。第五、六首自然入胜,五首圈"恍惚前吾"句,六首圈"一为"、"尊亲"二句,凡不使劲之作,最见身分耳。[②]

兄弟书信中,文字切磋、诗文品鉴占据了主要篇幅。范当世对六首诗歌逐一评点,涉及结构、句法、用字等,悉心修改其中不足,精彩之处不吝圈点,如此之举对诗歌提高甚有裨益。范铠《出涿州城七律一首呈燕兄》也记录了兄弟之间的诗学互动,"鸦雀空为朝日乱,牛羊争趁晓风游"下有自注:

①范曾编:《南通范氏诗文世家》(玖),河北教育出版社,2004年,第207页。
②范曾编:《南通范氏诗文世家》(玖),河北教育出版社,2004年,第235-236页。

"伯兄看此二句较李刚己何如？"范当世加批曰："次联当不及刚己之沉郁，要之通首气清神旺。刚己原诗乃'岸收罗网鱼争窜，浪打蒲荷叶乱流'二语，三弟爱而仿效之耳。"①客观评价家弟与门生之高下，准确指出两人诗句内在的借鉴承继，令人心悦诚服。

第三，姻亲之间。范当世就婚安福，与妻族谈文论义，互相切劘，深度交流。其《与仲实论诗境三次前韵》曰："诗家王气必深寒，秘钥谁能拔数关？龙虎相遭风过水，鸾皇自舞雪盈山。眼光料得千年在，心事无由百道闲。与子婆娑见真意，公然一蹴杜欧间。"②讨论带来思想的碰撞、灵感的启迪，表达了对诗境高逸超俗的审美取向。范罕与陈师曾交往密切，时见诗学论赏。其《自里返京静摄数日遇雪而赋》诗后注曰："师曾不喜此诗，横加点窜。予则以为有逸气，特存之。"③《中秋夜阻雨》"灯下独追寻"下注曰："原作'灯下可推寻'，师曾易一'独'字，后予再易一'追'字。"④诗道万千，或横加点窜，或坚持己见，或改后再易，足见双方亲密无间、热烈活泼的文学探讨。

---

①范曾编：《南通范氏诗文世家》（壹拾），河北教育出版社，2004年，第333页。
②范曾编：《南通范氏诗文世家》（捌），河北教育出版社，2004年，第58页。
③范曾编：《南通范氏诗文世家》（壹拾壹），河北教育出版社，2004年，第102页。
④范曾编：《南通范氏诗文世家》（壹拾壹），河北教育出版社，2004年，第21页。

第三章　通州范氏家族文化精神

家族文化是家族成员通过积极建构和努力承继，呈现出的鲜明、稳定的行为规范和精神传统，潜移默化地影响到了后代的价值取向。通州范氏绵延450余年，累积数代之功，上贤父兄，下佳子弟，言传身教，逐渐形成家族独具内涵的文化，并以精神基因的方式融入成员血脉之中。

第一节　家族意识

家族制是中国封建社会的基础和特征之一。钱穆言："'家族'是中国文化一个最主要的柱石，我们几乎可以说，中国文化，全部都从家族观念上筑起，先有家族观念乃有人道观念，先有人道观念乃有其他的一切。"[①]宗族观念成为传统家族文化的重要组成部分，通州范氏世代演进过程中，家族意识十分强烈，贯穿始终，各代加深族内认同，联络血亲关系，呈现出强大的凝聚力和向心力。

一、追念祖先

在崇尚祖宗家法的社会结构和慎终追远的文化心理中，家族杰出人物成为后代心中神圣的精神偶像。范氏家族是宋代范仲淹的直系后裔，明末由江西抚州始迁通州。在家族的发展初期，凸显门第显贵、前辈功绩，以提高家族的声名和威望，激励后代的自豪和奋发，显得尤为重要。家族成员对范仲淹先忧后乐的德行操守和高洁仁爱的人格魅力无比敬仰，咏诵先人清芬普遍渗透到文学创作之中。

> 先文正知青州，有惠政，溪涌醴泉，后人汲以丸药，号白丸子。
> （《范公泉》题下注）[②]

---

①钱穆：《中国文化史导论》，商务印书馆，2000年，第51页。
②范曾编：《南通范氏诗文世家》（肆），河北教育出版社，2004年，第383页。

筴盐况重千言奏,捍海尤高万世功。不特贻谋尸拜舞,淮南遗爱自靡穷。(《邗上谒先文正公祠》)①

先祖贻谋及后昆,天平脚下有儿孙。义田莫作饥寒计,己任原为性命根。(《天平山谒先文正公祠墓》)②

追述祖德,涉及青州汲水制药、泰州修筑堤堰、苏州设立义庄等惠民睦族之事迹,对于迁徙新地、艰难发展的范氏家族来说,颂美前辈嘉言懿行、显赫功勋,更具绍继家风、克振家声的激励目的,家族各代成员普遍持守儒家淑世情怀和责任担当。范子愚谆谆教子,以"先天下之忧而忧,后天下之乐而乐""宁鸣而死,不默而生""不为圣贤,便为禽兽"(范曾《〈南通范氏诗文世家〉序》)③为千载家训。范仲淹"断齑画粥"的故事在家庭教育中尤具典型意义,反复出现于家族成员笔下。

长山一片白云封,流水依然日下春。遥忆先人断薤处,埋金寺里见高踪。(范国禄《长白山先文正公读书处》)④

予山荆及儿女四人,皆久历贫况而近自然,予尝窃比断齑划粥家风以勖之。(范崇简《怀旧琐言》)⑤

败成由我决胸中,肯为浮言乱寸衷?群季无须愁戚戚,断齑画粥有家风。(范如松《六十述怀》)⑥

范子愚述及范仲淹少时砥砺品学之事,"不禁为之泣下"(范曾《〈南通范氏诗文世家〉序》)⑦。面对家族衣食堪忧的现实,先祖苦读成才极具鼓舞作用,是取之不尽、用之不竭的力量源泉。以此勉励诸人克服困境、振起家声,弘扬家族优良传统。古往今来,一个家族的崛起不可或缺承上启下的关键人物,前代范仲淹是杰出代表,通州范氏还诞生了新时代的典范人物。范凤翼是家族13代中唯一一位立朝言政之人,事功与文学并举,且以自身品节获得了广泛的社会影响。居庙堂之高,正气浩然,嫉恶如仇;处江

①范曾编:《南通范氏诗文世家》(肆),河北教育出版社,2004年,第182页。
②范曾编:《南通范氏诗文世家》(肆),河北教育出版社,2004年,第237页。
③范曾编:《南通范氏诗文世家》(壹),河北教育出版社,2004年,第1页。
④范曾编:《南通范氏诗文世家》(肆),河北教育出版社,2004年,第385页。
⑤范曾编:《南通范氏诗文世家》(柒),河北教育出版社,2004年,第183页。
⑥范曾编:《南通范氏诗文世家》(柒),河北教育出版社,2004年,第222页。
⑦范曾编:《南通范氏诗文世家》(壹),河北教育出版社,2004年,第1页。

湖之远,关注民生,造福桑梓,家族声誉盛极一时,达到后代难以企及的高峰。对于这位在家族发展中举足轻重的人物,后代屡以复述和书写,敬颂备至,其子范国禄表现得尤为突出。其《先府君行述》一文全面记载了父亲一生的政治遭遇、文学活动,叙述详尽,饱蘸深情,保留了珍贵的时代和人物资料。其《杂感》诗云:"吏部清忠典铨初,先君流品藉吹嘘。可堪世讲龙潭后,三十年无一纸书。"注曰:"周忠介公尝云:'范司勋旧铨典型,宜如顾泾阳先生故事复还铨政,方大补于世道人心。'"①又如《得家报知总督郎大司马观兵海上署余家宅子为行台追念先大夫甚殷》《雨中游耕阳墅晚晴拿舟泛西濠登大奎楼观莲楼为先大夫经始》《吊鹤》等,不绝如缕,寄寓了对父亲的无限追念。权奸当道的晚明,范凤翼的政治操守、人格操守赢得了时人与后代的尊崇,成为家族的一面旗帜,这份荣耀超越了时空。

> 三元桥畔草如茵,遗碣岂峣屹水滨。岂是惭容铭有道,更多丽藻谇安仁。东林论定归青史,北寺株连案旧臣。此日邱墟肠欲断,乌衣子弟况沉沦?(范崇简《读太保成公所撰〈先光禄神道碑〉赋此追感》)②

在家族衰微困顿时期,这份怀想一度弥漫了令人感伤的衰门情绪。当然,更多则是从中获得了强大的精神力量。晚清范当世致力于教育救国,光绪二十七年(1901)学堂令下,虽已病肺卧,慨然强起,以助国家长育人才为己任,与张謇等共同谋建新学堂。兴学道路困难重重,友人王梦湘以《独游狼山》诗相示,触发其对祖辈功绩的追思,自言:

> 余因感其地为先勋卿公明季逃禅之所,其说谓"吾多年老寡妇,岂复向人?而一日不受吏,则徒苦吾民",遂去之军山与尧封老人辈讲佛法焉。此通州所以保全至今也。先人不争世名,而常为一乡受难,区区亦惟先志是从耳。(《朝来火焰烧城红》)③

先祖遗风赋予后人坚定信念和巨大力量,祖辈超常的勇气和担当对其产生了莫大鼓舞,虽然遭人误解和非议,百折不挠,义无反顾,坚定脚下兴学之路。

---

① 范曾编:《南通范氏诗文世家》(肆),河北教育出版社,2004年,第370页。
② 范曾编:《南通范氏诗文世家》(柒),河北教育出版社,2004年,第114页。
③ 范曾编:《南通范氏诗文世家》(捌),河北教育出版社,2004年,第278页。

二、扶植后代

创业不易,守成更难,通州范氏成员深谙此理,各代对家族的未来发展密切关注。范凤翼曰:"创业即所以承家,而承家必思以创业。创以为承,不能创者,难乎其为子,并难乎其为父;承以基创,不能承者,难乎其为父,并难乎其为子。父子祖孙之间,荣悴合体,痛瘇一气,推之世世循环无端,此孝子顺孙之所以兀兀终身不敢一刻放逸以自为计者也。"(《分家要说》)[1]通州范氏作为一地新兴家族,既无祖上恩荫,又鲜显宦亲友,加之各种天灾人祸,其发展之路充满坎坷,数代经营,方有崛起,诚属不易。为了保证家族的长盛不衰,多见对后代的谆谆告诫,声情并施,良苦用心跃然纸上。崇祯三年(1630),通州海上乱民焚掠杀人,阖城涂炭,范氏在劫难逃,惨遭荼毒。面对飞来横祸,在家族生死存亡的关键时刻,范凤翼以诗教诲训示。

> 伊何贞吉,淑慎尔身;伊何能淑,有脊有伦。用柔居后,受益以谦。远尔奸慝,求其德邻。耦居无竞,古谊是敦。澹淡攻苦,节啬惟珍。载颂载读,载穫载昀。用挽颓风,用毖不逞。神之听之,福佑永臻。(《家难后垂喻》)[2]

诗中以慎行事、以谦待人、以德为邻、以节为贵的殷殷嘱托可见对家族平安、世代绵延的美好期待,感情真切深沉。在分家析产之时,时见追溯祖先美德,教子弟,诫传人,激励不坠家声,光宗耀祖,极大增强了家族凝聚力。范凤翼《分家要说》曰:

> 我大夫自诸生时,业能以食饩束修之余郁起千金,及为廉吏以归,尤能致能散,然自赡族赒贫一切礼节檀波之外,治家实以务本勤约为本,曾不见以儿子成进士沾禄朝家而稍稍登枝捐本忘其素风。盖不独浇薄奇邪之习未开,并发舒眉越之念未起也。有德故能有其家业,彰彰前规具在,顾不知诸子侄辈能不坠先人之绪否?吾滋愧吾滋惧焉,故于国彦兄弟之析产也,遂书以弁其简端。不独为国彦兄弟谋,并为范氏子孙世世谋。倘能得予言而存之奉为家诫,庶几无忝所生,而可

①范曾编:《南通范氏诗文世家》(贰),河北教育出版社,2004年,第155页。
②范曾编:《南通范氏诗文世家》(壹),河北教育出版社,2004年,第59页。

以为子，可以为人，可以自立于天地之间也。①

以先祖的胸怀和道义诚谕子女，勿忘创立家业之不易，慎守家法，笃行前辈遗志，修身齐家，以作立身处世之道，实现范氏的自立自强、世代传承。

家族的兴衰荣辱与个体紧密相关，家长对后代子弟的取名也富有深意，体现了对晚辈的期待和教诲。如"阂宗"，"阂，高门也，有所树立则大，启尔宇以为吾宗昌"。"兴宗"："吾宗所以兴也。"（范国禄《阂宗兴宗闲宗字说》）②"与宗"："能与人者，必其有长人之德者也，况与吾宗乎？""典宗"："典之为言，主也，主宗事惟力是视。"（《与宗典宗字说》）③上述种种解说可见殷切希望，寄寓了振兴家族的苦心孤诣。不仅如此，还将这份期待尽己所能地落到实处。范国禄经历了家族的由盛而衰，面对孑然一身独撑门户、同族诸人无法自立、家无一人取得功名的现状，惟恐辱没家族和先辈声名，表现出非同寻常的焦虑和紧张。当一己功名无望之时，多方拜托，以照拂其子遇、其侄广宗。

> 小儿读书未效，出门先到京师，可谓不揣。然局蹐矮檐，不如回翔国学，安心守分以希文章之遇合。然有此苦情，非得大宗匠有以提命之，终碌碌而无与也。惟老师一视同仁，即以作养某推而作养之，且以前之作养许力臣、汪蛟门者推而作养之。（《与王阮亭书》）④

> 从子在京，诸事未谙，望先生以汲引某者转而汲引之，无异某之身受也。（《寄王比部书》）⑤

又如《寄陈其年书》《寄孙黄门》《再候汤先生》《候汪太公》《与胡存人》《寄李铨部》《寄李敬可》等，均见请托提携之意，以期后代扭转家室如遗、生计渐困的局面。通州范氏家族时刻强化宗族观念，对能够绍续家声的后辈倾情揄扬。范凤翼《答赠石夫孝廉宗侄孙》曰："之子挺奇姿，伟亮振吾族。弱冠播时誉，持躬亦何淑？"⑥范两奇年少才高，年未三十，力敷文教。"自课文励行而外，崇先贤，风孝行，敦名士，恤孤寒，种种善政不可枚举"（《《鳣

---

① 范曾编：《南通范氏诗文世家》（贰），河北教育出版社，2004年，第156页。
② 范曾编：《南通范氏诗文世家》（伍），河北教育出版社，2004年，第141页。
③ 范曾编：《南通范氏诗文世家》（伍），河北教育出版社，2004年，第141页。
④ 范曾编：《南通范氏诗文世家》（伍），河北教育出版社，2004年，第291页。
⑤ 范曾编：《南通范氏诗文世家》（伍），河北教育出版社，2004年，第294页。
⑥ 范曾编：《南通范氏诗文世家》（壹），河北教育出版社，2004年，第97页。

堂诗集〉序》)①。范国禄则指陈其"本于文正公",是为善承家声之人。又如范云生,"名士也,秉天平之遗范"(《〈孝悌明鉴录〉序》)②。诸子发扬家族世德门风之举令人欣慰,门庭之兴后继有人,有力增强了家族发展的自信心。

时代变迁中,世家着眼于整个家族的利益,以巩固社会地位、加强宗族势力,大多以敬宗收族的手段团结族人,修家谱、建义庄、置义田是具体措施,通州范氏时见此举。范如松生前倡导兴义庄以避世乱,因故未果,临终念念于此。其妻成氏毅然继承丈夫遗志,出资一千元置买田产以兴复义庄,扶持本族的弱势群体,为其提供基本的生活保障和教育资源,以期子孙后代繁衍不息。

三、亲情浓郁

亲情是维系家族成员的重要纽带,通州范氏门风醇厚,重情笃义,来自家庭和族人的关怀为个体心灵带来温暖和慰藉。诚如范铠所言:"'患难相保、性命相依'八字为我家不至衰落之本源,人人挟此,真有历劫不磨之力量。"(《与大嫂姚倚云书》)③范氏450余年的发展过程中流露出感人至深的亲族之情,诗文记录了许多温馨动人的画面。范罕五十岁时有诗《荸荠钵》,序云:

> 予幼时爱说"关门,不买荸荠"一语,至今家人犹知之。七八岁时,闻先母云:"此儿好食荸荠而不肯言,常以反语动吾听。惟吾知其意,辄多买以饲之。"偶得此钵于旧物中,特保存以传子弟。④

知子唯母,细节之处的懂得与疼爱温暖人心。范凤彩母亲黄宜人,"常脱簪珥,市酒脯以进吾各房及奇贫诸姊妹,且市香襦锦镯以佐各嫁娶之资及诸小儿"(范凤翼《贤庶母黄宜人六十寿序》)⑤,超越亲疏,一视同仁,关怀爱护唯恐不及。范国禄七岁,先母杨孺人见背,由继母任孺人精心养育,疼惜备至。一日患腹痛,情况危急,孺人抱之而摩挲六七日不假寐。幼时

---

①范曾编:《南通范氏诗文世家》(陆),河北教育出版社,2004年,第36页。
②范曾编:《南通范氏诗文世家》(伍),河北教育出版社,2004年,第414页。
③范曾编:《南通范氏诗文世家》(壹拾),河北教育出版社,2004年,第342页。
④范曾编:《南通范氏诗文世家》(壹拾壹),河北教育出版社,2004年,第56页。
⑤范曾编:《南通范氏诗文世家》(贰),河北教育出版社,2004年,第33页。

贪于嬉戏，父亲严于督责，孺人阳助之而私自含泣，目为之赤，且自责曰："不教之罪在我。"随后，范国禄娶妻生子以及日常饮食起居，任孺人无不为之曲折周至。孺人晚年多病，国禄多方延医诊治，任氏颇为歉疚，曰："吾将累汝矣！"同时，她还十分理解体谅儿辈的生存艰难。

> 顾汝食贫，不能治大木奈何？汝屏弱又不能以筋骨为礼。汝齿已长，不能得志于功名，三年一汇士，汝已及额，今将坐失此会。而广孙远在长安，谁为汝左右手，凡此皆累也。

范国禄听闻此言，哭不敢出声，曰："母服药，会当立效，何至为百年后语？幸无以为念，惟澄思定虑以慰儿之心。"①言语间可见母子泯除了血缘之隔，感人至深。又如范如松曾有庶弟三人，其母每炊，以麦屑与米置一釜，而不令糅离，以麦饭食其兄弟。一日，盎中糅数粒米，如松不识，竟以为蛆，闻者大笑。只知麦屑之为饭，而不知饭之别有米也。不是亲生，胜似己出，庶子感受到博大无私的母爱。姚倚云以名门闺秀而为继室后母，于归之后廿余年间，兢兢操守，木敢自逸，每遇一家患难之秋，未尝少避，孝敬舅姑，怜恤子女，殊为难得。冬日来临，姚氏见三弟范铠衣着单薄，虽然家庭经济拮据，"直将廿九番为弟买裘"，可谓慈爱。范当世甚感欣慰："令我不须炭火，满室春和矣！"②范当世逝后，范铠虽然长期仕宦于外，深察大嫂寡居的凄苦，屡致信札加以劝慰，主动承担赡养之责。"岁计定有千金至，大嫂需用，定必另寄二三百金专请大嫂赏用，不与旁事相混"，"以家事为用吾财力之先者，至于大嫂一生所需，则尤为之所最先者，唯求大嫂厚保养耳"③。这份承诺带给未亡人心灵的慰藉不难想象。

伉俪情深也是范氏家族亲情的重要方面，不涉及血缘关系却更为缠绵。天启六年(1626)，御史曾应瑞疏参范凤翼，遂削职为民，追夺诰命。未几，高攀龙引义投渊，范氏祸且不测，夜读每至四鼓。其妻钱孺人，"侍之衣不解带，恐一旦之有不测也。逆珰败，母始下食，然而心血耗尽，遂成病"(《先母杨孺人行述》)④，这是风雨同舟的患难之妻。范国禄与妻"自少而

---

①范曾编：《南通范氏诗文世家》(陆)，河北教育出版社，2004年，第390页。
②范曾编：《南通范氏诗文世家》(玖)，河北教育出版社，2004年，第197页。
③范曾编：《南通范氏诗文世家》(壹拾)，河北教育出版社，2004年，第339页。
④范曾编：《南通范氏诗文世家》(陆)，河北教育出版社，2004年，第388页。

老,无日不相好"(《自题〈鹿门偕隐图〉》)①,尤其在家庭衰败之后,甘于贫贱,勤于中馈,无怨无悔。范当世前妻吴氏淡泊名利,隐忍坚毅,与之可谓涸泽之鱼、相濡以沫;继室姚氏诗才横溢,品性高洁,与之诗文相得、志同道合,一时传为佳话。范氏家族数量可观的悼亡之作正是夫妇情深的文学表达,范子愚诗中表现得尤为突出。1972 年,夫人缪镜心去世,此后作诗常钤"独鹤"印。其《悼亡杂咏》中"玫瑰苑里今何似"一句下注:"镜心手植,盛开时年二三百朵,余以之制玫瑰糖,选其精者寄临儿。临尝有信云,将以细簪挑食以尽其味。噫,余泪下。""□我无聊十八里,遣卿热泪已千行"下注:"往日余每入市闲行,镜心笑我无事十八里,实则喜我身健之意耳。余今又犯旧习,无聊时辄间游廛市,然无笑我者矣。噫!"②触处生悲,物犹在,人逝不返,情何以堪? 其《壬子腊尽口占二绝》序曰:

> 余于芜湖谛闲法师讲法华经会上皈依潜山莲海法师,蒙赐法名妙谛。余亦代镜心拜求皈依,蒙赐法名妙镜。其后,余刻一小牙章,文曰"妙镜为心",两人皆可用。五十年来,迄未用过,今则于悼亡诗及前此余寄镜心诸作清稿前用之,盖亦有数存焉。③

悉心珍藏此物,以缅怀挚爱之妻。又如,《读东坡回文菩萨蛮词殊觉妙义爰作效颦之举题为悼亡》《悼亡三首调寄忆江南》《镜心手植三种花草日夕调护之因寄忆江南》《中秋》《为镜心写金刚经愿早证三摩永离五浊》等,凄寂之中常以诗追忆,言为心声,悲怆可知。

此外,通州范氏家族亲情还具有丰富动人的内涵。父母收纳穷途末路之女,"玉妹穷而后归,两大人决不计较前事,重加恩恤"(范铠《与父翁书》)④。舅氏殷勤致意失母之甥,"伤心死矣悲吾姊,异地怀哉溯所生。别久自怜离乱苦,家贫逾切至亲情"(《朱甥元子始自延令来》)⑤。又如《寄延令朱甥兄弟》《延令晤别朱甥兄弟》《谡谡堂赠朱甥禹镜》《题朱甥水镜南居》《诸甥远送于野感而念之》《送朱甥归延令成婚》等。妯娌齐心,终克家难,范铠感叹曰:"想我嫂老妯娌三人及姑娘一人,当此危苦困顿之中,其相依

①范曾编:《南通范氏诗文世家》(伍),河北教育出版社,2004 年,第 60 页。
②范曾编:《南通范氏诗文世家》(壹拾叁),河北教育出版社,2004 年,第 15 页。
③范曾编:《南通范氏诗文世家》(壹拾叁),河北教育出版社,2004 年,第 17 页。
④范曾编:《南通范氏诗文世家》(壹拾),河北教育出版社,2004 年,第 322 页。
⑤范曾编:《南通范氏诗文世家》(肆),河北教育出版社,2004 年,第 134 页。

相保之情，弥纶维系，愈加愈厚，固皆使道路之人闻而感泣。"(《与大嫂姚倚云书》)除夕之夜，远嫁之女携子归慰失意老父，"归鸦渐满林，邻家喧爆竹。有女适来归，偕儿共秉烛。照我就衰颜，慰我康强祝。清谈伴老夫，犹是家庭福"(范崇简《壬午除夕作》)①。还如，不远千里，长途跋涉，孤身访亲，"二千余里托孤身，三十多年访旧亲。中表弟兄才见汝，外家骨肉更无人"(范国禄《遇中表袁二兄话旧旋返丰城》)②。如此这般，不胜枚举，亲情成为家族成员心灵归依的避风港湾，以对抗现实人生的艰难多厄，弥足珍贵。

第二节　文化积累

诗书传家久，文化在封建世家的形成过程中具有关键意义。"诗书之泽，衣冠之望，非积之不可"(文徵明《相城沈氏保堂记》)③。文化家族的形成需要数代积累、逐步充实，通州范氏重视家学，博文尚教，翰墨为业，文脉相承，共同建构了悠久深厚的文化传统。

一、家学渊源

封建社会中形成了博大精深、渊远流长的家族世代相传之学，以家族内部成员为传承对象，以祖辈之业为传授内容，钱穆先生称之为"经籍文史学业之修养"④，是家族的文学资源和文化积累。通州范氏家族的持续发展是与对家学的继承坚守密不可分的，始祖盛甫公五传而至禹迹公，皆以耕读传家，嗣后介石公、小石公、云从公为明代诸生，导夫先路，实现了家族由农耕而科举的文化积累。范凤翼刻苦勤学，意志坚定，追求"读书—科举—入仕"的人生理想。万历十四年(1586)，开始服习博士家言，为文有颖悟。父亲置地产距城十余里，白日徒步往返劳作，夜则篝灯读书不倦。万历二十五年(1597)，州大夫给俸及额诸生于书院，范凤翼朝夕其间，废寝忘食，揣摩制艺，同辈深相敬畏。进士及第之后，无论身列朝堂，抑或退居林下，以气节、诗文扬名于时，家族发展逐渐转向了文学之路。随后，通州范

---

① 范曾编：《南通范氏诗文世家》(柒)，河北教育出版社，2004年，第129页。
② 范曾编：《南通范氏诗文世家》(肆)，河北教育出版社，2004年，第203页。
③ [明]文徵明：《甫田集》，《四库全书》第1273册，上海古籍出版社，1987年，第125页。
④ 钱穆：《中国学术思想史论丛》(三)，三联书店，2009年，第179页。

氏虽然政治势力、经济实力下降,凭借先辈文化积累,恪守诗文传家的价值取向,坚守沉潜经史、诗酒唱酬的生存方式,450余年间通过13代的自觉建设、积极参与,发展成为负有盛名的文学世家。晚清范铠致书父亲范如松,指授侄儿范罕应读诸书,由此可见范氏家学内容。

> "四书五经"之外,《御批纲鉴辑览》日看五页,必不可少,亦不必多,要在记得;《史记》、两《汉书》皆有男评点本,可取读。遇有心得之处及雅句古字名义,手自抄摘,则可以应用。不然,凡未熟之书,虽看过几遍,皆不成用。男从前犯此病,莲儿不可无抄书之工也。莲儿古体诗本好,有《读杜心解》一部,训释最佳,可取出,日读古近体十首足矣。一月中作一二首,久之自佳。古文尤不可不读,家中仅有《古文辞类纂》一部,男携出,莲儿遂无佳本可读,请大人即在通州书店买一部。莲儿可借季先瑾处男所抄、大兄评点细心录写一遍,则学问、文章皆长进矣。若家中藏书,莲儿宜爱惜,时时整理,一纸不可错乱,又切不可乱加笔墨。(《禀父翁书》)[①]

长辈结合自身读书经验,悉心指点,倾囊相授,巨细不遗,以引导学术方向和知识累积。晚辈幼承庭训,学有家法,经、史、子、集并行不废,带来家学的薪火相传。

通州范氏家族致力于文化学术,诗文之外广泛涉猎,家学传承具体表现为:1. 经史。范氏家族蓄厚发远,注重经学、史学的累积,其中不乏声名昭著者。范希颜,郡文学,经史淹贯,博通古今,推为都讲,执经问难者尝数十人,少师李公春芳、大司徒马公坤、侍御黄公河尝师事之。范应龙博经史,娴文词,理学渊源,为程朱正派。"工于制艺"(黄天源《重修通州志议》)[②],担任诸生祭酒,为学者所宗,门下授经者二百余人,学成多为时闻。范凤翼天资聪颖,勤奋苦读,万历二十八年(1600),授顺天府儒学教授,潜心研习经典,思欲倡明正学以绍宗风,无所依傍,独出新意。日指授诸生经义与作文轨范,士风丕变,颇有建树。"谈经拥戴席之重,问字多扬亭之集。都人士争相濯磨,至有连蜚去者,皆先生绛帐中人也"(凌苏《范司勋先生小

---

①范曾编:《南通范氏诗文世家》(壹拾),河北教育出版社,2004年,第315页。
②[清]徐缙、杨廷撰纂:《崇川咫闻录》卷三,道光八年(1828)刻本。

传》）①。由"戴席""扬亭"之典可见当日望重学坛的情形。万历二十九年（1601），范凤翼升国子监助教，意气风发，博雅称世，影响士林。高攀龙曾谓东林诸子曰："入都门而不见范博士者，非夫也。"（范国禄《先府君行述》）②对其广博深厚的学术素养推崇备至。万历四十三年（1615），里中讲学，力振宗风，海内有识之士从游者日至其门。天启二年（1622），与父讲学通州，相与发明孔孟之学，远近从学者负笈踵来，廊舍为满③。

　　范国禄九岁始操觚，五十年来潜心于此。康熙十八年（1679）至十九年（1680）入幕南安，属以皋比，编选生平制艺，以供子弟揣摩研习。其《时文自序》曰："横浦署中，与曹子澹生间一抵掌，酒酣耳热之后，不觉击碎唾壶。因撦拾平时课余，存一二于百十之中以示子弟。"④鉴于学界流弊，严加选择，裒辑成册，凝聚了毕生心血的时文选本为学子提供了可资参考的范例。范国禄博涉多闻，邃于史学，《通州志》二十四卷之外，另撰《崇祯宰相年表》。其父范凤翼置身晚明政界十年，洞悉时事人情，极富政治远见。耳濡目染之下，范国禄对崇祯17年间50位宰相出处次第、进退始末了如指掌，自言："余昔从先大夫侨居陪都，亲见闻于左右，先后出处，知之甚详。"《崇祯宰相年表》起自崇祯即位之初，迄于殉难之日，凡备顾问殿阁者，以表的形式按时间加以考载，阅文便睹，举目可详，纷繁的史实厘然有序。尤其值得关注的是，撰者未作是非邪正的主观评价和苛刻判断，而是抱理解之同情："诸臣类皆一时大有为之才。"50位宰相均是经国治世之俊杰，国破家亡、天意莫挽的悲剧中君主难辞其咎："始则失之不明，继且失之不慎。破格而终于痼，推诚而伏以奸。用舍进退之见，几几乎惟日之不足迫。"崇祯

①范曾编：《南通范氏诗文世家》（贰），河北教育出版社，2004年，第226页。
②范曾编：《南通范氏诗文世家》（陆），河北教育出版社，2004年，第384页。
③《尊腰馆八十寿言》王尚志《题钧天华祝卷》诗前引曰："范太公盖有道仁人也，诸子若孙皆振振仁厚能世其德，而次公异羽尤嗜道者。壬戌之岁，同尚志会聚讲学粤若，州刺、学博、荐绅、士庶若干人咸赴讲会。于是焉四方之士王心斋先生孙去赝暨程子芹、李守业、吴中贤、崔武陵等自海阳而来，朱惟一、张洪宇、周梦翁等自北堰、南梁而来，朱润卿等自敬亭、仙源而来；王无漏、李克生等自雉皋而来，裒求一、林襄夏、王云础等自匡庐、彭蠡而来，汪长东等自黄山、白岳而来，陈怡之等自西蜀而来，金定如等自潇湘、洞庭而来，楼敬华等自镜湖、天台、雁荡而来，施明台等自秣陵、句曲而来，周千载、丁绍渊、沈耳贞等自毗陵、海虞而来，李星华、李龙门等自阳羡、淮阴而来，李痴和等自八闽而来，周伯周、王莒卿、王芳林等自海门而来，钱竹泠、徐扩生等自广陵而来，何继冲、张公亮等自京口、延令而来，王人龙等自貌峰、鹊岸而来，一时人士云蒸龙变，与异羽父子发明孔孟之学，太公怡怡然色喜矣。"
④范曾编：《南通范氏诗文世家》（陆），河北教育出版社，2004年，第88页。

帝识人不明,刚愎自用,随意罢黜,猜忌多疑,终致弊端丛生,积重难返。撰者叹曰:"甚哉,遇合之难也!"(《书〈宰相年表〉后》)①深沉慨叹有其人无其时,盖世才具亦枉然。范氏纵观时局,理性分析,其史论独树一帜。邓之诚先生叹曰:"惜帝不能用,或不竟其用。能为此创论,无丝毫门户恩怨之见,可谓卓识。"②范氏未对崇祯悲剧作人云亦云的归结,辨证深刻,高出侪辈。

晚清"三范"在积淀深厚的家学环境中,秉承习经明儒的传统。范当世是显名于世的博学硕儒,"范生通经作山长,文章至味分酸咸"(江云龙《题徐积余太守〈狼山访碑图〉卷次肯堂韵》)③,博通诸经,执教于冀州信都书院、观津书院,通州东渐书院等,深受爱戴,硕果累累。范钟精通毛诗,其侄范罕《六十自讖诗》"六经但持一"注曰:"指诗。时先叔精毛公学,故此经所得较多。"④民国元年(1912),范铠留心文献,认为古学之蕴深,藏于《易》与医,故究心于此。他弃官还乡,开始修撰《南通县图志》,以为"文章之事,舍我无人,百年之业,义不当让"(范毓《〈先府君集〉后序》)⑤。独治三年,然后竣事,以《盐法志》《垦牧志》《耆旧传》《杂志》《叙传》诸篇尤为杰出。遗憾的是,县志为丛怨之府,范铠卒以细故忤乡人,忿然再作济南游,终客死他乡,这与先祖范国禄修志遭遇颇多相似!

2.艺术。通州范氏家族成员多才多艺,书法、绘画可谓家传之学。范凤翼艺能广为时人推重,"字法精邃,笔笔生动,烟云满纸。旁及围棋,亦称国手。胸中丘壑,即一亭一榭,入手俱成洞天"(朱长康《太蒙先生补传》)⑥。其书法尤其值得称道,原本六经,疏通八代,自成一家,随意挥洒,终日不倦,乞书者甚多。故宫博物院现藏其书法作品两幅,其一为"行书七绝诗,轴,绫",其二为"草书水阁诗,轴,绫"⑦。笔者有幸目睹其真迹,时人之誉恰当公允。明崇祯十年(1637)金陵兰社成立,作为明代为数不多、规模最大的画社,吸纳了各界名流,如郑元勋、张翀、许仪、郑重、杨文骢、宗灏、方以智、方直之、越其杰、吴道凝、顾眉、王月等。范凤翼是该画社的灵

①范曾编:《南通范氏诗文世家》(伍),河北教育出版社,2004年,第153—154页。
②邓之诚:《清诗纪事初编》上册,上海古籍出版社,2012年,第511页。
③陈国安、孙建编著:《范伯子研究资料集》,江苏大学出版社,2011年,第51页。
④范曾编:《南通范氏诗文世家》(壹拾壹),河北教育出版社,2004年,第116页。
⑤范曾编:《南通范氏诗文世家》(壹拾壹),河北教育出版社,2004年,第216页。
⑥范曾编:《南通范氏诗文世家》(贰),河北教育出版社,2004年,第231页。
⑦中国古代书画鉴定组编:《中国古代书画目录》,文物出版社,1993年,第56页。

魂人物,曾五开兰社,影响甚巨。其子《赠陈鹄》回忆曰:"畴昔南游寓白门,大开画社鸣鸠亭。郑重山水兼人物,许仪花卉称绝伦。其时名士十余辈,尽皆折节相服膺。"[1]诗中回忆了当年父亲召集诸家挥毫泼墨、各擅胜场的壮观场面。范国禄也具备多重艺术修养,行草为时称道,现有书法作品藏于南通博物苑,潇洒俊逸,深得魏晋风韵。他还擅长画竹:

> 霜雪年来几度经,春风依旧袅娉婷。疏枝自作丹霞想,不羡人间汗竹青。(《画朱竹》)[2]

> 千里遄归远觐亲,满囊词赋烂天真。斯焉取矣无君子,我所思兮彼美人。故国云山空脉望,尺书鱼雁莫辞频。兰心竹韵聊堪赠,相伴梅花入梦新。(《送程德端觐省归黄山并作〈兰竹图〉以赠》)[3]

或为朱竹,或为兰竹,意趣清新,寄意深远。同时,还与书画、音乐界名家交往密切。"一时过通者,得见禄,则无忧东道主。四方名宿及琴弈篆刻诸艺术士,莫不愿游五山,以禄在也"[4]。才艺广博之人汇聚一堂,观摩品鉴,极尽风雅之能事。范国禄集中还有数量众多的题画诗,或题咏画面,或抒发感情,或探讨艺理,知见卓越,表现出高超的鉴赏水平。范遇喜好藏石,曾遍游闽、广、浙,得石最多,延请一时名流如许穆公、童鹿游辈,刻成《心印》一册。范利仁,工绘事,尤善画花鸟,名与蒋芳、吴攸相埒。其子士桢、箓,并精父艺。范箓,字心澡,"居尝论画,在笔墨外别有神会"[5],尝为郡守绘《牧牛图》,"描摹尽相,人谓箓以艺谏"[6]。其流传卷轴,花如迎笑,鸟如对语,神情毕肖。范崇简善书,笔致秀淡而有古法,不常作,得其缣素者争相宝之。图画山水成帙,造诣颇高,烟云变灭,不可思议。晚清"三范"诗文之余,耽于翰墨,自幼勤学苦练,潜心临摹。范当世书法翰动神飞,刚健婀娜,极具张力,其风神《范伯子先生遗墨》中可以领略。范钟宗法晋、唐楷书,出入规矩,阅读大量碑帖,光绪十九年(1893)成《阁帖诸刻目录》。范铠书法造诣甚高,先受张裕钊影响,崇尚北碑,后转学黄庭坚行书,如长枪

---

①范曾编:《南通范氏诗文世家》(肆),河北教育出版社,2004年,第30页。
②范曾编:《南通范氏诗文世家》(肆),河北教育出版社,2004年,第389页。
③范曾编:《南通范氏诗文世家》(肆),河北教育出版社,2004年,第165页。
④[清]梁悦馨等:(光绪)《通州志》卷十三,光绪元年(1875)刻本。
⑤[清]徐缙、杨廷撰纂:《崇川咫闻录》卷八,道光八年(1828)刻本。
⑥[清]梁悦馨等:(光绪)《通州志》卷末杂记,光绪元年(1875)刻本。

大戟,闳肆开张,不可端倪,获誉书坛。民国十四年(1925),范子愚就读于上海美专,其间赴杭州写生,借寓灵隐寺,得弘一法师亲炙银杏树画法。当代范曾是蜚声海内外的书画大家,就读于中央美术学院之际,受到李苦禅、李可染、蒋兆和诸大师影响最深。30 岁以后面壁悬腕作画,无论尺幅大小,从不起稿,随意所遇不逾矩。画作以简笔泼墨为主要技法,诗、书、画相互渗透、相得益彰,表现了文人画的独特意趣,气韵生动盎然,笔墨深邃精湛,对中国画发展厥功甚巨,可谓家族艺文传承的集大成者。此外,通州范氏女性成员也具有多元艺术修养,范崇简言及母亲王孺人曰:

> 性喜鼓琴画兰,不事女红,能明大义。晨夕,偕先姊辈一弹再鼓,备极家庭清幽之趣。予自塾归,习见习闻,亦解弹《平沙》《关雎》《思贤》诸操,由今思之,不觉惘然。①

又如曹孺人善琴,金孺人擅画,范当世前妻吴氏丹青亦妙,姚倚云能诗善书,各地慕名求笔墨者络绎不绝。范氏家族内部洋溢着浓郁的艺术气息,表现出高雅的精神气质和文化品位。

二、文献积累

家族文献的整理编撰是家族文化传承与传播的重要手段,随着通州范氏家族家学的逐代累积,"咏世德之骏烈,诵先人之清芬"(陆机《文赋》)②,守护先辈文献遗存也成为后代义不容辞之责。明清以降,各代普遍重视家集,完成了对前代诗文创作的整理保存,以建构家族文学传统,表彰前人文学成就,具体表现为:

其一,对先人别集的整理。范凤翼顺治八年(1651)刻《范勋卿诗集》《范勋卿文集》二种,由其子范国禄负责校订。前此,其诗集由范景文委托俞明良、张可仕、周嘉胄编订,因张有《南枢志》之役,俞远游,诗文集不两月成,校订未工,颇感遗憾。范国禄深刻理解父亲以文传世之志愿,"先君鲠直一生,伏处半世,颇用修名自立,而遭时不辰。不孝又庸鄙匪材,无以光显先君以传于后,思被荣施,独有文章",遂详加修缮,另付梨枣,以期父亲文业播传久远。范国禄可谓不负重托,其编辑刊刻令父十分满意,赞曰:

---

① 范曾编:《南通范氏诗文世家》(柒),河北教育出版社,2004 年,第 185 页。
② [晋]陆机著,刘运好校注:《陆士衡文集校注》,凤凰出版社,2007 年,第 6 页。

"纂订精详,不失体要。向也吾诗文行世者,篇什庞杂不及此,此不必其必传,而以寄兴会纪时日。吾老矣,有取乎尔。"(《〈先大夫续刻诗〉跋》)[1]六日之后,范凤翼去世,此编竟成永诀! 范遇承继其父志业,康熙四十五年(1706)辞官归里,与友共同整理家族三代别集,同里邵幹、李堂是其中的重要参订者。"书装玟瑁遗编在,目触琳琅盖代惊"(邵幹《范十山楼诗集〉告成》)[2],"诗草随年积,荒园每夜留"(李堂《编〈十山楼诗年〉因弔范丈》)[3]。其父范国禄著述宏富,由于家境贫寒,无力刊刻,其诗文现多以稿本、抄本流传至今,这多得益于其子对遗文及时全面的整理。范崇简珍藏家族世代与各界名流的邮筒尺牍,虽零缣断素,精心守护。乡人徐宗干赞叹曰:"呜呼,五山耆旧有仅存者,文献足征,赖有贤子孙耳!"(《〈怀旧琐言〉序》)[4]后代因此得以领略其家族繁荣兴盛的艺文格局与风雅多姿的才情面貌。光绪二十七年(1901),范当世以范凤翼手书八十自寿诗幅失而复还吟诗以志永守,可谓不负先人。范当世壮年即逝,生前自订诗文业已完成,苦于家贫,未及付梓。二弟范钟谋为刊刻,其《与范铠书》曰:"自然以刻诗文为第一义,举家用三弟之钱,用之于大哥者仅此数矣。"[5]将兄长诗文刊布视作家族首要之务,可见文献传家的强烈信念。民国十年(1921)夏,范毓呈请周立之先生为父诗文撰序,且以刊刻。"平生诗古文辞,以陕甘之游为最多,中更十年,不存一稿"。他道出了亟亟刊行的深层缘由:"诚俾范氏子孙明先人之业如此,其精求德行于文字间有所绍述,父禅子,子禅孙,莫大乎此也。"(范毓《〈先府君集〉后序》)[6]是人自觉发扬家族文学传统,激励后代守先裕后。同时,范毓对兄范罕诗集之刻多有助益,其《蜗牛舍诗〉跋》曰:"伯兄五十,黄君君豪为刊其诗;今年六十,再定其稿,毓皆预其役。"(《〈蜗牛舍诗〉跋》)[7]一以贯之,坚持不辍,可谓家族文献积累的有功之人。民国十九年(1930),姚倚云七十,族人弟子集资印其诗集《蕴素轩诗稿》。民国二十九年(1940),姚氏八十,诸人又合刻先后诗文词集以寿之,为《沧海归

---

①范曾编:《南通范氏诗文世家》(陆),河北教育出版社,2004年,第230页。
②[清]王藻编:《崇川各家诗钞汇存》卷五,咸丰七年(1857)刊本。
③[清]王藻编:《崇川各家诗钞汇存》卷六,咸丰七年(1857)刊本。
④范曾编:《南通范氏诗文世家》(柒),河北教育出版社,2004年,第203页。
⑤范曾编:《南通范氏诗文世家》(壹拾),河北教育出版社,2004年,第160页。
⑥范曾编:《南通范氏诗文世家》(壹拾壹),河北教育出版社,2004年,第217页。
⑦范曾编:《南通范氏诗文世家》(壹拾壹),河北教育出版社,2004年,第225页。

来集》，范毓作序，与侄儿重台、增厚请邑人徐昂撰写小传。这一家族传统延续到了当代，范子愚潜心家学，精于七律，擅长古风，范曾在其晚年整理出版了《子愚诗抄》一卷，录诗 102 首。2004 年，范当世诞辰 150 周年，范曾影印了家藏《范伯子手稿》，题曰："放失旧稿得以付梓，不唯通州范氏之幸，亦国家文化之幸。"①稿本记录了范当世早期诗文创作的原始面貌和独到感悟，不仅具有文献价值、学术价值，还具有艺术价值和文物价值，是宝贵的历史文化遗产。

其二，对家族总集的整理。随着通州范氏家族文化累世积淀，家学日益丰厚，表现出建构家族文学谱系的自觉意识。由于范氏家族多数成员著作或未正式刊行，或流传不广，这便成为该家族文献传承的主要途径。时至第 9 世范如松，曰："六经衣钵仍先代，九世文章有定评。"（《戊戌喜钟儿成进士为诗勖之》）②同治十二年（1873），以辑选《通州范氏诗钞》委命于长子。范当世谨承父命，是时受到文学修养与鉴赏水平的局限，"读不终卷，辄蕾然莫辨其微远所在、孰为高下"（《〈通州范氏诗钞〉序》）③。遂不复全心于时文，始攻读史书和家藏先祖诗文稿。随后的二十余年中，怀揣诚敬之心，矢志不渝，持续投入到整个家族文学的辑选工作之中。光绪三年（1877），范当世发读并整理家藏历代先人诗稿，封页皆有题签，注为"山茨藏本"，扉页标"光绪丁丑□世孙铸订"字样。现存经由其整理的山茨藏本尚有《真隐先生年谱》《十山楼诗》《十山楼序稿》《十山楼尺牍》《东游草》《法会因由录》《月因集》《韶亭公未定稿》等十数种。值得关注的是，范氏根据此次家集整理，撰写了《家世遗文目录》，叙曰：

> 馨遗乔砚，涕泣宝贵，诏孙念祖，盖世风矣，矧非区区之故也，吾先人之泽，略如吾父自序篇，郡有明诸巨家，零落几尽，吾家十世一甎，恒温幸矣哉，然代都文苑，著作山积，荜门圭窦，光辉烂然，造物者忌之，遂一再厄。于吾大父之世，散亡其什之七，悲夫，数百年手泽，一旦非所，闻者动心，若为人子孙，而尚有残缺之可守，厥亦未尝非福，编而藏之，以待范氏乘之作。④

---

① ［清］范当世：《范伯子手稿》，河北教育出版社影印，2004 年，第 1 页。
② 范曾编：《南通范氏诗文世家》（柒），河北教育出版社，2004 年，第 213 页。
③ 范曾编：《南通范氏诗文世家》（玖），河北教育出版社，2004 年，第 57 页。
④ ［清］范当世：《南通范氏家世遗文目录》，中国科学院图书馆藏。

　　家族文献传承由于天灾人祸,散佚甚多,有鉴于此,遂全面搜索,编纂目录,详加罗列。其中家世著作曰《内篇》,外人赠答曰《外篇》,始自范应龙,终于范如松,附以简要描述,十代遗文历历在目,显示了家族文学的丰富与成熟。光绪十七年(1891)范当世北上,将编选家集视为日常授课之余的首要任务。其《与张幼樵论不应举书》曰:"家君命携先集北来,以暇审诵之,姑为简钞数十卷付刊。子孙不当去取先人,而浩无刊资,亦不得不出于此。此事甚大,故尤不得不自惜精力而不肯浪费时日耳。"①其实范氏携家集北上还有以此问学张裕钊、吴汝纶之意。岂料光绪二十年(1894)张卒于关中,噩耗传来,夫人姚倚云进言曰:"张则远且没矣,吴幸而近在,而子又多病,人事何可知? 与论古人,何如论家集乎?"(《〈通州范氏诗钞〉序》)②范当世闻此大惧,连六旬日,暂停百事为之,前后四月,光绪二十年(1894)四月十六日辑成。是日其《与三弟范铠书》曰:

　　　　我之所以于闻讣十日后即发愤论次家集、日夜不辍以至于今者,固感于生死之无常,谢却而成此大事,亦俾早夜为此,则精神无所旁溢,而夫妇谐笑、朋友欢会之缘皆屏焉,庶足以稍称其哀情也。

　　同时告知撰集已毕,"专待弟归书之"③。诗抄辑录范凤翼古近体诗123首,范国禄古近体诗272首,范遇古近体诗29首,范崇简59首,加之《丛稿》中杂收其他先祖所为,不以分属,录古近体诗31首,合为《通州范氏诗钞》514首。其序梳理了家族文学发展脉络,诸人或开启家族文源,或振起前代文业,接迹联翩,先后辉映,蔚为大观,共同书写了家族文学的辉煌。范当世曰:

　　　　岂但以授吾徒友,明吾先人有是学而已;亦俾范氏之子孙简而易诵,知昔人之艺如此其精而名声利禄之际乃有如彼其澹然者也。不怨不惧,前修之从,则吾范氏之泽未艾乎,是吾父之志也。(《〈通州范氏诗钞〉序》)④

　　将前代诗文创作视为典范,勉励子孙竭力传承,以彰显先祖文业功德,

①范曾编:《南通范氏诗文世家》(玖),河北教育出版社,2004年,第35页。
②范曾编:《南通范氏诗文世家》(玖),河北教育出版社,2004年,第57页。
③范曾编:《南通范氏诗文世家》(玖),河北教育出版社,2004年,第209页。
④范曾编:《南通范氏诗文世家》(玖),河北教育出版社,2004年,第61页。

弘扬家族文化精神,语重心长,深意自现。《通州范氏诗钞》之刊刻颇费周折,本欲范铠甘肃归来缮写付梓。无奈中日战事爆发,国事忧心,家集之刻因此耽搁,范铠暮年以先世诗文未刊、未竟父兄之志深为自责。民国三十一年(1942),范子愚由乡居返城,家产被盗卖一空,幸运的是,家藏上千部线装书尚存,告诫永留儿孙诵读。直至1966年,曾克崧以《通州范氏诗钞》为蓝本,复益以范当世、姚倚云、范钟、范铠、范罕、范况、范子愚诗,合成《通州范氏十二世诗略》,于香港印行,风雅终得公诸于众。2000年2月,范曾主持编撰家集,欲将"故家乔木"刊行于世。2002年底,《南通范氏诗文世家》完稿,收辑文献,不遗余力,全书约600万字。2004年7月,由河北教育出版社出版。该书正编21卷收录通州范氏家族13代范应龙、范凤翼、范凤彩、范国祐、范国禄、范遇、范梦熊、范兆虞、范崇简、范持信、范如松、范当世、范钟、范铠、范罕、范况、范毓、范子愚、范恒、范临、范曾21位成员诗歌8491首,联语、诗钟291幅,文章2152篇,专著5部,书信185封,日记110则。副编《姻亲卷》收录10位成员诗歌2022首,文章66篇,专著3部,译著2部。由该书编委编撰的《〈真隐先生年谱〉补注》《伯子先生年谱》《范曾年谱长编》和《南通范氏诗文世家纪事编年》也收录于副编之中。《南通范氏诗文世家》丛书的出版,是范氏家族标志性的文化成果,树立起家族文化碑林,充分显示了悠久的诗文传统和旺盛的文学生命,气势磅礴,令人叹为观止。这是家族的宝贵财富,也是地域文献和民族文化的重要组成。

第三节　家风传承

家风作为文化世家的精神旗帜,是家族世代沿袭而成的风俗习尚,是门庭核心价值观念和行为准则的集中体现。通州范氏谨守儒家道德规范,门风醇厚优美,世代勤修,先辈以嘉言懿行垂范后代,晚辈慎思笃遵,故家族能够绵延数百年不坠。

一、孝悌仁爱

"孝悌"是中国传统伦理道德的核心,这是维系家族最根本的精神纽带,也成为通州范氏家族的显著家风。成员自觉奉行这一准则,终身履践,父慈子孝,兄友弟恭,一门雍睦,实现了家族内部的和谐稳定,多有可称道者。范应龙对父母恭敬孝顺，以束脩尽奉两尊，独支中落，周于色养。范凤彩为黄宜人所出，性成纯孝。范凤翼以孝谨名世，天启二年（1622），升工部营缮司主事，以父老为由，不就，日日膝下承欢。天启三年（1623），朝廷诏改任尚宝司丞，其《乞准调理疏》恳请在籍调理，以扶持亲病。文曰：

> 臣父年已八十矣，两年来感冒痰疾，饮食减少，言语蹇涩，臣日侍汤药同卧起，触目痛心，寝食俱废，瘥患顿生，肌肤枯削，汤熨针石，一切无功，入夏歊蒸，势更狼狈。盖臣因父病，父亦忧臣，父病未瘳，臣病转剧，臣与父相倚为命，而忧与病相逼而来，此人生之所最不堪，而将来不知作何状也。臣虽欲勉赴阙庭，少毕愚愿，其如力不从心何哉？①

忧病相逼，父子相依，性命攸关，感人涕下！是年春日，范凤翼千方百计延请四方名医为父治病，朝夕侍侧，奏效甚微。"涕泣悲号，日夜忧惶。一夕焚香默祷上帝，愿以己年为翁益寿。次日，翁疾果渐复苏，而医人按脉遂惊相告，殊不知为先生默祷所致也"（王国臣《尊腰馆八十寿言》）②。人子内行醇美，竭力事父，甚至愿以己年为尊益寿，深挚孝心诚于中形于外。范凤翼还深入研习古代医籍，揣摩经络之道，亲自为父延年。其《〈经络图说〉序》载曰："今年正月之夕而大人疾作矣，其气薄厥，其筋脉软缩，而最怵人者目不瞬而口不语，遂至浃旬。"③范凤翼遂用补法理其经络，父一月而苏，渐能匕箸言语。生儿如此，真可欣慰！顺治十一年（1654），范国祐奔赴汇征，适闻母丧，以不及亲含殓，怨艾经年。顺治十二年（1655），父亲去世，局蹐苫块，遂致柴毁。

　　清代中叶范崇简晚年贫不可言，独恃其子范持信教授为生。子每夕归，必得父欢而后止。一日久而不欢，问家人曰："岂有事耶？"曰："无之。独丁氏送蟹，辞耳。"曰："故嗜此者，奚不言？"遂驰出门，脱中衣质钱，冥走数市，竟得大螯以归，熟而进之。父亲殊为惊讶："丁氏物耶？"对曰："非也，固将烹矣。"（范当世《〈通州范氏诗钞〉序》）④父亲欣喜地吟诗尽兴，这是"养亲致其乐"的生动写照。无独有偶，如此致力获取、以博亲欢之事还见

①范曾编：《南通范氏诗文世家》（贰），河北教育出版社，2004年，第5页。
②［明］叶向高等：《尊腰馆八十寿言》，启祯年间刻本，国家图书馆藏。
③范曾编：《南通范氏诗文世家》（贰），河北教育出版社，2004年，第43页。
④范曾编：《南通范氏诗文世家》（玖），河北教育出版社，2004年，第59页。

于范如松。某年之冬，天气奇寒。其父微疾卧床，亲侍于旁，父顾之欲言又止，问故。父曰："吾思食菔耳。"范如松曰："儿当为父购之。"父正色止之曰："前言戏耳！家贫如此，食且难赡，安有余钱可购菔者？"旋即外出，逾时以菔进。父见之怒曰："汝敢逆吾命购菔耶？"子笑答："此事巧极！父方思菔，而某戚即以菔赠，儿回奉父耳。"（陈启谦《持庵忆语》）[1]父因此乐以食之。事实上，范如松囊无一钱，乃脱所穿棉袄质钱购菔，嘱夫人烹之以进，诡言某戚所赠。因外着绨袍，虽无棉袄，其父亦不觉。范如松的孝行不仅于此，咸丰七年（1857），入乡人浙江按察使徐宗干幕，内心思父，号泣谒归，慰留百端，不顾径去。同治元年（1862），徐氏擢为福建巡抚，礼聘入幕，因不肯远亲，托词未赴。其人以孝闻名乡里，德高望重，言传身教之下，子谨守孝道，以报养育之恩。"三范"入各地公卿幕府，得鲜衣美食归来献父，范如松斥之不御，曰："吾父所未尝有，不敢有加也。"三子俸禄尽归双亲，不私一钱，曰："此吾父夙志也！"（吴汝纶《通州范府君墓碣铭》）[2]为了支撑家业，虽然"三范"长期奔波流散于外，远游思亲，家书中随处可见对父母的深切挂念；以范当世为例。"家信来，知银、信已达，又家中事事顺适，儿子之喜可知也"，"此间日用未免加多，母亲银子未能便寄。妹子如何，又大病耶？母亲后来要甚物，可以开寄"（光绪九年九月十六日汉口）[3]。"又念家中或经月不得信，必至愁发病，悬悬不已。是以今日因吃荔枝触动思亲之念，即函托刘一山兄为之购买妥寄"（光绪十七年六月）[4]。如此敬爱致恭之处举不胜举。

通州范氏家族夫唱妇随，女性成员也以尊养双亲显名。范凤翼母尹安人有士德，孝事公婆不逆不息，至力辅繁务，扶颠振贫，居然家相也。范当世记述先母曰：

> 吾母既成纱，则令不孝持至西门市尽处卖之，买棉以归，其日必令不孝觅晨餐归进大父，日中则为大父具一肉，如是数年。而不孝年十二，大父病殁，吾母之与吾父更迭侍，有为女子事父所不如者矣。（《先

①陈国安、孙建编著：《范伯子研究资料集》，江苏大学出版社，2011年，第421—422页。
②范曾编：《南通范氏诗文世家》（柒），河北教育出版社，2004年，第254页。
③范曾编：《南通范氏诗文世家》（玖），河北教育出版社，2004年，第174页。
④范曾编：《南通范氏诗文世家》（玖），河北教育出版社，2004年，第176页。

母述略》)①

曲尽其孝,始终如一,可见孝亲美德。对于长辈双亲之孝敬,除了日常生活琐事上的尽心竭力,还表现在危急时刻的勇敢不惧。晚清咸、同之间,长江上下失守,通城危在旦夕,范持信命子范如松送妇孺至东乡舅氏,独居守家。范如松一夕返归,城人咸外奔,婴儿弃女号田间,遇到旧识曰:"城破矣! 若奔返何为?"(范铠《上元朱氏〈忠贞录〉书后》)②念父只身在家,置性命于不顾,狂奔以归,其孝可谓忘我。此外,还可由家族成员逝后乡谥见孝心,范崇简为"孝献",范壦为"孝勤",范铮为"孝长",范如松获称"贞孝先生",又受旌"孝子第"匾额,范当世为"孝通"③,范铠为"孝毅",范钟为"孝和"④,可谓门风渊源有自。

通州范氏家族手足情深,兄友弟恭,尤以晚清"三范"最具代表意义。为了赡养家族,振兴家业,兄弟同舟共济,情深义重,这也成为忍辱负重、艰难行进于功名道途的精神支柱,世人称美。家族中长兄如父,范当世负担起庞大家庭赡养之责,经纪上下,丝毫不以私意为念。

> 余念我生以来,邑人称孝友之家,惟推城北范氏肯堂先生,承八世清德高文,其孝亲时时为孺子慕,而弟仲林、秋门两先生事之如父母如师长。(曹文麟《范清臣七十寿序》)⑤

虽然备尝艰辛,范当世笃爱两弟,照顾有加,其《与三弟范铠书》中可见。

> 我今许弟于二百金额寄束脩之内截留百金,再加明春稍留,亦有所得,一概截留,燕弟亦必有照例赠行者,并此数者为归囊,则可以高视阔步、凌厉山川、多作好诗以壮吾军之色矣。弟莫呆气,弟真父亲、母亲之爱子,大哥之爱弟,岂有令弟束脩不尽着自用而打结愁肠于数千里之外、今年愁到来年者哉? 刻苦顾家,原是正理,而今非昔比,弟又非我之比也。不必劳神,只看以往之事,弟去年仅寄银二百,而家中

---

① 范曾编:《南通范氏诗文世家》(玖),河北教育出版社,2004 年,第 133 页。
② 范曾编:《南通范氏诗文世家》(壹拾),河北教育出版社,2004 年,第 265 页。
③ 姜芙初《乡谥扁跋汇编》释曰:"在家为孝子,在国为通人。"
④ [清]顾鸿辑:《通庠题名录》卷首"崇扬表",清光绪元年(1875)刻本。
⑤ 陈国安、孙建编著:《范伯子研究资料集》,江苏大学出版社,2011 年,第 273 页。

固已于弟名下收到三百七十两有零。从前二哥在江西,亦是问我要钱寄家做面子,此例可援。弟无论寄若干,只不开钱数,我为弟圆成可耳,并不限定要寄一百也……弟所最存念者保姻伯,吾月内当另寄四金,由涤香转交。①

尽管家资拮据,独自承担经济重担,对三弟诗文寄予厚望,嘱咐其在束脩之内截留百金自用,以宽裕行役。又善解人意,体谅三弟顾家之心,以其名义寄银家中,并鼓励"要钱寄家做面子",对弟之岳丈也每月分与四金,如此周全之举可谓用心,具有示范意义。范钟也怜爱其弟,范铠年纪尚幼,离家在即,悬心不下,寄书以教。

此次信到,有数事须弟留意者:第一,少带五六十元,余皆换宝银,又须剪碎块块,记明分两,不至吃亏。第二,动身不可太迟,最好在月底月初,恐过迟则小河冰结,民、轮船皆不可行。出门日期,如年残还帐,处处涨出,意外耽搁在所难免,且如报感冒一节,是否三月余限,应有之关目,亦可就近问涤香,免如我之疑惑而多事。第三,到镇江后,可一访张子扬,略送小礼即可,该铺局面甚大,与山东往来极多,如问路程种种,皆可有益……千言万语皆为弟客中免至烦恼,触动离情。弟千万记兄言,当一场功课做也。(《与三弟范铠书》)②

信中涉及路途携带之银、出门动身之日、拜访友朋之节等,巨细无遗,叮嘱再三,唯恐途中遭遇不便。范铠对两位兄长敬重不已,深情无限,孤身远行,临别依依。其《禀父母书》中袒露了这份不舍:

至初七一早上车之时,男唯恐大哥因爱生怜、因怜生悲,乃但使倪元辈收拾行李而与季皋昆仲游览花园强寻欢笑。俟大哥起身许久,然后入内一拜,疾趋登车而去,一路悲来,行三十里而后排遣使了。③

唯恐兄长生悲,强颜欢笑,让离情在登车之后方才释放,激励以有用之学,副两兄期望。范钟患病居家,萧然独处,范铠思之不已。其《呈伯兄伯子书》曰:

①范曾编:《南通范氏诗文世家》(玖),河北教育出版社,2004年,第204页。
②范曾编:《南通范氏诗文世家》(壹拾),河北教育出版社,2004年,第145页。
③范曾编:《南通范氏诗文世家》(壹拾),河北教育出版社,2004年,第299页。

廿七日与燕兄快论竟日，思及仲兄，不觉悲哭。燕兄书抵木斋，令其求补过之地，殊无聊也。弟近来之悦仲兄、怜仲兄，实由下场。三十日恩义重美，毫发无间。每念其寥落家居，因泪下不止。虽较之伯兄极病痛时，弟之悲楚不能似也。仲兄近来行止何如？难一闻其消息，伯兄有何善法能令弟速闻之乎？①

敬重兄长文章人品，叹息其失意不遇、穷愁潦倒，悲思难抑，寝食不安，以至泪下。光绪三十年(1904)九月十四日、十九日、二十九日，范当世病危之时，频与两弟诗书往还，以遣余日，可征手足款款深情。是时，范钟身居湖北，对兄长之病也牵肠挂肚，忧心忡忡。

自秋以来，日夕所惊心动魄者，大哥之病耳！前得家信并襖儿来信云，已定偕选楼赴沪就医。而本月初家乡友人来信，似大哥近尚在家，不知何以迟迟如此！已写一发急怨恨之信致大哥云：若为省费省事而作罢论，其何以对我两兄弟哉！我年来心胆碎矣！每宅门人送信、送电报来，一闻叫唤"接信"之声，心大跳不已。(《与三弟范铠书》)

对长兄迟迟不赴沪就医十分不满，以信促之，苦劝"今日家事以治好此病为第一紧着"，期待"同享大年，归老而谋聚处之乐"②，足见对彼此生命的珍爱。同年，范当世逝去，两弟伤心欲绝。"白衣冠跣行风雪中，号哭流血，道路观者感动涕洟，不能仰视"(金鉽《范肯堂先生事略》)③。挚爱之兄就此永逝，伫立于茫茫风雪中嚎哭不止，此情可感天动地。随后，范钟、范铠沉浸于丧兄之痛，难以自拔。光绪三十一年(1905)，范铠《与大嫂姚倚云书》曰：

心中苦恼往往因事烦而触发，要皆自用忍耐工夫，而念大哥，直不知此刻荣华富厚为何物。伤心之日，引而弥长，梦中哭泣，亦往往而然，幕友相问，复寂然而泪下。哀哉！天之痛我，何可言耶！④

触处生悲，不胜哀叹，以至梦中哭泣，最为沉痛，令人读之不忍卒篇。嗣后，范钟代持家计，其《与三弟范铠书》曰：

①范曾编：《南通范氏诗文世家》(壹拾)，河北教育出版社，2004年，第332页。
②范曾编：《南通范氏诗文世家》(壹拾)，河北教育出版社，2004年，第152页。
③陈国安、孙建编著：《范伯子研究资料集》，江苏大学出版社，2011年，第4页。
④范曾编：《南通范氏诗文世家》(壹拾)，河北教育出版社，2004年，第338页。

兄年已衰,到任二年,尤觉精神、记性远不如前,颓然老矣！所望者一日息肩,兄弟有聚处之一日。若弟再因此生病,兄其奈何！算计平生骨肉存者无多,弟不可令我伤心至不安眠食耳！①

尽管年老体衰,激励齐心协力,撑持家业。其《与范铠书》又曰:"兄有实缺,弟复何愁？我辛苦挣来的钱,我的亲骨肉分着用,一切不受苦,正是我的本意,不能如大哥之兼爱也。弟万不必以无钱为虑,弟妹尤不可着急。"②以长兄为鉴,无私兼爱,推衣分食,责无旁贷。此外,晚明范凤翼、范凤彩异胞同心、其乐融融,清初范国祐、范国禄志同道合、力挽狂澜,近代范罕、范况、范毓齐振家声、患难与共,手足深情俯拾即是,门庭蔚然。

仁者爱人,通州范氏家族立身行事,还能超越血缘藩篱,博施于众,普行善举,表现了对人普遍的尊重、同情和爱护。范应龙里居济物利人,寒赐襦,饥赐粟。"检岐黄书,市药为剂,以施病者。又捐锤匠人,悬木门外,有骼不能掩者,恣其所取"(邵潜《州乘资》)③。其怜贫扶弱、轻财乐施、垂老无倦,乡里称贤。范应龙为人师表,爱护后学,乡里称贤。何龙图深情回忆曰:

往余得当先生,盖自南闱应试昉也。时余追凉步月,不衫不履,先生迫而视之,定交于途,斯大奇矣。旋而进之笔砚间,弹射针砭,提我于迷绰,有古直亮风。嗣后余善病而食贫,先生念之如负恫,计之乃孚翼,其笃厚我类难以言状。(《尊腰馆七十寿言》)④

晚辈切身领受到长者古直笃厚的人格魅力,对其关心资助铭刻于心,蔼然仁者端然目前。范凤翼古道热肠,笃于友谊,见于友人生活起居的诸多方面,延伸到生命的最后时刻,对邵潜、李翀、汤有光等人敬重爱护之,妻之室之饮食之,扶危济困、仗义疏财之举暖人肺腑。其《与凌君受》言:

时危国破,家家衣食孔艰。食望冬租应急,衣则市无章服可沽。昨吾兄至以夏襟御寒风,苦矣！夫衣,依也,人所依庇寒也。舍下犹有

①范曾编:《南通范氏诗文世家》(壹拾),河北教育出版社,2004年,第166页。
②范曾编:《南通范氏诗文世家》(壹拾),河北教育出版社,2004年,第164页。
③[明]邵潜:《州乘资》卷四,南通市图书馆影印,1985年。
④[明]叶向高等:《尊腰馆七十寿言》,启祯年间刻本,国家图书馆藏。

绸一端,即奉吾兄应用,勿令人知也。①

社稷天崩地坼之际,家家衣食孔艰之时,友人无以御寒之刻,范氏雪中送炭,赠之以绸,定能令人舒展愁容,温暖身心。崇祯六年(1633),友人王元翰卒于金陵,助其殡葬,并撰行状。崇祯十四年(1641),是岁大饥,炊糜以食者,日数千人。顺治二年(1645),舍宅辟为茶庵,施茶以众。"夏饮茶汤者,无凉水之忧;冬饮姜汤者,无中寒之苦"(范国禄《重葺茶庵小疏》)②。利济民物,广行善举,受到世人称赞。范国禄禀性仁厚,敦尚气谊,重义轻利,发扬家风,多所施济。顺治九年(1652),友人陈尔发死,亲朋弃之不顾,遂与诸人将其营葬南郊,并共同承担抚育陈氏遗孤之责。文曰:

> 死者有以致其送,而生者无以致其养,当亦陈子所不瞑目于地下也。则其子不容不为之抚育,以庶几他日之有成。不然,虽有良质,不扶植以自立,难已。仲谋有子不如伯道无儿,此岂达人顺正委之冥漠不可知之数哉?所以伤人心而归罪友生者亦至悲矣。诸兄弟其图之!(《相思社约》)③

友在,扶其困厄;不在,抚其儿孙。传授学业,教养遗孤,助其起家继业。金石之交超越了生死,真挚动人。同时,还对文友饥寒交迫的生活处境感同身受,即使一己命运多舛,生活贫苦,也努力为之排忧解困。程仲含不遇于时,背井离乡,业于通州,年已七十,"衰病洊臻,子息单弱,亲丧在堂,莫能举也"(《旧游公约》)④。为了实现其叶落归根之愿,范国禄多方奔走,力邀君子玉成其事,可见古风高谊。又如,墨林先生,既乏负郭之田,又饶数口之累,并日不给,养廉无资。范国禄呼吁同道节衣缩食,助其走出困境。《助米约》曰:"乞米仁祖,岂伊异人;推食高风,还在我辈。惟诸公省口减箸,借润分甘,则积少成多,升斗无非明惠。"⑤士穷乃见义,推己以及人,饱其口腹,免其饥寒,诚是急人之难。范国禄还投身地方慈善事业,与众人慷慨解囊,捐建育婴堂。作为主持和管理者,面对窘境,惨淡经营,多方周

---

①范曾编:《南通范氏诗文世家》(贰),河北教育出版社,2004年,第125页。
②范曾编:《南通范氏诗文世家》(陆),河北教育出版社,2004年,第281页。
③范曾编:《南通范氏诗文世家》(陆),河北教育出版社,2004年,第335页。
④范曾编:《南通范氏诗文世家》(陆),河北教育出版社,2004年,第335页。
⑤范曾编:《南通范氏诗文世家》(陆),河北教育出版社,2004年,第336页。

旋，"四五年间活人千计"(《〈育婴编〉序》)①。范如松也性乐施予，以仁著称。周彦升赞云：

> 公性好施，惠及嫠独；方公既殁，有友来哭；谓岁之晏，公有所属；朱提四流，为饿者粥。公于是时，盎无余蓄；胡来多金，膏不自沃；无令人寒，宁衣无复；无令人饥，宁食无肉；善恐人知，友乃大服。(《孝子范公诔》)②

以粥食饿人，以衣著寒士，乐善好施，其仁义与前代高度相似！光绪六年(1880)，张謇为母金太孺人勘寻葬地，最后属意通州城东小虹桥范氏祖茔耕阳之阡。范如松济人急难，同意割墓地外四亩飞地。张謇感激不尽："嗟乎！百年旦莫，谁非陈人；一诺忼慷，公真健者。元白比邻之雅，已愧前休；张范生死之交，且从今始。子孙世世，长毋相忘。"③对其义举由衷敬重，由此缔结了两家世谊。范如松以义方训子，"三范"继承了家族仁爱的优良传统，待人宽厚。光绪十八年(1892)二月二十日，同里王尤以庶常应散馆试来津，二十九日以病遽卒。范当世奔走张罗，筹措款项，料理丧事。为替王尤还债，提前向李鸿章支取束脩，并撰《初奠云悔文》《再奠云悔文》《三奠云悔文》，悲恸悼念。

> 呜呼，云悔！吾既为子具以殡，而今也乃送子归矣。具以殡者，非我之力也，周、裴二公实分任之，而张载门观察又子所不识也。护以归者，非我也。从公车而反者皆故人，托以子则无不可也。我独深惟子握手之言，不愿子惭故人于地下。方谋子之少妾与嗣孤，又汲汲于石生之孤寡；顾其所以两皆暂安者，亦不尽出于我之脩脯，为可怍耳。(《三奠云悔文》)④

四处筹资，毫不居功，有古人之风！不止于此，光绪二十一年(1895)，他与李鼎、许国均、徐联蓉、张师江等人祭奠王尤，立其寡妾为妻，并作《立云悔之寡妾为继室之告文》。朱铭盘(1852—1893)，光绪八年(1882)举人，随庆军历驻朝鲜及奉天金州，积劳成疾，客死于旅顺张光前军幕。其子生

①范曾编：《南通范氏诗文世家》(伍)，河北教育出版社，2004年，第416—417页。
②陈国安、孙建编著：《范伯子研究资料集》，江苏大学出版社，2011年，第421页。
③张謇：《张謇全集》第6册，上海辞书出版社，2012年，第33页。
④范曾编：《南通范氏诗文世家》(玖)，河北教育出版社，2004年，第40页。

不满月，尚在褓褓。范当世笃念故人，收养其寡妾孤子。光绪二十八年（1902），故友刘揖青自海门携女来投，范当世盛情安置。其《秋水亦何有》诗序曰："刘揖青者，十四年前所见与吴仲懿以文彩相悦者也。今其穷而访我，且携其十四岁女子字秋水者，以画为贽。余夫妇绝宝爱之，揖青他去，遂留余家。"①其重情谊如此。范当世还好奖拔后进，得知弟子王守恂家贫无力购书，立刻买书局大本《史记》相赠。为资助寒畯之士渡海求学，竟至典衣卖宅，乡人仰食者常数十家。"苟利国家生死以，岂因祸福避趋之"（林则徐《赴戍登程口占示家人》)②。当代范曾发扬家风，表现出舍我其谁的担当和大爱无疆的胸怀，2002 年捐赠 50 万元用于抗击"非典"；2004 年中华文学基金会倡议募捐建立"育才图书室"，捐款 100 万元让更多贫困地区的孩子享受到阅读的快乐；2008 年汶川地震捐款 1000 万元；2009 年捐款 300 万保护羌族非物质文化遗产；2010 年玉树地震捐款 1000 万元。其慷慨捐资之举，是缘于对国家和人民深沉的爱。范氏家族仁厚家风，著誉士林，令人肃然起敬。

二、安贫守节

通州范氏家族并不擅长从事经济活动，世代贫穷，诚如近代张謇赠诗范罕所言："九代诗人八代穷，郎君十代衍家风。"（《彦殊归自京师所为诗孟晋惟其贫可念上已邀饮以诗慰之顾何与于贫也》)③这是对范氏世代境窘的高度概括。范崇简《怀旧琐言》曰：

> 余家自太高祖忤时触珰，坐东林党削籍，此一厄也；值乱民汤槐，明万里，苏如轼、如辙焚劫之难，此二厄也；鼎革后，奸人变起，仓猝祸及一州，身往南都，备历艰险，以释里人之患，此三厄也；高祖应州守王宜亨修志之聘，语触当路，为破家之张俭，此四厄也！遭此四厄，而家事可知。曾大父入都，肄业成均，从戎楚粤，得以微功为一令，不数年而以病归。至先祖先君皆谨厚有余而遗业渐尽，剩有敝庐，聊避风雨，

①范曾编：《南通范氏诗文世家》（捌），河北教育出版社，2004 年，第 277 页。
②［清］林则徐：《云左山房诗抄》卷六，《续修四库全书》集部第 1512 册，上海古籍出版社，2002 年，第 333 页。
③张謇：《张謇全集》第 7 册，上海辞书出版社，2012 年，第 335 页。

四壁萧然,不知所从事矣!①

　　家族命运坎坷,遭此四大重创,家计日渐艰难。因拙于谋生,陷入窘境,范国禄终其一生,"总祇为贫之一字束缚困顿,摆不开,挣不起"(《答灵岩老和尚》)②。随后,更是江河日下,一蹶不振。范遇自叹:"我欲耕桑无十亩,我欲读书无二酉。萧然四壁无担石,昂然七尺无余口。"(《五山酒人歌》)③四壁萧然,一贫如洗,饱受折磨与煎熬。范崇简勤学好文,不苟时好,生活不堪,衣食难保。一日雨雪纷下,过午未炊,出无雨具。"强步至小市赊米二升。而厨下又乏薪,因思废窗可以代薪,移斧至茅檐下,及炊熟双弓,庭内雪深一尺矣!"④赊米以食,废窗代薪,举步维艰,令人心痛。其文还记述了除夕难堪的避债经历:

　　　　余年自三十以后,每至除夕,如遇大劫,傭保居然入座,而避债无台,自晨起至夜半,此心皇皇无所归。曾记一岁除日,二更后同大儿至质库家,将所衣羊皮襖脱质青蚨两贯,不知其有寒色。又一年索逋者坐堂中,而余不能措置,徘徊于西郭外,至四更方归。至今思之,令人心悸。(《怀旧琐言》)⑤

　　阖家团圆之时,因四处避债,惶惶不可终日,家贫至如此狼狈境地,读之鼻酸。范如松主持家政,家族人口众多,各项支出繁杂,虽然三子客游养亲,不能尽释家贫。其《六十述怀》曰:"丰年狼戾尚难支,况是飞蝗苦雨时。斗米奉亲愁不给,晨炊儿女恨迟迟。"⑥光绪二十年(1894)二月二十五日,致书长子曰:"前接儿媳来讯,知汝夫妇大病,幸托天无恙。我实寒心,总因家贫。"⑦家事始终不能裕如,只有空负,毫无余资。范当世逝去之后,家族失去了重要经济来源,更见艰难。范钟《与三弟范铠书》中可见:

　　　　况儿于二月来电,已于公学派赴东洋,三月初行矣,未知治装一切能不至大亏者否;兄眷若到河南,二媳自然同行,而大嫂决意欲到山

①范曾编:《南通范氏诗文世家》(柒),河北教育出版社,2004年,第189页。
②范曾编:《南通范氏诗文世家》(伍),河北教育出版社,2004年,第351页。
③范曾编:《南通范氏诗文世家》(柒),河北教育出版社,2004年,第2页。
④范曾编:《南通范氏诗文世家》(柒),河北教育出版社,2004年,第189页。
⑤范曾编:《南通范氏诗文世家》(柒),河北教育出版社,2004年,第183页。
⑥范曾编:《南通范氏诗文世家》(柒),河北教育出版社,2004年,第222页。
⑦范曾编:《南通范氏诗文世家》(柒),河北教育出版社,2004年,第235页。

东,大媳自然同去,而上海学堂之二女一婿又万无中止之理,自学费、路费等一切开支皆系巨款,纵乎家用亏款随后与林记结算,而春夏之交用度无算;寿光所入悉索,散赋不足供亿。明知弟之意中空空洞洞,绝不计较,然事已至此,无可奈何,兄虽焦急,亦只好由弟主张,走到那里说到那里矣。①

学费、路费等林林总总的开支令兄弟两人不堪重负。三范年寿不永,后代未能改善家境。范罕吟诗感叹,"中年贫贱陶精锐,老眼云霄感散亡"(《录诗有感》)②、"黄菹粗饭不能饱,纵论唐汉横论秦"(《宴客》)③。家族贫困依旧,故有上文张謇赠诗。

通州范氏面对家境贫寒的状况,为了实现长久生存,采取了相应对策。首先,重视勤俭。范氏以清苦俭约著称于世,范凤翼回溯祖先开创家业的历程。其《分家要说》曰:

> 自先王父、先大夫以来,诗书之泽已历四世,大率敦伦笃行,有万石风,而务本勤约,家用日饶。我大夫自诸生时业能以食饩束脩之余郁起千金,及为廉吏以归,尤能致能散,然自赡族赒贫一切礼节檀波之外,治家实以务本勤约为本,曾不见以儿子成进士沾禄朝家而稍稍登枝捐本忘其素风。盖不独浇薄奇邪之习未开,并发舒屑越之念未起也。有德故能有其家业,彰彰前规具在,顾不知诸子侄辈能不坠先人之绪否?④

要求后代谨守勤俭之风,甘贫守约,以戒骄奢,长保盛美。范国禄言及八兄持家之道曰:"八兄兄弟分析时,产业初不饶裕,积数十年,读书、教子、娶媳、长诸孙数大事而外,尚能少有进益,以迄于今,亦甚勤俭矣哉!"(《八房分家说》)⑤这种家风通过世代相传,内化为子孙的精神品质和生活方式,带来家族的生息繁衍、长盛不衰。其次,强调保身。达则兼济天下,穷则独善其身。危难降临之际,通州范氏家族表现出退避自守的人生取向。

①范曾编:《南通范氏诗文世家》(壹拾),河北教育出版社,2004年,第156页。
②范曾编:《南通范氏诗文世家》(壹拾壹),河北教育出版社,2004年,第10页。
③范曾编:《南通范氏诗文世家》(壹拾壹),河北教育出版社,2004年,第15页。
④范曾编:《南通范氏诗文世家》(贰),河北教育出版社,2004年,第156页。
⑤范曾编:《南通范氏诗文世家》(伍),河北教育出版社,2004年,第139页。

范凤翼识微知著,深刻洞察到明朝必亡之势,知其不可而不勉为之,远在党争激化之前洁身以退,旗帜鲜明地反对以身殉道。

> 若刘宝应练江,向年一面阅邸抄,一面呕血而死,徒快忌者之心而无补于世道也。(《复毛禹门》)[1]

> 仕如如其急者,行险以侥幸,弟虽死不为也。(《与朱弱水》)[2]

叹息同道之举无补于事,放弃激进,韬光养晦,以退为进,力求保持内心的高洁。危急情势之下,更能散尽家财,保全族人。其《候朱明老》曰:"所处之地、所遭之人,万分难处。惟有破产以保子孙之人丁,以全祖宗之隈垅,即沙田不惜一寸,家资不惜一文。"[3]识见超然通脱,高出凡俗对身外之物的拘泥,全命避害,以免世患。范氏发展历程证明,这是家族行之有效的延续之道。光绪七年(1881)春,法国军舰开至越南北部,扬言要驱逐刘永福及清国商户,保护其在越南的利益,双方剑拔弩张,一触即发。张树声欲招揽士人为之出谋划策,张謇邀请范当世同往,未果。范诗自道原因:"吾父念儿子,云此不足图;万里耗大官,宁归饭尔粗。"(《延卿将发濡滞吾家再同次工部〈草堂〉韵》)[4]其父不欲子临危蹈险,谋不可为之事,故婉言拒之。光绪十七年(1891),范当世因身体多患,尚未痊愈,决定从此不参加科考,父亲表示支持。其《与儿当世书》云:"知汝体气未痊,决志不秋试,吾深以为是。""今病躯未痊,何堪吃此辛苦? 留有用之身,为将来计,保身全孝,吾甚欢喜。"[5]劝子不必自蹈险境,欢喜其保身全孝,可见家风。范铠与《与父翁书》中亦见父亲对其保身之教诲:

> 大人命男自后不许乘马,引冯道事为戒。男请自后或遇车行烦冈颠簸不堪之时,或风景山川怡目惬心之境,间易马缓行,但不驰骋,以重身命,不忘大人之言。又半年以来,男于步射弓力颇有进地,方自以稍能驭马有意于骑射。今阅大人之告戒,则亦不敢以无用之艺危身行殆矣。[6]

---

①范曾编:《南通范氏诗文世家》(贰),河北教育出版社,2004年,第100页。
②范曾编:《南通范氏诗文世家》(贰),河北教育出版社,2004年,第142页。
③范曾编:《南通范氏诗文世家》(贰),河北教育出版社,2004年,第127页。
④范曾编:《南通范氏诗文世家》(捌),河北教育出版社,2004年,第10页。
⑤范曾编:《南通范氏诗文世家》(柒),河北教育出版社,2004年,第227页。
⑥范曾编:《南通范氏诗文世家》(壹拾),河北教育出版社,2004年,第321页。

　　范铠谨承父意,不以无用之艺危身,此事可窥范氏家教。范钟身体孱弱,疾病缠身,在鹿邑竟至医方盈寸而不起,毅然精研古今医书数十种以图自救。光绪三十四年(1908)正月十五日,范罕、范况兄弟在日本东京居处遭到火灾,举家焦急万分,屡发电报嘱咐安心在院调养,不必惜费,期于十分痊愈而后止。"前后汇款近千五六百元,除置备衣物一切外,足敷医药之用",家人积极为作病后调理之计,"或内渡,或留东,或约三五人另赁一屋,雇一下女,自开伙食"。尽管家族财政相当吃紧,范钟对灾祸中尚无人员伤亡颇感庆幸:"吾家气运无美满之处,遭此风波,幸而得命;兄病亦转危为安,痛定思痛,不得不感谢天恩,免得人亡家破,已万幸矣!"①同时,对侄子范毓留学日本好言劝阻,曰:"好兄弟你听我说,人口不平安之时,只宜收兵,不宜开战。"(《与三弟范铠书》)②动荡不安之际,以保全家人为首重,劝诫先安身而后动,不可自蹈险境,足见对家族发展的长远考量。正是这一以贯之的强烈保身意识,范氏在易代更祚、世事无常、人生变幻中延续至今。

　　难得的是,范氏家族在世代窘迫的生存境况之中,重视修身品节,家风高秀。徐骆《记通州范伯子先生》曰:"溯自异羽,下迄先生兄弟,世世为诸生,优行瑰节,列于州志,后先相望,世泽之长,清德之美,求之他郡县不一二观也。"③清德传家,美名远播。首先,立身有节,淡泊名利。范应龙恬于仕进,高风映人。万历三十六年(1608),以明经高第拜直隶庆云县令,因子任职吏部,引嫌辞膻,乡居不仕。归里筑尊腰馆,取陶渊明"不为五斗米折腰"意,优游山水。范凤翼万历三十八年(1610),辞官还乡,豁达处世。

　　　惟图书数卷朝夕自娱,绝无牢骚困顿之感,此其清风雅操以视陶彭泽、邴曼容奚让哉!而吏部方居要津,能稍脂韦以自容于世,即崇臁可立跻也。顾竟以忤俗拂衣,不少恋惜,计其家庭议论必有卓然自信、拔出于风尘壒埃之中、不以浮沉得丧动其念者,有是父方有是子,语不虚矣。(叶向高《尊腰馆七十寿言》)④

---

①范曾编:《南通范氏诗文世家》(壹拾),河北教育出版社,2004年,第167页。
②范曾编:《南通范氏诗文世家》(壹拾),河北教育出版社,2004年,第165页。
③陈国安、孙建编著:《范伯子研究资料集》,江苏大学出版社,2011年,第192页。
④范曾编:《南通范氏诗文世家》(壹),河北教育出版社,2004年,第14页。

拂衣归隐,杜门吟咏,父子相勉,笑傲林泉。不以物喜,不以己悲,环堵萧然,意甚乐之,有其父方有其子,语诚不虚。其后,范凤翼虽数遭征召,坚卧不出。其自警诗曰:"神超世乱云同幻,身结山灵石与坚。无事于怀求内足,用才寡识恐难全。"(《生辰自警时七十三矣》)①因矢志不渝,脚跟立定三十年,学者咸称之"真隐先生",是为名至实归。父兄逝后,范国禄遭受多难,面对百口惶惶之家族,束手无策,却能不惑于道,由其《谢吴文登书》所录之事可征。

> 足下恝然于我之去而赠以金,犹是二十年不忘故人之意。然足下何从得此金?左右曰"帑金"。帑金不容支借,有明条矣。与者即不伤惠,受者独能无罪乎?深文而论,足下谓之借库,不知者或以为自盗矣;足下谓之赠人,不知者且以为分赃矣。辞而不受,亦自爱之道宜然。②

家贫如洗之人深知自爱与爱人之道,面对不明之赠义正辞严地加以拒绝,实属可贵。康熙四十四年(1705),范遇担任武陵县丞,次年即辞官返乡。唐待徵赞曰:"总因傲骨自天成,不为五斗把腰折。窥君大意本萧疏,数米吹羹本野蔬。称疾挂冠聊免俗,飘然决计归田庐。"③傲骨天成,不为折腰,是家族又一位主动选择挂冠归隐之人。范崇简禀性恬澹,撒手名利,心与天游,日与二三友剧谈妙理,玩古敦牟彝鼎之属,不涉市利。明清以科举求取功名的文化语境中,范氏家族虽然普遍投入其中,却不汲汲于是。范当世之言具有代表性:

> 先曾王父岁试一二次,缴还衣巾;先王父至五十之年亦不复应举,家君自甲子后即不复提篮入场。习而安之,由来已久,不似贵人子弟期于必得而单门穷子生死于其间也。(《与张幼樵论不应举书》)④

门风相传,遇试则试,未尝留心于得失,不见牢骚抱怨。范当世担任李鸿章西席之时,父亲信中叮嘱其深居简出,并以颜子"非礼勿视,非礼勿听,非礼勿言,非礼勿动"以教诲。范当世慎独律己,全无仕进之念、非分之想,

---

①范曾编:《南通范氏诗文世家》(壹),河北教育出版社,2004年,第320页。
②范曾编:《南通范氏诗文世家》(伍),河北教育出版社,2004年,第277页。
③[清]唐待徵等:《范二尹归田诗》,范氏家藏。
④范曾编:《南通范氏诗文世家》(玖),河北教育出版社,2004年,第35页。

坦荡磊落,不负家教。光绪十七年(1891),范钟参加乡试,副主考是江西德化李盛铎,此人乃范当世故友蔡金台同乡,二人为取悦其兄,遂谋泄题,并约好试卷记号,以便私相录取。范钟不肯如约,"以为有如许文,中亦该当,不中又何必勉强乎",终至落榜。范当世与李鸿章言及此事,令其击节叹赏:"君家兄弟必不肯枉道以求之耳,此亦我生平所未尝见也!"(范当世《禀父翁书》)①光绪二十四年(1898),范钟最终凭借真才实学中进士二甲第三十二名。通州范氏澹泊家风还见于女性成员,范国禄之妻,"不类于贱丈夫之登垄断俗、儿女之争华要"(《自题〈鹿门偕隐图〉》)②。范崇简因年荒计拙,儿女罗列,朝不谋夕,其妻无怨叹声,"或搜奁具中物,付质库家,倘得易升米束薪,则一家饱腹而歌"(《怀旧琐言》)③。范当世游走四方之时,家计艰难,姚倚云不怨不尤,"质簪珥,不闻于夫子"(徐昂《范姚太夫人家传》)④。家族整体对功名利禄疏离的同时,是对山水田园的热爱和向往。

　　　苍山碧水皆行墅,残霞剩月任吾取。(范凤翼《中秋后一日雨》)⑤
　　　行吟饶逸兴,我志在林泉。(范遇《秋水》)⑥
　　　山水怡情堪入世,儿孙养志岂非天?(范崇简《七十述怀答徐且庵韵》)⑦
　　　欲十亩宅治园蔬食脱粟,得甘旨以养亲,与妻子相娱终老耳!(范毓《外舅方子和先生外姑马夫人六十双庆寿序并颂》)⑧

　　吟咏山水,涵养性情,世代为尚,一门相承。

　　其次,勤政为民,廉洁自律。先祖范仲淹仁惠清廉的为吏之道对家族影响深远,在后代得到了积极响应。万历三十六年(1608),范应龙担任直隶庆云县令,劝农桑,兴教化,赈孤独,奖节孝,严恕简静,百姓化之,邑中无争讼。范凤翼具有孜孜救世的社会责任、洗涤乾坤的救世情怀:"请缨弃

①范曾编:《南通范氏诗文世家》(玖),河北教育出版社,2004年,第177页。
②范曾编:《南通范氏诗文世家》(伍),河北教育出版社,2004年,第60页。
③范曾编:《南通范氏诗文世家》(柒),河北教育出版社,2004年,第189页。
④范曾编:《南通范氏诗文世家》(壹拾陆),河北教育出版社,2004年,第187页。
⑤范曾编:《南通范氏诗文世家》(壹),河北教育出版社,2004年,第135页。
⑥范曾编:《南通范氏诗文世家》(柒),河北教育出版社,2004年,第19页。
⑦范曾编:《南通范氏诗文世家》(柒),河北教育出版社,2004年,第139页。
⑧范曾编:《南通范氏诗文世家》(壹拾壹),河北教育出版社,2004年,第248页。

缛,雅有夙志;舆尸裹革,是其本怀。"①其《自陈小疏》中曰:"竭忠所以尽职,廉退所以立身。"②可谓掷地有声,终其一生忠实践履这一誓言,关注国计民生,革除时弊,敢言直谏,进贤黜邪,清以立身,政绩斐然。范遇担任武陵县丞之时,"政成民朴,化雨和风。半载如冰,约己效修身之操;一心若水,视民犹保赤之亲"(程珮玉《〈范二尹归田诗〉序》)③,为官清廉,为政有声。离开之际,刘隆义赠诗曰:"行李半肩书满床,扁舟一叶载还乡。"④两袖清风,有祖上之德。又如范利仁,以先辈为榜样,知州施其礼客之幕中,长达十三年之久,未尝干私。知州解官时语诸父老曰:"吾莅兹土,得一廉士,知之乎?"众起问,礼举酒属仁曰:"此君是也。"⑤时人称颂。光绪二十四年(1898),范钟、范铠束装就道,签分河南、山东。临行,父亲亲书《作吏十规》以警之。

　　一为民父母,不能培养元气以遗子孙,最可耻;一依托权门,一旦失势,以至十目十手之指视,最可耻;一地方善善不能用,恶恶不能去,最可耻;一宦游无窘于难,天道好还,此往彼来,最可耻;一地方善政不能举,逢迎上官则恐后,最可耻;一眼前百姓即儿孙,而任情敲扑,最可耻;一小民无知误蹈法网,而问官不察,锤楚之下何求不得? 最可耻;一为民父母者,第一戒贪,贪则心昧,而书役藉此挟制舞文,其祸可堪言哉? 最可耻;一天下事,诚与伪二者而已,诚则无不明,而伪则立败,最可耻;一作官须知进退,若老马恋栈,阿时殃民,必至身败名裂,辱及君亲,最可耻也。⑥

教导发扬贤能廉洁的家风,清心为官,体恤民情,莫营私利,期待"寒门百世可沿",字里行间显示了防微杜渐之苦心。二子可谓善承父教,范钟居官甚勤,光绪二十八年(1902)十月初六日,以河南乡试同考官入闱,至二十四日完毕。

　　连改四日闱墨至廿八日夜,忽然大烧,至初二连六昼夜不睡,加以

①范曾编:《南通范氏诗文世家》(贰),河北教育出版社,2004年,第4页。
②范曾编:《南通范氏诗文世家》(贰),河北教育出版社,2004年,第12页。
③范曾编:《南通范氏诗文世家》(柒),河北教育出版社,2004年,第62页。
④[清]唐待徵等:《范二尹归田诗》,范氏家藏。
⑤[清]梁悦馨等:(光绪)《通州志》卷末杂记,光绪元年(1875)刻本。
⑥范曾编:《南通范氏诗文世家》(柒),河北教育出版社,2004年,第224—225页。

大汗大吐大呕。内闱有同官知医，日日开门进药，至初七、八病势略定。初九添榜，初十出闱，勉强支持，不肯告假。至十四日而面目全肿，饮食固十余日但吃焦米汤矣。（范钟《与范铠书》)[1]

卷多期迫，精力有限，因监考、阅卷、荐生等积劳成疾，尽管如此，恪尽职守，办公不辍。光绪三十一年(1905)九月二十一日，过郑村至省城太原，禁止仆从行途路过州县索要物件，清约自律可见。同年九月，奉札委山西文案，事务繁忙，其《日记》记录甚详[2]。光绪三十三年(1907)九月，赴鹿邑任职县令，谨遵父亲《作吏十规》，悬之案前。范钟为政仁智，到任随即展开整顿，万绪千端，几无刻暇。面对当地"新政皆县官一人捐廉"之陋习，决计先打通此关，免得官民隔阂。又谨慎办案，自述曰："前日有一命案，只带家人一名，三书二役，当场出结，地方以为奇闻，因之改观易视。"（范钟《与范铠书》)[3]审断神明，深得民心。此外，在财政、警务、讼词等方面，颇显手腕，足可称道。

光绪三十一年(1905)，范铠赴寿光知县任，虽为一介小吏，治理地方，勤勉有为。赴任伊始，清理积案，兴利除害，表现出精干之能、宽仁之心。九月初八，因巡缉至羊角沟海口，盗贼行劫，绑人勒赎，日出数起，竟至商船不行，税关一无所入，心甚忧之。"初八早晨赶到，下午即有渔户送信，当派勇役悬重赏往，即擒获洋盗五名、窝盗二名，商民快慰，颂声载道，从此海面太平"。铲除恶霸，雷厉风行，以苏民困，受到广泛称赞。此外，公事繁剧，民风好讼，每告期必有七八十呈。"逐日坐大堂，讯结五六起，上下苦口劝其息讼"。该地学务未兴，遂呼召长老士人，商谈办理学堂之事。虽然昼夜辛苦，心血耗散，勤勉自持，不敢懈怠。他言："我父我大哥在天之庇佑必能使弟长担成义务以遂先志，弟敢自贪侠乐不尽心于民事耶！"（范铠《与大嫂姚倚云书》)[4]父兄期望是其精神动力所在，激励自己以清名亮节为家族赢得声望。

---

[1]范曾编：《南通范氏诗文世家》(壹拾)，河北教育出版社，2004年，第149页。
[2]十一月，十一日阅会考出洋留学生卷共一百二十八名，十四日拟就山西师范学堂训词，十五日拟就山西农林学堂训词，十六日拟就山西警务、武备两学堂训词，二十七日阅山西武备学堂试卷。十二月，初二日见视山西招之六十名银行学生，初九日拟山西农林学堂课题，拟山西学务处楹联，二十六日拟《山西学务处改设转所简章》六条、《山西查学章程总纲》四章。
[3]范曾编：《南通范氏诗文世家》(壹拾)，河北教育出版社，2004年，第161页。
[4]范曾编：《南通范氏诗文世家》(壹拾)，河北教育出版社，2004年，第338页。

下 编

第四章　铨曹特精衡鉴,林壑独励风裁

——晚明范凤翼研究

范凤翼是通州范氏唯一一位立朝言政之人,也是家族文学谱系建构之初最具影响力的人物。以万历三十八年(1610)为界,前此居庙堂之高,竭忠尽智,勤勉政事;后此处江湖之远,投身艺文,吟赏风雅,以事功和文学获得了广泛的社会影响。笔者论述涉及其诗文版本、著述刻书、政治立场、结社赋诗、诗歌创作等。

第一节　范凤翼诗文集版本及作品流传研究

万历三十八年(1610),范凤翼解职还乡,从此啸傲山林,在艺文领域开拓疆域,寻求传统事功之外的生命意义。先后结集为《吴中吟》《湖上吟》《超逍遥草》《摄山游草》《花月集》《范玺卿诗集》《范勋卿诗集》《范勋卿文集》《适患草》《续诗集》等,历代史志、书目多有记录,具体如下:

[清]黄虞稷撰《千顷堂书目》:范凤翼,《勋卿集》二十八卷;

[清]徐乾学撰《传是楼书目》:《范勋卿全集》十三卷,明范凤翼,十二本;

[清]陈田辑撰《明诗纪事》:范凤翼,《勋卿集》二十八卷;

[清]万斯同等撰《明史》:范凤翼,《范勋卿集》二十六卷;

[清]《通如海泰艺文辑》:范凤翼,《诗集》二十卷,《续集》十二卷;

[清]杨廷撰编《五山耆旧集》卷十一《范凤翼小传》:著有《勋卿文集》六卷、《诗集》二十卷、《续诗集》三卷、《诗余》一卷、《法帖》二卷、杂刻六种、杂著六种、未刻诗文稿十三卷;

[清]金檀撰《文瑞楼藏书目录》:范凤翼,《勋卿集》二十一卷;

[清]梁馨悦等撰(光绪)《通州志》卷十六:《勋卿文集》六卷、《玺卿诗集》二十卷、《续集》十二卷。

范凤翼放情天地外,行走山水间,自许江湖澹宕人,流连诗酒,吟赏烟霞。诗文著述广行于世,笔者拟对其内容、源流进行系统考述。

一、作品版本

晚明范凤翼各类著述长期流布过程中,由于各种不虞之祸,多已散佚不传。现存《范玺卿诗集》二十一卷、《超逍遥草》一卷、《范勋卿诗集》二十一卷、《范勋卿文集》六卷、《范玺卿诗集》一卷、《补遗》一卷。笔者就所见刻本、抄本排比次第,略加考证:

1.《勋卿集》一卷。明侯官曹学佺阅,明崇祯四年(1631)刻《石仓十二代诗》选本,山东大学图书馆藏。一册一函,九行十八字,白口,单鱼尾,左右双边。清杨廷撰《一经堂诗话》言及该集曰:

> 暮年遭海上之乱,寓居白门,复自录其诗若干篇,取《九辩》中"去乡离家兮来远客,超逍遥兮今焉薄"语,题曰《超逍遥草》,寄侯官曹宪副学佺,宪副为刊入《石仓十二代诗选》中。①

《勋卿集》原名曰《超逍遥草》,篇首录有《〈超逍遥草〉自叙》。据《〈真隐先生年谱〉补注》记载,《超逍遥草》成于崇祯五年(1632),并有礼部尚书董其昌序,这是范凤翼现存诗作结集最早的版本。《勋卿集》卷首自叙"白狼山七十七老叟范凤翼异羽父题于河上丈人垞中",又云:

> 顾余近苦贫病,无力刷全集以奉知交,乃曹公能始为海内宗工刊《十二代诗选》中有余此一卷,时顾与治游闽,曾集石仓,归来持公所寄诗扇缄书,并选此卷,余以其简略、便于酬答印正,故遂自剞劂以行。②

由自叙可知,《勋卿集》刻于顺治八年(1651),为曹学佺《石仓十二代诗》中范凤翼选集的再版。董其昌序言:"余又苦八十外老人,草作此叙,尚何足以报知己者哉!"③董其昌(1555—1636),字玄宰,号思白,华亭人,可知该序作于崇祯八年(1635)或九年(1636)。《勋卿集》一卷其组成为:"存之故箧者尚余若干篇,又搜得焚余残句于友人扇头、卷轴中若干篇。"(《〈超逍遥草〉自叙》)④具体为四言古风二题,五言古诗十题,七言古诗六题,五

---

① [清]杨廷撰辑:《五山耆旧集》卷十一,道光四年(1824)一经堂刻本。
② [明]范凤翼:《勋卿集》一卷,顺治八年(1651)刻本,山东大学图书馆藏。
③ 范曾编:《南通范氏诗文世家》(贰),河北教育出版社,2004年,第236页。
④ 范曾编:《南通范氏诗文世家》(贰),河北教育出版社,2004年,第46页。

言律诗十九题，七言律诗十九题，五言绝句二题，七言绝句九题，共计六十七题。

曹学佺（1574—1646），字能始，号石仓。其编撰的《石仓十二代诗选》分为《古诗选》（包含汉、魏、晋、宋、齐、梁、陈、隋八朝）、《唐诗选》《宋诗选》《元诗选》《明诗选》五大部分，故称"十二代诗选"，盛行于世。郑振铎认为："《石仓十二代诗选》为明代诗选中最宏伟之著作，其明诗一部分尤关重要。"①据朱伟东《〈石仓十二代诗选〉全帙探考》②一文，曹学佺所编足本为1474 卷，收录明代诗集 1194 卷。由于成于乱世，后代流传遭受天灾人祸之厄，《石仓十二代诗选》今已散佚不全，现存于国内外十几个图书馆，与初刻足本煌煌巨帙相比，均为凋零之存，有些堪称孤页珍藏。山东大学图书馆范凤翼《勋卿集》作为《石仓十二代诗选》中单卷的再版，篇目一致，不见著录，保存完好，对考察曹学佺的明代诗选提供了又一个案，具有重要学术价值。

2.《范玺卿诗集》二十一卷。明末刻本，九行十八字，白口，四周单边，现藏于国家图书馆、上海图书馆。国家图书馆存一至七卷，四册，上海图书馆存一至二十一卷。该诗集成于崇祯十三年（1640），这是范凤翼存世诗集刊刻最早的版本，成书过程颇为曲折。《〈真隐先生年谱〉补注》记载：

> 先是同宗司马（范景文）请汇刻先生诗集，先生以他故辞，司马任之。会司马罢官丧子，因属三山人主其事。司马及前大学士何如宠、礼部侍郎钱谦益、光禄少卿俞彦、提学佥事王思任、御史方震孺为之序。③

《范玺卿诗集》刊刻本先由同宗范景文（1587—1644）主持，后范罢官丧子，转由虞山俞明良、延令周嘉胄、秣陵张文峙编纂。国图、上图馆藏《范玺卿诗集》皆未见以上诸序，国图无目录，上图存目录。《范玺卿诗集》依次收录乐府、三言古、四言古、五言古、七言古、五言律、七言律、五言排律、六言排律、七言排律、五言绝句、六言绝句、七言绝句、九言诗、词。此刻本疏漏之处为：有篇无目者有《悠然楼立夏前一日分韵》《忆王孙·夜景》，《访雪上

---

① 郑振铎：《西谛书话》，三联书店，2005 年，第 256 页。
② 朱伟东：《〈石仓十二代诗选〉全帙探考》，《文献》2000 年第 3 期。
③ 范曾编：《南通范氏诗文世家》（壹拾捌），河北教育出版社，2004 年，第 207 页。

见案上〈楞严〉因共诠其旨〉《山中晚酌》两题卷八与卷九重出。明代璩昆玉《新刊古今类书纂要》卷五《仕宦部·尚宝司》曰："尚宝司正卿,正五品。玺卿:尚宝卿也,又曰符卿。"①范凤翼天启五年(1625)三月升尚宝司卿,世称范玺卿、范符卿,崇祯十三年(1640)刊刻诗集故以此为名,崇祯五年(1632)结集的《超逍遥草》诸作均以收录。

3.《范勋卿集》。是书分为《诗集》《文集》二种,顺治八年(1651)刻。冒起宗《〈范勋卿全集〉序》中言:"今春枉次公女受之命驾,示余以全稿而属之序。"②范凤翼《复苍雪师》中也述及此事曰:"鄙人今岁七十七矣,叨天意之厚,假我余年,然幸颇知过活,除斋日学无生外,则与老友觞咏山水……今拙集将合前后而刻之,须其成,当先以请教。"③开雕梓印前夕,介立法师不远千里,前来助成,历时两月,令面目焕然一新。其《惜别歌行》云:"为余拙集刑章记,解斧凿,感荷雅厚,千秋不朽。"④法师倾注心力于字句之间,整理斟酌,订疑晰误,归于浑然天成,范氏受益良多,不胜感激。柯愈春《清人诗文集总目提要》曰:"《勋卿集诗集》二十一卷,崇祯间刻。"⑤案:此处记载刊刻时间误,范凤翼顺治二年(1645)始拜光禄寺少卿,《明史·职官志》云:"光禄寺。卿一人,从三品,少卿二人,正五品。"⑥《中国历代职官别名大辞典》言:"勋卿,(明)光禄卿别称。"⑦范凤翼遂有"范勋卿""光禄公"之称,所刻别集之名由"玺卿"改为"勋卿",定在顺治二年(1645)之后。

《范勋卿诗集》二十一卷,现藏于国家图书馆、曲阜文物管理委员会。九行十八字,白口,四周单边,单线鱼尾,版心上镌"范勋卿集",卷首题"白狼山范凤翼异羽著"。《范勋卿诗集》在《范玺卿诗集》基础上增新补遗,重加付梓,刻成新版。原有诗集卷数、篇目、编排基本未作改动,所增篇目附《续补诗集目录》于原目录之后。卷前收录崇祯十三年(1640)刊刻《范玺卿诗集》诸人所作序言,分别为:何如宠《〈范玺卿集〉小引》,钱谦益《〈范玺卿诗集〉序》,方震孺《〈范异羽先生诗〉序》,俞彦《〈范异羽先生集〉序》,并录

①龚延明:《中国历代职官别名大辞典》,上海辞书出版社,2006年,第663页引。
②范曾编:《南通范氏诗文世家》(贰),河北教育出版社,2004年,第243页。
③范曾编:《南通范氏诗文世家》(贰),河北教育出版社,2004年,第112-113页。
④范曾编:《南通范氏诗文世家》(壹),河北教育出版社,2004年,第147页。
⑤柯愈春:《清人诗文集总目提要》,北京古籍出版社,2001年,第2页。
⑥[清]张廷玉等:《明史》卷七十四,中华书局,1974年,第1798页。
⑦龚延明:《中国历代职官别名大辞典》,上海辞书出版社,2006年,第516页。

《超逍遥草》中董其昌《〈范玺卿〉序》。

与现存《范玺卿诗集》比较，承袭部分存在少量改动，如卷一《从句容过丹阳访友途中有述》，原列四言古风，此本将其归入乐府，删四言古诗《挽朱介毅先生诗》，将其融合至《范勋卿文集》卷二《朱介毅公沧海先生传》；减少的篇目有：卷一《海门谣》，卷十一《邵潜夫以贫故妇竟求去所遭异矣而风气甚高余为作五十诗为赠》，另外卷四原有《题凌君受斋头》一诗，此处有目无篇。该集显著特点在于增加了大量作品，如卷一《介寿赋》《枯桐再生赋》《宗枝赋送夫山和上》《仁寿赋赠保济寰乃弟七十》文四篇。增加诗篇如下：卷一《天宁寺钟鸣》《贞慈颂》《寿陈弗如》《瓶梅对饮词》三题，《侨居行》始六题；卷三《玉玺性延两僧争界墙大哄予为喻解而示以诗》始二十四题；卷六《寿杨盟初计部尊人七十》始四十一题；卷九《夏日舟眠喜雨》始三十四题；卷十《朝长陵》一题，《赠汤慈明先生》《寿宋汝雍先生八十》二题；卷十一《游武林理安寺十八滩韬光庵九里松》增加二题（其一将《范玺卿诗集》卷十《飞来峰》一篇移此）；卷十五《闻雁》始一百零一题；卷十六《游虎丘寺》始三题，《辛卯岁新予喜冬恙痊愈试笔作歌时尚斋居未出户外游也》一题；卷十七《懊恼歌》始七题，《梅雨》始二题；卷二十《赠无际上人》始七十四题；卷二十一《荷叶杯》始六题。《范勋卿诗集》二十一卷尽管沿袭了《玺卿诗集》中的刊刻疏漏，如有篇无目、有目无篇、前后重复，然而较为完整地保存了范凤翼崇祯十三年（1640）至顺治八年（1651）之间的诗歌，极大丰富了其传世作品。国家图书馆藏《范勋卿诗集》缺钱谦益序和《续补诗集目录》，曲阜文物管理委员会为完本。

《范勋卿文集》六卷，现藏于北京大学图书馆、曲阜文物管理委员会。九行十八字，白口，四周单边，单线鱼尾，版心上镌"范勋卿集"，卷首题"白狼山范凤翼异羽著"。首有范景文《序》、钱谦益《〈范勋卿文集〉序》、王思任《〈范玺卿集〉序》、冒起宗《〈范勋卿全集〉序》。钱序言："余今年七十老矣，先生作为歌诗遣使者涉江来贺，因缄其所著文集示余。"评曰："先生之文，原本经术，贯穿古今，凿凿乎如五谷之疗饥、药石之治病。至于指摘利病，分别贤佞，劳人之苦心与大人之伟略，峥嵘磊落，侧出于笔墨之间。"[①]钱谦益生于1582年，可知该《文集》成于顺治八年（1651），六卷分别收入疏、序、

———————————
① 范曾编：《南通范氏诗文世家》（贰），河北教育出版社，2004年，第244—245页。

传、启、书、议、题跋、行状、墓志、像赞、祭文、问、募疏十三种文体。北大图书馆《范勋卿文集》第六册缺卷六第五十七页，曲阜文物管理委员会为完本。

　　4.《范玺卿诗集》一卷《补遗》一卷。清咸丰十一年(1861)姜渭抄本，现藏于国家图书馆。一册，九行二十二字，无格。姜渭，字利川，又字璜溪，号沧亭，清通州人。博览群书，多收致海内善本。擅长绘事，尤精指头画，著《璜溪遗稿》一卷等。

　　姜渭抄本《范玺卿诗集》实为范凤翼诗集《超逍遥草》，卷末有"咸丰辛酉八月望后十日璜溪以七钱羊毛笔书此三日乃毕"。抄录诗作篇目与山东大学馆藏《勋卿集》完全一致，同时逐一点评，眉批、夹批、总批兼而有之，举凡思想意旨、艺术手法、审美风格等领域均有涉及，如"宛然在目，清切有味""二语遒劲，入情便佳"，甚多欣赏。同时，评者对于诗作也不乏微词，如"鄙俚可厌""牵强""气象率飒"①等。另有《补遗》一卷，辑诗五首，分别为《同人登狼山酌月》《登萃景楼》《饮狼山赋江头月》《狼山坐月》《甲寅王宛委招饮狼山新署仍移酌剑山之阴》，逐一加以点评。

　　5.《四库禁毁书丛刊》本。集部第112册选录了国家图书馆藏《范勋卿诗集》和北京大学图书馆藏《范勋卿文集》合印而成，此本最大不足在于阙钱谦益《〈范玺卿诗集〉序》和《范勋卿诗集》中《续补诗集目录》，故存在大量有篇无目之作。

　　6.范曾编:《南通范氏诗文世家》。2004年该书由河北教育出版社印行，编者力争囊括范凤翼著述全貌，第壹、贰册收录诗一千五百七十首、词二十五首、文二百三十二篇。与现存《范勋卿诗集》《范勋卿文集》相较，对原先版本存在问题进行改进，有目无篇或有篇无目者均以补全，重复者加以删除。更为重要的是，补入诸多重要作品，内容最为完备。《范勋卿文集》卷一增《通州重修儒学记》，卷四据《太蒙公手札》补入十八封书信，卷六补《改建狼山把总公署记》。文集后附《名公杂著》，收入清杨廷撰编《五山耆旧集》中"范凤翼"条目下刘宗周《诸贤纪异》、方震孺《范玺卿叙事》、凌苏《范司勋先生小传》、朱长康《太蒙先生补传》、史可法《范公论》等相关文献，对深入研究人物生平思想、诗文创作、社会交往提供了帮助。该书为标点

————————

① [明]范凤翼:《范玺卿诗集》一卷、《补遗》一卷，清咸丰十一年(1861)姜渭抄本，国家图书馆藏。

本,后出专精,辑录整理甚为精良。遗憾的是,范凤翼诗文仍有遗轶,该书失收《范玺卿诗集》中《题凌君受斋头》《海门谣》《邵潜夫以贫故妇竟求去所遭异矣而风气甚高余为作五十诗为赠》三诗,《范勋卿诗集》中《介寿赋》《枯树再生赋》《宗枝赋送夫山和上》《仁寿赋赠保济寰乃弟七十》四文,《范勋卿文集》中范景文《序》。同时,范凤翼见诸他人别集、地方史志中的篇目亦未收录,文如丁元荐《尊拙堂文集》中《寿长孺先生六裹诗》,王元翰《王谏议全集》中《明工科右给事中聚洲王公行状》,清杨受廷(嘉庆)《如皋县志》卷二十《如皋尹李公德政碑记》,诗如明王扬德《狼五山志》中《过狼山公署》,清杨受廷(嘉庆)《如皋县志》卷二十一《三瑞园》。

二、后世流传

著述的后世流传提供了全面了解作家作品接受和认同的途径,从而便于进行较为客观公正的文学评价和历史定位。清代特殊文化语境下,官方政治和士林文学的不同话语系统中范凤翼作品呈现出迥然有别的流播命运,禁毁与选录二元并存,这一现象背后具有丰富的历史文化内涵。现分述于下:

1. 禁毁

清朝夺取朱明政权后,为巩固政治统治,垄断思想文化权威,在"寓禁于征"的《四库全书》编纂过程中,开始大规模销毁"违禁"书籍,范凤翼诗集亦遭禁毁。据《纂修四库全书档案》载:乾隆四十年(1775)五月三十日,安徽巡抚裴宗锡奏续查违碍各书中有《浮山文集》《范玺卿集》等,共计二十四种,"非系载及弘光、隆武等伪号,即有悖逆诋毁触碍语句,种种谬妄,殊甚痛恨,应请销毁"①。乾隆四十二年(1777)五月二十日,两江总督高晋奏违碍应毁书籍清单中有《范玺卿集》一部。乾隆四十三年(1778)六月十六日,江苏巡抚杨魁奏呈续缴违碍书目中有《范玺卿集》一部。乾隆四十四年(1779)四月初八日,江苏巡抚杨魁奏续缴应毁书籍清单中有《范玺卿集》二部。乾隆五十一年(1786)四月十三日,安徽巡抚书麟奏缴应禁书籍清单中有《范玺卿集》一部。

《翁方纲纂四库提要稿》作为乾隆后期的毁书实录,述及范凤翼诗集禁

---

① 中国第一历史档案馆编:《纂修四库全书档案》,上海古籍出版社,2007年,第405页。

毁缘由如下：

　　《范玺卿集》二十一卷，明范凤翼撰。董序行草甚妙。二十一卷。总一，内十三，内签出十三处应毁。卷四，四页下七行，此内签记。五页上一行，悖触。卷六，十一页上七行，此应签记。卷十，四页下二行，此内悖触。七行，此亦应签记。九页下一行，此应签记。卷十二，三页下八行，签记。七页下三行，签记。卷十三，六页下六行，签记。九页上三行，签记。十六页上一行，签记。卷十六，二页下三行，签记。卷十九，十页下《时感》三十首，此内悖触，总签记于此。卷二十一，词……今签出十三处，皆应销毁，毋庸存目。①

　　翻检现存范氏诗集，其诗《时感》三十首引曰："岁在辛酉（天启元年），寇陷辽阳……臣翼望边烽而震悚，纬恤方殷；顾梓里之孤危，杞忧倍切。"《明史·熹宗本纪》云天启元年（1621）："三月乙卯，大清兵取沈阳，总兵官尤世功、贺世贤战死。总兵官陈策、童仲揆、戚金、张名世帅诸将援辽，战于浑河，皆败没。壬戌，大清兵取辽阳，经略袁应泰等死之。"②大敌压境、国难当前的危机时刻，诗人关注风雨飘摇、岌岌可危之势，"辽海溅溅战血交，鼓声已死不闻铙""河水陷田辽陷敌，可知河敌患般般"；敬畏分离杀敌、智勇双全之将，"通海并须人控制，金陵焦度不凡才""川兵求敌捷如猱，战死幽魂实可褒"。然而，综观组诗，更多是对明末混乱政局的批判，或痛惜将非其人、损失惨重，"杜刘不死横河外，催站应夸马上功"。诗下自注："方政府、赵兵垣皆催战八万全败者。"或不满朝臣昏庸、贻误苍生，"更堪勒买将军印，断送功臣事寇仇""四路兵残杀气青，可怜庙算误苍生""蠢尔边西敢肆贪，我师退却实难堪"③。翁方纲指陈另十二"悖触"依次为"虏功""奴酋""夷酋""貔貅""丑类""鸱张""胡沙""胡月""胡塞""华夷""策虏""点虏"，俱为清朝统治者深恶痛绝的禁忌语词。

　　《范玺卿集》成于崇祯十三年（1640），出于传统"华夷之辨"的民族心理，范凤翼赋诗言志承袭习惯之说，其中尚无反清复国、宣扬民族气节、揭露清军残暴的慷慨激烈之语。二十一卷诗集仅因偶涉清廷禁忌词汇，被冠

①［清］翁方纲撰，吴格整理：《翁方纲纂四库提要稿》，上海科学技术文献出版社，2005年，第960页。
②［清］张廷玉等：《明史》卷二十二，中华书局，1974年，第298页。
③范曾编：《南通范氏诗文世家》（壹），河北教育出版社，2004年，第394－398页。

以"狂悖"之目，遭致"俱应销毁"的命运。该集禁毁主要通过国家政令以文化钳制手段干预，从具体视角显示了清廷审核考察之精细、思想控制之严厉。

2. 选录

明清时期编选诗文总集蔚然成风，在保存诗词文献、揄扬诗文名家、采选创作精华的自觉意识下，诗界领袖、文坛名流热情参与，一方面范凤翼别集遭到官方禁毁，另一方面却始终得到明清诸多选家的关注和肯定，其作品具体收录情况如下：

［明］曹学佺辑《石仓十二代诗选》收录诗集《超逍遥草》一卷，共计七十二题；

［清］王昶辑《明词综》卷五收录《减字木兰花·邗江归思》；

［清］邹祇谟、王士禛辑《倚声初集》卷五收录《减字木兰花·邗江归思》；

［清］朱彝尊撰，姚祖恩编《静志居诗话》卷十六收录《夏日五柳园燕集》；

［清］陈田辑撰《明诗纪事》收录《征途》《亦适园分韵》；

［清］卓尔堪辑《明遗民诗》收录《追忆高景逸周蓼洲顾尘客周绵真诸君子》《访沈汀州不遇时值其有新安之行》《宿焦山海门庵晓望》《泛涨》《秋日过焦山海门庵》《登东昌城楼》《从祀献陵》《秋日渡京江》；

［清］陈济生编《天启崇祯两朝遗诗》卷四收录《海陵道中不寐作》《谒露筋祠》《庐悲诗》《操桐引》《水阁》《夏日李后冈先生五柳园燕集》《李彻侯留饮纳凉》《金陵午日》《同魏宾吾司马游北固山》《九日同贺静补藏日仙祝千秋登雨花台》《五日山茨社同社诸子赋诗若昧禅师住山说法》《孤鹤》《秋日渡京江》；

［清］邓汉仪辑《诗观初集》收录《追忆高景逸周蓼洲顾尘客周绵真诸君子》《访沈汀州不遇时值其有新安之行》《宿焦山海门庵晓望》《泛涨》《秋日过焦山海门庵》《登东昌城楼》《从祀献陵》《秋日渡京江》；

［清］张豫章辑《四朝诗》明诗卷一百十八六言诗二收录《游招隐洞访懋修禅师》《延令西乡同梦叟赋》，明诗卷一百十一七言绝句十一收录《秋日渡江》《田居》《退园即事》，明诗卷九十五七言长律四收录《秋日社集僧房仍移酌田家分韵得微字》《舟次立秋》，明诗卷八十七七言律诗二十收录《夏日过饮君印静芳轩即事》，明诗卷六十二五言律诗十三收录《水阁》《夏日李后冈先生五柳园燕集》《金山对月同王伯举给谏赋》《湖上晚坐同贞父作》《秋夜

集王氏水亭》《暮鸦》,明诗卷四十七七言古诗十二收录《春日酌花下》,明诗卷三十二五言古诗十七收录《征途》《盱眙山中》,明诗卷十三乐府歌行十收录《采莲曲》四首、《古意》,明诗卷三四言诗收录《买山清凉山游憩志喜》;

〔清〕曾灿辑《过日集》卷十五收录《泛涨》《秋日过焦山海门庵》;

〔清〕蒋鑨、翁介眉辑《清诗初集》卷二收录《追忆高景逸周蓼洲顾尘客诸君子》,卷七收录范凤翼《宿焦山海门庵晓望》;

〔清〕王尔纲编《天下名家诗永初集》卷二收录《秋日过焦山海门庵》;

〔清〕顾施祯辑《盛朝诗选初集》卷九七言律收录《秋日过焦山海门庵》;

〔清〕陈梦雷、蒋廷锡编《古今图书集成》中《山川典》第二百七十三卷收录《秋日渡京江》《采莲曲》,《禽虫典》第二十二卷收录《暮鸦》,《草木典》第十三卷收录《春日酌花下》、第九十六卷收录《采莲曲》,《岁功典》第六十四卷收录《舟次立秋》;

〔清〕汪森编《粤西诗文载》诗卷九收录《答赠粤西大将军王宛委见怀之作》,诗卷十九收录《送王梦叟从张扬伯之官粤西》《张扬伯之任粤西途中以诗见寄闻诸夷蠢动次韵答之》;

〔清〕朱绪曾编《金陵诗征》卷三十九录有《夏日避暑清凉山房同史弱翁》《登摄山绝顶》《扬伯访予白门雪后话旧》;

〔清〕杨廷撰编《五山耆旧集》中收录诗作二百八十七题;

〔清〕孙翔辑《崇川诗集》收录《登摄山绝顶》《征途》《访沈汀洲不遇时值其有新安之行》《水阁》《广陵雨夜王梦叟有思归之作率和》《秋夜集王氏水亭》《夏日李后冈五柳园燕集》《泛涨》《采莲曲》;

〔清〕陈心颖辑《明紫琅诗》收录《登摄山绝顶》《追忆高景逸周蓼洲顾尘客周绵真诸子》《访沈汀洲不遇时值有新安之行》《宿焦山海门庵晓望》《泛涨》《从祀献陵》《秋日渡京江》;

〔清〕王藻纂《崇川各家诗钞汇存补遗》收录《登摄山绝顶》《征途》《访沈汀洲不遇时值其有新安之行》《水阁》《广陵雨夜王梦叟有思归之作率和》《秋夜集王氏水亭》《夏日李后冈先生五柳园燕集》《泛涨》《采莲曲》。

明清是诗词总集编辑的繁盛时期,出现了数量可观、类型众多的选本,视野开阔,主题多元,遵循“人以存诗”“诗以存人”或兼收并蓄的原则,其中涉及范凤翼的诗词选录表现出鲜明的特征。

第一,从编者选择标准来看,选本或着眼于范氏政治身份和人格气节。

如朱彝尊《明诗综》，该书卷首序曰：

> 或因诗而存其人，或因人而存其诗，间缀以诗话，述其本事，期不失作者之旨。明命既讫，死封疆之臣、亡国之大夫、党锢之士，暨遗民之在野者，概著于录焉。析为百卷，庶几成一代之书，窃取国史之义，俾览者可以明夫得失之故矣。①

朱氏收罗详备，既有对明代士风、阉党之祸、门户之争、山河破碎的历史关照，也有对遗民等节义之士事迹与心志的表彰，以补史乘不及。《静志居诗话》卷十六"范凤翼"条目即属后者，曰：

> 公在吏部，以用贤远奸为己任。有一君子，必亟进之，如顾端文、高忠宪是也。有一小人，必亟退之，如杨槚、杜麟、牛维曜是也。其见善如渴，见不善如仇，而忌者至矣。以八年里居之官，而罣拾遗之疏；以十七年不入都门之人，而奉削夺之旨。公独处之怡然。所谓"德音不瑕"者与。②

该条目提供了郑玄岳评价范凤翼的宝贵资料，对其耿介清贞的政治操守、光明磊落的人格风范、进贤黜邪的立朝担当颇多赞美之辞。又如陈济生《天启崇祯两朝遗诗》，其《凡例》云："是选以人为重，以节义为主。"③以景仰和悲悯之情存诗，专收明末忠贞之士，以诗存史，表彰节义，以期有补世道人心。卷四收范凤翼诗13题，该书《小传》对其耿介清贞的人格、嫉恶如仇的个性、进退以义的操守，详加叙述，深表感佩。选本或秉持裁定风雅的精神，指向诗歌本身的文学审美，如邓汉仪《诗观初集》选评结合，评《宿焦山海门庵晓望》"思绪清警"，评《泛涨》"全以气行，咫尺间有万里之势"，评《登东昌城楼》"醇雅又高炼，卓然可乘"，评《秋日渡京江》"高典"④云云，只言片语，精辟传神。又王昶辑《明词综》，搜求广博，重视高雅格调，收录范凤翼《减字木兰花·邗江归思》，引王士禛评语曰："勋卿，白狼耆硕。所著小词，旷逈似半山，而风味过之。"⑤王氏重视探寻词人独特风貌，艺术阐

---

①［清］朱彝尊辑录：《明诗综》卷首序，中华书局，2007年，第1页。

②［清］朱彝尊：《静志居诗话》卷十六，人民文学出版社，1998年，第488页。

③［清］陈济生辑：《天启崇祯两朝遗诗》，中华书局，1958年，第45—47页。

④［清］邓汉仪编：《诗观初集》，《四库全书存目丛书补编》第39册，齐鲁书社，2001年，第44页。

⑤［清］王昶辑：《明词综》卷五，《续修四库全书》集部第1730册，上海古籍出版社，1995年，第656页。

发，启人联想，胜于解说，范词之清旷寒冽、悠长风味，扑面而来。具备不同诗学宗尚、审美观念的选家精心选择、鉴赏评点，群体品鉴的结果渐趋客观和理性，删去繁芜，于是诸多选本发挥了淘汰功能，提炼了作家经典之作。范凤翼现存诗歌二千余首，其中《追忆高景逸周蓼洲顾尘客周绵真诸君子》《访沈汀州不遇时值其有新安之行》《宿焦山海门庵晓望》《泛涨》《秋日过焦山海门庵》《减字木兰花·邗江归思》诸篇脱颖而出，以具体视角诠释了诗人诗词的精神意蕴，气体高妙，词旨遥深，磊落清贞的人格操守、真挚深沉的情感内涵、自然入化的表达方式得到了生动体现，这些经典之作成为读者体悟其创作实践、感知其文学审美的方便门径。

第二，从选本收录作者范围来看，对范凤翼作品的选录，既有地方性诗歌总集，如清杨廷撰编《五山耆旧集》二十卷。杨廷撰，字述臣，通州人。"五山"即指通州，因境内五山并峙故有此名。其序曰："吾通肇建后周，宋代名贤迭出，诗始萌芽，迄乎前明，作者林立，人各有集，然散佚者过半矣。"为及时保存、传承地方文献，杨氏收录宋至明末通州作者439人。"若其人介节义行，政事文章，荦荦大者，爰举正史省志，泊家乘别集、志传碑铭、丛谈稗说，品录详覆，备著于篇"①。杨氏《五山耆旧集》旨在搜集、整理通州文献，表彰先贤文学成就，该书选入范凤翼诗作287题，录诗数量位居全书第二，乡邦文献中充分显示了人物在该地文坛的重要地位和深刻影响。（光绪）《通州志》言及范凤翼曰："在官未久，退主北山山茨社，提倡风雅，垂五十年，海内士夫多为之品目。"②范氏广结诗友，频繁唱和，是该地文人雅集的积极倡导者和努力实践者，直接促成了当地文人创作的兴盛，标志着通州地区文人群体的崛起。《五山耆旧集》"范凤翼"条目下附郑三俊《墓志铭》、刘宗周《诸贤纪异》、史可法《范公论》、董其昌《序》、陈仁锡《论》、凌荪《西清馆集》、陈魁文《五山小史》、方震孺《序》、朱长康《集》、俞彦《序》、王士祯词评、《一经堂诗话》等各种文献，详采人物事迹及时贤评议，颇具参考价值。崇祯五年（1632）至崇祯十二年（1639），范凤翼避难寓居金陵，崇祯十年（1637）与郑超宗、杨文骢等结成兰社，崇祯十二年（1639）与黄居中、龚贤等共结白门诗社。优游艺苑，风雅唱和，开创了彬彬之盛、云蒸霞蔚的格

①［清］杨廷撰辑：《五山耆旧集》卷首，道光四年（1824）一经堂刻本。
②［清］梁悦馨等：（光绪）《通州志》卷十二，光绪元年（1875）刻本。

局，对金陵乃至东南文坛艺苑颇具影响。龚贤《寄范玺卿社长》诗曰："十五年前曾拜翁，发如好女朱颜童。秦淮大社坛坫上，百二十人诗独雄。"①名流满座，论文赋诗，范氏堪称中坚，故《金陵诗征》"流寓"条目下收其《夏日避暑清凉山房同史弱翁》《登摄山绝顶》《扬伯访予白门雪后话旧》诸诗。注目全国性诗词总集，编录其作品的有曹学佺《石仓十二代诗选》、王尔纲《天下名家诗永初集》、张豫章《四朝诗》、卓尔堪《明遗民诗》等。范凤翼人品诗格俱高，交游遍布天下，置身广袤的文化活动场域，与当代名卿巨公、诗坛俊彦唱酬不断，诗文笔翰流布海内，文学造诣得到了文坛广泛认可。董其昌曰："诗备诸体不同，而皆发真性情为大雅，格整体严，守之以法律而行之以纪律，有诗如此，可大用于今日。"②俞彦曰："砥柱其间，以存风雅之一脉。"③跻身影响深远的全国性诗歌选集，诸多选本作为独特且重要的传播媒介，反映了当时、后代对其及创作的肯定和激赏。范氏以清正人品和丰富创作赢得声誉，超越了地域和时代，成为明末清初文坛富有意义的存在。

第二节　范凤翼刻书考论

范凤翼清以立身，雅好诗文，万历三十八年（1610）弃官归隐，积极投身文化事业。收藏宏富，勤事丹铅，垂老不辍，刊布了大量图籍，惠及当时，沾溉后世，令人生敬。笔者拟对之进行系统考述。

一、刻书考

笔者现以《南通范氏诗文世家·范凤翼卷》《〈真隐先生年谱〉补注》以及各类地方史志为参考，按照时间先后将范凤翼刻书列举如下：

《经络图说》。天启三年（1623），范凤翼将家藏医学秘籍《经络图书》刊布于众，其《序》言：

> 天有八纪，地有五理，人身有经络，则阴阳之道路、症结之制会，缪刺之大乡导也。人有奇病，必先有奇邪侧于经络之间，良工取之，拙者

①［清］黄传祖辑：《扶轮广集》卷七，清顺治十二年（1655）刻本，南京图书馆藏。
②范曾编：《南通范氏诗文世家》（贰），河北教育出版社，2004年，第235－236页。
③范曾编：《南通范氏诗文世家》（贰），河北教育出版社，2004年，第240页。

疑，殆此之不可不谨禀也。①

此乃经络学说之典籍，为便于读者阅读学习，刊刻之际随书附图加以解说。

《超逍遥草》。一卷，范凤翼撰，崇祯五年（1632）刻，礼部尚书董其昌为撰序，顺治八年（1651）再刻。范氏自序曰：

> 往余三膺朝命，两守山茨，即祸患之中，歌咏不辍，酣寝晏如，自顾区区卒不为荣辱所制，问理《九辩》中语"去乡离家兮，来远客。超逍遥兮，今焉薄"，予所阅历亦若斯焉，因题曰《超逍遥草》。②

该集选诗为四言古风二题，五言古诗十题，七言古诗六题，五言律诗十九题，七言律诗十九题，五言绝句二题，七言绝句九题，共计六十七题。

《山茨振响集》。范凤翼等撰，崇祯七年（1634）刻。范氏万历三十八年（1610）退居乡里，创建了通州山茨诗社。崇祯五年（1632）始避难寓居金陵，崇祯七年（1634）返乡之时，招集同里诗友唱酬。其子范国禄《先府君行述》中言："山茨修社，西林振响，匝两月而去。"③该集收录了是年通州山茨社集诸家诗作。

根据《〈真隐先生年谱〉补注》记载，崇祯十二年（1639），范凤翼于金陵校刻《说庄》《春秋左氏节文》《楚辞解注》《乐府古题要解》《奉法要》《女诫》《尊腰馆寿言》诸书。

《楚辞解注》。著者王氏不详，范凤翼刻。此为楚辞研究著作，文献阙考。

《乐府古题要解》。二卷，唐吴兢撰，该书是现今可考最早的题解类乐府书籍。

> 乐府之兴，肇于汉魏。历代文士，篇咏实繁。或不睹于本章，便断题取义。赠夫利涉，则述《公无度河》；庆彼载诞，乃引《乌生八九子》；赋《雉斑》者，但美绣颈锦臆；歌《天马》者，唯叙骄驰乱躅。类皆若兹，不可胜载。递相祖习，积用为常，欲令后生，何以取正？余顷因涉阅传

①范曾编：《南通范氏诗文世家》（贰），河北教育出版社，2004年，第43页。
②范曾编：《南通范氏诗文世家》（贰），河北教育出版社，2004年，第46页。
③范曾编：《南通范氏诗文世家》（陆），河北教育出版社，2004年，第379页。

记，用诸家文集，每有所得，辄疏记之。（吴兢《序》）①

　　杂采汉、魏以来古乐府辞，凡十卷。又于传记洎诸家文集中采乐府所起本义，以解释古题云。（晁公武《郡斋读书志》）②

全书分为相和歌、拂舞歌、白芝歌、铙歌、横吹曲、清商曲、杂题、琴曲等八类，未作归类杂体俳谐之作四十题，解说详核，体例完备。

《春秋左氏节文》。十五卷，明汪道昆辑。汪道昆（1525—1593），字伯玉，歙县人，有《太函集》。汪氏志在春秋，其《春秋左传节文引》曰：

　　撮居常所脍炙者，省为节文。盖存者五之三，衰者二。大较以经统传，故惟因传引经，义取断章，即离经勿恤矣。三体则取诸真氏，诸品则仿画史，以为差其法则。不佞窃取之，其间往往概见。观者谓是举也，犹旅币之有特达也，戎行之有选锋也。③

汪氏摘录《左氏春秋》中脍炙人口、影响深远的部分，以为津梁，帮助读者领略全书精髓。

《说庄》。三卷，明李腾芳撰。李腾芳，字子实，号湘洲，湘潭人。著《说庄》《李湘洲集》等。《全明分省分县刻书考》著录《说庄》下有"明万历江苏省广陵县范凤翼刊本"④。案，此处记载刻书时间有误。因《说庄》前有秀水包鸿逵万历四十二年（1614）《〈说庄〉序》、长沙庄以临天启四年（1624）《〈说庄〉跋》。庄跋曰：

　　湘洲先生罢官归，声影销寂，士之趋利者争挪揄之。先生顾欣欣然也，日与门人子弟说经说史，滋及百家之冗博，二氏之幻渺，古今文字诗律之法度，随其舌根，莫不电掣云奔，波翻澜竖……以临从门人子弟后，录得《说庄》《说楞严》二种归。⑤

由此可见，《说庄》为庄以临所录李腾芳家居讲学之作，成书当在天启四年（1624）之后，定无范凤翼万历年间刊刻此作之说，当以崇祯十二年

---

①［唐］吴兢：《乐府古题要解》，《四库全书存目丛书》集部第415册，齐鲁书社，1997年，第1页。

②［宋］晁公武撰，孙猛校证：《郡斋读书志校证》卷二，上海古籍出版社，1990年，第96页。

③［明］汪道昆：《太函集》卷二十三，《续修四库全书》集部第1347册，上海古籍出版社，2002年，第73页。

④杜信孚、杜同书编：《全明分省分县刻书考·江苏家刻卷》，线装书局，2001年，第58页。

⑤方勇：《庄子学史》，人民出版社，2008年，第680页转引。

（1639）为是。

《女诫》。一卷,汉班昭撰。东汉女学者班昭,把散见于先秦古籍和汉儒著作的有关妇德女教观念加以总结,使之系统化、理论化,成为封建社会中女性道德说教的权威教科书。此书对女性思想情感、言行举止做出具体完整的规定,强调男尊女卑、夫尊妇卑、公姑尊子妇卑,要求以"卑弱""敬慎""曲从"为立身准则,对女性提出"德""言""容""功"的道德要求。

《尊腰馆寿言》。二卷,其中《七十寿言》一卷、《八十寿言》一卷,卷前分别有"天启三年癸未九日武林年家晚生黄汝亨"序、"崇祯丙子仲春年家晚生郑三俊"①序。万历三十六年（1608）,范应龙拜直隶庆云县令,著有民誉,因子范凤翼官吏部,为引嫌辞膻,辞官归里,筑尊腰馆,以诗趣颐养天年。范应龙万历四十一年（1613）七十寿,天启三年（1623）八十寿,大江南北缙绅学士以诗文相贺。《七十寿言》收录叶向高、朱国祚、李维桢、焦竑等8人文,丁元荐传,钱良胤词,朱国祯、顾起元、陈继儒、高攀龙、安希范等33人贺诗。《八十寿言》收录朱国祯、高攀龙、钱谦益、顾起元、陈继儒、朱一冯、何栋如、汤有光文,叶向高、董其昌、李维桢、袁中道、黄汝亨、马士英等140余人诗文,均为范凤翼的仕宦朋旧和唱酬文友,多篇著者别集不存。

《奉法要》。此乃佛教义理选本。范凤翼《小引》曰:"爱禅燕中,拈出北齐颜居士《归心篇》,合近日莲池上人《戒杀文》,命工绣梓,题曰《奉法要》,取其简要,初学易于奉行。"②是书合《归心篇》《戒杀文》而成。颜之推《归心篇》曰:

> 三世之事,信而有征,家世归心,勿轻慢也……原夫四尘五荫,剖析形有;六舟三驾,运载群生;万行归空,千门入善,辩才智惠,岂徒《七经》、百氏之博哉?明非尧、舜、周、孔所及也。内外两教,本为一体。③

颜氏糅合儒释,宣扬佛教三世轮回、因果报应,劝人皈依。莲池上人,明代高僧,著《戒杀文》,苦心谕世,具体为生日、生子、祭先、婚礼、宴客、祈禳不宜杀生之劝。屠隆《〈戒杀放生文〉序》评曰:"极陈因果之理,广宣大悲

---

① ［明］叶向高等:《尊腰馆八十寿言》,启祯年间刻本,国家图书馆藏。
② 范曾编:《南通范氏诗文世家》（贰）,河北教育出版社,2004年,第59页。
③ 王利器:《颜氏家训集解》第十六,中华书局,1993年,第364－368页。

之教，剔幽章显，援古证今，文义蔚畅，情辞痛切，可谓提醒梦呓，砭针膏肓矣。"①文字可见蔼然仁者，慈悲胸怀。

《清流摘镜》。六卷，明吴岳辑，崇祯十三年（1640）范凤翼刻。吴氏从尚未完成的野史著述中摘录明末党争相关内容加以编纂，起于局始甲子（1624）夏，止于局终丁卯（1627）秋，探究党祸起源与危害，以作时人前车之鉴，故名"摘镜"。该书卷首大樗山人序云：

> 畴昔士大夫穴斗，动曰清流，曰玄黄，濒岁以来，阳剥阴销，蔓抱□绝，而碧藏行牢，杵漂西市，何其言之惨也！然吾不以咎薰腐，何也？逆珰之时内用外，故内侧而外仆，天启之季外用内，故内烬而外未蘦息，此其彰明较著者也，是缙绅杀缙绅也。然吾又不独咎发难诸绅，何也？偏锋独往，操其炎隆，加膝堕渊，崇其郁怒，方其螳奋家国之间，鼠薰城社之窟，酸咸失谐，玉石同焦，是缙绅之杀，亦诸缙绅自激成也。②

"清流"原指志行高洁的士大夫，吴岳此书对之颇有微词，隐射以"清流"自诩而拘守门户、激起党争之人。该书六卷，分为党祸根源、党祸发端、特旨处分、特疏纠弹、守正诸臣、建祠诸臣。

《范玺卿诗集》。二十一卷，范凤翼撰，崇祯十三年（1640）刻。《〈真隐先生年谱〉补注》记曰：

> 先是同宗司马（范景文）请汇刻先生诗集，先生以他故辞，司马任之。会司马罢官丧子，因属三山人主其事。司马及前大学士何如宠、礼部侍郎钱谦益、光禄少卿俞彦、提学佥事王思任、御史方震孺为之序。③

三山人为虞山俞明良、延令周嘉胄、秣陵张文峙。诸人全面收集整理范氏诗作，依次收录乐府、三言古、四言古、五言古、七言古、五言律、七言律、五言排律、六言排律、七言排律、五言绝句、六言绝句、七言绝句、九言诗、词。

《行盐定例》。《〈真隐先生年谱〉补注》载，崇祯十七年（1644）："四镇分

①［明］屠隆：《栖真馆集》卷十，《续修四库全书》集部1360册，上海古籍出版社，2002年，第427页。
②谢国桢：《晚明史籍考》，华东师范大学出版社，2011年，第184—185页。
③范曾编：《南通范氏诗文世家》（壹拾捌），河北教育出版社，2004年，第207页。

藩,督师史可法割通州于千里之外以补,刘泽清渔利虐民,知州李邺助其恶,搜刮鱼盐,丈量沙课,额外横征,人不堪命。先生言于镇帅郑胤昌,曲寝其事,地方赖以少安。"①通州为滨海之地,辖管六盐场,为保证中央财政收入,同时维护灶户利益,避免征收无度、肆意盘剥,范凤翼遂刊刻运销食盐的法律条款,以为准则。

《范勋卿文集》。六卷,范凤翼撰,顺治八年(1651)刻。其《复苍雪师》述及此事:"今拙集将合前后而刻之,须其成,当先以请教。"②首有范景文《序》、钱谦益《〈范勋卿文集〉序》、王思任《〈范玺卿集〉序》、冒起宗《〈范勋卿全集〉序》,分别收入疏、序、传、启、书、议、题跋、行状、墓志、像赞、祭文、问、募疏十三种文体。

《范勋卿诗集》。二十一卷,范凤翼撰,顺治八年(1651)刻。在《范玺卿诗集》基础上增新补遗,重新付梓。原集卷数、篇目、编排基本未作改动,补充了大量崇祯十三年(1640)至顺治八年(1651)之间的诗歌创作,极大丰富了传世作品。

《真隐寿言》。十六卷,收录各界为范凤翼贺寿诗文。《〈真隐先生年谱〉补注》载,顺治十一年(1654),"先生七十诗文(寿言)多至三千余首,选其尤者分为十六卷,包虞部壮行序之。行有《八十诗文(寿言)》之刻"③,直观显示了范氏的各界交往和社会影响。

《续诗集》。三卷,范凤翼撰,顺治十二年(1655)刻。卷首有郑三俊《序》,其子范国禄《〈先大夫续刻诗〉跋》曰:"痛哉,此先大夫壬辰以后所为诗也。乙未春暮,结静播芳馆,一日,呼小子禄而命之曰:'近日诗不多,试缀次之,其以授诸梓。'禄受而卒业。"④《续诗集》收录了范氏顺治九年(1652)至顺治十二年(1655)之间诗作,托付其子编订,离世前夕刻成。

《历代诗选》。范凤翼编,刻年不详。范氏在《〈汤慈明诗〉序》中梳理历代诗歌发展演变,对当代诗坛请托借重、趋名逐利之举,寡情猎奇、模拟蹈袭之作颇为不满。文曰:

　　　　其在于今,游人词客蹑屧通都,怀刺朱邸,托行卷以代贽,借援书

---

①范曾编:《南通范氏诗文世家》(壹拾捌),河北教育出版社,2004年,第225页。

②范曾编:《南通范氏诗文世家》(贰),河北教育出版社,2004年,第112—113页。

③范曾编:《南通范氏诗文世家》(壹拾捌),河北教育出版社,2004年,第256页。

④范曾编:《南通范氏诗文世家》(陆),河北教育出版社,2004年,第229页。

而市重，但期作炫时之奇货，不解雇大雅之刑章，故材以取办俄顷为捷，句以生涩入俗为新，学以恒饤故实为博大，恶知性情为何物哉？①

其诗论表现出涵咏性情、以自然为贵、人品决定诗格的价值取向，所刻《历代诗选》是其诗学思想的集中体现，意在表彰历代诗歌典范，为时人创作提供富有意义的借鉴，以清除现实诗坛流弊，促进文学健康发展。

《法帖》。范凤翼编，刻年不详。范氏具有多元文化艺术修养，长于诗文，工字学，"原本六经，疏通八代，缵三唐之烈，传二王之神"（《先府君行述》）②。他与董其昌、焦竑、米万钟、王思任、陈继儒、林古度、黄汝亨、曹学佺、文震孟等书界名流享誉一时。范氏悉心临摹前辈书法，又与时贤研习切磋，转益多师，融会贯通，自成一家，声名远播。《法帖》是其根据自身审美要求，选择、编排、刊刻的名家书法合集。

二、刻书论

范凤翼集藏书、著述、校勘、刻印于一身，坚守传统士人良知与责任，锲而不舍，刊刻流布珍帙。作为优秀典范，标志着明末清初私人刻书的全面繁荣，并体现出了独特之处，分述于下：

1. 沉潜传统学术，鼓励研究创新。范凤翼夙慧勤学，博极群书，万历二十七年（1599）授直隶滦州知州，适闻有"金宝坻、银滦州"之言，辞富甘贫，不求闻达，上《改教疏》。文曰："臣自念少年愚陋，尚愧才能未练，分宜恬退以图学仕，乃其本怀。"③遂改授顺天府教授，以传道授业解惑为职志。万历三十八年（1610），范氏急流勇退，远离政治斗争，回乡隐居，沉潜学术，讲学不辍。其学术造诣感召之下，四方学士云集，相与发明孔孟学说。范凤翼敬畏经典，对六经、《庄》《骚》等传统典籍推崇备至。现以《左传》为例：

> 《春秋》为经，《左史》为传。仲尼笔削旧史，左氏亦笔削旧史。说者谓仲尼作《春秋》，游、夏不能赞一辞；愚谓左氏作传，即游、夏亦未得赞一辞也。《春秋》为仲尼孤行之书，《左传》亦丘明孤行之书也。

将《左传》与《春秋》时时对列，处处并举，推崇其为学人君子必读之书。

①范曾编：《南通范氏诗文世家》（贰），河北教育出版社，2004年，第51页。
②范曾编：《南通范氏诗文世家》（陆），河北教育出版社，2004年，第385页。
③范曾编：《南通范氏诗文世家》（贰），河北教育出版社，2004年，第1页。

捍卫经典也成为范氏义不容辞的责任,其时京山郝楚氏删《左传》为《新语》,且言:

> 堂堂不足而鼎鼎有余,其纵横不如《国策》,扬摧不如《庄周》,汪洋不如《史迁》。叙事纡曲,装缀细琐而时或散漫不收,修饰边幅而跼蹐伤气,牵帅附会而浮夸伤理。

对其非经毁圣之言行,范凤翼颇为不满,加以严厉批驳:

> 由郝氏之言观之,是亦昔人《左氏膏肓》、柳氏《非国语》之意。夫江河之腐胔不可胜数,然祭者汲焉,大故厌左氏之脂髓而拾其小疵,犹酌江河而疑其秽浊也,岂可乎哉?①

范氏及时关注当代学术动向,指出郝楚氏以偏概全、因小失大之弊,因此刊刻《春秋左氏节文》以匡补学界认识偏颇,具有积极的现实意义。

范凤翼鼓励学术创新,独出心裁,研讨学理,往往能发前贤所未发。他教导后学朱长康曰:"当从学字中间爻字中间虚字做工夫。"②对学术沿袭因陈甚为反感,对无所依傍、别立新意之作激赏不已。他评王氏《楚辞解注》曰:"以其削训诂注疏而独存本来面目,令人各从一见入,是读《离骚》之法也,是读书之法也。"③虽然王氏之作今日不得而见,据范氏所撰《〈楚辞解注〉序》,可窥其大旨。此书删除了历代《楚辞》研究繁琐的训诂注疏,以简洁明快的方式对全书进行宏观把握,留给读者涵咏思考的空间。王氏《楚辞解注》独树一帜,范凤翼刊刻是书,为学者研习提供了富有新意的借鉴和参考。

2. 精审刻书底本,提高刊刻质量。范凤翼具备深厚的学术素养,同时致力博求,家藏丰富,为刻书校勘提供了资源和保障。在广泛阅读的基础上,精选刊刻版本。他对乐府研究著作如是考量:"第感世道之升降,分作者之贞淫,而学古叙事,摹拟任心,舛驳相沿,逗漏半属,令读者茫然而弁髦置之,鲜有能订其讹疑、畅其本旨者。"所刻吴兢《乐府古题要解》保存和发掘了较多汉乐府古题资料,分析渊源流变,条目分明。范氏击节叹赏:"不

---

①范曾编:《南通范氏诗文世家》(贰),河北教育出版社,2004年,第35—36页。
②范曾编:《南通范氏诗文世家》(贰),河北教育出版社,2004年,第230页。
③范曾编:《南通范氏诗文世家》(贰),河北教育出版社,2004年,第40页。

翅阴霭之日，夜行之烛，千年暗室之一灯也。"①同代出版家毛晋在《〈乐府古题要解〉跋语》也盛赞曰："捃摭乐府故实，与正史互有异同，真堪与《国史补》并垂不朽。"②两家评说不谋而合，是书价值自不待言。范氏不仅传存文化典籍，还辨章学术，考镜源流。其《重刻〈说庄〉序》曰：

> 古今注《庄子》者无虑数十家，言人人殊，大都以向、郭为宗，子玄而外，则吕吉甫《注》、李元卓《论》、褚伯秀《管见》、罗勉道《循本》独著；其著《内篇》者王元泽、赵以夫也；著《外篇》《杂篇》者刘概也。或褅《内篇》，或桃《杂篇》《外篇》，以下无讥焉，则弱侯所云断断乎非蒙庄不能作也。

范氏穷辑文献，条析《庄子》研究历史、优劣得失，陈述刊布李腾芳《说庄》之缘由曰："庄生不得已而有言以折百氏之纷纶，故其言连编而不伤；先生不得已而有说以剖诸家之同异，故其说大通而无碍，则谓先生之说庄为众说郛也可。"③赞赏李氏摆脱拘执、大通无碍之解说方式，胸中有脉络，眼中有全书，序中的学术评价，屡见真知灼见，为后学选择版本、领悟深意提供了便利。

范凤翼与著名藏书家交往密切，《扫叶楼集》中曰："江宁黄居中，家构千顷堂，藏书极富，慕其（龚贤）名，因结诗社于秦淮。一时名隽若郑千里、范玺卿、朱元卫、张隆甫等，迭主坛坫，争相引重。"④需要注意的是，范氏崇祯十二年（1639）校刻《说庄》《春秋左氏节文》《楚辞解注》《乐府古题要解》诸书，时寓金陵，频繁的名流雅集，丰富的文化活动，品评书籍为题中应有之义。在精选版本的基础之上，范凤翼校勘严谨审慎，如医籍刊刻差之毫厘，失之千里，必须确保精确无误。为了付梓《经络图说》，"排缵载四，正讹究微"⑤，刻苦钻研，铅黄不辍，反复校正，再三比对，不容丝毫误差。同时，还与名士共同考订，追求精品，如《春秋左氏节文》之刻，与饱读经传之王从龙，"疑义共析，生面重开"⑥，相与分校，订讹析谬，严加校雠，方付梓刊布。

---

①范曾编：《南通范氏诗文世家》（贰），河北教育出版社，2004年，第41页。
②［唐］吴兢：《乐府古题要解》跋，《四库全书存目丛书》集部第415册，齐鲁书社，1997年，第15页。
③范曾编：《南通范氏诗文世家》（贰），河北教育出版社，2004年，第37—38页。
④［清］潘宗鼎辑：《扫叶楼集》，民国十八年（1929）铅印本，第109页。
⑤范曾编：《南通范氏诗文世家》（贰），河北教育出版社，2004年，第44页。
⑥范曾编：《南通范氏诗文世家》（贰），河北教育出版社，2004年，第36页。

明代嘉靖以后,刻书粗制滥造、妄自删削之陋习大盛。如此时风下,范氏刻书具有高度的责任感,体现了学者的识力和严谨,悉心甄别,精心校刊,多正讹补脱之功,为学界提供了可靠的文本依据,以传先哲之精蕴,启后学之困蒙。

3. 推崇诗文传世,促进风雅振兴。范凤翼雅好诗文,推举其为无穷之盛事。其《王宛委大将军〈狼五山赋〉引》曰:

> 魏文帝之言曰:"年寿有时而尽,荣乐止于其身。二者必至之常期,未若文章之无穷。"而吾谓以文章与年寿,荣乐较盛衰犹浅也,天地间至无穷者莫若山海,而山海有崩竭,文章无崩竭也。尝试读平子、太冲诸人所著赋中所载诸名胜,以今按之,大半灰飞烟灭,无复存焉者,而诸名胜乃藉赋以流传至今。[①]

万物迁化,诗文不朽,因此寄身翰墨,见意篇籍。范氏命运多舛,辞官归隐,行走林泉,吟咏不绝。诗文忧念社稷,关心民瘼,吟赏烟霞,感伤身世,题咏书画,记录雅集,不一而足。强烈的抒情、多元的内容、流畅的表达,陆续结集为《超逍遥草》《范勋卿诗集》《范勋卿文集》《续诗集》等。诗以言志,言为心声,记录了明末清初特殊历史语境中文士现实生存的悲欢离合、心志沉浮。

晚明诗歌成为诗人自我生存方式的同时,更是社会交往的途径。范凤翼提倡风雅,致力于与志同道合者交游结社,在艺文领域实现自我价值和生命意义。辞官归隐之后,创建山茨诗社,该社以通州本土文人为主,同时兼及各地文学名流,形成了彬彬争盛的地域文坛创作格局。崇祯七年(1634),编纂社集诗作,刊布《山茨振响集》,希冀留存文献,努力提升诗社知名度和影响力。又,避难寓居金陵时期,其社会威望、人格操守、艺文素养,赢得文人、画家的拥戴,推为盟主。诸文士投其门下,把酒论文,共振风雅。崇祯十二年(1639),与黄居中、郑千里、范玺卿、朱元卫、张隆甫、龚贤、顾梦游等人结为白门社。顾梦游《寄寿范异羽先生八十》诗赞曰:"汉室才名尊董贾,文章老去更无前。瓢笥岁岁分同社,梨枣家家手一编。后起眉山仍绝代,别留心史待他

---

①范曾编:《南通范氏诗文世家》(贰),河北教育出版社,2004年,第52页。

年。绿阴清昼赓家庆，新句应将洛纸传。"①诸人以诗词文艺相切磋，以道德气节相砥砺，活动频繁，群星璀璨，创作活跃，刊刻的结社吟唱丰富了明代文学成果，成为考察诗社活动、群体交往、士人心态的重要文献。

4. 关注现实政治，重视人伦教化。范凤翼关注国计民生，纂辑刻印书籍，始终体现了经世致用的思想。晚明党争激烈，"君子小人互相搏击，置君国而争门户。驯至于宗社沦胥，犹蔓延诟争而未已"②。范氏作为正直、具有社会良知的文人士大夫，目睹党祸之害，反对党同伐异、相互倾轧，刊刻吴岳《清流摘镜》表达政治观点，该书与其不立门户、不附党争的政治态度相一致。范氏《祭高忠宪先生》中曰："予家食廿余年，足不履户外，顾与先生邮筒往来无虚日。予每于时事之大者独谓诸君子之过激为非。"③刊印此书，可谓旗帜鲜明地表明了政治立场，以期当政引以为鉴，具有现实意义。范氏宦海沉浮，退居林下，却一如既往地关注现实，感念苍生。他刊刻家藏《经络图书》时曰："镂板以分天下之为医者，而并以告天下之医国者，盖以愿吾亲者而愿吾君，亦草野贱臣无从洒其热血而托之乎仅仅云而。"兴邦救国之道巧妙地托于医术加以言说：

> 腥膻扇虐，跋扈蜂起，守臣鼠窜猋骇，若卢医之却走，而不知病在支节，汤熨可及也；若群奸设阱，浮议浸淫，清流党锢，贤士无名，则病在血脉矣，然针石可及也；政本之地为中正决断之官，若见佞而眸如水、闻忠而耳似聋，或壹意庇邪而以阴鸷暗滋其凶慝，或百计丑正而以媢嫉渐削其真元，则病在肺肠矣，然酒醪之荡涤、乌附之劫剂，积结亦未始不可通也；权归妇寺，则病在骨髓，渐成夭昏，净府塞鬼门开矣，此不从支节，不从血脉，直从肺肠，日久纳邪之所驯致治之，不可不早治也。④

鞭辟入里，譬喻生动，对症下药，切中肯綮，精警绝伦，刻书中对现实政治的密切关注体现了一以贯之的忧国忧民情怀。

①［清］顾梦游：《顾与治诗集》卷六，《四库全书存目丛书补编》第1册，齐鲁书社，2001年，第58页。
②［清］永瑢等：《四库全书总目》卷一百七十二，中华书局，1965年，第1513页。
③范曾编：《南通范氏诗文世家》（贰），河北教育出版社，2004年，第188页。
④范曾编：《南通范氏诗文世家》（贰），河北教育出版社，2004年，第43—44页。

范凤翼居乡标杆德育,力倡人伦教化,褒扬女性嘉言懿行,树立道德楷模。这是由于清醒意识到女性调节家族人伦关系、维护社会稳定的关键作用,"女之有士德者子孙率之可安国家也","女德关乎国运,圣人得不重其教乎"。因此普及乡邦女性教育,广泛传播女教读物,责无旁贷。"余居乡虽无治人之责,而不敢不述教人之道,较镌曹大家《女诫》以贻我父老子弟,使训其内,俾窈窕淑女皆能宜其家室,比屋可封"①。女教读物的接触、阅读中,封建传统文化中的"三从四德"潜移默化为女性内在的价值取向和道德观念,这是范氏刊刻《女诫》的心理期待。

5.涵盖诸多门类,强调文化传播。范凤翼刻书共计19种,数量在《全明分省分县刻书考·江苏家刻卷》中仅次于毛晋,居于冯梦龙、陈仁锡、焦竑、王世贞之上。同时,刊刻内容丰富,涵盖经、史、子、集四部。经类,如《春秋左氏节文》等;史类,如《清流摘镜》等;子类,如《说庄》等;集类,如《范勋卿诗集》《范勋卿文集》《山茨振响集》等,具体涉及政治、历史、文学、书法、法律等,这在明代家刻中实属罕见。其中医学和宗教之书的刊布值得关注,顺治三年(1646),范凤翼七十岁开始逃禅,皈依佛教,恭奉佛事,日与高僧论佛讲理。

> 数十年间,逍遥林下,半托足于空门,大而丛林,小而净业,缔造者既多,劝相者亦不少。感性命之学,雅不以佞佛为名;念利济之功,慨然以护法为任。(范国禄《准提庵小疏》)②

出于宗教普度目的刻《奉法要》,其《小引》曰:"初学人信根摇□,则菩提之树难栽;杀业纠缠,则地狱之门难出。惟此懵愚,良堪悲悯。"③以简要内容帮助初学者领悟义理,坚定皈依,可见明末师心禅悦的精神信仰对文人群体的渗透。范氏身体羸弱,寄命药饵,尝肆力于折肱家言,故精通医术。《黄帝内经》言:"经脉者,所以能决死生,处百病,调虚实,不可以不通。"④经络学说乃中医诊断和治疗之本,天启三年(1623),范氏将秘藏医书《经络图说》镂板以示天下,化一己之私有,为传世之佳椠。医学文献不

---

①范曾编:《南通范氏诗文世家》(贰),河北教育出版社,2004年,第42页。
②范曾编:《南通范氏诗文世家》(陆),河北教育出版社,2004年,第284页。
③范曾编:《南通范氏诗文世家》(贰),河北教育出版社,2004年,第59页。
④《黄帝内经》下《灵枢》卷三,中华书局,2010年,第955页。

仅凝聚了医家理论和实践成果，还是传播医学知识不可或缺的载体。珍贵文献赖以保存流传的同时，更普及医学，沾溉普天百姓，功德无量。

我国古代素来重视图书收藏和知识传播，明代更是图书出版业发展的鼎盛时期，官刻、坊刻、家刻蓬勃发展，欣欣向荣。随着市民阶层的壮大、市井文化的勃兴，为获取丰厚商业利润，迎合市民审美趣味的小说、戏曲读本占据了图书市场的重要份额，题材的通俗化和运作的商业化十分突出。明代叶盛曰：

> 今书坊相传射利之徒伪为小说杂书，南人喜谈如汉小王光武、蔡伯喈邕、杨六使文广，北人喜谈如继母大贤等事甚多。农工商贩，抄写绘画，家蓄而人有之；痴騃女妇，尤所酷好。[1]

陆容亦有同感，曰：

> 今所在书版，日增月益，天下古文之象，愈隆于前已。但今士习浮靡，能刻正大古书以惠后学者少，所刻皆无益，令人可厌。[2]

范氏表现出与流行截然不同的价值取向，刊刻"正大古书"，以文化传承为己任，不涉商业谋利，不刻畅销图籍，重视刻书的文化属性和学术品格。以学者的深厚底蕴和卓越眼光，捍卫传统经典，鼓励学术创新；以文人的敏捷才思和纵横手笔，辛勤笔端耕耘，流播文学创获；以朝臣的社会责任和救世情怀，关注国计民生，服务社稷发展，刻书表现出丰富独特的内涵。

尤为难得的是，范凤翼厄于朝又困于乡，财力始终并非宽裕。崇祯三年（1630）遭遇民变，财物被抢劫一空，家人流离失所，惨不忍睹。顺治八年（1651）刻《超逍遥草》，序曰："顾余近苦贫病，无力刷全集以奉知交，乃曹公能始为海内宗工刊《十二代诗选》，中有余此一卷……余以其简略、便于酬答印正，故遂自剞劂以行。"[3]其《复钱牧斋》中贺祝钱氏古稀之寿时，亦述及自身经济窘境："歙州十年以来，小人做生意及吏书等，无不致富，惟乡绅及世家有余资者今转奇穷，弟亦屡空到骨。"[4]由"屡空到骨"可见财力相当吃紧，如此情形下，犹能铅椠不辍，广敷文教，以一己之力刊刻类型众多的

①［明］叶盛：《水东日记》卷二十一，中华书局，1980 年，第 213—214 页。
②［明］陆容：《菽园杂记》卷十，中华书局，1985 年，第 129 页。
③［明］范凤翼：《励卿集》一卷，顺治八年（1651）刻本，山东大学图书馆藏。
④范曾编：《南通范氏诗文世家》（贰），河北教育出版社，2004 年，第 114 页。

文献典籍。虽然其刊刻数量不够宏富,但具有自觉强烈的文化传承意识和社会责任担当,表现出对保存和传播文化遗产矢志不渝的热情、孜孜不倦的努力、全力以赴的投入,为地方教育事业和社会文化传播作出了贡献,在明末清初出版史上理应受到更多关注。

第三节　范凤翼非"东林人物"辨

范凤翼正道直行,刚正不阿,其耿介清贞的政治操守、光明磊落的人格风范堪为清流士大夫之表率。冰心铁骨,少具公辅之望;辟邪推正,宿许衡铨之刓。明末黑暗复杂的政局中,其一生命运与党争无可避免地产生了紧密关联,被时贤后彦普遍视为东林人物。杜退思曰:"东林山斗望,中有范凤翼。"①(《范太蒙凤翼》)孙居相言:"公忠清正,吾党推为第一流人。"②阉党公布的《东林朋党录》中列其为"东林协从"③,邓之诚喻之为"东林眉目"④。范凤翼"东林人物"之称是否名副其实,值得商榷。笔者拟细致辨析其与东林党的关系,以澄清事实,还原真相,并对人物进行恰如其分的历史评价。

一、政治作为

范凤翼为宋代范仲淹直系后裔,家学渊源,夙慧勤业,万历二十六年(1598)进士。与先祖"先天下之忧而忧,后天下之乐而乐"的担当精神一脉相承,具有亟亟救世的社会责任、致君尧舜的政治热情、刚正不阿的人格操守。

第一,居庙堂之高:东林以道德济世;范氏以实干报国

传统价值观念审视之下,晚明朝政处于极端失范之境地,东林诸子强调道德济世,并视作唯一依据和手段,投入到道德文化、政治法律秩序的重建。诸子以道事君,重视儒家道德上的严格标准和绝对权威,严辨是非善恶、忠奸正邪,以恢复君臣父子之纲常、祖制成宪之规范,拯救时艰,实现救

---

①张其淦:《明代千遗民诗咏》二编,《清代传记丛刊》第66册,台湾明文书局,1986年,第657页。
②[明]叶向高等:《尊腰馆八十寿言》,启祯年间刻本,国家图书馆藏。
③不著撰者:《东林朋党录》,《四库全书存目丛书》史部第107册,齐鲁书社,1997年,第711页。
④邓之诚:《清诗纪事初编》卷四,上海古籍出版社,2012年,第511页。

国淑世的理想。遗憾的是，以形而上学的道德意义代替一切，"没有办事的实力"①，对朝政腐败、国库空虚、边警迭现、经济萧条、民不聊生等社会危机，缺乏具体有效的方针对策，远未达到挽救国难的预期目标。"道德理想与政局错位，最终除获得盛誉之外，一事无成"②。国家治理中，东林诸子理想豪迈，作为空洞，坐而论道，毫无建树，功效甚微。范凤翼立朝尽忠职守，正气凛然，革除时弊，脚踏实地，勤于本职，解决了众多实际问题，才能出众。万历三十五年(1607)，沈一贯被参罢相，礼部侍郎李廷机入阁，是人为沈一贯门生，人多疑之。曹于忭、王元翰、姜士昌等交章劾之，皆被严旨。如此情势下，范凤翼撰《摘发权奸疏》继之，揭发朱赓、李廷机招权纳贿、私相授受之罪状。文中言及朱氏曰：

> 既盗天下之权，滴水不漏，方且从容谈笑自以为庸。庸以用权而权重，庸以混权而权藏，使我皇上不见其权而见其庸，使天下见其庸而不见其权，真古来大权奸矣。

又摹李氏之趋炎附势，曰：

> 见政府权贵书至，则不胜骨软筋麻，蝇趋狐媚；见正直司官聂云翰、田大年、王编、郑友周等，疾词戾色，全无人理；见刘宪宠、张嗣诚等，则不胜眉开眼笑，猫鼠同眠。③

范氏嫉恶如仇，无私无畏，权奸之神态，刻画生动，宛然目前。该疏一针见血，意气淋漓，一时广为传诵，表现出撰者高度的政治责任感和强烈的谏臣意识。万历三十七年(1609)，担任户部主事，管南新、济阳二仓。时各仓因阴雨致湿，渑烂之米多至六十万石，于是代户部尚书赵世卿上《酌放军粮疏》。他一面请兵部出示严禁，不许喧嚣，一面约各仓出告示云："尔营军皆世受恩养，今各仓亦必仰体皇上天恩，酌议每月原一石，今许预支两月，湿少干多，又许向通州仓运来干米二十万至京仓，作将来之饷。"设预支之条，立调和之法，军士无哗，六十万石渑烂之米因此保全无损。随后，"乞速敕下二部将各仓墙垣、顶盖致阴雨者，即当鸠工修理"④。力清夙弊的同

---

①谢国桢:《明清之际党社运动考》,上海书店出版社,2006年,第45页。
②罗宗强:《明代后期士人心态研究》,南开大学出版社,2006年,第471页。
③范曾编:《南通范氏诗文世家》(贰),河北教育出版社,2004年,第7—8页。
④范曾编:《南通范氏诗文世家》(贰),河北教育出版社,2004年,第14页。

时,重视从源头解决问题,整修墙屋,以彻底杜绝后患。同年五月,因政绩卓著调吏部验封司主事。"管册库,题参假印假官缪樻等,人服其神"①。八月,调考功司主事,以登进贤士、维持善脉为己任。荐举卓异陈道亨、毕自严、张铨等,知人善任;察处贪墨杨樻、杜廪、牛维曜等,不徇私情。万历三十八年(1610)正月,调文选司主事,先后推顾宪成、高攀龙、丁元荐等数十人。范氏任职吏部,独具眼力,辟邪推正,咸得其宜,深孚众望。叶向高曰:"毅然以挽回世风主持公道推毂贤士大夫为己任,侃侃发舒,不少避忌。于是海内之名流硕彦翕然归心吏部。"②高攀龙赞之"旧铨冰鉴"③,史可法叹称"以一君子为众君子之津梁"(《范公论》)④。其精于衡鉴的才能、扶振纲纪的作为,于此可鉴。

第二,处江湖之远:东林心忧君国;范氏改善民生

晚明国事日非,以顾宪成、高攀龙为代表的清流士大夫退处林野,讲学东林,以程朱理学救王学末流空谈性理、凌空蹈虚之弊,提倡经世致用。

> 水间林下,三三两两,相与讲求性命,切磨德业,念头不在世道上,即有他美,君子不齿也。(《小心斋札记》)⑤
>
> 居水边林下,志不在世道,君子无取焉。⑥

东林诸子具有强烈的现实关怀,以天下为己任,以世事为己念,清议国政,形成了震惊朝野的舆论中心和声势浩大的政治势力。万历三十七年(1609),内阁缺员,廷议淮抚李三才入阁,遭到浙、昆、宣三党交攻,谤议纷然,朝端聚讼,此起彼伏,数月不止。顾宪成贻书辅臣叶向高、吏部尚书孙丕扬为之延誉、辩护,招致"出位妄言"的批评。东林诸子裁量人物,讽议国事,干预政治,虽不乏关怀生民的善举,但远不如忧念君国之迫切。范凤翼退居林下,自觉疏离朝政,未踏京都一步,未预朝政一事。全身投入地方事功,以乡邦利弊经怀,为民舒困解危。"郡中诸钜务,恒藉翼一言为解"⑦。

---

① 范曾编:《南通范氏诗文世家》(壹拾捌),河北教育出版社,2004年,第67页。
② [明]叶向高等:《尊腰馆八十寿言》,启祯年间刻本,国家图书馆藏。
③ [清]邹漪:《启祯野乘二集》卷四,《四库禁毁书丛刊》史部第41册,北京出版社,1997年,第318页。
④ 范曾编:《南通范氏诗文世家》(贰),河北教育出版社,2004年,第247页。
⑤ [明]顾宪成:《顾端文公遗书》卷十一,《续修四库全书》子部第943册,上海古籍出版社,2002年,第185页。
⑥ [清]张廷玉:《明史》卷二百三十一,中华书局,1974年,第6032页。
⑦ [清]梁悦馨等:(光绪)《通州志》卷十二,光绪元年(1875)刻本。

江北四府征倭军饷增至四万余金，倭除十余年而饷不除，为奸胥揽入私囊。万历三十九年（1611），范凤翼请于总河署漕督刘公士忠，"始得蠲征"①。万历四十六年（1618），行盐议起，岁派州民万金。范氏力争之，其《与袁盐道书》曰：

> 敝州僻处滨海，煮盐为业，穷年经卖，升斗无多，担入各户，百姓安生。此自太祖高皇帝定法以至于今。今行令商贩盐资，无端欲使百姓上九千七百金。不知本州人丁粮尚且多不至此，地方非尝惊乱，何以当之？弟与公为同年道义之交，敢以公议关切，万乞台见垂察，必将乍所行文一笔勾之可也。②

经由全力周旋，"寻报罢"③。范凤翼桑梓情深，利用人脉与声望与各级官员周旋来往，上书言事，为民请命，蠲除秕政，造福一方，如此义行，不胜枚举。同时，范氏居乡标杆德育，砥砺风习。崇祯三年（1630），通州苏如辙等率众鼓噪，焚劫百家，虎冠择食，阖州涂炭。范氏《乱案揭帖》中描述了举家惨状："房屋被焚，财谷被抢，子、媳尸棺被焚，家人被杀，一身奔窜，百口流离。"④世道攸关，遂抗疏叩阍，正倡乱之名，塞借题之口。其《复葛长卿》中曰："此家可破，此头可断，而纲纪风化不可自我而坏。"⑤年届花甲，挺身任事，声罪致讨，拨乱反正，舍我其谁。他在《与里中亲知书》中自陈心志：

> 不佞日夜腐心，不为今日之身家计，而窃为他日之通州虑，为天下之通州虑也……半年之中，笔秃五十管，心耗斗许血，艰辛备历而形已半槁，费用垂橐而债至万金，又何苦日在刀山剑林、镬汤寒冰、左右芒刺中过活，拼与诸亡命凶狡之人争旦夕之命而义不反顾乎？上必以至诚感动至尊，下必以公愤激发台谏。⑥

范氏整顿纲纪，挽回风化，不畏豪强，不避艰险。半年之中，"笔秃五十

①［清］徐缙、杨廷撰纂：《崇川咫闻录》卷九引陈魁文《五山小史》，道光八年（1828）刻本。
②范曾编：《南通范氏诗文世家》（贰），河北教育出版社，2004 年，第 89 页。
③范曾编：《南通范氏诗文世家》（壹拾捌），河北教育出版社，2004 年，第 118 页。
④范曾编：《南通范氏诗文世家》（贰），河北教育出版社，2004 年，第 215 页。
⑤范曾编：《南通范氏诗文世家》（贰），河北教育出版社，2004 年，第 91 页。
⑥范曾编：《南通范氏诗文世家》（贰），河北教育出版社，2004 年，第 92 页。

管,心耗斗许血","债至万金",艰辛备至,耗费了大量心智与财力。天昭日月,公心可鉴,有万夫莫当之勇、死而后已之心。范凤翼进难退易,因此深得家乡父老尊崇,避难金陵,"里中绅衿父老数千人知先生奇冤,以高贤出境,悼失典型,上其状于当道,再四敦请还里,争持牛酒逆先生数百里外"(凌苏《范司勋先生小传》)①。顺治十二年(1655)四月去世,范氏出葬之日,"送者万余人,哭泣相望于道"(范国禄《答周江左》)②。范氏施惠于民,其务实之举措令通州百姓受益无穷,身前生后备受景仰爱戴。

二、社会交往

考察人物政治立场,社会交往是可供参照的重要方面。范凤翼既具高尚之节操、救国之担当,又备雅集情趣、文娱修养;既有四面受敌、刀光剑影的从政经历,也有家人被杀、百口流离的居乡劫难,在政治风雨、人生苦难中自觉建构起庞大的交际网络。

第一,东林砥砺名节,泾渭分明;范氏求同存异,广结联盟

东林诸子坚持传统儒家道德上的君子、小人之辨:"君子在朝,则天下必治;小人在朝,则天下必乱。"绳人过刻,以人格道德作为唯一标准,进君子,退小人。同时,形成了二元对立的极端思维方式。

> 君子正也,正则所言皆正言,所行皆正行,所与皆正类。
>
> 小人邪也,邪则所言皆邪言,所行皆邪行,所与皆邪类。(顾宪成《上相国瑶翁申老师书》)③

君子小人形成不可逾越的鸿沟,政治批判进而流于人身攻击。谢国桢先生叹曰:"我们最可惜的是东林的壁垒森严,党见太深,凡是不合东林之旨的人都斥为异党。"④如此言行必然促使朝臣日趋分化,造成官僚集团的对立,导致东林树敌过众、固步自封。范凤翼交游或以气节道义相号召,或以文情诗趣相援引。诚如其子范国禄言:"若怀才抱德与夫挟一技一能者,招徕而汲引之,靡有余力。"(《先府君行述》)⑤其中与特殊人物的交往尤其

---

① 范曾编:《南通范氏诗文世家》(贰),河北教育出版社,2004年,第228页。
② 范曾编:《南通范氏诗文世家》(伍),河北教育出版社,2004年,第301页。
③ [明]顾宪成:《泾皋藏稿》卷二,《四库全书》第1292册,上海古籍出版社,1987年,第13页。
④ 谢国桢:《明清之际党社运动考》,上海书店出版社,2006年,第45页。
⑤ 范曾编:《南通范氏诗文世家》(陆),河北教育出版社,2004年,第380页。

值得关注。天启三年（1623），范凤翼父亲范应龙八十寿辰，叶向高、朱国祚、高攀龙、钱谦益、朱一冯、何栋如、丁元荐等一百四十余人以诗文寿，结集以纪其盛，其中录马士英贺诗一首。范氏诗集有《对独似大司成杨方壶大中丞马瑶草》，两作提供了马士英与范凤翼交往的确切材料。天启四年（1624），东林诸子与阮大铖决裂①，文献可见两人在此前后的交往。阮大铖对范凤翼正道直行、光明磊落推崇备至，数次奏请复用其人②。崇祯五年（1632）至崇祯十三年（1640），范氏寓居金陵，与阮氏文才相吸③，来往交接。饱受创伤、流离失所之际阮氏的问候关怀，令其刻骨铭心，感念不已④。据《王季重先生自叙年谱》记录，崇祯十年（1637），王思任与范凤翼、范景文、阮大铖、王觉斯等人，"盘桓酒奕甚乐"⑤。两人诗集大量作品记录了文酒欢会的生动场面，如范凤翼《山中次阮勋卿园海韵》《春日同容自集之诸先生游天界寺绿梦庵》《咏短菊次阮勋卿韵》《阮勋卿席上同用贤字赠启美之燕谒选在坐正七人》等，阮大铖有《春云诗为湛虚勋卿觉斯宫端枉集赋》《湛虚勋卿以和遗民集小亭诗见示用韵赋答》《范玺卿异羽月集》等，相携游赏，互动频繁。同游共处之人一旦分离，相思难抑。

> 石头鲑菜引归船，别后停云忆远天。（阮大铖《怀范玺卿太蒙》)⑥
> 花似需知己，人胡忍索居？相思稽命驾，折赠代械书。（范凤翼《怀阮集之山中时方省其两尊人殡所戊寅正月也》)⑦

山水远隔，牵挂思念，题诗遥寄，言浅意深。崇祯十一年（1638），阮大铖父亲离世，范凤翼有《挽柱麓阮先生》诗四首。其二曰：

---

① 《吴先生（应箕）年谱》曰："天启四年，是年春，吏科给事中缺，阮大铖次当迁。高邑谋于应山、梁溪，卒转魏大中。大铖愤甚，乃附忠贤，与阉党为死友。东林诸君子绝大铖自此始。"

② 《唐知州申上台文》曰："雄才经国，清德居乡，先后经漕运军门王纪、礼部尚书钱谦益、安远侯柳祚昌、吏科魏应嘉、阮大铖、淮扬巡按王政新、范良彦、陈丹衷、文选司陆康稷等累荐十余次。"

③ 范国禄《〈交游〉评》谈及其父交游取向，曰："近世道德难言之矣，惟经济文章可以不世……语文章，则石斋、鸿宝、素修居其最，而芝冈、西溪次之，遂东、圆海、龙友又次之。"因倾慕阮氏文学才能，故与之交游。

④ 范凤翼避难金陵近十年，返乡之际以诗《家山曾署退园名》感谢各位挚友的鼎力相助，诗注列有二十余人，其中有阮大铖。

⑤ ［明］王思任：《王季重先生自叙年谱》，《北京图书馆藏珍本年谱丛刊》第57册，北京图书馆出版社，1999年，第433—434页。

⑥ ［明］阮大铖撰，胡金望、汪长林校点：《咏怀堂诗集》，黄山书社，2006年，第454页。

⑦ 范曾编：《南通范氏诗文世家》（壹），河北教育出版社，2004年，第169页。

引拨出郊坰,哀岁间丁丁。延颈见群鸟,求友嘤其声。而我匪旧俭,一诀伤平生。阴云拥辕袯,寒飙吹旐旌。圹宵剧长寝,瓦鸡何时鸣? 去去隔泉路,怛绝难为情。①

真诚追悼,情溢乎词。崇祯十七年(1644),马士英、阮大铖迫害东林,范凤翼免于此难,或许可从上述交游中找到原因。

第二,东林洁身自好,嫉恶如仇;范氏胸襟广博,宽容大度

东林诸子疾恶太甚,打击异己,不留余地,缺乏形成统一战线的政治气度。光宗即位,东林党人势力大盛,把持朝政,利用京察,对宣、昆、齐、楚、浙等党逐个击破,全面清算。崇祯十一年(1638),东林、复社成员聚集南都,联名以《留都防乱公揭》驱逐阮大铖,参加者百余人。平心而论,对失势之阮氏摧辱太甚,所罗罪状,不免牵强之处,很难据以定罪。范凤翼其时正居金陵,并未参与这一事件。东林党对异己穷追猛打,赶尽杀绝,客观上孤立了自我,忽视了对中间势力的争取,促成了政敌与阉寺的合流。与其形成鲜明对比,范氏社会交往中表现出宏大胸襟。邵潜亲见之事可征其量:

> 公仆与姜仆哄,姜之主絷公仆,抶之数十,且属州倅械之。倅以闻,公方与曾生弈,谢倅去,而公之群仆亦絷姜仆至,欲公抶之。公笑曰:"吾岂若若主哉?"麾而遣之。姜衢州亟来谢过。公声色不动,第留之痛饮而散。(《州乘资续》)②

范氏心胸豁达,其宏襟雅量,远超流俗,直逼古人,有魏晋之风。又如清代金敞所载,范凤翼里居之时,有客博求时誉,借重其名,诗序题为范作,携诗来游,寓居僧舍,告之寺僧与范为故交。"一日,先生偶至,僧告之,即谒客所,客尚不知为范先生也"。寺僧心下狐疑,曰:"君近所称故交者是矣。"破绽一露,客面红耳赤,惶悚失态。范凤翼取几上诗卷观之,故惊谓曰:"与君别久,君诗遂大进乃尔耶。"又对僧曰:"此予十余年前之友,顷汝骤言,偶忘之。至阅序,始忆及,予当时盖未尝有副稿也。"临别又嘱托寺僧加以关照。第二日,范氏遣仆前来,赠客数金,曰:"此间士,多喜瑕疵人,恐有讦君者,甚不便。君宜急行,幸勿久留此也。"客大惭而去,叙述至此,著

---

① 范曾编:《南通范氏诗文世家》(壹),河北教育出版社,2004年,第75页。
② [明]邵潜:《州乘资续》,南通市图书馆影印,1985年。

者金敞感慨曰："此事宋贤有行之者矣，今人不肯稍稍以余地与人。"①以情恕人，厚德载物，掩护之举，周全之虑，无愧谦谦君子之称。范氏达天知命，胸襟广博，尽管人生多艰，坦然面对世事变幻，超越是非荣辱、穷通得失。朱彝尊《静志居诗话》中曰："以八年里居之官，而罣拾遗之疏；以十七年不入都门之人，而奉削夺之旨。公独处之怡然，所谓德音不瑕者欤。"②凌苏《范司勋先生小传》中亦有相关论述："视一官如蘧庐，置外患如浮梗，送愁天上，埋忧地下。"③一生风雨兼程，范氏调和儒释道，以哲人的眼光与胸襟参悟生命，挣脱苦闷，缓释悲剧。

命运多舛、祸患频仍之时，范凤翼交游表现为一种生存技巧，不是对同中之异的吹毛求疵，而是异中之同的广泛寻求④。诸文士仰慕其古风高义，敬佩其气节才华，络绎前来，形成了兼容并包、开阔多元的交际网络。

三、立身原则

范凤翼是晚明正直、具有社会良知的士大夫，是其所是，非其所非。诚如成克鞏所言："公所持者正局，所主者正论，所共者正人也，故劲节屹然不挠。"（《清故前光禄寺少卿范公神道碑》)⑤不诡于时，不随于人，出处行藏独树一帜。

第一，东林以身殉道，九死未悔；范氏急流勇退，全身远祸

葵霍向阳，矢死靡它。晚明东林诸子为实现救国救民的理想，舍生取义，杀身成仁，前赴后继，无私无畏。恶劣的政治生态中，杨涟等六君子、高攀龙等七君子，一腔热血，洗涤乾坤，慷慨悲壮。范凤翼立朝继承了先祖范仲淹"宁鸣而死，不默而生"的精神，秉正嫉邪，侃侃正义，以登用正直为能事，为时所忌。万历三十八年（1610）七月，托病辞官归里，这是一生的重要分水岭。选择归隐首先基于对明末黑暗政局的清醒认识，其《耕阳客问》自叙曰：

---

①［清］金敞：《金闇斋先生集》卷九，《四库全书存目丛书补编》第8册，齐鲁书社，2001年，第256页。
②［清］朱彝尊：《静志居诗话》卷十六，人民文学出版社，1998年，第488页。
③范曾编：《南通范氏诗文世家》（贰），河北教育出版社，2004年，第228页。
④范凤翼范国禄撰《两世交游人鉴》，品鉴两世上下百年交游之人，其中包含"先君及予并不乐与之游而故尝同游焉者"。
⑤范曾编：《南通范氏诗文世家》（壹拾捌），河北教育出版社，2004年，第274页。

> 其时台省大半邪党,一也;同僚十九皆趋时调,二也;以富平正人为堂翁而性小偏,三也;以福清师为首辅称相知,而不肯做一切破格事,四也;自予入铨,而从前仇予之人无不耽耽于予,予何能展布,五也;旧例吏部自员外而下不敢向选君开一字口,而予性不能依阿缄默以负其官易,至以戆直开罪,六也。①

同僚或为奸邪狡诈者,或为随波逐流者,主政又谨小慎微、过于保守,如此政局,举步维艰,难以施展,故抽身而退。其次是对于明朝大厦将倾之势的敏锐判断,其《候朱明老》中曰:

> 从三十三岁自北京归里,已与先君立言:"国家不过五十年必陷于敌。想是时我必先亡,只子孙之所遭不可言矣。"今又先十年成此光景,嗟嗟,吾辈何忍言哉!②

范氏高瞻远瞩,见微知著,洞察明朝必亡之局,其政治远见令人感佩。天下无道,卷而怀之,知其不可不勉为之,远在党争激化、国家倾覆之前洁身以退,追求全身远祸和精神自由。

> 我辈久居林下之人,且放开达观眼睛读书弹棋,置世事于不问,免得扰乱心性。(《复毛禹门》)③

> 独往独来,无得无失,而神满天地之间,气贯日月之上,祸福生死举不足以围之,此自是至人真学问、真快活处。(《与方孩未》)④

珍视自我生命价值,退居林下,优游泉石,致力于与志同道合者交游结社,追求诗文传世,在艺文领域开疆辟土,实现人生的真正意义。

第二,东林积极用世,相机以行;范氏选择归隐,矢志不渝

东林诸子遍历荣辱穷通,既有惨遭迫害之时,如天启四年(1624)十月迄熹宗崩,魏忠贤对东林党采取了残酷镇压,"毙诏狱者十余人,下狱谪戍者数十人,削夺者三百余人,他革职贬黜者不可胜计"⑤。朝中善类摧残殆尽,亦有东山再起之日,天启初年赵南星搜举遗佚,布之庶位。赋闲多年的

---

①范曾编:《南通范氏诗文世家》(贰),河北教育出版社,2004年,第197页。
②范曾编:《南通范氏诗文世家》(贰),河北教育出版社,2004年,第127页。
③范曾编:《南通范氏诗文世家》(贰),河北教育出版社,2004年,第100页。
④范曾编:《南通范氏诗文世家》(贰),河北教育出版社,2004年,第104页。
⑤[清]张廷玉:《明史》卷三百六,中华书局,1974年,第7860页。

高攀龙、邹元标、冯从吾、李腾芳、孙居相、郑三俊、魏大中等重新入朝，"东林势盛、众正盈朝"①。诸子归隐实属无奈之举、权宜之计，尽管宦途坎坷，命运多蹇，立朝参政之初衷不改，一旦时机成熟，毅然入阁，表现出持之以恒的王道信仰和政治情怀。范凤翼淡泊名利，不汲汲于功名富贵；光明磊落，不以宦途穷通介怀。其自警诗曰："神超世乱云同幻，身结山灵石与坚。无事于怀求内足，用才寡识恐难全。"（《生辰自警时七十三矣》）②虽数遭征召，坚卧不出，脚跟立定三十年，学者咸称之"真隐先生"，是为实至名归。天启元年（1621），朝廷启用旧人，巡抚王纪以地方人才荐于朝，给事魏应嘉复荐。天启二年（1622），升工部营缮司主事，以父亲年老为由，不就。天启三年（1623），洪文衡、郑三俊、魏大中、蒋允仪奏荐。五月，诏改尚宝司丞，不就。天启五年（1625），三月，升尚宝司少卿，六月，推大理寺丞，皆不就。崇祯元年（1628），诏起原官起用，不赴，以《耕阳客问》一文表明心志。崇祯二年（1629），解学龙、范良彦、王政新、李柄交章奏荐，坚不出山。崇祯八年（1635），徐弘基、李弘济、钱春、范景文请推毂，力为避焉。崇祯十五年（1642），诏复原官，不赴。郑三俊、范景文、刘宗周同赴钦诏，廷举不赴。崇祯十七年（1644），史可法、马士英等在南京拥立福王由崧监国，陈丹衷、王孙蕃、钱谦益、柳祚昌先后奏荐，不就。弘光元年（1645），南明朝诏拜光禄寺少卿，不就。其子范国禄《先府君行述》中曰：

> 神庙中年，政府营私，言官无忌，纷纷以禁道学为名。府君力主宗风，为东林领袖。其后清流受祸，贿赂公行，府君知东事必败，中原必争，故屡起京堂竟不肯出山拜职。③

文中清晰描述了其父起初作为清流领袖，置身政治漩涡中心，随后自觉边缘化的政治行迹。范氏大行不加，穷居不损，与东林之差别，姚希孟一语中的：

> 向之所号为东林，沉锢于神庙之末年者，庚申以后，几一岁九迁，而台翁不与同其福。比逆珰用事，三樶之辱，遍及于东林，而台翁实与

①［清］张廷玉：《明史》卷三百六，中华书局，1974年，第6299页。
②范曾编：《南通范氏诗文世家》（壹），河北教育出版社，2004年，第320页。
③范曾编：《南通范氏诗文世家》（陆），河北教育出版社，2004年，第382页。

同其祸。(《答范尚宝太蒙》)①

波诡云谲、驰骛奔竞的政局中,登第五十余年,立朝仅七载,独立不倚,与东林诸人同祸不同福,出处有别,显示出睿智的政治判断与坚定的人生选择。

四、党争态度

晚明内忧外患接踵而至,吏治黑暗腐败,士林名节淡薄,派别林立,党同伐异,党争成为国家政治生活中的重要事件。万历中后期首开其端,一直持续到明亡,朋党之祸与晚明始终。事件繁多,时间持久,规模庞大,斗争激烈,代价惨重,在中国历史上极为罕见,置身政局之人或主动或被动地与之发生了紧密联系。

第一,东林同道结党,联手救国;范氏矜而不争,群而不党

东林书院顾宪成、高攀龙、钱一本、薛敷教等人谈学论道,訾议朝政。四方文人学士、在朝官员闻风响附,遥相应和,声名鹊起,遂被政敌冠以"东林党"。对此,东林诸子并不避讳朋党之称,阐述君子结党的合理性和必要性:"天地间有阴阳必有善恶,有善恶必有君子小人,有君子小人必有君子、小人党。"(丁元荐《士风》)②错综复杂、积弊难返的时局中,为抗衡敌对、实现理想,诸子自觉标榜同道,结为朋党,联手事国。围绕神宗立储、三王并封、楚宗、妖书、梃击、红丸、移宫等与君主、政敌激烈争辩,旷日持久。其凛然正气固然可敬,然而缺乏处理政治事务灵活机变的策略、手段,一些廷争甚至偏离了对于道义和原则的坚守,仅为标名斗气,不无过正之言、矫激之行。范凤翼立朝言政,秉持公心,针砭得失,把握分寸,避免过激。万历三十五年(1607),礼部侍郎李廷机入阁,曹于忭等人先劾之,范氏继参之。郑振先指沈一贯、朱赓、李廷机为过去、现在、未来三身,特蒙严谴。时言官气盛,王锡爵进密揭云:"上于章奏一概留中,特鄙夷之如禽鸟之音。"③巡抚李三才得之,公布于众,谓王以台省为禽兽。言官大愤,段然、马孟祯疏论王锡爵、朱赓擅权乱政。目击时局喧嚣,范凤翼从大局出发,"恐上怒将作,

---

①[明]姚希孟:《文远集》卷十四,《四库禁毁书丛刊》集部第179册,北京出版社,1997年,第445页。
②[明]丁元荐:《尊拙堂文集》卷二,《四库全书存目丛书》集部第170册,齐鲁书社,1997年,第680页。
③[清]张廷玉:《明史》卷二百十八,中华书局,1974年,第5754页。

必至重祸清流,疏止不上"(《〈真隐先生年谱〉补注》)①。虽始攻之,终不肯附和以激成其祸。杨廷撰《一经堂诗话》曰:

> 明神宗朝,自张文忠殁后,南北台谏专攻宰相以立名。如山阴朱文懿,性醇谨,善调护,妖书、楚狱祸不蔓延;晋江李文节,清畏人知,持守确然,皆一时贤辅。言者直指为权奸,苛责无已,不免党论习气。先生始虽攻之,终不肯附和昆宣激成其祸,所谓君子能补过者欤?②

此为持平之论。范凤翼身处朝廷权力中心,注意把握尺度,当行则行,当止则止,与东林群情激愤之"争"迥然有别。忠于国则同心,闻于义则同志。在共济时艰的强烈感召之下,范氏坚持正义,其政治操持、观点与东林党人不谋而合,同属清流群体。然而,他对结党高度警惕,主动避嫌,诗可为证。其《谢闪太公》注曰:"予与闪广山先生同舍铨曹,未几,迹若相避,一别几三十年于兹。"③盘根错节、动辄得咎的政治处境中,小心行事,对深度遇合、真诚欣赏之同僚犹且避之不及,这与东林鲜明标榜之"党"大相径庭。

第二,东林救世心切,政争激烈;范氏客观理性,反对党争

明末政坛各立门户,朋党倾轧,交相攻讦,势同水火,空前酷烈,朝堂之上,几成战场。"君子小人互相搏击,置君国而争门户。驯至于宗社沦胥,犹蔓延诟争而未已"④。东林党壁垒森严,后因党祸惨烈陷于门户成见,意气用事,偏离了匡扶社稷、议论国是的轨道,被目为党争始作俑者。冗诗教曰:"今日之争,始于门户,门户始于东林。"⑤政治理性阙如的义气之争,最终导致清议演变为党争,不仅带给东林自身毁灭性打击,也给国家造成了巨大负面影响。范凤翼尽管立朝时间短暂,晚明严酷的政治环境中,无可奈何、终其一生地陷入了党争漩涡。其《耕阳客问》中感慨身世曰:"予盖仕路小人三十年之所仇也,诸君子中见忌或有深于予者,然不似予见忌之多且久也。"⑥范氏不过激,不结党,犹且见忌多、见忌久,明末党争的深文周

---

①范曾编:《南通范氏诗文世家》(壹拾捌),河北教育出版社,2004年,第60页。
②[清]杨廷撰辑:《五山耆旧集》卷十三,道光四年(1824)一经堂刻本。
③范曾编:《南通范氏诗文世家》(壹),河北教育出版社,2004年,第295页。
④[清]永瑢等:《四库全书总目》卷一百七十二,中华书局,1965年,第1513页。
⑤[清]谷应泰:《明史纪事本末》卷六十六,《四库全书》史部第364册,上海古籍出版社,1987年,第808页。
⑥范曾编:《南通范氏诗文世家》(贰),河北教育出版社,2004年,第195页。

纳、诬造是非可见一斑。万历四十五年(1617)京察,范凤翼在告已八年,不合"京官六年"考察之法,主察诸人违制拾遗,被降一级调补。天启六年(1626),被削籍为民,追夺诰命。虽然主动规避,是非打击仍如影随形。最为难得的是,范氏虽然备受株连迫害,犹能将一己遭遇置之度外,理性分析时局,旗帜鲜明地反对党争。其《祭高忠宪先生》一文,以真诚的态度对结党现象加以批判:"予每于时事之大者独谓诸君子之过激为非。"①崇祯十三年(1640),刊刻明吴岳所辑《清流摘镜》,探究党祸起源和总结党祸危害,表达政治立场。该书大樗山人序云,"逆珰之时内用外,故内侧而外仆,天启之季外用内,故内烬而外未蓬息,此其彰明较著者也,是缙绅杀缙绅也","酸咸失谐,玉石同焦,是缙绅之杀,亦诸缙绅自激成也"②。吴岳书中隐射以清流自居而拘于门户、激起党争之人。范凤翼将是书付梓,足见其不立门户、不附党争的政治主张。明末党争纷起,国事岌岌可危,有鉴于此,范氏对立朝东林诸子苦心规劝。

　　　　君子谒阙,是为李纲顾所贵有调元之上药,毋徒以劫剂邀奇验也。(《与冯邺仙给谏》)③

　　　　当今之世如群生风涛汹涌之中,不问谁何,惟恃善操舟者急救危险……尤望以国事为念,廉、蔺劝令同心。(《与郑大司寇》)④

劝导诸人摈弃前嫌,抛开私人恩怨,戮力同心,以行之有效的方案解决现实困境,挽狂澜于既倒。有识之士对其正道独行、置身门户之外深有洞察,颇多赞赏。

　　　　当神宗时,士大夫驰驱仕路,率以门户相持,而先生独殷然有世道之忧。(陈仁锡)⑤

　　　　中立独行,不以气节名;易退难进,不以嘉遁名;清流推戴,不以门户名。(俞彦《序》)⑥

---

① 范曾编:《南通范氏诗文世家》(贰),河北教育出版社,2004年,第188页。
② 谢国桢:《晚明史籍考》,华东师范大学出版社,2011年,第184-185页。
③ 范曾编:《南通范氏诗文世家》(贰),河北教育出版社,2004年,第86页。
④ 范曾编:《南通范氏诗文世家》(贰),河北教育出版社,2004年,第97页。
⑤ [清]杨廷撰辑:《五山耆旧集》卷十一,道光四年(1824)一经堂刻本。
⑥ 范曾编:《南通范氏诗文世家》(贰),河北教育出版社,2004年,第241页。

　　晚明仕路驱驰，纷争倾轧，范凤翼独以社稷为念，不预门户之争，其理智冷静的操持殊为难得。

　　通过上文具体而微的事实辨析，可见范凤翼"东林人物"之称名不副实。孔子曰："君子喻于义，小人喻于利。"①儒家文化传统深刻影响了后代对不同政治人格的评判，实际上面对鲜活纷繁的现实、风云诡谲的政治、矛盾多变的人性，很难进行简单的阵营划分和善恶判断，尤其是在风雨如晦、鸡鸣不已的晚明，士人群体出处选择、价值观念、生命形态复杂多元。确如夏允彝言："平心而论，东林中亦多败类，攻东林者，间亦有清操独立之人。"②范凤翼立朝言政，刚正不阿，与东林诸子名节相仿，立场相近，故世人将其普遍视作"东林人物"，这正反映了二元对立的思维定势以及晚明政治生态中强烈鲜明的派别意识和非此即彼的人物党派划归。范氏主动避免党争，进退以义，以退为进，尽管不能完全摈弃封建文化语境下传统士大夫的依附属性，但对朝政的离立和对自我的坚持，表现出了正直独立的人格操守。"三十年立定脚跟，宁抛弃官爵，不诡随时趋，惟此一片肝肠可不愧海内诸君子"（《耕阳客问》)③。黑暗混乱的政局，坎坷多舛的命运，玉成了理性旷达的性格，锻炼为深刻彻底的超越，成就了宽容广博的胸怀。虽然抱道忤时，犹能审时度势，以变通而富于进取的生存技巧，努力超越现实困境，从仕于朝到隐于乡，于荆棘丛生、动辄得咎之地拓展生存空间；从政治至艺文，开辟传统事功之外的人生意义。现实销蚀了范凤翼的政治热情，却激发了其对社会人生的深沉热爱，广结同道之人，同情民生疾苦，参与社会事务。明朝危如累卵、大厦将倾之时善待自己、温暖同道、服务民生、贡献社稷，显示了难能可贵的人文关怀，得到士人群体的尊重和认可。晚明范凤翼的立身出处并非孤立的社会现象，代表了部分文人的人格心态和价值取向。清代唐甄有言："君子之道，先爱其身，不立乱朝，不事暗君。"④其举也许当时不够轰动英烈，时过境迁，再度审视，不失为一种理智可取的人生选择，一种济世救民的成功实践。

①杨伯峻译注：《论语译注》，中华书局，1980年，第39页。
②［明］夏允彝：《幸存录》卷中，《续修四库全书》史部第440册，上海古籍出版社，2002年，第536页。
③范曾编：《南通范氏诗文世家》（贰），河北教育出版社，2004年，第199页。
④［清］唐甄撰，黄敦兵校释：《潜书校释》，岳麓书社，2011年，第72页。

第四节　范凤翼的结社活动及其社集特征

明清文人结社作为引人瞩目的文学和文化现象,学界充分关注。谢国桢、郭绍虞、何宗美等人宏观审视,细致梳理,展开了全局研究的广阔视角。目前,基于社会影响和地缘特征的局部考量也日益丰富。明末文人流动频繁,雅集活跃,往往同时或先后参与诸多社团,以具体人物为中心的相关社事综合考察可提供新的研究思路,其中通州文人范凤翼结社活动值得关注。是人归隐之后,提倡风雅,热衷交游,为明末山茨社、白门社、兰社的灵魂人物。三社持续时间之长,参与人员之众,活动内容之多,实属罕见。笔者系统考述以其为核心的结社活动,以期通过全面真切的叙述,从微观层面拓展和深化明清文人结社研究。

一、范凤翼结社活动考

范凤翼万历二十六年(1598)进士及第,二十八年(1600)授顺天府儒学教授,后任国子监助教,户部云南司主事,吏部验封、考功、文选三司主事,稽勋司员外郎。天启五年(1625)升尚宝司卿,顺治二年(1645)始拜光禄寺少卿,后世遂有"玺卿""勋卿"之称。在大厦将倾、政治黑暗的晚明,范凤翼自觉疏离朝政,万历三十八年(1610)挂冠归隐,其后致力于与志同道合者交游结社。现按时间先后,将其结社活动分述于下:

山茨社。这是范凤翼创立主持的通州地方诗社。"山茨"之名寓有深意,李善注《北山移文》中"钟山之英,草堂之灵"句曰:"汝南周颙,昔经在蜀,以蜀草堂寺林壑可怀,乃于钟岭雷次宗学馆立寺,因名草堂,亦号山茨。"[1]周颙傍山建寺,名草堂,亦号山茨。范凤翼以之名北山诗社,正取其林壑可怀、归隐泉石之志,曰:

> 社在崇川城北山,拟金陵所称北山草堂又名山茨者。予少年谬叨选俊,滥辱铨曹,耿介违时,辞禄归隐,因结宇正公方丈之侧,社额山茨,盖亦有年。(《重修山茨社歌》引)[2]

---

① [南朝·梁]萧统编,[唐]李善注:《文选》卷四十三,中华书局,2005年,第612页。
② 范曾编:《南通范氏诗文世家》(壹),河北教育出版社,2004年,第328页。

　　与道貌岸然、贪图官禄之虚伪隐士迥别，范凤翼登第五十余年，立朝仅七载，其后虽屡起京师，坚卧不出，山茨社成为其逃避污浊宦场、险恶政治的诗意空间。"愿言效明哲，归欤守山茨"（《述怀》）[①]成为范氏的激情宣言，更是一生的真实践履。历代文人结社或以社集地点名，或以活动内容称，"山茨社"则表达了坚定的人生选择和鲜明的政治立场，在明代数量可观的社团中独一无二。对该社成立时间文献记载有两种观点：一是明张有誉《真隐先生年谱》万历四十三年（1615）下注曰："岁晚而归，建山茨社于钟秀山。"[②]一是张慧剑《明清江苏文人年表》曰："万历三十九年（1611），通州范凤翼解京职还里，此际与同里杨麓、汤有光等共结山茨社。"[③]笔者综合各方材料可判断孰是孰非。首先，范凤翼万历三十八年（1610）返乡归隐。邵潜《州乘资》曰："归而结山茨社。"[④]万历三十九年（1611）辛亥京察，因正道直行，为时所忌，遭致胡东渐等无端迫害，由于曹于忭等人主持公道，力为辩护，得以无患。范国禄（1624—1696），范凤翼子，字汝受，号十山。其《先府君行述》中备陈辛亥遭际，紧随其后曰："从此杜门里居，日奉云从公颐养色笑，建山茨社于北山。"[⑤]从两者叙述中，可见山茨社是范凤翼退居林下遭遇政治风波之后建立，间隔短暂。邵潜和范国禄，一为挚友，一为其子，所言颇为可信。其次，在党政激烈、危机四伏的晚明，这种抉择和表态刻不容缓、意义鲜明，以示绝意仕进，不预朝政，优游林下，寄身翰墨。故笔者将通州山茨社成立定为万历三十九年（1611），以《明清文人年表》所记为是。然而，该书将杨麓同列为创社之人有误，杨麓，字户云，号不周山人，清通州人。具体原因如下：其一，范凤翼聚友为社，接席联吟，其《范勋卿诗集》收诗甚多，社友频现，未见杨麓之名。其二，清刘之勃注《真隐先生年谱》列先后入社朱当世、卢纯学、白正蒙、张元芳等十余辈，亦无杨麓。形成鲜明对比的是，杨麓在范国禄《十山楼诗》中屡见不鲜，且康熙十四年（1675）有诗《哭杨麓》。其三，张慧剑《明清江苏文人年表》所据为杨廷撰《五山耆旧前集》，笔者翻阅该书，"杨麓"条目下引《一经堂诗话》曰："户云

---

①范曾编：《南通范氏诗文世家》（壹），河北教育出版社，2004年，第65页。

②范曾编：《南通范氏诗文世家》（壹拾捌），河北教育出版社，2004年，第103页。

③张慧剑：《明清江苏文人年表》，上海古籍出版社，1986年，第416页。

④［明］邵潜：《州乘资》，南通市图书馆影印，1985年。

⑤范曾编：《南通范氏诗文世家》（陆），河北教育出版社，2004年，第376页。

与里中范十山、孙皆山、胡麟兮结社山茨。"①准此，杨麓实为范凤翼晚辈后学，而非万历三十九年(1611)创社之人，与范国禄为同辈文友，克绍先人，赋诗山茨。范凤翼聚友为社，文酒觞咏，76岁仍见山茨歌吟。其《晋林群彦每寻幽》为社集静寄轩分赋，注曰："庚寅(1650)清和日。"②范氏后代薪传火继，山茨文脉不断。范凤翼五世孙范崇概述其间传承："十山(范国禄)、濂夫(范遇)两公复继之，迄今几二百载。"(《山茨社集》)③范氏家族一门风雅，俊彦代出，社集吟咏，接续山茨，显示了高度自觉的文化传承意识。清廷数下诏令，严禁立盟结社，文人社集自此转入低潮。通州山茨社独树一帜，承前启后，不断掀起声势浩大、广受瞩目的诗坛风会。《南通范氏诗文世家纪事编年》记："乾隆四十九年(1784)春，范崇简与乡里诸名隽曹星谷、李耀曾、李懿曾、周耕麓、胡长龄、钱绮楼、孙瓠涧等人共结山茨社。"④范崇简等鼓吹骚雅，四方词人，闻风毕集，招集诗友逾百人，再创了山茨诗社辉煌。

白门社。白门，六朝建康之正南门，故址在今江苏南京市，为金陵之代称，亦指称"黄居中弟子们所组织的诗社"⑤，何宗美《文人结社与明代文学的演进》将该社成立系为万历二十一年(1593)。黄居中(1562—1644)，字明立，又字坤吾，号海鹤。现存文献记载简略零散，导致学界理解上的困惑，忽视了以黄氏为线索前后连贯、一脉相承的发展历程。金陵是明代重要的文化中心，南北才俊能通艺文者汇聚一堂。白门社肇端于黄居中任职南京国子监，为晚明金陵历时最长、影响甚大的文人社团，不同时期富有号召力人物的主盟令其高潮迭起。崇祯五年(1632)至崇祯十三年(1640)，范凤翼寓居金陵乌龙潭，与当地名流雅集联吟，带来白门诗社发展的新契机。清潘宗鼎辑《扫叶楼集》载："江宁黄居中，家构千顷堂，藏书极富，慕其(龚贤)名，因结诗社于秦淮。一时名隽若郑千里、范玺卿、朱元卫、张隆甫等，迭主坛坫，争相引重。"⑥《金陵通传》"黄居中"条目下曰："尝集龚贤及范玺

---

①[清]杨廷撰辑：《五山耆旧集》卷十九，道光四年(1824)一经堂刻本。
②范曾编：《南通范氏诗文世家》(壹)，河北教育出版社，2004年，第332页。
③范曾编：《南通范氏诗文世家》(柒)，河北教育出版社，2004年，第173页。
④范曾编：《南通范氏诗文世家》(贰拾壹)，河北教育出版社，2004年，第76页。
⑤郭绍虞：《照隅室古典文学论集》上编，上海古籍出版社，第569页。
⑥[清]潘宗鼎辑：《扫叶楼集》，民国十八年铅印本，第109页。

卿、张隆甫、朱元卫结诗社于秦淮。"①由于金陵人员流动、互动频繁，白门社以范凤翼、黄居中、郑千里、张隆甫、龚贤等为中心，欢聚秦淮，迭主白门，形成稳定的社集场域。同时广集四方文章巨公，论文赋诗，带来规模宏大的文人盛会，呈现出规范性与非规范性相结合的组织特点。崇祯十三年（1640）范凤翼返回通州，崇祯十五年（1642）黄居中始游杭州，淹留三年，十八年（1645）卒，金陵白门诗社渐趋消亡。顺治十一年（1654），龚贤以《寄范玺卿社长》追忆诗社盛况，曰："倏忽到今桑变海，几人犹得栖蒿蓬。最长属翁年八十，目留光景耳余聪。宦情客况如旧梦，坐忆幽泪来悲衷。"②经历社稷巨变，社友存者寥若晨星，昔日文酒觞咏只可成追忆，悲不自胜。

兰社。根据现有材料，文人雅集中明确称为"画社"之团体始见于明代，周晖《二续金陵琐事》中有"画社"条目，因语焉不详，文献阙如，其规模、成员均不得而知。明代诗酒文会，蔚为大观，画社则寥寥无几。兰社前身是崇祯五年（1632）董其昌等人所结广陵画社，作为明代为数不多、规模最大、名流荟萃的画社，开始受到学者关注。何宗美先生《文人结社与明代文学的演进》中有"雪朝兰社（白门画社）"条目，然仅列数条材料，尚未进行深入探讨，范凤翼对于该社的特殊意义更未加提及。崇祯十年（1637），范氏寓居金陵见证了兰社的成立，曰：

> 予友郑超宗孝廉端亮隽上，代兴三绝，风华千古。偶过白门，时维冬季，长者之辙鳞次其门，犹得稍以余闲物色眉生诸名媛之为丹青妙手，爰招至四远画师，结为兰社，良韵事也。（《〈兰社诗〉小引》）③

郑超宗首倡兰社，招致雅爱丹青之名媛与四方知名画师而成。方以智诗《赴郑超宗雪朝兰社，明月在天，词人毕集，杨龙友后至，张灯作画。余甚喜，为之醉，醉为之歌》描述了兰社结社伊始之盛况，因时为腊月雪后月明之夜，故又名"雪朝兰社"。该社虽为画社，实际参与者为丹青高手，或雅爱丹青、精于鉴赏的文人，可谓将金陵艺文精英包罗殆尽。兰社或以诗文酬唱，或以书画交流，追求文学与艺术的融合贯通，主题新颖，影响广泛，在明清之际文人结社中留下了重要而独特的一笔。画社没有固定的社长或者

---

①［清］陈作霖：《金陵通传》卷二十一，光绪三十年（1904）瑞华馆刻本。
②［清］黄传祖编：《扶轮广集》卷七，清顺治十二年（1655）刻本，南京图书馆藏。
③范曾编：《南通范氏诗文世家》（壹），河北教育出版社，2004年，第280页。

盟主,诸人迭为宾主。《〈真隐先生年谱〉补注》记载,崇祯十年(1637),"开兰社于三义阁,振兴风雅。四方名人士赴先生者如归"①。范凤翼有诗《何上舍启明大开诗画社邀予主盟分一先韵社所为紫烟阁》《宋量公续兰社三山阁毕至群贤惟眉月二美人阻雨未至予分得齐字》,与何启明、宋量公等你方唱罢我登场,先后主持,群贤毕至,诗画联盟,艺文勃兴。

二、范凤翼结社活动论

范凤翼雅好诗文,推举其为无穷之盛事,诗文笔翰流布海内,其文学造诣得到钱谦益、董其昌、俞彦等名流的高度认可。同时具有多元文化艺术修养,诗文以外,书法堪称一绝。邵潜曰:"无所不规仿,大有晋人风。"②更为重要的是,他正道直行,刚正不阿,其耿介清贞的政治操守、光明磊落的人格风范堪为清流士大夫之表率,虽终身不合于奸邪小人,而海内君子皆尊其品目。范凤翼凭借独特的人格魅力,大力倡导、积极参与的山茨社、白门社、兰社,在明末风起云涌的文人结社中呈现出独特景观。

1. 持续长久的社集时间。范凤翼退居林下,聚友为社,风雅唱和成为了最主要的生存方式和交往方式,融入到日常生活和内在生命,终其一生以文会友。首先,表现为对社集的毕生投入。通州山茨社堪称典型,(光绪)《通州志》载:"退主北山山茨社,提倡风雅,垂五十年,海内士夫多为之品目。"③赋诗山茨,抒发林泉之志,雅集之欢。从万历三十九年(1611)始建至顺治十二年(1655)离世,尽管因为生老病死、出仕、远游等各种客观原因间有中断,在范凤翼主观不懈维持下,贯穿一生,延续五十余年,带来社集的持续生成,完成了成员的新老交替。更为难得的是,家族后代范国禄、范崇简等,继承其振兴风雅之使命、舍我其谁之担当,吟社如故,生生不息。山茨社横跨明清,绵延近二百年,显示出顽强的生命力,创造了明清文人结社的传奇。作为明清通州地区历时最久、规模最大的诗社,群星璀璨,光华相映,促进了地域文学的繁荣兴盛,建构起通州地区文学谱系,范凤翼筚路蓝缕之功昭然可见。其次,表现为对结社局面的努力开拓。范氏命运坎坷,身处特殊人生境遇,犹社集不辍。崇祯三年(1630),通州地区发生民

---

①范曾编:《南通范氏诗文世家》(壹拾捌),河北教育出版社,2004年,第196页。
②[明]邵潜:《州乘资》,南通市图书馆影印,1985年。
③[清]梁悦馨等:(光绪)《通州志》卷十二,光绪元年(1875)刻本。

变，阃州涂炭。面对飞来横祸，范凤翼家族百口流离，因此避难京口、金陵。此间，通州山茨社唱和活动基本处于停滞状态。崇祯七年(1634)返乡，"山茨修社，西林振响，匝两月而去"(范国禄《先府君行述》)①。《〈真隐先生年谱〉补注》是年下载："十二月，返白下。著《山茨振响集》。"②乡居两月，重修诗社，努力振兴，开拓新局，诗文切磋，编订诗集，其执着山茨、寄情乡社的良苦用心可见一斑。同时，范氏结社已超越了单纯的文学表达，更是生命意义的重托。坦然面对是非荣辱、穷通得失，寓居金陵以艺文风雅为重，主盟白门社、兰社，带来对结社地域、活动的开拓，更带来传统事功之外人生意义的建构。

2. 广泛多元的结社人物。范凤翼视野开阔，交游广泛，不断吸纳新鲜元素，突破既有格局，呈现出开放变通的理念。第一，地域多元化。白门社有晋江黄居中、鄞县薛冈、徽州郑重、武夷张隆甫、福清林茂之、江宁顾梦游、上元魏之璜、昆山龚贤，各地文人雅集欢会，为金陵文坛注入了活力。通州偏居东南一隅，山茨社虽以本土文人为主，并不固步自封，能够打破狭隘的地域藩篱。据胡澄一《范异羽社集二十人于西寺方丈斋会复携酒顾镇之庭中分得五歌十八韵》诗下注，远道而来之人有："粤东程无我时、楚蕲孟元白璧、歙州吴冠卿介、平江周千载明良、丹阳江孟辰应枢。"③各地文化名流带来通州地域文学与主流文学的交流沟通。第二，身份多元化。以兰社为例，既有达官显宦，如杨文骢、越其杰，又有布衣山人，如方以智、张翀；既有江左胜流，如郑元勋、顾不盈，也有秦淮粉黛，如顾眉、王月生。此外，还有潜心道妙、雅好文墨的高僧大德，如白门社中谷语、介立，为南京白塔寺僧。第三，年龄多元化。崇祯七年(1634)山茨社集，范凤翼曰："吾里典型如胡京孺先生，巍然灵光，诸名隽如汤岱渊、马稚游辈，彬彬代兴，斯文未坠。"(《〈寤言堂宴集〉小引》)④崇祯十二年(1639)白门社集，黄居中78岁，魏之璜72岁，范凤翼65岁，林古度60岁，龚贤22岁，顾梦游41岁。初出茅庐的青年才俊，意气风发的中年名流，颐养天年的老成典型，联袂吟哦，显示出巨大的包容性。第四，才能多元化。山茨诸子旗鼓相当，家握灵蛇

---

① 范曾编：《南通范氏诗文世家》(陆)，河北教育出版社，2004年，第379页。
② 范曾编：《南通范氏诗文世家》(壹拾捌)，河北教育出版社，2004年，第183页。
③ [清]杨廷撰辑：《五山耆旧集》卷十六，道光四年(1824)一经堂刻本。
④ 范曾编：《南通范氏诗文世家》(壹)，河北教育出版社，2004年，第266页。

人绣虎。邵潜,精籀篆,善李潮八分书,最攻字学。其《皇明印史》,"盖不衮不钺之春秋,而不传记不编年之实录也"(陈继儒《序》)①。杨茂芳,攻诗弹琴三十年,善山水画。汤慈明,书法王右军,纸幅充积栋宇。孙幼登,每作鹤啸,野鹤皆应而来。保时,善诗画篆刻。李翀、陈钜野,手谈冠海内。金陵兰社成员亦才华横溢,杨文骢,诗文书画俱佳,为"画中九友"之一。郑元勋,工诗善画。方以智,诗文甲于东南。许仪,工山水,花草虫鱼属尤极精致。吴应箕,行草书早学黄山谷,中学米元章、颜鲁公,皆曲尽其工。顾眉,工诗文,善绘画,能歌善舞。王月生,善楷书。吴道凝,诗文外尤工行草。郑完,善山水人物。张翀,画士女秾纤婉淑之态萃于毫端,山水树石菁华秀润。

3. 艺文并举的社集活动。范凤翼结社以诗词艺文相切磋,追求日常生活与文学艺术的水乳交融。与专攻制艺、研习八股的功利文社,与讽议朝政、裁量人物的激进复社相比,均属艺文色彩鲜明的文人活动。跌宕文酒是通州山茨社最为普遍的活动主题,文人酒酣耳热之际才情迸发,诗思泉涌,集体热衷于带有竞技色彩的创作方式,以激发潜能,切磋技艺。以范凤翼诗为例,或即席分韵,如《悠然楼立夏前一日分韵》《陈氏醒园分韵》等;或限韵,如《秋日游北山社集正公禅房限层僧藤灯四字》《十六夜同稚修潜夫诸子即席限韵是月以十七日望》;或次韵,如《陈寿昌先辈见杜山茨社辱惠七言近体次韵赋酬》《山茨社次韵》等;或联句,如与钱王孙、汤慈明、王梦觉、范穆其等共联《夜过朝爽阁联句》。兰社人操风雅,驰骋艺苑,营造了极富艺术情调的氛围。社集之时或挥毫泼墨,各擅胜场。"各把锦囊倾北海,共簪彩笔画东皋"(杨文骢《雪朝兰社诗为郑超宗作》)②。或通力合作,相得益彰。"众擎拳石欲移山,弱毫轻置吴绫上。元气仍参混沌前,五丁束手不敢向"(范凤翼《为李小有题群彦合画山水幅》)③。其中匠心独运、别开生面者尤为令人折服,吴道凝《超宗兰社赠杨龙友,时龙友后至,秉烛写画,随手泼墨,遂成杰作,漫作长歌赠之》生动再现了杨文骢秉烛作画的过程:

移灯就案濡墨浓,见者以为书大字。老树离奇轮囷枝,怪石历落

①［明］邵潜辑刻:《皇明印史》,天启元年(1621)刻本,国家图书馆藏。
②［清］杨文骢:《杨文骢诗文三种校注》,贵州人民出版社,1990年,第362页。
③范曾编:《南通范氏诗文世家》(壹),河北教育出版社,2004年,第416页。

嵌崎姿。树老石间石无缝，可怜细草相扶持。兰叶几茎出树底，石窦如钱叶如指。两花三叶参差生，下笔不知从何起。[①]

水墨淋漓，气韵生动，表现出精湛的绘画技巧、强烈的个性抒情与大胆的创造精神，深刻诠释了中国文人画的品格内涵。

4. 忧念社稷的时代情怀。明王朝风雨飘摇之际，范凤翼对于行将没落的国运异常清醒又无可奈何，选择游离于现实政治之外。虽然选择了晏然高卧，也无法沉默于哀鸿遍野、民不聊生之境，其结社并非停留于及时行乐、寻常诗酒，山河板荡、战火硝烟的时代苦难亦投下挥之不去的阴影。天启元年（1621）三月，"大清兵取沈阳，总兵官尤世功、贺世贤战死。总兵官陈策、童仲揆、戚金、张名世帅诸将援辽，战于浑河，皆败没"（《明史·熹宗本纪》）[②]。危急情势下，范凤翼诗曰：

> 热肠好饮奴儿血，冷眼终看越子皮。促柱莫弹浑不似，辽阳战角正堪悲。（《夏日同社宴集元孺斋头赋得四支时总兵吾通州》）[③]

> 遇赏欢场驱害马，谈边尘尾立降旗。希文乍可支西夏，处道斯堪扫建夷。（《七月五日集元孺衡斋再叠前韵》）[④]

两诗前后紧邻，均为山茨社集之作，直陈时事，深沉表达了驱逐清兵、收复失地的迫切愿望，表现出对现实局势的密切关注。山茨成员邵潜，甲申巨变之际创作了《纪甲申三月十九日事》《哭思宗烈皇帝》《喜吴大将军破贼》《伤皇太子及定王永王》《甲申五月十五日群臣迎福藩即皇帝位于南都恭述志喜》等，以诗记史，国事民情天下难，何曾忘怀？崇祯十一年（1638），宋遗民郑思肖《心史》重见天日，明清之际民族矛盾激化的语境下，其强烈的忠君报国思想和民族主义情感轰动士林，白门社文人集体表达震撼，书写壮烈。顾与治诗《咏井中〈心史〉》题下注："社集黄海鹤先生千顷堂分赋。"诗曰：

> 烈士忘其躯，岂顾千载名。所悲道日丧，呼世长疾声。共秉君父性，独含深苦情。郁郁复郁郁，穹苍鉴精诚。德祐坠西日，人天一时

---

① ［清］黄传祖、陆朝瑛编：《扶轮续集》卷六，清顺治八年（1651）刻本，扬州大学图书馆藏。
② ［清］张廷玉等：《明史》卷二十二，中华书局，1974年，第298页。
③ 范曾编：《南通范氏诗文世家》（壹），河北教育出版社，2004年，第261页。
④ 范曾编：《南通范氏诗文世家》（壹），河北教育出版社，2004年，第261页。

倾。矫矫郑夫子,方与阳九争。举手挽天河,愿洗尘秽清。其事如可就,夷齐安足并。雪涕淬霜锋,大义期共明。[①]

诗中高扬《心史》中的忠义之气,激烈之怀,淋漓酣畅。孰谓结社赋诗一定思想平庸,白门社此次分韵酬唱,堪称诗坛壮举。

5. 温情脉脉的交往图景。嘤其鸣矣,求其友声。范凤翼结社成为文人交游的精神纽带,艺文对话的同时带来情感的共鸣,肝胆相照,相濡以沫,构建了温情脉脉的交往图景。范凤翼古道热肠,笃于友谊,具有深刻的同情博爱之心,结社之中表现出难能可贵的人文关怀。吴应箕《留都见闻录》曰:

> 通州范异羽尚宝以民变居南,好客不倦,而工书善诗,谈吐有蕴藉,所谓风流儒雅亦吾师也。南中清客贫士尝傍以资给。又尝作高会,召致宾客,凡号为书画之士皆在。[②]

社集成员中不乏落拓江湖、饱受困乏煎熬之士,范氏《盛尧民工丹青吴人贫而侠来顾予白门却赠》一诗曰:"侠骨棱棱裹敝袍,出门大笑兴何豪?偶然寓意工图画,终自藏名混鼓刀。"[③]盛尧民家境贫寒,负才不羁,工山水,行笔疏秀,范凤翼对之激赏不已,接纳资助,社集中荡漾的这份关爱令人感动流连,和谐温馨的群体交游必会带来自由舒张的艺文表达。又如,与山茨社友朝夕同处,抵掌促膝,情同手足。邵潜有诗《敝庐为族人所据藉范思勖得复书此为谢》《家难作将避地陪京留别范思勖异羽》《渡江访范尚玺异羽》《客东皋适范思勖异羽亦至损惠三金书此为谢》,汤慈明有诗《病中承异羽携酒邀同幼桓梦叟见过赋此为谢兼抒鄙怀时七夕前一日也》《除夕谢异羽司勋见饷》《病中异羽司勋枉看兼惠药资赋此为谢并有所托情见乎词》,范氏扶危济困、仗义疏财之举暖人肺腑。天崩地裂、风雨飘摇的时代,人情冷漠、世风日下的周遭,诸人因结社联为坚定的生命同盟,共舆而驰,同舟而济,升华成文人的避风港湾和诗意栖息。

6. 众星拱月的社集格局。范凤翼志道据德,依仁游艺,在明末文人结

---

①[清]顾梦游:《顾与治诗集》卷一,《四库全书存目丛书补编》集部第1册,齐鲁书社,2001年,第22页。

②[明]吴应箕:《留都见闻录》,《南京稀见文献丛刊》,南京出版社,2009年,第21页。

③范曾编:《南通范氏诗文世家》(壹),河北教育出版社,2004年,第303页。

社中不是普通参与者，而是以核心人物的身份，广泛联结同道，频繁开展活动，发挥了举足轻重的作用。明末通州散居各处的基层文人联吟山茨，形成了稳定的文学交往圈，标志着地区文人群体的崛起。范凤翼高风雅韵，辉映乡邦，以自身威望成为山茨领袖。白正蒙《赠范异羽司勋》曰："卧疴乞得天子恩，释肩暂作山茨主。万轴牙签足自娱，诸子追随互唱於。"[1]魁杰率先振起，羽翼同声相应，充分显示了其在通州地域的示范和辐射作用。寓居金陵期间，范氏与该地雅集传统相得益彰，好客不倦，积极开展艺文社交。诸文士仰慕其古风高义，敬佩其气节才华，纷至沓来。龚贤《寄范玺卿社长》曰："十五年前曾拜翁，发如好女朱颜童。秦淮大社坛坫上，百二十人诗独雄。"[2]高朋满座，共襄盛举，范氏主盟诗坛，称霸文苑，成为白门社无可争议的中心人物。同时，翰墨情深，以极大热情投入画社活动。据现有资料，范凤翼是组织兰社最多者。范国禄《吕师濂画册跋》中曰："畴昔先光禄在陪京，五开兰社。"[3]超越于现实功利之上，五开兰社，大振风雅，提供了士人诗画交往的场所和对象。越其杰《夏日范大蒙五续兰社于三水阁分韵》曰："清和夏日更初晴，招徕勿使有遗英。阁开三水犹据胜，笔墨对此精神生。"[4]画社开展难度远在诗社之上，笔墨绢素之准备，各地名流之邀集，丰富活动之筹备，声势浩大的画社承办诚非易事，足见范氏其人非同寻常的号召力和影响力。

　　置身明末黑暗复杂的政治环境、诗社蔚然的时代氛围，范凤翼命运多舛，追求诗文传世，积极倡导、努力践行文人结社，在艺文领域开疆辟土。活跃的文人社集，大量的诗歌创作，丰富的文化活动，成功实现了对苦难的有力消解，对现实的诗意升华，表现出对自我、他人生命的善待和温暖。不仅如此，在明清文人结社史上亦具可圈可点之处。三社均以范凤翼为中心人物，共性显而易见。又各具独立的存在意义，绝非简单重复，呈现出兼容并包、不拘一格的文化特征。山茨社具有鲜明的政治寓意，衣钵传承近二百载，是家族介入地域文化建设的典型。白门社过百词人，文采风流，一时称盛，是对钱谦益《列朝诗集》所叙金陵嘉靖以来三次盛会的续写。兰社诗

①〔清〕杨廷撰辑：《五山耆旧集》卷十三，道光四年（1824）一经堂刻本。
②〔清〕黄传祖编：《扶轮广集》卷七，清顺治十二年（1655）刻本，南京图书馆藏。
③范曾编：《南通范氏诗文世家》（陆），河北教育出版社，2004年，第234页。
④〔清〕莫友芝编：《黔诗纪略》卷十六，贵州人民出版社，1993年，第629页。

画渗透交融,独树一帜,堪称艺术圣地,是明代文人画演进的重要环节。以范凤翼作为灵魂人物的结社,不仅体现了晚明文人群体的风雅才情、生活方式,更以独特形态、内涵丰富和深化了明清文人结社。

第五节　范凤翼诗歌创作研究

朝纲倾颓、政治黑暗的晚明,范凤翼因无法实现救国济民的壮志,万历三十八年(1610)急流勇退,挂冠归隐,虽然数遭征召,坚卧不出,以优游山水、结社吟诗终老,有《范玺卿诗集》《范勋卿诗集》《超逍遥草》等传世,笔者拟对其诗歌进行系统论述。

一、直面现实,题材丰富

晚明国事日非,士风浇漓,百姓流离,矛盾尖锐。范凤翼与先祖"先忧后乐"的担当精神一脉相承,以天下为己任,具有亟亟救世的社会责任、洗涤乾坤的报国热情。辞官还乡之后,对中央朝政利弊、地方政府得失,密切关注,建言献策。崇祯十六年(1643),朝廷措兵筹饷,无一应者。范凤翼破产急公,倾囊而出。《〈真隐先生年谱〉补注》载:"淮抚练兵助二千金,狼镇剿廖贼助一千三百金,粤帅募兵助一千金,南枢勤王助二千五百金。"①一年之间,家资尽废。其爱国忧民之心,由此可见。诗集主要收录了范氏万历三十八年(1610)称病还乡、退居林下以后的创作,文中积极关注现实。诚如何如宠言:"气体高妙,词旨遥深,倦倦忠爱,不忘君父。"②《暮春病中有述》一诗具有代表性:"桦灯缀千月,烽火照双阙;买欢不解愁,醉向青楼歇。谁念杞忧人,危时一病身;寸心攒万事,讵独为伤春?"③虽处江湖之远,又抱多病之躯,坚持民胞物与的一贯立场,书写了大量关注国计民生的作品,表现出深广的社会关怀,这与前后七子因提倡复古带来诗歌与社会现实的隔阂大相径庭。其《操桐引》下注:"舟中听李痴和弹琴,时忧诸君初觑逆乱。"诗曰:"君不见天启年来世路崎,时情乖迕乾坤否。往时徽缓法尽弛，只今杀机纷纭起。安得借君弦上音，调和一世臻玄理。"①虽然选择了归隐，依然心系积弊难返、党争激烈的时局，期待时贤重整江山，国家政通人和。天启元年（1621），清兵攻取辽阳，大敌压境、国难当前之时，忧心如焚，直陈时事，情系社稷。其《时感》引曰：

> 臣翼望边烽而震悚，纬恤方殷；顾梓里之孤危，杞忧倍切。惟贱臣辱在草莽，叹无路以封符；而羁旅偶次淮扬，辄有怀而命简，共得绝句三十章。匪敢称诗，聊以抒臆。

万历四十六年（1618），努尔哈赤带领军队攻破抚顺，朝野震惊。万历皇帝起用李镐为兵部右侍郎，李广泛征调兵马，蓄势待发。大学士方从哲、兵科给事中赵兴邦等人认为部队驻扎时日过久将会导致粮饷匮乏、军心涣散，催促进兵。万历四十七年（1619），各方压力之下，李镐仓猝用兵，带来了全军覆没、横尸遍野的严重后果。诗人以宏大的规模、精严的体制，表达了对朝廷和社会的深沉思考和复杂感慨。诗中既有对朝廷文官纸上谈兵、摇唇鼓舌乱指挥的讽刺，"政府筹边帷幄中，兵垣一体策辽东。杜刘不死横河外，催战应夸马上功"；又有对将非其人、贻误苍生的批判，"杨周轻战太模糊，一折张皇笑腐儒。入保但能如李牧，十年愁不破东胡"；还有对士卒殒命、誓死报国的沉痛悼念，"兵家合辟动乾坤，不出生门出死门。令箭无端催浪战，血怜千里荡游魂"。诗人密切关注战败之后的朝廷举措，"一抹湖田依自疑，官家均派欠参差""应募投竿弄铁戈，强教擐甲换茅蓑"。全国范围内广泛征集军饷，大肆补充兵力，淮上渔人故被迫应募。诗歌纳入了辽东战事影响下的社会生活，沉重忧愤。全篇一定程度上继承了杜甫的"诗史"精神，或以证史，或以补史不足。虽然范凤翼具有高度的政治智慧，归隐之时早已预见明朝大厦将倾，国家危亡迫在眉睫之际仍然悲难自禁，愁肠百结。其《边警》《舟次与友人谈边事》《夏日同社宴集元孺斋头赋得四支时总兵吾通州》等，饱含悲叹，哀恸欲绝，可见对明朝前途命运的深切担忧。此外，明清易代的社会现实在诗中得到广泛反映，如巡逻之兵为非作歹，巧取豪夺。"御盗以为盗，莫敢撄锋颖。贼贼犹畏人，兵贼谁加省？此辈承平时，尚尔扰乡井。驱以却妖氛，叛乱何能靖？"（《逻卒行》）②崇祯八

---

① 范曾编：《南通范氏诗文世家》（壹），河北教育出版社，2004年，第112页。
② 范曾编：《南通范氏诗文世家》（壹），河北教育出版社，2004年，第90页。

年(1635),张献忠攻克凤阳,又挥师南下,所向披靡。"愁里过春可当春,况兼伏枕动经旬。薄寒故勒莺声涩,积雨何烦鸠唤频?戎索几经收丑类,战尘遥起落城闉。已拼抱影林深处,料理危时多病身"(《乙亥三月寇警甚迫予久卧病又苦久雨感怀》)①。晚明党同伐异,相互倾轧,"庙略也须防内溃,解严何日慰苍黎?"(《七月五日集元孺衙斋再叠前韵》)②大胆揭露弊端,忧念危急局势,披胆沥血,拳拳忧国之心可见一斑。

晚明社会动荡不安,满目疮痍,百姓生存尤为不易,范凤翼悲天悯人,胸襟博大,始终关注民瘼,将天下苍生纳入笔端。《卖儿行》真实再现了下层百姓挣扎于死亡线上的悲惨景象,诗曰:

> 秧苗满丘塍,旱魃苦为厉。锄禾复种豆,螗蝻四野蔽。嗟此下农夫,曷以为生计?夫妇已仳离,一身还虞赘。骨肉不相附,命为口所制。负得一村儿,乍可八九岁。爷身如鲋鱼,残沫何从继?儿身如悬瓬,贴体以待毙。自分且死别,何如早生离?相倚终偕亡,割一或两济。儿痴初不省,背上犹啤哕,得直才数缗,人贱不如彘。剜肉以医疮,何异将儿噬?新主摩儿顶,痴儿牵爷袂;卖者向西号,买者向东曳。去去累如脱,稍远屡回睨;肠断不可忍,至此奈何势?死别只一暝,生别痛如刿。犹计卖儿钱,半以偿官税。伤哉此穷民,何繇诉天帝?③

旱灾不断,螗蝻肆虐,各层官吏敲骨吸髓,导致了卖儿鬻女、骨肉生离的家庭悲剧。诗歌以沉痛笔墨描写了百姓惨绝人寰的生存状态,曲尽人情事态,悲痛与无奈表达得细腻入微,令读者潸然泪下。《舆夫叹》是对车夫劳碌悲惨生活的慨叹:"祝融煽虐相煎急,辟彼镬汤驱人入。火云扑面炎风吹,九咽干喝烟嘘吸。长干道远舆人苦,喘息多时才数武。但思余馋赴筵咽,足生羽翰疾于箭。"④炎炎烈日,漫漫长途,火云扑面,镬汤侵足,苦不堪言,舆夫辛苦奔波的艰难境况跃然纸上,无限辛酸寓于其间。范氏还刻画了各种自然灾害之下的百姓命运,洪水肆虐,民食浮萍,"埋沉井灶风烟惨,排荡湖波天地腥。渔父遮身惟破网,田家寄命以浮萍"(《辛未长淮大浸所

①范曾编:《南通范氏诗文世家》(壹),河北教育出版社,2004年,第215页。
②范曾编:《南通范氏诗文世家》(壹),河北教育出版社,2004年,第261页。
③范曾编:《南通范氏诗文世家》(壹),河北教育出版社,2004年,第71页。
④范曾编:《南通范氏诗文世家》(壹),河北教育出版社,2004年,第118页。

见饥民皆食浮萍可悯》)①；连月淫雨，麦苗烂死，"麦苗烂死如菅沤，农愁面比松皮皱。老夫冒雨向空祝，呼起女娲补天漏"(《补天词》)②。两诗陈述民间疾苦，具有典型意义，显示出可贵的社会关怀。不仅如此，诗人还以犀利笔触揭露了统治阶级的残酷盘剥："硗确田多耕不暖，租庸户减例仍加。采风使者停轺处，应绘流民达翠华。"(《从广陵诣泗上途中示姜观若兄弟》)③苛政猛于虎，灾患频仍，赋税繁重，诛求无度，民不堪负。诗人对百姓水深火热的处境表达了同情和怜悯，既忧且愤，强烈呼吁官府深入民间，了解实情，关爱苍生。

　　明代文人雅集赋诗成为了突出的文化现象，这也是范凤翼林居的主要生活内容。范氏绝意仕进，提倡风雅，致力于以文会友，重视文学适情娱乐的功能，以实现自我生命的安放与解脱。其存世诗歌一千五百余首，雅集之作贯穿始终，数量最多。范氏与友人聚会形式多元，既以若干文人为中心形成稳定的社集场域，如《山茨社次韵》《饮潘仲和尊拙轩同社分赋》等，又有规模或庞大或小型的文人即兴欢会，如《春日杨元孺汪遗民诸子至小斋夜集共用今字二首》《雨夜何仲文携尊见访同友人赋得七虞时客居广陵》等。雅集活动丰富多彩，或跌宕诗酒，"百年勋业诗开社，万古山河酒借筹"(《晋林群彦每寻幽》)④，"自是惜春应卜夜，何妨酒令作诗题"(《十笏斋与扬伯野臣季野诸君小饮酒间以惜春二字为令遂用为题》)⑤。或听歌观剧，"试看戏剧灯前影，有底升沉世上愁"(《中秋日同慈明幼桓并徐生善影戏者饮陈于枢所限秋字是夜无月》)⑥，"青童妙丽夺红裙，如串珠喉吐异芬"(《青童妙丽夺红裙》)⑦。或揽胜赏物，"江山千古皆无恙，结社狂游即地仙"(《同袁云野周千载李羽中朗润登军山经雨即事》)⑧，"君子竹边倾玉友，大夫松下侍花王"(《暮春同袁云野并令子伯鸠招同稚修荆璆于到绳其

①范曾编：《南通范氏诗文世家》(壹)，河北教育出版社，2004年，第238页。
②范曾编：《南通范氏诗文世家》(壹)，河北教育出版社，2004年，第102页。
③范曾编：《南通范氏诗文世家》(壹)，河北教育出版社，2004年，第215页。
④范曾编：《南通范氏诗文世家》(壹)，河北教育出版社，2004年，第332页。
⑤范曾编：《南通范氏诗文世家》(壹)，河北教育出版社，2004年，第300页。
⑥范曾编：《南通范氏诗文世家》(壹)，河北教育出版社，2004年，第302页。
⑦范曾编：《南通范氏诗文世家》(壹)，河北教育出版社，2004年，第106页。
⑧范曾编：《南通范氏诗文世家》(壹)，河北教育出版社，2004年，第318页。

看牡丹》)①。或品鉴书画,"文虎酒龙喧座上,词坛画苑立尊前。图开河洛仍呈象,墨破鸿濛再造天"(《何上舍启明大开诗画社邀予主盟分一先韵社所为紫烟阁》)②。或谈禅论道,"谈锋交慧牙,寂机生藻思"(《秋日同慈明穆其潜夫诸子集西寺限寺字》)③,"诗魂领枯趣,托体山与静"(《同苍雪扈芷斋会净业庵》)④。当然,文人欢聚吟诗题材并非陈陈相因、千篇一律,范凤翼《为友人赠高美姬每首用十二名姝入句余创制也继和者不下百辈矣》虽是游戏之作,亦见创新之处。其一曰:"云儿谱出宵娘声,粉陈苕华占女英。明月正悬春宴处,朝云不散夜来情。莫愁倩女传书误,却要如姬进酒盈。秾李蒨桃花下醉,玉箫吹出杜韦名。"⑤将古代十二佳丽巧妙运于诗中,新颖别致,自属首创,得到了当时近百文人的仿效追和。频繁的文人聚会,大量的诗歌创作,丰富的文化活动,记录了晚明士人生动活泼的日常生活图景,群体人生态度和价值取向诗中可见。

明代李梦阳提出"真诗乃在民间"的诗学命题,随着对这一观点的普遍接受,文人高度关注民歌时调,呈现出世俗化的诗学取向,时至晚明更成为普遍的文学审美。繁盛的创作实践促进了中国传统文学的通俗化,功不可没。竹枝词原是巴蜀民歌的一种形式,由于刘禹锡、白居易等人大力推介,明清时期文人竞相效仿,冠以各地之名的竹枝词层出不穷,成为通俗文学的代表之一,盛况空前。范凤翼非常重视民间文学,有《吾里崇川午日竹枝词》二十首,诗中生动再现了通州端午悠久鲜活的岁时民俗。

> 龙舟五色气蜿蜒,游舫如云缬彩鲜。
>
> 火炮无端水底发,正如雷电起乖龙。
>
> 我侯出饮兴悠哉,艾叶榴花蒲莅杯。

龙舟竞渡,锣鼓喧天,人流如潮,举城狂欢,场面壮观,艾草、菖蒲、石榴等装点下的端午,节日气氛热烈。同时,范氏以现实主义笔法拓展了竹枝词记录社会生活的视域。

---

①范曾编:《南通范氏诗文世家》(壹),河北教育出版社,2004年,第316页。
②范曾编:《南通范氏诗文世家》(壹),河北教育出版社,2004年,第347页。
③范曾编:《南通范氏诗文世家》(壹),河北教育出版社,2004年,第66页。
④范曾编:《南通范氏诗文世家》(壹),河北教育出版社,2004年,第84页。
⑤范曾编:《南通范氏诗文世家》(壹),河北教育出版社,2004年,第221页。

烂熳玳筵供一醉，贫儿艰食足三年。

污邪潮白高原赤，升米和沙直百钱。且典箧中衣置酒，不妨忍死度荒年。

前年蝗不入中牟，渔阳麦穗今两头。

针砭时弊，涉及贫富不均、自然灾异等，表现出对社会现象的广泛关注和深刻思考。当然，竹枝词中更多演绎了年轻男女的浪漫故事。

乍出兰闺竟体幽，目波流盼暖于秋。学将湖伎乔妆束，卖段风流与客舟。

倾城游女斗芳菲，玉作肌肤珠作围。邻舟少年特无赖，不吊湘累吊宓妃。①

宛转风流，表现出大胆的爱慕之情和缠绵的情思意绪。竹枝词植根民间，源于生活，诗人耳濡目染，笔调轻松明快。全诗七言四句，字数工整，韵调和谐，状摹出一地多姿多彩的端午节日景观与民俗风情，成为通州地方文化的珍贵材料。此外，《采桂词》四首、《采莲曲》六首、《采桑曲》三首、《采菱曲》三首等，操觚染翰之时，题材内容、遣词用语、格调趣味等深得民歌真意，浅近平易，风情摇曳，雅俗共赏。

二、陶写性情，真挚感人

明代诗歌总体呈现出复古诗派与性灵诗派的对立消长，在李梦阳、李贽、汤显祖、袁宏道、冯梦龙等人的鼓吹之下，随着明代城市经济的繁荣，文学领域呈现出"尊情"的发展脉络，晚明时期蔚为壮观。范凤翼返归自我，推尊真情，诗文由衷而发，自然流露，表现了诗坛由复古而性灵的潜在动向。其《超逍遥草》自叙曰：

予自庚午遭海上之乱民，中当事之逆党，遂至魑魅待侧，钳网在前，虽衾影之无惭，觉天地亦太窄，流寓异地，崩奔阮途，邑邑无聊，谁因谁极？……予苦时事，似有物喉嗓间，格格欲吐，即不必作意托之诗歌，而不惟其文惟其情，虽欲不为诗歌亦不可得。②

①范曾编：《南通范氏诗文世家》（壹），河北教育出版社，2004年，第406页。
②范曾编：《南通范氏诗文世家》（贰），河北教育出版社，2004年，第46页。

　　范氏仕途坎坷,命运多艰,因立朝家居饱受磨砺,感慨淋漓,情之所迫,文从生焉,其诗全面反映了真实的内心世界,呈现出丰富的情感内涵,鲜见公安派的不避俗情、纤佻放纵。中国传统文化极为重视伦理亲情,范氏诗中不乏这类题材。其母卒于万历三十三年(1605),得知噩耗,由京城匆匆赶归,泪下不止。"儿子出门迎,阿母复安在?""孤月照孤舟,孤客泪如霰。"(《归舟感悼》)[1]孤客、孤月、孤舟,渲染出失母之子内心透彻骨髓的寒凉。范凤翼以在官违养,未能奉母永诀,心存憾恨,深为自责。其《雨中展墓哭先安人》曰:"松楸黯黯草狝狝,寂寞慈颜泪眼前。难把君羹酬九地,空怀熊胆恨终天。愁云似是焫蒿气,苦雨何非长夜泉?一痛低回归去晚,槐烟榆火自年年。"[2]以诗祭奠亡灵,慈母如在目前,沉浸于回忆的痛苦之中,凄寒悲苦,感人至深。万历三十一年(1603),范凤翼娶妻王氏,三十七年(1609)六月王氏卒,有《哭内》四首,诗曰:

　　　　耐可寒宵强放歌,人间短梦霎时过。好怀半世曾何得,回首伤心事已多。

　　　　一夜西风老杜蘅,客中伤逝若为情?高天霜雁惊残梦,孤馆寒蛩傍哭声。

　　　　夜深儿女哭声长,剩月残灯总断肠。梦后忽惊衾半冷,枕边犹觉鬓丝香。

　　　　忽漫秋风冷缭帷,凄凉天地泪空挥。茕茕儿女扶孤榇,怯怯游魂归不归?

　　携手并行、相濡以沫的伴侣一朝逝去,给生者带来沉重创痛,往事不堪回首,不舍与悲苦喷涌而出,化成感人肺腑的悲歌。睹物怀人,梦寐仿佛,沉哀入骨,苦不胜辞,写出对亡妻的无限深情。题下自注:"与袁中郎同宿考功司,读予哭王安人作,甚为感悼焉。"[3]是时,范凤翼与袁宏道同在考功司任职,吏事之余时见文学交流与切磋。其诗直抒胸臆,字字含泪,句句摧肠,袁氏称道不已,可见与性灵诗学的内在契合。同时,范凤翼舐犊情深,对子女疼爱有加,诗中慈父形象呼之欲出。冬日赴京口视儿国祯病,有《岁

①范曾编:《南通范氏诗文世家》(壹),河北教育出版社,2004年,第352页。
②范曾编:《南通范氏诗文世家》(壹),河北教育出版社,2004年,第268页。
③范曾编:《南通范氏诗文世家》(壹),河北教育出版社,2004年,第380页。

暮行》曰：

> 同云莽互兮酸风吼，大雪飘飏兮寒色陡。甫戒旅兮未百里，俄胶舟兮兀相守。僮仆僵卧兮次且，篙师告劳兮龟手。我阻兮河湑，儿病兮京口。逼岁暮兮心几烦，天听高兮不我有。嗟维谷兮奈何，彼安居兮知否？蹇驴踟蹰兮宿莽，饥乌叫号兮冻柳。抚枕不寐兮其谁语，曷以写忧兮微我无酒。①

儿病京口，急赴探望，无奈天不遂人意，大雪纷扬，路途受阻，心烦意乱，坐立不安，吟诗写忧，可见父爱如山。崇祯三年（1630），通州民明铎、苏如轼、杨茂等素与乡绅不合，镇将王扬德入援遵、永，诸人乘机焚抢乡绅，烧杀掳掠，阖城涂炭。范凤翼首撄凶锋，如处刀山剑林、镬汤寒冰之中，只能暂时避迹他乡。姊夫李太素与之唇齿相依四十年，担心其人安危，四处打探。一旦觅得踪迹，不远千里渡江来到金陵，萧瑟秋风中两人终得相见。"哽咽难致词，目瞪口为哆。盘桓屡晨夕，情话更端起。示我见怀诗，百篇殊不止"（《李太素姊夫来会金陵有述》）②。惊讶万端，感慨淋漓，困厄之中不离不弃，安慰扶持，道谊深厚。孰料李太素由金陵归抵白蒲镇，醉卧舟中，竟然无疾而终。范氏闻之恸哭："离乱多年拭泪吟，白门遐隔远相寻。岂知别去刚旬日，不见归诗见讣音。"（《挽纯夫李姊夫哀词四章》）③生死两茫茫，表达了对至亲沉痛的哀思，望空洒泪，一哭三叹。

忠于国则同心，闻于义则同志。范凤翼交游对象广泛，"皆道义声气之交故也"④，或气节道义相号召，或文情诗趣以援引，诗中随处可见坚贞可贵之谊。高攀龙（1562—1626），初字云从，更字存之，别号景逸，无锡人。己丑进士，累官左都御史。范凤翼与之立朝言事，志同道合，引为知己，遂成莫逆，自言："海内一人知己非先生而谁？"其《祭高忠宪先生》曰："予家食廿余年，足不履户外，顾与先生邮筒往来无虚月。"⑤在风雨如晦、鸡鸣不已的晚明，诉以衷肠，相互砥砺，成为彼此人生的重要精神支柱。天启五年（1625），魏忠贤对东林党采取了残酷镇压。天启六年（1626），高攀龙不堪

---

① 范曾编：《南通范氏诗文世家》（壹），河北教育出版社，2004年，第49页。
② 范曾编：《南通范氏诗文世家》（壹），河北教育出版社，2004年，第72页。
③ 范曾编：《南通范氏诗文世家》（壹），河北教育出版社，2004年，第403页。
④ 范曾编：《南通范氏诗文世家》（壹拾捌），河北教育出版社，2004年，第266页。
⑤ 范曾编：《南通范氏诗文世家》（贰），河北教育出版社，2004年，第188页。

屈辱,投水自尽。范凤翼对其遭遇表达了深切同情和沉重悼念。

> 嗟此流俗下,黄虞不可作。厉志崇令仪,弱植惭虚薄。眷然念亡友,言笑宛如昨。奸慝据台司,仁贤糜鼎镬。(《追忆高景逸周蓼洲顾尘客周绵真诸君子》)①

诗中盛赞高攀龙等志士的高风亮节,追忆了契合无间的昔日交往和深挚情谊,控诉了压迫者的残害忠良、血腥残暴。王元翰(1565—1633),字伯举,号聚洲,云南籍凤阳人。辛丑进士,累官左都御史。范凤翼与其可谓金石之交,万历三十七年(1609),王元翰力持清议,慷慨论事,御史郑继芳劾其"盗库金,剋商人资,奸赃数十万",此实为子虚乌有之事,王氏"尽出其箧箴,舁置国门,纵吏士简括,恸哭辞朝而去"②。范氏力主正义,使之安然就道,以诗饯行。

> 彩云无恙绕云津,万里飘零一逐臣。恋阙梦回清禁晓,登楼思动浣江春。焚将疏草空余泪,除却奚囊剩是贫。到日勿言高卧稳,时危未许遂闲身。(《送王伯举给谏还滇南》)③

首联刻画了苍茫天地之间蒙冤受屈的逐臣形象,目下凄凉,孤独无奈诗中可见。同时笔触深入人物内心,王氏虽然胸怀兼济天下的壮志和积极参政的热情,在严酷的政治环境中遭遇到残酷打击,极度失望之余毅然离去,可叹可恨。尾联激励友人勿忘国忧,日后东山再起,建功立业。崇祯六年(1633),王元翰漂泊东南,七月卒于南京寓所,弥留之际安然谓诸公曰:"幸也死于二三友朋之手! 不然,千年之后,谁为知我心者乎?"④王氏死后因家贫无以殓,范凤翼等人为其治丧,有《挽王伯举给谏》四首以寄哀思。国家多事,挚友凋零,悲不自胜,诗中激赏其刚正不阿、敢言直谏,"人世偷生生理亡,如君虽死骨犹香。奸谀已落朱云手,疏草焚为白日光",悲悯其为官清廉、家徒四壁,"知君岂待盖棺时,廉吏终疑不可为。生死一身归不得,而今方受世人知"⑤。挽诗发自肺腑,沉痛凄婉,其至死不渝、有始有终

---

① 范曾编:《南通范氏诗文世家》(壹),河北教育出版社,2004 年,第 69 页。
② [清]张廷玉:《明史》卷一百二十四,中华书局,1974 年,第 6152 页。
③ 范曾编:《南通范氏诗文世家》(壹),河北教育出版社,2004 年,第 221 页。
④ [明]王元翰:《王谏议全集》,《四库未收书辑刊》第 5 辑第 25 册,北京出版社,2000 年,第 58 页。
⑤ 范曾编:《南通范氏诗文世家》(壹),河北教育出版社,2004 年,第 372—373 页。

之举令人敬仰。崇祯三年(1630),范凤翼家族遭受重创,郑三俊、钱谦益、方震孺等诸友为其伸张正义,热心援助,遂以诗《一甘蹇劣谢明光》致谢。随后十年流亡于外,饱受创伤、流离失所之际,各地友人温情接纳,风雨同舟,肝胆相照,范氏感念不已。避乱京口三年,与谈中约、万寅阳、钱密纬等人声气相求,情好笃挚。

> 三载依栖遣岁华,又携鸡犬去天涯。贫装轻曳身无累,水宿虚凉梦易赊。尘鞅久羁思拔宅,烟波无恙学浮家。帆开背指东流下,愁见离群雁影斜。(《忆京口友人诗》)①

临岐缱绻,不能已已。避难金陵八年,范景文、吴行可、何栋如、方孩未、阮大铖等名流登门拜访。"据幽遐敕烟霞以辅赏,集名隽开尊酒而论文"(《白下买山成志喜》)②。范氏感慨淋漓:"垂教殷殷,声气甚浃,殊不似半生独居海上者。"(《家山曾署退园名》)③宾朋满座,谈笑风生,极尽风雅之能事,驱散了遭逢困境、久居异地者的惶恐无助、孤独寂寞。

古代诗歌形成了源远流长的思乡主题,这也在范凤翼诗中留下了浓重笔墨。万历二十八年(1600)至三十八年(1610),仕宦于朝,政治腐败,官场险恶,心灰意冷之际表达了归乡的强烈渴望。万历三十五年(1607),其《旅病》一诗曰:"出山本意济艰危,谁料途穷转自嗤。阘茸何能支大厦,英雄多病负明时。心知一片莲花铁,幽梦千年桂树枝。稍俟秋凉当命驾,曰归重理旧茅茨。"④豺狼当道,才高遭嫉,动辄得咎,消磨了济世之志,乡关之思中渗透了归隐之念。一旦如愿踏上归途,即如纵壑之鳞。"昼夜行十舍,客子心犹急"(《舟行书事》)⑤,"况复惊残腊,归心似辘轳"(《冬夜抵海陵作》)⑥。狂喜异常,迫不及待。古代舟车不便,山水跋涉,归心似箭之游子饱受煎熬。其《菩萨蛮·旅思》曰:"江堰河畔烟帆杳,往来泪落知多少? 和雪结成冰,中间有泪痕。泪痕消不去,结入愁人句。煞有笛声来,凄清闻落

①范曾编:《南通范氏诗文世家》(壹),河北教育出版社,2004年,第230页。
②范曾编:《南通范氏诗文世家》(壹),河北教育出版社,2004年,第433页。
③范曾编:《南通范氏诗文世家》(壹),河北教育出版社,2004年,第233页。
④范曾编:《南通范氏诗文世家》(壹),河北教育出版社,2004年,第219页。
⑤范曾编:《南通范氏诗文世家》(壹),河北教育出版社,2004年,第84页。
⑥范曾编:《南通范氏诗文世家》(壹),河北教育出版社,2004年,第174页。

梅。"①孤眠旅舍，直抒心曲，凄婉动人，归思在纸上荡漾开来，读后令人经久难释。其《安德驿》曰："驿路羊肠险，河流马颊通。枫凋秋色黯，柳秃暮烟空。客思摇行旆，乡心逐去鸿。邮亭眠未稳，征铎已匆匆。"②江上日暮，烟霭苍茫，气象萧瑟，触景生情，乡愁难耐，油然弥漫。崇祯三年（1630）至十三年（1640），范凤翼避难于外，有家难回，思乡之曲不绝如缕，动人心弦。

> 此地何地兮远道伤离，今夕何夕兮倏梦见之，寒鸡则鸣兮唤破相思。俗美非吾土兮惠而好我，自愧不祥之人兮众皆曰可。亲者疏兮疏者亲，好丑易兮难为身。（《忆乡歌》）③

人亡家败，百口流离，范氏孑然一身，沦落异乡，如逐浪之浮萍，飞舞之秋蓬。心难静，意难平，幽怨愤懑中可见对故土的深切留恋。诗中化用王粲《登楼赋》"虽信美而非吾土兮，曾何足以少留"句，表达了漂泊之苦、乡关之思，贴切感人。时间流逝中，这份羁旅情怀萦绕心际，日日堆积，越加强烈。

> 羁途已四载，酒醒思无涯。排闷聊复醉，隐几梦还家。精感无山川，一瞑千里赊。时危方且赘，安得守蒿麻？奇情散湖海，幻想寄烟霞。津源如可问，退险曾足嗟。（《梦归》）④

乡思如影随形，酒醉难销，悄然入梦，故乡山水风物宛然在目，贪欢片刻，醒来凄怆如旧，诗歌情韵悠长，耐人寻味。又如《芦悲诗》："胡马望北风，海鸟怀南归。物犹爱所近，芦中能不悲？岂无骨肉亲，我独苦生离。非兵亦非燹，焚掠靡有遗。播越将十载，东望徒涟洏。"⑤背井离乡，流离播迁，骨肉分离，将近十载，物犹怀归，人何以堪？遥望东海之滨的故乡，黯然神伤，路途迢迢，泣涕涟涟。

三、雄奇阔大，自然流畅

范凤翼雄才经国，清德居乡，气概非凡。诚如朱长康曰："先生有英雄

---

① 范曾编：《南通范氏诗文世家》（壹），河北教育出版社，2004年，第437页。
② 范曾编：《南通范氏诗文世家》（壹），河北教育出版社，2004年，第182页。
③ 范曾编：《南通范氏诗文世家》（壹），河北教育出版社，2004年，第45页。
④ 范曾编：《南通范氏诗文世家》（壹），河北教育出版社，2004年，第82页。
⑤ 范曾编：《南通范氏诗文世家》（壹），河北教育出版社，2004年，第76页。

之眼目，可以俯视一世；有英雄之手段，可以扬搉群纷；有英雄之胸次，可以包罗万象。"（《太蒙先生补传》）①范氏是胸怀磊落、风骨凛然的政治家，也是才情浪漫、飘逸不群的文士，诗歌因此呈现出壮丽雄奇的阳刚之美。第一，意象峥嵘。范凤翼诗中充满雄伟阔大、奇特壮美的意象，以山、江、河、海、峰运用最多。

> 山从墟界立，潮曳海云归。（《金山对月同王伯举给谏赋》）②
> 断崖瀑下千蛟斗，倒峡涛喧万马狂。（《淮上》）③
> 九溪罗立百千盘，一道泉声十八滩。（《游武林理安寺十八滩韬光庵九里松》）④
> 重关扼要平吞海，绝壁排牙直到天。（《山海关》）⑤
> 云扶塔势迎樯走，潮接峰阴插汉流。（《兴剧冥搜且放舟》）⑥

高耸入云的青山，奔腾不息的潮水，峭壁嶙峋的悬崖，汹涌咆哮的怒涛，水流湍急的十八滩，威武雄壮的山海关，壮丽伟岸，境界开阔。诗人还通过想象、比喻、夸张等，进行出人意表的构思，实现了意象之间跳跃转换。

> 赫濯声灵振大荒，长江千里列余皇。宝刀吐气星辰上，牙纛光摇日月旁。蜑市屯云连水寨，鲵居恬浪避金汤。帝纡南顾劳臣绩，赐履行看出建章。（《赠中丞马岫旭王孺初》）⑦
> 叔子缓带爽且豪，王郎挂笏岂马曹？剑匣于今有龙气，酒杯之外如鸿毛。蓝水玉山怆陈迹，丹枫黄菊骄吟毫。策虏雄风飒尔至，金戈铁骑喧寒涛。（《九日杨元孺总戎招同王梦叟狼山江边游赏》）⑧

巧妙地将当下与历史、自然与人事、现实与神话等熔为一炉，纵横变幻，创造出奇异瑰丽的境界。第二，气势磅礴。曹丕《典论·论文》言："文

---

①范曾编：《南通范氏诗文世家》（贰），河北教育出版社，2004年，第232页。
②范曾编：《南通范氏诗文世家》（壹），河北教育出版社，2004年，第153页。
③范曾编：《南通范氏诗文世家》（壹），河北教育出版社，2004年，第239页。
④范曾编：《南通范氏诗文世家》（壹），河北教育出版社，2004年，第241页。
⑤范曾编：《南通范氏诗文世家》（壹），河北教育出版社，2004年，第244页。
⑥范曾编：《南通范氏诗文世家》（壹），河北教育出版社，2004年，第253页。
⑦范曾编：《南通范氏诗文世家》（壹），河北教育出版社，2004年，第252页。
⑧范曾编：《南通范氏诗文世家》（壹），河北教育出版社，2004年，第270页。

以气为主。"①范凤翼忠君忧国,"一腔真性情发泄而为大雅之音,且有英雄气"(董其昌《序》)②。其《弄潮歌》曰:

> 秋高浪打江门开,洪潮逆走排空来。百道重关关不住,山崩峡坼何喧豗?汹汹滚入杨家嘴,倒翻地轴鱼龙死。临崖触眦心诧惊,何人复蹈吕梁水?隋家龙舸随东流,群儿此日弄潮头。小舸犯浪百不惧,一身自在同轻鸥。挽棹分流如雪卷,并刀直把吴江剪。层波跳立高过云,舟底平翻俄拨转。须臾日惨天昏荒,何来鬼物方披猖?矫矫不随波上下,跧跧踏步如康庄。偃仰出没恣飞舞,斜舒两臂如张弩。嘘噏能将天地通,纵横那受沉沦苦?君不见,世路艰,瞿塘滟滪皆等闲,谁能汩汩名利间?弄潮兮,日欲夕,世事变迁总潮汐。歌罢潮平万籁空,把酒一呼江月白。③

全诗铺叙弄潮场面的惊心动魄,倾涛泻浪,喷珠溅玉,声如雷鸣,排山倒海,有万马奔腾之势,雷霆万钧之力。弄潮儿技艺高超,迎风破浪,腾身百变,出没于鲸波万仞之中。全诗纵横开阖,波澜起伏,句式参差,用韵灵活,气势凌厉。晚明政事积弊难返,错综复杂,范凤翼对黑暗的时局痛心疾首,诗中多有批判:

> 麟凤日为妖,鼠狐连九陌。瓦缶陈庙廷,黄钟徒见掷。恶氛煽海宇,阴风动官披。何时见太清,一朝际无射。(《舟次阻风》)④
> 帝郊麟凤迹全无,白日满地行妖狐。沙虫殷轸猿鹤清,孤神龙蠖伏不如虾蛆。(《梁鼠行》)⑤

小人当道,君子在野,黑白颠倒,是非不分,对现实严厉的指责之中一股浩然正气令人肃然起敬。第三,感情豪迈。基于对黑暗政局的清醒认识,范凤翼挂冠隐退,主动规避日后愈演愈烈、旷日持久的党派争斗,追求全身远祸和精神自由。可贵的是,他不戚戚于政治道途的成败得失,表现

①［三国·魏］曹丕撰,夏传才、唐绍忠校注:《曹丕集校注》,河北教育出版社,2013年,第237页。
②范曾编:《南通范氏诗文世家》(贰),河北教育出版社,2004年,第235页。
③范曾编:《南通范氏诗文世家》(壹),河北教育出版社,2004年,第101页。
④范曾编:《南通范氏诗文世家》(壹),河北教育出版社,2004年,第64页。
⑤范曾编:《南通范氏诗文世家》(壹),河北教育出版社,2004年,第112页。

出豁达的胸襟。"苍山碧水皆行墅，残霞剩月任吾取"（《中秋后一日雨》）①。与通过隐逸以求取利禄者不同，与因为隐居憾恨苦闷者不同，虽然远离庙堂，积极开拓传统事功之外的意义。

> 天才骏发不可当，拟涸文江芟艺亩。搦管时催茗熟无，承槽但问酿成否？狂歌跌宕倒接篱，白眼四顾青天陡。昨咏皇华太华游，十丈莲花如船藕。（《高卧似中玄石酒》）②

> 闲行偏爱河边水，闲坐偏爱水中月。曲沼鸥凫喜结盟，密林松竹怜清樾。金谷珠姬那足追，只今荒圃足栖迟。辋川裴迪和诗好，只今良友和倾倒。请看超俗古沉冥，烟霞无恙风流老。（《河坨书怀》）③

或跌宕诗酒，意气冲天，或吟赏烟霞，心境恬淡，表现出超越凡俗的胸襟气度。其临歧赠别之作也多能突破悲戚伤感的传统基调：

> 唱罢骊歌为君嘱，好勒燕然窦宪碑。（《送杨盟初计部督饷榆林》）④
> 试解虔刀一相送，书勋拭目奏明光。（《送韩月峰别驾督饷军前》）⑤
> 有征无战全仁勇，百越仍储麟阁勋。（《送茅总戎之东粤》）⑥

诸诗末句激励友人勤政为民，建功立业，一洗悲酸之态、离别之苦，格调昂扬，呈现出大丈夫志在四海的豪迈气概。

范凤翼旗帜鲜明地指出："夫诗者，天地自然之音也。"（《〈谈京兆中约先生诗集〉序》）⑦"自然"成为了文学审美的最高境界，其诗歌也生动地体现了这一美学原则。首先，寓目辄书。范氏还乡归隐，鄙弃功利，远离是非，诗歌吟咏成为其最主要的生活方式。诗人并不追求宏大题材，刻意构思，对平凡的日常生活进行富有诗意的审美，各篇序言忠实记录了作品诞生的情境。

> 偶与史弱翁诸子纳凉庭际，不觉其尊之燥也。忽有蝶坐杯中，吸

①范曾编：《南通范氏诗文世家》（壹），河北教育出版社，2004年，第135页。
②范曾编：《南通范氏诗文世家》（壹），河北教育出版社，2004年，第120页。
③范曾编：《南通范氏诗文世家》（壹），河北教育出版社，2004年，第143页。
④范曾编：《南通范氏诗文世家》（壹），河北教育出版社，2004年，第134页。
⑤范曾编：《南通范氏诗文世家》（壹），河北教育出版社，2004年，第245页。
⑥范曾编：《南通范氏诗文世家》（壹），河北教育出版社，2004年，第334页。
⑦范曾编：《南通范氏诗文世家》（贰），河北教育出版社，2004年，第49页。

余酒,可一刻,顷乃蓦腾飞去。大奇大奇! 遂捉笔成诗以纪兴。(《醉蝶行》)①

同吴生酌花下,留宿不住,嘲之。(《花泪引》)②

予山茨蓄双鹤,驯扰可爱。携游广陵,寄友人家半载,霜天月夕,每厪予思。道士羽衣,时形梦寐。顷复载之同归,相对不啻故人也,欣然有作。(《赠鹤》)③

翩翩起舞的醉蝶、执意归家的友人、久别重逢的双鹤,兴会淋漓,一一纳入笔端。此外,由《偶过经行一其内子就豆架摘鲜佐酒甚欢率赋为赠》《花笑病》《睡午》《打鱼歌为静补作》《奴子盗酒作诗申禁》《同羽中弈》《即事》等题目可见,诗人远离仕途的羁绊,逃离名利的束缚,放浪诗酒,即兴而作,全面呈现了自由闲逸的归隐生活,与万历年间多数士人一道将文学的自适功能推到极致。其次,结构流转。范凤翼诗歌章句之间意脉贯通,连接自然。或以游览行迹为线索:

登峰气矜奋,蹙磴盘崒嵂。策杖振高躅,手足递劳逸。石藓被文茵,松风奏瑶瑟。三休相戒途,烟霞置邮驿。行行遂忘疲,意缓步逾疾。一蹴造危巅,俯视乱云日。群峭各心降,万灵效奔轶。兹游凌大荒,凤愿庶已毕。(《登摄山绝顶得八韵》)④

清晰呈现了从山脚至绝顶的攀登过程和沿途风景,历历目前。或以感情抒发为贯穿:

束发眷山樊,秉素乐萧旷。壮岁掷浮荣,冥栖敦凤尚。赴陇叠纶音,终不易情向。猿鹤坚我盟,松桂保无恙。二疏虽曰贤,迟暮归林养。岂希沮溺贞,亦匪鸥夷放。观父理有征,味道衷为亮。周子当世豪,持操亦何妄? 宁甘列錾讥,趋华走俗状? 矢志苟不移,兴言百骸畅。(《山茨解嘲》)⑤

诗人壮岁之年抛弃功名,实现了束发之时的志愿,漫步山壑林泉,怡然

①范曾编:《南通范氏诗文世家》(壹),河北教育出版社,2004年,第107页。
②范曾编:《南通范氏诗文世家》(壹),河北教育出版社,2004年,第111页。
③范曾编:《南通范氏诗文世家》(壹),河北教育出版社,2004年,第380页。
④范曾编:《南通范氏诗文世家》(壹),河北教育出版社,2004年,第89页。
⑤范曾编:《南通范氏诗文世家》(壹),河北教育出版社,2004年,第90页。

自乐。同时,与多位历史人物进行对比,表达了安贫乐道、矢志不渝的坚定信念。或以事件发展为顺序:

> 小儿缄其口,寄命医人手。医人手中造化开,方挈小儿生路走。吾孙危脆病非轻,老夫病中还一惊。幸藉安期半匕散,吾孙立地能回生。老夫因之病亦起,使我家人皆色喜。(《江生能起小孙之病予心感之乃作短歌志谢》)①

将小孙由危在旦夕到逐渐康复的过程娓娓道来,对良医沉着应对、妙手回春的无限感激水到渠成、有感而发。又次,语言洗练。诗人具有严谨的创作态度,绘景状物表现出高超的文字驾驭能力,精炼传神,不见雕琢之迹。既有对动词的锤炼,"万顷烟峦涌画楼,四周灵气学丹丘。山驱骤雨来无次,江曳长空去不收"(《狼山萃景楼远眺》)②。"涌"字描写了一望无垠的江面烟波浩淼,气势浩瀚。"驱"呈现了山雨欲来风满楼的紧张气氛,栩栩如生。"曳"则是登高远眺,将水天相接的壮阔场景尽收眼底。三个动词具有画龙点睛之功,生动可感,令人击节叹赏。"雨故欺行色,寒犹恋客衣"(《春日从白门来广陵陆山人于张二守席间赋诗见示走笔次韵》)③。阳春三月,知旧相逢,故地重游,兴致勃勃。无奈天公并不作美,"故欺"将绵绵春雨写活,"犹恋"显示了乍暖还寒的气候,移情于物,趣味盎然。又有对形容词的妙用,"园红鲜可摘,蛩语絮难堪"(《秋日招薛千仞诸词人小集限韵》)④。秋日小园花卉盛开,以"鲜"淋漓尽致地展现了其明媚动人,熠熠生辉,观者驻足流连,采摘赏玩。蟋蟀在伸手不可及的幽暗处凄然弹唱,"絮"传达了其声的若隐若现、如泣如诉、令人不堪。上下句通过对比映衬,增强了艺术感染力。还如虚词,"乍见鱼龙趋大壑,忽惊雷雨暗孤城"(《泛涨》)⑤。一夜之间潮水泛涨,一眼望去不见边际。"乍"凸显了水涨的来势凶猛和出乎意料,"忽"则刻画了对紧随其后雷雨降临的毫无防备,两词体现了人物情态和诗歌内部的衔接照应。又如:

---

① 范曾编:《南通范氏诗文世家》(壹),河北教育出版社,2004年,第127页。
② 范曾编:《南通范氏诗文世家》(壹),河北教育出版社,2004年,第212页。
③ 范曾编:《南通范氏诗文世家》(壹),河北教育出版社,2004年,第190页。
④ 范曾编:《南通范氏诗文世家》(壹),河北教育出版社,2004年,第180页。
⑤ 范曾编:《南通范氏诗文世家》(壹),河北教育出版社,2004年,第224页。

嵌窟危亭吞海色,石门崩浪走秋声。(《焦山望海亭远眺》)①

烟生萝户吟风细,泉落松崖过雨香。(《秋日访钱茂才于鸡鸣山寺》)②

鸟酣春色里,僧定水声中。(《同何鸣素何元石诸子游八公洞在润州城南十八公里》)③

鸦背带云归远戍,蝉声沾湿咽高槐。(《泛涨过悠然阁雨来》)④

青峰星点点,苍树露溥溥。(《岱渊羽中五长过别墅限韵》)⑤

潮平帆色定,风软棹声柔。空月写孤傲,玄烟结暝愁。(《同宋又生潘君宠焦山晚步宿海门庵》)⑥

上列诸句用语准确精到,富有神韵,又率真自然,浑然天成,化平凡为神奇,毫无生硬拼凑之迹。

四、各体兼备,求新求变

胡应麟曰:"明不致工于作,而致工于述;不求多于专门,而求多于具体。所以度越元、宋,苞综汉、唐也。"⑦明代诗人高度重视诗体,由专攻一体或数体变为各体兼工,范凤翼创作典型体现了这一时代追求。诗集以文体为分类依据,依次收录乐府、三言古、四言古、五言古、七言古、五言律、七言律、五言排律、六言排律、七言排律、五言绝句、六言绝句、七言绝句、九言诗、词,体式齐备,各具独特之处。古体诗中三言体值得关注,三言诗肇始于上古时期,"语既短简,声易促涩,贵在和婉有余韵"(陆深《诗话》)⑧。汉代以后频繁使用,明代成为了该体理论与创作的高峰期,空前绝后。范氏有《江行望金陵》,曰:

> 泊舟夜,峭帆晓。白洲芦,红岸蓼。跳紫鳞,抢黄鸟。浪花高,峰尖小。江映带,山缭绕。六代争,四夷表。大明兴,群胡扫。凤来游,龙气矫。汉西京,周丰镐。风荡荡,民皞皞。蠢秦寇,乌足道?才臣

①范曾编:《南通范氏诗文世家》(壹),河北教育出版社,2004年,第223页。
②范曾编:《南通范氏诗文世家》(壹),河北教育出版社,2004年,第244页。
③范曾编:《南通范氏诗文世家》(壹),河北教育出版社,2004年,第154页。
④范曾编:《南通范氏诗文世家》(壹),河北教育出版社,2004年,第245页。
⑤范曾编:《南通范氏诗文世家》(壹),河北教育出版社,2004年,第209页。
⑥范曾编:《南通范氏诗文世家》(壹),河北教育出版社,2004年,第152页。
⑦[明]胡应麟:《诗薮》内编卷一,《续修四库全书》集部第1696册,上海古籍出版社,2002年,第58页。
⑧[明]陆深:《俨山集》,《四库全书》第1268册,上海古籍出版社,1987年,第159页。

多，庸臣少。谋人国，宁草草？共宣猷，匡末造。于万年，皇图保。①

句法简净，表意单纯自足，诗句节奏为二一式、一二式交替使用，短促紧凑，加之偶句用韵，一韵到底，铿锵整齐。其五言古诗质朴无华，多出汉魏，为"魏武、陈思、'二阮'、'三谢'之嫡正"(俞彦《序》)②。七言古纵横如意，利用长短错落的句式和拗峭多变的音节，显示了文情的抑扬顿挫。

范凤翼律诗创作最富，其中不乏脍炙人口、享誉一时之作，邓汉仪《诗观》中多有选录。"晓望出松扉，支藤立钓矶。江流何事急，峰势只思飞。日末孤帆杳，霜前一雁微。音光纷屡幻，旧句已全非"(《宿焦山海门庵晓望》)。邓评曰："思绪清警。""济阴秋色满林柯，残角离鸿愁里过。风壮海涛连汉涌，岳高寒雪入楼多。右军宅傍桃花洞，庄叟台邻鲍子河。转眼千年悲往事，揭来天地一渔簑。"(《登东昌城楼》)邓评曰："醇雅又高炼，卓然可乘。"又如《泛涨》"全以气行，咫尺间有万里之势"，《秋日过焦山海门庵》"于题外不肯溢，于题中不肯荒，养到思沉，方有此作"③，鉴赏涉及诗思、文气、炼字、格调等，可见其精湛的艺术功力。《诗经》《楚辞》、两汉乐府、东汉文人抒情小赋中仅有少数六言句，规范的六言诗是建安文人的创作，唐代逐渐格律化。范凤翼六言排律特立独出，其《游招隐洞访懋修禅师》基本句式为传统"二二二"旧例，属对精工，写景如画，意境浑成。通过禅房的古雅环境衬托法师的清德高风，隔绝尘想的意绪、超然物外的志趣鲜明可感。诗人还将繁复的日常生活图景纳入绝句短小篇幅之内，兴到神会，亲切生动，极富生活情趣，"补展拭苍苔，携藤拨青霭。深情了未知，明月来酬对"(《山中坐月》)④。含蓄蕴藉，情景交融，"瓜渚轻舠破浪风，金焦逆走乱帆中。秋高不怕波涛险，来看江南枫叶红"(《秋日渡京江》)⑤。以古入律，声调和谐，气韵流走。单首绝句不足以表情达意之时，则连章组诗，如《客窗杂咏》十首、《退园山房八景》、《取道句曲山中》四首、《秋日过贺氏双巢馆题》十首、《归舟感悼》六首、《游武林杂咏》七首、《延令杂韵》八首、《时感》三十首等，叙事、抒情、议论结合，充分拓展了绝句容量。

①范曾编：《南通范氏诗文世家》(壹)，河北教育出版社，2004年，第54页。
②范曾编：《南通范氏诗文世家》(贰)，河北教育出版社，2004年，第241页。
③[清]邓汉仪编：《诗观》，《四库禁毁书丛刊》集部第1册，北京出版社，1997年，第224页。
④范曾编：《南通范氏诗文世家》(壹)，河北教育出版社，2004年，第349页。
⑤范曾编：《南通范氏诗文世家》(壹)，河北教育出版社，2004年，第372页。

范凤翼论诗具有复古主义倾向,对明末诗坛由"师古"走向"师心"导致的率易俗陋和幽深孤峭十分不满。其《〈西溇草〉序》曰:"侈口毁三唐以上不足师法,以为法之即腐,而求新于俚俗陋劣幽怪寒俭之语,以谓祖自彼作,盖天下不师古者久矣。"①为矫正时弊,范氏慨然承接前后七子回归汉魏、盛唐的复古旗帜,这代表了明末清初文坛的主流风习。其诗集中可见对唐代以前诗歌的自觉模拟:

> 昔我言迈,蒹葭苍苍。今我遄征,木落空霜。迹滞魂窘,昼短夜长。群动既息,一精往还。合眼千里,夷其江山。黍离在目,丘陇则荒。我心匪石,云何弗伤?展转不寐,日出高冈。(《海陵道中不寐作》)②

> 自君之出矣,心情难久持。思君如天地,复合知何时?(《自君之出矣》)③

从谋篇布局、情感基调到遣词造句,追步痕迹清晰可见。文句平顺,深得古人风调,读来亲切可感,又与诗人因遭致不公而离开家乡,却又无限眷恋的当下心境颇为切当,而非机械模仿原作口吻和心意。需要关注的是,范凤翼反对盲目尊古,批判亦步亦趋、一味蹈袭。"善学汉唐无汉唐,迩日词人不及此","摹古何曾甘效颦,铸今时自标心匠"(《酒间与范穆其山人谈诗兼用为赠》)④,要求全面继承其优长又不为拘囿,借筏渡河,自成一家,其创作实践中贯穿了这一诗学追求。《乐府》组诗序曰:

> 盖乐府之兴,蕴衷成叶,浑融天造,无迹可求。今以乐府为乐府者,殊乖厥旨,所谓代哭不悲、效颦增陋者矣……余遭海上庚午之难,流离困踬,偶一呻吟,摧心结思,虽拈古题,实抒时变,聊附里巷之歌谣,敢冀采风之休烈。⑤

直承汉代"感于哀乐,缘事而发"的创作精神,遗貌取神。或沿用古题,或自创新篇,集中抒发了崇祯三年(1630)遭到飞来横祸的不幸和痛苦。《城上乌谣》为桓帝时期讽刺身居高位官吏的贪污纳贿,范凤翼沿袭其鲜明

①范曾编:《南通范氏诗文世家》(贰),河北教育出版社,2004年,第54页。
②范曾编:《南通范氏诗文世家》(壹),河北教育出版社,2004年,第57页。
③范曾编:《南通范氏诗文世家》(壹),河北教育出版社,2004年,第46页。
④范曾编:《南通范氏诗文世家》(壹),河北教育出版社,2004年,第104页。
⑤范曾编:《南通范氏诗文世家》(壹),河北教育出版社,2004年,第42页。

的批判精神：

> 城上乌，夜啼苦。朝为官，夕为虏。锱可掠，庐可火。仍大索，将杀我。奸凶得势气何豪，刀头赎命惟钱刀，只今三尺操天朝。朝中有圣主，一往诉之府公怒。（《城上乌》）①

揭露了通州乱民迫害无辜、烧杀虏掠的嚣张气焰和野蛮行径，愤激之情，寄寓于诗，与脱离性情、代哭不悲者大相径庭。又如《五噫歌》，"昊天不吊兮，噫！降此闵凶兮，噫！此邦之人兮，噫！乱是用长兮，噫！我罪伊何兮，噫！"②承袭古诗一唱三叹的抒情方式，连用五"噫"，将现实遭遇中的无限悲痛尽情宣泄，惊异中包孕悲愤，沉缓间裹带激切。语言质朴，手法古拙，与泥古不化、生吞活剥者不可同日而语。

范凤翼避乱京江有《拟四愁诗》，以其一为例。"我所思兮在祖德，运遭不造婴氛慝。抔土不扫伊谁责，去乡离家心不怿。霜露既降惨焄蒿，泉台恫怨同若敖。魂孤道远招不得，悯予饮痛割如刀"③。诗作借鉴张衡咏怀组诗的章法结构、抒情方式，同时变化出新，与原作以香草美人的笔法寄托深意、重章复沓的方式循环往复不同，拓展了诗歌主题，直抒胸臆，分别表达了对于祖先、戚党、旧知、故山的无限思念，衍生出更为丰富的内涵。诗人当下情境生动鲜活，极具感染力。诗中还见杜甫的影响：

> 西风飒沓天雨霜，寒门四壁谁禁当？鸣蛩又已入床下，夜长酒醒何悲凉？一身容膝无不可，妇子孙曾须屋里。不能穴处并巢居，室人向隅交谪我。唏嘘仰屋衡茅下，图书恼被风霜打。嗟呼！安得亘天亘地成大厦，尽盖天下贫士无居者。

友人汤慈明仅以数椽为屋，目睹其屋破漏雨的艰难生活，遂产生了庇护天下寒士的崇高愿望，呈现出与杜甫《茅屋为秋风所破歌》一脉相承的情感变化线索。不同的是，范氏古风高谊，落实以行，通过一己之力积极改善友人生存困境。

> 汤先生《叹无屋》，诗到酸辛不可读。野夫幸有丰年穀，且喜官租

---

① 范曾编：《南通范氏诗文世家》（壹），河北教育出版社，2004年，第43页。
② 范曾编：《南通范氏诗文世家》（壹），河北教育出版社，2004年，第43页。
③ 范曾编：《南通范氏诗文世家》（壹），河北教育出版社，2004年，第103页。

粗办足。试将余力为尔营数椽，便教庭中隙地都栽竹。我来啸咏醉君家，醉眠了不异我屋。（《〈无屋叹〉答汤慈明先生》）①

因助友营屋，具有了与杜诗迥然有别的现实结局和情调变化。又如《移家江行》，"缆牵虹影挂江门，波叠春芜接岸痕。落日荒荒随雁下，重峦滚滚逆舼奔。移家始觉贫无累，去国谁知道转尊？座有高朋樽有酒，雄谈相对虱堪扪"②。登高远眺，百感交集，苍茫浩瀚的江景，引发了身世漂泊的感慨，炼字精工，与杜甫《登高》神似。尾联略见差异，一改原作对身世潦倒的感叹，转入对当下雅集欢会的描述，沉郁低回的悲情随之荡开，也就失去了杜诗顿挫浑成之致。范氏对李白歌行体也心摹手追，《行路难》曰：

> 行路难，九折羊肠如等闲。行路难，难在合沓万山山欲暮，山昏雨欲连天堕。四顾寂绝断轮蹄，无数狼群冲道过。四座从容且莫惊，听我慷慨歌姚生。姚生腹笥藏二酉，文场赤帜终归手。笑他孱弱不丈夫，自遗巾帼胡为乎？猿臂燕额兼虎头，电光闪闪瞠双眸。一腔热血待知己，一躯侠骨担人愁。有时奋袂施才武，天地震动倏无主。雄心乍可屠狞龙，空拳直欲搏□虎。中山之狼小如鼠，谈笑逐之何足数？眼前世事堪痛惜，虎冠而翼何狼藉？姚生闻之发指冠，怒吼其声如霹雳。嗟乎区区小丑安足仇，努力须分天子忧。左手草檄文，右手探吴钩。天朝解辫歼夷酋，天子下殿亲赐褒。彤弓楛矢铁券酬，斗大金印携通侯。③

全篇将现实行路艰难和人生多舛揉为一体，执着追求，百折不挠，洋溢着人定胜天的昂扬气概。诗中以七言为主，杂以三言、五言句式，散句直叙，转韵灵活，跳跃跌宕，自然连贯，表现出如李白歌行般的气势格局。范氏并不拘泥于师法对象，李诗多用比兴手法，"冰塞川""雪满山"象征了人生道途的困厄险阻，此诗是对山中大雨姚生怒逐群狼现实事件的真实叙述。范凤翼的拟古之作，虽然是对前人诗歌体貌的有意模仿，多数能够以复古为策略，注入现实境况和一己情感，而非仅仅停留于字句形式，代表了明代复古诗歌的一种类型。

---

①范曾编：《南通范氏诗文世家》（壹），河北教育出版社，2004年，第106页。
②范曾编：《南通范氏诗文世家》（壹），河北教育出版社，2004年，第243页。
③范曾编：《南通范氏诗文世家》（壹），河北教育出版社，2004年，第133页。

　　置身明代门户林立、纷然杂陈的诗坛格局，范凤翼不满公安、竟陵时风，力挽衰颓之势，主要继承前后"七子"诗学思想，并对其成败得失进行了深刻反思，既有大力揄扬，也有批评矫正，接受与变通并存，在复古的方法、途径等方面进行了探索和实践。同时，以手写心，追求自然，不悖风雅，对性灵诗学积极借鉴，可见明末清初诗坛的多元诗学审美，碰撞和融合的痕迹较为明显。范凤翼是晚明诗坛具有意义的存在，深得时人褒赞。董其昌评价曰："以真性情为真声诗，力追风雅颂之遗，以还先王先民治世之音，以收真学术、事功、气节之效。"（《序》）①范氏对汉魏、三唐优秀诗学遗产全面继承，同时紧密结合万方多难的时局、坎坷多艰的人生，寻求复古与性灵的融合统一，真实袒露了易代文人的生存境况和精神追求。

---

①范曾编：《南通范氏诗文世家》（贰），河北教育出版社，2004 年，第 236 页。

第五章　翩翩浊世佳公子,只属扬州范十山
——清初范国禄研究

范国禄为名父之子,肆力诗文,爱重交游,无奈命运多舛,以布衣终身。是人负气尚义,才华横溢,是家族文献著述最为宏富之人。作为清初江北名家,词坛耆宿,诗文名震一时,得到士林普遍赞誉。王士禛赠其"品格文章"一额,叹曰:"翩翩浊世佳公子,只属扬州范十山。"①刘沐曰:"其为人也,冲夷而不流于俗,矫亢而不诡于时,交尽天下士,而门无杂宾,括发著书,恒有欿然不自满之色,此其志意深矣。"②诸人由衷激赏,倾心纳交。笔者论述涉及其著述版本、诗学思想、词学活动、诗文创作、人物交游等。

第一节　范国禄著述版本及流传考述

清初范国禄博洽能文,笔耕不辍,著"《十山楼诗文杂著》且逾百卷"(《〈通州范氏诗钞〉序》)③。著述门类齐备,内容庞杂,涉及诸多文化领域,共计30余种,如此丰硕的撰著成果乏人问津,尚未纳入学术研究的视野。范氏著述刊刻行世者大部分皆罕见或亡佚,以稿本、抄本传世,多为海内孤存,沉晦多年,散佚各地,一睹不易。笔者往来全国各大图书馆,对范氏现存著述进行全面系统的梳理,综合史志、别集、家乘等材料,辨其源流,简略考述。

一、范国禄诗集版本及其流传

1.《十山楼诗年》。范国禄有自订编年诗12卷,起于顺治七年(1650),迄于康熙三十四年(1695),按年代先后编排。《诗观》三集卷九"范国禄"条

---

①[清]杨廷撰辑:《五山耆旧今集》卷二,道光四年(1824)一经堂刻本。
②[清]李渔等:《十山书刻序》,抄本,中国科学院图书馆藏。
③范曾编:《南通范氏诗文世家》(玖),河北教育出版社,2004年,第60页。

下注"《十山楼诗年》"①,邓汉仪康熙九年(1670)选《诗观》初集,三集选竣已是康熙二十八年(1689),范国禄在此之前业已编诗系年。据此推断,《十山楼诗年》当为范氏逐年编订而成,且有生之年未竟其业,乡邑晚辈加以补充完善。其以"十山"名集,实有深意。通州南北各有五山,范凤翼曾筑圃北五山,楼曰"十山",范国禄以之为号,并以名集,志不忘先人。李堂,字心构,通州人,其《编〈十山楼诗年〉因吊范丈》曰:"天涯多辙迹,晚岁只林邱。诗草随年积,荒园每夜留。河干五亩宅,茨社十山楼。所见惟遗稿,相思总泪流。"②范国禄以著述为娱,篇什甚富,谢世之后诗作编年方才告竣。《十山楼诗年》并非一时之作,也非成于一人之手。

现存《十山楼诗年》远非足本,仅残零星。中国科学院图书馆藏,抄本,一函一册,编号为271985。每半页十行,行二十五字,封面有"范十山先生残稿"题辞。分别为:卷十三丁酉(顺治十四年),收诗14题;卷二十九癸丑(康熙十二年),收诗33题;卷三十甲寅(康熙十三年),收诗92题。或一年一卷,或一年数卷。《十山楼诗年》虽非全璧,然卷首自注不见传世他本,为了解范国禄生平事迹、文学创作颇有助益。"丁酉"下注:"自乙未夏至是秋皆在忧中,故诗编特少统汇之曰《离忧集》。""癸丑"下注:"八月州志成,十一月游东洲,是年五十,自订四十九年诗类,嗣后名其集曰《知非》。""甲寅"下注:"春在泰州,五月客淮上,而文字之祸作,遂从延令之吴门、京口、白下,赴各宪,八月以后待罪扬州。"上述材料,可明确范国禄《离忧》《知非》诗集的作年,了解康熙十三年(1674)文字遭难的具体遭遇。《十山楼诗年》虽残膏剩馥,弥足珍贵。

2.《崇川各家诗钞汇存·十山楼诗钞》。清代咸丰时期王藻辑刻通州地方诗集《崇川各家诗钞汇存》,编范国禄诗为"卷首二",于诗集前小传交代:"今就其自订编年诗十二册藏于家者,起庚寅(顺治七年),迄乙亥(康熙三十四年)为梓,存其十之八。"③《诗钞》分为上、中、下三子卷,选刻1647首。该集虽为选本,但所据底本大部分已经不存,因此具有了不可替代的意义,据此可窥多数业已亡佚的《十山楼诗年》之大概。是集逐年编诗,人物生平行迹、文学创作昭然目前。最具价值之处为康熙十七年(1678)以后

①[清]邓汉仪辑:《诗观》三集卷九,《四库禁毁书丛刊》集部第3册,北京出版社,1997年,第184页。
②[清]王藻编:《崇川各家诗钞汇存》卷六,咸丰七年(1857)刊本。
③[清]王藻编:《崇川各家诗钞汇存》卷首目录,咸丰七年(1857)刊本。

收录诸诗,不见于其他传世诗集,保留了范国禄 56 至 72 岁间的丰富作品,为了解晚年其人其事提供了详实可靠的凭借。其次,这对于范氏 56 岁之前的诗歌亦有辑佚价值,如系于壬辰(1652)的《寄方中丞大猷》,系于癸巳(1653)的《哭童三兄》二首,系于甲午(1654)的《腊月二十七夜杨时暹喜越秦苏杨棼杨生蕙雨集小松广客烛限韵》,系于乙未的(1655)《赏盆梅》《赠邵潜》《雉皋同佘继美黄经冒襄颜光祚马乔郭定麟曹绣会饮得全堂时冒将之郡佘亦将之蒲》《登云阁》《同殷师钱丈二杨子过徐道士院看芍药花》《谢冢宰郑公为先大夫墓铭》等,均为范氏传世诗集失收。

3.《范十山诗集四种》。中国科学院图书馆藏,分别为《纫香草》《漫烟》《扫雪》《秋深声》,刻本,一册一函,编号为 268738。每半页八行,行十九字,题“古琅范国禄”,四种版式相同,当是同时刻成,合为一册。《范十山诗集四种》卷首残缺,各家序言无从得见,良为惋惜。所幸中国科学院图书馆藏抄本《十山书刻序》,收录李渔等 33 人为范国禄 16 种书刻所作序文 33篇,可补此缺憾。其中有李渔、王淑卿序《纫香草》,殷国鼎、陈世祥序《扫雪》,凌录、吴遐序《漫烟》,徐波、杨棼序《秋深声》。《范十山诗集四种》中《纫香草》收《继公归自天台》等诗 100 题,《漫烟》收《早春陪诸公游河上丈人垤》等诗 52 题,《扫雪》收《玉树堂扫雪》等诗 115 题,《秋深》收《感遇》等诗 64 题。笔者逐一查找集中篇目,为《崇川各家诗钞汇存》明确系年的约占三分之一①,最晚为顺治十年(1653),且集中于庚寅(顺治七年)、辛卯(顺治八年)、壬辰(顺治九年)、癸巳(顺治十年)四年。

4.《漫烟》。南京图书馆藏,刻本,一卷,编号为 115915。每半页八行,行十九字,题“古琅范国禄”,无序,收《早春陪诸公游河上丈人垤》等诗 52题,版式、收诗与中国科学院藏《范十山诗集四种》中《漫烟》相同。

5.《十山楼诗》。范国禄《十山楼诗》实际涵盖两种指称,其一,范氏不同时期各种诗集之总称、泛称。《十山书刻序》收录刘之勃《〈波余草〉序》曰:“若《秋深声》,若《漫烟》《扫雪》《纫香》《听涛》《腴厄》《簇锦》《步尘》《离忧》诸篇,以及十山《延令》《銮江》诸游草,而总名之曰《十山楼诗》。”《十山书刻序》收录方以智、张文峙、周令树、谢起秀、周士章 4 家《〈十山楼诗〉

---

①其他无法明确时间之作,或为《崇川各家诗钞汇存》失收,或作于庚寅(顺治七年)之前,范氏未加系年,如《扫雪》中《送唐翙明刺史》作于唐知州顺治四年离开通州之时,《秋深声》中《次韵何德坤戊子除夕》作于顺治五年。

序》，方序最晚作于顺治十六年（1659）[①]，张序定早于顺治十一年（1654）[②]，周士章序作于康熙八年（1669）[③]，时间跨度如此之大，足以说明《十山楼诗》始终处于未定状态。其二，范氏生前手自编定且流传至今的诗集。三十二卷，卷首为总目，各卷附有子目。按体裁编次，计风雅之什一卷，乐府一卷，乐府杂拟一卷，四言律诗、六言律诗合一卷，五言古诗七卷，五言古律一卷，五言律诗三卷，五言排律一卷，五言绝句一卷，七言古诗四卷，七言古律四卷，七律律诗四卷，七排一卷，七绝二卷，是范氏诗歌留存数量最多的版本。康熙十六年（1677），范国禄开始将自著诗文勒为四部，与王藻《崇川各家诗钞汇存·十山楼诗钞》比照，《十山楼诗》各体内部严格按照时间先后编排，同年所作诗歌顺序亦高度一致。各体前列诸诗为王氏失收，当是顺治七年（1650）之前的作品，而不收王氏康熙十七年（1678）以后编年诗作。准此，可以判断《十山楼诗》为范氏亲编，且定于康熙十七年（1678）。笔者推测，范国禄将此前《纫香》《扫雪》等不同时期作品刻成小帙加以整合[④]，以体相从，辑为《十山楼诗》。《十山楼诗》虽经范氏手自编订，尚不能断定是否付梓。笔者认为未能刊刻，理由如下：第一，未见《十山楼诗》刻本存世的文献著录。第二，《十山楼诗》规模庞大，收诗宏富，付之剞劂，需不菲资财。康熙十八年（1679），范国禄正四处避难，穷困潦倒，绝无充裕的刻书之资。故现存《十山楼诗》皆为抄本，现分述于下：

第一，国家图书馆藏。存二十九卷，一至二十四，二十八至三十二，编号为SB18179，四册，分别题为元、亨、利、贞。每半页十二行，行二十三字。卷前录嵋雪项玉笥《叙》，封面有"绍斋"字样。卷末有通州藏书家冯雄（1900—1968）跋语，介绍抄本由来曰："此本余以费范九表兄之介绍，得自如皋沙氏志颐堂后人，采是嘉庆、道光时人写本。"如皋志颐堂为沙元炳（1864—1927）首建，沙氏在范国禄诗集流传中是颇为关键的人物。管劲臣《南通历史札记》一书提及如皋沙氏曾藏范氏稿本，国图《十山楼诗》抄本当得自沙氏后人。该抄本存有少量文字讹误，阅者批注中加以指出，如诗部

---

①方以智序言有"使二十年前卷□鸣鸠亭下"，范国禄崇祯五年至崇祯十三年九月间随父寓居金陵，与方以智等交游，其诗《赠陈鹄》曰："畴昔南游寓白门，大开画社鸣鸠亭。郑重山水兼人物，许仪花卉称绝伦。其时名士数十辈，尽皆折节相服膺。"故此序最晚为顺治十七年（1660）。

②张实岷卒于顺治十一年（1654），其序定早于此。

③周士章介绍书序背景曰："己酉（康熙八年）小春，揽胜紫琅，访故交范十山。"

④《纫香草》《漫烟》《扫雪》《秋深声》中诗篇，皆见于存世《十山楼诗》，据此推测其他刻本亦如此。

卷二十二目录中"截竹为篱春初所缉入秋而枯之上青翠丛起"上方注为"枝",诗部卷二十三目录中"友人会菊"上方注为"惠"。该本也存在有目无篇或者有篇无目之作,如诗部卷二十三《邵潜隐居》有目无篇,《储禅师归自天台》有篇无目。卷二十四《夜集小松厂》《东岳行宫灯词》《赏盆梅》《云台山》《赠邵潜》《雉皋同友人会饮得全堂》《海内存知己》《登云阁》《新绿》《同友人过徐道士院看芍药花》《谢郑公为先大夫墓铭》有目无篇。卷二十四《冬夜集玉树堂》残缺,仅存三句。卷三十二《高唐州鸣石山下》残缺,存四句,卷十九《三峡桥》《石榴花塔》两篇卷二十重见,卷十九缺目录,首为冯雄抄王藻《〈十山楼诗钞〉题辞》。

第二,南京图书馆藏。存二十九卷,一至二十一,二十五至三十二,九册,编号为KB1211。每半页九行,行二十五字。卷前录嵋雪项玉筍《叙》,署"光绪丁丑八世孙铸订"。卷三十二《高唐州鸣石山下》残缺。卷五、卷八、卷十一、卷十八、卷二十五前均注"山茨藏本""光绪丁丑(1877)八世孙铸订",这是家族后代范当世整理的家藏诗稿本,"山茨"之名来自范国禄父亲万历三十九年(1611)创建的通州地方诗社。

6.《范十山诗稿》。中国科学院图书馆藏,抄本,编号为269157。每半页九行,行二十二字。封面有"孙儆署耑"题名,并钤"儆署"印章。《范十山诗稿》为残本,收录《公路浦》等诗77题。笔者逐一查找篇目,其中30题为《崇川各家诗钞汇存》明确系为乙卯(康熙十四年),余者通过其在《十山楼诗》中的排列次序可间接系为康熙十四年(1675),是书实际当为范氏乙卯年的编年诗①。

7.《十山联句稿》。范国禄等撰。抄本,一卷,南通范氏家藏,收范国禄与近120位友人联句诗57题。篇目繁多,时间各异,内容丰富,对象广泛,提供了人物交游的具体材料,特别是有明确时间纪年的诗作价值颇高。如李渔与范国禄、范国祐、殷国鼎、喜越、吴彦国、姚咸、凌录、杨麓、杨时暹联句成《漕抚大司马沈公狼山水操恭纪二十四韵》,下注:"时癸巳(顺治十年)土贼平后。"②这首诗是李渔著述之外,他人别集中最早提及且标识明确时间的交游材料,记录了顺治十年(1653)的通州之行,有助明晰其移居金陵

---

① 《十山楼诗年》丁酉收诗14题,癸丑收诗33题,甲寅收诗92题。《崇川各家诗钞汇存》丁酉收诗3题,癸丑收诗6题,甲寅收诗35题。
② 范曾编:《南通范氏诗文世家》(肆),河北教育出版社,2004年,第402页。

前的早期生平。该年平土贼后，沈文奎将率师讨胶州叛将海时行，为增强
水兵实际作战能力，漕抚率兵于狼山水域实战演习，李渔与通州诸词人观
摩了演练盛况。又如，范国禄与王猷定、杜宏、殷国鼎、陈远等联句成《地震
二十韵》，下注："戊戌（顺治十五年）八月二十三日。"①诸人联吟是对通州
是年地震的真实反映，可补史志记载，帮助了解自然灾害发生的具体情状。
又如《庚申（康熙十九年）闰八月十五夜横浦署中同李香河、陈尧长、家仆姑
置酒送赵旦公归毗陵》，确定了范国禄入幕横浦的时间，可细化对其十年避
难行迹的考察。

二、范国禄文集版本及其流传

1.《十山楼稿·文部》。中国科学院图书馆藏，抄本，二十卷，编号为
242685。每半页九行，行二十五字。六册二函，缺卷十九。卷首有项玉筍
《序》，封面有邓之诚题记。《贩书偶记续编》曰："《十山楼稿》文部二十卷，
清南通范国禄撰，康熙间抄底稿本。"②全书卷一为赋、铭、颂、赞；卷二为
制、表、策、议、辩、解、论；卷三为评、说；卷四为序、书后；卷五为记、碑、纪；
卷六为启、书；卷七为尺牍；卷八为小札；卷九为宗谱序、书刻序；卷十为诗
集序；卷十一为诗集序、词集序、家刻序、时艺序；卷十二为赠送序、荣贺序；
卷十三为寿序；卷十四为引、题词；卷十五为跋、书后；卷十六为疏；卷十七
为偈、祝文、书事、约、杂著；卷十八为传；卷二十为行述、行状、哀辞、诔、墓
志铭。《十山楼文》收录作品贯穿范国禄一生，既有顺治三年（1646）23 岁
时所作《西林社集记》，又有康熙三十二年（1693）70 岁时所作《候徐太史
书》③。该抄本分类繁杂，笔迹不同。邓之诚曰："分类凌杂，每类前有空白
数页，备列目。钞手非一，间有手书，余似家人妇子所书，足征是未编定之
稿。"④是书还存在其他问题，如卷四无目录，有文无目者有卷十《心远楼
诗》、卷十三《程氏太君百福寿图》，著录不一者为卷十四《菱花》目录在《章
母节寿言》后，正文在《延令德政碑》后，卷十五《秋山册子跋》目录在《春游

---

① 范曾编：《南通范氏诗文世家》（肆），河北教育出版社，2004 年，第 405 页。
② 孙殿起：《贩书偶记续编》，上海古籍出版社，1980 年，第 236 页。
③ 文曰："某今年马齿七十，生无意味，祇愿得知己一言，可以不朽，况巨公宗匠如先生者乎！"故系
　于康熙三十二年。
④ 邓之诚：《邓之诚文史札记》，凤凰出版社，2012 年，第 402 页。

诗》后，正文在《论交册子》后。范国禄文稿繁多，品类驳杂，加之未能亲自全面编订，为范氏家族后代、同邑晚辈根据遗稿编次，合力完成，求全求备，却未臻精严。

2.《十山楼尺牍》《十山楼序稿》。中国科学院图书馆藏，稿本，编号为273167－8。卷首署"山茨藏本""光绪丁丑(1877)八世孙铸订"。收入范国禄与友人信札 117 通，收录所撰《〈陈大参全集〉序》等序言 47 篇。不但正文笔墨参差，涂抹增删之处甚多，而且眉批尚有多条增补内容，说明此本经过本人整理校订，意欲付之剞劂。《十山楼尺牍》《十山楼序稿》为海内孤本，具有多重意义。首先，具有文物价值。范氏艺文兼擅，书法不名一格，为时称道。《十山楼尺牍》《十山楼序稿》保存其 160 余篇书法真迹，展阅文册，斯人已逝，笔墨如新。正楷端庄清丽，行草飘逸潇洒，隶书古朴方正，或施墨浓厚，或用笔流转，堪称艺术珍品，颇可赏玩。稿本诸作写成于不同时期，据此可考察范氏书法风格及其流变。其次，具有文献价值。虽然稿本中尺牍、序言均为《十山楼稿·文部》收录，但是留意其间笔墨改动，有助还原真相，透露文学审美和人情世态。《〈乳雷集〉序》中有较大篇幅的增删，"天下之丽于虚者，皆气为之也。气不实，则不能无衰歉缺陷之忧"，"遂其养老其干，自能得其气之所充"，"其曰《乳雷》，殆将作而候其气也"，文中所加上述内容，均以"气"论诗，自成体系，据此可梳理其诗学思想的转变。《寄冒辟疆书》三通分别改为《与冒少参嵩少》《与石夏宗书》《与冒大》，此改事出有因，冒鹤亭先生推测："十山与征君弟爰及契，殆迁怒而削其名，以助爰及张目耶。"先生所言甚是。冒裔(1647—?)，字爰及，冒辟疆庶弟，康熙十六年(1677)，冒裔告发冒襄"通海"，嗣后冒襄出让水绘园、逸园以息事宁人。范国禄康熙十六年(1677)之前与冒氏兄弟交往频繁①，此后直至康熙二十三年(1684)冒襄去世，未见范国禄与之诗文唱和，而见范氏与冒裔优游艺苑。康熙二十九年(1690)作《为冒裔题康昕诗画卷》，"我于海内论交游，冒子诗画称兼擅""彼此一心在文事，风义高绝洵可传"云云，对冒裔风节品格、诗画才艺赞叹有加。三通信札的有意涂改有助深入考察范国禄与

①其诗《雄皋同余继美黄经冒襄颜光祚马乔郭定麟曹绣会饮得全堂时冒将之郡余亦将之蒲》系于顺治十二年，康熙七年范国禄有《长至前六日巢民先生招集邗江舍即席漫成》，康熙十五年前往如皋寿冒襄姜蔡夫人，《水绘园同徐尧章包掖俞楷徐祥麟赏梅》《冒襄筑圃未成先集诸同人小饮》《同周斯盛徐祐冒裔集拈公净业听琴遇雨》均系于康熙十六年。

冒氏兄弟交往。《答彭大参》中"捧读华翰"后删"殊感盛心，久而弥笃也，袁生归榇，重烦鼎力"数句，记录了范国禄与彭氏交往的重要事件。康熙五年（1666），范国禄女婿袁璐客死南昌，魂魄飘零，因彭永平、施闰章等鼎力为助，方能归榇以葬，范氏对其人古风高谊铭刻于心，感念不已。《寄李维饶》中"泛论风土好尚，怒触诸镇台"改为"泛论风土，怒触镇帅"，范国禄康熙十三年（1674）州志修成，因直载陋习，语触狼山总兵诸迈，遂自削其名，投书而去，浪游十年，待此人离任通州方归故园。"诸"姓之删深有苦衷，细微之处足见范氏对诸迈其人讳莫如深，也是经历文字狱之后心有余悸，收敛锋芒，谨慎下笔。

三、范国禄诗文总集及其流传

1.《十山楼集》。为范国禄著述总称。《十山书刻序》收蔼蔼幽人、项玉筍、刘沐日三家《〈十山楼集〉序》。刘序曰："余客广陵，得交崇川范子汝受，因以尽读其平生之所著，盖有数十余种，而总名之曰《十山楼集》。"范氏勤于著述，涵盖诗、词、文、史、杂著等诸多部类。笔者认为，《十山楼诗》作为《十山楼集》的一部分，尚乏资付梓，总集更无条件刻成。

2.《南通范氏世家诗文·范国禄卷》。该书由 2004 年河北教育出版社刊印，收范国禄诗三千四百六十四首，文一千一百六十三篇。以传世《十山楼诗》《十山楼文》为底本，并对原先版本存在问题进行改进，补缺有篇无目者，删除有目无篇及重复者。同时加以补遗，诗卷卷末收入《冬日游狼山》二首、《十山联句稿》五十七题，文卷卷五补入《离禅师建塔记》一篇。然而亦有遗漏，诗卷二十七失收南图藏《十山楼诗》同卷《归棹》《道士状》《纪兴》《访孙真人塔》《东林》七题，文卷卷十一失收《〈黄进士制义〉序》一篇。此本的最大缺憾是，因仅据《十山楼诗》，故对于范国禄诗歌之收仅止于康熙十七年（1678），不见《崇川各家诗钞汇存》中保存的康熙十八年（1679）至康熙三十四年（1695）之间丰富的编年诗作。

四、范国禄杂著版本及其流传

1.《狼五诗存》。中国科学院图书馆藏，一册一函，编号为 271976。封面题为《十山楼稿》，每半页九行，行二十五字。《狼五诗存》由《序》《例言》《诗人考》《诗品》《诗评》《作品》组成，《诗人考》中呈现出两种笔迹，且与全书不相一致,尚不能确定该馆藏是抄本还是稿本。范国禄致力地方文化建设,与里人凌录、李翀、陈汝树、姚咸共辑《狼五诗存》,始于辛卯(顺治八年),成于丁酉(顺治十四年),这是通州第一部地域诗歌总集。《狼五诗存》所收为通州往圣先贤231人,其中宋代4人,元代2人,余者皆属明清。入选诗家数量丰富,身份各异,分为本籍、方外、闺秀、流寓四部分。范国禄着眼辑存文献和文学审美,或以人存诗,或以诗存人,其留存乡邦文献的良苦用心可见一斑。《狼五诗存》多维度呈现了通州有宋以来诗歌发展状貌和诗人群体图像,成为研究地域文学的重要参照。尤其值得关注的是,其中多位诗人遭致当时、后世忽略和过滤,范国禄《狼五诗存》阐幽发微,救亡辑佚,意义深远。

2.《通州志》。范国禄博学多识,出经入史,熟悉地方文献掌故,声望颇高。康熙十一年(1672),知州王宜亨延请纂修通州志。范氏深谙修志的重要意义,其《与宋少参书》曰:"郡之有志,犹国之有史,所以纪政事、考风俗也,而美恶之义备焉。义出乎美而观感兴,出乎恶而惩创得。"①通州志自永乐戊戌(1418)至万历丁丑(1577),先后六修。百年以来未加重辑,记载阙如。范国禄欣然受命,修撰过程表现出严谨的学术态度,拾遗补缺。他强调文献之征实:"志者,邦之献也,传信不传疑。"②于是,大量征引原始文献,辨析异同,考订疏漏舛讹。康熙十三年(1674),终成二十四卷。其文集收录其中《例言》《考》《表》《志》《纪》《传》等部分的《序言》及《书后》,为家藏剩稿,凡地理形胜、历代沿革、秩官选举、田地赋役、人物艺文等,内容丰富,体例完备,编排合理,叙述详明,论断谨严。范国禄因修州志身败家破,其《寄李维饶》中详述原委:"昨因修志,泛论风土,触怒镇帅,咨呈各宪,究问所指,屡详屡驳,几蹈不测。"③范氏泛论风土,以文字触怒镇帅,不仅史志无名,竟至破家,忧谗畏祸,远家避难,南北漂泊。逾二年,王俊通、李遴等人重修《通州志》,"因仍者半焉"(光绪《通州志》)④。时过境迁,后学重新审视,为之昭雪洗冤,还原范志应有地位。

> 列传论序简洁详瞻,得龙门之遗,如此才而不与史席,良可叹也!

<hr>

① 范曾编:《南通范氏诗文世家》(伍),河北教育出版社,2004年,第262页。
② 范曾编:《南通范氏诗文世家》(陆),河北教育出版社,2004年,第318页。
③ 范曾编:《南通范氏诗文世家》(伍),河北教育出版社,2004年,第338页。
④ [清]梁悦馨等:(光绪)《通州志》卷十三,光绪元年(1875)刻本。

（沈白《〈通州志〉评》）

范公子旷代史才，犹中时忌，不佞何人而肩是役，按此则公论灿然，公书虽不传，亦不朽矣。（沈锽《〈通州志〉序》）[1]

诸人的高度评价中，范氏撰修《通州志》价值、成就不言自明。

上述范国禄传世著述 14 种，中国科学院图书馆收藏最多，共计 7 种。此外，范当世《南通范氏家世遗文目录》中著录《法会因由录》《诗余习孔》《祭袁孺人文钞》《十山同人集》4 种，《十山书刻序》中著录《山游草》《听涛》《浪游草》《銮江游》《步尘篇》《离忧》《江湖游》《波余草》《古学一斑》《咏梅》10 种，均不见传世文本。范国禄以布衣终身，虽然命运多舛，生活艰难，通过诗文记录一己行迹，释放生命情怀，超越人生困境，以实现文学不朽之宏愿。

第二节　范国禄书刻序言考述

范国禄肆力文辞，笔耕不辍，著诗文杂著且逾百卷。历代文献多有记载，邓汉仪《诗观》著录《江湖游草》《十山楼诗年》二种；阮元《淮海英灵集》著录《十山楼诗》《纫香》《扫雪》《听涛》《江湖游》《腻玉词》《古学一斑》七种；清代杨廷撰《五山耆旧今集》还著录《狼五诗存》《西林社集》《山茨社诗品》三种。诸家仅列书目，极为简略，相对煌煌巨帙来说多有遗漏。加之范氏著述散佚严重，世罕流传，其规模庞大的书刻内容、成书过程不得而知，实为憾事。笔者访得《十山书刻序》，该书对考察范氏诗文著述、文学成就、生平事迹、社会交往等具有重要参考价值。

范国禄七世孙范当世（1854—1905），著《南通范氏家世遗文目录》，备载家族明清各代著述，其中家世著作曰"内篇"，外人赠答之集曰"外篇"。范国禄条目下"外篇"载《十山书刻序》一卷，曰：

抄本也，书名凡《十山楼文》《十山楼诗》《山游草》《纫香草》《扫雪》《漫烟》《秋深声》《听涛》《浪游草》《銮江游》《步尘篇》《离忧集》《江湖

---

①［清］范当世：《南通范氏家世遗文目录》，中国科学院图书馆藏。

游》《波余草》《古学一斑》《咏梅》十六种,蔼蔼幽人等序三十三首。①

《范十山书刻序》现藏于中国科学院图书馆,抄本,编号为 270188。每半页十二行,行二十四字,无格。收录李渔等 33 人为范国禄 16 种书刻所作序文 33 篇,其中 3 篇收入作序者本人文集,方以智《〈十山楼诗〉序》见于《浮山文集》后编卷一,熊文举《〈江湖游〉序》见于《侣鸥阁近集》卷一,吴绮《〈十山楼词〉序》见于《林蕙堂文集续刻》卷四。1 篇录入范氏传世《十山楼诗》《十山楼文》卷首,为项玉筍《叙》,方以智、张文峙等 7 人所撰 7 篇序言片段辑入杨廷撰《五山耆旧今集》。这些见于刻本、抄本的序文与《十山书刻序》所录基本一致,仅无关文义之处存在个别语词变更。因此《十山书刻序》虽仅为抄本,但真实性毋庸置疑。该书内容丰富又鲜为人知,价值自不待言。

一、对了解范氏刻书内容提供了具体材料

《十山书刻序》所列范国禄 16 种书刻仅《十山楼文》《十山楼诗》《纫香草》《扫雪》《漫烟》《秋深声》6 种存世,其他 10 种或见著录,然语焉不详,或志乘阙如,文献无征,现可通过《十山书刻序》窥见各种书刻原貌。《离忧集》题中"忧"为居丧之意,陈远《序》曰:"昉乙未(顺治十二年)之秋,讫丁酉(顺治十四年)之腊,纪月两期有奇,计诗百篇有奇。"范国禄父范凤翼(1575—1655),字异羽,号太蒙,累官至光禄寺少卿。是人正道直行,明末黑暗复杂的政局中急流勇退,坚卧不出,清誉满天下。《离忧》收录范国禄为父居丧期间诗作百余篇,"或衔铭墓而诗,或答致诔而诗,即不必铭其诔,而往来感触偶然,率尔亦有诗"。为答赠各界对父之缅怀哀悼,遂成《离忧集》。又如《古学一斑》,"诗歌乐府积寸盈尺,冲和茚雅,直登作者之堂,亦既梓行告世矣。又出其古文、杂著以授予,匐声绚采,拔领新异,一空从前窠臼"(何说《序》)。可知范氏古文、杂著独具面貌,同样深受时人好评,与卷帙浩繁的诗集相得益彰。范国禄嗜好山水,"游草"类成为诗集中最具特色的部分。李长科序《山游草》曰:"十山若拱若揖,若扆若屏,尽收之范子腕下。"是集为徜徉通州南北十山之作,兴会淋漓,吟咏不辍。程大昌序《江湖游》曰:"余得晋谒于署中,见其著作盈尺,则已刻未刻廿余种也。信取一

---

① [清]范当世:《南通范氏家世遗文目录》,中国科学院图书馆藏。

峡，读之则《江湖游草》。自吴而江右，自江右而楚，才三易月，辄至寸许。"游览江西、湖南、湖北，历时三月而成该集，登山临水，凭吊遗迹。喜越序《銮江游》曰："与日夕之江风山月无异，取天地自然之声籁，适吾性情之用，发而著为诗歌。"是集记录亲近自然、放情山水的銮江之游，激赏胜景，陶醉流连。孙模序《听涛》曰："广陵乃以涛壮，自是亦习言观耳，而范子易观以听。"枚乘笔下广陵涛水奔腾澎湃，惊心动魄，如今沧海桑田，盛况不再。范氏易"观"以"听"，敏锐捕捉，充分想象，全方位呈现广陵涛的听觉审美。需要关注的是，范氏《十山楼集》并非指称某一具体著述。刘沐日《〈十山楼集〉序》曰："因以尽读其平生之所著，盖有数十余种，而总名之曰《十山楼集》。"可知该集是范国禄诗、文、词等撰著的总称。

二、对确定范氏刻书时间提供了可靠信息

《十山书刻序》中刘之勃《〈波余草〉序》曰："若《秋深声》，若《漫烟》《扫雪》《纫香》《听涛》《腴卮》《篏锦》《离忧》诸篇，以及十山《延令》《銮江》诸游草……其后出者，则《波余草》。"刘之勃，字汉臣，通州人，与范国禄文学交往密切。是人对范氏著述了然于心，备加罗列，如数家珍，且对先后次第进行了梳理，据此可判断各书结集大致顺序，《波余草》在上述诸作中毋庸置疑最晚出。凌录有《〈漫烟〉序》，范国禄《哭凌录》一诗《崇川各家诗钞汇存·十山楼诗钞》中系于顺治十三年（1656），可知是书定成于此前。徐波《〈秋深声〉序》中对范父耿介清贞的政治操守、光明磊落的人格风范推崇备至，"身居九列，为南北交游都会，奇闻诧见，无日不有于胸中，自然土苴一切，爱重当时，有非佻巧儇薄者，所可望见也"，且"拟一就之"。范凤翼顺治十二年（1655）四月卒于家，序言中徐氏明确表露登门拜谒、亲炙教诲的心愿，如此口吻可见是集定成于其去世之前。《浪游草》收包壮行序，是人卒于顺治十三年（1656），序言有"范子感卯秋之役，而成《浪游草》，夏溯秋洄，曾几何时，得诗几百章"，又"范子谓亲老不克远游"，可知《浪游草》成时其父健在，"卯秋"当指顺治八年（1651）。《步尘篇》收"四明王枚"序，王枚（1620—1691），字卜子，鄞县人，戊戌进士，康熙元年（1662）令赣。康熙四年（1665），范国禄江西之行有诗《赠王明府枚》。王枚《序》有"忽一日，余友范子汝受来访余""既而出其《步尘篇》属余为叙"之言，可知康熙四年（1665）《步尘篇》已成。《十山楼词》的作年亦可考，吴绮《序》曰："当年对

酒,同游白兔之园;此夜论诗,共宿青鸳之寺。"顺治七年(1650),吴、范同集如皋冒襄深翠山房。康熙十五年(1676),因冒襄妾蔡夫人三十生辰再次相聚。吴氏有《鹊桥仙·为蔡少君寿》《鹊桥仙二阕·再为蔡少君寿》《〈蔡少君三十生辰〉序》,范氏有《寄调沁园春·寿蔡少君》。故友重逢,把酒论诗,共叙情话,吴《序》又有"予既将返于江城,君亦言怀其旧里"云云。康熙十三年(1674),范国禄因修州志泛论乡土,语触狼山总兵诺迈,随后十年避难远游,此时孤身在外,乡愁难以自抑。准此,《十山楼词》二卷当成于此际。

三、对评价范氏诗文成就提供了多重借鉴

清初范国禄以诗文名震一时,著述宏富,其传世别集中仅存项玉笥 1 篇序言,《十山书刻序》另收的 32 篇数量可观,利于拓展和深化对范氏的文学研究。作序之人不乏文坛名流、诗界翘楚,如林古度、李渔、方以智、吴绮,更多则是流落江湖、艰难度日的下层文士。既有朝夕相处的同里诗友,如杨簏、孙模、陈远、陈世祥,又有山水相隔的远方交游,如润州喜越、四明王枚、南州熊文举、岚墅王淑卿、汉川熊伯龙、昆陵叶瑀、孝昌程大吕、金陵何谠。撰序者地域、身份、文学思想多元,对范氏诗文加以集体审视,其间陈述当更能接近真相和事实,可作以下归纳:一、才思泉涌,自然成文。布衣文人是清代文学繁荣的中坚力量,范国禄堪称典型代表,以诗为业,孜孜追求"诗文不朽"的宏愿。举凡山水之清华,人物之瑰异,世情之喧寂,陵谷之变迁,备著于诗。其文学创作以自然为宗,成为了各家共识。

> 以澹通为体,以钜丽为用,以陶洒而近于自然为宗。(张文峙《〈十山楼诗〉序》)

> 春雪莹心,秋烟沁目,其为自然之英,无声之韵,宛如天籁谷风。(王淑卿《〈纫香草〉序》)

> 独爱月明,比花发于空山。偏临流水,皆以自然之韵,抒其不染之怀。更将独得之情,出以无穷之思。(吴绮《〈十山楼词〉序》)

范氏克服了晚明竟陵诗晦涩难解之弊,匠心独运,天机自呈,涉笔成趣,令人耳目一新,参与建构了清初诗坛的多元审美。二、缘事而发,兴会相赴。范国禄将诗文视作生命的体验和表达,是内在心绪与自然景致、人寰世俗的感发激荡。其与梅堪称同道知音,超凡脱俗,清新俊逸。《咏梅》

诸作物我交融,寄托遥深,倾注了人格理想、生命情感。林古度《序》曰:"为意深远,为句甚秀。于赋比兴具,而又出于赋比兴之外,有一段远想高致。"诗作传达出不随流俗、洁身自好的节操,意远文秀,耐人寻绎,这与王士禛"神韵说"颇多相合之处,可见时代诗学精神。范国禄诗文最为鲜明的主题是山水和文友,游遍天下,交遍天下,诗遍天下,誉满天下。其深层原因熊伯龙一语中的:

> 文章之癖,由于山水朋友之缘,由其胸中浩浩落落,不以富贵动其心,尤不以富贵而贫贱困其志。故能徜徉自得,翱翔寥廓之上,此汝受诗文本色之所以佳也。(《〈江湖游〉序》)

范氏深于情,工于诗,坎坷终身,游览涉历,兴到成吟,沉挚动人,从侧面显示了当时普遍的文坛风尚和繁盛的文人群落。三、博采众长,自成一家。范国禄沉潜传统诗文,善于借鉴前代文学遗产。"乐府以汉为宗,其古诗有陶、谢之遗音焉,其歌行合太白、少陵而一之,其近体又备极初、盛、中、晚之变也"(周令树《〈十山楼诗〉序》)。表现出开阔的艺术胸襟和宽广的诗学视野,这与整个清代文学批评的复古立场一致。同时,由于家世、气质、才情等各种机缘,又能自成一家。

> 家学既有渊源,兄弟复相师友。其性深醇,故其辞质而不肤;其情笃挚,故其辞温而不削;其才豁达,故其辞辨而不支;其气纵横,故其辞逸而不促。(谢起秀《〈十山楼诗〉序》)

范国禄倾注毕生心力,执着于文学表达和艺术锤炼,忠实记录了一介布衣的生命历程和心灵世界,成为清初诗坛卓然独立的存在,也期待得到当今学界更多的关注。

四、对了解范氏生平遭遇提供了重要旁证

范凤翼去世是范国禄一生的重要分水岭,因拙于营生,陵谷旦异。诸家为其刻书所作序言也呈现了这一人生巨变,前期共同勾勒了一位风度翩翩的富贵公子形象:

> 年方英妙,章什甚富。(凌录《〈漫烟〉序》)

> 以隽敏之才,高世瞰俗,居无长物,而座上尊中有北海遗意,殆所

称浊世翩翩者。(徐波《〈秋深声〉序》)

  乐交古士,雅尚幽求。昔日望景,临观山川,洒洒赋诗,范子数年以来之状如是,盖无日不谋其生之乐也。(杨枝《〈秋深声〉序》)

范氏雅好诗文,意气豪宕,散财结客,领袖一方。"一时过通者,得见禄,则无忧东道主。四方名宿及琴弈篆刻诸艺术士,莫不愿游五山,以禄在也"①。各地文人纷至沓来,诗酒文会,几无虚日。后期诸家序言赞其文思卓绝、情境妙合之时,提及其人生际遇曰:

  辙迹半天下,游倦然后著书。(蔼蔼幽人《〈十山楼集〉序》)

  克绍箕裘,杜门著书,而遭逢不偶,落落不得意。(项玉筍《〈十山楼集〉序》)

  韦布藜藿,坎壈终身。(刘沐日《〈十山楼集〉序》)

  盛名有年,累奇不遇……处极困顿中。(王枚《〈步尘篇〉序》)

家道中落,衣食堪忧;困顿场屋,功名无望;身家破败,糊口四方,人生的重大转折由此尽见。尤其是叶璃之序,深入揭示其人生道途的无奈辛酸:"十年揣摩,庶几入洛献赋,以光先业。奈数奇,而以其抑郁无聊之思,发之于诗,又借萍游以寄其况,其有大不得已于中也。"此条材料可纠正后代将范国禄视为"遗民"的认识误区,如民国《南通县图志》卷二十三言范氏"入清不应举""自国变三十余年不履城市"②云云,均与实际不符。范国禄秉持济世情怀,志向高远,投身科举,坚韧执着。其《时文自序》曰:"余自九岁始操觚,过庭受教以来,究心五十年于此。"③潦倒风尘、屡试落第的情形下,范氏求遇之心尤为迫切。

  方拟决计入都援一例以希结局,不谓以文字之祸竟至破家。(《与王阮亭书》)④

  十年作京华之想,兼荷知己一片盛心,终以贫累相迫,失此事机。

---

①[清]梁悦馨等:(光绪)《通州志》卷十三,光绪元年(1875)刻本。

②[清]范铠:《南通县图志》卷二十三,《中国地方志集成·江苏府县志辑》第53册,江苏古籍出版社,1991年,第258页。

③范曾编:《南通范氏诗文世家》(陆),河北教育出版社,2004年,第88页。

④范曾编:《南通范氏诗文世家》(伍),河北教育出版社,2004年,第291页。

《寄王比部书》)①

虽然胸怀对功名的强烈渴望，无奈命运多舛，家族败落，尤其是康熙十三年(1674)因文字得祸，更是陷入万劫不复之深渊，寸步难行，郁郁以终。叶瑀陈述范氏从踌躇满志、惨淡经营到理想落空、万事蹉跎的失意人生，从具体视角呈现了盛世背景之下布衣文人苦涩屈辱的命运轨迹和精神世界。

五、对深化清初文人研究提供了宝贵文献

《十山书刻序》保留了大量顺康年间文人别集失收之作，归属明确，内容完整，具有重要学术价值。一、辑佚。33篇序言中多数属于首次披露，未见称引，分别为：蔼蔼幽人、项玉筍、刘沐日《〈十山楼集〉序》，张文峙、周令树、谢起秀、周士章《〈十山楼诗〉序》，李长科、杨麓《〈山游草〉序》，李渔、王淑卿《〈纫香草〉序》，殷国鼎、陈世祥《〈扫雪〉序》，凌录、吴遐《〈漫烟〉序》，徐波、杨棽《〈秋深声〉序》，孙模、何燻《〈听涛〉序》，包壮行《〈浪游草〉序》，喜越《〈峦江游〉序》，王枚《〈步尘篇〉序》，陈远《〈离忧集〉序》，熊人霖、熊伯龙、叶瑀、程大吕《〈江湖游〉序》，刘之勃《〈波余草〉序》，何说《〈古学一斑〉序》，林古度《〈咏梅〉序》，成为清初文人作品辑佚的新材料，数量可观，为考察诸人生平、交游、文学思想提供了丰富的原始文献。其中不乏意义重大者，如李渔《〈纫香草〉序》是迄今为止所知其本集之外写作时间最早的一篇佚文。虽仅二百字不到，透露了其第一部传奇作品《怜香伴》成书的有关信息。二、正误。杨廷撰《五山耆旧今集》收录范国禄书刻序言片断，与抄本《十山书刻序》比对，尽管内容基本相同，但是署名张冠李戴，且被后世通州诸多地方文献沿袭不察。"十山诗歌乐府，缠缠大袭，永言大雅，不事钩钿，不艳篡组，风度翔武黄初以上"。署为"林古度"，实为周令树。"小范为人冲夷而不流于俗，矫亢而不诡于时，交尽天下士，而门无杂宾，括发著书恒有欿然不自满之色，李青莲诗云'我寻高士传，君与古人齐'，可以移赠"。署为"李渔"，实为刘沐日。"《十山楼集》不屑优孟历下，而雄伟典丽过之；不屑效颦公安，而隽逸幽秀过之；不屑瓣香竟陵，而澹远清深过之"。署为"吴园次"，实为周士章。根据《十山书刻序》考察相关文献，可以澄清事实，修正错误。

---

① 范曾编：《南通范氏诗文世家》(伍)，河北教育出版社，2004年，第295页。

第三节　范国禄《狼五诗存》考述

范国禄雅好诗文,重视乡邦文献的搜辑与整理,其《狼五诗存》是通州文学总集的开山之作,体例明晰,选诗丰富,史料翔实,具有重要的价值和意义。该书见于通州地方文献著录:

> (范国禄)与杨庐云麓、孙酒人谟、喜太素越辑邑人诗为《狼五诗存》。(《五山耆旧今集》)①
>
> 余尝选《五狼诗存》,自公卿大人以及旁流下士,备载二百三十家。(范国禄《〈茹蕙草〉序》)②

虽然是书屡见提及,然而多年以来搜访无果,具体内容不可得知,推测或已亡佚不存。笔者访书竟得寓目,实属幸事。《狼五诗存》现藏于中国科学院图书馆,一函一册,编号为271976,每半页九行,行二十五字。笔者未见《狼五诗存》刻本的文献记录,或仅以稿本、抄本形式存世,故流传不广。

清初通州经过数百年的文化积累,贤才辈出,名家相望,呈现出繁盛的诗坛景观。在时代地方文学总集纷纷涌现的文化背景之下,范国禄怀揣对乡贤的景仰,致力于地方文化建设,与同人共辑《狼五诗存》。序曰:

> 吾通自建邦以来,诗道颇富,然而远者失于传闻,近者玩于习见,久之将无所考……不敢谓有功作者,以庶几千年百世而后,考古之士,屈指五狼以为风雅之存在是。

范氏具有鲜明的地域观念,显示出对乡邦文化的自信与自豪。期待通过对历代诗歌的收集甄录,保存文献,表彰风雅,建构通州一地文学传统。范国禄不仅表现出自觉的文化传承意识,还具备深厚的总集编纂素养。博学多识,以诗文名世,形成了理性成熟的选诗观念,提出"以人之诗定人之诗,不以我之诗定人之诗"的编选原则。"文成其文,质成其质,大小、轻重、长短各成其所为则就矣。故四海不择细流,千钧不废一缕"(《征刻诗就引》)③。视野开阔,主题多元,努力拓宽选诗取径范围,鼓励诗歌思想内涵

---

① [清]杨廷撰辑:《五山耆旧今集》卷二,道光四年(1824)一经堂刻本。
② 范曾编:《南通范氏诗文世家》(陆),河北教育出版社,2004年,第51页。
③ 范曾编:《南通范氏诗文世家》(陆),河北教育出版社,2004年,第186页。

和艺术风格的不拘一格、多元并存，《狼五诗存》正是其选诗理念的成功实践。

一、编纂过程

《狼五诗存》是以范国禄为中心群体诗学活动的成果，并非成于一人之手，也非成于一时之作。"举事之初，木道凌氏极为赞成，羽中李氏共相商榷，敏儒陈氏借证最多，秋涛姚氏考实甚力，先后弃世，不获观成，例得备书，以志同好"（《例言》）。凌录（？—1656），字水木，一字木道；李翀，字羽中；陈汝树，字敏儒；姚咸，字秋涛，一字纫秋。诸人志同道合，参与编纂，切磋诗法，讨论诗学，范氏对文友襄助感激不尽。由于各种原因，诸人不获观成，令人扼腕叹息。《狼五诗存》编撰始于辛卯（顺治八年），成于丁酉（顺治十四年），先后历时七年，投入了范国禄等人的满腔热情和巨大心力。文献搜辑是选录诗歌的前提和基础，通州文人存世之诗或为全集，或仅一二小帙，或为家藏稿本，或为断章零句，"或旁见于赠答书卷之中，以及游历题勒诸遗迹"，分散各处，收集诚属不易。范国禄家富藏书，这为选诗提供了优越条件和必要保障。同时，为避免沧海遗珠之患，广寻选源，竭力搜求，详加采备。

范氏编选《狼五诗存》表现出严肃认真的学术态度："阅名稿一百二十一部，名选二十三部，杂刻卷册二百五十余种，论定而后入选。"首先，博览别集，结合史传、丛谈、方志、家谱等杂刻文献，深入了解和把握作家作品精髓。其次，通过对前代文学的全面审视，明晰通州地域诗歌的整体流变。随后，方"论定而后入选"，对入选对象进行地域文学史中的坐标定位，披沙拣金，精心抉择，通过选诗加以客观准确的呈现。《狼五诗存》是范氏广泛参阅优秀选本的成果，多方借鉴，择其优长。如加入圈点，"诗文好丑，不必丹黄，人有耳目，谁不如我，然世俗相沿，聊取标识"。圈点之处富含丰富的诗学内涵，涉及思想意旨、艺术表现、作品风格等，通过切当精辟的标识以启发人意，裨益后学。又如考订原本，"《历下》《云间》诸选，于诗文原本，或点易一二字，或竟删改数语，往往有功作者。是选间效其例"，吸收通行选本的成功经验，对诗歌语词精心斟酌，反复推敲，或删或改，助其臻于至善，以永流传。

二、选录对象

《狼五诗存》收录通州往圣先贤 231 人，"当代诸公，著作未定，不敢遽为论次"。其中宋代 4 人，元代 2 人，其他皆属明清时期人物。范氏打破贵古薄今的陈旧观念，遵循地域诗歌发展的实际规律。

> 诗非宋时所重，亦非宋人所长，是以士不尽以诗见。南渡后，兵革相寻播越者众，篇什寥寥，犹不足怪，至于元，而人心若丧矣，天故晦养之，以启有明一代之盛云。

对比悬殊的选录数量正凸显了通州文学明清大盛的地域特点。随着文学活动的日益普及和繁荣，各类创作主体进入编者视野。《狼五诗存》入选诗家数量丰富，身份各异，分为本籍、方外、闺秀、流寓四部分。既有功业昭著、显赫一时的名公巨卿，如陈孚、邵棠、周臣、崔桐、马坤、顾养谦，又有文采风流、滞积底层的布衣寒士，如钱淮、卢椿、邓英、卢纯士、吴兆祥；既有才艺过人、诗文清丽的闺秀，如袁九嬺，又有潜心道妙、雅好文墨的释道，如元肇、智明、明河、通际。既有生斯长斯、世居此地的土著，又有转徙漂泊、侨居于此的流寓者，如嘉靖遇风飘至通的朝鲜人、常熟俞明良、上元张之斗、江都周梦周。范国禄选诗虽然具有强烈的乡土意识，但是能够打破地域藩篱，建构起不拘一格的人文空间，体现了观念的变化和进步。

范国禄着眼于辑存文献和文学审美，或以人存诗，如凌中丞，"诗极意及格，然其遣调修词，似非珍贵之品，由于功业发皇而取资之力未广也"。陈又升倜傥意气，胆略非凡，"诗未入格，亦将以人传耳"。顾封公才高学博，"诗不多，见之亦不佳"。或以诗存人，姚时亨，"音高寡和，特非白雪阳春耳"。凌录，"卓然成家，变化日新"。昧法师，"直透文字三昧"。海纳百川，入选者具备各自的人生魅力，以诗才鸣世者，以功业传名者，以节略见称者，以学养享誉者，在《狼五诗存》中均有一席之地，编者留存乡邦文献的良苦用心可见一斑。范国禄尤重对当时别集已佚或尚无别集传世的寒士布衣之作大量辑录，以避免后代湮没无闻。如葛长卿诗稿不存，范氏屡加提及，"才情敏畅，体格高浑""清放绝俗""具有从容坦易之风"，最大限度地留存是人资料。范氏诗歌选录中表现出开阔的诗学理念，备收师法各家者，如钱汝言"力攻晚唐"，陈少司寇"诗本盛唐"，柳陈甫"力追唐制"，江契此"肆力陶苏"，凌水木"力学中晚，乃渐进初盛"。又并推风格相异者，如"汝嘉巨手，子愚亦甚劲节"，"四卢资性各有所就，而造诣相成"。选诗打破门户界限、风格拘囿，表现出开阔的艺术胸襟和宽广的诗学视野。

三、编排体例

《狼五诗存》由《序言》《例言》《诗人考》《诗品》《诗评》《作品》组成，纲目分明，完整规范，对通州后代诗歌总集编纂提供了参考和借鉴。《序言》《例言》阐发编书宗旨、取舍标准、编排方式等，值得关注的是对通州地域诗歌发展脉络的梳理，以明代为例，"弘正以前，初离草昧。嘉隆之际，盛开文明。万历继世，时会渐中。崇祯末年，风雅顿晚"，要言不烦，清晰呈现。《诗人考》在231位诗人姓名之下附以小传，涉及字号、生平、著述，简明扼要，不仅保存了珍贵的个人信息，还记录了重要的文坛事件。"钱兆贤"条目下曰："与白书、凌东京、陈大震、凌飞阁、张成诏、王缋称'嘉隆七子'，同著《游艺集》。"嘉隆七子联吟赋诗，通州诗坛风气为之一变，是地域文学发展的重要里程碑。《诗品》还通过空灵隽逸的生动譬喻品藻各家，妙语连珠，带来丰富的审美享受。戈侍御，"如雁阵惊寒，遗音孤峭"；凌民部，如"吴中解事少年，随方入市，便僵可喜"；陈司寇，"如建牙开府，刁斗严明，但恐盛气太震"；张东江，"如红楼芳草，烟景迷离"。意象迭出，姿态各异，栩栩如生，诸家如在目前，其点评之功令人叹服，为后世考察提供了重要参照。在各领风骚的通州地域诗坛中，范国禄尤为推崇清新飘逸、气韵生动之作，如姜九江，"如玉袖临风，姿态甚远"；凌叔吉，"如仲圭山水，颇有气韵"；吴别驾，"如雨后萤光，清耀沁目"；王汝嘉，"如吴罗越绮，机杼自出，不愧天工"，赞叹倾慕之情溢于言表，据此可考其诗学审美中的主导风格。

范国禄博学多闻，熟悉通州文献掌故，《诗评》以随笔形式评人论诗，涵盖诗学渊源、文学交游、风雅遗闻等，形式灵活，因人而异。如陈少司寇，"诗本盛唐，风力稍兢"；张可应，"词锋峭立，一望无余"；徐司马《感事诗》，"因夺门而作，当时褈童之势已成，不顾忌讳，而矢忠说，直有谔谔风裁，足使少保公瞑目地下"。知人论世，寥寥数语，包含了生动丰富的信息，文学创作、人物个性鲜明可感。尤为难得的是，以客观公允的态度指陈各家不足，实属可贵。袁方伯，"诗情森远，然未成家"；彭别驾，"食古未化"；顾王章，"好为真率，疏处颇多"；王畔道，"年力未深，反多造作之迹"；陈思静，

"诗无深思大力"。他对才学尚浅、蹈袭造作不无遗憾,对基于好学深思、融会贯通之上的天机自呈表现出热切期待。范氏具备深厚的文学修养,品评得失,无论是对卓越者的热情褒奖,还是对平庸者的善意指摘,不乏精辟独到的见解,为地域文坛创作提供了有益指导。

范国禄《狼五诗存》作为通州第一部地域诗歌总集,具有文学与文献的双重价值。首先,辑录了宋代以至清初通州 231 位诗人诗作,多维度呈现了通州有宋以来诗歌发展状貌和诗人群体图景,成为研究通州地域文学的重要参照。《狼五诗存》既是对历代诗歌发展脉络的纵向梳理,又是对特定时期文坛格局的横向铺排;以文学艺术为本位,考察诗学流变,指陈利弊得失,实现了总结过往的历史使命,又具有指导当下的现实功能。其次,通州文人籍籍无名者不少,诗作散佚相当严重,范国禄具有强烈的文献征存意识,阐幽发微,救亡辑佚,孜孜不倦,保存了通州地区明清诗人的大量信息材料,为后代方志及诗集编撰提供了有益参考。诗选中多位诗人遭致当时、后世忽略、过滤,因范氏独家著录幸存于世,《狼五诗存》富有广度与深度的文献收辑意义深远。

第四节　范国禄诗学思想研究

范国禄著书立说,笔力超群;选诗评文,眼光独到。同时与文友交往,谈诗论文,努力矫正晚明流弊,积极参与清初建构。其诗学思想在所作序 83 篇、跋 26 篇中阐述充分,另外亦见书、评、说等文体。多数均属严谨的诗歌理论表达,而非泛述交情以资点缀敷衍者,内涵丰富,观点鲜明,回应了诗学领域的诸多问题。笔者对相关材料进行钩稽、梳理,寻绎其诗学思想如下:

一、功能论

范国禄沉潜于传统诗文,考察古代诗歌发展历程,对文学经典的深刻内涵和积极作用叹为观止,对往圣先贤的辉煌成就和精神人格心慕手追。虽为一介诸生,积极从事文学活动,吟诗撰文成为了最主要的生活内容和生存方式。其诗学从国家与个体两个层面分别论述了创作的功能:

1. 经国之大业。《诗大序》上承先秦儒家文艺思想,下启后代诗论基本原则，十分重视诗歌的政教功用："上以风化下，下以风刺上，主文而谲谏，言之者无罪，闻之者足以戒。"①这成为了封建社会官方正统的文艺纲领，对后世产生了深远影响。明清易代之际，剧烈的社会动荡中，民族冲突和社会矛盾愈加严重，直面惨酷的社会现实，仁人志士从天下兴亡的高度对历史和现实进行思考和总结。群体关注失落的主流价值观念，儒家传统被重新赋予了至高无上的权威。经世致用的思潮声势浩大，在诗学领域产生了强烈回响。置身清初儒家道德主题突出的艺文氛围中，范国禄诗学观带有鲜明的时代烙印，坚守正统诗学理论。"传世之业莫荣于文字，而文字之不关于事理者，虽美弗贵焉"（《书〈艺文志〉后》）②。他追求文字有关事理、有益世道，重视社会意义和政治功能，追求政教一体，回归雅正。明末诗坛风雅沦丧，气格卑弱，范国禄对此忧患不已。综观诗歌发展历史，从国家取士制度入手，剖析现象背后的深层原因。唐人以诗取士，士人殚精竭虑于此，名家辈出，带来了诗坛的繁盛局面，家传户颂、历久不衰之作层出不穷、屡见不鲜。明代以来，选士专用帖括，文人埋首程文，目为人生正途，崇尚制义、戒习诗文的风习十分盛行，时文之余成为士子对诗歌的普遍定位，造成了明诗的整体不振。"尽天下之聪明才智埋头濡迹于八股，屹屹穷年皓首而弗能止，寻章摘句且不暇，遑问风雅哉？"未取功名之时，视其为有妨之物。志满意得之际，方有余暇顾及。"不过为玩物适意之具，不得则掉而去之，聊以遣岁月解穷愁，与风雅之道漠不相关也"（《〈柘庵诗〉序》）③。国家政策导向的变更，带来了迥然有别的文化生态，士行文风随之变易，这成为清初诗学中讨论频繁的话题。

　　范国禄多方引导诗坛健康发展，首先，强调诗歌的美刺功能。诗人需要对社会政治和现实生活加以广泛深切的关注："诗之为教，所以观政治考风俗也。古者，闾巷歌吟皆得陈之太史，以备朝廷之采择，故辎轩之出必留心询问而不遗。"（《〈二名家使集〉序》）④文学需要承担一定的社会责任，国家治乱、民生疾苦为作家提供了丰富的创作题材，由下而上，通过诗歌观政治、考民俗，从而激励君主改革弊政、治国安邦，自觉维护和修正封建统治

①［清］阮元校刻：《十三经注疏》，中华书局，1980年，第271页。
②范曾编：《南通范氏诗文世家》（伍），河北教育出版社，2004年，第181页。
③范曾编：《南通范氏诗文世家》（陆），河北教育出版社，2004年，第33页。
④范曾编：《南通范氏诗文世家》（陆），河北教育出版社，2004年，第2页。

秩序。诗教之功、风人之意具体表述为:"起衰振敝,感发惩创。"(《〈长干三子倡和诗〉评》)①刺过讥失,匡救其恶,将文学对于现实的反映、监督、批判功能阐述得淋漓尽致。回顾悠久的文学史,《诗经》堪称百代之典范。"歌畅土风,颂扬廷庙,宣达幽隐,鼓吹休明,自王公大人以及里巷士女皆所不废,而云水瓢笠之侣亦未始不旷焉寄之"(《〈烟波集〉序》)②。各种身份的歌吟成为社会普遍现象,通过主体的自由表达,达到及时了解社会民情的终极旨归。其次,主张诗歌的教化功能。诗之为道,意义深远,由上而下,风以动之,教以化之,以潜移默化的方式实现政教之用。正如《诗大序》所言:"正得失,动天地,感鬼神,莫近于诗。先王以是经夫妇,成孝敬,厚人伦,美教化,移风俗。"③诗歌成为统治者推行教化的重要方式,以文艺独特的形式感化、熏染百姓,发挥统摄家庭关系、人伦道德、社会风俗、国政礼仪等多重功用。漫长的封建社会语境中,儒家诗教理论融入了民族记忆,成为了固有的文学思维方式。范国禄继承这一传统诗论,关注世道人心,重视诗歌美刺和教化的双重功效,远离晚明侣背绳墨、纵放情怀的性灵思潮,复归风雅。

2. 不朽之盛事。对个体生命价值的终极追问,成为历代士人共同耽思的哲学命题。范国禄深受儒家"三不朽"价值观念的影响,具有强烈的功名渴望。相对"立功"而言,著书立说是广大文人切实可行的一条扬名之路。范氏科举仕进无望之时,及时调整人生取向,清醒意识到文学的独立价值,对诗文传世推崇备至。"传世之业莫如诗文,而诗文之所以传,则渊源有不易之理"(《〈雪峰诗集〉序》)④。放眼历史,前代文人以著述撰文为胜场,实现了个体精神生命的延续、永恒,极具激励意义。"古今代有作者,惟气韵、风格、声调、词藻无不回翔于运会之中,必曲折以尽其材,然后成一家之言也矣"(《诗说》)⑤。司马迁究天人之际,通古今之变,以史存世,有功千载,范氏期待文士竭尽其才,以独特创获"成一家之言",流芳后世,表现出何其相似的豪情壮志和深远寄托!现实生活中事功名者"以民物为

①范曾编:《南通范氏诗文世家》(伍),河北教育出版社,2004年,第117页。
②范曾编:《南通范氏诗文世家》(陆),河北教育出版社,2004年,第8页。
③[清]阮元校刻:《十三经注疏》,中华书局,1980年,第270页。
④范曾编:《南通范氏诗文世家》(陆),河北教育出版社,2004年,第44页。
⑤范曾编:《南通范氏诗文世家》(伍),河北教育出版社,2004年,第129页。

务，戮力驰驱"，布衣之士"翛然自高其品格，必放情适意以矜惜其才"。官宦勋业彪炳，文士艺文繁富，台阁与山林各成其就，意义却不可等而视之。"勋业之彰施易殚，文章之洋溢无穷，就其洋溢者以想见其彰施，千秋百世莫可得而闭藏也"（《〈北行草〉序》）①。勋业易殚，艺文无穷，对比鲜明，充分肯定了投身文事的生存方式和价值意义，以期通过寄身翰墨，彪炳史册，表达了实现自我的价值诉求。

> 前人之诗见前人之高怀旷寄，今人有其诗，即以见今人之高怀旷寄。后之人有见夫今人之诗者，则今人之高怀旷寄见矣，而前人之高怀旷寄无不见矣。（《〈西林诗〉序》）②

宇宙浩瀚，江山无穷，风月长存，人生短暂，文学中的诗思文才、理想志向、生命浩叹，能够超越当下事功、时空局限，见于天下后世，传之久远。范国禄虽然身处下层，怀才不遇，努力从事文学创作，性耽吟咏，释放生命情怀的同时，将之视为名山事业。尤为难得的是，表现出自信的诗学史观："古人未及发者，自我发之，则今人未始不古人也。"（《寄楼〈感怀〉诗评》）③坚持一代有一代之文学，随势因革，风雅代兴。其诗学理论和文学实践紧密相关，生成为强烈持久的创作动力，一生著述宏富，有《十山楼稿》《纫香》《扫雪》《听涛》《江湖游》《古学一斑》《深秋声》《漫烟》《浪游草》《山茨社诗品》《赋玉词》等。其中仅《十山楼稿》存诗三十二卷，文二十卷，卷帙浩繁，参与建构了清初文学的繁荣格局。

范国禄不仅通过笔耕不辍来追求自我生命的价值，还能超越一己，热衷表彰前贤时彦，甄选经典之作，以流播后世，表现出高度自觉的文化传承意识。范氏曾两次致书钱谦益，请将其父范凤翼选入《列朝诗集》。

> 顷理旧笥，愿寄托不朽，惟有明赐吹嘘，拜荷千秋之贶。（《上钱大宗伯启》）④

仰惟先生道高名重，选政有关，倘得择取数篇附之卷末，由此播传

---

① 范曾编：《南通范氏诗文世家》（陆），河北教育出版社，2004年，第53页。
② 范曾编：《南通范氏诗文世家》（陆），河北教育出版社，2004年，第79页。
③ 范曾编：《南通范氏诗文世家》（伍），河北教育出版社，2004年，第119页。
④ 范曾编：《南通范氏诗文世家》（伍），河北教育出版社，2004年，第246页。

久远,比于玄晏,不啻嘘植万万也。(《奉钱牧斋先生书》)①

再三致辞,言语恳切,字里行间可见其追念先人、以永其传之心志②。同时,范国禄还热情参与到时代普遍的刻诗、选诗活动之中。因对乡贤柳陈甫崇敬有加,与凌录、李翀、姚咸等校刻其诗,序曰:"余尝读其诗,未始不悲其志,以为天下后世将无有知陈甫之诗而因以知其人者。"(《〈重刻柳陈甫诗〉序》)③范氏桑梓情深,唯恐通州文人作品散佚、诗名无闻,辑选该地首部诗选——《五狼诗存》,据此可窥清初选诗鲜明的地域色彩。其《〈瑞鹤堂诗〉序》曰:"选乡前辈二百五十余家,慨然于布衣之诗莫为传而传亦不远。"④搜罗故实,整理文献,强烈的文化忧患和毅然的责任担当令人感佩。范国禄还与邓汉仪《诗观》之选关系密切,首先,资助出版。《初集·凡例》第十二则开具赞襄名单⑤,范氏位居其中。其次,参与考订。其《〈两黄子诗〉序》言:"壬子(1672)之役,同人辏集海陵。余以蹇缩不见人,独二黄子日夕相过,与邓子孝威商略《诗观》之选。"⑥诸人商讨诗选,涉及编选体例、作家选录、诗歌筛选等,以期经典的广传远播。又次,积极荐稿。其《寄李维饶》曰:"向承惠教太夫人诗刻什袭已久,比见邓孝威《诗观》失载,特转送之,嘱其《二集》登选。"⑦邓氏《诗观》二集《闺秀别卷》果收此人,录诗三首,注为"李维饶尊慈"⑧。朱中楣,工诗词,新奇细腻,富有生活情趣,在清初闺秀诗人中出类拔萃,范氏之荐可谓眼力不凡。

---

①范曾编:《南通范氏诗文世家》(伍),河北教育出版社,2004年,第260页。

②需要关注的是钱氏《列朝诗集》最终并未将范凤翼纳入其中,笔者推测主要是因为两人诗学观点的差异。范凤翼提倡复古,对明代前后七子十分倾慕,反对取法唐代元和、长庆至宋元时期的诗歌。钱氏思想融通,不独以盛唐为尊,广师唐宋,对明代前后七子深恶痛绝,其《列朝诗集小传》中进行了不遗余力的抨击,"模拟剽贼"(李梦阳),"讹谬之学"(何景明),"谬种流传"(李攀龙),检讨清理,立场鲜明,言辞犀利。两人诗学思想可谓泾渭分明,故不在选录之列。

③范曾编:《南通范氏诗文世家》(陆),河北教育出版社,2004年,第15页。

④范曾编:《南通范氏诗文世家》(陆),河北教育出版社,2004年,第44页。

⑤[清]邓汉仪编:《诗观》,《四库禁毁书丛刊》集部第1册,北京出版社,1997年,第194页。"赞襄者则黄子仙裳(云)、宗子鹤问(观)、桑子楚执(豸)、许子师六(承家)、江子辰六(闿)、季子希韩(公琦)、范子汝受(国禄)、华子龙眉(衮)、许子元锡(纳陛)"。

⑥范曾编:《南通范氏诗文世家》(陆),河北教育出版社,2004年,第24页。

⑦范曾编:《南通范氏诗文世家》(伍),河北教育出版社,2004年,第338页。

⑧[清]邓汉仪辑:《诗观》二集《闺秀别卷》,《四库全书存目丛书补编》集部第40册,齐鲁书社,2001年,第334页。

二、创作论

范国禄具备深厚的传统诗学修养，熟悉前代文学遗产，又有丰富的实践经验和独到的创作心得，对诗歌本质、诗歌生成、诗歌师承、诗歌表达等基本问题进行了广泛思考。

1. 诗本性情，以志规情。文学即人学，抒一己私情，言哀乐心绪，是人在生命过程中的深切体验和真实表达。明代中期以后，诗界充斥着干求应酬习气，诗歌沦为了交际工具，称引过情，满纸谀词，遭到了清初诗论家的一致讨伐。范国禄也对这一现状进行了尖锐批评："兴会不真，而性情亦无由见。"（《〈游云台诗〉序》）①"歌哭不亲，导扬无谓，孰能旷然有得不朽于天地间乎？"（《〈周屺公诗〉序》）②无情强为辞的创作方式诞生了兴会不真、歌哭不亲之作，流于程式，汩没性情，连卷累帙，令人生厌。随着阳明心学的流行，明代中后期"主情"文学思潮席卷文坛，对真情实感的强调成为明清之际诗论的普遍宗尚。范氏诗学呈现了这一鲜明的时代精神，首先标举"情"是创作的本质属性。"诗本性情，性情者，天为之也"（《〈梨庄集〉序》）③。幽人离妇，羁臣孤客，感于哀乐，缘事而发，情感成为创作的第一动因。吟咏性情之时，强调回归作家心灵间的真实意绪："语出至情，不假修饰，天然成文。"（《独任禅师诗评》）④推崇以诚挚之情触动、感化读者，引发共鸣。评《南山陲》曰："感怆中分，嬉笑怒骂，痛惜悲悯，各极其致，共成其局。"⑤评《留别》诗曰："笃念友朋，则以至性相贯注，非徒握手缟带而已。"⑥评《菊隐园诗集》："不知情生于文，抑文生于情，但觉其一字一泪，无适而非。"⑦对诸人集中真情之言感动不已、赞叹不绝，因此具有了为文造情、矫揉伪饰望尘莫及的艺术感染力。

需要注意的是，范氏诗学虽以情为本，又不止步于此，听其自溢泛滥。与晚明公安诸子崇尚自由书写喜怒哀乐、嗜好情欲不同，范国禄强调对情

①范曾编：《南通范氏诗文世家》（陆），河北教育出版社，2004年，第56页。
②范曾编：《南通范氏诗文世家》（陆），河北教育出版社，2004年，第20页。
③范曾编：《南通范氏诗文世家》（陆），河北教育出版社，2004年，第4页。
④范曾编：《南通范氏诗文世家》（伍），河北教育出版社，2004年，第117页。
⑤范曾编：《南通范氏诗文世家》（伍），河北教育出版社，2004年，第112页。
⑥范曾编：《南通范氏诗文世家》（伍），河北教育出版社，2004年，第106页。
⑦范曾编：《南通范氏诗文世家》（陆），河北教育出版社，2004年，第43页。

感的筛选和规范,本于情而不恣肆于情,表达符合传统社会道德要求、经过高度理性节制之情。诗歌教化功能的发扬,主要在于以作者之性情引导读者之性情。"性得其正即以类乎情,情得其正即以达乎性,被之声歌,宣畅洋溢,斯足以风动四方、流连往复而不能外"(《〈杜书载诗〉序》)①。性情皆得其正,方能实现"诗导性情"之功,这是对"发乎情,止乎礼义"传统诗学的回归。同时,对于"诗以言志"亦独标高帜,曰:"成于志者较本于性情者为可久。"(《史太史〈和韵诗〉序》)②他要求诗歌超越个人恩怨得失之念、花前月下之情,在儒家理想人格和精神境界的感召下,注入关注现实、兼济天下之志,这是明清之际特殊语境中对民胞物与和人文关怀的共同强调。范国禄对"志"的内涵功用加以阐释:

> 天下之丽于虚者皆气之为之,而天下之体于实者则志之为之。盖气能举物,为气之大于物;志又能举气,为志之专于气也,志在而气即随之矣。(《〈志也编〉序》)③

先秦哲学中,"气"是宇宙生命的本源,曹丕认为"文以气为主",从作家个性方面突出情感抒发的重要意义,范氏则在虚实、宾主的对比中将"志"凌驾于"气"之上。文人以诗言一己之志,体现天下之道、圣人之言,屈原和杜甫可谓成功践行者。"词赋宗工,首推三闾;声偶鼻祖,雅慕少陵。倘亦忠君爱国,悲天恻人,迥不同于泛然寄适者,故后人守其法至今不易"。身处陵夷鼎革、板荡沧桑之时代,或以香草喻品节,或以明月寄忠心。忠君爱国之志、高洁美好之操、沉挚恳切之情融合,其深刻性与普遍性,远非浊世浮沉、放浪形骸、吟风弄月者可比,由此奠定了文学史上的崇高地位,这在清初士人群体中唤起了超越身份的广泛认同,因此成为了精神偶像,备受推崇。时代不乏追步之人,史可程胸怀天下,心系苍生,致君尧舜的理想、仁民爱物的情怀诗中可见。"忠爱悲恻,一篇三致意焉。此志士之所为流连,而三闾、少陵之渊源正派也"(《史太史〈和韵诗〉序》)④。对其善承屈、宋不吝褒赞。范国禄诗歌理论主张一己之情与合乎社会规范之志的高度

---

①范曾编:《南通范氏诗文世家》(陆),河北教育出版社,2004年,第25页。
②范曾编:《南通范氏诗文世家》(陆),河北教育出版社,2004年,第67页。
③范曾编:《南通范氏诗文世家》(陆),河北教育出版社,2004年,第86页。
④范曾编:《南通范氏诗文世家》(陆),河北教育出版社,2004年,第67—68页。

统一，可见道德功利与抒情审美的双重属性。

2. 遇事触物，穷愁工诗。古代思想家认为人与宇宙万物相互感通，带来诗歌生成论中具有普遍意义的"感物吟志"命题。"人禀七情，应物斯感，感物吟志，莫非自然"（《文心雕龙·明诗》）[1]。范国禄延续这一传统诗学观念，认为创作是文人内在心绪与自然景致、人寰世俗的感发激荡。

> 诗不易作也，乘乎天而动乎人，然后交相迫以成其不自已之势，非是则其蕴之也无本，而其出之也亦不达。若天分既有以裕之，而人事复有以激发，则原于性之所近，触于境之所感，乃适得乎自然之宣畅而无难。（《〈周岂公诗〉序》）[2]

随物相婉转，与心以徘徊，客观环境和事件引发主体思想情感的波澜，感受玩味，激起表达和叙述的愿望。文学创作过程中，首先，重视"天时"与创作主体的审美感应。春风啼鸟，秋月噤蝉，夏云暑雨，冬雪朔风，凡此种种，触动心灵。以秋为例：

> 万物欲归，人事将谢，行乎气之所必变，所以秋也；遇物触事，感兴流留，有相深于不自已者，所以怀也；天不能得乎其天而能得乎人，人不能得乎天而适得乎天，人不能自得乎天而得乎天之天，所以秋怀也。（《〈恬公秋怀〉序》）[3]

草木摇落，万物凋零，满目悲凉，逝者如斯。触景生情，推物及己，无一非诗，时光年华的变迁与诗人的审美观照契合，带来了秋叶黄花、晓霜斜阳中的浅吟低唱。

其次，重视地理人文环境对创作的影响。大江南北广袤的地域中呈现出迥异的四时景致和风土人情、乡俗好尚，作家置身其间深受影响，或显或隐地渗透到诗文创作之中。江南为水乡泽国，"生其间者多清英流动之气，论资秉于雅人墨士为近，论文章于声偶之学为近，论六义则又于风为尤近"（《诗说》）[4]。才情超迈的文人骚客在山明水秀的空灵之境陶醉流连，诗兴

---

①［南朝·梁］刘勰撰，黄叔琳注，李详补注，杨明照校注拾遗：《增订文心雕龙校注》，中华书局，2012年，第64页。

②范曾编：《南通范氏诗文世家》（陆），河北教育出版社，2004年，第20页。

③范曾编：《南通范氏诗文世家》（陆），河北教育出版社，2004年，第46页。

④范曾编：《南通范氏诗文世家》（伍），河北教育出版社，2004年，第129页。

大发,可谓环境使然。南昌自古风土质朴,清初又遭兵火重创,游历至此,形成了截然不同的创作情境。

> 休息教养未足二十年,宜乎至止者不敢以猪肝薤本烦安邑故人,安得不穷?穷至不能朝暮食,安得不愁?愁矣百端交集,慨然慕孟尝、平原之风,次及临邛令、石门亭长,因称述漂母、黔敖之为人,又安得不诗?(《〈南州诗〉跋》)①

"安得不穷""安得不愁""安得不诗",由境及人及诗,先后递进,文学表达水到渠成,揭示出地域人文对创作的无形激发。范国禄分析山川与创作之间的辩证关系,一方面,诗歌得益于山川,文人穷山川之胜,尽丘壑之美。"播之四方,传之来许,将为山水与山水中之人所志,而并为天下后世之志山水者之所志"(《詹天玉〈五山诗〉序》)②。经营位置,刻画精妙,诗情画意,气韵生动,带来如临其境的审美享受。否则,"山水自在天地,安能冥搜幽契、横出其大文以有千古"(《孙澹止〈山游诗〉序》)③。文章对于山川表彰之功不可小视。另一方面,诗文可助山川。山水自在天地,非有雅人韵士探幽寻胜,何能千古闻名?杜甫由烽烟弥漫的秦中退归浣花,"优悠娱老,诗以敛精就朴为贵,学者益宗之,声名未尝少衰,至今凭吊者徘徊而不欲去"(《詹天玉〈五山诗〉序》)④。浣花溪畔,幽深宁静,伟大灵魂沉吟之所,艺术生命凝结之处,人文意蕴深厚,成为了中国文学史上的圣地。

再次,强调世事沧桑对于作家的磨砺。"诗穷而后工"是古典诗学的重要命题,源远流长,广受关注。范国禄赞同此说,"诗也者,不得志于时之所为也"(《〈定公诗〉序》)⑤,"三百篇大都忧愤之所为作也"(《〈何德俊诗〉序》)⑥。人生遭逢多故,出入艰难困境,世态炎凉,感慨无穷,悲剧性情感体验大量郁积,挫折苦闷中产生了倾诉与表达的强烈欲望。"诗情苦到十分,不苦不工,工安得不十分也?"(《黄州诗评》)⑦蚌病成珠,惨淡经营,无

①范曾编:《南通范氏诗文世家》(陆),河北教育出版社,2004年,第242页。
②范曾编:《南通范氏诗文世家》(陆),河北教育出版社,2004年,第59页。
③范曾编:《南通范氏诗文世家》(陆),河北教育出版社,2004年,第60页。
④范曾编:《南通范氏诗文世家》(陆),河北教育出版社,2004年,第59页。
⑤范曾编:《南通范氏诗文世家》(陆),河北教育出版社,2004年,第41页。
⑥范曾编:《南通范氏诗文世家》(陆),河北教育出版社,2004年,第18页。
⑦范曾编:《南通范氏诗文世家》(伍),河北教育出版社,2004年,第122页。

处可去的生命能量以审美化的方式加以宣泄,实现了个体的灵魂安顿与精神归依。范国禄对韩愈"穷苦之言易好"进以阐说:"非穷愁可以工诗也,谓穷愁至无聊赖而为诗,视富贵顺适者之诗较工好耳。"(《〈锦江吟〉序》)①文学创作与诗人生存紧密关联,坎坷不幸的生活遭遇中获得对自然人生的深切感受,推己及人,提炼为普遍的生命体悟。压抑与悲凉诉诸笔端,超越了单纯对技巧的修饰雕琢,获得了感人至深的艺术效果,与志满意得的达官显宦歌功颂德、因袭平庸不可同日而语。范国禄专力于诗文,自叙创作情境曰:

> 天时变于上,人事变于下。而范子以孑然一身漂荡于暑风阴雨中,方夏而溯,逾秋而泗,剑笈零落,襟期萧飒,向之戮力而前者,几几乎烟霜草木与时日而俱陨也。(《〈浪游草〉序》)②

描述文友风雅沉吟曰:

> 遭逢多故,出入于艰难困顿中,而回翔宛转以无负疚于隐微,犹且流连风雅,经营惨淡,聊寄其不得已之苦衷。(《〈北行草〉序》)③

穷于时,迫于境,漂泊既久,风尘困顿,理想与现实激烈冲突,强大的艺术势能通过表达舒缓生命不能承受之重,这对文学创作的成功具有决定意义。

3. 返本溯源,自极其致。与明代诗坛党同伐异、高自标致之流弊不同,与清初诗学唐宋优劣、喋喋不休之论争有异,范国禄诗论正本清源,打破门户界限,不受时代拘囿,加强了对文学源头的探寻。"诗先三百而以汉魏辅之。不学三百、汉魏而专学唐,其志趣则下"。其诗学复古色调鲜明,同时表现出开阔的艺术胸襟和宽广的诗学视野。

首先,借鉴前代文学遗产,扩大学习对象。范国禄对《诗经》、汉魏之作反复表达了高山仰止之崇敬,曰:

> 三代以上不知所读何书,而三百篇之作以及歌谣吟辞,虽田夫游女未尝不千古也。汉魏近古,六朝选体犹存古意,自唐人专为应制,而

---

① 范曾编:《南通范氏诗文世家》(陆),河北教育出版社,2004年,第55页。
② 范曾编:《南通范氏诗文世家》(陆),河北教育出版社,2004年,第82页。
③ 范曾编:《南通范氏诗文世家》(陆),河北教育出版社,2004年,第53页。

家传户业严如金科,即以其古诗为古,而古风则已渺矣。

与此同时,主张广泛师承,追步先秦,这与整个清代文学批评界对文学之源的持续追索立场一致。黄子学诗即为典范:"肆力于古,取材于汉魏,陶情于初、盛,亦未始不染指中、晚,大约人之所先者,而黄子后之;人之所专者,而黄子则又兼之。"(《〈分绿窗诗〉序》)①追溯源头,梳理脉络,转益多师,故能卓然独立、脱颖而出。范国禄强调善学古人,得其精髓,对舍本逐末不以为然。文人群体随波逐流的惰性、皮毛肤相的摹拟,必将自丧其天,导致文坛弊端丛生。

对明代诗学的反思成为清初诗坛的焦点,言辞犀利,不无偏见之激、诋毁之急。范国禄客观理性的态度殊为难得:"人之耳目最易移也,有一业于此,此唱而彼和之,波靡云委,群然自丧其天,不知故我之为何物,斯亦世道之可忧矣。"直击攀附的人性弱点和盲从的诗界痼疾,可谓一针见血。"彼诸作者岂不各有其可传,徒以沿袭成风者众,遂并其人而不永,无亦学之者之过与?"(《〈潘燕丘诗〉序》)②茶陵、公安、竟陵诸派开创者无不是对诗坛困境的拯救,不乏传世之篇,而其追随者雷同肤蜕,学古而赝,最终导致了诗派的生命窒息和历史消亡。范国禄追其本心,深具同情之理解,指出其罪不在开山之人,而在附和之众,持论引人深思。同时,他对寄人篱下、入主出奴者进行了犀利嘲讽:"任耳目者好讥弹时贤,持一篇以语人,曰此唐诗也,则哑然不置一词矣。"(《〈集杜诗〉序》)③厚古薄今,墨守成规,其盲目崇拜竟至如此境地,甚是可悲。清初儒学复兴的历史语境中,有识之士努力摆脱明末模拟因袭和追求幽情单绪的不良风习,把目光转向了广阔鲜活的社会生活。范国禄与这一文坛新风步调一致,将创作源头引向现实,引向日常生活经验。"诗理近在当前,日用而饮食之者也。蔬笋之气最为清真"。问渠哪得清如许?为有源头活水来。生活是文学创作的基础和前提,诗人需要善于观察、体味自然和社会中的万千情状,表达积累、沉淀和感悟,这是对晚明以来诗文格局狭小、幽深孤僻的努力克服。

其次,热情鼓励自我创新、独具一格。范国禄肯定挣脱风习、自铸面目

---

① 范曾编:《南通范氏诗文世家》(陆),河北教育出版社,2004年,第46页。
② 范曾编:《南通范氏诗文世家》(陆),河北教育出版社,2004年,第21页。
③ 范曾编:《南通范氏诗文世家》(陆),河北教育出版社,2004年,第37页。

者的创作成就和意义："一人倡之，众人是之，群千百人扬厉而效法之，积渐使然，莫能易也。乃掉其臂于方外者，往往空一切之习，翛然寄兴于天地之间。"(《〈南游草〉序》)①他对原创精神的欣赏溢于言表。范氏提供的具体法门为"避熟生新"，曰："耳目之用，必有为避，斯有为生。生即生于善避，非矫饰以为生也；新即新于极熟，非勉强以为新也。"(《〈梨庄集〉序》)②范国禄提倡神明变化，善于避熟，自然出新，抒情宣志，语无蹈袭。他具体分析了类型众多的创作，诗致不一，有"根理发端者""比物属事者""旷寄兴会者"；诗品不一，有"志人谊士之诗""文人学士之诗""幽人高士之诗"(《杨酒生〈梅花诗〉序》)③；风格不一，"台阁而不免富贵""山林而不免烟霞""闺房而不免脂粉""里巷而不免市井者"(《〈南游草〉序》)④。春兰秋菊，各自成家，对各极其诣者均以激赏，表现出多元的诗学审美。

　　清代出现了数量可观、类型众多的选集，其中不乏标准失当、选择芜滥者，范国禄对此痛心疾首，曰：

> 执一家之言以为是，萃天下之高隽而汇拔焉，非是则不选其人。有不容不选者，则挪移为之；挪移之不足，又补缀之；己可代也，己代之；代不胜代也，则师友子弟代之。

> 学者不知，犹且毕力以相赴，赴而得售者有之，赴而不得售者何可胜计？方徘徊叹息，思改弦而易辙。

　　从选家与学者方面针砭时弊，分析了不良之选的危害。选家眼界狭小，固步自封，挪移、补缀之举令原诗面目丧尽，批评界的混乱不堪导致了学者的无所适从、竞趋歧途。更有选家之考量触目惊心："先论其为缙绅与否，次论其馈赠之多与否，又次论其所交游作用何如，最后论其诗之于我意何如。"选家衡诗率以己意，随意指摘，畏权媚俗，心迹卑污，严重偏离了网罗文献、表彰风雅的选诗初衷，如此诗选刊布流播，对文坛学界贻害匪浅。范国禄不受时俗干扰，提出"以人之诗定人之诗，不以我之诗定人之诗"(《征刻诗就引》)⑤的编选原则，为诗坛提供了可资参考的选诗规范，视野

---

① 范曾编：《南通范氏诗文世家》(陆)，河北教育出版社，2004年，第48—49页。
② 范曾编：《南通范氏诗文世家》(陆)，河北教育出版社，2004年，第4页。
③ 范曾编：《南通范氏诗文世家》(陆)，河北教育出版社，2004年，第69页。
④ 范曾编：《南通范氏诗文世家》(陆)，河北教育出版社，2004年，第49页。
⑤ 范曾编：《南通范氏诗文世家》(陆)，河北教育出版社，2004年，第185—186页。

开阔,主题多元,努力肃清文坛不良习气,拓宽选诗取径范围,为各类作品均留一席之地。

4. 自然淡远,兴会相赴。范国禄对明末竟陵诗晦涩难解之弊直言不讳:"诗自竟陵兴,而天下之解诗者户相望也;抑自竟陵之解行,而天下之诗遂至有弗可解者。"览者艰于目,诵者涩于口,解者阏于心,这与其以诗考察政治得失、风俗盛衰的理想背道而驰。竟陵故作深奥,刻意为难,艰涩至不可解,岂有不亡之理? 设想其延续至今,"亦必自悔其聪明之误而废然以返"。他为避免重蹈覆辙,首先,提倡辞达。欲诗可传,必先求其可解,范国禄重视表达的恰如其分、平易简洁。"作者不必意其可传,当先求其可解"(《〈妪解集〉序》)①。境之所遇,心以摄之,心之所触,腕以运之,随物赋形,形象易懂。其次,崇尚自然。

> 元音自在天地间,朕之以人,虚则辟合闭,窒则宥密塞,发乎自然,顺其所至,无糅杂矫饰之烦,而出之以乌可已,则天下文章莫大乎是已。(《〈分绿窗诗〉序》)②

天地元音,胸中至情,诉诸笔端,如风行水上,自然成文,刻意为之,不免痕迹。其理想之境为:"自抒机轴而天真烂漫,所见无非自然。"(《毕载积〈秋柳〉诗评》)③烂漫情思汩汩流出,天机自呈,吐纳舒卷,景象万千。又次,提倡兴会神到。"凡天时、人事、山川,兴会之所至,偶一为之,其诸幽奇澹至通明绣阔以及神明变化之不可方物者,无非偶一为之"(《〈偶一草〉序》)④。文章本天成,妙手偶得之。范国禄强调对灵感的捕捉,反对刻舟缘木。"兴会所之,触处涉趣,所谓天真烂漫不加思维者也"(《洁庵诗评》)⑤。"兴会"贯穿整个文学创作过程,是主客体瞬间的交流互动以及由此产生的深层审美体验。心物交融,自然感发,触处成趣。"诗本性情,义极蕃变,出之而豁然流畅者,必入之而无间于渊微。彼其历磊块,搜冥空,大都从得悟中来"(《〈對岭禅师诗〉跋》)⑥。与禅宗"顿悟"息息相关,主体

①范曾编:《南通范氏诗文世家》(陆),河北教育出版社,2004年,第7页。
②范曾编:《南通范氏诗文世家》(陆),河北教育出版社,2004年,第45页。
③范曾编:《南通范氏诗文世家》(伍),河北教育出版社,2004年,第111页。
④范曾编:《南通范氏诗文世家》(陆),河北教育出版社,2004年,第48页。
⑤范曾编:《南通范氏诗文世家》(伍),河北教育出版社,2004年,第110页。
⑥范曾编:《南通范氏诗文世家》(陆),河北教育出版社,2004年,第239页。

以"兴"为起点，通过"悟"的中间环节，达到"不著一字，尽得风流"的幽远境界。意境之妙超越文字之表，含蓄深沉，生发了无穷意韵。"意味深长，不在语句多少，耐人寻绎，愈淡愈至"(《〈南山陲〉诗评》)①。言简意丰，耐人寻味，表达了淡远空灵、神韵悠然的诗学理想。顺治十七年(1660)至康熙四年(1665)，王士禛担任扬州推官，雅重文士。范国禄闻名江北，投王门下，其诗学理论与"神韵说"颇多相合之处，可见对主流文坛的及时关注和吸纳。

三、主体论

作家修养是文学创作的关键，范国禄诗学中创作主体处于重要位置。"诗歌者，天地之鼓吹也"。万物不言，其中之妙，惟人知之。"推测焉，纪载焉，绘画焉，穷极研究焉，非文无以显见也"(《袁日成〈咏物诗〉序》)②。诗人以其生花妙笔，穷形极相，生动发扬。其诗论从道德、学问等方面对作家修养进行了深入探索：

1. 人即是诗，诗即是人。为了克服晚明诗坛气格卑弱的弊端，范国禄提出了先道德后文章的现实策略，高度重视作家道德修养，文学创作以人品为先，对文、行之割裂加以批评：

> 古之文行出于一，今之文行分为二。出于一者，以躬行率履之常为章施发皇之迹，文即行，行即文也；分为二者，实则取给于事，功名仅涂人之耳目，文自文，行自行也。(《〈陈大参全集〉序》)③

求取名禄之徒，为文以掩是遮非、涂人耳目。文自文，行自行，彼此割裂，强取豪夺，堕落无耻。士林群体缺乏高尚的品格和对社会道义的担当，知识浅薄，能力匮乏，道德败坏，灵魂卑微。面对如此风气，范氏不遗余力地呼吁人品和诗品的统一。"胸中有一片光明，笔下有万丈气焰。横说竖说，无不雪亮，不必句句正面，前后左右映带，皆成纯锦"(《〈长干三子倡和诗〉评》)④。诗为德之彰，言为心之声，豁达高洁的品节必然带来清芬袭人

---

①范曾编:《南通范氏诗文世家》(伍)，河北教育出版社，2004年，第111页。

②范曾编:《南通范氏诗文世家》(陆)，河北教育出版社，2004年，第41页。

③范曾编:《南通范氏诗文世家》(陆)，河北教育出版社，2004年，第1页。

④范曾编:《南通范氏诗文世家》(伍)，河北教育出版社，2004年，第117页。

的艺术表达,走向端庄典雅。首先,赞赏文人清正充盈之气。人秉气以生,然而气有邪正,君子小人由此分道扬镳。

惟君子秉气以成性,而小人任气以使情,相间而不相容,相参而不相立。(《〈郑尚书诗〉序》)①

日出日淆,而变伪滋生,气浸薄矣。于是著为事功,事功亦陋;发为文章,文章亦漓。(《〈乳雷集〉序》)

小人任气以使情,君子秉气以成性,邪正自辨。"合乎清正之气,故人品得以不朽,而诗书奉为不祧"(《〈乳雷集〉序》)②。通过涵养清正气节,锻炼刚毅人格,鼓吹风雅,吐纳艺文,自将长存天地之间,这也代表了清初诗学界的普遍观点。

其次,欣赏宠辱不惊的心胸。范国禄曰:"能穷我者,境也;而不能穷我者,处境之心。古人乐道安贫,往往推著书立说、行吟放歌者流,以其境之有所处也。有所以处境者,无所谓甘苦,苦亦甘也;无所谓顺逆,逆亦顺也。"(《〈顾阿诗〉跋》)③无论贫富得失、祸福荣辱,宅中守一,超然世外,声名势利不撄其虑,得失通塞不介其怀,以文学畅达性情,可获得恒久的生命力。中和思想是中国古代文人的生存理念和对世界的把握方式,许学夷论风人之诗曰:"微婉而敦厚,优柔而不迫,为万古诗人之经。"④范国禄诗学可见这一心理结构和思维模式,主张悲喜哀怨等情感通过优游不迫的声调加以抒发。品性醇厚、才华卓著者,"虽伏豫必有节焉,虽幽忧必有砥焉"(《薛龙师〈游草〉序》)⑤。不为利达穷愁所困,鲜见怨怼之言、激进之语,时贤之作是为典范。何德中,"著为诗歌,独得和平温厚之义,非其性资涵养有大过人者,未易至也"(《何德中〈西江诗〉序》)⑥。杜书载,"际时多故,不无悲天悯人,而忠爱相深,怨尤俱泯"(《〈杜书载诗〉序》)⑦。以蔼然含蓄的方式宣志达情,和平温厚,怨尤俱泯,呈现出悠长的中和之美,这也预示着

①范曾编:《南通范氏诗文世家》(陆),河北教育出版社,2004年,第14页。
②范曾编:《南通范氏诗文世家》(陆),河北教育出版社,2004年,第6页。
③范曾编:《南通范氏诗文世家》(陆),河北教育出版社,2004年,第237页。
④[明]许学夷:《诗源辩体》卷一,人民文学出版社,1998年,第2页。
⑤范曾编:《南通范氏诗文世家》(陆),河北教育出版社,2004年,第55页。
⑥范曾编:《南通范氏诗文世家》(陆),河北教育出版社,2004年,第244页。
⑦范曾编:《南通范氏诗文世家》(陆),河北教育出版社,2004年,第25页。

随着时局的平稳，代表盛世之音的温柔敦厚的审美习尚开始兴起，并逐渐成为了诗坛主流。

2. 好学深思，明理达务。清初士人痛定思痛的历史反思中，对游谈无根、空疏肤廓的明代学风激烈批判。汲古返经的文化语境中，文与学又被重新纳入了诗界讨论，钱谦益、黄宗羲等不约而同地重视学问对于文学创作的影响。范国禄与诗坛主流观点一致："孤恃性情，则学力弗充，气候浅薄，谓能神明而变化焉，无是理也。"（《〈梨庄集〉序》）①主张以学力充裕才思，形成风格。值得关注的是，范国禄还纳入了更广阔的学习内容：

> 天地名物之理灿著于前言往行之中，书之诏我者非一端，我之所读者非一类，日用饮食无事非学，行处坐卧无在非学，自少而壮而老无时非学，岂以钻研帖括遂毕其义蕴哉？（《〈李若士诗〉序》）②

他对于八股取士、学风空疏的现状深恶痛绝：

> 明理达务之实，未必尽于八股，而攻八股未必能合乎圣贤之言。往往割裂理体，习为腔调，以曲折赴会于浇漓简陋之途，而指而目之，则曰制举之业虑不投时耳。（《时文自序》）③

士子穷年皓首，俯首戢影，寻章摘句，日事咿唔，其八股文割裂理体，习为腔调，大都肤词套说，务为陋习，"代圣贤之言"沦为了求取富贵功名的手段。范国禄企图在传统典籍中挽救文学之弊，关注创作主体文化修养成为了基本立场，强调勤学渐进的积极功效。"诗之工拙视乎才，而才之大小本于学。学力之所至，天分不得而囿之"（《〈游匡庐长歌〉序》）④。因此提倡好学深思、明理悟道，曰："天下之义理无尽，莫备于经传之文；古今之治化有原，贵专其考究之实。了于口必先畅于心，修于家而后献于国，亦曰明理以达务而已。"（《〈芸纫草〉序》）⑤以读书广稽博览，充积义理，这是为文作诗的必经之途。"不闻道而言诗，究亦文字之末尔"（《〈烟波集〉序》）⑥。创

①范曾编：《南通范氏诗文世家》（陆），河北教育出版社，2004年，第4页。
②范曾编：《南通范氏诗文世家》（陆），河北教育出版社，2004年，第26页。
③范曾编：《南通范氏诗文世家》（陆），河北教育出版社，2004年，第88页。
④范曾编：《南通范氏诗文世家》（陆），河北教育出版社，2004年，第57页。
⑤范曾编：《南通范氏诗文世家》（陆），河北教育出版社，2004年，第85页。
⑥范曾编：《南通范氏诗文世家》（陆），河北教育出版社，2004年，第8页。

作主体沉酣经史，博学于文，激发了审美感受和文学表达，才能达到驱遣自如的境界，这是对晚明以来诗坛浅薄庸俗的反拨。"读书破万卷，下笔千言立就，顾一脱稿则弃置若忘"(《〈陈大参全集〉序》)①。以学问为根底，下笔如有神助。这一诗学主张下，对"学人之诗"极为赞赏，江瑶石，"品格清华，议论侃侃，有正谊明道之功，而文章尔雅，被泽于经传者更精"(《〈江瑶石诗〉跋》)②。侯佳，"自执经授业而外，率以咏歌唱和为之游艺以达情"(《〈柘庵诗〉序》)③。李若士，"机趣所至，兴会相乘，靡不自明理达务中畅遂流满而出读书之效"(《〈李若士诗〉序》)④。诸人学养深厚，飞翰摛词，游刃有余，获得了文坛的普遍关注。

范国禄为博古通经之人，"家多藏书，竭十年力，通贯大义"⑤。宋之绳《寄张穉恭》中评价曰："汝受遇虽厄，才则奇高，与之谈说，实学海也。"⑥学问对于创作的涵养之功是其在创作实践中收获到的切身体悟，与宋诗"以学问为诗"大相径庭，为避免才学的生硬堆垛和对诗歌的粗暴干预，范氏提出"蓄泄"之机的把握。

> 不患无才，患才多而露，用之不胜用、蓄之不易蓄也。不胜用则滥而无伦，伦，伦类也；不易蓄则流而无归，归，归宿也。伦类不清，归宿无所，学不足以敛才，才不可以副学，浮焉耳，旷废焉耳。(《〈程姬田诗刻〉小序》)⑦

厚积薄发，举重若轻，晓然于"蓄泄"之机，恰到好处地运用其才其学，方能远离浮薄又诗意盎然。随着晚明以来诗文辨体理论的日益成熟，范氏明确理学、诗、文之间的本质区别："以理学为诗则诗晦，袭宋人之陈迹，其失也腐；以文章为诗则诗削，效竟陵之余习，其失也陋。"目睹前世之弊，范氏净化文学观念，厘清文体界限，态度鲜明地提出："理学自理学，文章自文章，而诗自诗，不相兼，尤不相入也。"理学、文章、诗歌各自具有独特的文体

---

①范曾编：《南通范氏诗文世家》(陆)，河北教育出版社，2004年，第2页。
②范曾编：《南通范氏诗文世家》(陆)，河北教育出版社，2004年，第238页。
③范曾编：《南通范氏诗文世家》(陆)，河北教育出版社，2004年，第33页。
④范曾编：《南通范氏诗文世家》(陆)，河北教育出版社，2004年，第26页。
⑤[清]梁悦馨等：(光绪)《通州志》卷十三，光绪元年(1875)刻本。
⑥[清]宋之绳：《载石堂尺牍》，《四库未收书辑刊》第7辑第18册，北京出版社，2000年，第147页。
⑦范曾编：《南通范氏诗文世家》(陆)，河北教育出版社，2004年，第35页。

特征、思维方式和语言表达，这与严羽的"别材""别趣"之说相类，重视诗歌的审美特质和独特韵味。"古今代有作者，惟气韵、风格、声调、词藻无不回翔于运会之中，必曲折以尽其材，然后成一家之言也矣"（《诗说》）[1]。他要求排除学理壁障，曲尽艺术元素之用，以呈现意味隽永的诗思。

综观古代诗学流变，从先秦发展演进至清初，业已形成了较为完整的理论框架，涵盖了诗学的基本问题和范畴。面对丰厚的诗学遗产和多重选择的可能，其重要使命是对以往诗学的回顾和深入，进入到与清代学术文化具有同样总结意义的历史阶段。范国禄积极参与了清初诗学理论重建，全面涉及诗歌创作的基本方面，形成了逻辑严密、完整自足的体系，代表了时代发展的主流方向。首先，梁启超称清代学术基本精神，"是对于宋明理学之一大反动，而以'复古'为其职志也"[2]。文学批评领域也掀起了复古思潮，清代诗论形成了探寻文学之根的持续风气。"通过推原求本来寻索文学之'祖'，进一步确认诗文发展的历史统系，借以明确文学当时及未来理想的走向"[3]。范国禄在对明代诗歌的反思批判中、对现实诗坛的救弊补偏中，沿流溯源，鲜明体现了对儒家诗学精神的皈依和坚守。其次，清代诗学空前繁荣，是文学批评史上的集大成时代。蒋寅先生言："清人要想整体性突破前代诗学的格局，独创新的体系已不可能了，只能在整合、总结、阐释和深化前代诗学的方面下功夫。"[4]范国禄以博大胸怀对诗学遗产进行现实的审视，取舍慎妥，运用发扬其精华，摒弃规避其弊端，表现为对传统自觉睿智的借鉴、修复、改造和充实。针对"诗言情""感物吟志""人品与诗品""转益多师""穷而后工"等重要命题，进行细致辨析、深入思考和创新阐释，合理的吸取、多元的审美、中正平和的态度等足见其诗学的理性、包容和宏通。同时，诗歌的政治意义与文学特性、抒情与言志、学问与诗思、复古和创新等并非二元对立，实现了有机整合。范国禄作为功名道途的边缘人，活跃于清初文坛，紧密关注创作风习，为诗歌发展提供了具体观点和建设性意见，显示了对古今创作经验的深刻总结和对清代诗歌发展的理论思考。

---

[1]范曾编：《南通范氏诗文世家》（伍），河北教育出版社，2004年，第129页。
[2]梁启超：《清代学术概论》，人民出版社，2008年，第3页。
[3]王运熙、顾易生：《中国文学批评史》下册，复旦大学出版社，2001年，第180页。
[4]蒋寅：《清代诗学研究之我见》，《苏州大学学报》（哲学社会科学版）2005年第5期。

第五节　范国禄诗歌研究

清初诗坛群星璀璨夺目,高潮迭起,进入了中国古典诗歌发展的又一繁盛时期。范国禄在顺康之际享有盛誉,林古度、李渔、熊文举、吴绮等 33 位名家为其 16 种书刻撰写序文 33 篇。其诗不乏广为传颂的名篇,邓汉仪《诗观》收《入庐山》等 14 首,席居中《昭代诗存》收《寄延令朱甥万子平子兄弟》等 34 首。此外,王尔纲《天下名家诗永》、曾灿《过日集》、黄传祖《扶轮集》等清初著名选家选本均有收录。范国禄著述繁富,康熙十七年(1678)自定《十山楼诗》三十二卷,收诗 3464 首,通州地方文献《崇川各家诗钞汇存》录其康熙十八年(1679)至三十四年(1695)诗 654 首,存诗之多,实属罕见,为后世留下了丰厚的文学遗产,成为通州范氏家族和清初诗坛值得关注的对象。遗憾的是,范氏命运坎坷,家境贫寒,生存尚且不易,更无力刊刻如此规模的著述,诗文多以稿本、抄本行世,故流传不广。笔者拟通过对其人生轨迹的勾勒及诗歌文本的阅读,准确把握和客观评价其文学创作,从而丰富对清初诗坛的认识和理解。

一、生平际遇

明洪武三年(1370),范氏家族由江西抚州始迁通州,落第生根,诗文传家,享誉一方。范国禄父亲范凤翼(1575—1655),曾任吏部考功司主事、文选司主事、稽勋司员外郎,耿介清贞,风骨凛然,成为晚明清流士大夫的表率。范国禄一生命运多舛,顺治十二年(1655)之后,"父兄相继见背,世态日非,家计中落,孑然之躯任风僵偃,更复何心敢有他望"(《寄王司务》)①。家庭变故接踵而至,加以"两遭海贼之猖狂,三被江坍之流毒"(《候汤佐平》)②,连续遭遇到人生凄风苦雨的袭击,独撑门庭,举步维艰,成为生活潦倒、落拓无依者。沧海横流之际其父深刻洞察到明朝大厦将倾、不可挽救的必然结局,急流勇退,韬光养晦,以与时舒卷的方式实现了朝代更替中个人的全身远祸和家族的平稳延续。范国禄在晚明仅度过了青少年时期,

---

①范曾编:《南通范氏诗文世家》(伍),河北教育出版社,2004 年,第 309 页。
②范曾编:《南通范氏诗文世家》(伍),河北教育出版社,2004 年,第 305 页。

入清则生活了53年。父亲立身出处和时代现实生存的双重影响下，逐渐将清朝视作正统的封建政权，这是其基本的政治立场。虽然怀有故国记忆，明清易代的历史变革对其而言不如遗民群体刻骨铭心，成为有别于鼎革诗人的新一代文人。

康熙四年（1665），通州改制增兵，部营凶悍恣肆，地方如在水火。范国禄因女婿袁生负债数千金，力为争之，身受其累，祸不旋踵，遂有江楚远游，以期挣脱困境。孰料事实远非所料，南州之行十分不堪，与友人书信中频频流露落魄境遇。

> 徒手裹足，欲与仕客相周旋，可谓不自忖度。（《复陈其年》）①

> 弟不惯作游客，而西江风景远非吾乡，物力艰苦，人情刁恶，不能久郁郁兹土矣。原托宋其武为主人，此老近况狼狈已不可言，末后一段周旋可想见也。（《复尤石盟》）②

跋山涉水，风霜露宿，人情翻覆，狼狈不堪。"出门既久，行李萧条，似非徒手赤足所可脱然去也"（《复施愚山少参》）③。失望欲返，无奈行资拮据，舟金匮乏，竟至寄迹萧寺，漫无归期。不仅如此，范氏还遭受到更为严酷的命运打击。康熙十一年（1672），知州王宜亨延请纂修州志，呕心沥血，康熙十三年（1674）终成《通州志》二十四卷，却因书中泛论风土好尚，怒触狼山镇总兵诺迈，一时性命堪忧，多亏众友竭力营救，方才化险为夷。这一事件对其造成了致命打击，身败名裂，竟至家破。随后，忧谗畏祸，远走湘、赣、鲁、冀等地，直至康熙二十四年（1685）诺迈离任方才归返故园。家业荒芜，一贫如洗，他生命的最后十年彻底陷入了穷困潦倒的境地。

儒家传统价值观念对范国禄产生了深刻影响，当"立功"之愿无法实现之时，以诗为业，执着于各种生命情境之下的吟咏，期待诗文不朽。家学既有渊源，兄弟复相师友，以诗关注自我现实生存，大量书写一己的人生遭遇和心灵感受，这是和鼎革诗人的重要差别，也是清廷走向稳定繁荣局面下文坛普遍的走向，范国禄身上表现得相当明显，值得观览和品读。

首先，怀才不遇的悲愤。范国禄满腹笥书，学识渊博，胸怀对功名的强

① 范曾编：《南通范氏诗文世家》（伍），河北教育出版社，2004年，第325页。
② 范曾编：《南通范氏诗文世家》（伍），河北教育出版社，2004年，第381页。
③ 范曾编：《南通范氏诗文世家》（伍），河北教育出版社，2004年，第319页。

烈渴望,意志坚定,不懈追求,却屡战屡败,饱受折磨。其《感遇》是对多年不第的痛苦回忆:"出门负书剑,意气常峥嵘。一试不见容,再试适见并。"①虽自命不凡,却名落孙山,铩羽而归,穷尽毕生精力,功名无寸,心中产生了无法弥补的创伤和绝望。这不仅是个体的悲剧,也是封建社会绝大多数举子的共同命运。范国禄清醒意识到八股取士的制度弊端,以及科举考试存在的诸多人为因素干扰,不无激愤批判,更多却是沉痛与无奈。诗中还流露了布衣文人求仕艰难、无人援引的苦闷,"旷览当吾世,立身殊不遑。徒手事功名,落落多所防。生平聊自问,寂寞怀抱伤"(《感怀》)②。寒士求荐无门,功名无望,寂寞平生,黯然神伤。在以富贵为价值评判标准的世俗面前,承受到的打击和屈辱不言自明,处境狼狈,心态复杂,深刻揭示了封建科举制度对普通士子的戕害。入仕道途受阻之时,范国禄无奈之下只能另谋出路。康熙十八年(1679),因文字生祸,生计艰难,遽就南安之馆,其间境遇诗中屡屡可见。

> 久客无长物,聊耽羁旅吟。为怜从幸舍,自恨到于今。击节胡因钵,知音不在琴。几家能寂寞,良夜耐闻砧。(《次韵中秋客邸》)③

> 濡首文园苦下帷,半生寂寞叹知希。西风雁唤南云尽,痛哭秋原老布衣。(《岭南秋感限衣字》)④

南安地远人稀,远离至亲文友,局蹐一氈仅为稻粱谋,知音难觅,有志不获骋,失去了人生自由的同时更带来精神的压抑,无法释怀。初来之时的热情逐渐被消磨殆尽,尽管生计举步维艰,次年毅然提前结束了订期三年的幕府生活。离开之际有《发南安》,诗曰:

> 一担风雪上归舟,听说苏卿尚有裘。山色苍荒虽见送,水声枯涩似相留。自怜弹铗侯门客,谁识吹箫吴市囚。从此江滩将历历,可堪皇恐独回头。⑤

岁暮天寒,山色苍茫,风雪弥漫,以冯谖弹铗而歌比寄人篱下,以伍子

---

①范曾编:《南通范氏诗文世家》(叁),河北教育出版社,2004年,第134页。
②范曾编:《南通范氏诗文世家》(叁),河北教育出版社,2004年,第146页。
③[清]王藻编:《崇川各家诗钞汇存》卷首二下,咸丰七年(1857)刊本。
④[清]王藻编:《崇川各家诗钞汇存》卷首二下,咸丰七年(1857)刊本。
⑤[清]王藻编:《崇川各家诗钞汇存》卷首二中,咸丰七年(1857)刊本。

胥吹箫乞食吴市比艰难流亡，在自怜自悯中踏上了归舟，愁苦悲凄的文字表现出对游幕生活的失望。

其次，万事蹉跎的失意。范国禄才名早著，自我期许甚高，在实现人生理想的道路上孜孜矻矻，渴望一展鸿鹄之志。岁月流逝，四处碰壁、失意不遇的遭遇最终销蚀了当初的雄心壮志。步入暮年，身心俱疲，决定此生不再参加科考，其《寄王司务》曰：“以章句老儒从新少年翘首争上选，顾可得哉？”血气方刚、意气风发的少年变为两鬓斑白、步履蹒跚的老者，无限落寞寓于其间，令人生哀。残酷的现实无情粉碎了对于成功的渴望，内心备受煎熬，求食江湖、不容于世的辛酸悲吟不绝于耳。

> 生平得意多，感之如去驿。慷慨余空叹，天地不容席。人生既无赖，痛哭复何益？辗侧成长歧，寸心欲盈尺。（《不寐》）①

> 身世未有赖，不饮当如何？一夕百年心，短叹交长歌。人事匪我与，日月遑蹉跎。所悲得意时，不如失意多。（《置酒行》）②

夜深人静之时，回想平生，辗转难眠，慨叹人生恍然如梦，岁月蹉跎万事空。在现实社会无数的失败打击中心灵变得异常敏感脆弱，万物盛衰，四季更迭，无不激起深沉的感慨，悲韶华之易逝，叹命运之多艰，表现了人生奋斗失败后的心灰意冷。

> 同是乾坤失意人，天地无情少年老。况我与尔渐食贫，终鲜兄弟各一身。（《寄朱六兄》）③

> 曝背山中冻雪天，岁寒身影识穷年。平生独力无常策，同学诸公且快鞭。（《岁暮感怀》）④

或对失意者惺惺相惜，或因成功者自卑自艾，落第之痛、凄凉之感弥漫为生命中挥之不去的黯淡。范国禄饱经沧桑，被迫放弃了功名之想，心境悲凉。其《久客初归次韵保汜见讯》曰：“来日安知当大难，春风料峭勒花寒。余光未许邻相借，残客都无铗可弹。兴尽还开看竹径，心闲拌把钓鱼

---

①范曾编：《南通范氏诗文世家》(叁)，河北教育出版社，2004年，第100页。

②范曾编：《南通范氏诗文世家》(叁)，河北教育出版社，2004年，第124页。

③范曾编：《南通范氏诗文世家》(肆)，河北教育出版社，2004年，第39页。

④范曾编：《南通范氏诗文世家》(肆)，河北教育出版社，2004年，第146页。

竿。故人与我同微尚，觑破何须发慨叹。"①春寒料峭，风烛残年，为世所遗，残客无铗弹，悲愤孤独寓之于诗，呈现出中国古代知识分子在社会政治生活中价值的失落和精神的痛苦。

　　第三，贫困潦倒的苦闷。范国禄轻财重义，父亲健在，家境殷实，"举尽于客"②。父兄相继离世之后，一介书生，手无缚鸡之力，除却诗文身无长物，兄弟男女十六人无法自食其力，家族仅靠荒田岁入，人烦事多，只能勉强维持，贫穷如影随形。其《与朱盐山书》告曰："诸侄食贫，弟以孑然之身左支右吾，求为苟全不可得，遑云闻达哉？"③因拙于谋生，不善治产，其间艰难可想而知。此外，"海上多事，时有戒心，转输加派，岁异月增，天灾流行，亢旱叠见，五山一片地，其不剥肤而胲骨者，盖亦幸矣"（《与谢实夫》）④。天灾人祸交相并作，加剧了现实困窘，衣食堪忧，每况愈下，在温饱线上挣扎过活。诗人不惜笔墨，叹穷嗟贫，揭示了一代文人悲惨的生活境遇，可见孤愤与不平。顺治十五年（1658），其《腊月三十日雪》曰："岁序既已晏，追呼更迫切。家无担石储，何以馈新节？"⑤这是范凤翼去世后的第三年，佳节来临，家无担石，缺粮断食，饥肠辘辘，无计可施，令人心酸。康熙三年（1664），其《赠刘生》曰："刘生刘生我有恨，恨天不假我以命。地复限之以方隅，半世空耽贫与病。"⑥日常生活被饥饿、病痛团团围困，心生戚戚，却又束手无策。随着诗人年老体衰，处境越加艰难，最终陷入贫穷的泥沼无法自拔。康熙二十五年（1686），其《除夕雪》曰：

　　　　每将瑞事兆年丰，独有今年事事穷。禾稼未登愁彻骨，征徭加倍苦填胸。送冬却遇巡檐白，守岁旋看爆竹红。不惜支离添老兴，一声惊破海天空。⑦

　　康熙三十四年（1695），其《自遣》曰：

　　　　生平不问家人产，落得书空咄咄身。竟日斋头还有客，终年膝下

①［清］王藻编：《崇川各家诗钞汇存》卷首二中，咸丰七年（1857）刊本。
②［清］王藻编：《崇川各家诗钞汇存》卷首目录，咸丰七年（1857）刊本。
③范曾编：《南通范氏诗文世家》（伍），河北教育出版社，2004年，第267页。
④范曾编：《南通范氏诗文世家》（伍），河北教育出版社，2004年，第331页。
⑤范曾编：《南通范氏诗文世家》（叁），河北教育出版社，2004年，第156页。
⑥范曾编：《南通范氏诗文世家》（肆），河北教育出版社，2004年，第45页。
⑦［清］王藻编：《崇川各家诗钞汇存》卷首二下，咸丰七年（1857）刊本。

似无人。虽因老至常耽病，肯为愁多故怨贫。涉趣把杯频一呷，敢嫌味薄妄求醇。①

贫病交织，晚景凄凉，不无穷途末路之感。诗人暮年多靠友人接济维持生计，有《谢保氏昆玉惠酒食薪米》《谢白翁送食物》等，其中隐含着难以尽言的苦涩悲哀，令人不忍卒读。

第四，羁旅思归的乡愁。范国禄一生或为登临揽胜，漫游山水；或为衣食生计，行役奔波；或为避祸远害，流亡他乡，跋山涉水、舟车劳顿之时产生了浓浓的乡思。早年诗作《虎丘秋怀》曰："寺沉新涨半塘冷，人隔故乡千里悲。红蓼白蘋欹浅岸，荒烟零雾见残碑。归心已逐征鸿北，愁听江枫入夜吹。"②虽然姑苏与通州隔江相望，还是激起了诗人满腔乡愁，表现出对桑梓的深沉眷恋，真挚感人。康熙四年(1665)，壮游江西、湖南、湖北等地，虽有诗朋酒友的陪伴、名山胜水的观览，乡思难抑。其《次答友人》曰：

> 闲吟少傅《山头鹿》，游子经心日三复。香山新乐府有《山头鹿》。赁春人忆《五噫歌》，回首关山空在目。鹦鹉洲上草萋萋，才到秋来已式微。我胡不归徒浩叹，悠悠江汉冷晴晖。扁舟又向湖南发，千里无情一飘忽。欲待桃源遇故人，雪天好载扬州月。③

临行之际踌躇满志，实际旅途中车马困顿，人情淡薄。乡路远山隔，思归如流水，无日不悠悠，遥想家乡的山川风物、父老乡亲，诗思哀婉。康熙十三年(1674)至十五年(1676)，范国禄避难于外，故乡成为浪迹天涯、孤身独处之人的重要支撑。康熙十八年(1679)，其《九日庐陵舟次》曰：

> 他乡情绪怯良辰，九日重过吉水滨。不见白衣能送酒，枉教黄菊独依人。风惊雁唳冲篷去，秋入霜华照眼新。回首家山数千里，登高应念客途辛。④

每逢佳节倍思亲，诗人颠沛流离，前路漫漫，关山重重。游子饱受创伤，遥望远方故土，倾诉衷肠，孤独飘零之感、人生迟暮之悲，不绝如缕，语语沉痛，字字心酸。

---

① [清]王藻编：《崇川各家诗钞汇存》卷首二下，咸丰七年(1857)刊本。
② 范曾编：《南通范氏诗文世家》(肆)，河北教育出版社，2004年，第108页。
③ 范曾编：《南通范氏诗文世家》(肆)，河北教育出版社，2004年，第52页。
④ [清]王藻编：《崇川各家诗钞汇存》卷首二下，咸丰七年(1857)刊本。

封建社会中相对规模庞大的士人群体而言,因科举飞黄腾达、光耀门楣者寥寥,绝大多数与金榜无缘,这些苦吟不辍的布衣是文学创作的主体,长期以来因为名位卑微、资料匮乏遭到忽视。范国禄是这些普通而平凡文人中的代表,其篇目繁多的诗作详细记录了一己的物质生活与精神世界,留下了解清代前期下层文人生存状态的第一手宝贵资料。文字的叙述中埋藏了无限的悲怆,生命如歌,发出与盛世不相和谐的哀音,感受到与命运的抗争,可引起无数失意文人的深深共鸣,这也是其诗歌真正的价值所在。

二、诗歌题材

范国禄诗歌创作努力挣脱晚明竟陵诗派的幽孤局促,直面广阔社会和现实人生,酣畅淋漓地言志抒情,内容丰富,主题多元,可作如下归纳:

1. 关注现实、悯时伤俗。范国禄现存诗集收诗始于顺治七年(1650),直陈明清鼎革惨痛史实、极具鲜明易代色彩的诗篇并不多见。然而,远继先祖“先天下之忧而忧,后天下之乐而乐”的社会担当,近绍父亲洗涤乾坤的救世热情,民胞物与是其存世作品一以贯之的情怀,这与家族文学传统一脉相承。康熙十四年(1675),行至河北,其《新河境上》曰:“只听荒鸡苦苦鸣,天明全不见人行。田夫指是新河界,六十日前曾过兵;兵不杀贼贼已去,去后掠劫及儿女。居者不敢轻进城,何须怪客绕路行?”[1]诗中批判了官兵的贪婪腐败,恣意搜刮,诗人以简易平淡的语句,表达了沉重愤懑的心情。《炮兵行》描写了征兵途中管理混乱造成的士卒牺牲。诗曰:

> 见说兵车出帝城,荆襄西去援彝陵。就中将军六十位,曳动甲士三千人。却自滹沱河上渡,大风雷雨何其怒?震惊骒马不得前,车上加鞭那肯住?骒马不顾车轮倾,倾倒车轮似直奔。岂知车夫压其下,淤泥之内三尺深。前人压杀后人喊,又被后边人乱赶。甲士□□不相救,世间最是从军险。[2]

以生动细节展现了从军之险,士卒疾走,指挥混乱,践踏致伤,死者相藉,惨不忍睹,其批判沉痛深刻、入木三分。这类作品诗人并非站在反清复明的立场,叙述真实,可信度高。由于长期和下层人民近距离接触,深知稼

---

① 范曾编:《南通范氏诗文世家》(肆),河北教育出版社,2004年,第68页。
② 范曾编:《南通范氏诗文世家》(肆),河北教育出版社,2004年,第68页。

穑艰辛,诗人对天气节令、百姓冷暖时刻记挂心怀。顺治四年(1647)至六年(1649),苏北一带洪水泛滥。其《秦邮行》曰:

> 江海会东南,黄河绕西北。淮扬交其中,邮城称泽国。地既病下湿,民乃苦种植。皇皇大兵余,征役已如棘。加赋惟恐后,人不得安息。天灾仍流行,横水何湲减?亥子岁相荐,至于己丑极。淫雨盖兼旬,天上来者亟。走险数百里,皆以邮为匪。千年甓湖波,方今不可测。吾人其鱼鳖,漂泊转沟洫。①

百姓流离失所,苦不堪言,更为可恨的是趁机搜刮民脂民膏的赃官墨吏,横征暴敛,诗人锋芒毕露,对其卑劣压榨的行径表现出强烈反感,描绘了一幅天灾人祸惨剧图,对下层人民的同情跃然纸上。又如《雉皋道中》记录了旱魃肆虐的悲苦,《喜雨》叙述了久旱降雨的喜悦,一悲一喜,呈现了忧念国计民生的赤诚情愫。范氏还将目光投向处于社会弱势的底层人物,如《董孝子》中卖身葬父的孝子,《灌花翁》中入园灌花的老者,《田家九日》中嬉戏玩耍的孩童,《船家郎》中挽弓射钱的壮士,各色俱陈,展现了民间丰富多彩的生存方式。诗人坚持诗歌美刺教化功能,关注社会风习,以实现观政救世的目的,代表了清初经世致用思潮中对儒家诗学精神的复归。富家子弟,误入歧途,家遭变故,衣食不保,妇儿无靠,最终陈尸于外,其弟竟然不念手足,激起了诗人的无限感慨。

> 感我心恻恻,哀怜无所措。同为桑梓亲,谅有生平素?何况手与足,连理贵扶助?死丧威孔怀,原隰在何处?兄弟不相求,棠华为谁赋?俗情竟不然,古道益可晤。(《十里坊》)②

《诗经》中《棠棣》篇以棠棣之花比喻兄弟,歌颂手足亲情。当遭遇死亡威胁,患难与共;当丧命埋葬荒野,千里相寻。这与当下现实形成了鲜明对比,世风日下、人心不古的悲叹中蕴含对社会风习浇漓的失望,对淳朴民风和传统人伦的呼唤,可见教化惩戒的苦心孤诣。更为可贵的是,诗人用饱含同情的笔墨记述了劳动妇女的痛苦与不幸、坚贞与善良,表现出可贵的人文关怀。《吁嗟行》序曰:"颂节妇、美孝子也。海陵李子述其母守贞之

---

①范曾编:《南通范氏诗文世家》(叁),河北教育出版社,2004年,第127页。
②范曾编:《南通范氏诗文世家》(叁),河北教育出版社,2004年,第154页。

概,悲苦淋漓,范子读而感之。以母之不自朽,其名固已,而子又能为其母不朽,哀今之人逝或不然。"①丈夫早逝,李氏守节不嫁,独自支撑家庭,尽孝抚独,刚毅坚强,令人敬仰。又如城南老妇人,"城南老媪年八十,无夫无子无衣食。独处河边草屋中,肌肉消黄面皮黑"(《城南老媪行》)②。面容憔悴,饥寒交迫,对其饱经忧患的叙说中寓含了悲悯。《秋花照塌灶》中的贫女值得同情,序曰:"北山之阳有女子,既嫁而归,奉侍其母之病,而清苦相守者,范子怜而叹之。"③贫女辛勤操持、捉襟见肘的凄凉境况令人生怜,语气深沉,情调悲苦。

2. 反思晚明、激赏清流。晚明黑暗复杂的政局中,范凤翼立朝为官,正气凛然,海内君子皆尊其品目,被时贤后辈普遍视为东林党魁。范国禄耳濡目染之下,"习于先朝典故,洞于人才消长之原"(熊人霖《〈江湖游〉序》)④。诗中频繁再现了晚明政治事件和政坛风云人物,这一内容具有鲜明的时代特点和家族烙印。

明弘光元年(1645),南宁侯左良玉自武昌起兵清君侧,顺江东下讨伐马士英。黄得功奉命率兵迎战,在板子矶构筑指挥台,调兵遣将,水陆并进,攻打叛军。随后黄得功战死,弘光帝被擒,宣告明王朝彻底灭亡。范国禄行至该处,感慨良多。其《板子矶》诗曰:

> 孑孑板子矶,冲流卫江岸。倚石筑雉堞,周遭仅半里。云是马阮时,捍御左帅乱。其实清君侧,荷戈不为叛。名义既顺正,貔貅况百万?朝廷好戏弄,人心久已玩。誓师师不陈,截江江不断。指日下石头,入见天王殿。桓桓黄将军,虑事或中变。奉命振旅前,设险保畿甸。经营劳北顾,淮徐需急援。势不能两全。何如决一战?众寡不相敌,顺逆则易辨。火驳并时发,江波掣飞电。蛟龙扬怒威,触之尽糜烂。三楚旧雄健,纷腾鸟兽散。惊报扬州屠,京城忽然献。天子失所在,将军中暗箭。功成不及录,杀身徒可念。迄今矶下过,油然碧血溅。廿年流不尽,江光一如绚。⑤

①范曾编:《南通范氏诗文世家》(肆),河北教育出版社,2004年,第23页。
②范曾编:《南通范氏诗文世家》(肆),河北教育出版社,2004年,第60页。
③范曾编:《南通范氏诗文世家》(肆),河北教育出版社,2004年,第25页。
④[清]李渔等:《十山书刻序》,抄本,中国科学院图书馆藏。
⑤范曾编:《南通范氏诗文世家》(叁),河北教育出版社,2004年,第172页。

该诗批判了明末党争激烈、乌烟瘴气的政治局面，同时涉及扬州屠城十日等史实，对弄权误国、贻害百姓的阉党奸臣怒目斥之，悲愤不已；对为国殉难、誓死杀敌的忠臣烈士以言赞之，充满敬意。诗歌形象生动的描写代替了抽象议论，在尊重事实的基础上，适当展开细节想象，融入了深沉之慨、切肤之痛，增添了作品感染力。史可法作为明末政界关键人物，范国禄对其有独到评价。"人心失不转，天意去难图。择立计翻拙，分藩事太迂。生因在忧患，死亦任糊涂。流恨邗沟水，还堪塞无责？"（《悼史相》）①弘光政权成立之后，文武官员勾心斗角，争权夺利。史可法虽有忠君爱国的热情，但有勇无谋、才拙智短，即便壮烈就义、以身殉国，也难以扭转南明王朝覆亡的悲剧命运。"择立计翻拙，分藩事太迂"一语，直陈其在弘光政权册立新君、分藩设镇问题上的重大失误。

范国禄具有浓厚的东林情结，诗歌多处激赏明末清流。其《五人之墓》曰："日月悠悠溪水回，五人遗迹表山隈。毛家竟未身加贵，毕竟而今安在哉？"②苏州市民反对阉党魏忠贤斗争中，颜佩韦、杨念如、沈扬、马杰、周文元五人慷慨赴义，视死如归，青史留名；毛一鹭投附阉党，残害忠良，遭人唾弃，对比强烈，爱憎分明。《四公咏》表彰了陈子贞、徐良彦、熊明遇、王时熙高洁的政治操守：

> 陈公博经济，衡文世所式。门生半天下，声华披南国。尝于多士中，先君荷特识。登籍佐天官，养亲就家食。（陈子贞）
>
> 侍郎公辅器，中朝挺栋梁。曾为柱下史，风采赫然动。先君在郎署，清议相伯仲。摘发党人奸，危言肺腑洞。并力不得下，反噬则已众。（徐良彦）
>
> 尚书初入仕，风猷已足慕。其时先大夫，推择司铨务。秉公举卓异，生平谅有素。相与持节概，逐邪去当路。小人一失势，走险遂不顾。（熊明遇）
>
> 老成义不辱，高蹈挂冠矣。朝廷益无人，流弊至丁巳。先君被拾遗，不在六年里。太仆已出台，抗疏指端委。触邪邪气虐，调闲犹不

①范曾编：《南通范氏诗文世家》（叁），河北教育出版社，2004年，第233页。
②范曾编：《南通范氏诗文世家》（肆），河北教育出版社，2004年，第370页。

已。(王时熙)①

权奸当道、国势危艰之际,诸人具有亟亟救世的责任担当,坚持正义,抗击权贵,革除时弊,是清流士大夫的优秀代表。诗中人物刻画笔墨精炼,形象鲜明,浩然正气贯注其间。又如《二公咏》,以晚明波谲云诡的政坛斗争为背景,深情叙述父亲与郭正域、段然同舟共济的交往事迹。万历年间引发了一场旷日持久、波及甚广的楚王与楚宗之争,郭氏勇于任事,力主查勘宗室真伪,范凤翼与之议论相合。郭遭到沈一贯的污蔑弹劾,罢职回籍听勘,未及出都,因妖书案发而系狱,次年五月释归。范国禄诗中以大量篇幅叙述这段史实,细节丰富,资料可靠,足以弥补史书记录的不足。

3. 流连山水、纪游览胜。清初社会逐渐走向稳定繁荣,为文人各地漫游提供了前提和保障,新一代作家诗集中山水纪游占据了相当比重,题材空前开拓,笔法日臻完善,创作达到了前所未有的鼎盛阶段。范国禄典型代表了这一诗坛创作的重大转变,嗜好山水,“每一登临,辄经旬累月,吞丘壑而吐江海,浩瀚灵秀之气流露颖端”②。他深入山林岩洞、河湖泽国,游踪所至,长歌短篇,新咏迭出,“游草”遂成为诗集中持续生成、数量最多的题材。《山游草》《蛮江游》《江湖游》《浪游草》等,为山水代言,追慕吟赏,通过细腻生动的笔触,描绘各地独具魅力的景致,表达与自然交流收获到的心灵感悟,一丘一壑,一水一泉,到达纯美之境。通州钟灵毓秀,风光绮丽,尤其是城南五山扼江控海,城北五山参错棋置,相映成趣。面对家乡如画风物,诗人由衷热爱,寻幽探胜,以赤子之心歌吟不尽。

　　　　气溢孤苍迥御风,凌空幻影入高穹。似移天近危檐末,渐觉山低回首中。(《登狼山支云塔》)③

　　　　潨汹流不但潺湲,风色遥悬暝漠间。势大若凌天欲坠,气蒸时坼地为关。(《渡军山》)④

　　　　溪净山空草木深,高天长日午阴阴。丹楼蔚起霞蒸影,白夹凉生风满襟。琴泻松涛流逸响,泉烹珠蕊漱芳吟。相怜鱼鸟亲人意,酌取

---

① 范曾编:《南通范氏诗文世家》(叁),河北教育出版社,2004年,第175—176页。
② [清]刘名芳:《五山全志》卷九,乾隆十六年(1751)刻本。
③ 范曾编:《南通范氏诗文世家》(肆),河北教育出版社,2004年,第125页。
④ 范曾编:《南通范氏诗文世家》(肆),河北教育出版社,2004年,第102页。

文心照古今。(《夏日钟秀山》)①

雄峙江边、挺拔俊秀的狼山，独居江中、四面环水的军山，树木葱茏、绿荫蔽日的钟秀山，美不胜收，或局部刻画，或整体观照，形神兼备，山水图卷宛然目前，呈现了该地独特的自然风貌。

康熙四年(1665)，范国禄南州之行取道扬州、金陵、安徽，漫游江西、湖北、湖南，饱览沿途风景名胜，极大开阔了胸襟视野，诗篇甚富，《采石》《牛渚山》《六百丈》《清溪曲》《太子矶》《马当山》《小孤山》《望匡庐》《过君山》《眺石门山》《九里十三矶》等，不胜枚举。"诸凡山水之清华，人物之瑰异，世情之喧寂，陵谷之变迁，备著于诗"(熊文举《〈江湖游集〉序》)②。抉幽发微，形貌气质，随手拈来，皆成妙谛，给人丰富的美感。他对烟波浩瀚、丘峦突兀的洞庭印象尤其深刻：

> 湖水接长空，弥漫七百里。终古浴乾坤，朝夕不停晷。一叶悬其中，惊风怒涛起。阳乌失灵晖，云旗暗流徙。人力至此穷，造化安可恃？(《泛洞庭湖》)③

> 日落帆樯偃，风轻湖水平。远天交一色，浅渚得孤清。星月无边下，烟霜分外明。不因身是客，何以尽秋情？(《洞庭晚泊》)④

洞庭湖云影波光，春秋四时，朝晖夕阴，气象万千。两诗之景一为浩浩荡荡，横无际涯，波涛汹涌，声势浩大；一为渔舟唱晚，渚清沙白，水天一色，波澜不惊。泛舟湖间领略到迥然有别的风光，刻划描摹的同时捕捉到无尽诗意，达到出神入化的境地。又如巍峨耸立的黄鹤楼，享有"天下绝景"之称，范氏心慕已久，放眼楚天，胸襟开阔，诗兴大发。

> 世间自有真山水，不被时人耳目猜。听说神仙停驾驭，来看黄鹤控蓬莱。天边摇落金秋叶，风外吹残玉笛梅。谁识白云皆借景，只留明月涌高台。(《黄鹤楼》)⑤

黄鹤楼濒临万里长江，雄踞蛇山之巅，挺拔秀立，加以世事沧桑，诗人

---

①范曾编：《南通范氏诗文世家》(肆)，河北教育出版社，2004年，第189页。
②[清]李渔等：《十山书刻序》，抄本，中国科学院图书馆藏。
③范曾编：《南通范氏诗文世家》(叁)，河北教育出版社，2004年，第186页。
④范曾编：《南通范氏诗文世家》(叁)，河北教育出版社，2004年，第336页。
⑤范曾编：《南通范氏诗文世家》(肆)，河北教育出版社，2004年，第211页。

登楼远眺,浮想联翩,顿发思古之幽情。费韦修炼成仙、乘鹤升天之神话,崔颢"黄鹤一去不复返,白云千载空悠悠"之诗,李白"黄鹤楼中吹玉笛,江城五月落梅花"之句,奔涌而来。风光旖旎的自然景观、丰富多彩的神话传说、传诵已久的前代吟咏错综交杂,诗境波澜迭兴,起伏回旋。

康熙十三年(1674),范国禄因文祸避难四方,开始了近十年的漫游生活,足迹遍布江苏、湖南、湖北、河南、山东、河北等地,遍访奇山异水,以诗为记,多达数百首,形象鲜明,诗味隽永。趵突泉是济南独特地势形成的奇观,闻名遐迩。"地脉徵灵异,泉源彻化工。三株冰树秀,万点雪花融"(《趵突泉》)①。泉池幽深,波光粼粼,诗人驻足流连,生动描摹了泉分三股涌平地、喷薄而出势鼎沸的美景。又如蓬莱阁:

> 杰阁凭山冷御空,洞开八面俯鸿濛。水涵天静波沉碧,崖被风罡石炼红。睥睨不胜愁落魄,笑谈无暇怯称雄。何人支手能遮定,独立乾坤百世功。(《蓬莱阁》)②

蓬莱阁倚山傍海,高踞丹崖顶端,其下断崖峭壁,临于万顷碧波之上。居身楼阁,凭山御风,神山秀水尽收眼底。碧海蓝天,红崖绿树,云拥浪托,恍如人间仙境。诗人是时浪迹江湖,萍踪无定,以此荡涤心胸、抚慰创痛。诗中隐约可见其身影,语词之间难免落魄失意之感。

综观范氏此类诗作,多能剔除前代吟咏中的宗教观念和社会功利,忠于原型,以真为美,山水成为了独立的审美对象,平等对话,穷形尽相,给人身临其境之感,体现了清人自然观念和审美情趣的变化,耐人寻味。

4. 诗文樽酒、雅集唱酬。范国禄为人负气尚义,爱重交游,文友遍及大江南北,成为清初文人热衷雅集的典型代表,显示了政局安定之下文坛独特而重要的景观。山茨社是范凤翼为逃避污浊宦场、险恶政治创立主持的地方性诗社,范国禄薪传火继,重修社事,成为清初通州文人雅集的中心人物,有《十三日山茨社集》《山茨社集》《社集正上人山房》《中秋后二日同诸词人集河上垞》《重阳前二日社集西园》《人日北山修社》等,诗酒文会,酬唱赓续。同时,广结天下名士,尤其是父亲健在之时,各地名流纷至沓来。顺治六年(1649)冬月,与八闽陈瑶、山左陈关调、黄山周冕、昭阳李长科、吴

---

① 范曾编:《南通范氏诗文世家》(叁),河北教育出版社,2004年,第378页。
② 范曾编:《南通范氏诗文世家》(肆),河北教育出版社,2004年,第266页。

陵童点、京口杨喜越以及州人凌允昌等诗友宴集，即席限韵，诗成结集以纪一时风雅。其《〈西林社集图〉赞》是对社集场景的记录，分别为李小有陈石华陈菊裳博古、童鲁人匡床独坐、喜太素凌稚衡对弈孙伯益倚席旁观、陈若己踞石观涛、殷夫子子庵笑而自吟、杨酒生杨赤文张中甫逍遥于竹林之中、姚秋涛抚孤松而盘桓、石上人看白含卿题峭壁、孙楷人携琴、保稚恭调鹤、吴岚森品茶、范汝受趺坐草茵与尔上人谈禅，生动呈现了传统文人高雅的文化生活。

不仅如此，范国禄还走出通州，广泛参与各地文坛盛会，诗坛俊彦争相与之交结。清初冒襄归隐如皋，以水绘园宴集四方之士，其盛甲于大江南北，在清初文学史上留下了重要一笔。因地域便利，范氏时常慕名拜访。顺治七年（1650）有《冒少参招同李翀黄经集拙存堂备览著述诸书时长公及诸季在座》《深翠山房同吴绮马乔郭定麟看月》，顺治十二年（1655）有《雉皋同佘继美黄经冒襄颜光祚马乔郭定麟曹绣会饮得全堂时冒将之郡佘亦将之蒲》，群体延续了晚明江南文人的生活方式，以尽耳目声色之娱、山水诗文之乐，再现了水绘园中的风流雅致。顺康之际扬州经济发达，文事昌盛，"四方贤士大夫无不至此"[①]。海内宏才硕学之士汇聚于此，文宴无虚日，一时胜于江南，范国禄是其中的积极参与者。康熙元年（1662），同集天瑞堂，有《郑公子星招同杜征君濬喻太守珩程山人邃张山人羽陈文学允衡宴集天瑞堂》。康熙五年（1666），参与了声势浩大、备受瞩目的广陵诗坛风会，与冒襄、王士禄、陈维崧、宋琬等47人参与"红桥唱和"，人限二字，赋唐人五言近体二首，范氏得"公"字、得"人"字。同年，与邓汉仪、陈维崧、孙枝蔚、宗元鼎、汪揖、沈泌、季公琦、陈世祥等同在扬州赏菊。康熙十二年（1673），平山堂修成，有《金太守修复平山堂》《同程邃白梦鼎邓汉仪诸君集金使君寓斋》等。康熙十三年（1674），有《上巳平山堂陪宪副金公及李太史呈祥曹学士尔堪禊饮分韵》《酬纪映钟丁日乾柳文越阎许承家刘芳世宗元鼎诸君子》等。诗人与文坛名流汇合聚集，迎来送往，频繁唱和，壮大了广陵诗苑的声势和影响，流露出波澜壮阔的盛世豪情，代表了清初扬州的文化生态。此外，范国禄从游姑苏有《徐崧同雪上人过访虎丘舟次》《狮子林晤杨参军李都阃马太公辜大德》等，寓居金陵有《吴宪金盛藻招同陈维崧戴

① ［清］李斗撰，汪北平、涂雨公点校：《扬州画舫录》卷十，中华书局，1960年，第241页。

移孝方中位冒禾书明森女史集秦淮旅馆》《何七兄招饮》等,漫游江西有《陈允衡熊业华招集侣鸥园倍施大参闻章》《蔡思马元宸招同毗陵叶瑀丹阳姜大鏴京口谈文鉴茂苑顾宋藻集滕王阁》《周宪副体观招同施大参李孝廉署中雅集》,北上河北、山东有《毕先生际竑招饮》《刘曲阳署中观女乐》等。文友欢聚,杯盏频传间互诉衷肠、吟赏烟霞,这是其作为布衣文人的主要生活方式,也是诗歌内容的重要方面,可成为研究特定时空视域下士人社会文化交往的个案。

需要注意的是,与晚明文人结社政治意味强烈、应试功利色彩浓厚相比,范国禄参与的各类文人雅集呈现出新的时代特征。尽管社会身份、地位多元,诗酒文会目的单纯,表现出潇洒自适的生活情态,昭示着士风重心的转移。同道风雅共举,择山水之胜地,感光景之流逝,寄瑟樽之至乐,驰骋文采,切磋诗艺。繁茂的雅集生活中化解了生存的艰难,获得了心灵的慰藉。

三、艺术风格

清代诗歌建立于对晚明文坛反思、批判的基础之上,范国禄紧密关注创作风习,积极投身到清初诗学重建之中,视野开阔,持论公允,其相关理论忠实运用到了创作实践之中,诗歌风格鲜明。

1. 以情感人。清初诗坛普遍重视文学的抒情本质,逐渐挣脱了"七子"的拟古因袭、"竟陵"的幽深孤峭。范国禄宅心仁厚,诗歌有感而发,真诚袒露,呈现出丰富深沉的情感世界,从广度与深度方面突破了公安性灵文学中"巷间俚俗"之情,这与清初黄宗羲、毛先舒、申涵光等论诗深相契合。

首先,人伦之情。范国禄一生受到父亲的深刻影响,敬仰其立身行事、人格操守,成为了重要的精神支撑。范凤翼逝后,沉浸于失亲之痛中,无法自拔,形成难以愈合的创伤。项玉筍言及拜会范国禄游赏通州:

> 范子同余登而指曰:"某树,吾先人所植也,某山某水,吾先人之所钓游也,今犁而为田,堙而为墟矣。"徘徊顾恋于夕阳衰草,而不能归,然后知以十山名集,志不忘也。(项玉筍《〈十山楼集〉序》)①

---

① [清]李渔等:《十山书刻序》,抄本,中国科学院图书馆藏。

寓目所及，周围的山水树木密集寄寓了对先人的追忆，悲难自抑。诗文也多处流露出无尽缅怀追思，其《赠中表李五兄》叙述了父亲少小之日至耄耋之年的主要事迹，对其清廉自守、淡泊功名尤为叹赏。崇祯五年（1632）至十三年（1640），范凤翼避难寓居金陵，投身文事活动，文士络绎奔赴。"先君结客非等闲，一时名隽相追攀。开阁下榻无虚日，南北交游恐不给"（《江宁感寓》）①。父亲依仁游艺，形成了众星拱月的社交格局，作为人子引以为豪，尊崇字里行间可见。其《杂感》诗云："吏部清忠典铨初，先君流品藉吹嘘。可堪世讲龙潭后，三十年无一纸书。"注曰："周忠介公尝云：'范司勋旧铨典型，宜如顾泾阳先生故事复还铨政，方大补于世道人心。'"②追思生平，敬颂备至。又如《得家报知总督郎大司马观兵海上署余家宅子为行台追念先大夫甚殷》《雨中游耕阳墅晚晴拿舟泛西濠登大奎楼观莲楼为先大夫经始》《吊鹤》等，不绝如缕，寄寓了对父亲的无限追念。范国祐（1616—1658），范国禄仲兄，字汝申，号寒泉。性情恬淡，雅好诗文，顺治十五年（1658）无疾而终。诗人对其英年早逝惋惜不已：

> 我家仲兄耽苦吟，吟成往往多知音。感时呕血字尽赤，一朝化碧伤我心。我所伤兮在风雅，骐骥不鸣伏枥哑。不惟手足失携持，或恐知音遂相舍。（《跋〈兰亭〉》）③

两人不仅是情深义重的手足，更是桴鼓相应的诗友，共为通州地区文人的风雅主持。兄长溘然逝去，无法接受，其内心的寂寞痛苦不难想见。顺治十年（1653），第二女珊珊生九百余日病逝，其夭折对诗人造成了巨大的精神打击，痛彻心扉，歌以哭之。诗中深情追忆了爱女成长过程中的点滴："女性秉幽慧，啼笑洽自然。依依父母心，独挈万事先。旁及诸少长，次第能周旋。眉目清以扬，肌泽光娟娟。见者无不爱，学步方□□。"灵心慧性、温婉可人的形象跃然纸上，其乐融融的家庭生活由此可窥。"生男不如女，此情岂独偏？"在重男轻女的封建文化语境下，更见对此女的异常疼爱。孰料天有不测风云，爱女染疾而去，此时虽在目前，却无声无息。

> 呼之不作声，叩之空两拳。生来阿母傍，风日不近帘。出门莫识

---

① 范曾编：《南通范氏诗文世家》（肆），河北教育出版社，2004年，第43页。
② 范曾编：《南通范氏诗文世家》（肆），河北教育出版社，2004年，第370页。
③ 范曾编：《南通范氏诗文世家》（肆），河北教育出版社，2004年，第36页。

路,去向何所边? 笑言宛在房,精魂升上天。飘飘西南风,悠扬已莫还。形质付荒土,泣涕徒涟涟。(《痛殇》)[①]

悲莫悲于生离,哀莫哀于永绝,神情恍惚之间浮现幼女音容笑貌,又忧虑其孑然一身的黄泉之路,体验到寒入骨髓的阵阵刺痛,淋漓尽致的表达了一位父亲的哀恸。又如,《伤歌行》哀叹亡后无子以葬的岳母谢夫人,《哀辞》悼念避乱来归、因病逝去的女兄,《喜吴甥世基来谒》对晚辈成人立业欣慰不已。范氏笃于人伦,此类诗作连篇累牍,亲情饶益,真挚动人。

其次,朋友之情。范国禄文友遍及天下,对象不拘一格,在明清易代的时代巨变、由富贵而贫贱的人生变故中,缔结成既具广度又富深度的交游网络。崇祯十一年(1638),范国禄与宋之绳(1612—1667)定交于金陵,互为倾慕,感情深挚。顺治五年(1648),以《怀宋太史之绳》寄思。

> 十年同意气,五年长别离。风雨沉寒江,杳冥消当时。重重南山雾,不与青云期。未洗山川心,徒含孤剑悲。濑水照明月,清光愁一涯。相思复相思,叹息何所为?[②]

诗中直抒胸臆,吐露了因五年分离产生的难以排遣的相思。"未洗山川心,徒含孤剑悲"一句值得关注,其时易代未久,或含故国山河之思,以义相勉,同道之人自能领会其间深意。顺治十八年(1611),宋之绳单车就道,赴任江西参议,途中致书范氏,约以邗江夏晤,未果。范国禄有诗《宋太史之绳赴江右藩司迟余邗沟不值作此寄之》,"谋面良有日,不在朝与暮。真气相往还,珍重前途去"。对错过面晤良机憾恨之余,更对友人深情劝慰、遥寄珍重。诗人还记录了与地方官吏毕际有感人至深的交往,毕际有(1623—1693),字载积,号存吾,王士禛从姑丈,山东淄川人。顺治十八年(1661)至康熙二年(1663),毕氏担任通州知州,两人诗文相得,相与倾倒。康熙三年(1664)初春,毕际有罢官归里,范氏有《别毕使君》十九首,表达了黯然销魂的别离。诗中感谢知遇之恩,"独于俦类中,蒙以国士期。推分及细故,曲折亦不辞";追忆文酒之欢,"两年托高厚,优优乐育多。自非木石心,安能忽忽过";倾诉离别之苦,"千里淘有尽,寸心恐不胜。珍重响前途,携手惜别情",思致凄婉。毕载积返归淄川,范氏一路追送,有《奉陪使君游

---

① 范曾编:《南通范氏诗文世家》(叁),河北教育出版社,2004 年,第 143 页。
② 范曾编:《南通范氏诗文世家》(叁),河北教育出版社,2004 年,第 104 页。

平山》《使君招集韩园》《同使君登西山》。康熙十三年（1674），范国禄因文字获罪，一时竟有性命之虞，挚友主持清议，鼎力相救，以诗致意。

> 见说名成身隐高，从来浮慕不坚牢。鄙夷刍狗真同幻，凌厉风霜快所遭。谁信文章能嫁祸，却将意气任吹毛。主持清议凭公等，颠倒安排总莫逃。（《酬纪映钟丁日乾柳文越闇许承家刘芳世宗元鼎诸君子》）[1]

对患难之际收获到的真情刻骨铭心。陈尔发与范国禄同是山茨社友，忘年交好。陈氏卒后，亲朋不顾，无人收尸，范氏等为之营葬南郊。挚友亡故，痛心疾首，废弃吟咏竟至五月余，以《望翁归》伤其长逝不返，情动于中，势不能遏。"望翁归，望翁归，一日两日不见翁，千端百端心丝丝。于今一百五十日，日日望翁翁不归"。诗歌还沉痛描写了其寡妻孤子举步维艰的生活，动情回顾了诗酒流连的交往。"翁不归、望翁归"的哀叹反复回荡，千呼万唤总关情，表达了对亡友的深长追思，无限悲怆顿生纸墨。

范国禄诗中丰富的情感世界建立于深厚的生活基础之上，有志于世，却受尽磨难，南北漂泊，人命危贱。如此这般，更觉人情可贵，以真诚温暖对方，以至性深情眷顾，从而对抗现实的苦难，支撑彼此执着人生、坚韧前行。

2. 各体兼备。古代文学发展过程中，各种诗歌体裁形成了独具风神的文学审美。诚如胡应麟曰："古诗之妙，专求意象；歌行之畅，必由才气；近体之功，务求法律；绝句之构，独主风神。"范国禄《十山楼诗》三十二卷以体相从，分别是卷一"风雅之什"，卷二至卷三"乐府"，卷四"四言律诗""六言律诗"，卷五至卷十"五言古诗"，卷十一至卷十二"五言古律"，卷十三至卷十五"五言律诗"，卷十六"五言排律"，卷十七"五言绝句"，卷十八至卷二十一"七言古诗"，卷二十二至卷二十五"七言古律"，卷二十六至卷二十九"七言律诗"，卷三十"七言排律"，卷三十一至卷三十二"七言绝句"，各种体裁可谓大备于此。实际创作中，诗人根据表达的需要，灵活运用体式，均取得了较高成就。

范国禄持守古典主义的基本立场，重视诗歌政教功用，其"风雅之什"

---

[1]范曾编：《南通范氏诗文世家》（肆），河北教育出版社，2004年，第255页。

以《诗经》为模拟对象,继承了儒家诗教美刺传统,反映政治兴衰与风俗变迁。《奕奕郎山》表彰殉身崇祯之难的金毓峒一家,《逶迤平山》称颂惠绥兆民的陈大计,《蒲之阳》揄扬隐居不仕的薛先生,《睢水》赞美守节刚烈的赵氏,广泛关注社会现实,以期实现移易风俗、挽救世道人心的目的。清初江苏多数作家继承"七子"创作道路,以汉魏和唐代为宗法对象,范国禄也是如此。对乐府诗情有独钟,创作分为古歌谣辞、汉饶歌曲、横吹曲、相和曲、吟汉曲、平调曲、清调曲、瑟调曲、楚调曲、吴声歌、神弦歌、西曲歌、江南弄、舞曲歌辞、琴曲歌辞、杂曲歌辞、乐府杂拟等,共计 376 首,类型广泛,沿用古题。在篇章体制、题旨立意方面模拟效仿,追摹情态惟妙惟肖,这是对明代复古主义艺术传统的延续。与此同时,还能打破乐府诗程式化的创作模式,自立新意,抒发一己怀抱。其《上邪》曰:"上邪!我愿与君相交,人生缓急譬风涛。风涛不可测,我心旦旦。富人之子,不急人难。曾不知,富贵之有贫贱。"①易指天为誓、忠贞不渝的男女爱情为肝胆相照、风雨同舟的士人情谊,真挚动人,颇见新意。又如《贱士吟》曰:

> 嘉修著劲节,素鳞潜深渊。圣贤往往生,何独今不然?孝廉父异居,公卿食万钱。临难思牵犬,邀荣美似莲。出处理难明,穷达性不坚。失实世所耻,堕操情可怜。诵读悔生平,不如耕寸田。②

寄寓了壮志难酬的身世遭遇以及安贫守道的人生取向,具有真切的现实感受,尊重传统,又能自觉克服程式化和类型化的弊端。古体诗相对近体诗,具有更大的创作空间,易于挥洒才情。范国禄五、七言古体大都激情奔放,纵横跌宕。

> 北来雨水稀,雨亦辄易晴。其来更无端,令人虚失惊。风从尘里过,云自风中生。雷声动地起,气势尤不平。篙工一奋呼,忽然万艘停。雨珠大如片,片时天复清。河水添至尺,岸边土不泞。人家无树荫,旋听青蝉鸣。高粱及此时,共羡沃泽荣。物情易畅遂,我心空怦怦。(《荆门遇雨》)③

以诗记录了荆门途中一场突如其来的狂风暴雨,从风云骤变至电闪雷

---

①范曾编:《南通范氏诗文世家》(叁),河北教育出版社,2004 年,第 24 页。
②范曾编:《南通范氏诗文世家》(叁),河北教育出版社,2004 年,第 94 页。
③范曾编:《南通范氏诗文世家》(叁),河北教育出版社,2004 年,第 214 页。

鸣、大雨倾盆，片刻之后天空复归于晴，一气流走，跌宕起伏，承转自如。又如《思悲翁》：

> 落日涵空潭，牛羊下山牧。边城儿女多，夜绕荒田哭狐兔。高原上暗，弄不得宿。少年筋力霜雪中，天南万里天鸿濛。征军夜半下云谷，弯弓挟渡辽水东。昔时壮健今何道，寒风吹断关山草。黄沙白骨追乌蹄，归来又见少年老。①

诗歌将普通士兵的悲惨命运一一道来，天寒地荒、刀光剑影中出生入死、备尝艰辛，生活贫苦、身强力壮的少年沦为亲故凋零、孤苦凄凉的衰翁，作品控诉了战争对社会和个人造成的灾难。诗中四言、五言、七言交替使用，参差错落，文笔纵横，时空交织中完整的故事情节、生动的人物形象鲜明可感。又如《防山行》，以七言五十六句的篇幅详细记录了尹山老媪的一生，其父为明末威震四方的将军王鹤鸣，嫁入累世簪缨、官宦不绝的防山尹氏，可谓门当户对、显赫一时。随着清军金戈铁马问鼎中原，彻底改变了昔日平静优越的生活。村落夷为废墟，绿林啸聚众徒，性命岌岌可危。现实逼迫之下自食其力，开荒种黍，岂料不仅连年歉收，而且备遭官府盘剥，夫老子幼，只能蜷缩于数间茅屋中艰难度日。至此，诗人发出"同是天涯沦落人"的感叹。诗歌通过一位妇女的遭遇纳入明清之际气势恢宏的历史画卷，融感事、纪行、抒怀于一炉，典型反映了朝代更替对人民造成的苦难不幸，具有重要的认识意义。

范国禄近体诗也不乏可圈可点之处，首先，大量使用流水对。

> 自分多愁客，惟应赋恼公。先生虽落落，襟度亦冲冲。跨鹤怜无计，逢时愧不工。归欤及吾党，长揖谢扬雄。（《送崔昶东归兼寄刘生兄弟问令叔长溇近踪》）②

> 花县抢奇日，彤廷奏最年。桑阴方丽水，弧矢适中天。月照琴堂彻，春回绮席妍。黄河千里外，遥进酒如泉。（《赠高使君》）③

> 长日阴阴泛翠微，凉风引引弄清机。乍沉碧落吹云母，欲抗青冥度羽衣。逸韵自怜吟独绝，仙茎未饱露先晞。似将萧屑防迟暮，撩乱

---

① 范曾编：《南通范氏诗文世家》（肆），河北教育出版社，2004年，第26页。
② 范曾编：《南通范氏诗文世家》（叁），河北教育出版社，2004年，第395页。
③ 范曾编：《南通范氏诗文世家》（叁），河北教育出版社，2004年，第391页。

金天浑是非。(《高柳噪新蝉》)①

寓变化于整齐之中,保持工整典雅的美感前提之下,积极拓展语言表达空间,避免重复板滞,如行云流水,生动活泼。其次,精于锻炼字句。诗人表现出严谨的创作态度和不凡的语言功力,"城郭带如砺,乾坤芥作舟"(《泛舟入北山》)②,置身一叶扁舟,城郭渐行渐远,放眼四周,天地寥廓无涯,如以芥作舟,生动贴切。"身轻如叶落,杂沓响空山"(《同陈维崧陈宏商游北山宿脱公净业》)③,深山老林异常幽静,诸人四处赏游,空谷传音,如同叶落之声,表现出北山的静谧。"波纹如縠雨如珠,热不生风体更苏。一幅天然星宿锦,可教吴越织成无?"(《江雨》)④落雨之江成为一幅正在持续创作、变幻不拘的星宿锦,巧妙构思可见一斑。"叶密梳风逗,林疏浥露溥"(《夏日观菊》)⑤,叶密以梳,凉风偶至,仅作停留;林树稀疏,零露瀼瀼,缀满枝头。一句之间,对比鲜明,足见诗人对自然景物的悉心观摩。又如:

> 烟花着意愁无种,云水浮踪羡有家。(《四月一日华藏禅林访梅谷大师适赵太史文暟见过》)⑥
>
> 凉气滋苔篆,流光度草萤。(《天宁寺晚步》)⑦
>
> 香从风外碾,影似月中挎。(《西园晚桂》)⑧
>
> 愁牵芳草外,歌咽石城西。(《人日集何七兄潭上》)⑨

"着意""浮踪""滋""度""碾""挎""牵""咽"等成为句中画龙点睛之处,形神兼备,姿态各异,境界全出。

3. 以赋为笔。清初诗坛为纠模拟之风、开创时代新局,宋诗逐渐受到关注,这一风气影响之下,范国禄以赋为诗,创作趋于散文化,描写细腻,抒情宏肆,代表了顺康时期这一文坛潜流。其《入庐山》最为时人称道,"直是

①范曾编:《南通范氏诗文世家》(肆),河北教育出版社,2004年,第198页。
②范曾编:《南通范氏诗文世家》(叁),河北教育出版社,2004年,第319页。
③范曾编:《南通范氏诗文世家》(叁),河北教育出版社,2004年,第318页。
④范曾编:《南通范氏诗文世家》(肆),河北教育出版社,2004年,第360页。
⑤范曾编:《南通范氏诗文世家》(叁),河北教育出版社,2004年,第315页。
⑥范曾编:《南通范氏诗文世家》(肆),河北教育出版社,2004年,第276页。
⑦范曾编:《南通范氏诗文世家》(叁),河北教育出版社,2004年,第304页。
⑧范曾编:《南通范氏诗文世家》(叁),河北教育出版社,2004年,第359页。
⑨范曾编:《南通范氏诗文世家》(叁),河北教育出版社,2004年,第382页。

一篇□山游记,以韵语出之,森奇灵奥,令人若置身泉瀑间"(邓汉仪评)①。该诗汲取了散文中历史悠久的游记文笔法,以行程为序,叙写"朝出城西门"到"日暮投荒寺"的见闻感触。众山襟江带湖,姿态各异,"有为拱抱形,有为矜奋状。或长如蜿蜒,或弛如跌荡。大者欲分衡,小者愿依傍"。奇峰秀岭,摹写逼真,想象奇特,设譬富赡。庐山高峻挺拔,直插云霄。"岳立横在中,绵亘独神王。倚天割半壁,漫空矗万丈。气势仍浑噩,五岳岂多让?"峭壁凌空,悬崖飞瀑,其雄奇壮丽令人叹为观止。云雾缭绕之时,变幻莫测,"时发金碧辉,时现光明藏;时转苍翠色,时作阴森相。总以日照临,白云助虚妄。加之以风雨,自然出奇创"②。他善于捕捉在特定气候中的光感色调,或金碧辉煌,或苍色来袭,或翠绿欲滴,或阴森可怖,铺陈排比,引人入胜。诗人以豪迈激情和生花妙笔传达了庐山的峻秀,虽然长篇巨制,不乏精炼之笔,章法井然,气势磅礴,明显借鉴了韩愈《山石》一诗的表现手法。另如《泛月》《一线天》《烈山》《过左蠡》《小西湖》《奉陪使君游平山》《水阁》等,可称作诗体的山水游记,详记游踪,又诗意盎然。其诗《听居生平话》曰:

> 繁华昔日称南京,赁春我在西华门。桃叶渡头凑游冶,平话争夸柳敬亭。司马堂高惜颜色,倾动公卿一长揖。入座轻将醒目敲,四壁无声人倚席。二十一史多短长,稗官野乘嫌荒唐。出吾之口入君耳,匠心那得皆文章。指挥应节成拘画,唾咳凌风飏珠玉。抉尽英雄儿女情,描向尊前分按拍。开元遗事话鸡坊,流落临安谁擅场。直道烈皇初御极,五狼发迹名始扬。留都乱后闲人少,兔丝燕麦埋青草。博得风流白下传,十年转盼徐娘老。我尝掩泪望余西,柳家巷口夕阳低。几人绝诣留衣钵,独有居生一蹑跻。吴陵地与东瀛近,梓里相亲关正性。已从授受见真源,变化离奇况加进。居生居生尔年妙,贯串古今特分晓。何不挟此游长安,凌厉尘埃出人表。③

该诗回忆了在南京兵部尚书范景文寓所观看的柳敬亭平话,以精炼笔墨再现了出神入化的表演技艺。以演义为蓝本,又不拘于小说故事情节,

---

① [清]邓汉仪辑:《诗观》初集卷十一,《四库禁毁书丛刊》集部第1册,北京出版社,1997年,第609页。
② 范曾编:《南通范氏诗文世家》(叁),河北教育出版社,2004年,第180页。
③ [清]王藻编:《崇川各家诗钞汇存》卷首二下,咸丰七年(1857)刊本。

进行巧妙发挥,精妙绝伦,倾动四座。柳氏作为明末清初具有传奇色彩的民间艺人,由于文献阙如,对其生平细节众说纷纭,莫衷一是。此诗包含了丰富的人物信息,具有弥足珍贵的文献价值。"开元遗事话鸡坊,流落临安谁擅场。直道烈皇初御极,五狼发迹名始扬"最为关键,明确道出了柳氏金陵说书之前的一段生活经历,流落杭州,初入艺坛并非擅场,生活窘迫,直至崇祯元年(1628)回到故乡通州始有声名。"我尝掩泪望余西,柳家巷口夕阳低",道出了柳氏原籍,即通州余西场。最后四句则叙写了柳敬亭和居辅生之间的桑梓情缘、衣钵传承。全诗灵活自如地运用叙述、描写、议论,体制庞大,结构完整,属于宋诗的审美范畴。又如《琵琶怨》《南来老人歌》《女郎走马歌》《赠王翁》《赠海堰陆丈》等,均可视作此类人物传记。宋代诗人对平凡生活中细事琐务、器具杂物空前关切,范氏也进入到日常生活中发现诗意,捕捉诗题,纳入了花鸟虫鱼等琐事微物,描形状物,表达赏爱,技巧娴熟。以《螆》为例:

> 红虫寸许长,浑身白毛细。蜿蜒似丁刺,嘴黑颇坚厉。朝沿松上头,昼沿松下际。本为亢旱生,性翻喜阴翳。变化自六月,经秋饱精卫。食松叶,吮松脂,脂渐枯,叶渐稀。夜凉露下结新茧,出子明年恐更肥。[1]

以白描的笔法趣味盎然地刻画了附松而生的螆,涉及外部形态、生活习性等,工于比喻,善于形容,体物精工,大有宋人意趣。其《和方膏茂闺情花鸟》十七首分别吟咏了人面桃、梨花、玉兰花、海棠花、玉簪花、绣球花、杨花、樱桃花、百舌、子规、翡翠、燕子、鹦鹉、鸳鸯、黄鹂、催归、喜鹊十七种动植物,悉心观察,写形摹色,神韵各具,这也与宋人众多对禽鸟花草的刻画笔法十分相近。《梦得人事交错觉而泪痕在枕》一诗也值得关注:

> 夜会息幽展,慧光如有程。浅浅不死心,入境身初明。独癙感形气,索莫徒自萌。举手支空高,仰视不得瞪。白日照檐角,徙倚无远行。出门何所之,转盼儿女情。细语不成慰,叹息交曼声。抱头力易尽,苦哭纷逢迎。夙昔一顷晌,阅历真危倾。悲难从众分,强笑生疑惊。来日亦突兀,当世无令名。谁谓天地宽,我辰良莫争。梦醒一回

---

①范曾编:《南通范氏诗文世家》(肆),河北教育出版社,2004年,第39页。

泛,欹侧空怦怦。①

内容突兀、逻辑混乱的诗作是对梦境的真实记录,人事交错,四面楚歌,诗人现实生存境况隐现其间,一一写来,虚实相生。范国禄在时代风尚和个人审美等因素影响下,追求新变,创作实践中对宋诗笔法多有借鉴,体现了清初主流诗学观念的转变。

4. 清逸之美。清代诗歌开局不凡,高峰迭起,创作群体庞大,名家辈出,掀起了诗歌发展的又一高潮,故学界有"一部清诗半在清初"之说。繁盛的创作格局带来丰富多元的审美取向和风格特征,范国禄置身其中,以独特的诗歌风貌受到关注,各家不约而同形成了对其人其诗"清逸"的共识。

> 淡远清深。(周士章《〈十山楼诗〉序》)
>
> 其为气也,冽而清,腻而匀,氤氲而莫测其魂。(李渔《〈纫香草〉序》)
>
> 胸中殆浩浩焉,落落焉,无复有世俗之见与世俗之态矣。(王枚《〈步尘篇〉序》)②

上述结论都言之有据,符合创作实际,"清"成为其诗歌最重要的美感特征。

首先,体物清远高洁。诗人吟咏之物承载了美好品质和崇高精神的寄托,梅花因独特的审美意蕴和象征意义,备受文士推崇,歌咏数量居百花之魁。范国禄深得咏梅之旨,以神统形,若即若离。"深得咏梅之旨,其为意深远,为句甚秀,于赋比兴具,而又出于赋比兴之外","其句中寒芳冷韵,不可消散,而秋墅之才之品,与梅花并传不朽矣"(林古度《〈咏梅〉序》)③。或吟淡远幽香,或咏迎雪吐艳,或赞冰清玉洁,或赏高雅超逸,或颂坚毅自守,或叹耿介不阿,多方位揭示了梅花形象的审美意蕴。此外,对云、鹤、松、竹、梅、荷、菊、柏一类清高脱俗之物吟咏不绝:

> 金风剪剪拂东篱,点缀霜华照接䍦。冷韵似因人共澹,幽姿原与素相宜。冰壶影彻中天月,玉碗香分太极厄。漫道白衣来正好,尚留

---

① 范曾编:《南通范氏诗文世家》(叁),河北教育出版社,2004 年,第 106 页。

② [清]李渔等:《十山书刻序》,抄本,中国科学院图书馆藏。

③ [清]李渔等:《十山书刻序》,抄本,中国科学院图书馆藏。

清节见襟期。(《白菊花》)①

　　幽兰秉素心,秀竹亮清节。托之以文石,讵为浮华设?葆此守岁寒,相与历霜雪。腕下含精灵,卷怀弗磨灭。(《题〈兰竹石画卷〉》)②

　　最爱幕中莲,侵晨朵朵鲜。坐来风入定,看去日生烟。洁岂被污染,香能遣俗缘。盟心惟白水,应不怯炎天。(《观莲》)③

迎风傲霜之菊、孤芳自赏之兰、坚贞刚毅之竹、洁身自好之莲,均成为热衷的题材。客观物象之中渗透了创作主体的人格追求,托物咏怀,内涵深刻,表现出超凡脱俗的胸襟气度和精神境界。

其次,写景清幽明净。诗中有树木葱茏的山林,"溪净山空草木深,高天长日午阴阴。丹楼蔚起霞蒸影,白夹凉生风满襟。琴泄松涛流逸响,泉烹珠蕊漱芳吟。相怜鱼鸟亲人意,酌取文心照古今"(《夏日钟秀山》)④;皎洁清冷的月夜,"霜寒月易明,夜深云更起。长林跨大桥,水上烟生绮;烟散水光涵,水静烟相似。云过月复出,亦不辨烟水"(《踏月河上》)⑤;盛夏吹来的凉风,"竹木有高荫,自然当昼阴。风从胁下起,天半悬云林。坐御泠然善,幽人时见寻"(《闲居》)⑥;凛冽喷涌的清泉,"霜寒风凛冽,河水枯且浑。泉源殊不竭,汲之味清温。似得中和气,优于造化根。一泓宛在中,足以净神明"(《品泉》)⑦;清静幽远的禅院,"声影动冥契,法物当幽寻。入定草色灵,出坞翔来禽。花宠近人悦,石座生禅心。游心竹木微,深磬聆清斟"(《文峰塔院》)⑧。诸诗呈现出清新明净、淡泊闲远的审美取向,富有诗情画意。

第三,造境高雅脱俗。扬州广陵琴派是我国最主要的古琴流派之一,范国禄《听徐家郎弹琴》诗中记录了徐常遇精湛的现场演奏:

　　闲庭植修竹,摇曳秋水屏;屏中不见人,默默理素琴。入座试清听,松风山水音。主人出高阁,揖客趋西楹。接席坐其旁,旁若无一

---

① 范曾编:《南通范氏诗文世家》(肆),河北教育出版社,2004年,第247页。
② 范曾编:《南通范氏诗文世家》(叁),河北教育出版社,2004年,第212页。
③ 范曾编:《南通范氏诗文世家》(叁),河北教育出版社,2004年,第374页。
④ 范曾编:《南通范氏诗文世家》(肆),河北教育出版社,2004年,第189页。
⑤ 范曾编:《南通范氏诗文世家》(叁),河北教育出版社,2004年,第150页。
⑥ 范曾编:《南通范氏诗文世家》(叁),河北教育出版社,2004年,第119页。
⑦ 范曾编:《南通范氏诗文世家》(叁),河北教育出版社,2004年,第199页。
⑧ 范曾编:《南通范氏诗文世家》(叁),河北教育出版社,2004年,第144页。

人。指挥转深静，笑言亦不撄。徐生徐生尔年少，精艺那能如此妙？自是移家住广陵，中散风流宜远绍。我与黄陂韦太公，尝思结袜访幽踪。肯教把臂交相失，明日同来就阿蒙。①

闲庭之上，修竹依依，弹琴之人远离尘嚣，精神宁寂。轻浮弦上，手随心走，意与妙合，淳古澹泊之乐若淡若疏，仿佛静穆禅境，曲意深远，典型代表了广陵琴派"古""淡""雅"的审美。又如，《芙蓉池上听白生弹琵琶》《同陈二尹凌太学集蟫斋听孙山人鼓琴》等与之有异曲同工之妙，营造出清空幽淡的境界，韵味悠远。

第四，用语清畅自然。范氏诗歌偏爱白描，出以朴素省净的语言，浅切自然，不事雕琢，涉笔成趣。"路出东江脑，舟回巨浪间。一帆斜向北，两岸绝无山。秋色因从好，诗情许暂闲。远天看落雁，带月下前湾"（《泊东江脑》）②，从高远处落笔，随意点染的景物与清淡的诗情融合无间，自然流走，平易之语意兴无穷，极耐涵咏。邓汉仪评曰："诗思最清。"可谓知音之鉴。其《送别马四》曰：

> 人生不得意，天地失旧故。依依芳草好，谁看夕阳冷落江边路？送君江上君不言，江水自流君自去。天涯孤剑托长风，可怜踪迹归何处？望望江南千叠山，空逐暮云低远树。③

观其全诗，以景传情，寄意深长，清韵动人。又如《沙丘台》，诗曰："雄心恣鞭挞，沙丘亦已轵。不然车驾回，张惶必不已。台上悲风来，白日扬尘起。祖龙安在哉，行人行未止。"④沙丘台目睹了秦始皇残暴不仁、穷兵黩武，寥寥数语中纳入了历史风云，并无典故堆砌、生僻词藻，清简精炼的叙述寓含了深沉的人物批判和兴亡慨叹，耐人寻味。

范国禄诗歌具有鲜明的清逸品格，笔者推测其间成因，首先，诗人天资清越，超凡脱俗，洒脱不羁，诗如其人。其次，热衷登山临水，驻足流连，师法自然，领悟真谛。与风云月露、山川花鸟相遇日深，相观日化，内在契合，发为歌诗，下笔洗脱凡近。放眼清初诗坛，这与王士禛崇尚的清远风格十

---

① 范曾编：《南通范氏诗文世家》（肆），河北教育出版社，2004年，第57页。
② 范曾编：《南通范氏诗文世家》（叁），河北教育出版社，2004年，第334页。
③ 范曾编：《南通范氏诗文世家》（肆），河北教育出版社，2004年，第13页。
④ 范曾编：《南通范氏诗文世家》（叁），河北教育出版社，2004年，第212页。

分接近,呈现了盛世背景之下特殊的审美心态。

清代文学繁荣发展中布衣群体形成了不可忽略的中坚力量,范国禄是其中的代表人物,活跃于清初文坛,追求立言不朽,毕生倾力于此,以数量可观的诗篇丰富了清代文学遗产。范氏诗学思想宏通,广泛学习古代诗歌优秀传统。"乐府以汉为宗,其古诗有陶、谢之遗音焉,其歌行合太白、少陵而一之,其近体又备极初、盛、中、晚之变也"(周令树《〈十山楼诗〉序》)①,回归传统诗教,关注自我人生,描摹自然山水,贴近时代生活,出入唐宋,自具面目,显示出清初诗坛的新变趋向,可视作对晚明诗歌反思与调整的典型。

第六节　范国禄词学研究

范国禄以一介布衣,专注文学创作,不仅诗文名震一时,还是词坛硕彦,颇有建树,跻身当时优秀词人之列,王士禛、邹祗谟、孙默等清初词界著名选家均对之赞赏有加。范国禄具有丰富的填词实践和系统的词学思想,是清初广陵词坛值得关注的对象。目前学界研究中,范国禄只是广陵词坛群体、名家的背景和配角,尚未以研究主体进入学术视野。笔者通过对相关文献的梳理分析,还原其词学活动,阐述其词学思想,呈现与之相关的词坛风貌。

一、词学活动:广陵词坛的活跃人物

扬州因水陆要津、南北交通的地理优势,儒雅风流、诗余之地的文学魅力,声名远播、爱护文士的领袖人物,绿杨城郭、易代兴亡的名胜古迹,成为清初词人聚集的中心,掀起了声势浩大、广受瞩目的词坛风会。范国禄负气尚义,文名高著,尤喜延纳,诸人仰慕其诗思文才,敬佩其古风高义,乐与交接。因地缘、业缘、趣缘等,范国禄与广陵词坛保持了频繁的交往和互动。

首先,参与群体唱酬,从事词学实践。康熙五年(1666)孟冬,广陵文坛46人欢聚红桥,诗酒文会,酬唱赓续,蔚为风雅。随后小春十月17人再度

---

① [清]李渔等:《十山书刻序》,抄本,中国科学院图书馆藏。

联吟："诗酒谦聚，交欢浃月，初集时分赋五言近体，复限'屋'字韵，赋《念奴娇》词。嗣是诸子踵华增美，倡予和汝，迭相酬赠，多至十余首，少者七八首。"范国禄属于"广陵州县者"，参与了这两次文坛盛事。广陵词界唱和，诸人赋《念奴娇》，"抽新领异，各出心裁"①，欢聚月余，篇章迭出，成《广陵倡和词》一卷。据《南通范氏家世遗文目录》，范国禄自刻该集，"此公别集，王兆升等序三种之一"②，以保存文献，记录风雅。康熙五年（1666）广陵唱和词作大多散佚不存，今仅保留曹尔堪、王士禄、陈维崧、宗元鼎等 7 人各12 首，附刻于《国朝名家诗余》之后。其中明确涉及范国禄的材料如下：王士禄《次韵答范汝受，兼柬陈散木，时散木以〈含影词〉属订》《次韵陈其年"赠阿秀并示樵西"之作，兼答邓孝威、李云田、陈散木、范汝受》，陈维崧《被酒呈荔裳顾庵西樵三公并示豹人孝威梅岑舟次方邺希韩汝受散木诸子仍用原韵》，宗元鼎《用前韵，柬宋既庭、孙豹人、冒巢民、陈其年、孙介夫、李云田、沈方邺、孙无言、范汝受、季希韩、冒青若诸君子，兼呈西樵先生》，邓汉仪《听范汝受谈崇川近事》，季公琦《席罢呈散木，汝受，次学士韵》，陈世祥《同范汝受旅病戏遗》。此次唱和持续时间长，活动方式多，可以确定的是范氏活跃其中，全程参与。康熙十五年（1676），冒襄妾蔡夫人三十生辰，诸人雅集如皋水绘园，作词以贺，范国禄有《寄调沁园春·寿蔡少君》。虽然范氏创作了大量词篇，因各种不虞之祸，存世作品仅徐釚《枫江渔父图题词》中《渔家傲》一首。根据地方史志及清初文人别集，可知其词集有《腻玉词》（光绪《通州志·文苑传》著录）、《十山楼词》二卷（吴绮《林蕙堂文集续刻》著录）、《诗余习孔》（《南通范氏家世遗文目录》著录）。范国禄词作独树一帜，呈现出自然清丽、含蓄幽远的整体面貌。"独爱月明，比花发于空山。偏临流水，皆以自然之韵，抒其不染之怀，更将独得之情，出以无穷之思"（吴绮《范汝受〈十山楼词〉序》）③，清水出芙蓉，天然去雕饰，自然之韵致，脱俗之襟抱，独特之情思，渊永之韵味，令人咀嚼流连。

　　范国禄以一介布衣周旋于广陵词坛名流之间，与王士禛、邹祗谟、孙默、曹尔堪、邓汉仪、龚鼎孳、陈维崧、王士禄、宗元鼎等人交游唱和，不仅结

①［清］孙默辑：《国朝名家诗余》，康熙留松阁刻本，南京图书馆藏。
②［清］范当世：《南通范氏家世遗文目录》，中国科学院图书馆藏。
③［清］吴绮：《林蕙堂文集续刻》卷四，《清代诗文集汇编》第 68 册，上海古籍出版社，2010 年，第236 页。

为诗界知音,还为词坛盟友。范氏词学成就广为时贤瞩目,跻身当时优秀词人之列。曹尔堪评陈维崧《小春红桥宴集,同限一"屋"韵》曰:"一抹八字,的当不易,可敌范汝受之'廿四桥边,十山楼上'也。"①其时陈氏词名满天下,声望非同小可,以范国禄作为点评参照,其词坛地位不难想见。又如善书画、工诗词之先著整理词集曰:"以上二十余阕,曾写为一册。阅者三家:广陵吴园次,鄞县周屺公,通州范汝受。此三君子者,于词皆有专家之长。"②范氏与吴绮、周斯盛、先著词学交游,推心置腹,商讨考订,被指"有专家之长",确为词界精英。其词作得到清初著名选家的垂青,邹祗谟、王士禛顺康时期合编《倚声初集》,是明清之际兼容众流、备陈诸体的词学要籍。上海图书馆藏本附"爵里三"一表,录36位词人姓名、字号、籍贯、仕履以及词集,范国禄列其中第13位。表前题识曰:"编集已成,邮稿适至。先录其调可次入者,增列《初集》,爵里随到附录。名曰《补集》,愧于不能尽载也。"③因刻梓业已完毕,诸人词稿方至,故补录"其调可次入者"。现存《倚声初集》正文未见收录范氏词作,盖因其词晚至且调难以次入。又,据上海图书馆藏《国朝名家诗余》前附目录,分为4页,"范国禄汝受"见于第3页。目录后有"诸名家词未刻者嗣出"之语,可知孙默欲刊刻56位名家词集,范氏位列39家待刻之目。虽然由于各种客观原因,范国禄与清初诸词选本失之交臂,但是通过文献的爬梳,其作为广陵词坛重要词人的地位无可争议。

其次,参编词坛总集,评点名家词作。《国朝名家诗余》是以孙默为中心,历经十四年集体殚精竭虑、共同参与的词集丛刻,范国禄是其中的实际参订者。其《〈月湄词〉跋》自叙:"余与孙子搜辑名家词,得备参阅。"④《国朝名家诗余》作为清代第一部规模宏大的词作总集,收录17家词作,总计40卷,可见清初词人文采风流之盛,呈现了清初词风的发展演变。该集先后刊刻四次,是广陵词坛对于清词中兴的重要贡献。范国禄学富五车,又具深厚的文学素养,活跃于清初广陵词坛,对于《国朝名家诗余》的编选或

①[清]孙默辑:《国朝名家诗余》,康熙留松阁刻本,南京图书馆藏。

②南京大学中国语言文学系《全清词》编纂研究室:《全清词·顺康卷》第12册,中华书局,2002年,第7243页。

③[清]邹祗谟、王士禛辑:《倚声初集》,清刻本。

④范曾编:《南通范氏诗文世家》(陆),河北教育出版社,2004年,第250页。

有收集之功,或有审阅之力。与孙默等共持选政,博观约取,商略校定,树立经典,提供示范。范国禄撰写了 17 家中《梅村词》《香严词》《月湄词》三集之序,评点了吴梅村、梁清标、王士禄、曹尔堪、陈维崧、季公琦、陈世祥、陆求可 8 人词作。既有前辈,亦有时贤,可见其对词坛持续广泛的关注。评点条目具体为康熙六年(1667)《广陵倡和词》8 条,康熙七年(1668)《含影词》4 条,康熙十二年(1673)《月湄词》9 条,康熙十六年(1677)《梅村词》5 条,康熙十六年(1677)《棠村词》3 条,共计 29 条评语,列于王士禛、邹祗谟、王士禄、尤侗、陈维崧、曹尔堪、孙默等 16 人之后。清初编选刊刻词集多邀请名流参评以扩大影响,《国朝名家诗余》中评点者达到 308 人,着眼于参评时间、出现频率、评点条数,范氏在广陵词坛中的交游网络、地位声望可见一斑。

范国禄密切关注词坛发展,熟悉词界名家创作,评骘词作能出以客观公正的学术态度。如《先渭求词评》曰:"有不及古人之处,有不必古人之处,有逼似古人之处,有压倒古人之处,且有扫除抹煞古人之处。"[1]他实事求是,既不袒护其短处,也不遮蔽其优长,帮助读者了解先著词作的成败得失。范氏词评内容丰富,显示了宽广的词学视野和词界交游,具有学术和文献的双重价值。其一,进行词作鉴赏。评王士禄《念奴娇·送宋荔裳前辈北行,兼寄舍弟贻上,用顾庵"即席见示"韵》曰:"叙述数语,特缠绵尽致,正如大苏尺牍,工妙绝伦。"[2]评陆求可《清平乐·宫词》曰:"草被风吹,何开情事,着一老字,黯然销魂,结语含蓄,味之有观止之叹。"[3]评李渔《忆秦娥·立春次日闻莺》曰:"极开合之妙,无迹可求。"[4]评陈世祥《念奴娇·赠歌童》曰:"短语隽致,拾有寻变入节之妙。"[5]诸人或善写意态,或韵味悠长,或构思精巧,或声谐语隽。范氏通过词眼和警策之处,敏锐捕捉词作之妙,要言不烦,深中肯綮,呈现了清初词学复兴的多样化态势。其二,揭示词作本事。评吴梅村《浪淘沙·题画兰》曰:"此词为杨绣若而作,忽忽已三十年,不知文生于情,情生于文?"[6]指出该词之创作缘起,引导读者领悟作

①范曾编:《南通范氏诗文世家》(伍),河北教育出版社,2004 年,第 119 页。
②[清]孙默辑:《国朝名家诗余》,康熙留松阁刻本,南京图书馆藏。
③[清]孙默辑:《国朝名家诗余》,康熙留松阁刻本,南京图书馆藏。
④[清]李渔:《笠翁一家言诗词集》,《李渔全集》第 2 卷,浙江古籍出版社,1991 年,第 420 页。
⑤[清]孙默辑:《国朝名家诗余》,康熙留松阁刻本,南京图书馆藏。
⑥[清]吴伟业撰,李学颖集评标校:《吴梅村全集》,上海古籍出版社,1990 年,第 548 页。

品情感指向,实现与词人的对话共鸣。其三,记录词学交游。范国禄《〈樵青词〉序》曰:

> 壬子春,商略《诗观》之暇,余为仙裳举此义,孝威笑而赞之。仙裳虽首肯,未信也。逾年,过爽西堂,仙裳出示此编,凡皆山川游览、朋友赠答之词,为时不多,诸美悉具。余幸前言之有合,而仙裳能坚信之。①

这段文字记录了与邓汉仪、黄云的交游事迹,是了解诸人词学观念的可靠材料。黄氏起初贬抑词体,以之为宴嬉逸乐、聊佐清欢的娱乐工具,因与范氏交往,观念发生了重大转变,随后以全新理念投入创作。其四,叙述人物关系。《〈香严词〉跋》以饱含深情的笔墨追忆了龚鼎孳和孙默的交往。"孙子默留心词学,公特嘉与之,不以台衡之重遗其草莽。每一摛词,弗辞数千里往复商略,其谦光大度迥出寻常如此"②。龚鼎孳谢世之后,古文诗歌播之海内,独词作散漫无纪。孙氏收辑略备,校而梓之。一为朝廷重臣,怜才爱物;一为穷巷布衣,留心雅事。以词学定交,生死不渝,与功名无关,与利禄无涉,全力以赴,倾囊而出,只为成就对于词学的热爱,这份纯粹与担当令人动容。其五,悲叹身世侘傺。评吴梅村《病中有感》曰:"荣枯得丧之数,阅历已过,兴尽既返,则道心生,而真理来会,然不谓气息仅存之时,吐露透脱,至此所云,末后一段光明。"③旧巢已倾,新枝难栖,吴伟业身心分裂,惶恐失据,荣枯得丧之后,唯以道法获得内心的安宁和救赎。范国禄揭发幽隐,标举作品和作家身世遭际之关联,呈现了王朝更迭的历史劫难中文士的心灵煎熬。

二、词学思想:清初词界的积极建构

范国禄词学思想主要体现于数量可观的序跋和评点之中,或长篇大论,或点金碎玉,详尽阐述了词学主张,广泛涉及诸多词学命题。置身顺康之际的广陵词坛,其词学思想既是对前人理论的继承、发扬,亦是对现实词坛的创新、开拓,实现了丰富深刻的理论建构。

---

①范曾编:《南通范氏诗文世家》(陆),河北教育出版社,2004年,第72页。
②范曾编:《南通范氏诗文世家》(陆),河北教育出版社,2004年,第249页。
③[清]吴伟业撰,李学颖集评标校:《吴梅村全集》,上海古籍出版社,1990年,第585页。

1. 推尊词体，提升地位

词学复兴的前提是文学认同和价值重构，清初"词为小道"的观念依旧流行，为振兴词界，有识之士不约而同地推尊词体。张宏生先生说："一部清代词史，就其本质来说，就是一部尊体的历史。"①范国禄是当时"尊体说"的积极拥护者，不遗余力地通过各种方式提升词体地位。

第一，从词体起源出发，提升文学地位。范国禄摆脱传统观念束缚，追流溯源，深入思考词体生成。他对词"诗余"之称加以考量："是故为诗余者，尽乎声之变，以不失乎诗之意，斯庶几尔。"诗词同构，词尽乎声之变，不失诗之意。将两者相提并论，等而视之，尊体之心昭然可鉴。词体配合燕乐演唱，以长短句为主要形式，与古诗、乐府遥相契合。范国禄因此将词的源头继续向前推进，曰："诗余者，乐府之变而古诗之遗也，皆乐也。"（《画壶词序》）②古诗、乐府、词具备相同的音乐元素，同源异体，一脉相承。范国禄将词溯及远源，尊体之意益加明显。同时，鉴赏具体词作时，还从《诗经》中寻求艺术渊源。评陈世祥《念奴娇·客中》曰："以草木叙时令，其法本于国风。"③直攀经典，将词之笔法本于国风，以经尊词。无论宏观的梳理，还是微观的点评，范氏正本清源，以词为尊，虽不乏牵强之处，体现的是提高词体地位的努力，为时代复兴推波助澜。

第二，从词体功用出发，提升社会价值。范国禄词学理论中，词已经超越了花间樽前、娱情遣兴之具的定位。对国家而言，肯定词作的政治教化意义，以儒家传统诗教推尊词体。

> 时则春夏相交，地则盛衰相异，人则中外同方，集则早晚同兴。偶然聚会，备此忻感，真得"兴观群怨"之旨，可以风矣。（《〈雨香庵小集〉诗评》）④

明确了词的教化功能，其与时代风云、节序迁逝以及身世命运密切相关，言志载道，有助政教，裨益人心，发挥了"兴观群怨"的作用。对个体而言，填词堪称不朽之盛事。征之于史，其《〈李董自词〉序》曰："宋时两文忠

---

① 张宏生：《清词探微》，上海古籍出版社，2008年，第80页。
② 范曾编：《南通范氏诗文世家》（陆），河北教育出版社，2004年，第73页。
③〔清〕孙默辑：《国朝名家诗余》，康熙留松阁刻本，南京图书馆藏。
④ 范曾编：《南通范氏诗文世家》（伍），河北教育出版社，2004年，第124页。虽然题为"诗评"，文中实为"词评"。

公文章风概卓绝当时,间一倚声,无不流传脍炙。虽古人所重不在此,而此学既工,未始不增重古人也。"①两公短章促句,小中见大,见推当时,流传后世,得到了历史验证。考之于时,其《〈南溪词〉评》曰:

> 恰又成三,亦是奇遇,使三人一时华要,王路驰驱,且有数年暌隔者,安得两年之中俱在名胜之区高唱迭赓传此佳话乎? 知天之偶屈三先生,正欲以文章盛名归之耳。②

湖海飘零,悲歌当泣,对曹尔堪、王士禄、宋琬的坎坷命运深切叹惋,更对"西湖唱和"获得的文章盛名倾慕不已。

第三,从词体发展出发,提升中兴意识。范国禄具有进步的文学史观,以变通的眼光看待文体发展,指出创新、演变是势之必然。"夫时之所为,不但人不可以争,即天亦似宛转而听之以曲成其气运,则诗之不已而有词,词之不已而有曲,又其时所必至者也"(《〈梅村词〉序》)③,文体处于不断更替的发展进程之中,诗之为词,词之为曲,升降代变,具有内在的发展逻辑。又如《〈潘文水词〉序》曰:"文章之道,各溯其源,支节虽分,无小大之异也,自成一派而止耳。"诗词等文体语言特征、审美风格、创作规范不同,具有独自存在的意义。范氏清晰勾勒简明词史:"自《花间》始著于唐时,宋元人特广其调。丰裁义蕴,要皆推原牧之、竹西、苕水之间,清标绝艳,翔洽至今。"④通过对词发展脉络的梳理,凸显其是文体发展链条上独立自足的环节。范国禄表彰时贤也以前辈名家为坐标,揭示出精妙卓绝之处。"觉周柳辛陆不能专美于前"(《〈茅天石词刻〉跋》)⑤,"黄九、柳七不觉瞠乎其后也"(《〈王学臣词〉序》)⑥,"兼四家之胜"(《评〈陈山农词〉》)⑦。或超越,或匹敌,字里行间洋溢的赞誉虽不无过实之嫌,表现出的是对本朝词学中兴的自信。

第四,从词体内涵出发,提升历史意义。范国禄以史尊词,提倡词作广

①范曾编:《南通范氏诗文世家》(陆),河北教育出版社,2004年,第74页。
②[清]孙默辑:《国朝名家诗余》,康熙留松阁刻本,南京图书馆藏。
③范曾编:《南通范氏诗文世家》(陆),河北教育出版社,2004年,第71页。
④范曾编:《南通范氏诗文世家》(陆),河北教育出版社,2004年,第77页。
⑤范曾编:《南通范氏诗文世家》(陆),河北教育出版社,2004年,第251页。
⑥范曾编:《南通范氏诗文世家》(陆),河北教育出版社,2004年,第78页。
⑦范曾编:《南通范氏诗文世家》(伍),河北教育出版社,2004年,第106页。

泛反映时事政治，涵盖深刻的历史内涵和时代精神，具备文学与史学的双重价值。他评吴伟业《满江红》曰："梅村词无一不妙，而《满江红》十三调尤擅胜场，其中具全部史料，兴会相赴，遂成大观。"①吴氏敢于表现重大社会题材，娴熟运用歌行手笔，描摹了明末清初恢弘的时代画卷，为一代兴亡存照，具有重要史料价值。范国禄词评一针见血地指出词人心灵承载的时代内涵，赋予词体历史记忆、社会批评的重大功能。又如评陈维崧《送朱近修还海昌，并怀丁飞涛之白下，宋既庭返吴门，仍用顾庵韵》曰："嵯峨以使势，磊砢以叙情，一篇龙门列传也，宁第以倚声目之。"②独具慧眼，指出陈氏对司马迁史笔的借鉴，词家以文为词，叙述、议论、抒情结合，秉笔直书，人物勾画简洁传神，场面渲染如在目前，情感倾诉真挚深沉，章法安排纵横开阖，故称其为"一篇龙门列传"。两作或以词记史，或以史笔入词，范氏评点不仅表现出对内容拓展、手法创新的期待，更是对词体功能意义的大力提升。

2. 辨析词体，严审词韵

范国禄擅长诗文又精于填词，具有高度自觉的文体观念。"词者，诗之余也。诗余滥觞，则流而曲矣。词之不可以曲，犹夫不可以诗"（《〈梅村词〉序》）③。词当别是一家，鉴于词坛文体混淆之弊，范氏对其"上不侵诗、下不近曲"的要求多处提及，明确本质属性，严格体式规范，捍卫词作独立的美学品格和文体地位。

第一，区分诗词之异。范国禄一方面以尊体为旨归，打破诗词界限；一方面又以辨体为考量，严分诗词疆域。首先，表达属性。"诗以感通义类，词则流畅天机，二者为用不同，其致亦不一也。故风雅之什无不可以言情，而倚声之调独不可以论理"（《〈茅天石词刻〉跋》）④。明辨诗词之界，从功用来看，诗以感发惩创，故言志述怀，重视社会功能；词以娱宾遣兴，故流畅天机，强调感情流连。从内容来看，诗题材广泛，取径多途，境界阔深；词则相对狭窄，表达隐幽，韵味深长。虽诗以言志，词以言情，然而诗可备词之情味，词却不可入诗之理趣，立下诗词界石，概括可谓精当。范氏标举词体

---

① ［清］吴伟业撰，李学颖集评标校：《吴梅村全集》，上海古籍出版社，1990年，第571页。
② ［清］孙默辑：《国朝名家诗余》，康熙留松阁刻本，南京图书馆藏。
③ 范曾编：《南通范氏诗文世家》（陆），河北教育出版社，2004年，第71页。
④ 范曾编：《南通范氏诗文世家》（陆），河北教育出版社，2004年，第251页。

独具的抒情张力，其《〈露香词〉序》曰："彼文字而流畅于词，所谓诗之余也。余则泛衍旁行，不必轨于正经，无不可以宣情而极诣。"①词擅于言情，是更为纯粹意义上的抒情文学。因情生文，发自肺腑，铺叙展衍，委婉缠绵。同时，需要把握创作主体书写性情的尺度，发乎情，止乎礼义，不致造成情感的失控和泛滥。其次，音乐属性。"诗尚体裁，词专声调"（《陈子涵词评》）②。诗歌虽然具备声调节奏的抑扬起伏、长短缓急，创作主体更要根据表达需要对不同体裁选择运用。词是真正的音乐文学，作词谱曲，倚声填词，韵、调是其文体主要特征之一。"声一也，清浊之而二，高下之而四，间而杂之则五矣，和平曼衍、激昂凄切备参之而八，方隅变化、古今离合错出之则什百矣"（《画壶词》）③。游刃有余，奔泻歌哭悲欢之情，极尽音韵声调之美，显示出独特的音乐体性。

第二，规范词作之韵。范国禄拥有渊博的韵学知识和开阔的韵学视阈，对古代音韵史及各类韵书了如指掌。其《〈词韵严〉序》曰：

> 宋时，夏英公集有《古韵》，吴才老复作《补音》，而叶始备。明初，召宋学士集廷臣为《洪武正韵》，颇为厘定，而杨升庵谓一字数音，辗转注释而后知，乃作《转注古音略》。郭美命汇沈、夏、吴、杨四家而总类之，刻于南京国学，名为《韵经》。

各代韵书，罗列备至，渊源关系，线索清晰。唐宋以来词韵依准诗韵，其实两者不尽相同，词"用韵宜宽下"，韵脚位置又多变化。对于词韵发展滞后，范国禄深表遗憾，感慨曰："作诗余者独无专本！"前代词界创作无所依从，疏于词律的现象随处可见，任意填凑，淄渑无别，严重损害了词作为音乐文学的特性。清初西陵沈谦、毛先舒、吴绮等考订唐宋词家用韵，精收博考，严格审辨，编撰《词韵括略》，为清代词韵建构的开山之作。此书一出，立刻得到词界普遍推重。范国禄激赏曰：《括略》出而诗余之用画然可遵，宜与《中州韵》各专词坫已。"实际创作中与词友视之为金科玉律："夫畴昔芜城与宋荔裳、曹顾庵、王西樵、孙豹人、陈散木、邓孝威、宗定九、沈方邺、李希韩诸君子红桥唱和，力守去衿之《括略》。"同时，范氏洞晓音律，工

---

①范曾编：《南通范氏诗文世家》（陆），河北教育出版社，2004年，第76页。
②范曾编：《南通范氏诗文世家》（伍），河北教育出版社，2004年，第120页。
③范曾编：《南通范氏诗文世家》（陆），河北教育出版社，2004年，第73页。

于填词，根据创作经验，身体力行地投入到清代词韵探讨之中。"迩年以来，考究益确，爰访韵法之例，删订甚严，即以'严'名之而附之梓，以广同好云"①。他以《括略》为底本，精益求精，参酌辨析，删定甚严，命名为《词韵严》，剞劂流传，希冀严格词体规范和准则，其举在清代词韵初创阶段实属可贵。此书果然广受好评，张潮叹曰："自有韵来，未见精妙如尊订者！"②其致函索书，即鉴于此。

3. 兼容并包，独创一格

明末陈子龙等云间词人提倡恢复词统，极力推崇晚唐五代词作，还原绮靡婉艳的词风，以《花间》《草堂》为词之正格。时代词学氛围影响之下，范国禄也追慕云间、皈依草堂。然而，清初家国沦丧、四海震撼的易代背景，案狱迭起、残酷镇压的政治局势，风云难测、动荡不安的生存境遇，进退维谷、颤栗惊怖的文士心理，显然已不适合温言软语的浅吟低唱。范氏直面现实，敏锐捕捉到词坛变革的重要契机，顺应时代潮流和文学发展，突破狭隘藩篱，其词学走向了广阔的社会和人生，带来审美视阈的拓展。

第一，超越正变论争。正变论是词学领域的重要命题，明代张綖将词体分为婉约、豪放，并提出以婉约为正、豪放为变的观点，重正轻变，崇正抑变，对后代产生了深远影响。置身清初热烈的词体正变讨论之中，范国禄对其优劣不分轩轾，远离门户之争，以示轨辙之程，皆给予了充分肯定，标志着观念的进步。

> 正以南唐为宗，至漱玉、淮海而盛；变以坡公为始，而辛陆踵之，各得其声之可以歌者，不以正变为优劣也。(《〈画壶词〉序》)③
>
> 正固匠意，奇亦赏心。彼以唐宋元明强分初盛中晚而哓哓以求异于词场者，非解人也。(《〈雪篷词〉序》)④

具有自觉的词体正变观念，取消对立，知变求通。同时，从美学内涵和审美价值立论，"正固匠意，奇亦赏心"，词虽有正变，只是风格的差异，而无高下优劣，各自成调，皆具韵味。范氏见解精辟，表现出开放通达的识见，

---

① 范曾编：《南通范氏诗文世家》(伍)，河北教育出版社，2004年，第418页。
② ［清］张潮辑：《友声初集》丙集，清乾隆四十五年(1780)刻本，国家图书馆藏。
③ 范曾编：《南通范氏诗文世家》(陆)，河北教育出版社，2004年，第73页。
④ 范曾编：《南通范氏诗文世家》(陆)，河北教育出版社，2004年，第74页。

显示了理性批评者的胸襟与气度。

第二,主张广泛师法。范国禄词学兼收并蓄,抛弃定于一尊之陋习。"周、柳、辛、陆,各成其诣,观止矣。彼以'大江东'、'杨柳外'强分优劣者,皆呓语也"(《〈雨香庵小集〉诗评》)①。周邦彦的富艳精工,柳永的艳冶俚俗,辛弃疾的悲慨激昂,陆游的闲适飘逸,婉约者词情蕴藉,豪放者气象恢弘,各臻其妙,呈现了不拘一格的多元审美。对广泛师承者推崇备至,其《〈月湄词〉跋》曰:"合周柳辛陆为一家,分唐宋元明之各派,追风及格,振藻谐音,极倚声之能事矣。"②评《迎春乐·垂丝柳》云:"备采诸家柳词,变化浑成,烂然孙锦。"③消解各家风格对立,融会内在艺术精神,全面撷取,同时与社会变迁、生命际遇紧密结合。这一词学观念在康熙五年(1666)的"广陵唱和"中得到了践行,前朝移民痛定思痛、歌哭难尽,当朝士子或以小故遭废,或壮志未酬,群情激越,借《念奴娇》俯仰身世,满腔抑郁书写为慷慨豪宕之作。"忠爱之怀,于斯而寓,则又不仅歌场舞榭,擘轴题笺,仅作浅斟低唱柳七之伎俩已也"(龚鼎孳《〈广陵倡和词〉序》)④。是时,范国禄年近半百,世事多艰,家道中落,糊口四方,功名无望,唱和之词今虽不得而见,据词序概括之基调,当以悲慨之音传达失意人生。季公琦同时作《席罢呈散木汝受次学士韵》,范氏评曰:"起手上句如天马行空,不受羁勒,豪情逸气,目中空有其匹,真隽才也。"⑤对花间笔法之外雄奇豪宕、风云意气的词作大加肯定,显示出容纳多重风格的宽宏视野。

第三,鼓励词作创新。标举独创是古往今来优秀文学批评家的共识,也是范国禄词学审美的重要方面。其《评〈陈山农词〉》曰:"周、柳、辛、陆,各有本源,才具使然,不可矫而合也。"⑥词界前辈以鲜明的个性成就了卓越地位,可视作创新榜样。同时,批评清初词坛模拟风习,旗帜鲜明地指出艺术的真谛在于独具面貌。他评黄云词曰:"时而周柳,则以周柳之才思学问出之而兴会及焉;时而辛陆,则以辛陆之才思学问出之而兴会及焉。"

①范曾编:《南通范氏诗文世家》(伍),河北教育出版社,2004年,第124页。
②范曾编:《南通范氏诗文世家》(陆),河北教育出版社,2004年,第250页。
③[清]孙默辑:《国朝名家诗余》,康熙留松阁刻本,南京图书馆藏。
④[清]孙默辑:《国朝名家诗余》,康熙留松阁刻本,南京图书馆藏。
⑤[清]孙默辑:《国朝名家诗余》,康熙留松阁刻本,南京图书馆藏。
⑥范曾编:《南通范氏诗文世家》(伍),河北教育出版社,2004年,第106页。

（《〈樵青词〉序》）①黄氏兴会神到，笔随心遣，敏锐才思驱遣之，广博学养酝酿之，多方境地激发之，不名一家，直抒胸臆，可资借鉴。又如《〈雪篷词〉序》曰：

> 不妨规摹古人，亦不妨抹煞古人，然后得有余之地而托足焉，韦、温、周、柳、苏、黄、辛、陆，无不可分门而并驾也……神而明之，无变化之痕，而适得日新之妙。②

熔铸各家，匠心独运，著手成春，变化日新，如此方为正途。为避免因追求新异产生的怪僻险涩，范国禄指出词的高妙境界是自然入化，褒奖王学臣为词人楷模，"无非月露烟云，毫不见拈须敲髭之迹而自然入化"（《〈王学臣词〉序》）③，标榜《画壶词》为典范之作，"揆端审要，率以自然为工"（《〈画壶词〉序》）④。其人其作不见雕琢之痕、刻画之迹，天机凑泊，秀韵天成，与世之雕金镂玉、筑粉涂脂不啻天壤。

清初范国禄积极参与词作实践，密切关注词坛动向，进行严肃认真的审视和反思。或贬抑抨击，或推举揄扬，体现了对当下词体拯救与创新的良苦用心。范氏具有开阔的词学视野、强烈的尊体意识和变通的学术精神，对内容、风格、韵律等重要词学命题的阐发达到了时代的新高度，不仅雄峙于广陵词人群体，在清初词学胚变时期亦不容忽视。

第七节　范国禄交游考述

范国禄一生典型体现了清初文人的交游特征。首先，规模庞大。范氏爱重交游，若气类相投，皆与定交，故遍交天下名士。通过对《十山楼诗》《十山楼文》等文献爬梳辨析，其交游人物接近 1000 人。其次，身份多元。范氏经历明清易代的时代巨变、由富贵而贫贱的家庭变故，漫长的人生道途中以诗文为介，交游对象复杂多元，既有遗民志士，又有当朝官吏，还有布衣文人。考察其交游活动，对了解人物生平事迹、心志情感、文学创作，

---

①范曾编：《南通范氏诗文世家》（陆），河北教育出版社，2004年，第72页。
②范曾编：《南通范氏诗文世家》（陆），河北教育出版社，2004年，第74页。
③范曾编：《南通范氏诗文世家》（陆），河北教育出版社，2004年，第78页。
④范曾编：《南通范氏诗文世家》（陆），河北教育出版社，2004年，第73页。

以及深入清初文人交往研究甚有裨益。笔者仅就对其有重大影响者加以分类考述。

一、遗民志士

李长科。李长科(? —1657),改名盘,字根大,号小有,又号广仁居士。清兴化人。范凤翼流寓金陵间曾与李氏交游,其诗集有《为李小有题群彦合画山水幅》《题李小有画帧》等,李长科与范国禄相识当在此际。范氏自言:“谊自先人笃,交因同道亲。”(《昭阳李孝廉枉顾草庐》)[①]因两世交游谊笃,因志同道合情亲。范国禄尊其为文章道义之盟主:“文章道义总以李先生为主盟,知我者莫先生若,必为我致交于诸子。”(《寄李小有》)[②]敬仰其秉性耿直、忠心为国,叹慕其学识渊博、才艺多元,感谢其深度相知、揄扬推介。顺治六年(1649),李长科有通州之行,范国禄等地方文人热情款待,同堂把臂,诗文樽酒,书写了东南文坛之盛事。其《〈西林社集图〉跋》记述详尽,曰:

> 昭阳李长科、海陵童点、闽中陈瑨、东昌陈关调,邗江性持、虞山智融两上人来游五狼,属余续社事,合同里孙谦、陈鹄、保汜、白熺、张翥共二十人,宴集西林赋诗。[③]

诸人同集城南禅刹西林,梵宇精结,草木葱茏,梧竹致清,方池微波,曲径通幽。两人声气相通,流落江湖,惺惺相惜。“方今彦逸,流佚江淮,在昔穷途,近归无党,交游恐后,兴会良多”。撄时撼俗之人,穷途末路之境,明清易代的时代情怀隐然其间。物以类聚,人以群分,诸子高怀旷寄,临樽命意,俯仰天地,相与往还。“我有西林,与子盘桓;我有文琴,与子弹之;我有方樽,与子酌之。我醉子欢,我唱子和”(《西林社集记》)[④]。高山流水的遇合,抚琴觞咏的欢欣,悠然自得的心境,诗中可见。诸人即席限韵,诗成作图以纪一时之盛。张翥写像,陈瑨、陈鹄补景,人为一幅,或二三人为一幅,幅得十二,逸人韵事因以留存,令后世心慕手追。此次吟咏结集付梓,范国

①范曾编:《南通范氏诗文世家》(叁),河北教育出版社,2004年,第288页。
②范曾编:《南通范氏诗文世家》(伍),河北教育出版社,2004年,第302页。
③范曾编:《南通范氏诗文世家》(陆),河北教育出版社,2004年,第231页。
④范曾编:《南通范氏诗文世家》(伍),河北教育出版社,2004年,第213页。

禄撰《西林社集记》《〈西林社集图〉赞》《〈西林社集诗〉序》，李长科弁其前，包壮行为之序。随后，范国禄、李长科等又宴集碧霞阁，各命一章，同规五韵。范氏诗曰：

> 振衣高迥澹分风，趁入寒光落远空。木末平依天一色，山垠斜上阁当中。茶香日午烟初白，酒净霜华影不红。社老声名凭作赋，胜游今古渺归同。（《冬日北山宴集碧霞阁》）①

北山崇冈，修坂长皋，古木森阴，霜雪不凋，三塔斜横，五狼遥挹，暖依杯酒，胜情四下。诸人歌吟编为一集，范国禄为撰《〈冬日北山宴集碧霞阁〉序》。此外，范氏还有《玉树堂即席分韵》，注曰："长至前一日，李长科、周冕、黄夷简、卞□、弘上人及喜越、杨棽同集。"②是年两人交游繁多，盘桓多日，文采风流，极尽欢洽之致。《十山联句稿》中收《郜母六十诗》，为李长科、范国禄、周冕、童点、陈尔发、僧寂光六人联成，诸子均为顺治六年（1649）西林社集成员，加之顺治九年（1652）陈尔发去世，又，此间李长科通州游访仅见是年，故将该诗系于顺治六年（1649）。顺治七年（1650），李长科与范国禄相会于如皋水绘园，李氏有《和园次汝受月饮深翠山房原韵》。诗曰：

> 故山松石未芜残，风雅深盟傲岁寒。几甏春香彭泽酒，一鸿秋水子陵滩。到来佳节同浮菊，老去孤踪愧伐檀。羡尔江皋龙卧稳，眼前何地不波澜。③

清初诸人怀有故国山河的共同记忆，水绘园中诗酒流连，感慨兴亡，不仅可尽风雅之兴，还可成山林之隐。顺治十二年（1655），李长科前来通州，范国禄《昭阳李孝廉枉顾草庐》系于是年，殷殷话旧，促膝谈心，深情款洽。同时，严峻的政治形势成为了不可避免的话题："海上连烽火，淮南盛盍簪？不图忧乐异，分手付沉吟。"④清初郑成功利用海上优势反清复明，活动频繁，直接威胁到东南清朝海防，是年清廷颁布禁海令。李长科、范国禄等文人虽处江湖之远，仍然表现出对国事民生的密切关注。李氏六十，海内诸

---

① 范曾编：《南通范氏诗文世家》（肆），河北教育出版社，2004年，第111页。
② 范曾编：《南通范氏诗文世家》（肆），河北教育出版社，2004年，第111页。
③ ［清］冒襄辑：《同人集》，《四库全书存目丛书》集部第385册，齐鲁书社，1997年，第230页。
④ 范曾编：《南通范氏诗文世家》（叁），河北教育出版社，2004年，第288页。

君摛藻以贺,成《赤松游》,属范国禄为序。"凡所为质性所基与阅历所造,无不积渐乎其至而天焉者全,则先生具体赤松也"①。范氏以赤松子喻其功成身隐、寄傲林泉的人生选择,可谓知音之论。

通州襟江枕海,南北十山,风光秀丽。范国禄命驾促友,游倦其间,兴会淋漓,吟咏不辍,结为《山游草》,李长科为之撰序。文中对范氏其人极为叹赏:"以高世之姿,禀人伦之秀,起而流览风华,鼓吹骚雅。"对范氏其诗悉心品鉴:"蔚然深秀者,紫琅耶?无此磊砢。兀然嵯峨者,军耶?剑耶?无此幽洁。纷然苍翠者,马鞍与黄泥耶?无此古茂。悠然澹远者,碧霞五峰耶?无此空灵。"②范国禄寻幽揽胜,南北十山收于腕下,尽得神韵。李长科具有通州实地游赏经历,(光绪)《通州志》卷二《山川志》收其诗《狼山》,对范氏诗作鉴赏,尽得其旨。范国禄在李长科逝后作诗以悼,现存陈远为范氏《离忧》所作序言,提及其集中"挽李小有有'诗文留得雅宗在'句"③。

邵潜。邵潜(1581—1665),字潜夫,自号五岳外臣。通州人。博极群书,雅好诗文,精史学,擅篆刻。万历三十九年(1611),范凤翼创建了通州山茨诗社,邵潜是该社的中坚人物,两人以诗词文艺相切磋,以道德气节相砥砺,范国禄保持了与父执辈的交往。康熙十六年(1677),其《题邵山人抱膝图像》诗曰:

> 天地颇沉溟,孑然无凭藉。撑拄如不容,眼光空四射。嗟嗟所遇穷,世态多变诈。名无与为标,祸有与为嫁。非不善丹青,人心不可画。何如弃笔砚,独坐省言话?抱膝且自怡,神情转清暇。④

邵氏形象跃然纸上,首先,妻子弃世,孤身一人,孑然无依;其次,家道败落,世态炎凉,所遇皆穷;又次,高傲孤僻,耿介绝俗,不与世谐。此诗不仅题其形貌,更述其生平,同情悲悯字里行间随处可见。崇祯十四年(1641),邵氏迁居如皋城内,晚年生活日益窘迫。范国禄数次前往拜望,诗文有记,顺治七年(1650)有《访邵徵君潜》,顺治十三年(1656)有《寄邵徵君潜》。家乡前贤,父亲社友,淹滞他乡,境遇落魄,感触良多。以前诗为例,

---

①范曾编:《南通范氏诗文世家》(伍),河北教育出版社,2004年,第434页。

②[清]李渔等:《十山书刻序》,抄本,中国科学院图书馆藏。

③[清]李渔等:《十山书刻序》,抄本,中国科学院图书馆藏。

④范曾编:《南通范氏诗文世家》(叁),河北教育出版社,2004年,第231页。

首先，叹息其穷困潦倒。"徵君贫太甚，只在草檐中"。邵氏居处，"三椽黝黑，门无牡户，无廋廖，一里妪给饣食而已"①。是时，范氏尚且殷实，邵潜尾居穷巷，茅屋斗室，不蔽风雨，见此艰难至极之景范国禄定触目惊心，痛心疾首。其次，关注其史学撰著。"语次及《州乘》，先人常折衷。交宁尽今日，恨不见成功"。通州州志自万历五年(1577)以来尚未重修，且前代记录不无讹误，邵潜计划私家撰写地方史志，以资异日修志者采择，故名《州乘资》。范凤翼对邵氏史才史识甚为折服，热切期待此书问世。尽管恶劣的人生境遇中邵氏笔耕不辍，此书之成仍然困难重重，对此范国禄深表遗憾。又次，倾慕其高风亮节。"潸然出门去，遵路想高风"②。邵氏入清以遗民自居，抱穷守志，述先朝遗事，常至泣下。鼎革之际关心时事，忧国忧民，有《纪甲申三月十九日事》《哭思宗烈皇帝》《喜吴大将军破贼》《伤皇太子及定王永王》《甲申五月十五日群臣迎福藩即皇帝位于南都恭述志喜》等，以诗记史，其安贫守节的品格操行深深震撼了晚辈范国禄。

邵潜发愤著书，弘光元年(1645)二月终于纂成，全书以晚明政权年号纪年。《州乘资》是邵氏长期收集地方文献材料的成果，自序曰："不佞甫弱冠，窃留心州志。凡涉志，事远则求诸简册，近则征诸耄旧。有所见闻，率日属月累，书而藏之。"③邵潜博闻强识，是书凝聚其毕生心血，上至五代，下迄南明弘光元年(1645)，统合古今，详今略古。范国禄深刻认识到此书的价值意义，极力推扬，称为"一方之信史""百代之宏篇"。其《上州大夫启》曰：

> 网罗搜茸，竭百千端之苦心；著述编摩，续八十载之旷典。官师人物明若列眉，财赋田庐昭如指掌。臧否贤愚之概，断弗轻徇；淳漓兴废之机，备经详核。秉公直端方之守，得繁简博约之宜。

《州乘资》共分 4 卷 32 类，虽为私家著述，博采众长，考订精审，人物户口、田地赋税之叙述一目了然，如《徭役》一章记载了万历五年(1577)以来通州"一条鞭法"的具体推行状况，客观反映了明代赋税制度改革的利弊得失。邵氏秉笔直书，繁简适宜，善恶褒贬，确当妥帖。范国禄恳请当政"将

---

①[清]梁悦馨等：(光绪)《通州志》卷十三，光绪元年(1875)刻本。
②范曾编：《南通范氏诗文世家》(叁)，河北教育出版社，2004 年，第 405 页。
③[明]邵潜：《州乘资》，南通市图书馆影印，1985 年。

镂板编入宪纲"①,以垂青史,此举表现出对邵氏史学撰著的高度礼敬。

陈济生。陈济生(1618—1664),字皇士。吴县人。以荫官太仆寺丞。明亡后,隐居奉母,著述以终。范国禄与陈济生可谓两世交游,陈济生父陈仁锡(1581—1636),字明卿,号芝台,与范凤翼政治操守相类,因忤魏忠贤被削职为民,崇祯初年诏复原官,累迁南京国子祭酒,卒谥文庄。两人文化修养相当,范国禄述及父亲与陈仁锡等,"原本六经,疏通八代,缵三唐之烈,传二王之神,自成一家,以播海内"(《先府君行述》)②,笔走龙蛇,各具魅力,海内闻名。陈仁锡著述林立,曾为范凤翼诗集撰《叙略》,褒奖其亟亟救世的社会责任、洗涤乾坤的救世情怀,更能领会诗中蕴含的忠孝之心、不平之气。范国禄、陈济生延续了父辈交往,陈氏的志行操持令其由衷称赞。《吴门两先生》一诗注:"两先生者,前侍御李公模、太仆陈公济生也,正人领袖,夙为士大夫推称。"③陈济生遭逢鼎革,矢忠故君,为明守节终生,凛然正气,士林称颂。顺治八年(1651),范国禄有《和陈太仆济生》五首,吟咏陈氏根据生平所绘《讲易》《伏阙》《谒陵》《视马》《奉使》五图。该诗紧密结合其人其事加以题咏,表彰陈氏忠勤王业的同时追忆故国,流露出深沉的黍离麦秀之悲。"世事那堪听夜雨,道情只合问江烟""烽烟忽作山川梗,草木难将雨露凭""可怜沙苑生风骨,未见王师北渡河""使臣却堕临安泪,带砺山河渺不同"④。两人共同经历了陵谷变迁的社会巨变,山河破碎,满目疮痍,表现了失去故国的悲凉凄楚。清初陈济生辑启、祯两朝遗诗以寄志,顺治十二年(1655)范凤翼去世,陈氏敬仰其风骨高致,致书范国禄,"注念遗篇,征及遗照"。其盛情令人子感念不已,"仁人之心不啻握大造而予人千秋矣"(《复陈太仆书》)⑤。陈氏《启祯遗诗》成于顺治十六年(1659),是以诗存史、保存节义的典型选本。范国禄对其甚为推崇:"一地遗安凭硕果,百年高会见全人。"(《吴门两先生》)⑥是书褒扬节义,浩然正气,震撼人心,足以告慰遗民亡灵,激励后世百代。《启祯遗诗》收录了范凤翼诗《海陵道中不寐作》等 14 首、小传《范光禄》,对其正道独行、备受打击的生平事迹详

①范曾编:《南通范氏诗文世家》(伍),河北教育出版社,2004 年,第 252 页。
②范曾编:《南通范氏诗文世家》(陆),河北教育出版社,2004 年,第 385 页。
③范曾编:《南通范氏诗文世家》(肆),河北教育出版社,2004 年,第 144 页。
④范曾编:《南通范氏诗文世家》(肆),河北教育出版社,2004 年,第 118 页。
⑤范曾编:《南通范氏诗文世家》(伍),河北教育出版社,2004 年,第 268 页。
⑥范曾编:《南通范氏诗文世家》(肆),河北教育出版社,2004 年,第 144 页。

尽以述，敬重倾慕字字可见。弘光元年(1645)，朝廷念于少保之功，陈济生奉使颁册券出都，因世变未抵临安。阅十余载，陈氏守义树节，"梦谒祠庙，见四壁旧题，恍惚心目间，忾然属咏，觉而续为《临安篇》"。范国禄"悲其志，感而和之"，赞叹其高洁的遗民心志。"悠悠凭世路，落落任吾徒。风雨松楸冷，山川陇亩孤。宫袍虚寿锦，庙食闭天厨。月暗铜蹀躞，烟埋金镂镈。惟余使臣泪，迢递洒春芜"(《临安篇》)[①]。陈济生君恩难忘，故国难舍，与范氏诗中寓含的深悲巨痛基调一致，渲染了国破家亡带来的感伤悲怆，是时代之音和心灵共鸣。

杜濬。杜濬(1611—1687)，原名昭先，字于皇，号茶村，晚号半翁。湖北黄冈人。顺治元年(1644)，迁至金陵，寓居四十余年，一生以文章气节自励，在诗歌、散文、戏剧小说评点等领域均有建树。范国禄言及与杜濬交游曰："两世交游五十年，诗坛文社荷周旋。"(《哭杜二先生濬》)[②]杜濬父祝进，字退思，明亡隐居金陵，高风亮节，为世所重。杜退思曾寄诗范凤翼，尊崇其政治操守，"东林山斗望，中有范凤翼"；同情其命运遭际，"休作稻粱谋，寸步有荆棘"(《范太蒙凤翼》)[③]。杜濬以遗民始终，志节清奇，诗名远播，虽为孤介狂傲、睥睨一世之人，对范国禄情有独钟，以文字交，来往诗坛文社，再申两家世好之情。两人有文献记载的交游始于康熙元年(1662)，同集水绘园，"共说名园藉主人，闲随酒伴洽相巡。坐边佳景曾同玩，别后幽情久更亲"(《雉皋同杜濬蒋臣季公琦集冒园》)[④]；相聚天瑞堂，"公子诗名快独雄，一时词客藉宗工。相依南国心偏远，回首西园兴未穷"(《公子诗名快独雄》)[⑤]。同堂把臂，举杯言欢，诗文唱酬，即使临岐话别，也意气昂扬，挥洒才情，兴味无穷。

康熙十三年(1674)，范国禄遭遇文字祸，随后开始了孤寂凄惶的避难岁月。杜濬一生坚守气节，贫困交加，谋食各地。同是天涯沦落人，两人境况相类，交游甚多，相互砥砺，情深意长。康熙十四年(1675)，范氏有《同白先生梦鼎杜司理濬小集》，诗曰：

————————

①范曾编：《南通范氏诗文世家》(叁)，河北教育出版社，2004年，第403页。

②〔清〕王藻编：《崇川各家诗钞汇存》卷首二下，咸丰七年(1857)刊本。

③张其淦辑：《明代千遗民诗咏》二编，《清代传记丛刊》第66册，台北明文书局，1986年，第657页。

④范曾编：《南通范氏诗文世家》(肆)，河北教育出版社，2004年，第179页。

⑤范曾编：《南通范氏诗文世家》(肆)，河北教育出版社，2004年，第180页。

一樽相对洽招寻，日久无忘立雪心。命世鸿文存两汉，感时大节溯东林。声华已许千秋在，名教真因有道深。借荫自怜同戢羽，岁寒犹喜得知音。①

相邀共饮，游处甚欢，纵情谈吐，对两汉鸿文击节叹赏、晚明东林景仰悲悯，显示了在文学审美与历史立场上的高度一致，是为知音同道。康熙十五年（1676），范国禄有《黄宗招集杜濬吴绮宋曹孙默蒋山得真字》《同程邃杜濬黄朝美孙默小集光霁堂》，"声华已逐烽烟散，湖海从教杯酒亲。弹铗歌宁容易听，掀髯笑亦苦伤神"②，"八龙座上星相映，四老堂中日未曛。应景梅花才一吐，布袍无恙袭清芬"③，展现了特殊人生境遇中的交往，文酒嘉会，过从甚密，优游偃仰，深情款款。康熙十六年（1677），两人交游时间颇长，范氏有《杜濬孙继登宗观王仲儒过饮寓斋时八月二十一日暑甚》《十月五日移酌杜先生寓馆》。更让人感动的是，岁暮年终，杜濬邀同范国禄结邻度岁，叶燮有《同于皇招汝受移寓天宁寺结邻度岁》。如此之举令范氏感慨淋漓，有《杜先生相招度岁兼和叶使君》五首。

白裌人宜白板扉，况逢二老足相依。百年天地常为客，谁谓无家无处归？

天涯吾道任参同，枉向多歧泣路穷。赢得岁寒邀好伴，相期莫放酒杯空。④

独在异乡为异客，每逢佳节倍思亲。挚友诚邀守岁，共度良辰，遂可驱散浓浓的羁旅乡思，坎坷困顿的人生中如此之举对彼此而言皆刻骨铭心。康熙十七年（1678），杜濬等过访寓斋，范氏有《次韵张文学燮谷日同杜司理濬叶明府燮郭太公中王太学檀过饮寓斋》；邀饮花下，范氏有《和杜濬邀饮梅花外》。频繁雅集，把酒论文，关系密切，其乐融融。此外，杜氏有《二月十二日李匡侯招同邓孝威范汝受于高座上人房同用青字》，注："是日郊外仙事甚闹。"⑤《十山联句稿》收李赞元、杜濬、邓汉仪、范国禄联句诗《城南

---

① 范曾编：《南通范氏诗文世家》（肆），河北教育出版社，2004 年，第 272 页。
② 范曾编：《南通范氏诗文世家》（肆），河北教育出版社，2004 年，第 287 页。
③ 范曾编：《南通范氏诗文世家》（肆），河北教育出版社，2004 年，第 288 页。
④ 范曾编：《南通范氏诗文世家》（肆），河北教育出版社，2004 年，第 391 页。
⑤［清］杜濬：《变雅堂诗集》卷一，《清代诗文集汇编》第 37 册，上海古籍出版社，2010 年，第 285 页。

游兴》，两诗涉及人物完全相同，内容接近，为城郊游赏之吟，当作于同时。诸人于僧房观梅，静参物理，谈笑忘忧之景跃然纸上。康熙二十六年（1687），杜濬逝世，范国禄有《哭杜二先生濬》。诗曰："别后每逢人数问，书来会叹屋三迁。岂图鸡絮如今日，竟与先生了夙缘。"①逢人数问、叹屋三迁的细节足见别后惦念之切、感情之挚，此诗系于康熙二十八年（1689）。杜濬扬州逝后家贫无以安葬，两年之后江宁知府陈鹏年葬之于南京，范氏闻此，沉痛祭奠，悲从中来，唏嘘不已。

二、当朝官吏

王士禛。王士禛（1634—1711），字子真，又字贻上，号阮亭，晚号渔阳山人。山东新城人。清初通州隶属扬州府，"清代通州诗人首推范国禄"②。顺治十七年（1660）至康熙四年（1665），王士禛担任扬州推官，此间与范氏倾心接交，是王氏热衷结交江南布衣文人的典型案例。两人交往以通州知州毕际有为介，范国禄《寄颜修来》曰："因毕载积父母识荆孙相国以及阮亭、柳下、树百诸公。"③毕际有（1623—1693），王士禛从姑丈，顺治十八年（1661）至康熙二年（1663）担任通州知州。范国禄诗歌《谒王司理》为拜赠王士禛之作④，可系于顺治十八年（1661）⑤，诗曰：

> 门庭高北海，诸子快登龙。名教已为任，文章道有庸？竹西重振武，狼五旧潜踪。何必征歌吹，天风仰岱宗。⑥

王氏以扶植名教为己任，提倡风雅，奖掖后进，宾客盈门，声名远播。范氏十分仰慕敬重，诗中将其与汉末孔融相提并论，并终身尊奉为文字之师，欣喜激动难以掩饰，当为初次拜谒、殷勤致意之作。据此可知，两人定交于顺治十八年（1661）。王氏对范国禄立身操行和诗文造诣激赏不已，通州文人邵干诗《客夜怀里人》注曰："范十山先生'品格文章'一额，前司李王

①〔清〕王藻编：《崇川各家诗钞汇存》卷首二下，咸丰七年（1857）刊本。
②管劲丞：《南通历史札记》，南通博物苑、南通市图书馆，1985年，第101页。
③范曾编：《南通范氏诗文世家》（伍），河北教育出版社，2004年，第341页。
④《简明古代职官辞典》曰："宋太祖开宝六年（973），设置诸州司寇参军，后改为司理参军，主管狱讼。简称司理，又写作'司李'。元废。明时俗称推官为司理。"
⑤《十山楼诗》三十二卷以体相从，各体内部亦严格按照时间顺序先后编排，《谒王司理》前数二题系于顺治十八年，后数二题也系于顺治十八年。
⑥范曾编：《南通范氏诗文世家》（叁），河北教育出版社，2004年，第305页。

阮亭先生寄赠。"①王氏之器重与厚爱可见一斑,并以诗倾力延誉,"翩翩浊世佳公子,只属扬州范十山"②。范国禄门第清华,品行高洁,诗文卓越,因王氏之褒奖声名大振,海内传诵。黄云《怀范汝受久客楚中》曰:"翩翩浊世佳公子,共许扬州范十山。"③徐波《〈秋深声〉序》曰:"殆所称浊世翩翩者,海内士人赴之如烟。"④可见揄扬之效。两人顺治十八年(1661)缔交到康熙四年(1665)七月王氏赴礼部主事北上,此间范氏追随从游,交往频繁,诗文多有记录。顺治十八年(1661),有《王使君属和李侍郎读〈水经注〉忆洞庭》。康熙元年(1662),有《将赴真州呈王使君兼别柏非熊孙谦》《重陪王使君游大荣园》《句曲送昭阳王氏兄弟之白下清凉山兼寄王司理》《后芜城赋》。康熙二年(1663),王士禛"奉檄赴江宁充武闱同考试官"⑤,范国禄与之共赋《扬州词》,序曰:

> 赴檄江宁,道出邗上,因复流览山河,凭吊城市,经心蒿目,寄情感怀,觉前此卮言不足铺陈百一,爰作诗以自广,兼属诸词家共相扬厉,以副使君征才之意云尔。⑥

扬州这座城市承载了太多历史记忆,尤其是明清易代之际的摧残杀戮,可谓亘古未有之浩劫。赋诗感怀,不无黍离麦秀之悲、铜驼荆棘之叹。康熙三年(1664),范国禄有《王使君署中题抱琴堂》:"西山爽气浸冰壶,坐倚檐牙拭静娱。横膝能令天地阔,睥视一切如蘧庐。"⑦这不仅是对王氏官署清幽的描绘,更是对其人淡泊心境和高洁志向的歌咏。康熙四年(1665),通州改制增兵,部营凶悍,地方如在水深火热之中,加以受婿负债之累,范国禄遂有江楚之游。王士禛对其处境艰难、经济拮据体察入微,施以援手。范国禄《复陈其年》中曰:"司李公因弟远游有解囊之赠,弟以公当荣擢,方愧献无一芹,受之不能赧然,拜而辞之,以见分不敢当也。"⑧虽然

---

①[清]王藻编:《崇川诗钞汇存》卷五,咸丰七年(1857)刊本。

②[清]杨廷撰辑:《五山耆旧今集》卷二,道光四年(1824)一经堂刻本。

③[清]邓汉仪辑:《诗观》初集卷二,《四库禁毁书丛刊》集部第1册,北京出版社,1997年,第259页。

④[清]李渔等:《十山书刻序》,抄本,中国科学院图书馆藏。

⑤[清]惠栋:《渔阳山人自撰年谱注补》,《续修四库全书》史部第554册,上海古籍出版社,2002年,第150页。

⑥范曾编:《南通范氏诗文世家》(肆),河北教育出版社,2004年,第338—339页。

⑦范曾编:《南通范氏诗文世家》(肆),河北教育出版社,2004年,第45页。

⑧范曾编:《南通范氏诗文世家》(伍),河北教育出版社,2004年,第326页。

安贫守节，谢绝资助，王氏的慷慨解囊、深情厚谊令局促之人感怀不已。

康熙四年(1665)，王士禛离开扬州北上，此后两人未曾面晤，迢迢千里，唯以诗书往还。康熙六年(1667)，王氏上京师到礼部任提督两馆。范国禄赠诗《寄王大司寇士禛》，曰：

> 春老平山花欲燃，东风杨柳万家烟。秩宗拜诏登车日，才子歌诗入洛年。卿月渐依薇省近，恩波遥挹御池边。若怜处女无膏烛，还借余光四壁悬。①

首联以平山堂侧的红桥唱和、大明湖畔的秋柳吟咏，盛赞王士禛建旗树鼓、驰誉文坛的领袖地位。颔联以陆机入洛之典故，遥贺王氏进京升迁，平步青云。颈联和尾联值得玩味，诗人以"处女"自喻，希望获得位尊权重王氏的眷顾。王士禛言："余自初仕扬州李官至叨九列，三十年间，往往谬司文衡。"②扶轮大雅，宏奖风流，因其揄扬提携而成名者遍布大江南北。范国禄也十分渴望得到其援引，以改善窘迫的生存现状，对这一功利目的并不讳言。其《复毕载积先生书》言及王士禛曰："至爱也，可以吹嘘。"③其语体现出对王氏的托付和信心。难得的是，王士禛身居显要，远在京师，其人敦厚和易，不忘旧情。康熙十九年(1680)，范氏因生计所迫，入幕横浦。王氏与南来入粤者"不惜齿及"，托以关照。范国禄遂作《与王阮亭书》以表感谢，信札既有对人生近况的倾诉，"拟决计入都援一例以希结局，不谓以文字之祸竟至破家，仅从二三故人糊口于外，而时事不同，游道已困，所至皆穷"；亦将儿子托其照拂，"惟老师一视同仁，即以作养某者推而作养之，且以前之作养许力臣、汪蛟门者推而作养之"；还有对音问暌隔、相见无缘的遗憾无奈，"方老师进京之日，某在西江，及捧命在淮，某又淹留于楚"，"至相关切莫如老师，而十年之中不得一奉书问，则某之近况可知"；更多是一事无成、辜负师望的愧疚，"负老师文字之知，非甘暴弃，命实不犹，安已久，惟自顾汗颜，无以报知己"④。此札袒露了分别十余年之后的人生变故和真实心迹，当日意气风发、挥洒才情的翩翩公子，今日沦为了气象衰飒、

---

① 范曾编：《南通范氏诗文世家》(肆)，河北教育出版社，2004年，第231页。
② ［清］王士禛：《王士禛全集》，齐鲁书社，2007年，第3918页。
③ 范曾编：《南通范氏诗文世家》(伍)，河北教育出版社，2004年，第276页。
④ 范曾编：《南通范氏诗文世家》(伍)，河北教育出版社，2004年，第291页。

漂泊江湖的落拓老生,王氏阅毕定会感慨其间的巨大落差,同情怜悯当为必然。

范国禄与王士禛的交游中,一为仕途畅达的朝廷要官,一为困顿场屋的布衣文人,在文学领域内双方超越了身份地位的悬殊、成败穷通的差异,进行相对平等的对话交流,短暂的交往对范氏一生意味深长。范国禄坦言:"阮亭夫子知遇最深。"(《寄陈其年书》)①在王士禛的深度相知、真诚欣赏之中,收获到可贵的信心、希望,成为其黯淡人生中的一抹亮色。

孔尚任。孔尚任(1648—1718),字聘之,又字季重,号东塘,别号岸堂,自称云亭山人。山东曲阜人。孔子六十四代孙,清初诗人、戏曲家。康熙二十五年(1686)七月,孔尚任奉命随工部侍郎孙在丰前往淮扬,疏浚黄河海口,解除水患。孔氏作为阙里圣裔,敏慧博学,范国禄对其倾慕已久。与此同时,范氏身为江北名家,孔尚任私淑其人。两人结交当在孔氏赴任不多时,神交已久,一见莫逆。康熙二十六年(1687)四月,孔尚任待命返京,四方名士置酒高会,赋诗钱别,以志不舍。此时恰逢孔氏被命再任,离而复留,深孚众望,诸人送别之诗遂结集名曰《停帆》。范国禄为撰跋语,曰:"以位望为世观瞻,以躬行为人师范,以声气为名教宗主,以文章诗歌为交游都会。"②文中高度评价了孔氏扬州任职期间竭忠尽力的政治作为、率先垂范的人格操守、众星拱月的交游格局。康熙二十八年(1689)夏,两人又面晤,孔尚任有《赋答范汝受》二首。其一写范氏品节,"东南有佳人,姣好复频浴",以佳人为喻,冰清玉洁,绝世独立。其二述彼此情谊,"昔也范与张,交情托鸡黍"③,以古人为鉴,义结金兰,坚贞不渝。又据《南通范氏诗文世家纪事编年》,是年,"范国禄与华亭周稚廉、江宁周京等人于扬州会孔尚任作诗会,尽文酒之兴"④。其尊重礼遇令范国禄感铭眷恋:"一见而获生平于倾盖,一月而慰十年之风雨。"(《寄孔博士书》)⑤两人系于该年的诗篇生动记录了更多交往细节,范氏有《查山人士标宗文学元豫招同孔博士尚任泛舟观莲》,孔氏有《宗子发查二瞻朱云卿张山来谐石朱其恭吴云逸招同范汝

①范曾编:《南通范氏诗文世家》(伍),河北教育出版社,2004年,第294页。

②范曾编:《南通范氏诗文世家》(陆),河北教育出版社,2004年,第236页。

③[清]孔尚任撰,徐振贵主编:《孔尚任全集辑校注评》,齐鲁书社,2004年,第1020页。

④范曾编:《南通范氏诗文世家》(贰拾壹),河北教育出版社,2004年,第66页。

⑤范曾编:《南通范氏诗文世家》(伍),河北教育出版社,2004年,第292页。

受游法海寺探荷》；范氏有《杨廷镇招同孔尚友吴绮蒋易孙铨乔寅朱其慎卓尔堪张韵朱紫周稚廉王文谟文穆文范吴寿潜赵永怀登平山堂观壁间欧苏词分得七虞十灰二首》，孔氏有《杨尔玿招同人公宴集平山堂读欧苏壁间词有感即席分赋二律》。欢聚月余，雅集频繁，"酒场诗社，无地不同，一似律钟津剑，为天生有对之宝，而人必不肯使之孤飞独鸣者"，过从甚密，形影不离，或泛舟观莲，或追踪前贤，宴饮赋诗，畅叙情怀。范氏拟与孔氏同游金山，不意妻子患病，仓促东归。随后，孔尚任念念不忘，以札致意。"近闻返棹有期，故以诗字种种，络绎相烦。先生之诗字诚佳矣，而实皆仆攀留之巧计也"（《与范汝受》）[1]。离别在即，难以释怀，故以"诗字种种，络绎相烦"。长歌短调，巧为拖延，难舍之情、诚挚之谊溢于言表。范氏返乡之后，"触暑得病，卧床者半年"。康熙二十九年（1690），孔氏还朝之日，范国禄卧榻病沉未能送行，为此抱恨于心。孔尚任返京之后，担任国子监博士。范氏闻得圣上修葺圣陵之旨，迫不及待地投之以书，推断孔氏将受此重任。"在先生习礼正乐之后，必蒙厘举首推，则采办南来，指日可待"（《寄孔博士书》）[2]。他热切期待早日重逢，再续前欢。

　　孔尚任《桃花扇》享誉于世，是书之成前后历经十余载，酝酿、搜集、增删、润色，呕心沥血，三易其稿，至康熙三十八年（1699）方告竣。孔氏驻节淮扬疏浚海口对《桃花扇》创作具有重要意义。其间结识大量故明遗老，广泛搜集遗闻掌故，不断丰富戏剧素材。《南通范氏诗文世家纪事编年》中曰："范国禄等人详说南朝故事，为孔尚任写《桃花扇》作准备。"[3]范氏因特殊的家世学识，成为孔氏访遗问老的重要对象。其父范凤翼深刻洞察明朝必亡之局，急流勇退，自觉疏离，然而置身风雨如晦、鸡鸣不已的晚明，无可奈何、终其一生地陷入了党争漩涡。范国禄耳濡目染，对明末史实了如指掌，撰有《崇祯宰相年表》。"余昔从先大夫侨居陪都，亲见闻于左右，先后出处，知之甚详"[4]。其史著独树一帜，辨证深刻，高出侪辈。邓之诚叹曰："无丝毫门户恩怨之见，可谓卓识。"[5]范氏交游中谈论晚明历史是重要话

①［清］孔尚任撰，徐振贵主编：《孔尚任全集辑校注评》，齐鲁书社，2004年，第1250页。
②范曾编：《南通范氏诗文世家》（伍）河北教育出版社，2004年，第292页。
③范曾编：《南通范氏诗文世家》（贰拾壹）河北教育出版社，2004年，第66页。
④范曾编：《南通范氏诗文世家》（伍）河北教育出版社，2004年，第154页。
⑤邓之诚：《清诗纪事初编》上册，上海古籍出版社，2012年，第511页。

题,黄虞稷为修撰《明史》广泛搜集材料时,曾向其垂问三大案和崇祯五十相臣。先著词《西河·王成公携酒范十山寓》注:"是日听十山谈党祸甚详。"①范国禄生于天启四年(1624),大部分材料来源于诸多当事者,细节的丰富和情事的确凿不难想见。追忆前朝往事遂成为他与孔氏交往的重要话题,密坐交谈,论兴亡始末,评邪正忠奸,为《桃花扇》"借离合之情,寓兴亡之感"提供了参考和借鉴。

施闰章。施闰章(1618—1683),字尚白,一字屺云,号愚山。宣城人。其诗与山东宋琬齐名,人称"南施北宋"。顺治十八年(1661)秋,施闰章调任江西布政司参议,奉命分守湖西。施氏交游甚广,自言:"海以内恢奇博雅能文之士,大率多吾友也。"(《〈王山长集〉序》)②范国禄与之交往于康熙四年(1665)南游之际,对其极口称颂,"方今知与不知,莫不仰望龙门,极口愚山为南北交游都会,非身被之不能言之亲切也"(《复施愚山少参》)③。施氏政绩斐然,人格高洁,德高望重,天下归之犹恐其后。范氏此非泛泛之语,实乃肺腑之辞。康熙四年(1665),范国禄漫游南州,施闰章作为地方长官,对其赏爱有加。根据现有文献记载的交往活动,其一为施氏招集就亭,其二为陈允衡、熊芋僧、程士哲三君邀集,其三为陈允衡、熊业华招游,两人唱和酬答,诗酒往来。范氏有诗《陈允衡熊业华招集侣鸥园倍施大参闰章》二首。其一曰:"清和初夏景,佳胜百年心。客久真无赖,途穷那可任?"④初夏时节,景致清和,丰富的游赏温暖了百无聊赖、孤寂清寒的羁旅生活。更为重要的是,两人交游超越了一般意义上的文酒之欢,富含诗学的沟通碰撞。"触绪皆诗话,生平所未听"(《陈允衡熊业华招集侣鸥园倍施大参闰章》)⑤,"论诗直欲开生面,尚友还如见古人"(《周宪副体观招同施大参李孝廉署中雅集》)⑥。诸人以诗文为纽带欢聚一堂,热烈切磋,精义迭现,置身其间令人耳目一新,受益匪浅。这对以诗为业的范国禄而言,如此机缘实属难得,研讨切磋,多元并呈,极大开阔了诗学眼界,激发了对于诗歌创

①南京大学中国语言文学系《全清词》编纂研究室:《全清词·顺康卷》第12册,中华书局,2002年,第7246页。
②[清]施闰章:《学余堂集》文集卷四,《清代诗文集汇编》第67册,上海古籍出版社,2010年,第38页。
③范曾编:《南通范氏诗文世家》(伍),河北教育出版社,2004年,第319页。
④范曾编:《南通范氏诗文世家》(叁),河北教育出版社,2004年,第324页。
⑤范曾编:《南通范氏诗文世家》(叁),河北教育出版社,2004年,第324页。
⑥范曾编:《南通范氏诗文世家》(肆),河北教育出版社,2004年,第205页。

作的深刻思考。范国禄与施闰章诗学在温柔敦厚的诗教回归、博采众长的传统继承、言志抒情的表达内涵、自然入妙的审美宗尚、博学于文的主体修养等方面高度相似,这或许不是巧合,与此次交游有着某种深层关联。

同时,范国禄与施闰章之交往并未停留于文学领域,还延伸至人生的诸多情境。与施氏别后,范氏南州之行境况落魄,远非备览山川名胜、寻访故旧亲友之预想。他坦言:"徒手裹足,欲与仕客相周旋,可谓不自忖度。"(《复陈其年》)①世态炎凉,人情翻覆,一路风霜,万般凄苦,又所托非人,废然计返。"出门既久,行李萧条,似非徒手赤足所可脱然去也"(《复施愚山少参》)②,无奈寄迹萧寺,买棹无期。如此境况之下收到施氏书信问候,自然感激涕零。遂将别后行迹、当前窘迫以及难言隐情和盘托出,悲愤交加,若非尊敬与可信赖之人,当不会如此肺腑相倾。更为可贵的是,施闰章对范国禄女婿袁璐的特殊恩情。袁生家故饶,拙于营生,负债累累,至无立锥。康熙四年(1665),南游避难,由范氏请托,"依父执施少参闰章"(《太学袁公季野子孝廉伯龙孙儒士贻谷合葬墓志铭》)③,投其门下。施氏古风高谊,接纳照顾,给予了无微不至的关怀,实属袁生之大幸。范国禄《寄陈伯玑》中言及此事,曰:"愚山先生道义高于古人,足下以声气文章相与掩映,即袁生一日之遇,已非今人中所可求。"④天有不测风云,袁生往临江竟客死南昌,魂魄飘零,施闰章悲痛万分,鼎力为助,归榇以葬,其对晚生后学的拳拳之爱令范氏动容,铭刻于心。

三、布衣文人

陈维崧。陈维崧(1625—1682),字其年,号迦陵。宜兴人。陈维崧与范国禄年龄相仿,才华相当,又均为名父之子,在父辈谢世之后共同经历了家族的昔盛今衰,人生因此发生了重大转折,在随后的大部分生命时光中怀才不遇、艰难度日,这使得双方交游建立于坚实的基础之上,引为知己,砥砺志业。尤其是顺治十五年(1658)至康熙四年(1665),陈维崧"如皋八年"的寄居生涯中,因地域之便来往频繁,交往连续持久。文献记载两人交

①范曾编:《南通范氏诗文世家》(伍),河北教育出版社,2004年,第325页。
②范曾编:《南通范氏诗文世家》(伍),河北教育出版社,2004年,第319页。
③范曾编:《南通范氏诗文世家》(陆),河北教育出版社,2004年,第420页。
④范曾编:《南通范氏诗文世家》(伍),河北教育出版社,2004年,第328页。

游始于康熙元年(1662)，陈维崧、戴移孝游通州山水，范国禄尽地主之谊，陪同游赏。陈氏有《登五狼同戴务旃无忝范汝受赋》，"江流注泄静如拭，万顷窈窕玻璃光。少焉靡沫回龙堂，喧豗鞞鞳声铿锵"。拾级而上，登高望远，一碧千顷，江波浩荡，此景令人心潮澎湃，思接千载，感慨万端。"举觞一酌吾竟醉，烟江之外吾家乡。十年漂泊不自得，不如沙鸟随帆樯"①。陈氏家乡隔江相望，伤感油然而生。十年漂泊，奔走四方，身世飘零，壮志难酬。满腹辛酸笔端流泻，是其人生境遇的真实写照。康熙二年(1663)，范国禄、陈维崧八月应乡试至金陵，集于寓所，范氏《吴宪金盛藻招同陈维崧戴移孝方中位冒禾书明森女史集秦淮旅馆》系于该年。诗曰："结袜出门行悄然，眼光历落情可怜。客中见徕追前辈，坐上相逢感盛年。"②两人在科举道途上惨淡经营，备尝艰辛，无奈屡试不第，同是天涯沦落人，相逢相怜亦相勉。仲冬，陈维崧等人又有通州之行，与该地文人广泛交游，南北五山成为汇聚诗性、激扬诗情之地，歌吟袅袅，不绝如缕。范国禄《戴移孝招同陈维崧暨其兄务旃游南山余以次日载酒即席和歌》《同陈维崧陈宏商游北山宿脱公净业》《王兆升招同陈维崧陈世祥陶开虞饮酒赋诗得衣字》均作于是年。知州毕际有官署成为诗酒流连的重要场所，范氏有《毕使君署中同陈维崧赋赠吕师濂》。诸人吟诗作文，联成《赠毕公》，高赞其人雄才大略，施惠于民。此年交往中，范国禄和陈维崧商谈远游一事。其康熙三年(1664)诗曰："客岁为我相叮咛：'丈夫踪迹苦不远，但是出门便偃蹇。'"《和毕使君》)③陈氏吐露自身客游四方、寄人篱下的无奈艰辛，对友人远行叮咛再三。唯有视为知己，方会如此推心置腹。是年，陈维崧有诗《赠范女受》，注："时女受年四十。"诗曰："三月春城与君别，山茶花红啼百舌。十月寒江又遇君，雪花欲下白纷纷。"④该诗透露了除此隆冬时节，两人阳春三月还有一次会晤，具体情事不得而知。康熙三年(1664)，毕际有罢官归里，取道扬州，两人皆为之送行，陈氏作《依园游记》，范氏有《奉陪使君游平山》《使君招集韩园》《吴陵联砻记》等。

　　康熙四年(1665)，范国禄久客扬州，陈维崧时相过访。范氏《昆山徐太

①[清]陈维崧撰，陈振鹏标点，李学颖校补：《陈维崧集》，上海古籍出版社，2010年，第549页。

②范曾编：《南通范氏诗文世家》(肆)，河北教育出版社，2004年，第191页。

③范曾编：《南通范氏诗文世家》(肆)，河北教育出版社，2004年，第44页。

④[清]陈维崧著，陈振鹏标点，李学颖校补：《陈维崧集》，上海古籍出版社，2010年，第555页。

恭人挽词》注曰："乙巳春……余久客邗上，长公同陈维崧见访。"①是年春两人交游堪称文坛佳话，陈氏有《黄桥客店夜遇范女受仆知女受便以今日离东皋矣为之怅然却寄二绝句》，诗注："时女受将游豫章。"范氏有《次答陈维崧黄桥见寄》，诗注："是夜余宿如皋，去黄桥止六十里。"②另有《复陈其年》："念兄益切，或者不期其至而猝然来乎？盖半日之间而数望之矣。然不望他人而独于足下深致之，故知其念之弥真耳。"③结合这三段材料可还原当日交游。是年春夜，陈维崧于黄桥客店遇范国禄仆人，得知其当日即将离开东皋前往豫章。黄桥距离东皋六十里，近在咫尺，仅半日路程。家仆传递消息，陈、范得知对方行迹，珍惜分别前夕这一弥足珍贵的见面机缘。于是皆在原处等候挚友到来，孰知因此反倒错过了面晤，赠答之诗充分表现了心灵的默契和情谊的深厚。陈诗曰："野店荒鸡咽复鸣，春宵寒重梦难成。如何此地思元九，才隔梁州半日程。"④范诗曰："卧听荒鸡不肯鸣，神仙瓮里酒初成。那知半日淹知己，独向天涯问路程。"⑤两诗情真调绝，半日翘首相望，苦苦等待，只为一面之见、一席之言。虽失之交臂，这份执着与坚守感人至深，足为后世称道。是年，范国禄江楚之行远非所期，原为避祸干谒，岂知"避之而累益深，家破矣"（《寄朱盐山书》）⑥。跋山涉水、颠沛流离之途忆及陈维崧当日寄言，感慨良多。"徒手裹足，欲与仕客相周旋，可谓不自忖度。世途夷险，过来人当知之。兄之教我者殷矣"（《复陈其年》）⑦，旅途颠簸，世路险恶，一介布衣周旋公卿僚佐之间，举步维艰，对现实人生有了与陈氏更为趋同的深刻体悟。

　　康熙五年（1666），陈维崧与范国禄同寓扬州，酬唱赓续，交往密切，皆是广陵文坛的活跃人物。冬孟"红桥唱和"中，陈氏分得"潜"字、"如"字，范氏分得"公"字、"人"字。小春十月"广陵唱和"中，陈氏有《小春红桥宴集同限一屋韵时有鱼校书在座》《被酒呈荔裳顾庵西樵三公并示豹人孝威梅岑舟次方邺希韩女受散木诸子仍用原韵》等十二首词，言为心声，两人处境落

①范曾编：《南通范氏诗文世家》（叁），河北教育出版社，2004年，第414页。
②范曾编：《南通范氏诗文世家》（肆），河北教育出版社，2004年，第342页。
③范曾编：《南通范氏诗文世家》（伍），河北教育出版社，2004年，第326页。
④［清］陈维崧著，陈振鹏标点，李学颖校补：《陈维崧集》，上海古籍出版社，2010年，第598页。
⑤范曾编：《南通范氏诗文世家》（肆），河北教育出版社，2004年，第342页。
⑥范曾编：《南通范氏诗文世家》（伍），河北教育出版社，2004年，第267页。
⑦范曾编：《南通范氏诗文世家》（伍），河北教育出版社，2004年，第326页。

魄艰难,内心孤寂凄惶,前程晦暗莫测,诉诸于词,呈现出慷慨沉郁、豪雄激荡之调。康熙十六年(1677),金镇邀同范国禄等人游红桥、平山,陈维崧因病未与,有诗《丁巳仲秋广陵寓中病疟不获为红桥平山之游怅然有作奉柬观察金长真先生并示豹人穆倩孝威定九鹤问仙裳蛟门叔定女受仔园龙眉爰琴扶晨无言诸君》,名流雅集,济济一堂,错此盛宴,怅恨不已。康熙十八年(1679),陈维崧经大学士宋德宜推荐应博学鸿词考试,以第一等第十名授职翰林院检讨。范国禄闻其膺荐,兴奋不已,作《送陈维崧应召入都》六首。"今日长安都市上,碎琴还是姓陈人""悬知宣室虚前席,肯使先生赋索居""共许书成动当世,国门一字重千金"①,全诗巧妙运用贾谊、陈子昂、司马相如等典故,贴合陈氏当下境遇,浑然天成,对其躬逢盛世、破格特举甚是欣慰,对其学行兼优、文辞卓异由衷佩服,热切期待挚友建功立业,实现经邦济世的人生夙愿,全诗呈现出昂扬进取的格调。

康熙十九年(1680),范国禄入幕横浦,致书陈氏。昔日文友分别走上了截然不同的人生道路,范氏遭遇文字之祸,身家破败,流亡于外。此际虽处清署寒毡,潦倒不堪,对陈氏快意世路、深受隆遇拍手称快,喜悦"百倍寻常"。不乏对清廷求贤右文的肆力鼓吹,广招海内贤能、网罗天下名儒之举为数千年"未有之盛心""未有之旷典"。这或许不可单纯视为歌功颂德之谀辞,此际范氏虽年近古稀,陈维崧的奋斗与成功在其日益悲观消沉的人生中掀起巨大波澜,极具现实激励意义,抑制不住内心激动,艳羡歌颂自有内在逻辑。更为可贵的是,范氏与陈氏的交往还延续至下一代,范国禄子遇肄业国雍时,将之托付于陈氏,嘱其提携奖掖,"不惜犹子之爱"(《寄陈其年书》)②。陈维崧有古人之风,不负知己,与范遇多有交游,参选其《一陶园存今文集选》。他评点《楼头月》曰:"格调、才情俱臻上乘。"③对刚刚踏上文学道路的晚学后进倾心揄扬,可谓不负友托。陈维崧词《题崇川范廉夫松下小像》注:"友人女受长公。"评曰:"如此儿郎,居然漂泊,范叔寒今至此哉! 长安道,且歔欷话旧,怀抱谁开?"④意念所到,深情所注,叹息其子怀才不遇,漂泊京师,更怜故人思旧游,感慨天各一方,襟抱无人向开,流露

①范曾编:《南通范氏诗文世家》(肆),河北教育出版社,2004年,第393页。
②范曾编:《南通范氏诗文世家》(伍),河北教育出版社,2004年,第294页。
③范曾编:《南通范氏诗文世家》(柒),河北教育出版社,2004年,第26—27页。
④[清]陈维崧撰,陈振鹏标点,李学颖校补:《陈维崧集》,上海古籍出版社,2010年,第1518页。

出深情的眷顾。

李渔。李渔（1611—1680），初名仙侣，改名渔，字谪凡，号笠翁。浙江兰溪人。清初著名小说家、戏曲家。据现存文献考察，范国禄与李渔的交游集中于顺治十年（1653）。《十山联句稿》收《漕抚大司马沈公狼山水操恭纪二十四韵》一诗，为李渔与范国禄等通州文人联句而成。诗曰：

> 创业戎功懋，承平武备弛。先生虽耀德，殷国鼎暇日岂忘危？开府兼司马，喜越行台驻海涯。献俘方戢众，范国祐善后复陈师。调度娴敦琢，李渔凭陵任指麾。将能优战略，吴彦国士尽习军仪。受甲苍头拥，姚咸悬牙卿子随。键橐须次第，僧寂光营卫趁提撕。同力摇波岳，凌录含威奋虎黑。大人贞则吉，吴生三捷奏何私？部署衡夷险，杨麓张皇振鼓鼙。船依山作垒，范国禄水映日扬旗。斥堠俄传警，杨时暹声援肯后期？中军常不动，殷国鼎四角每相维。莆莆从公气，喜越桓桓敌忾资。少焉惊电发，范国祐忽尔讶鱼丽。簇聚螽蝗起，李渔游回鹅鹳移。接锋看格斗，吴彦国陷阵惜纷披。姚咸鲸浪翻如雪，僧寂光狼烟袅似丝。五成交七变，凌录六合出三奇。批亢崇奔命，吴生秉虚戒失宜。鸣金知不黩，范国禄税介示无差。并受敕宁赏，杨麓同歌常武诗。僧寂光观兵原用逿，伏莽敢潜窥？ 杨时暹

诗后注曰："时癸巳（顺治十年）土贼平后。"[1]题中漕抚沈公即沈文奎，字清远，浙江会稽人。该年通州平土贼后，沈文奎将率师讨伐胶州叛将海时行，为增强水兵实际作战能力，漕抚率兵于狼山水域进行实战演习。李渔与范国禄等通州诗人观摩狼山水兵操练盛况，叹为观止，联句纪盛。范国禄另有《次韵答李渔》，可系于顺治九年（1652）[2]。诗曰："何用肮脏六尺为，文章自古傲须眉。一帆烟雨三吴道，孤剑风霜只影随。青海却怜长舌在，白狼相订举家移。平生尚有经心事，旗鼓中原肯让谁？"[3]由诗可知，其时李渔正饱受流言蜚语之中伤，远避是非之地、长舌之人，孤身漂泊。身陷绝境之李渔投书范氏，吐露遭遇诽谤的抑郁不平、流落三吴的栖身无依、移家之地的悬而未决，以及小说、戏曲创作的踌躇

---

① 范曾编：《南通范氏诗文世家》（肆），河北教育出版社，2004年，第402页。

② 详见陈晓峰、黄强《顺治十年李渔苏北之行考述》一文，《明清小说研究》2014年第3期。

③ 范曾编：《南通范氏诗文世家》（肆），河北教育出版社，2004年，第131页。

满志。范氏慷慨尚义，此时家资亦饶，对落拓无依之李渔施以援手，深情宽慰。诚邀友人移家通州，相期碧海之滨，白狼山下，共领江山胜迹。同时，范氏对李渔小说、戏曲创作充满信心，热切期待其文学道途大有创获。顺治十年（1653），范国禄深情接纳了沦落困境中的李渔，尽地主之谊，盛情款待，多方照拂。

> 倚山池馆就凉开，香泛荷花水半隈。欲向中流操楫去，却从陆地荡舟来。美人笑解江皋珮，醉客吟登泽畔台。日暮风光青渺渺，蒲菰杨柳一潆洄。（《芙蓉池上同李渔罗休杨麓拿舟观荷》）[1]

> 摇落霜林后，惊秋渺一园。玉烟依叶净，金雪压枝繁。瘦欲纫云影，幽宜淡月痕。岁寒情不尽，招隐荷香温。（《姚咸招同吴彦国李渔詹瑶凌录赏腊月桂花》）[2]

两诗均系于是年，盛夏观荷，隆冬赏桂，时日充裕，往来密切，诗文樽酒，互诉衷肠，宾主尽欢，真挚的关爱为李渔带来莫大的精神慰藉，可谓患难与共，相濡以沫。

李渔与范国禄相交默契，考察两人生平交往，不难发现其来有自：首先，志趣相投、爱重交游。范国禄洒脱不羁，尤喜延纳，藉父声气，以文会友。"一时名士大夫望风而至者，户外之车常满"[3]，高朋满座，门庭若市。李渔性格豪放旷达，交游遍及天下。仅据《李渔全集》第十九卷收单锦珩《李渔交游考》一文，李渔交友八百余人。物以类聚，人以群分，如此热衷结交之人进入彼此交游圈是题中应有之义。其次，文才相吸、相与倾倒。范国禄负气尚义，驰骋艺林，以诗文名震一时。李渔为其《纫香草》撰序，对范氏人格品节、文学造诣倾情揄扬。李渔才情浩瀚，范国禄十分仰慕其文采诗思，对其词作赞赏不已，多有品鉴。评《蝶恋花·弓鞋》曰："意致轻圆，脱手无碍，能使人人启发聪明，每调皆然，此为尤绝。"[4]评《忆秦娥·立春次日闻莺》曰："极开合之妙，无迹可求。"[5]评《山花子·瞥遇》曰："章法、句法、

---

①范曾编：《南通范氏诗文世家》（肆），河北教育出版社，2004年，第134页。
②范曾编：《南通范氏诗文世家》（叁），河北教育出版社，2004年，第280页。
③［清］刘名芳：《五山全志》卷九，乾隆十六年（1751）刻本。
④［清］李渔：《笠翁一家言诗词集》，《李渔全集》第2卷，浙江古籍出版社，1991年，第447页。
⑤［清］李渔：《笠翁一家言诗词集》，《李渔全集》第2卷，浙江古籍出版社，1991年，第420页。

字法俱透三昧。"①评《朝中措·平山堂和欧公原韵》曰:"后半奇想。"②从题材、构思、章法、笔调等方面加以观照,揭示出李氏词作独特的审美内涵。又次,地域因缘、乡土情深。地域是文人交游最为天然坚韧的纽带,李渔与范国禄具有地域意义上的共同归属和认同。李渔幼时寓居如皋,生斯长斯,度过了漫长岁月。通州与如皋相邻,清雍正二年(1724)通州升为直隶县,如皋划归通州管辖,此前长期隶属泰州。毗邻的生活空间,相似的礼俗风教,熟悉的乡邑村落,亲切之感油然而生,地利人和,遂成莫逆。

孙枝蔚。孙枝蔚(1620—1687),字叔发,号豹人。陕西三原人。顺治三年(1646),孙枝蔚抵达扬州,遂寓居此地,折节读书,诗坛俊彦争相与之交接。因地域相近,文趣相投,两人交往是为必然,且表现出深度相知。孙氏《范汝受真赞》曰:"贵公子,老诗人,忝不骄,懒是真。虽独立,非弃世。手中书,天下事。"③涉及家世生平、内在心迹,虽然范氏家计中落,命运多难,却表现出强烈的济世之志和对社会人生的深沉热爱,如此刻画绝非泛泛之交可以道出。清初孙枝蔚坚守遗民之志,狷介绝俗,范国禄钦敬其民族气节。其诗《赠孙枝蔚龚贤》曰:"二子称诗杰,蓬门对巷居。自成高士品,不驾乱时车。"④孙氏遭逢乱世,谨慎出处,穷居陋巷,清寒自守,如此品节令人敬重。康熙五年(1666),两人参加了扬州一系列声势浩大的文坛盛会。深秋赏菊,见陈维崧《被酒呈荔裳顾庵西樵三公并示豹人孝威梅岑舟次方邺希韩女受散木诸子仍用原韵》;季冬同饮,见王士禄《季冬八日邀顾庵伯吁豹人孝威散木介夫汝受方邺夜集寓园同用灯字》;冬孟"红桥雅集",孙氏得"西"字、得"长"字,范氏得"公"字、得"人"字;小春"广陵唱和",分赋《念奴娇》。范国禄曰:"夫畴昔芜城与宋荔裳、曹顾庵、王西樵、孙豹人、陈散木、邓孝威、宗定九、沈方邺、季希韩诸君子红桥唱和,力守去衿之《括略》。"(《〈词韵严〉序》)⑤诸人严守声韵,表现出捍卫词作音乐体性的一致立场。

康熙十三年(1674),两人同饮张天中处,范氏有诗《张天中招同纪映

---

①[清]李渔:《笠翁一家言诗词集》,《李渔全集》第2卷,浙江古籍出版社,1991年,第426页。

②[清]李渔:《笠翁一家言诗词集》,《李渔全集》第2卷,浙江古籍出版社,1991年,第427页。

③[清]孙枝蔚:《溉堂文集》卷四,《清代诗文集汇编》第71册,上海古籍出版社,2010年,第699页。

④范曾编:《南通范氏诗文世家》(叁),河北教育出版社,2004年,第309页。

⑤范曾编:《南通范氏诗文世家》(伍),河北教育出版社,2004年,第419页。

钟、孙枝蔚、佘仪曾集饮即席赋赠》,孙氏有《秋夜社集张与参宅同纪檗子黄仙裳范汝受佘来仪》。其中"词客风波同宦海,老年兄弟似晨星"①一句大关情谊,表现出对挚友生命遭遇的密切关注和由衷悲悯。是年,范国禄因修州志,泛论风土,受祸奇毒,待罪扬州,孙枝蔚对其深表担忧,惺惺相惜,发自肺腑。康熙十五年(1676),孙氏有诗赠吴绮,范氏有《次韵孙八兄喜吴太守绮归自湖州》,表达了相与偃息林泉、追云逐月的共同心志。康熙十六年(1677),同登平山堂,范国禄有《汪舍人懋麟招同程邃孙枝蔚邓汉仪宗元鼎陶澂王宾华衮泛舟登平山堂》,对于穷困潦倒、糊口四方的两人而言,这样规模庞大、盛极一时的登临同赏,虽仅片刻之欢愉游处,具有了生命慰藉的意义,殊为可贵。康熙十七年(1678),孙枝蔚以布衣举为博学鸿儒,被征入京。孙氏超然于功名利禄之外,屡辞未允,入京应试实为迫不得已。范氏有《送孙枝蔚邓汉仪同时应荐》一诗:"秋风生桂树,二子赴王程。宣室方虚席,弘文并丽京。关中天下望,江左六朝英。揽辔澄清志,由来动物情。"②欣喜激动、由衷祝福溢于言表,不无艳羡之意。虽然现实生活中两人立身出处有所不同,但是优游翰墨的深情之人,求同存异,给予了对方宽容和理解。范氏另有《孙枝蔚饷果品佐茶》一诗,曰:"方物备珍至,分来见素情。最宜阳羡味,斟酌到天明。"③该诗虽无法明确系年,表现出孙氏对其生活细节之处的关照和爱护。

张潮。张潮(1650—?),字山来,号心斋,又号三在道人。安徽歙县人。清初著名的小说家、戏曲家、刻书家和思想家。范国禄以诗文著称,张潮对其早有耳闻。他追忆彼此交游曰:"耳其名亦已久,亲其貌在辛酉(康熙二十年)……吾师乎,何敢友?"④据此可知,两人首次见面于康熙二十年(1681),张潮对其异常钦敬,成为了范氏的晚年交游,文献记载康熙二十八年(1689)交往最为频繁。是年,范国禄有《赠张潮》。诗曰:"黄山山色郁苍苍,掩映文光被蜀冈。结客未嫌风土异,著书偏爱日天长。琼花照眼无双朵,明月依人自上方。为许我来问奇字,瑞云时绕碧芸香。"⑤诗中对张潮

---

①[清]孙枝蔚:《溉堂续集》卷五,《清代诗文集汇编》第71册,上海古籍出版社,2010年,第530页。
②范曾编:《南通范氏诗文世家》(叁),河北教育出版社,2004年,第396页。
③范曾编:《南通范氏诗文世家》(叁),河北教育出版社,2004年,第427页。
④[清]张潮:《心斋聊复集》,《四库禁毁书丛刊补编》第85册,北京出版社,2005年,第293页。
⑤[清]王藻编:《崇川各家诗钞汇存》卷首二下,咸丰七年(1857)刊本。

大宴宾朋、驰骋文苑、名冠扬州赞不绝口。康熙十四年(1675),张潮始侨寓扬州,性情旷达,交游甚广。"开门延客,四方士至者,必留饮酒赋诗,经年累月,无倦色"(《心斋居士传》)①。好客无倦、广为交游的共同点为两人超越年龄、相交默契奠定了基础。康熙二十八年(1689)夏日,两人随从孔尚任观荷,张氏招集范氏等纳凉,卓尔堪有《心斋招同射陵汝受柳下纳凉》,同游共处,倾心相对,风雅并举。康熙三十四年(1695),张潮与通州李堂定交扬州,范氏两次致书张氏,前为推介通好,后以谢其殷爱,皆收于《友声后集》"庚集"。范氏晚年多闭门不出,常与张氏鱼雁往来,以慰契阔。

范国禄与张潮均为才华横溢之人,彼此相吸,互为推重。张潮对范氏所赠词集激赏不已:"上不侵诗,下不涉曲,周柳辛陆,各极其诣,观止矣。"②范氏虽有"江北名家、词坛耆宿"之盛誉,《腻玉词》《十山楼》词集之著录,实际传世词作无几,张氏此评可见其严格辨析文体、广泛师承传统的创作特征。张氏学识广博,著述等身,尤擅清言小品,范国禄对这位晚生后辈甚为关注,给予充分肯定和鼓励。张氏呈教杂著,范氏为撰序言,"出入经史之中,指麾意象之表,尽情极致""匀量剪裁,亦足以见风心之独擅""横抒直发""陶铸甚精"(《张山来杂著评》)③云云,深掘小品精义,言及出经入史、极情尽意、别开生面、韵味隽永等方面,叹赏之意笔墨可见。康熙三十六年(1697),张潮《幽梦影》付梓刊行,其中"文名可以当科第,俭德可以当货财,清闲可以当寿考"附范氏评语。文曰:"此亦是贫贱文人无所事事,自为慰藉云耳;恐亦无实在受用处也。"④这则评语倾注了范氏切实的人生感悟,以为观者导读,透露出清初贫贱文人真实的生存体验。

范国禄家富藏书,毕生以文事为业,著述种类繁多,卷帙浩繁,仅中国科学院图书馆藏《十山书刻序》中涉及刻书达 16 种。张潮无意仕进,志在著书立言,同时广收博集,选精拔萃,热衷编刻图籍,海内闻名。两人志趣相投,交流藏书、刻书是交往的重要内容。其一,互通有无。沈谦《词韵括略》是清代词韵建构的开山之作,范氏以之为底本,精益求精,参酌辨析,剞劂流传。张氏甚为推许,借以重版。"自有韵来,未见精妙如尊订者,不知

①[清]陈鼎:《留溪外传》,《丛书集成续编》第 254 册,新文丰出版公司,1988 年,第 66 页。

②[清]张潮辑:《友声初集》丙集,清乾隆四十五年(1780)刻本,国家图书馆藏。

③范曾编:《南通范氏诗文世家》(伍),河北教育出版社,2004 年,第 115 页。

④[清]张潮辑:《幽梦影》,凤凰出版社,2010 年,第 102 页。

记室肯容刷印否？弟欲得十余本以广同好，惟命是荷。倘原板不便搬移，弟当备资缴上，以烦左右经理之"①。范氏寓目清代名家选本约计三十部，曾自藏十五部，为江都王宾借去未还，于是向张潮求助："或借或换或卖，肯成就此事否？"两人沟通所藏，辑刻各类文献，以传之于世。其二，共襄文事。清代数量可观、类型众多的选集中，不乏标准失当、唯利是图者，范国禄为针砭时弊，提出"以人之诗定人之诗，不以我之诗定人之诗"的选诗原则。他两次致书张潮，告以诗歌选录计划，"选选诗，选诸名家所选刻已成之书也"；提出基本原则，"不去人而去诗，部头不繁，收买容易，似乎便当"；邀请共同完成，"相与玉成，不敢劳尊府工费，以鉴定归先生"②。范氏"选选诗"之构想新颖别致，提炼诸选菁华，兼备文学价值和流播考量，非为同道不足与谋也。

卓尔堪。 卓尔堪（1653—？），字子任，一字鹿墟。清江都人。范氏为其《近青堂集》撰序，"以忠孝传家，生于邗上，遭时丧乱，立功戎马之场。事定名成，家已毁矣。顾能束躬励物，折节读书，爱重交游，移情词赋"，文中以简洁笔墨叙述了卓氏弃武从文的生平经历。卓尔堪颇有诗才，竹西明月之间，主持风雅，脱颖而出。对这位广陵文坛晚辈，范国禄寄予厚望。他高度评价卓诗："堂以近青名，知卓子意中无日不山也。无日不山，则卓子意中无处非山矣。谢与李，所谓一而二者也，卓子食息滋甚，不且三而一之乎？"③对归隐山林、吟赏烟霞之作尤为注目，其"近青"之名的阐释生动巧妙，可谓深获友人之心。两人情深谊厚从康熙十九年（1680）交往之中可见。康熙十四年（1675），卓尔堪从李之芳南征耿精忠，为右军前锋，开始了七年从军生涯。范氏遭遇文字祸后，糊口四方，生计所迫，康熙十八年（1679）入幕横浦，定期三年。康熙十九年（1680），两人获知对方行迹，遥思挚友，互赠诗歌，肺腑相倾。范氏有《次韵卓尔堪见赠》二首，其一曰："此心原有素，邂逅烂天真。清署怀同病，冲途话独辛。啸歌随兴发，闻见逐时新。欲趁归舟去，还依旧社人。"④昔日素心相得、文酒甚欢，当前寄人篱下、壮志难酬、疾病缠身、旅途艰辛，如此相似境遇之下、巨大落差之中，两

---

①［清］张潮辑：《友声初集》丙集，清乾隆四十五年（1780）刻本，国家图书馆藏。

②［清］张潮辑：《友声后集》辛集，清乾隆四十五年（1780）刻本，国家图书馆藏。

③范曾编：《南通范氏诗文世家》（陆），河北教育出版社，2004年，第11页。

④［清］王藻编：《崇川各家诗钞汇存》卷首二中，咸丰七年（1857）刊本。

人产生了强烈共鸣。"欲趁归舟去，还依旧社人"句表达了结束旅食之想，此言不虚，是年提前离开了横浦之幕，踏上了北归之途。康熙二十年（1681），卓氏也结束了戎马倥偬的军营生活，自此不复出仕。由此，足见其双方寄诗之坦诚真挚。

康熙二十三年（1684），经过十年的避难漂泊之后，范国禄返回故园，杜门守拙，卓尔堪此年有通州之行，范氏《卓守戎尔堪来自扬州》系于是年。诗曰："邗江分手日，早已订今朝。转眼三年梦，惊心六月舠。五峰纷列障，一水近通潮。离绪从头数，高情挹斗杓。"[1]据诗可知，此次面晤订于三年之前，即康熙二十年（1681）卓氏退伍初返扬州之时，是当日邗江分别时的约定。两人十分珍惜这一来之不易的见面机缘，登山游园赏景，饮酒赋诗谈艺，追忆过往，畅叙情话。范氏力尽地主之谊，无奈晚年多病，有诗《卓守戎招同李处士游南山余以病不及从赋诗致歉》。挚友来访，因病缺席，殊为歉疚，连连致意。康熙二十八年（1689），两人陪同孔尚任登平山堂，范氏有《杨廷镇招同孔尚友吴绮蒋易孙铨乔寅朱其慎卓尔堪张韵朱紫周稚廉王文谟文穆文范吴寿潜赵永怀登平山堂观壁间欧苏词分得七虞十灰》二首。其一曰："竹西人去后，明月二分孤。山水仍风景，楼台俨画图。群公分气象，异代感欧苏。信是乾坤小，终应任酒徒。"[2]相携游赏，饱览风光，宴饮唱和，文事昌盛。同年，卓氏有《心斋招同射陵汝受柳下纳凉》。诗曰：

> 高柳绿浮天，赤日不下地。好风一回旋，凉气先秋至。徙倚随曾阴，几席何迁次。咫尺便青山，古城垂薜荔。物性亦悠然，黄鸟进歌吹。遥念官道旁，劳劳驱车骑。[3]

烈日炎炎之夏，邀同柳下纳凉，几席随迁，清风徐徐，凉意顿生。无论是热闹的群体交游，还是惬意的三两小聚，两人倾心交接，时相过从，足见非同一般的交往。卓尔堪敬重范国禄父亲，其《遗民诗》收录其《追忆高景逸周蓼洲顾尘客周绵真诸君子》《访沈汀州不遇时值其有新安之行》《宿焦山海门庵晓望》《泛涨》《秋日过焦山海门庵》《登东昌城楼》《从祀献陵》《秋日渡京江》八诗，褒扬节义，以诗存史。近经潘承玉研究，卓氏编选《遗民

---

① ［清］王藻编：《崇川各家诗钞汇存》卷首二中，咸丰七年（1857）刊本。
② ［清］王藻编：《崇川各家诗钞汇存》卷首二下，咸丰七年（1857）刊本。
③ ［清］卓尔堪：《近青堂诗》，《四库禁毁书丛刊》集部第 21 册，北京出版社，1997 年，第 734 页。

诗》约在康熙二十年(1681)至康熙四十年(1701)之间,对范凤翼其人的了解、其诗的遴选,当成为两人交往中的必然话题。范氏《十山联句稿》收《赠闻一上人》一诗,为范国禄、卓尔堪、孙继登、华衮联句而成,作年有待进一步考证。此外,卓氏《题范十山〈登白狼而眺青海图〉》一诗值得关注:"选胜惟白狼,位居江海次。山外更无山,高空透青气。"大处着笔,描绘了通州一峰独立、滨江临海的地理位置。"有客坐掀髯,似遂山水志。长啸动沧溟,洪波滔滔至。兀坐冷心胸,久视浮天地。双丸皆西征,流水但东逝"①,诗中呈现出画面主体寄情山水、恬淡闲适的老者形象。范国禄风烛残年之时,超越了对功名的拘执,坦然接受家业振兴的失败、青云之志的摧折,苦志逸为闲情,失意变为旷达。徜徉家乡山水丘壑,坐看花开花落、云卷云舒,卓氏此诗是对其晚年暮景的深刻体察。

①［清］卓尔堪:《近青堂诗》,《四库禁毁书丛刊》集部第 21 册,北京出版社,1997 年,第 733 页。

第六章 能教天下翕然变,岂谓其文穷始工

——晚清范当世研究

晚清范当世(1854—1905)博学多识,自视甚高,却终身坎坷,壮志难酬。漂泊南北,遍交海内才隽,行谊为士林引重,文学造诣颇高,成为家族中对时代文坛影响最著者。其诗震荡开阖,奇横恣肆,是同光体的杰出代表,"卓然为一代诗家宗主"(曾克耑《〈范伯子诗集〉序》)[①]。其文恢谲怪玮,不可测量,是桐城派曾国藩、张裕钊的嫡传,"意境之超迈、笔力之健举,亦实有石润川辉、海涵地负之概,近世作者鲜能抗衡"(孙师郑《续修四库全书提要·范伯子文集》)[②]。诗文成就斐然,其来有自。诚如程沧波先生曰:

> 先生所遭之时,甲申、甲午、戊戌、庚子诸役之时也;先生所处之境,屡试乡闱不售,贫病交困之境也。然而先生之诗,波澜壮阔,绝无穷愁之气,十年而盛名不衰,岂偶然哉。(《影印〈范伯子先生诗文集〉小序》)[③]

是由特殊的时代风云、人物境遇交相作用,孕育而成。笔者论述将以其诗学理论、诗歌创作、悼亡文学、婚姻生活、社会交往为重点。

第一节 范当世著述版本考述

范当世古文谨守桐城家法,追步曾张;诗歌直入苏黄,窥伺老杜,有《范伯子诗集》《范伯子文集》《范伯子联语》等。其传世稿本、刻本中不乏意义重大者,目前学界对此关注甚少,笔者现对其源流和优劣略加考察。

《范伯子手稿》。稿本,现藏于范当世曾孙范曾先生处,2004年范当世诞辰一百五十周年之际由河北教育出版社影印出版。该稿本不见书目著

---

① 陈国安、孙建编著:《范伯子研究资料集》,江苏大学出版社,2011年,第74页。
② 陈国安、孙建编著:《范伯子研究资料集》,江苏大学出版社,2011年,第98页。
③ 陈国安、孙建编著:《范伯子研究资料集》,江苏大学出版社,2011年,第78页。

录，鲜为世人知晓。卷首录有王一庐甲午（1954）初夏、朱尉翁癸巳（1955）春日《〈范伯子诗文手稿〉识语》，曹灌园癸巳冬至日诗《品伯兄以所藏〈南通范伯子遗稿〉见示展玩多日书此归之》。王《识语》曰："品伯同志偶从旧书市得之，爱其文情流利，诗格雄浑，重整残破如新。"据此可知稿本得之荒肆，首尾零落，经品伯（是人文献阙如，待考）修整，始复旧观。光绪十四年（1888），范当世就婚安福，途经南昌，风雨大作，累日不休，舟泥不行，遂毕录诗文，"以究观其前后之病，而策其所以图新者"。稿本分为诗、文上下两卷，诗为光绪六年（1880）以来所作，共 89 题 123 首，文为光绪五年（1879）以来所作，共 25 篇，并附新诗 5 题 32 首。这是范氏现存最早的稿本，具有重大的文献价值。首先，手稿本与后代刻本、点校本存在不少文字差异，可以进行比对校勘；其次，稿本随文附录了大量评点，尤其是自评，角度多元，是深入考察其诗学思想、创作心得的重要材料；又次，提供了具体篇目的创作背景，内容丰富，涉及不见别处的生平事迹、社会交往等；最后，诗文辑佚，有助于范当世作品集的进一步整理和完善。

《三百止遗》。稿本，不分卷，南通市图书馆藏，该本列入《中国古籍善本书目》和《江苏省珍贵古籍名录》。卷首为范当世《序》，陈三立《识语》。范氏甲午（1894）初秋自序曰：

> 吾诗大抵皆有挚父先生评，此本三百余首，自甲申（光绪十年）以前及初至冀州诗有高丽纸别本，评者为程悦父，借观而分析，或在秋门处矣。其再至冀州诗皆零稿，亦有就孟生日记评者，兹不复能合。今所得录，独两次安福诗及去年新得之作耳。

光绪十四年（1888）十月，范当世前往安福续娶姚氏。因身患重疾，次年六月独自返乡。光绪十六年（1890）十月，又抵安福，迎接姚氏回通。成婚安福时期，与岳丈姚浚昌，妻舅姚永楷、姚永朴、姚永概等诗文唱和，相处甚欢。光绪十七年（1891）至光绪二十年（1894），范氏担任直隶总督李鸿章西席。《三百止遗》为其两次安福之行以及寓居天津时期的诗作，共计三百余首，故以命名。由现存稿本中大量浮签可见范当世对诗集亲自编订之迹。《莽莽风沙溷此身》前曰："自此至罗乃飞凫十一首接在《贺新吾子娶》三首后。"《举足》前曰："第七卷从此起，光绪十七年辛卯二月至光绪十九年癸巳六月作。"《屏风山下作》前曰："第五卷从此起，光绪十四年戊子十月就婚安福至十五年己丑六月还家作。"《强病》前曰："第六卷从此起，光绪十六年庚寅十月再至安福至十七年辛卯正月还家作。"诸处可见以时间先后为序的安排体例。吴汝纶十分激赏范氏之才，两人关系亦在师友之间，交往密切，范诗多由吴氏赏鉴。范氏直言："独斤斤于吴评，何哉？凡吾辛苦为一诗，固取于彼之一誉，而是吾事也。"潜心书写，孜孜矻矻，独求吴氏之誉，可见倚重。该本是为范氏自录诗作，并缀以大量吴汝纶眉批，可以此为线索考察吴氏对其诗歌创作的影响。吴闿生《晚清四十家诗钞》中选录范诗最多，计70题101首，存其父吴汝纶评语22则。稿本《三百止遗》又新发现了不少吴氏评点，如《杂感二十八首庐陵道中作时点〈临川诗〉至第八卷即用其每诗之题句以穷吾兴端》，"两马齿俱壮"诗"结句类陶公"，"秋日在梧桐"诗"洗至"，"秋日不可见"则"楚骚遥声"，《试院枯柏》"何减杜公"，《不堪》"与韩公'唤起窗全曙'一首异曲同工"，《我之弗思子》"由至情发为盛气，突过欧公"，《清尊微雨息劳歌》"淳意高文，此首尤为雄"，潜心玩味，涉及遣词造句、修辞手法、结构布局、气势风格等，新意迭出，对范诗鉴赏提供了有益参考。不仅如此，吴汝纶还对诗中用字发表了商榷意见，《莽莽风沙溷此身》中"两'堂'字似可约，易一'堂'字"，《山行既爽高兴为诗而病余胆怯殊甚亦用自伤续成二首到日献外舅》中"'科'字宜商"，《重到甥馆读〈三釜斋唱酬续录〉用〈秋柳〉韵呈诸公》中"'受'字宜商"，《叔节行有日矣为吾来展十日期闲伯喜而为诗吾次其韵》中"'耳途'句似滑"等，细致入微，深中腠理，可见文学切磋与锤炼。

《范伯子诗集》。范当世诗才雄健，享有盛誉，光绪三十年（1904）二月开始整理一生诗集。其《编诗至庚子》诗序曰："二月晦日，编己诗至庚子（光绪二十六年）扬州《寄叔节》。"是年十二月完毕。范氏文思蔚然，又具严谨的创作态度，欣然命笔，成诗颇丰。"生平不苟作，作则存稿，故自二十五岁留稿，及其殁仅二十余年，得诗一千余首，可谓富矣"（徐骆《记通州范伯子先生》）[1]。因家庭经济拮据，加之壮年即逝，生前未能梓行其诗，逝后数年方刊刻传布。现将具体情状分述于下：1.《范伯子诗集》十九卷附夫人姚倚云《蕴素轩诗》四卷，清末铅印本，中科院图书馆、南京图书馆、南通市图书馆等藏。扉页题"侯官严复题检"，并钤严复印章，这是范当世诗集的首

---

① 陈国安、孙建编著：《范伯子研究资料集》，江苏大学出版社，2011年，第197页。

度刊刻。卷首为桐城姚永概撰《范肯堂墓志铭》,无目录,每半页十一行,行二十六字。曾克耑(1900—1976),字履川、伯子,号橘翁,吴闿生弟子,诗人,书法家。其言及该诗集刊布情形曰:"方范先生之逝不数年,其知旧先以排字版印其诗十九卷,附《蕴素轩诗》四卷行世,天下既传诵之。"(《〈范伯子全集〉序》)①陈诗《皖雅初集》中引《静照轩笔记》,先追忆与范当世的诗学交往,随后言:"与新建夏映庵、南陵徐随庵、山阴俞觚庵、临川李梅庵四观察及诸知旧醵金,刊其诗十九卷,志不忘也。"②据此可知曾克耑所言"知旧"乃为上述诸人,合刻诗集,以追念故友。诗集十九卷延续了《三百止遗》的编排体例,以时间为序,古今体诗一千一百七首,分别为卷一"光绪四年戊寅至九年癸未仅存之作",共计 36 题 60 首;卷二"光绪十一年乙酉三月初至冀州至七月南归作",共计 19 题 23 首;卷三"光绪十一年乙酉十月再至冀州至十二年丙戌十月南归作",共计 15 题 22 首;卷四"光绪十三年丁亥四月三至冀州至十四年戊子七月南归作",共计 24 题 27 首;卷五"光绪十四年戊子十月就婚安福至十五年己丑六月还家作",共计 28 题 81 首;卷六"光绪十六年庚寅十月再至安福至十七年辛卯正月还家作",共计 40 题 69 首;卷七"光绪十七年辛卯二月至光绪十九年癸巳六月作",共计 37 题 51 首;卷八"光绪十九年癸巳六月至十二月作",共计 41 题 77 首;卷九"光绪二十年甲午正月至十一月南归送女湖北作",共计 28 题 54 首;卷十"光绪二十一年乙未里居及江宁至二十二年丙申里居作",共计 28 题 65 首;卷十一"光绪二十三年丁酉里居至戊戌广东作",共计 21 题 39 首;卷十二"光绪二十五年己亥八月至广东不果留滞上海作",共计 58 题 92 首;卷十三"光绪二十五年己亥迟粤修不至遂留上海度岁至二十六年庚子三月还家作",共计 45 题 62 首;卷十四"光绪二十六年庚子五月至桐城及闰八月至南昌作",共计 72 题 94 首;卷十五"光绪二十六年庚子九月自南昌至扬州及十月还里复作",共计 46 题 63 首;卷十六"光绪二十七年辛丑里居及四月至淮安复还里作",共计 34 题 71 首;卷十七"光绪二十七年辛丑六月至二十八年壬寅六月作",共计 43 题 52 首;卷十八"光绪二十八年壬寅七月至二十九年癸卯十二月往来江宁作",共计 38 题 56 首;卷十九"光绪三十

---

① 陈国安、孙建编著:《范伯子研究资料集》,江苏大学出版社,2011 年,第 77 页。
② 陈国安、孙建编著:《范伯子研究资料集》,江苏大学出版社,2011 年,第 121 页。

年甲辰里居病中作"，共计 29 题 45 首。2.《范伯子诗集》十九卷，光绪三十四年(1908)孟冬刻本，南通市图书馆藏，四册。卷首有桐城姚永概撰《范肯堂墓志铭》，无目录，每半页十行，行二十二字。曾克耑评价该本曰："乡人复为授梓，削姚夫人诗不刊，工滥恶，讹夺尤甚。"(《〈范伯子全集〉跋》)①该集剔除前本中夫人姚倚云诗，而且错讹较多，刊刻不够精善，时人评价甚低。3.《范伯子诗集》十九卷附《蕴素轩诗稿》五卷，民国二十二年(1933)徐文霨校刻本，卷首题"癸酉(1933)六月浙西徐氏校刻"。每半页十一行，行二十四字，版心下镌"浙西徐氏校刻"，国家图书馆、南京图书馆、南通市图书馆等地藏。徐文霨(1878—1937)，字蔚如，号藏一，浙江海盐人。范氏诗集此前流播诚如其弟子王守恂曰："吾师诗集墨本不多，思见者每不易得，惟时人总集中选刻颇夥。"(《〈范肯堂先生文集〉序》)②徐氏凤慕范当世人品与文学之美，慨叹其诗流传不广，以清末铅字本为底本，参照吴闿生《晚清四十家诗钞》，悉心校勘，择善而从，付梓以广流布。该本卷首增添了诗集总目，同时广泛搜辑遗诗。卷四增入《寄答余小轩兼示刘幼丹蔡燕生及钱仲仙》四首，案："此四诗活字本失载，吴北江《晚清四十家诗钞》从李刚己日记中抄得，今为补入。"同时对活字本校其舛讹，加以标出，如《成婚有日内子为诗三十韵以道其相与为善之意与其迫欲侍舅姑之忱余亦作三十韵答之》中"子有翱翔诗"后案："排印本作'时'，今从吴钞。"《读曾文正道光乙未〈岁莫杂感〉诗慨然毕次其韵》中"傥将兹愤白龙罿"后案："'白'活字本误作'向'，吴钞据手稿校正，今从之。""只留自赏弗关渠"后案："'赏'活字本误作'堂'，吴钞据手稿校正，今从之。"徐氏扬阐先贤，校勘精良，成为后代刊刻范当世诗集最重要的参照。国家图书馆藏本尤其值得关注，其扉页题"吴闿生署""香光庄严室校刻"。诗集多处录有吴闿生父子批注，其中吴汝纶评点以"先大夫"标出，据此笔者推测该藏本当为吴闿生手评本。其中多数评语见于《晚清四十家诗钞》，如卷一《留别新绿轩》，卷七《挚父先生来书劝乡试欲以诗答会连日用山谷韵乃复效其次韵晁补之廖正一连缀二篇因示叔节》《连与松坡赛博》等，语简意切。与此同时，还有不见于其中者。卷六《我之弗思子》曰："情词粹美，无可挑剔。"卷七《余既招赛博》曰："叙次旋

①陈国安、孙建编著：《范伯子研究资料集》，江苏大学出版社，2011 年，第 77 页。
②陈国安、孙建编著：《范伯子研究资料集》，江苏大学出版社，2011 年，第 74 页。

折恣意,此首尤为雄奇怪变,笔势夭矫。"卷十二《善夫叹》曰:"瑕瑜互见。"卷十三《余题月湖》曰:"平直。"卷十三《连阴十日》曰:"此则瑰奇而沉著矣。"卷十三《感于东坡》曰:"立意甚高,句末尽稳。"卷十七《先君入忠孝》曰:"此诗韵险颇多佳句。"评点紧密结合文本,披沙拣金,指陈得失,不乏真知灼见。范氏诗歌变化无方,精义内敛,寄托遥深,读者虽无不爱好之,却未能全喻精微,吴氏父子的鉴赏无疑对理解其创作得失提供了法门。

《范伯子文集》。范当世师事张裕钊,研习古文义法,为其门下高足,延续了桐城文脉。陈三立曰:"君之文敛肆不一体,往往杂难瑰异之气,而长于控抟旋盘,绵邈而往复,终以出熙甫上,毗习之、子固者为尤美,此可久而俟论定者也。"(《〈范伯子文集〉序》)推崇其气昌辞盛的独特面貌,为之张目。1.1928 年《通通日报》剪辑本,南通市图书馆藏。1928 年 2 月 21 日起至 12 月 24 日止,南通地方报纸《通通日报》每周一、三、五开始连载《范伯子文集》。其剪辑本现存九卷,每半页九行,行二十九字。卷四、卷八后附有勘误表,如卷第五第八页第二行,"一万星"当为"一万重";卷第六第四页第二行,"一二具"当为"一一具";卷第八第八页第五行,"有子志"当为"有固志"。2.1929 年铅印本,南通市图书馆藏。封面题"范伯子文集,李祯署",卷首有壬戌(1922)七月义宁陈三立《序》《范伯子文集目录》,十二卷,每半页九行,行二十九字,卷末有壬戌(1922)八月徐昂《〈范师伯子先生文集〉后序》、民国十八年(1929)四月邑后学曹文麟撰《跋》,前九卷具体篇目安排如剪辑本。3. 壬申(1932)浙西徐氏校刻本,国家图书馆、南京图书馆等藏。卷首题"壬申(1932)十月浙西徐氏校刻",每半页十一行,行二十四字。该文集录入了弟子徐昂《范无错先生传》、受业王守恂《〈范肯堂先生文集〉序》、桐城姚永概撰《范肯堂墓志铭》①、桐城马其昶《〈范伯子文集〉序》、壬戌七月义宁陈三立《〈范伯子文集〉序》、庚午年冬海盐徐文霨《校刻〈范伯子集〉序》(附甲戌仲夏识语),卷末有姚倚云甲戌(1934)《跋》。徐氏序中叙述了刊刻始末:

> 今春,吴君门人张子次溪偶得写本两册于天津书肆,吴君嘱以见示,则真范先生文集也。证之卷首目录,仅存其半。惧更亡失,谋为刊之。吴君复为求之其家,乃得范先生介弟秋门校定全本,盖由先生手

---

①徐文霨案:"先生手自写定诗十九卷,文十二卷,此云诗十八卷,文十卷,稍误。"

写本迻录者。

范当世逝去未久,遗稿已在若存若亡之间,徐氏窃叹不已,征稿既久而不能得,因借吴闿生与张次溪之力,致函姚倚云,终得范氏三弟范铠校订的全本,遂付与剞劂。该本文集后附《上吴挚父先生书》《与俞恪士书》《家书》,共计5封。国图本扉页题"吴闿生署""香光庄严室校刻",卷首诸序前有"乙亥伏日陈三立题记时年八十有三",对徐氏刻集的"气类之感、任侠之行"感叹再三,此当亦为吴氏藏本。

《范伯子先生遗墨》。民国十六年(1927)印,卷末附徐沅《〈范伯子先生遗墨〉跋》,言敦源《〈范伯子先生遗墨〉跋》《再跋》。光绪十七年(1891)至光绪二十年(1894),范当世居天津担任李鸿章西席。言謇博,名有章,江苏常熟人,是时以游津海关道盛宣怀幕到津。言氏贽所为诗请业于范当世,嗣是两人商讨文学,书札往还,几无虚日,遂藏范之手札。民国十六年(1927),言謇博弟言敦源汇集范当世贻其兄手札墨迹,为之影印,以公诸天下。言《跋》于师友手足之遭际离合、人才时会之消长升降,恻然慨叹。该本共收范氏手札40通,虽然其人平日不以书名,然而"翰动神飞,备极刚健婀娜之致","长颖濡墨,震纸欲飞",集中可见一斑。嗣后,曾克耑复于范氏曾孙范临处得其上父翁、外舅,与妇、弟书数十通,诗文手稿数篇,"太岁在屠维作噩(1969)且月(6月)"重刊范氏遗墨。在言敦源的基础之上曾氏增入《禀父翁书》10封,《上外舅书》2封,《告夫人书》1封,《与二弟范钟书》1封,《与刘一山书》1封,《与许仙屏书》1封,文《樵秋哀辞》1篇,诗《和顾晴谷〈六十述怀〉诗》8首、《州中五季即唐虞》1首、《善夫以次韵少陵〈杜鹃行〉索和余患词意之将竭也用其韵为〈三足乌行〉》2首、《爱沧从余索糖食携之往谈诗竟忘却又携反也加一诗送之》1首、联语《挽薛福成》。

《〈范伯子联语〉注》。范当世擅长联语,以古文法为之,构思精巧,形式与内容水乳交融。"自曾文正而后,无与抗手者"(徐骆《记通州范伯子先生》)[①],颇为时人称许。1.1931年铅印本,南通市图书馆藏。卷首为曹文麟民国二十年(1931)六月《〈范伯子联语注〉序》,卷末为其跋。该本广搜博取,共收录90联,其中哀挽类最多,为74联,余者为题咏、酬赠、庆贺类。

---

①陈国安、孙建编著:《范伯子研究资料集》,江苏大学出版社,2011年,第199页。

> 此依先生手录稿，亦有文麟庆吊时见之，而此定稿已更数字者，癸丑七月向大兄彦殊（范当世长子）借读，遂敬写别本，今乃略释之。（曹文麟《序》）

辑者以范氏家藏稿本为基础，主要通过注解其人其事的方式，阐幽发微，让读者明其事迹而会其所托。2.1965 年线装铅印本。封面题"范伯子联语注""公哲署"，内页版心下镌"未刊稿禁翻印"，每半页十行，行二十字。卷首有"乙巳仲夏月章斗航识"，曰：

> 履川（曾克耑）自香港寄阅《〈范伯子联语〉注》，实九十一首，皆情真意远，一如其诗。注出先生邑后学曹文麟，本事瞭然，益觉切贴，精工处为不可及也。玩味无穷，亟付影印三百本，与同好共赏之。

据此可知，章斗航因个人喜好，以一己之力翻刻曾氏寄来《〈范伯子联语〉注》本，以公诸同好。

《范伯子诗文全集》。范当世著述不仅以诗、文、联语等分行于世，还可见全集刊刻。1.1964 年曾克耑刻本。曾氏对其推崇备至："卓然起江海之交，忧时愤国，发而为歌诗，震荡翕辟，沉郁悲壮，接迹李杜，平视坡谷，纵横七百年间无与敌焉。"（《〈晚清四十家诗钞〉序》）[1]教学新亚书院之际，恰遇范氏乡人沈燕谋，相与谈其著述，得知徐文霨刻本之外所遗尚多，遂极搜讨缀辑之力、网罗倡导之功，授粤黄君吟仿徐本手写之，凡补六十四叶。至此，范当世逝后六十年，其遗集全布于世。文集卷首新增黎玉玺《〈范伯子全集〉序》，《清史稿》《南通县志》中人物本传，以及黄树模《范伯子先生行实编年》、《集外文》（12 篇）[2]一卷，因与范氏曾孙范临交往，乞得简札十余通，《〈文集〉附》中增入《与父翁书》一封、《上外舅书》一封，颇关掌故与其家风。诗集卷首新录曾氏《〈范伯子诗集〉序》，同时删去徐刻本诸人序言，卷一中补入《仪征道中联句》五首。诗文集外又增加了《〈范伯子诗〉本事注》（沈燕谋著）68 则、《范伯子〈近代诸家诗评〉》22 条、《范伯子连语》90 条。2.2003 年上海古籍出版社整理出版了《范伯子诗文集》，由马亚中、陈国安两先生点校，收入《近代中国文学丛书》。是书以浙江徐氏民国二十二年（1933）刻

---

[1]陈国安、孙建编著：《范伯子研究资料集》，江苏大学出版社，2011 年，第 91 页。
[2]分别为《山茨遗画歌序》《送张季直渡江序》《报仁卿书》《报邱履平书》《报蔡延青书》《与延卿笺》《与王欣甫笺》《与袁生笺》《与徐石渔先生书》《晓山达公墓志铭》《祭赵太恭人文》《先母述略》12 篇。

本为底本，并参校光绪三十四年(1908)十九卷刻本、民国铅印本等。同时，诗文集附录值得关注，文献价值颇高。其一为《范伯子诗集拾遗》，收录《张禹买醉》等遗诗四十四首，其二为《范伯子年谱简编》，其三为《范当世评论资料辑录》，其四为《范当世传记序跋资料摘要》，其五为姚倚云晚年手定本《蕴素轩诗集》十一卷、《蕴素轩词》一卷，其六为《〈沧海归来集〉续集》《〈沧海归来集〉选余》《沧海归来集·消愁吟》，丰富详尽的资料为相关研究提供了极大方便。3.2004年河北教育出版社出版了《南通范氏诗文世家》，该丛书"正编"八、九册分别为范当世诗、文。此可谓集大成之作，编排趋于合理，辑佚了大量诗文。文卷十三为补入卷，录《顾绮岚先生哀辞序》《〈三百止遗〉自序》《山茨遗画歌序》《送张季直渡江序》《晓山达公墓志铭》《祭赵太恭人文》《先母述略》《〈人境庐诗草〉跋》。文卷新增《书信》二卷，在曾氏《范伯子诗文全集》的基础上补入《与言謇博书》三十八封、《与许仙屏书》一封、《与刘一山书》一封、《与延卿书》一封、《禀父翁书》十封、《与姚夫人书》三封、《与二弟范钟书》二封、《与三弟范铠书》二十一封。据《范铜士先生戊寅日记》，收录光绪四年(1878)自正月初十至四月三十日共一百一十天日记。《文集》附录一为史志碑传中的生平传记，附录二为著述刊刻中的序跋，附录三为名家对其诗文的评点，资料详赡，搜罗殆尽。《诗集》将马亚中、陈国安点校本中《范伯子诗集拾遗》列为卷二十，新增《寄怀嘉弟》一首，共计四十五首。《诗集》后附《范伯子〈近代诸家诗评〉》、沈燕谋《〈范伯子诗〉本事注》、曹文麟《〈范伯子联语〉注》、联语补遗七则。令人匪夷所思的是，卷十六前列各版本中均收作《与延卿连夕谈叙述为绝句》七首，此本与众不同，为《与延卿连夕谈叙述为绝句》六首，当属疏漏。

第二节　范当世诗学思想研究

范当世是晚清光宣诗坛的重要人物，初闻《艺概》于兴化刘熙载，又受诗、古文法于武昌张裕钊。北游冀州，复从桐城吴汝纶研求文学，诗坛名流的文学教诲对其产生了深刻影响。光绪十五年(1889)，娶桐城姚鼐第五世侄孙女姚倚云，"益探讨惜抱之精谊，学业大进"(徐昂《范无错先生传》)[①]。

①陈国安、孙建编著：《范伯子研究资料集》，江苏大学出版社，2011年，第6页。

光绪二十年(1894),与同光魁杰陈三立结成儿女亲家。范氏具有丰富的问学经历和广泛的文学交游,"以其双重身份构筑了一座雄美的沟通桐城派和同光体两大诗歌流派的桥梁"①,师友渊源,思想益懋。其诗学散落于诗作、序跋、点评之中,构建起初具规模的理论体系,可见妙造精微之处。对其进行梳理辨析,有助深化对晚清诗坛发展状貌和整体格局的准确把握。

一、瓣香前哲无休歇

清代是中国传统文化总结和集大成的阶段。梁启超曰:"综观二百余年之学史,其影响及于全思想界者,一言蔽之,曰'以复古为解放'。"②晚清作为中国古代文学发展的殿军,面对两千余年丰厚的诗学遗产,复古之风习尤为突出,崇尚和发扬传统成为文学界不约而同的价值取向。诗学演进中或标举汉魏,或追踪盛唐,或宗奉两宋,众家纷纭,理论繁复,"以汲纳补正代替了对抗和断裂"③,集体通过复古的方式开创诗界新局面。晚清同光诗人表现出打通唐宋、转益多师的实践精神,陈衍"三元"说、沈曾植"三关"说都要求广开门径。置身这一诗学思潮,范当世重视文学渊源与传统,认真总结前代诗歌发展的经验教训,能够破除门户之见。"无为尊唐薄宋,蹈明人之陋习"(《与俞恪士书》)④,鉴于明代各立门户、党同伐异之弊,为避免重蹈覆辙,力倡宏通的诗学视野,坚持唐宋各有所长,平等尊崇,不加轩轾,为晚清诗坛发展指出了正确道路。"浮海入江无不可,南山片石是吾师"(《贺李草堂丈七十自寿即用书怀》)⑤,要求全面继承历史上优秀的诗学遗产和成功的创作经验,尤其倾慕于具有典范意义的诗界巨手。

> 得失惟与苏黄争,渊源或向杜李讨。(《叔节行有日矣为吾来展十日期闲伯喜而为诗吾次其韵》)⑥
>
> 吾兄昔懒吟,与我共郊岛。(《留别伯谦仲若二十四韵》)⑦
>
> 所学真非百里长,上窥屈宋下欧王。(《外舅以〈初见雪花〉见示欣

---

① [清]范当世著,马亚中、陈国安校点:《范伯子诗文集·前言》,上海古籍出版社,2003年,第14页。
② 梁启超:《清代学术概论》,广西师范大学出版社,2010年,第9页。
③ 邬国平、王镇远:《清代文学批评史》,上海古籍出版社,1995年,第1页。
④ 范曾编:《南通范氏诗文世家》(玖),河北教育出版社,2004年,第146页。
⑤ 范曾编:《南通范氏诗文世家》(捌),河北教育出版社,2004年,第156页。
⑥ 范曾编:《南通范氏诗文世家》(捌),河北教育出版社,2004年,第77页。
⑦ 范曾编:《南通范氏诗文世家》(捌),河北教育出版社,2004年,第164页。

然命赋四叠前韵奉呈》)①

梳理古代文学发展谱系，为当下提供有益参考和借鉴。范氏实际创作中取径尚宽，广泛借鉴，李白、杜甫、韩愈、孟郊、李商隐、苏轼、黄庭坚等成为了师法的主要对象，凸显了同光体以复古求新变、熔铸传统的特质，弟子、晚辈在其指点教导之下找到了诗文研习的正确途径。范氏自言："我之徒曰李刚己，颇揖梅曾拜韩李。我有两子罕最佳，泛滥周秦汉诸子。"(《赠王宾基寯基两生》)②其徒李刚己、其子范罕善纳百川，广泛师法梅曾韩李、周秦两汉。范氏对此欣慰不已，体现了宏阔的诗学理念和审美取向。

范当世提倡对前代诗学的兼收并取，并非盲目崇古、抱残守缺，革故鼎新、求新求变始终是其诗论的核心观念，最终目的是在继承传统的基础之上开创有清一代的文学盛景。

> 高明卓见之士文语周秦，诗称汉魏，厌薄近古文字以为无足观焉者，余又以为非是也。凡文无远近，皆豪杰之士乘于运会之为之，学者务观其通，弗狃于近，亦弗务为高远，只自拔于流俗以同归于雅正而已。(《课乡子弟约》)③

文学是时代文化精神的产物，诗文随世运，无日不趋新，范氏认识到诗歌古今演变的必然性，批判"高明卓见"之人的厚古薄今，要求学者具备通变的诗学观念和与时俱进的发展理念。清代诗学普遍存在超越前代的困境和焦虑，内心深处丧失了与古人竞争的信心和勇气，范氏平视传统，表现出的文学自信令晚清诗坛为之一振。

> 文章韵事终无让，何况昌黎与子瞻？却有一番厘订在，不教万智此中潜。(《师曾之友蔡公湛感慨时事屏弃举业投诗问学于我次二首以答极道伤心之语不敢欺蔽少年也》)④

> 李白韩愈浪得名，子瞻山谷皆平平。不然嵚崎历落如我者，焉得置之世上鸿毛轻？(《以保生厘东荐之伯谦》)⑤

---

①范曾编：《南通范氏诗文世家》(捌)，河北教育出版社，2004年，第79页。
②范曾编：《南通范氏诗文世家》(捌)，河北教育出版社，2004年，第147页。
③范曾编：《南通范氏诗文世家》(玖)，河北教育出版社，2004年，第65页。
④范曾编：《南通范氏诗文世家》(捌)，河北教育出版社，2004年，第228页。
⑤范曾编：《南通范氏诗文世家》(捌)，河北教育出版社，2004年，第196页。

意气奋发之言道出文学的生命在于创造,雄视百代,不让韩、苏,等闲李、杜,重树经典,独步千古,以确立一己在文学史上的新坐标。这既是范氏对自我创作的鞭策,更是对时代文学的激励,积极助推了晚清诗歌创作的繁荣。

范当世继承传统既有对前代创作技法的肯定和应用:"文之于诗又何物? 强生分别无乃痴。"(《戏书欧公答梅圣俞〈莫饮酒〉诗后即效其体》)①以古文义法运用于诗,结构布局的开合起伏、波澜变化中畅达自如地表现思想感情,反映社会生活,层次繁复,内容充实,曲尽其妙,诗境得到极大拓展。清赵翼言:"以文为诗,自昌黎始;至东坡益大放厥词,别开生面,成一代之大观。"②这是对韩愈、苏轼、刘大櫆、姚鼐等人主张"以文为诗"的隔代响应。同时,他超越具体诗法层面,领悟前代诗学精神:

> 君知桐城否,所学一身创。我来三载余,眼中失烟莽。(《采南为诗专赠我新奇无穷倾倒益甚再倒前韵奉酬以其爱好也亦稍为戏语调之》)③

提炼出"创"为桐城诗学精髓,一语中的,可谓见解深刻,眼光独到。范氏还深入探讨了个人与传统、复古与创新的辩证关系。他论文章之法曰:"独笑惟蜘蛛,容身必自创。蚕死囹圄中,愚智曷能两? 遂令古圣人,效法网公网。"(《稍与采南和度论文章生造之法》)④蚕作茧自缚,闭门造车,蜘蛛广为交通,别开生面,高下优劣不言自明,引人深思。范氏大力推阐文章"生造之法",通过生动的比喻否定亦步亦趋、陈陈相因,高扬融会贯通、变异求新。其审视诗坛,对不善学古者痛心疾首:

> 时流不善学,截膏来佐脂。犹割虎狼理,以饰羔羊皮。迁生之所晓,云云古如斯。华鲜愈不得,腐朽良堪悲。(《恪士止我寓庐四旬日大愿余所为而作诗以坚寂寞之约且为我遍教其徒也酬之二十六韵》)⑤

割虎狼以饰羔羊,生搬硬套,出主入奴,迂腐难耐,透露出规避不善学

①范曾编:《南通范氏诗文世家》(捌),河北教育出版社,2004 年,第 74 页。
②[清]赵翼撰,江守义、李成玉校注:《瓯北诗话校注》,人民文学出版社,2013 年,第 168 页。
③范曾编:《南通范氏诗文世家》(捌),河北教育出版社,2004 年,第 46 页。
④范曾编:《南通范氏诗文世家》(捌),河北教育出版社,2004 年,第 45 页。
⑤范曾编:《南通范氏诗文世家》(捌),河北教育出版社,2004 年,第 134 页。

古者的苦心孤诣。范氏尤其致力于苏轼、黄庭坚，"合东坡、山谷为一人"（金鉽《范肯堂先生事略》）[1]，以自身成功的文学实践提供了示范，道出师承的具体门径和方法。其《除夕诗狂自遣》云：

> 我与子瞻为旷荡，子瞻比我多一放；我学山谷作遒健，山谷比我多一炼。惟有参之放炼间，独树一帜非羞颜。[2]

冥心独造，融合东坡的高旷豪荡、山谷的劲健骨力，参之放炼之间，独树一帜，可谓胆识超群。创作主体根据时代精神、气质修养、审美宗尚对师承对象加以选择、改造，独立思考，自成面目，这是范当世为晚清诗人推陈出新提供的行之有效的现实策略。

二、有我在，有当时在

关注人生、关注现实是古代肩负责任与担当的作家共同坚守的立场，也是晚清范当世等同光诗人基本的价值取向。其诗学理念可见对这一人文传统的高度重视：

> 凡作诗，第一须有我在，若《咏古》等作，纵无预襟抱，亦必处处有当时在，方不浪费笔墨。如此等《十国杂事》诗，既无我在，亦无当时在，不过选词结调小雅之所为而已。（《范伯子近代诸家诗评》）[3]

将创作的源头活水指向了诗人生存和社会现实。"自伤时命坎坷侘傺，发愤一寄之于诗，仰天浩歌，泣鬼神而惊风雨"（金鉽《范肯堂先生事略》）[4]。其诗歌创作鲜明体现了这一人文关怀。

首先，主张诗歌是生命的个性表达。范当世视文学是为己之学、自娱之具。"善师吾意，所贵乎文学者，岂不以自娱其身耶？"（《与俞恪士书》）[5]"哦诗以送日，好丑率吾指。方知此道宽，无人横相訾"（《世上皆安乐》）[6]。儒家诗教在传统文学表达中具有举足轻重的地位，入清以来诗歌渐由国家

---

①陈国安、孙建编著：《范伯子研究资料集》，江苏大学出版社，2011年，第4页。
②范曾编：《南通范氏诗文世家》（捌），河北教育出版社，2004年，第194页。
③范曾编：《南通范氏诗文世家》（捌），河北教育出版社，2004年，第317页。
④陈国安、孙建编著：《范伯子研究资料集》，江苏大学出版社，2011年，第4页。
⑤范曾编：《南通范氏诗文世家》（玖），河北教育出版社，2004年，第146页。
⑥范曾编：《南通范氏诗文世家》（捌），河北教育出版社，2004年，第179页。

意识形态向文学本身回归。范氏顺应这一历史潮流,摒弃功利目的和教化功能,视诗歌由附庸转为主体。诗人面对自我,诉诸笔墨,不伪妄,不矫饰,通过对人生的苦乐歌吟,安抚身心,止泊灵魂,实现诗意的栖居。在传统诗文理论占据主导地位时期,如此高扬文学"为己",自由抒情言志,具有进步意义。这一点得益于家族影响,通州范氏家族自明代中叶范应龙始,"仍世贫贱以著书自娱"(《〈通州范氏诗钞〉序》)①。家族浮云富贵,安贫守节,吟咏性情,风雅不辍,文学成为日常生活审美的产物,"诗是吾家事"沉淀为门庭固守的文化精神。家风熏陶之下,范氏强调文学是作家生活阅历和心灵世界的艺术表达,言必己出,直抒胸臆,以见一时之境地、一人之怀抱,成就了家族文学发展中的又一高峰。晚清同光诗学旗帜指向多元,鼓励自具面目,范当世也提倡艺术风格的个性化、多样化。其《与言睿博书》曰:"且人各有所近,岂必尽与我同。"②人生阅历、审美趣味、性格气质等因素影响下,主体需要不拘格套,独出心裁,避免雷同相似。范氏援古为例,辨识名家风格:

> 少陵忧愤辞,见者叹婀娜。他人辄效颦,不觉眇且跛。太白佞丹砂,子瞻说因果。两皆有至味,互易且不可。(《杂感二十八首庐陵道中作时点〈临川诗〉至第八卷即用其每诗之题句以穷吾兴端》)③

> 昌黎下笔天光完,滋有意外呈毫端。东野琢句多断残,湮郁不发埋心肝。(《适与季直论友归读〈东野集〉遂题其崮》)④

诗歌因人而异,其美正体现于无限的丰富性,杜甫的现实悲愤,李白的道教信仰,苏轼的佛禅观照,韩愈的雄强豪放,孟郊的苦心雕琢,均具有不可替代的文学地位。因此,他呼吁艺术多元并存的诗坛景观:

> 我言奏曲亦须异,仿佛列鼎调咸酸。刚克柔克有二道,相成相反兹焉殚。郊亦滔滔挟愈势,愈有蠹蠹资郊寒。不然一倡百声和,正使吾道愁孤单。(《适与季直论友归读〈东野集〉遂题其崮》)⑤

①范曾编:《南通范氏诗文世家》(玖),河北教育出版社,2004年,第57页。
②范曾编:《南通范氏诗文世家》(玖),河北教育出版社,2004年,第160页。
③范曾编:《南通范氏诗文世家》(捌),河北教育出版社,2004年,第53页。
④范曾编:《南通范氏诗文世家》(捌),河北教育出版社,2004年,第289页。
⑤范曾编:《南通范氏诗文世家》(捌),河北教育出版社,2004年,第289页。

刚柔、咸酸相反相成，实现了多种风格之间的互补相济。范当世因独特的身世遭遇，文学创作成为了生命之重托，其《范伯子诗集》十九卷1106首是其诗学理念中对"我"诉求的成功实践，完整记录了光绪四年(1878)至光绪三十年(1904)的心路历程和生命踪迹，具有真切深刻的人生感受，对了解晚清下层知识分子的生存境遇、精神世界颇有助益。

其次，提倡诗歌是社会现实的真实反映。传统文学强调诗歌吟咏一己性情的同时，还强调与时代家国的紧密联系。范当世在"修齐治平"的宏大理想和"先忧后乐"的祖辈精神激励下，胸怀强烈的济世宏愿。他自书对联："揽辔登车，一世澄清须满志；读书闭户，万家忧乐尽关心。"[1]锐意进取，不惟独善其身，更重兼济天下的道义担当与胸襟器识。汪辟疆曰："诗至道咸而遽变，其变也既与时代为因缘。"(《近代诗派与地域》)[2]道咸以前，慑于文字之祸，吟咏所寄，大半模山范水、流连光景。晚清之世，中华民族到了生死存亡的关键时刻，时代剧变激发了学人家国天下的政治关怀，勇于任事，群体代表时代思想的良知，表现出清代前所未见的政治热情与自觉实践。慷慨论时事成为诗坛的普遍现象，同光诸人为时代写照，诞生了大量变风变雅、怨迫哀伤之作，彰显了士人的道义关怀与政治责任。范氏诗学典型代表了这一时代精神：

> 兴会乘风雨，哀吟撼笔端。老怀忧国切，生计入诗宽。(《奉和外舅〈积雨感事诗〉》)[3]

> 搓摩日月昭群动，折叠河山置太空。正要当前现光景，不能向壁造方瞳。(《再与义门论文设譬一首》)[4]

"向壁造方瞳"必然陷入创作困境，需要承袭古代现实主义传统，了解社会状况，以现实生计、当前光景入诗，不仅关注一己哀悲、个人穷通，还涵盖天下国家的悲欢忧乐，范当世诗歌也呈现出强烈的现实关怀与深邃的忧患意识。正如金天羽曰："贫穷老瘦，涕泪中皆天地民物。"(《答苏堪先生书》)[5]晚清风云突变的危急时局为其提供了丰富多元的创作题材和深刻

---

[1]范曾：《吾家诗学与文化信仰》，《中国文化》2007年第2期。
[2]汪辟疆：《汪辟疆说近代诗》，上海古籍出版社，2001年，第10页。
[3]范曾编：《南通范氏诗文世家》(捌)，河北教育出版社，2004年，第62页。
[4]范曾编：《南通范氏诗文世家》(捌)，河北教育出版社，2004年，第238页。
[5]陈国安、孙建编著：《范伯子研究资料集》，江苏大学出版社，2011年，第123页。

痛楚的生命体验,面对日益深重的社会危机,继承传统士大夫的文化担当和以诗写史的文学传统,诞生了大量极富时代精神的作品。诗人始终保持忠君爱国的传统观念,紧贴时代脉搏,以国家安危为念,以民族命运为念,以民生疾苦为念,与整个清王朝同呼吸、共命运,构成了一部惊心动魄的近代史篇,极具史料价值。诗集中留下了大量"涕泪中皆天地民物"的篇章,心悬如捣,语多悲切,传达了近代知识分子内心的孤忠忧愤。需要关注的是,同光体诗人多为官僚缙绅,直接参与维新变法,以文化政治主体自居,对国家形势了如指掌。范当世则迥然不同,终身布衣,处江湖之远,面对甲午战败的残局、列强凌辱的困境,一手握管,两眼观世,以全部的生命激情去感受世事运行,万千感慨付诸笔端,参与了近代中国的精神进程。其诗纳入了时代风云、政治事件,多方表达对现实的深入思考,实现了传统士大夫对国家与文化的担当,这是其诗中最为称道、高出侪辈的方面。

当然,范当世诗学中"我"与"当时"并非割裂的存在,将时代社会变迁与诗人现实生存有机融合。其对近代重大历史事件的书写,揭示出清朝的统治腐败和民族危机,袒露了由此激发的满腔悲伤和心灵震颤,交织着家国与身世之感。

三、积气成华人群卑,变幻吐纳云烟垂

强调诗与人的密切关系是近代诗学的共同语言,范当世延此论诗风气,继承了古代诗学志据道德、依仁游艺的传统,重视创作主体道德修养。"德者,文之腑"(《寿言赠李季驯》)①,这也是其对授业恩师刘熙载"诗品出于人品"之说的吸纳。诗如其人,诗歌生命植根于作家道德人格,其尊卑高下决定了辞章艺能之优劣。文学品格与书写之人产生了不可避免的关联,在题材选择、手法运用、主旨指向等方面决定了创作水准,德性之美有助提升艺术内涵。范氏推崇创作主体刚正光大的人格、宏远宽阔的胸襟,这成为其文学考量的重要参照。他评袁昶:"其人已不朽,其诗亦可传。"(《近代诸家诗评》)②袁昶(1846—1900),字重黎,号爽秋,一号渐西村人,浙江桐庐人。庚子事变中因上疏力谏被杀,被誉为"三忠"。高尚的气节操守带来

---

①范曾编:《南通范氏诗文世家》(玖),河北教育出版社,2004 年,第 28 页。
②范曾编:《南通范氏诗文世家》(捌),河北教育出版社,2004 年,第 317 页。

诗篇的争相传诵，范氏论诗"人品决定诗品"的逻辑清晰可见。

　　清代学术繁荣，文化氛围浓厚，重视学问成为了时代鲜明的诗学特点。范当世主张通过积学的方式提升主体修养，博览经史，浸淫坟籍，以学问培植才思与诗情，实现厚积薄发，左右逢源。其提倡博学需要关注三点：第一，明确否定以考据、学问直接入诗。"最有空词定乐哀，网罗故实定非才"（《与义门论诗文久之书二绝句》）①。乾嘉朴学兴盛的背景之下，翁方纲提倡以学问为诗，一时在相当范围内成为文人的趋尚。繁琐考证，铺排学问，满眼故实，佶屈聱牙，毫无诗味，范氏的批判恰如其分。时至晚清，陈衍等有识之士自觉追求"学人之诗与诗人之诗"的交融，以学问为诗和以性情为诗并举，两相凑泊，水乳交融。与之相类，范氏强调创作的本质在于诗人的心灵情志，从艺术角度审视文学的价值，毋庸置疑这是符合创作规律的正确认识。这一原则指引下，其诗较好处理了学问与创作的关系，与沈曾植"腹笥便便、取材于经史百子佛道二藏西北地理辽金史籍医药金石篆刻的奥语奇词以入诗"②迥异，诗歌流露出兴象和韵味，生趣盎然。第二，拓展学习范围。晚清衰象日显，范氏好言经世，西学东渐之风的鼓荡中，以包容开放的态度对待西方文明，经历甲午、戊戌、庚子之变，热衷海外先进学说。其提倡的"学"并不局限于儒家经史典籍，更有"合乎天理、周乎人事"（《答桂生书》）③的西学，富有时代精神。同时，深入阅读传统诗文，甚至挖掘出中西文化相通之处：

　　　　宁知彼所怀，岳岳如大山。饱与万物饱，教化还天然。洒血泣君昧，矢心躬尧年。由来大同理，一碎不复全。（《究观东野之文辞颇有合于西哲之言公德矣感叹再题》）④

　　唐代孟郊之文合乎西哲"公德"之言，昭示着近代诗学理论由封闭走向了开放。第三，涵养昂扬蓬勃之气。"气"是中国古代文论的重要概念，代表了艺术家的生命力和创造力，成为影响文学创作的重要因素。范氏气度恢弘，胸襟开阔，推崇孟子"浩然之气"、韩愈"气盛，则言之短长与声之高下

①范曾编：《南通范氏诗文世家》（捌），河北教育出版社，2004年，第198页。
②钱仲联辑：《近代诗钞》，江苏古籍出版社，2001年，第809页。
③范曾编：《南通范氏诗文世家》（玖），河北教育出版社，2004年，第109页。
④范曾编：《南通范氏诗文世家》（捌），河北教育出版社，2004年，第290页。

者皆宜"(《答李翊书》)①之说。

> 内实磊落无人窥,堕地分天天自随。积气成华人群卑,变幻吐纳云烟垂。(《金陵门存诗刻中余极赏陶宾南欲穷沧海无涯量及似水楼台柝不喧二首兹来蒙以长篇见赠馨意和之》)②

他要求创作主体沉潜书卷,提升人格精神,生成为作品内在充沛的生命力量。以身外学问提升内在情操,又以内在情操驱遣身外学问,境界博大,充盈饱满,变化舒卷。

范当世强调读书积学的同时重视生命困境对创作的积极意义,这里涉及古典诗学的重要命题,司马迁的"发愤著书",韩愈的"不平则鸣",欧阳修的"穷者而后工",都表明诗人境遇与创作息息相关的集体认同,代表了艺术和人生的辩证关系。坎坷多舛的现实生活,对于文学成功具有决定意义。范氏《除夕诗狂自遣》曰:"人言诗必穷而工,知穷工诗诗工穷。我穷遂无地可入,我诗遂有天能通。"③文学的本质在于表现人性对于现实的感触和反抗,诗人多蹇,穷居野处,贫困憔悴,壮志难酬,理想与现实的渐行渐远形成了巨大的精神压抑。苦闷的心境促使文人对人生自觉深刻的反思,创伤性体验激起表达和叙述的愿望,在执着的追求和现实的失落中走向文学。诗人以全部的时间、热情精心营造文学的殿堂,诞生了纯熟精妙的作品,产生了惊心动魄的感人力量。范当世一生可谓"穷而后工"诗学命题的最佳注脚:"世说小范十万兵,不能战胜徒其名。空提两拳向四壁,推排日月驱风霆。"(《世说小范十万兵》)④胸怀淑世之志,自视甚高,不幸命运多艰,先后九次参加乡试,屡售不第,遂绝意仕进,以志向高洁、安贫乐道的颜回作为精神楷模,恣意歌吟。光绪十六年(1890)诗曰:"十年奔走天南北,渐觉形骸畏车辙。积病支离到肺肝,便归无力耕阡陌。"(《叔节在安福盼我久矣我欲山行而病不能强迟风又不可耐诵其诗依其〈忆昔行〉韵为思叔节一篇》)⑤有技不获赏,以病弱之躯屈居人下,肮脏江湖,终身困匮,是为"无地可入";在体验到人情冷暖与世态炎凉之后,形成对生命的深邃理解,积

---

①[唐]韩愈撰,刘真伦、岳珍校注:《韩愈文集汇校笺注》,中华书局,2010年,第701页。
②范曾编:《南通范氏诗文世家》(捌),河北教育出版社,2004年,第283页。
③范曾编:《南通范氏诗文世家》(捌),河北教育出版社,2004年,第194页。
④范曾编:《南通范氏诗文世家》(捌),河北教育出版社,2004年,第107页。
⑤范曾编:《南通范氏诗文世家》(捌),河北教育出版社,2004年,第69页。

聚了深刻饱满的情感。感慨身世,随笔所如,纵横驰骋,奇横不可敌,是为"有天能通"。范当世名动当时,声施后代:

> 吾生恨晚生千岁,不与苏黄数子游。得有斯人力复古,公然高咏气横秋。(陈三立《肯堂为我录其甲午客天津中秋玩月之作诵之叹绝苏黄而下无此奇矣用前韵奉报》)①
>
> 束发倾心范伯子,腹中泰岱峥嵘起。生晚恨不早百年,青眼高歌侍筵几。(钱仲联《答范生》)②

诸人推崇中可见其文学成就。吴汝纶曾叹:"当今文学无出肯堂右者,其穷固其所也。"(《答姚叔节》)③范氏以文学的方式获得了生存的意义和精神的慰藉,实现了对现实苦难的超越和升华。

四、几个审美范畴

范当世诗学世界主题多元,既涉及复古与创新、创作与现实、文学与人品等外部关联,又涵盖了境界、声律等基本命题,现分述于下:

1. 诗家王气必深寒。范当世十分重视诗歌境界,曰:"古人所宝文章境,岂与小夫竞俄顷。"(《星涛席上叠韵奉诒兼待逊庵兄至》)④古人创作超越了具体的描摹刻画,情景交融、韵味无穷的诗歌境界令其向往不已,范氏在个人诗学建构的"境界"审美中注入了新的内涵。首先,崇尚"深寒"之境。光绪十四年(1888),范当世与桐城姚永朴讨论诗境云:"诗家王气必深寒,秘钥谁能拔数关? 龙虎相遭风过水,鸾皇自舞雪盈山。"(《与仲实论诗境三次前韵》)⑤诗中"深寒"可分而述之,范氏以"深"对"浅"。

> "孰使吾国开通至四五千年,被文化者犹不过百一,而全国之民至今犹沦于暗昧之域,岂非文深之过耶?"顾文不深,则不能历久而长存。而圣贤魁雄之人常深构其道与精载而之乎万世。(《〈聚学轩丛书〉序》)⑥

---

①陈国安、孙建编著:《范伯子研究资料集》,江苏大学出版社,2011年,第45页。
②范曾:《吾家诗学与文化信仰》,《中国文化》2007年第2期。
③陈国安、孙建编著:《范伯子研究资料集》,江苏大学出版社,2011年,第300页。
④范曾编:《南通范氏诗文世家》(捌),河北教育出版社,2004年,第180页。
⑤范曾编:《南通范氏诗文世家》(捌),河北教育出版社,2004年,第58页。
⑥范曾编:《南通范氏诗文世家》(玖),河北教育出版社,2004年,第118页。

虽然"文深"导致泽披文化者过少,但是"文不深则不能历久而长存",故毅然反浅求深。又以"寒"对"俗":

> 琼楼玉宇寒深矣,何处乘风归去来?(《欣父席上应诸公咏雪之属用敬如韵》)①

> 骨底寒深气益高,积水一轮秋后月。(《读裴伯谦兄诗卒业题句》)②

琼楼玉宇、积水秋月以喻诗境、心境,高妙雅致,流露出浓厚的文人审美取向。创作中具体表现为吟咏人文意象,运用精辟典故,持守清高品节。避浅去俗成为其现实评判的重要标尺,《近代诸家诗评》中言及吴俊卿"其诗要无俗韵",宋恕"孤僻无聊,亦新党中之无俗韵者",沈曾植"无一毫尘俗气"③,充分肯定内容的艰深和格调的高逸,与黄庭坚遥相呼应,与同光诸人观点一致,抗拒一览无遗,摒弃浅俗平庸。袁枚留连风景、儿女情长之作流于俗艳轻薄,范氏秉持正统观念,对此颇有微词。其情欲不分,放浪不羁,品格不高,不足称道,这与姚鼐、张裕钊、吴汝纶等桐城诗人的批判态度相同。其次,推崇中和之美。范氏主张文学表达的酣畅淋漓,并要求掌握分寸,达到随心所欲不逾矩的境地。

> 磊砢不平而含蓄不露,意思稠叠而随手包裹,不碍于奔放,著字数百而旁见侧出之虚影不啻数千,空明澄澈而万怪惶惑于其间……所尤难者,在乎骂讥王侯将相而敬慎不渝,与下辈粗解文字纵情牢骚者判若天壤;文章虽极诙嘲,而定有一种渊穆气象,望而知为儒人之盛业,与杂家小说不同。(《与蔡燕生论文第一书》)④

着眼于诗歌文体特性,以理规情,激烈磊砢的情感出以从容平和的语言,沉哀入骨却无怒张之态与激愤之音,蕴藉含蓄,优游不迫,透出渊穆气象。范当世浸润于传统文化母体,意求雅适,境尚平淡,义贵含蓄,表现出对儒家诗学"温柔敦厚"法则的返归,这与清代桐城"雅正"的美学主张深相契合。

2. 以声鼓荡空中思。诗歌作为语言艺术的独特形态,其美感呈现于

---

①范曾编:《南通范氏诗文世家》(捌),河北教育出版社,2004年,第179页。
②范曾编:《南通范氏诗文世家》(捌),河北教育出版社,2004年,第162页。
③范曾编:《南通范氏诗文世家》(捌),河北教育出版社,2004年,第318页。
④范曾编:《南通范氏诗文世家》(玖),河北教育出版社,2004年,第32—33页。

声韵节奏的抑扬顿挫、参差错落之中。有清一代，随着对传统诗学总结的进一步深入，诗歌声律得到普遍关注，范当世诗学世界中"音声"也是重要的审美范畴。其《况箫字说》一文深入阐述了声音之道：

> 其为道也至大，则六经、百氏之所有莫不于是乎要其成，不则尧舜两圣人赓续百五十年，而赞之以禹、皋陶、稷、契二十二人之贤，何其德之弥纶乎天地而区区乎必《韶》以传也。

音声为道至大，承载圣贤之德，弥纶天地，尽善尽美，深入人心。范氏进而探讨音声的社会功能以及声、乐的关系，揭示出文学声律存在的重要意义。

> 声之为物也至神，而其感人也至深，如之何而可绝也！是故身不为乐而宣诸文者，圣人之有以自乐也。天下之无乐，而圣人当之以文，则使天下之人乐其乐而兴于善也。此自古作者莫不皆然，而岂能苟焉以传乎？[1]

古圣人以乐宣文，乐亡文兴，感化心灵，陶冶情性，厥功甚巨。他以追流溯源的方式强调声律，视角新颖。吴汝纶曾致信张裕钊盛赞此文曰："发明声音之故，推本韶夏而究极言之，特为奇妙！"（《答张廉卿》）[2]吴氏之言道出范氏诗学音声论述的独特贡献。因声求气是清代桐城派的标志性论旨，也是中国传统文论的精髓，范当世对之推崇备至。"人之身不足存也而存其道，道无所寄也而寄诸言。言可闻者，伪之也，而有不可伪之气。气行乎幽而不可识也，扬其声而求之"（《况箫字说》）[3]。范氏一生孜孜于诵读，以此感悟创作主体寄寓其中的神气与道义。坐轿经过扬州街市高声朗诵诗文，仆人加以劝诫。"路旁笑者众，谓此成书痴。我果抗声否，恍惚不自知"（《仆诚》）[4]。岳丈姚慕庭曰："阁前胡床客，不绝吟哦声。"（《千里结婚姻》）[5]吟诵融入了日常生活，吐纳珠玉之间，沉醉于狂热的审美体验。范氏具备深厚的韵学素养，其诗歌用韵形式多样，如叠韵、次韵、和韵、倒押前

①范曾编：《南通范氏诗文世家》（玖），河北教育出版社，2004年，第17—18页。
②陈国安、孙建编著：《范伯子研究资料集》，江苏大学出版社，2011年，第298页。
③范曾编：《南通范氏诗文世家》（玖），河北教育出版社，2004年，第17—18页。
④范曾编：《南通范氏诗文世家》（捌），河北教育出版社，2004年，第239页。
⑤陈国安、孙建编著：《范伯子研究资料集》，江苏大学出版社，2011年，第22页。

韵等，游刃有余。吴汝纶评其《天津问津书院姜坞先生讲于此者八年外舅重游其地感欲为诗乃约当世同用山谷〈武昌松风阁〉韵》曰："山谷七古，推松风阁为第一，气骨高渺，杳然难攀，此诗殆欲追而与之并。"[1]黄庭坚传颂千古的《松风阁》句句用韵，曲高和寡，难以追步。范氏不为拘束，因难见巧，流转自如，独占胜场，显示了高超的用韵技巧。光绪十九年（1893），在李鸿章幕府与岳丈姚浚昌唱和一日至十余首之多，层出不穷，乐此不疲，极富游戏和竞争色彩。又如，范氏次曾国藩前后《岁暮杂感》诗达十五首，意韵切合，和谐流畅。门下弟子对其诗文音声之美印象深刻：

> 每构一杰作，凝思运神，真若有千圣百王之揖让于前，亿龄万代之承望于后，偃笔而起，传世朋众，引吭朗诵，声震四座，而精采愈见。（徐昂《〈范伯子文集〉后序》）[2]

> 声能震灯之焰，而动巷外行路之人。（曹文麟《书〈狼山观烧诗〉卷后赠冯静伯》）[3]

其诗音节浏亮，声调铿锵，具有震撼人心的力量。更为重要的是，在其亲炙之下，门徒徐昂撰《诗经声韵谱》《说文部首音释》《声纽通转》《音说》，长子范罕诗话著述《蜗牛舍说诗新语》中"文字亦器也，精于文字者乃可以文为器，而因以肖其声"[4]云云，皆可寻觅其间师承关系。

3. 雕琢何曾碍性灵。范当世创作前期重视规律与技巧，表现出刻苦认真、一丝不苟的创作态度。"文章寸心物，得失本秋毫"（《酬爱沧》）[5]，注重对字词、章法、句法的安排修饰，以字为文，争奇斗险，反复推敲，可见贾岛"苦吟"之迹，下笔不肯犹人，诗多是镂肝刻骨、呕心沥血之作。"虽平凡之语，亦用字不同，诗虽不为雕饰，而其句法奥衍，回环曲折"（李猷《近代诗介》）[6]，随处可见字斟句酌、惨淡经营之努力。随着诗学思想的成熟和经验的积累，范氏后期反对一味雕琢。

> 刻意为文亦损真，空持蠹简不能神。（《贺李草堂文七十自寿即用

---

① 陈国安、孙建编著：《范伯子研究资料集》，江苏大学出版社，2011年，第108页。

② 陈国安、孙建编著：《范伯子研究资料集》，江苏大学出版社，2011年，第72页。

③ 陈国安、孙建编著：《范伯子研究资料集》，江苏大学出版社，2011年，第129页。

④ 范曾编：《南通范氏诗文世家》（壹拾壹），河北教育出版社，2004年，第140页。

⑤ 范曾编：《南通范氏诗文世家》（捌），河北教育出版社，2004年，第172页。

⑥ 陈国安、孙建编著：《范伯子研究资料集》，江苏大学出版社，2011年，第143页。

书怀》）①

　　我有苦心雕琢处，万般零落不胜悲。只今瑰宝天然得，始信人为必不奇。（《答徐昂秀才》）②

　　由刻意雕琢走向天然自得，显示了诗歌审美的变化轨迹，最终立场坚定地指出，"文之道莫大乎自然"（《与言謇博书》）③，刻意为文损诗美，妙手偶得方为佳，"自然"成为了其诗歌艺术的最高法则。首先，表现为重视客观事物的本质美："先要赤膊子打架，然后锦衣绣裳。"（《与三弟范铠书》）④这是对《论语》"绘事后素"的解读，质朴纯真的内涵最为可贵，远胜绚丽多姿的外形，自然与修饰是主辅、先后的关系。其次，表现为雕琢之上的浑然天成："流传不必邀声誉，雕琢何曾碍性灵？"（《贺李草堂丈七十自寿即用书怀》）⑤踵武业师刘熙载"西江名家好处，在锻炼而归于自然"⑥的创作主张，要求以深厚功力为基础，以人工造天巧，超越文采诗法，泯灭人为痕迹，恍如天成。陈三立在晚清诗坛地位显赫，范当世客观指出其诗弊端，"伯严诗已到雄伟精实、真力弥满之时，所欠者自然超脱之一境"（《近代诸家诗评》）⑦，实事求是，既充分肯定其诗歌成就，又中肯指陈其"自然超脱"之不足，因过于推敲字句导致生涩险硬，直言相劝，持论公允，可谓净友。范诗整体不尽雕琢，"虽纵横排奡，而得其自然，非故为聱牙佶屈，貌为两宋生硬割裂以售其欺者"（徐骆《记通州范伯子先生》）⑧，遣词造语虽不免晦涩之处，多数能举重若轻，准确贴切，较为畅达，避免了同光诗中刻意雕镂、生涩奥衍之弊。

　　范当世一生致力于诗歌创作，刻苦钻研，鄙视墨守成规，热衷诗学研讨，游走于江苏、冀州、天津、桐城、江西等地文学圈，与桐城、同光派交往尤为密切。他论诗品文，鼓励争鸣，"为诗不但唱酬而已，必得互相争论，有所云云，乃足以为极乐也。否则，辛苦撰成，密行细字书而投之，如掷诸水，杳

①范曾编：《南通范氏诗文世家》（捌），河北教育出版社，2004年，第156页。
②范曾编：《南通范氏诗文世家》（捌），河北教育出版社，2004年，第245页。
③范曾编：《南通范氏诗文世家》（玖），河北教育出版社，2004年，第190页。
④范曾编：《南通范氏诗文世家》（玖），河北教育出版社，2004年，第207页。
⑤范曾编：《南通范氏诗文世家》（捌），河北教育出版社，2004年，第156页。
⑥［清］刘熙载撰，袁津琥校注：《艺概注稿》，中华书局，2009年，第329页。
⑦范曾编：《南通范氏诗文世家》（捌），河北教育出版社，2004年，第317页。
⑧陈国安、孙建编著：《范伯子研究资料集》，江苏大学出版社，2011年，第197页。

无回音,此亦有何趣味"(《与言謇博书》)①,奇文共赏,疑义相析,求是求真,以精进诗艺。范氏深刻思考和持续关注诗歌发展的历史与现实,努力为时代创作提供理论指导。其诗学主从同光诗派观点,值得肯定之处在于对待传统的立场,取舍慎妥,视野开阔,以积极姿态应对时势,努力将现实、个人有机融合,进一步丰富了中国传统诗歌理论体系。其诗学以实践为基础,以通变为灵魂,表现出对既有规则的挣脱,又显示了对传统审美的回归;不断吸纳师友主张,拓展融合,修正相关认识,典型代表了新旧杂陈的近代社会语境下文人在诗学道途的锐意进取和艰难探索。

第三节　范当世诗歌艺术研究

同光体诗人是指同治、光绪以来不墨守盛唐而兼采宋者,参与成员多,延续时间长,文学影响大,成为晚清诗坛的中坚力量。范当世以诗鸣世,是同光体在江苏的一面旗帜。陈衍《近代诗钞》录其诗 32 首,吴闿生《晚清四十家诗钞》共选 646 首,以之为冠,录 101 首。汪辟疆《光宣诗坛点将录》中喻为"天猛星霹雳火秦明"②,钱仲联《近百年诗坛点将录》中称作"天雄星豹子头林冲"③,地位可见一斑。其诗精华内敛,妙处实不易知,加之壮年即逝,近代社会激烈巨变,致使身殁之后长期淹没无闻,这与其在近代诗坛举足轻重的地位实不相符。有鉴于此,笔者拟对其诗歌艺术进行全面考察,并由个案透视同光诗派的审美宗尚,以加深对近代诗坛发展流变的理解。

一、以文为诗,无施不可

"以文为诗"滥觞于杜甫、韩愈,在盛唐诗风之外另辟蹊径,打通诗文界限,通过文意、文法、文心的移植,极大拓展了诗歌内容和表现手法,对后世产生了深远影响。范当世具备深厚的古文功底,承流接响,诗中多见对这一笔法得心应手的运用。夏敬观《忍古楼诗话》曰:"肯堂以文为诗,大都气

---

①范曾编:《南通范氏诗文世家》(玖),河北教育出版社,2004 年,第 150 页。
②陈国安、孙建编著:《范伯子研究资料集》,江苏大学出版社,2011 年,第 131 页。
③陈国安、孙建编著:《范伯子研究资料集》,江苏大学出版社,2011 年,第 138 页。

盛言宜，如长江大河，一泻而下。滋蔓委屈，咸纳其间。"①其诗纳入纯熟的散文艺术的手法和经验，遣词造句，结构篇章，具有浑灏古朴的气势。

1. 字法。马建忠曰："凡字，有事理可解者，曰'实字'。无解而惟以助实字之情态者，曰'虚字'。"②抒情言志是诗歌的主要职能，情志表白除了凭借实词组合之外，还有赖于虚词的积极参与，尤其是对于隐约复杂情思的传达至关重要。虚词运用在古代诗歌创作中早已有之，钱锺书《谈艺录》指出：

> 盖周秦之诗骚，汉魏以来之杂体歌行，如杨恽《拊缶歌》、魏武帝诸乐府、蔡文姬《悲愤诗》《孔雀东南飞》、沈隐侯《八景咏》，或四言，或五言记事长篇，或七言，或长短句，皆往往使语助以添迤逦之概。③

唐代杜甫、韩愈在前人基础之上多以虚字入诗，时至晚清，虚字斡旋也成为范当世诗歌的显著特征，打破诗与文的语言界限，表现为不同位置的大量安排，严整又具活力。

> 何来绮思飞明月，十幅蛮笺寄阿兄。(《欧家坊答仲弟寄笺》)④
> 而我作客客何梦，梦见故山枫树茔。(《峄山夜吟》)⑤
> 便欲狂呼侪少长，可无佳咏负朝昏？(《李草堂先生席上》)⑥
> 为欢亦已侈，只觉别离轻。便有还家乐，难堪此夜行。(《上海止于欣甫者累月航海北归舟中有作》)⑦
> 所以为君一挥涕，仍当欢喜临壶觞。(《上海遇彭苇亭病还江西》)⑧
> 汝惟海产夜郎腹，乃今但可潜去踪。(《北方旧闻天下雄》)⑨
> 且可温存鼻端白，更与融成怀内丹。(《文章出世有晷刻》)⑩
> 焉知马君死，隔日露其肘；焉知张当途，死去无人守。(《杂感二十八

①陈国安、孙建编著：《范伯子研究资料集》，江苏大学出版社，2011年，第124页。
②马建忠：《马氏文通校注》卷一，中华书局，1988年，第1页。
③钱锺书：《谈艺录》，中华书局，1999年，第70页。
④范曾编：《南通范氏诗文世家》（捌），河北教育出版社，2004年，第3页。
⑤范曾编：《南通范氏诗文世家》（捌），河北教育出版社，2004年，第18页。
⑥范曾编：《南通范氏诗文世家》（捌），河北教育出版社，2004年，第5页。
⑦范曾编：《南通范氏诗文世家》（捌），河北教育出版社，2004年，第13页。
⑧范曾编：《南通范氏诗文世家》（捌），河北教育出版社，2004年，第7页。
⑨范曾编：《南通范氏诗文世家》（捌），河北教育出版社，2004年，第22页。
⑩范曾编：《南通范氏诗文世家》（捌），河北教育出版社，2004年，第41页。

首庐陵道中作时点〈临川诗〉至第八卷即用其每诗之题句以穷吾兴端》)①

独尔偎寒色,因之见苦心。(《试院枯柏》)②

何曾帷幄须奇策,使汝甗裘犯苦寒。(《送周彦升之山东戎幕》)③

吁嗟一年好会多,过来聚散乃一瞥。(《倦游归里延卿来视集勿庵去楗羡斋中用聚星堂韵》)④

大淮以北气萧条,泰岳之间复寂寥。(《故城寄示同里诸子》)⑤

甫也岸然挚,白也疏而长;相如还自喜,马迁若有亡。(《六君子篇》)⑥

万行耳此名,前知则已怠。(《〈龙虎篇〉赠挚父先生》)⑦

感激平生未见人,肯为人兄养其弟。(《寄仲弟六十韵》)⑧

能于属字横虚彩,更以怀贤动至诚。(《次韵美熙父》)⑨

瑜来亮则无,邢出尹何两?君知桐城否,所学一身创。(《采南为诗专赠我新奇无穷倾倒益甚再倒前韵奉酬以其爱好也亦稍为戏语调之》)⑩

嗟哉尔言岂不贤,吾今从谏如转圜。(《守风不行而船得泊岸蒲仙去之安福内人触动悲怀余无以慰之乃携游滕王阁各为长歌一篇以取欢》)⑪

已矣少年垂老尽,依然淮水到江深。(《泰州官廨乃十八年前亲见程悦甫刺史创造落成者今以陆笔城刺史之招而复来此抚今追昔怆然成诗》)⑫

宁知舞蹈衔恩者,才被君侯一怒来。(《入冀州境就野人闻吴公断狱事喜而有作》)⑬

悠哉吾道难,行矣休怀囊。(《已发冀州苦雨不休夜泊荒野中再与

①范曾编:《南通范氏诗文世家》(捌),河北教育出版社,2004年,第52页。
②范曾编:《南通范氏诗文世家》(捌),河北教育出版社,2004年,第57页。
③范曾编:《南通范氏诗文世家》(捌),河北教育出版社,2004年,第6页。
④范曾编:《南通范氏诗文世家》(捌),河北教育出版社,2004年,第5页。
⑤范曾编:《南通范氏诗文世家》(捌),河北教育出版社,2004年,第19页。
⑥范曾编:《南通范氏诗文世家》(捌),河北教育出版社,2004年,第29页。
⑦范曾编:《南通范氏诗文世家》(捌),河北教育出版社,2004年,第31页。
⑧范曾编:《南通范氏诗文世家》(捌),河北教育出版社,2004年,第37页。
⑨范曾编:《南通范氏诗文世家》(捌),河北教育出版社,2004年,第42页。
⑩范曾编:《南通范氏诗文世家》(捌),河北教育出版社,2004年,第46页。
⑪范曾编:《南通范氏诗文世家》(捌),河北教育出版社,2004年,第90页。
⑫范曾编:《南通范氏诗文世家》(捌),河北教育出版社,2004年,第158页。
⑬范曾编:《南通范氏诗文世家》(捌),河北教育出版社,2004年,第19页。

采南叠韵》)①

　　飘风逆击之,何必在兹宇。(《飘风叹》)②

　　范氏运虚词入古诗,突破语法常规,调整语言结构,虚实相生。以"兮""哉""嗟乎"等抒发感慨,流露复杂的言外之意。以"才""已""还"表示承接递进,以"因"呈现条件因果,前后关联,连接照应,内在逻辑严密清晰。以"偏""忽然""惟有""却"表达情绪逆转,曲折有味。以"且""其""自""以""之"调整节奏,舒缓语气。所列虚词奇崛变化,或起到衔接照应的组织功能,或发挥传声见情的表达作用,远胜单用实词,熔通诗意,自然妥贴,具有散文的自由灵活、气脉贯通。

　　2. 句法。范当世试图改变诗歌规范整齐、节奏和谐的外在形式,引入古文句法,参差错落,以表达复杂多样的情感。首先,有意摒弃对句,打破诗歌规整的骈偶形式,行文中贯以单行散句。

　　　　南山积雪处,晦涩无枝条;怪鸟群飞来,缘石为一巢。日莫不窥陇,相向饥无聊。小儿乘其散,奋爪掀团茅;一攫不能尽,零落飞鸣交。顾念形与足,瑰玮殊鸒鹨。彼民岂能识,蓄之徒供嘲。坐令摧翩庸,不然充君庖。哀哉昔俦侣,一一丰肌销。(《南山》)③

　　　　一雨十日不放晴,红日不出天无晴。祈求想望已心死,兀坐楼上甘沉冥。然灯烧烛照宵咏,良久不闻檐溜声。童奴开门问雪否,还走言笑天不诚。无端收空散云雾,直视万里星光明。吾闻沉阴若灾祸,每至康复须威刑。炎日斩斩施雷霆,寒月刮地风峥嵘。不风不霆只无事,何处顿成开霁形? 恐是阴类自怡悦,拂拭后土便宵行。请看凌晨日欲上,果然复雨如盆倾。(《连阴十余日夜忽无风而自霁虽仆辈犹知明日之复雨也》)④

　　前诗叙写了南山积雪处飞鸟遭袭的悲惨命运,后诗记录了连阴十日之夜无风自霁又复雨的天气变化,将古文句法引入诗歌,娓娓道来,故避属对,句句散行,古拙瘦劲,呈现出从容不迫的舒展之美。其次,改变整齐划

---

①范曾编:《南通范氏诗文世家》(捌),河北教育出版社,2004年,第46页。
②范曾编:《南通范氏诗文世家》(捌),河北教育出版社,2004年,第34页。
③范曾编:《南通范氏诗文世家》(捌),河北教育出版社,2004年,第8页。
④范曾编:《南通范氏诗文世家》(捌),河北教育出版社,2004年,第195页。

一的句式,长短交错,驰骋文笔。

> 先生与奴食同品,腐鱼酸菜腹中裹。与我读书同苦甘,朝吟夕咀
> 三倍我。前日惊呼走出城,田间蝗子大如蠃。宁关自古循良心,只为
> 此官食者夥。妻儿弟侄十口家,万口从君索饼糇。万口不饱君无财,
> 数十之家不举火。君亦一口张,我亦一口哆。我食何尝似君艰,我亦
> 一家待君妥。玉阶仙露三千年,一树琼华长婀娜。中有彩鸾非帝骖,
> 朱户沉沉下青琐。君归休,但安坐,此邦亦不谓君惰,我与君亦暂不
> 饿。气化终留蟊贼心,圣人岂免昆虫祸? 面颜昔枯还未腴,何苦风尘
> 日摧挫?(《挈父先生出行野四日不归极望成诗》)①

> 可怜韩退之,澹语不成用。分明作者才,弃置无人诵。询吾云君
> 谓不然,勃虽三尺已占先。谁令退之更疏懒,言语诙诡足不前。空藉
> 文字与人斗,虽设百彩乌能传? 君诗莫须为我毁,君之故步真当捐。
> 嗟哉尔言岂不贤,吾今从谏如转圜。但当与尔遍揽名迹题山川,往至
> 太白楼下一醉沉千年。(《守风不行而船得泊岸蒲仙去之安福内人触
> 动悲怀余无以慰之乃携游滕王阁各为长歌一篇以取欢》)②

范氏本为深情之人,翘首期待出行四日未归的吴汝纶,深切宽慰离家
远亲的新婚夫人。两诗遣词造句,以七言为主,三言、五言、十一言间杂其
中,文随气使,散文的参差美与诗歌的整饬美和谐交织。

3. 笔法。议论、叙事、描写与抒情相结合是古文的基本形态,范当世
诗歌不仅是意象式的抒情,思想内容复杂多样,艺术手法变幻莫测。其《金
陵病中寄内子桐城以代家信》运用叙事散文的笔法以诗代信。

> 桐城百五十,两日山行疲。挥手入白门,念之犹不怡。发装甫晷
> 刻,大雨如奔驰。微阳动春震,重阴挟寒飔。从兹七宵旦,淫暴无休
> 期。甫雨念行者,小艇如瓜皮,孱躯浪里掷,沾濡定无遗。虽然攀江
> 上,山馆犹嶔崎。明朝入山路,顿撼益支离。石蹲若虎豹,泥酿如
> 糟醨。③

向夫人详细告知行踪,字里行间却将行旅艰难极尽铺叙之能事,从桐

---

①范曾编:《南通范氏诗文世家》(捌),河北教育出版社,2004 年,第 32 页。
②范曾编:《南通范氏诗文世家》(捌),河北教育出版社,2004 年,第 90 页。
③范曾编:《南通范氏诗文世家》(捌),河北教育出版社,2004 年,第 287 页。

城至金陵一路大雨滂沱，道路泥泞，水宿山行，夹叙夹写，情景如见。又如《夜遭快雨口占志景雨止而休即呈熙父》曰：

> 天水淋漓象，欣于一室窥。树形摇电际，墙角见云垂。坏槛奔流入，疏槅细火危。农情忧正苦，元气蠢能知。爽切舒毛发，甘醲入肺脾。吾归当用楫，君住亦无饥。①

该诗描写了盛夏夜晚的一场大雨，雷电交加，雨水淋漓，奔涌入屋，有效缓解了旱情，身心俱快。诗人描摹物态事件，观察精细，笔致生动，令读者仿佛身临其境。此外，范氏诗题还长如散文，充分讲述创作缘起、心态，如《外舅劝当世与诸子为时文每五日一会则具佳馔相劳又作诗一篇以叹喟而欣动之当世敬述愚意为和章》《内子族侄姚笃生贫而有志余甚期之于其行也既饯以酒又勖以诗五叠前韵二首》《莫春于学堂后仓河种荷因种柳护堤秋后荷盛开若出意外余适病卧家送莲实来者举惊相告也诗以喟之》《余延冯君光久教吉儿及两孙并乞为余缮稿开馆余病作病间次稿而君以诗问余欣然次其韵二首》，这是以文为诗在题目上的表现，记述性质加强，也是宋诗区别于唐诗之处。

范当世还以大量议论入诗，发表精辟见解。其诗学思想的表达中，或提倡风格多样："我言奏曲亦须异，仿佛列鼎调咸酸。刚克柔克有二道，相承相反兹焉弹。郊亦滔滔挟愈势，愈有蠢蠢资郊寒。不然一倡百声和，正使吾道愁孤单。"（《适与季直论友归读〈东野集〉遂题其嵩》）②或推崇诗歌创新："黄雀无人羁，控地不能往。鸽在家人庭，一纵摩天上。物性有崇卑，怀风岂能强？蝉高犹借枝，凡虫互栖莽。独笑惟蜘蛛，容身必自创。蚕死圊圂中，愚智曷能两？遂令古圣人，效法网公网。哀今识字流，举目皆尘障。"（《稍与采南和度论文章生造之法再叠前韵奉诒》）③或批评学古不化："时流不善学，截膏来佐脂。犹割虎狼理，以饰羔羊皮。迁生之所晓，云云古如斯。华鲜愈不得，腐朽良堪悲。"（《恪士止我寓庐四旬日大愿余所为而作诗以坚寂寞之约且为我遍教其徒也酬之二十六韵》）④诗人并非抽象说

①范曾编：《南通范氏诗文世家》（捌），河北教育出版社，2004年，第43页。
②范曾编：《南通范氏诗文世家》（捌），河北教育出版社，2004年，第289页。
③范曾编：《南通范氏诗文世家》（捌），河北教育出版社，2004年，第45页。
④范曾编：《南通范氏诗文世家》（捌），河北教育出版社，2004年，第134页。

理,而出以生动譬喻,如列鼎调咸酸、蜘蛛织网、割虎狼饰羔羊等,意兴盎然,增强了形象性与启迪性。又如大量的议论时政诗,光绪二十六年(1900)八月二十四日,清廷又诏令有司劝教百姓安业,拳民被胁者令归农,此时距"剿团"之谕仅十天。范氏闻讯作诗《汗》:"一雨从容汗竟收,岁华从此入深秋。山河表里尘初上,天汉东西水不流。白骨青苔泪缠绕,黄金丹药死追求。拔山自古非容易,尺二书中语尽头。"①他自评曰:"是诗庚子车驾至太原时作,先是已正拳匪之名,至太原复有拳民之诏,所谓反汗也。"(《近代诸家诗评》)②讽刺朝廷朝令夕改、变化无常。在举国迎战背景之下,同年为保障东南地区的社会稳定和经济发展,督抚刘坤一、张之洞宣布缔结《东南互保》。范氏诗云:"东南尽付昏庸手,约束虽坚祸恐仍。"(《有人招登高饮宴不赴》)③他意识到列强、督抚联盟背后隐藏的诸多隐患,引人深思。光绪二十八年(1902)四月二十一日,朝廷调张人骏为河南巡抚,以周馥为山东巡抚,锡良为热河都统。范氏诗云:"试看朝朝传舍客,几曾留恋到昏时?中途梨栗争能售,东道林亭却付谁?"(《二弟书言河南锡中丞受任以来其勤至矣本日方以电语延聘姚叔节而遽闻其调热河都统叠韵慨之》)④朝廷官员频繁更迭,如走马换灯,何可托付中兴大业?观照时事,触处生议,可见其对国家政治、经济、军事等方面深刻的观察、分析和揭露。

4. 章法。范当世以古文谋篇布局、起承转合之法经营诗歌,其《吾所植荷既开尽而风雨频至坐见其萎谢慰别以诗》为咏物抒怀之作,以仙灵缥缈之笔,书写洁身自好的情操。首见眼前荷花在风雨中凋零,追忆其萌芽、开花、结实的过程。接着化实为虚,由深怜荷花萎谢进而神游洞庭仙宫,"潇湘洞庭上,弥路花漫漫。传闻有司命,乃是神仙官。五更得月际,大士乘飞鸾。停云拂素袖,洒露当花冠",想象荷根乃为屈原所化,"哀哀楚骚子,抱石沉急湍。奇躯不得腐,化作荷根蟠。传为万万本,七窍心犹完"。这一联想极大开拓了诗歌意境,丰富和深化了荷花的传统象征意义。最终又回归现实:"埋藏弗复道,摧落终心酸。"⑤与首联呼应,实现了结构的回

---

①范曾编:《南通范氏诗文世家》(捌),河北教育出版社,2004年,第218页。
②范曾编:《南通范氏诗文世家》(捌),河北教育出版社,2004年,第318页。
③范曾编:《南通范氏诗文世家》(捌),河北教育出版社,2004年,第229页。
④范曾编:《南通范氏诗文世家》(捌),河北教育出版社,2004年,第278页。
⑤范曾编:《南通范氏诗文世家》(捌),河北教育出版社,2004年,第35页。

环往复，该诗前后过渡自如。钱仲联赞曰："仙乎仙乎之笔，可谓提挈灵象，养空而游。近代学古各家，对此能无缩手。"（《清诗三百首》）①章法剪裁，纯以古文伸缩离合之法行之，变幻莫测，寄托遥深。又如《中秋次韵高季迪》诗曰：

> 我来四换霜林蓝，魂梦已失江边岚。江月沉沉山月小，今皆沦落无人探。浪说吐茵不宜逐，坐对丞相车毣鬖。偷有此庐乐今夕，天与月我相濡涵。月之团团定何物，疑非我与天能参。一片寒冰照人世，却有功用无求贪。著向青天不可扫，朗若大字题空嵌。所以贤愚各顶礼，岂有骂语闻诟谗？我之抟抟定何物，语大足比书中蟫。当年亦欲舍此相，春山夜雨蒙苔龛。固知早成定虚愿，不得绿发寻归庵。郁麰锦瘤要人采，百计不售成枯楠。平生思之但负月，扪心愧对秋江潭。人间佳节复有几，沦失八九钟阜南。身独何为入囚舍，翻覆自缚真如蚕。只能磊落对天笑，老死寂寞吾何惭？焚香径下嫦娥拜，臣于万物靡所耽。朝吟莫吁有述作，书生例许为空谈。李彪设具范云啖，岂论明日无黄柑？天有雨风月有阙，惟独臣言无二三。祝拜而起妇亦拜，拜罢一笑千愁舍。谓余披写既如此，孰为偃蹇停归骖？天寒海昏怒涛动，孤客坎壈真能堪。嗟子斯言吾岂昧，飞霞既集谁不谙？丈夫行止有尺寸，但惜玉貌非好男。长年与人共烟火，能无一日同苦甘？何况东兵大蓋手，曾不责我谋平戡。糟台丈人亦无事，正用此际穷幽罩。劝君努力清光下，不惜沉醉宵酣酣。博得有情无智慧，岁与草木无边毵。②

此为光绪二十年（1894）范氏寓居李鸿章幕府所作，长期的抑郁牢骚借助中秋圆月淋漓抒发。全诗可分为两部分，前二十一韵为对月怀思，首先喷薄而出的是浓浓的乡愁，接着注目夜空皎洁澄明、无私无欲之月，在其照烛之下反观人生，身入囚舍，作茧自缚，内心急于挣脱。后十韵为与妻对话，其中既涉及时局，又有对现实处境的分析。因知恩图报，不忍遽然离去，最终以求沉醉于清澈的月光之下。全诗精心布局，行云流水，情、景、物、我交融，转折、波澜、布置、奇正开合自如，叙述、描写、议论错杂运用，层

---

①陈国安、孙建编著：《范伯子研究资料集》，江苏大学出版社，2011年，第112页。
②范曾编：《南通范氏诗文世家》（捌），河北教育出版社，2004年，第137页。

次繁复,俨然押韵之文。该诗备受推崇,堪称绝唱,陈三立赞叹不已:"苏黄而下,无此奇矣!"①陈氏擅长评诗,独具法眼,诗坛中人,仰之如泰斗,如此盛赞,可见一斑。

二、多方师承,风格鲜明

汪辟疆言及晚清诗坛曰:"诗之内质外形,皆随时代心境而生变化。"②同光诗人从个体到群体呈现出前后诗风不一的现象,范当世即是其中的典型代表。钱仲联曰:"肯堂己亥后诗,感德宗幽囚而作者,多沉郁悲愤,驱迈苍凉之气,贯虹食昴之词,直欲抗韩杜而攀《离骚》。"(《梦苕庵诗话》)③先生所言甚是,敏锐捕捉到其诗风的前后转变,事实上,这种变化更确切地说是以甲午战争为界,呈现了诗风演变、成熟的轨迹。

1. 前期雄放劲健。范当世在"兼济天下"的人文传统和"先忧后乐"的家风熏染之下,具有建功立业的人生理想与宏伟抱负,踌躇满志,意气风发,前期对苏黄之诗尤为倾慕。他直言不讳地道出其间师承:"我与子瞻为旷荡,子瞻比我多一放。我学山谷作道健,山谷比我多一炼。惟有参之放炼间,独树一帜非羞颜。"(《除夕诗狂自遣》)④"参之放炼"是指将苏轼的雄放豪迈和黄庭坚的整饬锻炼进行恰到好处的吸收,充满了独树一帜、超越前贤的勇气。其诗歌创作成功实现了这一审美理想,"世之称先生诗者,谓先生盖合东坡、山谷为一人也"(金鉽《范肯堂先生事略》)⑤。根据一己才思与笔力综合熔炼,自成一家,出神入化,成为近代诗坛学苏黄而得其精髓者,形成了雄直豪迈的诗风。首先,主体鲜明。范氏前期诗歌自我的喜怒哀乐、悲欢离合成为了表达的中心事件,恣意率真,毫不掩饰,主体形象鲜明。其《属冯君小白为吾写平生快事为八图而作诗以道其意用饶字韵》曰:

> 酒狂谁似盖宽饶,长剑禅衣只自描。作苦不知身世贱,搜奇独恨古人遥。结交颇尽东南美,娶妇能兼大小桥。离合死生今白发,冯君为我写无聊。

---

① 陈国安、孙建编著:《范伯子研究资料集》,江苏大学出版社,2011年,第45页。
② 汪辟疆:《汪辟疆说近代诗》,上海古籍出版社,2001年,第9页。
③ 陈国安、孙建编著:《范伯子研究资料集》,江苏大学出版社,2011年,第140页。
④ 范曾编:《南通范氏诗文世家》(捌),河北教育出版社,2004年,第194页。
⑤ 陈国安、孙建编著:《范伯子研究资料集》,江苏大学出版社,2011年,第4页。

平生师友受恩多，为狷为狂不我诃。雨夜龙门消积渴，晴秋燕市发悲歌。逢时冠佩宜三老，没代声香共四科。独叹南轩闭尘网，丹青无奈未归何？①

置酒高会，樽前痛饮，狂歌不已，醉态淋漓，结交天下名流，娶妻倾国倾城，诗人豪放飘逸、洒脱不羁的形象呼之欲出，颇显魏晋名士风度。其次，气势磅礴。范氏以苏黄为宗，心领神会，雄视阔步，挥毫落笔，震荡开阖，驰骋近代诗坛，广为时人注目②，洋溢着雄健阳刚之美。其《过泰山下》曰：

生长海门狎江水，腹中泰岱亦峥嵘。空余揽辔雄心在，复此当前黛色横。蜿蜒痴龙怀宝睡，蹒跚病马踏砂行。嗟余即逝天高处，开阖云雷傥未惊。③

该诗气体博大，首联述及成长经历，与浩瀚江水相狎，胸怀浩瀚，岱岳峥嵘，出语豪健。中间二联抒发了怀才不遇、国势颓唐的黯然神伤，家国如一。尾联一扫沉郁悲思，想象凌空直上，飞至高空，在云雷开阖翻卷中兴奋不已，可谓激昂。范氏自言该诗创作心得曰：“此等题无他难，但若将泰山看得绝大而求为震撼之词，则便竭蹶支持不能佳矣。”④诗人不为泰山气势震慑，笔力健举，吴汝纶赞为“奇横不可敌”（赵尔巽《清史稿》）⑤，钱仲联叹言“气概雄且杰”（《近百年诗坛点将录》）⑥，可谓得其精神。又次，意象峥嵘。诗歌意象是人格精神和生命意识的重要载体，范氏描绘事物时注目于体积庞大、气势磅礴、力量巨大之物，形成了独特的意象群。

世说小范十万兵，不能战胜徒其名。空提两拳向四壁，推排日月趋风霆。（《世说小范十万兵》）⑦

日日登高望北风，北风夜至狂无主。似挟全湖扑我舟，更吹山石

①范曾编：《南通范氏诗文世家》（捌），河北教育出版社，2004年，第82页。
②姚永朴《敬次大人韵赠肯堂兼怀通伯》曰：“君携巨笔泛沧海，来向荒城共掩关。嗜古才真过屈宋，哦诗句欲压江山。”言有章喻其文采曰：“如秦延敌方开关，席卷群雄遽欲还。又如亥步与夸步，摇足能用天地间。”（《呈肯堂师用山谷晁廖赠塔诗韵》）曾克崏《范伯子诗集序》曰：“若江海之茫洋无涯涘，大风作而涛澜之奔腾，起伏万状。”
③范曾编：《南通范氏诗文世家》（捌），河北教育出版社，2004年，第27页。
④陈国安、孙建编著：《范伯子研究资料集》，江苏大学出版社，2011年，第110页。
⑤陈国安、孙建编著：《范伯子研究资料集》，江苏大学出版社，2011年，第5页。
⑥陈国安、孙建编著：《范伯子研究资料集》，江苏大学出版社，2011年，第139页。
⑦范曾编：《南通范氏诗文世家》（捌），河北教育出版社，2004年，第107页。

当空舞。(《南康城下作》)①

推排日月,驱赶风霆,北风狂呼,山石飞舞,又如奔腾激越的江河、波澜壮阔的洞庭等,具有驰骋澎湃的气势和冲决一切的力量。复次,精神昂扬。甲午战争之前,范当世虽然困顿场屋,九试不中;虽然不拘小节,遭人非议;虽然栖栖奔走,以谋稻粱,吴汝纶、李鸿章、姚浚昌等人的知遇提供了重要的人生慰藉,即使身处逆境并未消沉绝望,表现出对苦难的藐视,格调昂扬。其《航海遭大风苦吟杜诗仍倒前韵》一诗具有象征意义,曰:

> 前度遭风波,此度胜前囊。悲来其如何,歌诗吾犹壮。门窦不可局,微见海天苍。惜乎船簸摇,寸步不能放。怵惕无一人,怪骇震千响。风雨缠两轮,飙驰固难爽。吾将杜少陵,努力继深赏。颠危所倾侧,幽怪谿通想。轩然扬己才,空绝无谁谤?吾将寸草身,飘飞出土壤。安得复陷污,艰难用行障。翻身独棹舟,只手亲提纲。驱鳌来挞之,三山堕其两。雷霆不敢下,龙鼍知所创。此海永澄清,吾诗不堕莽。呜呼李杜人,精灵何倔强!沧溟万古寂,为我沿波上。舟船各不飞,载我将何往?②

诗歌描述了风雨交加之夜的航海独行,剧烈颠簸,寸步难进,虽然极度渲染了环境的险恶艰难,但并不屈服于自然威力,坚忍不拔,"驱鳌来挞之,三山堕其两。雷霆不敢下,龙鼍知所创",高扬对于劫难的征服和超越,昭示出主体乐观豪迈的精神气度。又如:

> 安知曳尾余,不挽狂澜上。(《松坡不肯为诗强拉有作即依其所用韵酬之》)③
> 早晚庭堂与歌笑,平生志事未全输。(《戏答蕴素见慰诗次其韵》)④
> 吾虽贱士骨不丑,揽镜自照殊堂堂。(《感春》)⑤

悲愤之中跳跃着乐观,牢骚之外洋溢着旷达,苦闷彷徨中毫不退缩,保持对生命的挚爱和执着。

---

①范曾编:《南通范氏诗文世家》(捌),河北教育出版社,2004年,第49页。
②范曾编:《南通范氏诗文世家》(捌),河北教育出版社,2004年,第48页。
③范曾编:《南通范氏诗文世家》(捌),河北教育出版社,2004年,第46页。
④范曾编:《南通范氏诗文世家》(捌),河北教育出版社,2004年,第62页。
⑤范曾编:《南通范氏诗文世家》(捌),河北教育出版社,2004年,第39页。

2. 后期沉郁悲壮。晚清之际,范当世还与同光诸人一致推许杜甫,曾克嵩先生颇具慧眼,道出了其沉郁诗风的渊源所在。

> 如穷冬严凝,北海积雪,峨峨层冰,天柱欲折,悲风怒号,玄黄惨裂,极目茫茫,万里一白,其悲壮苍凉之境,凄厉沉痛之音,盖得于杜公为多。(《上陈散原先生书》)①

甲午战争之后,面对大厦将倾的国势、哀鸿遍野的民生、漂泊流离的遭际、坎坷困窘的命运、贫病交织的自我,杜甫成为了异代知音,心仪手追,其卓越的文学成就和高洁的人格品质对范当世产生了深刻影响。甲午战争之前,诗集涉及国计民生如《余东道中》《平原道中》《废塔》等,不仅篇目寥寥,而且所占篇幅相当有限。甲午战争之后,其创作实践产生了深刻蜕变,由吟咏性情、描摹风月转变为反映社会、臧否政治等现实题材,不再局限于一己哀吟,密切关注最高统治者,追踪评论重大时事,愤慨批判黑暗时局,忧念关爱普通百姓,不仅诗篇急剧增多,十之八九皆为其属,且如《果然》《闻说》《已矣叹》《和爱沧赠洪荫之诗三十七韵》等相关主题已占据了全文篇幅,表现出与杜诗"沉郁顿挫"相近的风格特征,典型代表了杜甫对近代诗人的积极影响②。首先,心境悲苦。范氏功名困顿,身处贫贱,心忧天下,身世之感融入了家国之恨,悲愤难抑,书写了众多"泪"透纸背之作。

> 忧心及邦族,泪下独涟涟。(《自谕》)③
>
> 一世于今尽可伤,相逢徒有泪徊徨。(《旭庄太守金陵返惨然述近事并示〈江楼感怀〉次韵李拔可之作走笔奉和》)④
>
> 兴复又添垂老泪,荒茫永有未招魂。(《答伯严用叔节韵见寄系以辞曰时势隔日而异观心期极古而并喻来章所慨决答如斯》)⑤
>
> 遍把神州堕烟莽,拥衾犹觉泪如泉。(《九日》)⑥

饱含血泪、无限悲痛、富含深广的社会内容,散发出强烈的时代气息,

---

① 陈国安、孙建编著:《范伯子研究资料集》,江苏大学出版社,2011年,第92页。
② 参看孔令环:《略论杜甫对中国近现代诗人的影响》,《黄河科技大学学报》2008年第4期。
③ 范曾编:《南通范氏诗文世家》(捌),河北教育出版社,2004年,第303页。
④ 范曾编:《南通范氏诗文世家》(捌),河北教育出版社,2004年,第296页。
⑤ 范曾编:《南通范氏诗文世家》(捌),河北教育出版社,2004年,第268页。
⑥ 范曾编:《南通范氏诗文世家》(捌),河北教育出版社,2004年,第228页。

这也是其诗"读之往往使人不欢"(汪辟疆《近代诗人小稿传》)①的重要原因。其次,意象衰飒。诗人以破碎的丹心观照日之将夕的现实、贫病不遇的自我,诗歌意象融入了近代文人心态和时代色彩。"夕阳"是对国势日危、自我衰颓的感喟,逝前不久有《落照》一诗。诗曰:"落照原能媲旭晖,车声人迹尽稀微。可怜步步为深黑,始信苍茫有不归。"②在夕阳落照之中,踏上不归之路,一步步走向深黑之境。该诗字字沉痛,一语双关,既是封建王朝没落的写照,也宣告了自我生命的结束。又如:

> 一江前后水,六代送迎春。于此著君我,残阳倍怆神。(《余与叔海兹来所造请及于海外师儒而向时师友雕丧若此感怆不已再成短章》)③
> 长啼泪亦干,残日望西山。(《望西山》)④
> 临江不问无归夜,且看残阳万顷红。(《读濂亭师次袁爽秋郎中见赠韵有王城浩浩著君隐之句尤以痛喟掩卷和之时之上海舟中》)⑤

伫立于落日残照之中,极具悲怆意味。"风雨"是乱世声象在诗人心灵的投影:

> 正愁风雨乾坤大,蚁穴侯王梦未醒。(《养疴寓楼苦雨吟眺》)⑥
> 江风海雨天正昏,酒阑灯妣人无言。(《学方老〈醉歌〉赠敬如且俾戏示爱沧公子》)⑦
> 谁道两轮风雨缠,缘江试浪已狂颠。(《附轮往江西始发风雨大作船即播摇不可当》)⑧
> 残花急雨重衾到,破叶惊风故纸听。(《感事依爱沧所用丁字韵》)⑨

象征了激荡飘摇、紧张危急的时代氛围,饱含神州陆沉的悲痛。"秋"是自然萧瑟凄凉与内心忧愁悲哀的水乳交融:

---

①陈国安、孙建编著:《范伯子研究资料集》,江苏大学出版社,2011年,第6页。
②范曾编:《南通范氏诗文世家》(捌),河北教育出版社,2004年,第306页。
③范曾编:《南通范氏诗文世家》(捌),河北教育出版社,2004年,第282页。
④范曾编:《南通范氏诗文世家》(捌),河北教育出版社,2004年,第225页。
⑤范曾编:《南通范氏诗文世家》(捌),河北教育出版社,2004年,第240页。
⑥范曾编:《南通范氏诗文世家》(捌),河北教育出版社,2004年,第215页。
⑦范曾编:《南通范氏诗文世家》(捌),河北教育出版社,2004年,第171页。
⑧范曾编:《南通范氏诗文世家》(捌),河北教育出版社,2004年,第219页。
⑨范曾编:《南通范氏诗文世家》(捌),河北教育出版社,2004年,第172页。

五云辉灭海色暗，一树飘零天下秋。(《叠韵速内子和章》)①

涕泣低回未死身，譬已先秋望春杏。盖地繁花既作泥，一命轻微亦如草。(《延卿读吾夫妇山中诗而有赠次答并泥其行》)②

阳春只当凛秋过，冉冉秋来更奈何？(《阳春只当凛秋过》)③

这是自然之秋、国家之秋、人生之秋的交织，其他如病马、寒蝉、饥凤、枳榛等，流露出现实的无可挽回与个人的失意不遇，意象辐射意义多元。又次，情调悲观。诗中或慨叹国家积弊难返，摇摇欲坠。"况其念来日，四海无安林。飘飘何所止，惨惨孰能任"(《出郭》)④，"黄花晚节嗟难到，赤县神州不可居"(《辞外舅灵几》)⑤。或悲伤自我重病缠身，沉沦不遇。"人弱将天困，医多奈病何？吾知百无用，径合死岩阿"(《有所愤叹再次曾文正后〈岁暮杂感〉》)⑥，"忽忽未知生可乐，快快常与死为邻。等闲多少穷途泪，可以飘飞化作尘"(《余题〈月湖琵琶图〉因及〈钓台集〉而有严光沦落之叹又引申之而得歌诗十句》)⑦。如此之叹缘于政治时局的急转而下，列强肆虐，军阀混战；生命境遇的一落千丈，万事蹉跎，沉疴难愈。诗中弥漫着寂寞凄凉，表现出对现实人生的悲观失望。晚清同光诗人虽以道义自任，欲挽颓流，又清醒意识到清王朝难以为继、气数将尽的必然趋势，诗歌继承黍离之悲的传统，流露出回天无力的创痛，这在范当世诗中得到了体现。

三、崇尚新奇，独树一帜

同光体虽然内部派别复杂，取法不一，避俗避熟、力求独创却是共同的审美追求。求新求变也是范当世诗学的核心理念，其创作立足于社会现实，在题材、内容、艺术等方面努力开拓，以突破传统束缚，呈现出独特魅力。

1. 题材新颖。在新旧文化激烈冲撞的近代诗坛，范当世在传统题材之外，引入了新事物、新思想、新文化，道前人所未道，具有时代精神和地域

①范曾编：《南通范氏诗文世家》(捌)，河北教育出版社，2004年，第155页。
②范曾编：《南通范氏诗文世家》(捌)，河北教育出版社，2004年，第154页。
③范曾编：《南通范氏诗文世家》(捌)，河北教育出版社，2004年，第168页。
④范曾编：《南通范氏诗文世家》(捌)，河北教育出版社，2004年，第208页。
⑤范曾编：《南通范氏诗文世家》(捌)，河北教育出版社，2004年，第210页。
⑥范曾编：《南通范氏诗文世家》(捌)，河北教育出版社，2004年，第150页。
⑦范曾编：《南通范氏诗文世家》(捌)，河北教育出版社，2004年，第192页。

色彩。光绪十一年(1885),待船天津,日本人武藤百智慕名以诗问业,言及其国人冈千仞。范赠诗曰:

> 昔闻海上冈千仞,邈若神山不可望。谁识英英大邦杰,担簦来上我师堂。超闻合是庐行者,朴学犹为卜子商。念尔师资能近取,千秋名业定无疆。(《日本武藤百智以诗问余于天津余为言其国人冈千仞使往见之乞一言为先遂赠二诗》)①

这是近代中日诗界了解、交流的直接资料。光绪二十五年(1899),滞留上海,有《消寒第三集咏日本小田切所谓沪上四假者四首》。

> 浓眉大样高嵯峨,传动珠履相经过。徐察妙美飞横波,芳言馥语兰气和。(《假眉》)

> 手眼唇舌一时到,只有风声鹤唳陵虚翔。(《假拳》)

> 彼何人兮习习,舞当筵兮遍给。身之傀儡观者娱,水与蜻蜓不相入。(《假应酬》)

> 欧颜米蔡都无遗,安得更论羲献之,先生聊以绐群儿。(《假书法》)②

假眉、假拳、假应酬、假书法,逐一道来,吟咏了近代上海社交场域中出现的新兴事物和不良风习。同年,《书贾人语》一诗更奇:

> 去即去耳谁为贤,人如绿草生春田。镰刀割尽还须长,不闻但有今岁无来年。东家独患囊无钱,傭保杂作何有焉?请看朝廷没曾左,也有后相来联翩。我闻此语怳失色,从此昆仑、泰华皆不坚。明朝便叱玉皇退,何能一帝专诸天。③

通过贾人之口批判君主专制和绝对权威,态度鲜明。"明朝便叱玉皇退,何能一帝专诸天"句尤为振聋发聩,向往自由,鼓吹改革,具有革命色彩。光绪二十六年(1900),其《听某营将杨君谈兵》曰:"不知敌若非人待,拥鼻犹能辟毒不?"自注:"西人此番用绿气炮,盖不特野蛮我,并禽兽我矣,万世之羞,谁召之哉?"④这恐是诗中西方列强对我国使用化学武器的最早

---

① 范曾编:《南通范氏诗文世家》(捌),河北教育出版社,2004年,第26页。
② 范曾编:《南通范氏诗文世家》(捌),河北教育出版社,2004年,第183页。
③ 范曾编:《南通范氏诗文世家》(捌),河北教育出版社,2004年,第191页。
④ 范曾编:《南通范氏诗文世家》(捌),河北教育出版社,2004年,第232页。

记载，表现了对非人道主义行径的无比愤怒，具有独特的文献价值。光绪二十七年（1901），其《狼山观烧感赋》记录下了通州元宵"放烧火"这一独特民俗：

> 元夜灯辉万万古，无端忽被时危阻。传闻野烧今宵多，重向狼山命俦侣。亦日慰情聊胜无，不谓奇观在何许。白日已下天无光，荡荡乘高揽空宇。冥然一点两点出，忽然稀疏见三五。不能一眴纷来如，泛滥崩奔骤如雨。火海分为无尽波，婉娈迎风颜色聚。直视又若星河翻，芒角摇摇煸残暑。傥其玉帝乘云观，已讶高天沉下土。自读庄生视下篇，便识坤乾无定处。翻腾变化人为之，万众齐心不可御。居高听下虽不闻，因风送声可知语。他人有菜小如钱，吾侬菜若筐之巨。蟊贼尽死人则肥，如此云云咒田祖。①

"火把节"是整个中华民族乃至世界各民族在孩提时代共有的信仰，随着时代变迁，通州成为了汉民族惟一保留"火把节"的地区。星星之火，可以燎原，诗人以生动笔触描写了元宵入夜"放烧火"的壮观景象，用芦苇或茅草扎成草把，沿田边挥舞边疾呼，祈祷五谷丰登、国泰民安，声势浩大，热闹非凡，极具民俗史料价值。

2. 想象新奇。范当世才思敏捷，视野开阔，浮想联翩，敢于标新立异。首先，超越时空。其构思能够突破过去、现在、未来以及天上、人间、地下的局限，纵横驰骋。光绪九年（1883），行船途经湖北黄冈赤壁，作《过赤壁下》，曰：

> 江水汤汤五千里，苏家发源我家收。东坡下游我上溯，慌忽遇之江中流。不遇此公一长啸，无人知我临高秋。公之精灵抱明月，照见我心无限愁。②

一代诗家宗主苏轼是其素来心仪瓣香之人，眉山与通州东西相望，遥不可及，却以浩浩荡荡的五千里长江贯穿勾连；两人古今异代，上下千年，竟在千秋赤壁不期神遇同游。诗人在欣喜圆满之境猛然笔转，跌入到斯人逝去、知音不复的现实世界。接着，视通万里，想落天外，让东坡飞到天上，

---

① 范曾编：《南通范氏诗文世家》（捌），河北教育出版社，2004年，第248页。
② 范曾编：《南通范氏诗文世家》（捌），河北教育出版社，2004年，第14页。

抱起明月照烛自我内心无限愁思。诗人成功驰骋了艺术想象,与古人异代同游,奇之又奇,深沉抒发了知音难觅的悲慨。又如《六君子篇》中司马迁、司马相如、扬雄、杜甫、韩愈、白居易,《三君子》中孔子、孟子、屈原,纷至沓来,皆纳入想象的藩篱。观古今于须臾,抚四海于一瞬,上下千年,同文共处。

其次,意趣横生。范氏运用想象观照周遭,呈现出充满趣味的客观世界。夏夜大雨滂沱,以至折断龙王庙前旗杆,遂有《二十三日即事再次一首盖效山谷七篇终矣》。诗曰:"雷公半夜张馋口,攫我当门二酒斗。轰然一醉天河翻,驱走风云更不还。"[1]通过浓墨重彩的想象将现实与神话紧密结合,电闪雷鸣的可怖之事写成雷公狂饮醉酒的闹剧,出人意料,随后又归于平静,神来之笔令人叹赏。其诗中想象基于现实又不拘泥其间,超然物外,不为世俗祸福苦乐牵绊,出以诙谐幽默之笔。光绪十九年(1893),范氏时居天津,北方大水,又酷热难当。

　　朝于枕上听涛生,若有鸥凫泛嫩晴。起看爨奴成水手,暂疑斗室是蓬瀛。(《朝于枕上听涛生》)[2]
　　字里鲲鹏翻积水,眼中鱼鳖撼骄阳。迁生托饱真毋羡,虚占成都几树桑?(《跨海越江成此聚》)[3]

诗人傲视洪水灾害,不为凄苦之音,遂以睿智旷达之想,枕上听涛,爨奴成水手,斗室变蓬瀛,鲲鹏翻积水,鱼鳖撼骄阳,与物优游,随遇而安,显示了非凡的胸襟和气度。又如《东郊夜行》曰:"东郊夜行路,一水阻前津。击柝是何处,吠龙遥与亲。繁星开笑口,独树俨吟身。回远亦何碍,毋劳问睡人。"[4]将自然物象人格化,移情入物,吠狗亲,繁星笑,独树吟。以竹水风月之美洗涤羁旅行役之累,实现了人与自然的对话交流,洋溢着诗情画意。

又次,神话思维。诗人还将神话与想象融为一体,天马行空,纵横出没。其《鰤生制为测海文》序曰:"余为《山海》一篇,略著余所见捕鱼状耳。

①范曾编:《南通范氏诗文世家》(捌),河北教育出版社,2004年,第101页。
②范曾编:《南通范氏诗文世家》(捌),河北教育出版社,2004年,第108页。
③范曾编:《南通范氏诗文世家》(捌),河北教育出版社,2004年,第109页。
④范曾编:《南通范氏诗文世家》(捌),河北教育出版社,2004年,第160页。

王晋卿以为不典,乃博稽载籍,拟《山谷演雅》示余。余乃更肆其不经之谈而和之,得四十四韵。"诗曰:

鲰生细鳞泳海角,芝麻眼孔真可嗤。夜深窃听老渔话,骇耳堕心摧四肢。哀哉吾族尽为腊,奔告白虾与蟛蜞。虾故善跳蜞善走,追潮逐浪能委蛇。笑言先生勿过悴,大海安得无子遗?合掌髡头海和尚,船人见之为一欷。百年老蚌与人戏,卧起啼笑如婴儿。被发娟娟白如雪,不知为妃为孤嫠。见者求之不可得,放船骇立心神痴。一宵西来百匹马,挟抱文书三面驰。方知吾族万万国,国数百里里有歧。①

逞才使能,通过恣肆之笔,将《山海经》中珍禽异物演绎成奇诡怪诞的故事,笔随意走,鲰生泳海角,老蚌与人游,白虾善跳,蟛蜞奔走,光怪陆离、稚拙生动的形象粉墨登场,匪夷所思,建构了瑰丽多姿、令人神往的海底世界,诗境奇肆。

3. 比喻生动。范当世诗中比喻取象视角与意象营构独特,通过丰富的联想、巧妙的安排,不同事物产生了相似点的切合。首先为明喻。其《再与义门论文设譬》曰:"双眸炯炯如秋水,持比文章理最工。粪土尘沙不教入,金泥玉屑也难容。搓摩日月昭群动,折叠河山置太空。"②以"炯炯如秋水"之双眸为喻,表达对诗文创作的感悟,强调诗人观照世间万物必须保持澄澈之心,设喻情理兼具,神形毕现。钱锺书《谈艺录》第四十八"文如其人"条中梳理"以目拟文"这一譬喻的历史源流中即举该诗为例证。又如:

鸱夷腹大枉如壶,藏水盈怀滴酒无。(《戏答蕴素见慰诗次其韵》)③
身弱不出门,忧心坐如捣。(《哀王兆芳漱六李鹏飞云垂》)④
曾是卅年辛苦地,可怜臣命亦如丝。(《闻李相至天津痛哭》)⑤
谁料从容有今日,弥天兵气蒸成虹。(《邮中得爱沧府尹赠别严幼陵诗次韵奉寄并呈幼陵》)⑥
客意如秋树,无风叶自飘。(《梦湘服阕将之江西其伯母新丧停柩

①范曾编:《南通范氏诗文世家》(捌),河北教育出版社,2004年,第20页。
②范曾编:《南通范氏诗文世家》(捌),河北教育出版社,2004年,第238页。
③范曾编:《南通范氏诗文世家》(捌),河北教育出版社,2004年,第62页。
④范曾编:《南通范氏诗文世家》(捌),河北教育出版社,2004年,第305页。
⑤范曾编:《南通范氏诗文世家》(捌),河北教育出版社,2004年,第241页。
⑥范曾编:《南通范氏诗文世家》(捌),河北教育出版社,2004年,第299页。

于此余承为之护视而怆然叠前韵以送其行》)①

诗骨强于隼飞雪,归心急似蟹爬沙。(《東爱沧》)②

愁如山峻将无度,笑比河清定更希。(《元日侍母食退而泣用润生〈除夕〉韵》)③

我家骨肉如流川,散处不得同一椽。(《我家骨肉如流川》)④

以"壶"鄙夷自身的迂阔无用,以"捣"写出无限的牵挂忧虑,以"游丝"呈现乱世的人命危浅,以"虹"反映战火的连绵不断,以"秋"比喻客居的流离凄凉,以"蟹"描摹游子的归心似箭,以"山峻"喻愁之弥漫累积,以"河清"喻欢之不可企及,以"流川"状手足分居各处,妙想连篇,新奇鲜活,饶有趣味。其次为暗喻。《滔滔江汉古来并》诗曰:

滔滔江汉古来并,判作支流势亦平。直到山深出泉处,翻疑河伯望洋情。泥蛙鼓吹喧家弄,蜡凤声华满京城。太息风尘姚惜抱,驷虬乘鹥独孤征。⑤

以姚鼐为代表的桐城诗文博大精深,范氏将之视为文章正宗,其他诗派则望洋兴叹,实难企及。文坛各派激烈纷争如同"泥蛙鼓吹",姚氏则高飞云表,超尘绝俗,"源头"与"支流"的譬喻表达了对桐城文学的高度推崇。其《消寒第七集》中以风华正茂的青年喻他国,以风烛残年的老朽喻清廷。诗曰:"百国皆是青春人,独我残年未教送。岁时月日谁为之,积习如山推不动。"⑥国力强盛、科技进步、思想开明,与积重难返、腐败不堪、固步自封形成鲜明对照。又如,喻作者无数,取得突出成就者屈指可数:"作者牛毛成者稀,差以毫厘谬千里。"(《叔节在安福盼我久矣我欲山行而病不能强迟风又不可耐诵其诗依其〈忆昔行〉韵为思叔节一篇》)⑦喻漂泊各地、独孤无依:"漂流蓬梗长千里,怅望松楸又十年。"(《润之世丈归道山十年过拜遗容

①范曾编:《南通范氏诗文世家》(捌),河北教育出版社,2004年,第285页。
②范曾编:《南通范氏诗文世家》(捌),河北教育出版社,2004年,第193页。
③范曾编:《南通范氏诗文世家》(捌),河北教育出版社,2004年,第246页。
④范曾编:《南通范氏诗文世家》(捌),河北教育出版社,2004年,第128页。
⑤范曾编:《南通范氏诗文世家》(捌),河北教育出版社,2004年,第76页。
⑥范曾编:《南通范氏诗文世家》(捌),河北教育出版社,2004年,第188页。
⑦范曾编:《南通范氏诗文世家》(捌),河北教育出版社,2004年,第69页。

感呈叔俨季直》）①喻时光流逝、白发皑皑："嵯峨两鬓雪山白，漂泊一身江水寒。"（《下关迟番船再作》）②喻受制于人、不能自主："长途碌碌成诗草，一命摇摇付相臣。"（《无题》）③喻大材小用、浪费人才："嗟吾不自惜其诗，割鸡焉用牛刀为？"（《〈慎交吟〉赠敬如义门兼视善夫》）④喻各怀绝技、大展身手："席上人人携凤侣，袖中各各有骊珠。"（《东坡生日王义门置酒次东坡和王郎庆生日诗韵座中有赵善夫杨功甫及敬如也》）⑤信手拈来，皆成绝妙。又次为借喻。其《雨霁暴暖去重裘著棉夏不远矣去年著秋衣亦无几日感叹书之》曰：

> 三月严寒四月热，九月炎风十月雪。年来但觉春秋稀，寒暑之间一飘瞥。世间万物要平进，四序分明不中绝。问天何故宣淫威，任把阴阳自起灭。可怜天翁尚不知，每逐王母张瑶池；瑶池亦有好风日，六合云烟方蔽亏。南斗生人北斗死，东帝西帝真无为。儒仙之朦不敢谏，维皇有觉仍听随。安得倚天一长剑，诛杀风伯刑雨师。⑥

范氏忧虑时局，依托古代神话传说，由冷暖失时的现实气候发端，批判王母蠹国害民，肆意淫威，两帝毫无作为，群仙卑躬屈膝，玉皇违心姑且，对晚清政坛的刻画可谓入木三分。"安得倚天一长剑，诛杀风伯刑雨师"可谓石破天惊之语，表达了亟欲改革朝政的迫切心情。《龙伯》一诗亦耐人寻味，曰：

> 龙伯自尊大，惟鱼听所置。鱼亦有鲲鳄，间出各以地。假令怀谦谦，岂不广求类？终焉乐无旁，朝夕得自恣。一身蠢蠢余，百丑尽供媚。呜呼海顿空，鲲化鳄引避。龙伯临乾嗟，畴哉任予寄。蹒跚而踉蹡，惟有蟹虾使。怪龙不预储，龙昔无此智。盲风吹海翻，沉沉未妨睡。空抱万年忧，滴尽鲛人泪。⑦

寒碧先生评曰："精思锐笔，怪世奇谈。'尊龙'、'睡龙'、'无智'之龙，

①范曾编：《南通范氏诗文世家》（捌），河北教育出版社，2004年，第301页。
②范曾编：《南通范氏诗文世家》（捌），河北教育出版社，2004年，第151页。
③范曾编：《南通范氏诗文世家》（捌），河北教育出版社，2004年，第241页。
④范曾编：《南通范氏诗文世家》（捌），河北教育出版社，2004年，第189页。
⑤范曾编：《南通范氏诗文世家》（捌），河北教育出版社，2004年，第185页。
⑥范曾编：《南通范氏诗文世家》（捌），河北教育出版社，2004年，第288页。
⑦范曾编：《南通范氏诗文世家》（捌），河北教育出版社，2004年，第302页。

可怕可怜可鄙,正可喻于一人一朝一国。"①此言可谓深得其旨。

四、锻炼字句,多用典故

范当世以诗为业,致力于炼字琢句,以期在特定语境下准确、生动、形象地传情达意,奇警生新,耐人咀嚼。

1. 用词巧妙。范氏精于用字,刻画细微,流畅自如。"江北江南路总非,江心一蝶背人飞"(《江心晚泊》)②,"此句之神妙,尤集一'背'字"(陈冰如《鞠俪庵诗话》)③,写出了蝴蝶悠闲自得的神情,富有动态的美感,观察细致,描写传神。"一从白地腾枝出,日对青天倚树吟"(《栀子花》)④,"腾"将栀子花开瞬间的神态展露无遗,生机勃勃,诗意益然。"兴随春水发,思与暮云迟"(《李草堂丈来馈海鲜索去年诗扇遂书二诗并录近作》)⑤,摹写物态,曲尽其妙,别具神韵,将"兴"的即刻感发与"思"的姗姗来迟借助"春水""暮云"写得生动可感。"雪后临溪真异事,冻鱼如欲煦泥鳅"(《赠爱沧》)⑥,大雪之后天气奇寒,溪水冻鱼与泥鳅紧紧依靠,抱团取暖,颇富情趣。"餍笋思能锐,贪茶味故圆"(《晓发庐陵漫成》)⑦,梅尧臣诗有"苦词未圆熟,刺口剧菱芡",又有"菱刺磨成芡实圆",范氏以之为本,更进一层,举重若轻,"锐"与"圆"刻画了诗歌创作中的不同境界,言少意丰。"兴会乘风雨,哀吟撼笔端。老怀忧国切,生计入诗宽"(《奉和外舅〈积雨感事诗〉》)⑧,"切"体现了对国家内忧外患的深度忧虑,"宽"则显示了作品纳入的现实容量。范当世还恰到好处地运用到大量叠韵词,形成绵长悠扬的音乐美,令读者如闻其声、如临其境。"朱门水阁炎炎夏,客馆疏帘脉脉秋"(《奉和外舅都门寄诗用辞某某君之聘兼述近况寄怀昔日天津诸公》)⑨,"炎炎""脉脉"描画了官邸的门庭若市与客舍的寂

---

①[清]范当世撰,寒碧笺评:《范伯子诗文选集》,浙江古籍出版社,2006年,第255页。

②范曾编:《南通范氏诗文世家》(捌),河北教育出版社,2004年,第7页。

③陈国安、孙建编著:《范伯子研究资料集》,江苏大学出版社,2011年,第145页。

④范曾编:《南通范氏诗文世家》(捌),河北教育出版社,2004年,第92页。

⑤范曾编:《南通范氏诗文世家》(捌),河北教育出版社,2004年,第152页。

⑥范曾编:《南通范氏诗文世家》(捌),河北教育出版社,2004年,第181页。

⑦范曾编:《南通范氏诗文世家》(捌),河北教育出版社,2004年,第55页。

⑧范曾编:《南通范氏诗文世家》(捌),河北教育出版社,2004年,第62页。

⑨范曾编:《南通范氏诗文世家》(捌),河北教育出版社,2004年,第154页。

寥清冷。"阳春短短催相嬗,微命区区报所生"(《孰谓猫知偎暖晴》)①,"短短""区区"尽写明媚春日的转瞬即逝和底层民众的命若草芥。"琼玉楼台正待装,严凝一散雨滂滂"(《雪已成暴暖而雨》)②,"滂滂"展现了冬日大雨如注,自然真切。"念我于何求是处,年光冉冉欲知非"(《元日侍母食退而泣用润生〈除夕〉韵》)③,"冉冉"表达了光阴荏苒,岁月如流。

2. 对偶整齐。范当世诗中对偶形式多样,着眼于意义,言对如"送腊迎年把酒挥,浃旬累月尚无归。空能跌宕生花笔,不复流连寸草晖"(《次韵敬如》)④,事对如"孙郎帐下谁奇雅? 王粲西来遇亦穷"(《赠罗郧岘》)⑤,语句匀称,凝练精美。正对如"燕处危巢岂有命,龙游涸泽竟无功"(《旅中无聊流观昔人诗至于千首有感于黄公度之人之诗而遽成两律以相赠》)⑥,反对如"汝向扶桑看日出,我如衰柳落霜前"(《聚卿招饮恰与去年雪后之招为一周岁也三叠前韵奉酬》)⑦,或相互补充,或对比鲜明,字句整齐,增强了语言张力。着眼于事类,品目繁多,鸟兽虫鱼类对如"风云变态生龙虎,烟雨闲情狎鹭鸥"(《薛次申观察故江苏巡抚薛公焕之子也薛公投老所居曰枕经书屋次申绘图征诗感题》)⑧、"鲸吞鼍作君无异,虎啸龙吟气正严"(《师曾之友蔡公湛感慨时事屏弃举业投诗问学于我次二首以答极道伤心之语不敢欺蔽少年也》)⑨;草木花果类对如"残花急雨重衾到,破叶惊风故纸听"(《感事依爱沧所用丁字韵》)⑩;叠词类对如"寒日恹恹风作暴,长淮荡荡水流哀"(《次韵答小石漕帅》)⑪;器物类对如"炉中活火看全世,帘里飞烟幻百年。砚墨潝然随笔尽,壶冰清绝为茶煎"(《镇日无聊叠韵写意》)⑫;数目类对如"百族喜心三握发,六街生事九回肠"(《晋珊迁官当去此吾州人

①范曾编:《南通范氏诗文世家》(捌),河北教育出版社,2004年,第273页。
②范曾编:《南通范氏诗文世家》(捌),河北教育出版社,2004年,第245页。
③范曾编:《南通范氏诗文世家》(捌),河北教育出版社,2004年,第246页。
④范曾编:《南通范氏诗文世家》(捌),河北教育出版社,2004年,第203页。
⑤范曾编:《南通范氏诗文世家》(捌),河北教育出版社,2004年,第230页。
⑥范曾编:《南通范氏诗文世家》(捌),河北教育出版社,2004年,第146页。
⑦范曾编:《南通范氏诗文世家》(捌),河北教育出版社,2004年,第292页。
⑧范曾编:《南通范氏诗文世家》(捌),河北教育出版社,2004年,第141页。
⑨范曾编:《南通范氏诗文世家》(捌),河北教育出版社,2004年,第228页。
⑩范曾编:《南通范氏诗文世家》(捌),河北教育出版社,2004年,第172页。
⑪范曾编:《南通范氏诗文世家》(捌),河北教育出版社,2004年,第269页。
⑫范曾编:《南通范氏诗文世家》(捌),河北教育出版社,2004年,第199页。

贾此者既惜其行此间姚子让张芝舫益上书督府吁留之故为〈循良诗〉再寄》①；副词类对如"岂无倒影射天虚，可奈低云障如墨"(《九江晚眺》)②；颜色类对如"墨绖出门心未已，素冠相对泪横流"(《晤前护陕西巡抚李香缘示以〈请建陪都〉一疏颇自惜其言之不用也》)③；连绵类对如"夜雨连绵复侵晓，予情落寞更怜卿"(《苦雨不寐太息作示内》)④；时令类对如"首夏沛中余北向，先春淮上彼南图"(《保阳道中遇黄仲弢于逆旅方知其奉命典试四川匆匆不能多谈赠以〈濂亭文集〉口占二诗以道其所欲言者》)⑤；地名类对如"首阳奚不好，北海亦能并"(《留水桥》)⑥、"桐乡岂遂营生圹，辽海安能避覆巢"(《或传挚父先生适冀州或曰渡海东矣苦忆成诗》)⑦；方位类对如"关东范叔寒如此，城北徐公美可怜"(《水心亭宴集赠徐积余太守兼示陈筱山润生季直磐硕诸子》)⑧；饮食类对如"违心不是陈兄肉，可口真如宋嫂鱼"(《欣父席上戏述》)⑨等，凡此种种，不一而足。词性相当，物类相同，行文凝炼又不失流畅。

以典入诗是古代诗人习以为常的修辞手法，表意含蓄，内容充实，语句凝练，为读者提供了联想、思考的空间，达到以少胜多的效果。范当世博览群籍，学识丰赡，善于根据表达内容恰当选择、使用典故，兼具思想性与艺术性。首先，内容丰富。或涉及人事：

> 颜子当我时，怡然顺化理；贾生在我时，悲天哭不已。(《三十二岁自寿》)⑩

> 何意贾生今不乐，焉知李白后无狂。朱公上策还从计，蔡泽高吟或笑唐。(《寄答余小轩兼示刘幼丹蔡燕生及钱仲仙》)⑪

> 邹生偃蹇枚叟懒，相如捧简安逃藏？(《雪后两日仲彭乃以雪中两

①范曾编：《南通范氏诗文世家》(捌)，河北教育出版社，2004年，第218页。
②范曾编：《南通范氏诗文世家》(捌)，河北教育出版社，2004年，第231页。
③范曾编：《南通范氏诗文世家》(捌)，河北教育出版社，2004年，第226页。
④范曾编：《南通范氏诗文世家》(捌)，河北教育出版社，2004年，第157页。
⑤范曾编：《南通范氏诗文世家》(捌)，河北教育出版社，2004年，第23页。
⑥范曾编：《南通范氏诗文世家》(捌)，河北教育出版社，2004年，第25页。
⑦范曾编：《南通范氏诗文世家》(捌)，河北教育出版社，2004年，第218页。
⑧范曾编：《南通范氏诗文世家》(捌)，河北教育出版社，2004年，第251页。
⑨范曾编：《南通范氏诗文世家》(捌)，河北教育出版社，2004年，第151页。
⑩范曾编：《南通范氏诗文世家》(捌)，河北教育出版社，2004年，第23页。
⑪范曾编：《南通范氏诗文世家》(捌)，河北教育出版社，2004年，第42页。

佳篇督和勉和一首应教因怀伯行》）①

　　周郎年少虚忧世，姚合老人能咏诗。（《莽莽风沙溷此身》）②

　　仪秦有约终须败，管葛无才我自知。（《贺李草堂丈七十自寿即用书怀》）③

　　关注古今人物命运个性的相似之处，加以援引，或以自指，或以他喻，抒发情志，寄托理想，更能引发读者共鸣。或涉及动物，"蛟龙掉尾捎大湖，鹏挡沧溟怒且愭。偃鼠恹恹伺在旁，偷沾余沥欢然逝"（《寄仲弟六十韵》）④。蛟、龙为古代传说的两种动物，居深水中。王逸注《离骚》"麾蛟龙使梁津兮"曰："小曰蛟，大曰龙。"⑤鹏是传说中的大鸟，"鹏之徙于南冥也，水击三千里，抟扶摇而上者九万里"（《庄子·逍遥游》）。唐成玄英疏曰："大鹏既将适南溟，不可决然而起，所以举击两翅，动荡三千，跟跄而行，方能离水。"⑥偃鼠即田鼠，"鹪鹩巢于深林，不过一枝；偃鼠饮河，不过满腹"（《庄子·逍遥游》）⑦。范氏以蛟龙、大鹏自喻志向高远、豪迈豁达，以偃鼠影射小人目光短浅、无端生事，形容被群小困扰、志不能遂的境况，增强了形象性。"掉尾长鲸归上国，垂头大鸟集神州"（《读曾文正道光乙未〈岁莫杂感〉诗慨然毕次其韵》）⑧。《淮南子·精神训》曰："龙乃弭耳掉尾而逃。"⑨杜甫《太子张舍人遗织成褥段》诗曰："开缄风涛涌，中有掉尾鲸。"⑩"大鸟"则见《史记·楚世家》，曰："秦为大鸟，负海内而处，东面而立，左臂据赵之西南，右臂傅楚鄢郢，膺击韩魏，垂头中国。"⑪范氏以典故暗示现实，摇尾长鲸谓晚清孱弱无能、节节退败，垂头大鸟指列强虎视眈眈、步步紧逼，将国家危境加以生动传达。或化用前人诗句，"怕

①范曾编：《南通范氏诗文世家》（捌），河北教育出版社，2004年，第128页。
②范曾编：《南通范氏诗文世家》（捌），河北教育出版社，2004年，第94页。
③范曾编：《南通范氏诗文世家》（捌），河北教育出版社，2004年，第156页。
④范曾编：《南通范氏诗文世家》（捌），河北教育出版社，2004年，第38页。
⑤［汉］王逸章句，［宋］洪兴祖补注，夏剑钦校点：《楚辞章句补注》，岳麓书社，2013年，第44页。
⑥［晋］郭象注，［唐］成玄英疏，曹楚基、黄兰发整理：《庄子注疏》，中华书局，2011年，第3页。
⑦［晋］郭象注，［唐］成玄英疏，曹楚基、黄兰发整理：《庄子注疏》，中华书局，2011年，第14页。
⑧范曾编：《南通范氏诗文世家》（捌），河北教育出版社，2004年，第149页。
⑨何宁：《淮南子集释》，中华书局，2010年，第534页。
⑩［唐］杜甫撰，［清］仇兆鳌注：《杜诗详注》，中华书局，1995年，第1159页。
⑪［汉］司马迁：《史记》，中华书局，1975年，第1731页。

萦春草池塘梦,何止桃花潭水情"(《闲伯送余至庐陵途中作赠》)①,分别
化用了"池塘生春草,园柳变鸣禽"(谢灵运《登池上楼》)②、"桃花潭水深
千尺,不及汪伦送我情"(李白《赠汪伦》)③,清新隽永、韵味悠长之语,表
达了与妻兄姚永楷的深厚情谊,增强了作品内涵和抒情效果。"萍水交
亲三数辈,雪泥踪迹十余城"(《三叠前韵述怀示内子》)④,化用"人生到处
知何似?应似飞鸿踏雪泥。泥上偶然留指爪,鸿飞那复计东西"(苏轼
《和子由渑池怀旧》)⑤,以喻奔波南北,踪迹无常。"只为儒冠误此身,俯
仰依人阅冬夏"(《叠章速内子和章》)⑥,化用"纨袴不饿死,儒冠多误身"
(杜甫《奉赠韦左丞丈二十二韵》)⑦和"安能终老尘土下,俯仰随人如桔
槔"(苏轼《送李公恕赴阙》)⑧,呈现了失意落魄的处境和屈辱悲愤的内
心,精切含蓄。

其次,方法多样。范当世用典驾驭自如,或正用,即直接对史事、古语
加以引述。"命遭磨蝎才空老,诗若《箫韶》政岂凉?"(《外舅以〈初见雪花〉
见示欣然命赋四叠前韵奉呈》)⑨苏轼《东坡志林·退之平生多得谤誉》曰:
"退之诗云:'我生之辰,月宿直斗。'乃知退之磨蝎为身宫,而仆乃以磨蝎为
命,平生多得谤誉,殆是同病也。"⑩旧时迷信星象者谓生平行事常遭挫折
者为遭逢磨蝎,此处直用其意,以指偃蹇不遇。《尚书·益稷》曰:"《箫韶》
九成,凤皇来仪。"⑪《箫韶》尽善尽美,代表了天下致治、功成道美的景况,
与晚清现实构成极大反差。两处事迹和感情都和原典保持了高度一致,意
味深长。"大德固当为左券,危时何处不南冠?"(《次韵王欣父三郎宾
基》)⑫《左传·成公九年》中杜预注曰:"南冠,楚冠。"⑬范氏此处泛指国家

①范曾编:《南通范氏诗文世家》(捌),河北教育出版社,2004年,第88页。
②曹明纲标点:《陶渊明全集》附《谢灵运集》,上海古籍出版社,1998年,第96页。
③[唐]李白撰,瞿蜕园、朱金城校注:《李白集校注》,上海古籍出版社,1980年,第820页。
④范曾编:《南通范氏诗文世家》(捌),河北教育出版社,2004年,第79页。
⑤[宋]苏轼撰,张志烈、马德富、周裕锴校注:《苏轼全集校注》,河北人民出版社,2010年,第186页。
⑥范曾编:《南通范氏诗文世家》(捌),河北教育出版社,2004年,第155页。
⑦[唐]杜甫撰,[清]仇兆鳌注:《杜诗详注》,中华书局,1995年,第74页。
⑧[宋]苏轼撰,张志烈、马德富、周裕锴校注:《苏轼全集校注》,河北人民出版社,2010年,第1620页。
⑨范曾编:《南通范氏诗文世家》(捌),河北教育出版社,2004年,第79页。
⑩[宋]苏轼撰,王松龄点校:《东坡志林》,中华书局,1997年,第21页。
⑪[清]阮元校刻:《十三经注疏》,中华书局,1980年,第144页。
⑫范曾编:《南通范氏诗文世家》(捌),河北教育出版社,2004年,第151页。
⑬[清]阮元校刻:《十三经注疏》,中华书局,1980年,第1905页。

危难之际个体无法避免的厄运，褒贬政治隐而不露。或反用，抒情遣怀变化自如，敢于创新。有时典事与题意相反，"爱居却有避风智，精卫难将沧海更"（《骤暖出眺还复同外舅登阁次韵一篇》)①。《山海经》中精卫不畏艰难，口衔木石以填大海，此处反用其意，表现出对现实的失望无奈。"博望再生还有空，匈奴未灭岂无家？"（《陈敬如过衙斋共晚餐而出徘徊桥下久而别去归而遂次其见投之韵》)②汉武帝欲为霍去病治第，霍辞曰："匈奴未灭，何以家为？"③其公而忘私、国而忘家之言传颂千古。甲午战争爆发之后，范氏报国无门，此时决心返归通州，言外之意是故土之念、无用之慨。"十洲三岛尽虚妄，徒见下有深深泉"（《自谛》)④，"十洲"是指《海内十洲记》神仙居住的十处名山胜境，"三岛"指蓬莱、方丈、瀛洲三座海上仙山，虽然试图以道教仙境寻求解脱，却无法真正信服，此处直陈死亡逼近的悲剧体验。

　　第三，明白晓畅。范当世多用熟典，通俗易懂，增加了作品的亲和力。"孰使汗青元气少，惟三不朽古难并"（《冬至席上感赋七叠前韵》)⑤、"低头应被祖刘笑，攘臂还令绛灌猜"（《君在云天在草莱》)⑥、"精卫衔深碧海底，杜鹃啼彻东西川"（《山中一去知几年》)⑦、"医和死绝巫咸归，天路茫茫与谁讼"（《与善夫一席话归来犹心痛也叠送字韵》)⑧、"范张已分能生死，元白将来合作邻"（《我歌独有陈生寻》)⑨，以典故中关键因素入诗，可谓一目了然。此外，还有大量暗用，典故融于诗中，手法圆熟，一如己出，颇见其覃思精微的用心。"兴复又添垂老泪，荒茫永有未招魂"（《答伯严用叔节韵见寄系以辞曰时势隔日而异观心期极古而并喻来章所慨决答如斯》)⑩，"垂老"指杜甫乐府诗篇《垂老别》，诗人此处控诉了战乱带给人民的灾难与统治者的残酷，也表达了坚定的爱国之志。"招魂"指屈原《招魂》之篇，暗示

①范曾编：《南通范氏诗文世家》（捌），河北教育出版社，2004年，第60页。
②范曾编：《南通范氏诗文世家》（捌），河北教育出版社，2004年，第135页。
③[宋]李焘撰，[清]黄以周等辑补：《续资治通鉴长编》卷三十，上海古籍出版社，1986年，第260页。
④范曾编：《南通范氏诗文世家》（捌），河北教育出版社，2004年，第304页。
⑤范曾编：《南通范氏诗文世家》（捌），河北教育出版社，2004年，第80页。
⑥范曾编：《南通范氏诗文世家》（捌），河北教育出版社，2004年，第139页。
⑦范曾编：《南通范氏诗文世家》（捌），河北教育出版社，2004年，第153页。
⑧范曾编：《南通范氏诗文世家》（捌），河北教育出版社，2004年，第189页。
⑨范曾编：《南通范氏诗文世家》（捌），河北教育出版社，2004年，第197页。
⑩范曾编：《南通范氏诗文世家》（捌），河北教育出版社，2004年，第268页。

了对清廷的悲戚失望和对列强的敌忾之心。"万古无今日,仓皇百变陈。域中非乐土,人命本轻尘"(《答邓璞君叠韵寄和遂以秋门行止相托》)①,《诗经·硕鼠》中"乐土"成为百姓安居乐业之所的代称,诗人此处以之含蓄表达了对晚清朝政的谴责,显得贴切生动。"季直堂堂貌城府,而我相视皆婴儿"(《悲愤之作》)②,语本《庄子》一书,《大宗师》中子桑户、孟子反、子琴张三人,"相视而笑,莫逆于心。遂相与为友"③。《人间世》中则有"彼且为婴儿,亦与之为婴儿"④之语,以两典表达了与张謇的莫逆之交,可谓得心应手,浑然无迹。又如,"两皆处陆无江湖,呴湿濡沫胡为乎?惟吾与子澹相娱,能作沮溺耕田徒"(《余每行润生必有赆遂诒此诗》)⑤,《庄子·大宗师》曰:"泉涸,鱼相与处于陆,相呴以湿,相濡以沫,不如相忘于江湖。"⑥"沮溺"见于《论语·微子》,"长沮、桀溺耦而耕,孔子过之,使子路问津焉"⑦,是为春秋隐士。范当世自述心曲,以鱼相濡沫、沮溺耕田以示与江潜之患难与共,并表达了相携隐逸的愿望。范氏用典鲜少冷涩生僻、穿凿附会,避免了同光浙派沈曾植等人因大量使用奇字僻典导致的艰涩难懂。

同时,范当世腹笥博宏,精通经史,旁征博引,形成了密集的典故群。"陈孟公能从陋巷,范淳甫亦脱经郛。债多莫作登台计,道丧休乘浮海桴"(《东坡生日王义门置酒次东坡和王郎庆生日诗韵座中有赵善夫杨功甫及敬如也》)⑧,巧妙地组织运用陈尊、范淳甫、周赧王债台高筑、孔子乘桴浮海的典故,贴切传达了内心情绪,加深了历史纵深感和思想内涵。又如:

> 驿路梅花发几程,离亭张宴酒初行。逍遥鹏翮吾知反,浩荡鸥心汝可盟。谋稻终成无奈计,为薪亦是有涯生。居今独喜身犹贱,谁者能从即耦耕?(《盛季莹招饮赠诗且有相从为古文之语次答》)⑨

---

① 范曾编:《南通范氏诗文世家》(捌),河北教育出版社,2004年,第212页。
② 范曾编:《南通范氏诗文世家》(捌),河北教育出版社,2004年,第2页。
③ [晋]郭象注,[唐]成玄英疏,曹楚基、黄兰发整理:《庄子注疏》,中华书局,2011年,第145页。
④ [晋]郭象注,[唐]成玄英疏,曹楚基、黄兰发整理:《庄子注疏》,中华书局,2011年,第90页。
⑤ 范曾编:《南通范氏诗文世家》(捌),河北教育出版社,2004年,第253页。
⑥ [晋]郭象注,[唐]成玄英疏,曹楚基、黄兰发整理:《庄子注疏》,中华书局,2011年,第133页。
⑦ [清]阮元校刻:《十三经注疏》,中华书局,1980年,第2529页。
⑧ 范曾编:《南通范氏诗文世家》(捌),河北教育出版社,2004年,第185页。
⑨ 范曾编:《南通范氏诗文世家》(捌),河北教育出版社,2004年,第164页。

其中典实依次为:驿路梅花寄思念,离亭设宴告别,《逍遥游》中大鹏志向高远,陆游振衣而归与鸥为友,杜甫谋求衣食,《庄子·养生篇》中穷于取柴薪,《韩非子》中对君王屈从奉迎,《论语》中沮溺耦耕等,句句用典,手法娴熟,深化了诗歌主题。范氏还将用典与炼字结合,两两相对,以简驭繁。"沉泉昨已悲苏轼,弃市今犹泣孔融"(《读濂亭师次袁爽秋郎中见赠韵有王城浩浩著君隐之句尤以痛唱掩卷和之时之上海舟中》)①,苏轼离世第二年,黄庭坚作诗以悼:"东坡道人已沉泉,张侯何时到眼前。"(《武昌松风阁》)②孔融为曹操所忌,枉状构罪,建安十三年(208)下狱弃市,妻儿同时遇害。范氏上句怀念恩师张裕钊,下句悲叹袁昶忠谏被杀,咫尺之间,各含深意,衬托对比,相互阐发。"清谈典午风犹在,高会春申愿竟违"(《〈黄浦江感赋〉前韵》)③,晋代士大夫崇尚清谈,就玄学问题辩难讨论;楚国黄歇礼贤下士,宾客盈门。范氏用典一正一反,以示拥有与友人欢聚畅谈之机,却无缘获赏献能,含蓄委婉。又如:

> 鲁阳戈钝莫能挥,楚客离魂亦不归。(《晚觉寒甚敬如来则既春服矣再次前韵》)④

> 吾愿一言过李息,世无三疏问王涯。(《临入湖口眺望》)⑤

> 文章粪土悲扬马,钩党纷纶痛李牛。(《晤前护陕西巡抚李香缘示以〈请建陪都〉一疏颇自惜其言之不用也》)⑥

> 但读羊公堕泪碑,勿念刘琨过江楫。(《叠韵速爱沧书扇》)⑦

> 生憎徐福犹通道,死到钟期欲断歌。(《与吴彦复谈感怆叠韵》)⑧

灵活妥帖,相映成趣,实现了才思和学问的有机融合。

同光体是晚清最为时人称道的诗歌流派,坚守旧诗营垒,执着于传统文化的延续,维护了古典诗歌最后的尊严。其内部诗人因师承、地域、学

---

①范曾编:《南通范氏诗文世家》(捌),河北教育出版社,2004年,第240页。
②[宋]黄庭坚撰,[宋]任渊、史容、史季温注,刘尚荣校点:《山谷诗集注》,中华书局,2003年,第609页。
③范曾编:《南通范氏诗文世家》(捌),河北教育出版社,2004年,第204页。
④范曾编:《南通范氏诗文世家》(捌),河北教育出版社,2004年,第204页。
⑤范曾编:《南通范氏诗文世家》(捌),河北教育出版社,2004年,第223页。
⑥范曾编:《南通范氏诗文世家》(捌),河北教育出版社,2004年,第226页。
⑦范曾编:《南通范氏诗文世家》(捌),河北教育出版社,2004年,第257页。
⑧范曾编:《南通范氏诗文世家》(捌),河北教育出版社,2004年,第288页。

养、交游等因素,形成了诗学宗趣广泛、艺术风格多样的格局,一般按地域大致分为了闽派、浙派和赣派。范当世主要取法宋代诗学思想和艺术手法,"其诗有得于小雅,能奄有宋诸大家之胜,盘空硬语,为其特长"(狄葆贤《平等阁诗话》)①,借径苏、黄,上溯杜、韩,自成面目,成为同光体的杰出代表。汪辟疆将其界定为:"与闽赣派沆瀣一气,实大声宏,并垂天壤。"②可谓知人之论。"世道有治乱,文运有盛衰"(黄中《小题选二集题辞》)③。近代中国社会处于强烈震荡与变革时期,传统文化行将式微,范氏与诸人力破余地,孜孜不倦,以复古的方式参与建构了古体诗歌最后的辉煌,其创作烙下了近代转型时期的印记。

第四节　论杜甫对范当世诗歌创作的影响

范当世是晚清同光体的重要代表,成绩斐然,享有盛誉。其诗震荡开阖,变化无方,时贤后彦对其诗学渊源众说纷纭,莫衷一是。或直言继承苏轼、黄庭坚衣钵,"合东坡之雄放与山谷之遒健为一手"(钱仲联《梦苕庵诗话》)④,晚清"学苏最工者"(金天羽《艺林九友歌》)⑤,七律"全得力于山谷"(钱仲联《梦苕庵诗话》)⑥,这是持论最多者。或指陈不拘一格、广泛师承,"得力于李杜、韩孟、苏黄为多"(汪辟疆《近代诗人小稿传》)⑦。寒碧先生独树一帜,由表及里,洞察到范当世对杜甫诗歌的重要借鉴,其《范伯子诗文选集》中共有8处笺评涉及两位之间的关联,评《送燕生视学甘肃》为"少陵家法"⑧,《和顾晴谷〈六十述怀〉诗八首》为"少陵老境"⑨,《望西山》为"树骨少陵"⑩,《舟中劝伯严节哀》为"正见两人心思情味"⑪,《示伯严》为"少陵

①陈国安、孙建编著:《范伯子研究资料集》,江苏大学出版社,2011年,第124页。
②汪辟疆:《汪辟疆说近代诗》,上海古籍出版社,2001年,第28页。
③[清]黄中:《黄雪瀑集》不分卷,《四库未收书辑刊》第7辑第23册,北京出版社,2000年,第516页。
④陈国安、孙建编著:《范伯子研究资料集》,江苏大学出版社,2011年,第139页。
⑤陈国安、孙建编著:《范伯子研究资料集》,江苏大学出版社,2011年,第122页。
⑥陈国安、孙建编著:《范伯子研究资料集》,江苏大学出版社,2011年,第140页。
⑦陈国安、孙建编著:《范伯子研究资料集》,江苏大学出版社,2011年,第6页。
⑧[清]范当世著,寒碧笺评:《范伯子诗文选集》,浙江古籍出版社,2006年,第90页。
⑨[清]范当世著,寒碧笺评:《范伯子诗文选集》,浙江古籍出版社,2006年,第141页。
⑩[清]范当世著,寒碧笺评:《范伯子诗文选集》,浙江古籍出版社,2006年,第208页。
⑪[清]范当世著,寒碧笺评:《范伯子诗文选集》,浙江古籍出版社,2006年,第210页。

笔意"①,《藐姑冰雪寻常事》为"少陵野哭哀歌"②。彼此参读,相提并论,涉及内容、情感、笔法、境界、风格等,可谓眼光卓绝。遗憾的是,范当世对杜诗的借鉴远未得到应有关注和系统梳理,笔者拟对此进行深入细致的论述。

一、范当世诗歌对杜诗的引用与借鉴

范当世诗歌创作取径尚宽,杜甫在其师法对象及途径中具有源头意义。"得失惟与苏黄争,渊源或向杜李讨"(《叔节行有日矣为吾来展十日期闲伯喜而为诗吾次其韵》)③。不仅如此,杜甫还是对范当世影响最深刻的前贤,这可由具体数据加以说明。《范伯子诗集》中涉及李白、杜甫、苏轼、黄庭坚的分别为 12 题 12 首、21 题 25 首、15 题、10 题 11 首,与杜甫相关之作为数甚多,遥遥领先。或推尊其诗,"李杜诗才且莫论,彼有黑夜孤光存"(《正月二十一日盆花落东家老叟为言节气笑而深感其言适善夫以和人日诗至遂叠此韵杜公酬蜀州正是日也》)④,赞叹其彪炳后世,影响深远。或怀想其人,"杜甫有拙性,自比倾阳葵;葵心若无改,汝甫将安归"(《次韵外舅竹山君〈南漳寄怀〉之作》)⑤,敬慕其人格高洁,忠君爱国。或讨论其诗,"请看灯雨檐花句,便值高歌饿死来"(《与义门论诗文久之书二绝句》)下注"二诗盖不佞之常谭,以为工部当时若作'檐前细雨灯花落',便不成语言,更值不得高歌饿死也"⑥,揣摩其作,形成了"诗无定法"的通达见解。或追步其韵,其《善夫以次韵少陵〈杜鹃行〉索和余患词意之将竭也用其韵为〈三足乌行〉》"驱迈苍凉之气,贯虹食昴之词,深得杜公神髓"(吴闿生《晚清四十家诗钞》)⑦,《西山峥庐吊伯严悲思右铭姻伯作〈伤秋〉五首次韵杜甫〈伤春〉》"沉质苍道,低回不尽,足当少陵诗史"⑧,意韵兼胜,殊为难得。或惺惺相惜,"宁我独无经世才,知君亦乏匡时略。常讲短札记经过,更把长篇

①[清]范当世著,寒碧笺评:《范伯子诗文选集》,浙江古籍出版社,2006 年,第 241 页。

②[清]范当世著,寒碧笺评:《范伯子诗文选集》,浙江古籍出版社,2006 年,第 249 页。

③范曾编:《南通范氏诗文世家》(捌),河北教育出版社,2004 年,第 77 页。

④范曾编:《南通范氏诗文世家》(捌),河北教育出版社,2004 年,第 203 页。

⑤范曾编:《南通范氏诗文世家》(捌),河北教育出版社,2004 年,第 159 页。

⑥范曾编:《南通范氏诗文世家》(捌),河北教育出版社,2004 年,第 198 页。

⑦陈国安、孙建编著:《范伯子研究资料集》,江苏大学出版社,2011 年,第 109 页。

⑧[清]范当世著,寒碧笺评:《范伯子诗文选集》,浙江古籍出版社,2006 年,第 208 页。

娱寂寞"(《人日和杜公〈追酬高蜀州〉诗用其体韵》)①,读其文思其人,引为同调,借其酒杯,以浇胸中块垒。

范当世对杜甫的学习借鉴最直接表现为引用、化用杜诗,其诗集中多达近百处。"文章寸心物,得失本秋毫"(《酬爱沧》)②用杜"文章千古事,得失寸心知"(《偶题》)③,"不必有文如庾信,已知萧瑟送平生"(《喜叔节来而读其诗益有感于时也赠之一首》)④用杜"庾信平生最萧瑟,暮年诗赋动江关"(《咏怀古迹》其二),"纵不身谋犹熟醉"(《次张季直金薤意韵各一首》)⑤用杜"熟醉为身谋"(《晦日寻崔戢李封》),"藤萝月正赊"(《延卿将之广东招同诸子集于其家次何氏〈山林〉》)⑥用杜"请看石上藤萝月"(《秋兴八首》其二),"谁爱无身后"(《寄题召伯埭斗野亭和秦少游及苏黄诸子》)⑦用杜"千秋晚岁名,寂寞身后事"(《梦李白二首》),"一世真余祇树园"(《因少浦寄罕儿学堂不复往视》)⑧用杜"兄居祇树园"(《赠蜀僧闾丘师兄》),"翠袖微霜修竹染"(《人间一日涛飞海》)⑨用杜"天寒翠袖薄,日暮倚修竹"(《佳人》),"升沉百辈死生忙"(《磐硕初自都门闻警将徙家而南约期相晤比来书乃不欲轻动而和余〈晚窗即事〉以道其意叠韵酬之》)⑩用杜"日觉死生忙"(《壮游》),"清浊茫茫付两仪"(《读曾文正道光乙未〈岁莫杂感〉诗慨然毕次其韵》)⑪用杜"清浊茫茫付两仪"(《又作此奉卫王》),"楼台结蜃伤心地"(《沪上答张幹堂玙》)⑫用杜"魂飘结蜃楼"(《第五弟丰独在江左近三四载寂无消息觅使寄此二首》),"江海十年客"(《六月三十日外舅以〈写怀〉六首示读谨依韵次上即以自寿其四十而寄示莲儿俾转呈大人一笑云》)⑬用

①范曾编:《南通范氏诗文世家》(捌),河北教育出版社,2004年,第198页。
②范曾编:《南通范氏诗文世家》(捌),河北教育出版社,2004年,第172页。
③[唐]杜甫撰、[清]仇兆鳌注:《杜诗详注》,中华书局,1995年,第1541页。以下关于杜甫诗歌文本的引用,均据此书,不再一一标注。
④范曾编:《南通范氏诗文世家》(捌),河北教育出版社,2004年,第156页。
⑤范曾编:《南通范氏诗文世家》(捌),河北教育出版社,2004年,第260页。
⑥范曾编:《南通范氏诗文世家》(捌),河北教育出版社,2004年,第9页。
⑦范曾编:《南通范氏诗文世家》(捌),河北教育出版社,2004年,第256页。
⑧范曾编:《南通范氏诗文世家》(捌),河北教育出版社,2004年,第241页。
⑨范曾编:《南通范氏诗文世家》(捌),河北教育出版社,2004年,第139页。
⑩范曾编:《南通范氏诗文世家》(捌),河北教育出版社,2004年,第140页。
⑪范曾编:《南通范氏诗文世家》(捌),河北教育出版社,2004年,第149页。
⑫范曾编:《南通范氏诗文世家》(捌),河北教育出版社,2004年,第145页。
⑬范曾编:《南通范氏诗文世家》(捌),河北教育出版社,2004年,第112页。

杜"一生江海客"(《洗兵马》),"白骨青苔泪缠绕"(《汗》)①用杜"古人白骨生青苔"(《苏端薛复筵简薛华醉歌》),"徒令后土无干处"(《雪已成暴暖而雨》)②用杜"污泥后土何时干"(《秋雨叹》),"博塞欢娱岂谓贤"(《有所闻并愤所见四叠前韵》)③用杜"相与博塞为欢娱"(《今夕行》),"邻家歌哭迭为雄"(《孙松泉先生吾幼所师也爱惜廉隅不与人世通者数十年会余将至广东投四诗问讯感而和之》)④用杜"邻家递歌哭"(《写怀二首》)。范当世诗中多处可见杜诗痕迹,信手拈来,为己所用,对其人其诗的认可和熟悉毋庸赘述。

范当世对杜诗的喜爱还体现于典故运用。首先,大量运用杜典。范当世对杜甫诗文掌故了然于心,创作中旁征博引,数量可观,且能切合语境,为有限字句注入了丰富内涵。"可怜臣命亦如丝"(《闻李相至天津痛哭》)⑤用杜甫"两京三十口,虽在命如丝"(《得弟消息二首》)之典,生逢乱世,人命危浅,表达了国难深重之下的生存境遇。"息心已类笼中鸟"(《奉和外舅都门寄诗用辞某某君之聘兼述近况寄怀昔日天津诸公》)⑥用杜甫"日月笼中鸟,乾坤水上萍"(《衡州送李大夫赴广州》)之典,吞吐六合,上下千古,物莫大于天地日月,这是对生命有限渺小的体认。"感时泪甚欲填膺"(《至甫渊渊镜众流》)⑦用杜诗"感时花溅泪"(《春望》)之典,国都沦陷,池城破败,感时泪下,哀恸欲绝,表现了拳拳赤子之心。"天下有急哀王孙"(《读史二首》)⑧用杜《哀王孙》典故,外敌入侵,皇帝奔逃,王孙流落,悲泣路隅,诗中寄寓了对于清廷皇室的关切同情。"谋稻终成无奈计,为薪亦是有涯生"(《盛季莹招饮赠诗且有相从为古文之语次答》)⑨融合了杜甫"君看随阳雁,各有稻粱谋"(《同诸公登慈恩寺塔》)和"世路虽多梗,吾生亦有涯"两典,为谋求衣食,南北漂泊,酸辛无限,时光冉冉老将至,表现了时不

①范曾编:《南通范氏诗文世家》(捌),河北教育出版社,2004年,第218页。
②范曾编:《南通范氏诗文世家》(捌),河北教育出版社,2004年,第245页。
③范曾编:《南通范氏诗文世家》(捌),河北教育出版社,2004年,第199页。
④范曾编:《南通范氏诗文世家》(捌),河北教育出版社,2004年,第167页。
⑤范曾编:《南通范氏诗文世家》(捌),河北教育出版社,2004年,第241页。
⑥范曾编:《南通范氏诗文世家》(捌),河北教育出版社,2004年,第155页。
⑦范曾编:《南通范氏诗文世家》(捌),河北教育出版社,2004年,第255页。
⑧范曾编:《南通范氏诗文世家》(捌),河北教育出版社,2004年,第220页。
⑨范曾编:《南通范氏诗文世家》(捌),河北教育出版社,2004年,第164页。

我待的焦虑和一事无成的挫败。其次,重复运用杜典。范当世诗中对杜甫一些典故还表现出特别的偏好,如"萍蓬散落宁非分"(《磐硕大兄因乱弃官间道归呜咽有赠》)①、"萍蓬莫辨去来因"(《流闻》)②,"萍蓬"是浮萍与蓬草的连称,萍随流水,蓬随飘风,暗示了诗人辗转各地,无靠无依。又如"客久"的悲叹贯穿于杜甫后期人生,范当世有"客久无衣裳"(《仆诚》)③、"客久无如乡味生"(《莫春送别朱辑斋六叠前韵》)④,暮年时节,离家万里,久客他乡,音书渐稀,潦倒不堪的形象跃然纸上。杜甫"垂老"之典也为范当世多用,如"岂忆独居垂老日"(《普天遍饫曾侯德》)⑤、"无荣无辱垂垂老"(《赠秦烟锄》)⑥、"从驱白马垂垂老"(《清淮四绝句》)⑦等,世事沧桑,报国无门,理想幻灭,英年早衰,岁月流逝中频繁产生了英雄迟暮之感。又次,密集运用杜典。"言怀稷契悲唐虞,坐想骅骝忆雕鹗"(《人日和杜公〈追酬高蜀州〉诗用其体韵》)⑧一句连用杜诗"许身一何愚,窃比稷与契"(《自京赴奉先县咏怀五百字》)、"萧瑟唐虞远,联翩楚汉危"(《偶题》)、"如今岂无骙骙与骅骝,时无王良伯乐死"(《天育骠骑歌》)、"蛟龙得云雨,雕鹗在秋天"(《奉赠严八阁老》)四典,志向高洁远大,才华超凡绝伦,盛世一去不返,知音遥不可求,叹人与怜己结合,表达了对杜甫胸怀远大抱负却遇合无期的悲悯。范当世《挽吴孺人》上联曰:"又不是新昏垂老无家,如何利重离轻,万古苍茫为此别。"⑨光绪九年(1883)四月二十八日,范当世为谋生前往湖北通志局,二十九日原配夫人吴氏卒。该挽联颇具匠心,连用杜甫"三别"诗题,语深意长,表达了对亡妻的沉痛悼念以及内心深处的无限愧疚。又如,"手足终难任苦辛,草茅亦但资风雅。逝将入道昧真玄,即欲逃禅无般若。只为儒冠误此身,俯仰依人阅冬夏。朝来默默窥天容,寒气肃杀凝高空"(《叠韵速内子和章》)⑩,连续四处引用杜典,第一句用"茅屋还堪赋,

①范曾编:《南通范氏诗文世家》(捌),河北教育出版社,2004年,第213页。
②范曾编:《南通范氏诗文世家》(捌),河北教育出版社,2004年,第233页。
③范曾编:《南通范氏诗文世家》(捌),河北教育出版社,2004年,第239页。
④范曾编:《南通范氏诗文世家》(捌),河北教育出版社,2004年,第273页。
⑤范曾编:《南通范氏诗文世家》(捌),河北教育出版社,2004年,第129页。
⑥范曾编:《南通范氏诗文世家》(捌),河北教育出版社,2004年,第184页。
⑦范曾编:《南通范氏诗文世家》(捌),河北教育出版社,2004年,第258页。
⑧范曾编:《南通范氏诗文世家》(捌),河北教育出版社,2004年,第198页。
⑨范曾编:《南通范氏诗文世家》(捌),河北教育出版社,2004年,第332页。
⑩范曾编:《南通范氏诗文世家》(捌),河北教育出版社,2004年,第155页。

桃源自可寻"(《春日江村五首》),呈现了诗人安居园田、吟咏自赏的生活画面;第二句用"苏晋长斋绣佛前,醉中往往爱逃禅"(《饮中八仙歌》),面对不堪重负的现实苦难,参禅悟道,寻求解脱;第三句用"儒冠多误身"(《奉赠韦左丞丈二十二韵》),诗书满腹,空怀壮志,无人问津,不平以鸣。第四句用"昊天积霜露,正气有肃杀"(《北征》),这是万物凋零的自然之秋,是万方多难的国家之秋,还是万事蹉跎的人生之秋,置身其间,令人不寒而栗。

二、诗歌主题一脉相承

　　杜甫诗歌中山河破碎的国家、灾难深重的人民、命运多舛的人生是三大主题,呈现出鲜明的时代色彩、博大的人文情怀、强烈的个性特征。范当世与之一脉相承,表现如下:

　　杜甫以敏锐的政治眼光、深沉的爱国热情记录了"安史之乱"及随后的国家重大事件,被誉为"诗史",这一笔法成为后代诗人参与社会历史的独特方式。甲午战败造成了空前严重的民族危机,范当世具有强烈的现实关怀意识,继承和发扬了杜甫"诗史"精神,频繁密集地将时政纳入诗歌。光绪二十四年(1898),以康有为为首的改良主义者宣传资产阶级政治改革,六月十一日光绪帝宣布变法,八月六日慈禧太后再度垂帘听政,宣告了戊戌变法的失败。范当世《八月十二夜乘车至港念昔秋去沪而今春返皆无几时世变遂已至极感痛不可以言诗以记候》曰:"急火炊粱粱不熟,大千糜烂一何神?"[1]"急火炊粱"委婉批评了变法基础薄弱,仓促行事,欲速不达,代价惨重。八日,光绪帝被幽禁于中南海瀛台。范当世《磐硕大兄因乱弃官间道归呜咽有赠》云:"最痛吾皇在幽闼,更闻临乱道艰辛。"[2]对推行变法、力图振兴的光绪帝同情不已,满腔悲痛,溢于言表。十三日,戊戌六君子在北京菜市口被处死。范当世《为庄秉瀚题其外祖张仲远先生道光戊戌〈海客琴樽图〉因有感于时事即以砭庄生之狂》云:"卧闻燕市前宵雪,坐觉羊城八月霜。为爱迁书语杨幼,人间无地著哀伤。"[3]他对英勇就义的六君子表达了极大同情,并借以批判逃亡海外的康、梁二人。光绪二十六年(1900)七月二十日,八国联军攻陷北京,慈禧挟光绪帝仓皇西逃。"直戮麟凤如犬

---

①范曾编:《南通范氏诗文世家》(捌),河北教育出版社,2004年,第214页。
②范曾编:《南通范氏诗文世家》(捌),河北教育出版社,2004年,第213页。
③范曾编:《南通范氏诗文世家》(捌),河北教育出版社,2004年,第162页。

鸡,任意挞伐群皇低。京师喧喧战鼓鼙,仓皇万乘亲涂泥。潜然泪下闻乌啼,今我乃在臣民栖"(《读史二首》)①。列强攻城,京城沦陷,天子蒙受风尘,诗人恋阙思君,翘首以望,悲痛愤慨,涕下涟涟。八国联军进攻天津时,残忍地使用了化学武器,范当世诗中有记。"不知敌若非人待,拥鼻犹能辟毒不?"(《听某营将杨君谈兵》)注曰:"西人此番用绿气炮,盖不特野蛮我,并禽兽我矣,万世之羞,谁召之哉?"②诗人控诉了列强惨无人道,对中国人民造成了深重灾难,并追问奇耻大辱根源所在,对清廷软弱腐朽的批判不言自明。光绪二十七年(1901)七月,清朝政府与八国签订了《辛丑条约》,这是中国近代史上赔款数目最庞大、主权丧失最严重的不平等条约。"债台高欲入云去,富媪河山一览空"(《润生爱余答徐秀才诗为呓语次其韵余因叠韵以示蕴素以为元夜消遣之资》)③,巨额赔款令诗人忧心如焚,并影射了慈禧的把持朝政、专横跋扈。范氏以史入诗,生动记录了近代一幕幕历史风云,其殷殷忧国之心与杜甫何其相似!

杜甫诗情博大,长期身处民间,熟悉了解百姓生活,生动刻画了各类人物形象,如《又呈吴郎》中无食无儿的寡妇、《示獠奴阿段》中恭谨干练的奴仆、《垂老别》中暮年从军的老翁、《新婚别》中深明大义的新娘等。范当世也将社会底层人物纳入诗中,表现出对普通生命的尊重和关怀。《哀双凤诗连句》叙述了重情守节、坎坷酸楚的妓女双凤。序曰:

> 与许生识,遂订嫁娶。许既贫,不能如鸨欲,往来稍稍间,而凤终不妄接人。鸨患,苦之,以忧死,濒危,属曰:"收我者,许也。"吾侪固旧识,闻而哀之,作为此诗。④

遇事兴感,为被侮辱、被践踏者鸣不平。《吉日二十七句赠瞽者》描画了弹奏三弦、风格多变的瞽者:"三弦亦应徵与宫,弹出燕赵男儿风。或弹两雌争一雄,细者琐碎如秋虫。大亦仿佛江流东,我对此儿悲来衷。"⑤是时,范当世耳聋初愈,因同病相怜,故能感同身受。又如《出门所遇多京师间道流落不堪之人舟中连榻一人谈尤痛》中避乱迁徙的流民:"今日孑身流

---

① 范曾编:《南通范氏诗文世家》(捌),河北教育出版社,2004年,第219页。
② 范曾编:《南通范氏诗文世家》(捌),河北教育出版社,2004年,第232页。
③ 范曾编:《南通范氏诗文世家》(捌),河北教育出版社,2004年,第248页。
④ 范曾编:《南通范氏诗文世家》(捌),河北教育出版社,2004年,第16页。
⑤ 范曾编:《南通范氏诗文世家》(捌),河北教育出版社,2004年,第114页。

落者，多言间道死伤边。"①流落之民，死伤路边，场面悲惨，心痛不已。范当世与杜甫立场一致，喜民生之所喜，痛民生之所痛，急民生之所急。庄稼丰收，"田畴翁然稻三熟，圹户饱暖真无愁"（《九日登白云山最高处吊燕市诸人》)②；东海干旱，"东海年年苦旱干，经过水草亦艰难。饥人不向空田立，客路真当出塞看"（《平原道中》)③；飞蝗蔽日，"带甲满江海，飞蝗更蔽天"（《〈悠忽吟〉示江润生太守三兄》)④；冰雹伤麦，"正作麦秋仍有害，可怜萌庶欲无生。檐花惨落悬流影，陇树愁兼飞雹声"（《苦雨并闻雹伤麦四叠前韵示梦湘》)⑤；酷吏横征，"普天酷吏横征钱，许有宫旗插粪船"（《听丁星五谈海州人刈麦》)⑥；战争误农，"惜哉燕赵郊，禾熟无人收"（《闻椒岑先生及叔节至扬州矣渡江思之作苦语》)⑦，不一而足，饱含了对民众的关切和爱怜。又如光绪二十七年（1901），通州遭遇到五十年来最大的雨灾，范当世《已矣叹》一诗推己及人及国。"噫嗟我闻仅如此，安得民情皆入耳？醒醍家居何足言，世乱民贫今已矣！"⑧该诗情感脉络与杜甫《茅屋为秋风所破歌》相近，超越一己，表现时代、人民的苦难，传统文人的社会良知令人尊崇。

　　范当世和杜甫一样，怀揣理想，孜孜以求，然而求取功名、实现抱负的道途坎坷多艰。第一，科举考试的失意。开元二十三年（735），杜甫参加了第一次科举考试。"忤下考功第，独辞京尹堂"（《壮游》），因诗文不符合考官审美标准，首次出师即败北。天宝五年（746），参加了第二次科考。因李林甫设置障碍，应试者竟无一人及第。"破胆遭前政，阴谋独秉钧。微生沾忌刻，万事益酸辛"（《奉赠鲜于京兆二十韵》），道出了权奸作梗、再度失利的愤恨。光绪五年（1879）至光绪十四年（1888），范当世九赴乡试不举。"六朝烟水余兰桨，九度霜风困棘闱。直自科名拼永弃，于今岁莫转忘归"

---

① 范曾编：《南通范氏诗文世家》（捌），河北教育出版社，2004 年，第 222 页。
② 范曾编：《南通范氏诗文世家》（捌），河北教育出版社，2004 年，第 163 页。
③ 范曾编：《南通范氏诗文世家》（捌），河北教育出版社，2004 年，第 28 页。
④ 范曾编：《南通范氏诗文世家》（捌），河北教育出版社，2004 年，第 211 页。
⑤ 范曾编：《南通范氏诗文世家》（捌），河北教育出版社，2004 年，第 273 页。
⑥ 范曾编：《南通范氏诗文世家》（捌），河北教育出版社，2004 年，第 257 页。
⑦ 范曾编：《南通范氏诗文世家》（捌），河北教育出版社，2004 年，第 232 页。
⑧ 范曾编：《南通范氏诗文世家》（捌），河北教育出版社，2004 年，第 266 页。

（《读曾文正道光乙未〈岁莫杂感〉诗慨然毕次其韵》）①，寒窗苦读，屡战屡败，身心饱受折磨，遂绝意仕途，不再入场。第二，到处干谒的酸辛。杜甫困居长安十年，奔走权贵，如汝南王李琎、韦济、翰林学士张垍、谏议大夫郑审、京兆尹鲜于仲通、河西节度使哥舒翰、武部尚书韦见素，备尝人情冷暖，世态炎凉。光绪二十年（1894），范当世辞去李鸿章西席，迫于生计，投奔各地幕府。二十一年（1895）十二月应张之洞之招到江宁。其《香涛尚书将移镇湖广而余从之乞近馆再呈二诗》注曰："余之来，尚书实招之，乃淡交，既接而毁言日闻，故亦聊有所云，以观其俯仰。"②"观其俯仰"一词直接表达了对自我命运的无法掌控，无限酸楚悲凉寓于其间。随后，足迹遍及鄂、赣、沪、粤，以求入幕，四处碰壁。"岂有厄穷如贱子，更能好会在今时？还家笑乐千山待，为客仓皇四海知"（《余以许仙屏中丞促赴广东至则渠以裁官去矣初宴赋赠》其一）③，穷愁潦倒，落魄不堪，惶惶不可终日。第三，寄人篱下的无奈。代宗广德元年（763）六月，严武盛情邀请杜甫入幕，次年正月，杜甫辞去该职，前后仅仅维持了六月之久。"束缚酬知己，蹉跎效小忠。周防期稍稍，太简遂匆匆。晓入朱扉启，昏归画角终"（杜甫《遣闷奉呈严公二十韵》），"束缚""蹉跎""遣闷"等词直接透露了幕中心境，百无聊赖，蹉跎日月，满腔抱负，无从施展。光绪十七年（1891）至二十年（1894），范当世入李鸿章幕，虽李尊师重道，礼为上宾，内心深处仍可见其寄食于人的凄苦。

　　　　身独何为入囚舍，翻覆自缚真如蚕。（《中秋次韵高季迪〈张校理宅玩月〉》）④

　　　　我独身为势利牵，可怜终岁如蜗旋。（《雪压沙碛填冰川》）⑤

　　　　士有恶为长铗客，身还怕近广寒宫。（《叔节谓我既知通伯深而念之如此其挚也曷不为诗以问之用前韵》）⑥

　　周旋交际的繁琐，身心受束的苦闷，志高位下的自卑，贪图势利的自责，还有高处不胜寒的惶恐等，透露了风光背后真实复杂的心境。第四，四

---

①范曾编：《南通范氏诗文世家》（捌），河北教育出版社，2004年，第148页。
②范曾编：《南通范氏诗文世家》（捌），河北教育出版社，2004年，第146页。
③范曾编：《南通范氏诗文世家》（捌），河北教育出版社，2004年，第161页。
④范曾编：《南通范氏诗文世家》（捌），河北教育出版社，2004年，第137页。
⑤范曾编：《南通范氏诗文世家》（捌），河北教育出版社，2004年，第127页。
⑥范曾编：《南通范氏诗文世家》（捌），河北教育出版社，2004年，第117页。

海为家的飘零。杜甫早年漫游山西、吴越、齐赵等地，弃官之后携家逃难，流寓西南，风餐露宿，晚景凄凉。杜诗使用"漂泊"之类的词频率极高，据《杜诗引得》统计有 60 余处，是诗史上首位大量使用该词之人。范当世橐笔走四方，来往通州、冀州、金陵、江西、桐城、天津、湖北、广东、上海等地。"嗟吾谋食天南北，辛苦劳尘却倦游"（《结蜃楼台起莫烟》）①、"嗟我蓬飘二十载，今来共尔东南天"（《与内子登狼山游宴极乐内子先有诗而余次其韵》）②，远离故土，生事艰难，颠沛流离，归途茫茫，乡音杳杳，内心承受了难以想象的痛楚。

杜甫与范当世诗歌真实细致地记录了生存境况和心灵世界。首先，生活贫困，疾病缠身。杜甫对极度匮乏的物质生活直言不讳，衣食堪忧，处境困窘，尤其是居蜀之后，基本依靠亲友馈赠资助勉强度日。

计拙无衣食，途穷仗友生。（《客夜》）

为问彭州牧，何时救急难？（《因崔侍御寄高彭州一绝》）

恶劣的生存环境令人感慨唏嘘，告贷求援中的人情浇薄更是不忍卒读。范当世为家中长子，独撑门庭，挣扎于温饱线上，诗中流露出穷愁之音。

我为饥走无岁无，子不数见烦忧虞。（《余每行润生必有赆遂诒此诗》）③

堕地辛酸有同异，百年强半为生计。（《学方老〈醉歌〉赠敬如且俾戏示爱沧公子》）④

虽竭力摆脱，贫寒如影随形。无独有偶，杜甫、范当世又都饱受疾病折磨，杜甫创作了 167 首疾病诗，集中于漂泊西南时期。范当世身体羸弱，多病早衰，灵与肉饱受摧残。

十宵成一寐，有梦在虚实。（《我之弗思子》）⑤

①范曾编：《南通范氏诗文世家》(捌)，河北教育出版社，2004 年，第 68 页。
②范曾编：《南通范氏诗文世家》(捌)，河北教育出版社，2004 年，第 152 页。
③范曾编：《南通范氏诗文世家》(捌)，河北教育出版社，2004 年，第 253 页。
④范曾编：《南通范氏诗文世家》(捌)，河北教育出版社，2004 年，第 171 页。
⑤范曾编：《南通范氏诗文世家》(捌)，河北教育出版社，2004 年，第 70 页。

吉日初度吾称翁,睡起两耳减昨聋。(《吉日二十七句赠瞽者》)①

牢愁病肝肺,独棹夜江湖。(《本约伯严郯岘同诣金陵过而不下诗道意也》)②

深夜难眠,双耳聋聩,肝肺牢愁,生命痛楚的呻吟令人扼腕叹息。还需要关注的是,两人诗中"贫""病"多对举连用。杜甫有"吾老抱疾病,家贫卧炎蒸"(《棕拂子》)、"吾老甘贫病,荣华有是非"(《秋野》其二),范有"贫深绝计虑,病久无胸期"(《次韵外舅竹山君〈南漳寄怀〉之作》)③、"贫知日月销精易,病觉江湖隔路多"(《阳春只当凛秋过》)④。贫病交织,可谓雪上加霜,百忧交集、形容枯槁的诗人形象跃然纸上。其次,无用之叹,蹉跎之感。杜甫现实生活中功名无望,处处穷途,自嘲为一介"腐儒"。范当世不遇且老,以"腐儒"自称不胜枚举。"腐儒拙分能相告,乱世浮名不自安"(《下关迟番船再作》)⑤、"腐儒随分尽,精魄与天遥"(《野哭山云驻》)⑥,报国无门,读书无用,酸腐无才,表达了愤懑不平和无可奈何的情绪,心境悲凉,语意沉痛。杜甫与范当世为素怀大志、慷慨自负之人,自我期待落空之时心灵产生了巨大落差,无尽失落随之而来。杜甫有"岁月不我与,蹉跎病于斯"(《咏怀》其一)、"蹉跎病江汉,不复谒承明"(《兼葭》),范当世有"吾侬万事总蹉跎,忍更聊浪学放歌"(《读曾文正道光乙未〈岁莫杂感〉诗慨然毕次其韵》)⑦、"独与往圣留纯和,我年十九付蹉跎"(《感于东坡生日之作遂为挚甫先生六十寿诗》)⑧,年华虚掷,白首无成,心灰意懒,满纸悲凉。虽故作旷达,却又耿耿于怀,憾恨不已,诗人深切体验到生命的短暂和理想的落空。

三、技巧风格隔代响应

杜甫对范当世诗歌创作的影响,不仅表现为内容题材的高度趋同,创

---

①范曾编:《南通范氏诗文世家》(捌),河北教育出版社,2004年,第114页。

②范曾编:《南通范氏诗文世家》(捌),河北教育出版社,2004年,第231页。

③范曾编:《南通范氏诗文世家》(捌),河北教育出版社,2004年,第159页。

④范曾编:《南通范氏诗文世家》(捌),河北教育出版社,2004年,第168页。

⑤范曾编:《南通范氏诗文世家》(捌),河北教育出版社,2004年,第151页。

⑥范曾编:《南通范氏诗文世家》(捌),河北教育出版社,2004年,第284页。

⑦范曾编:《南通范氏诗文世家》(捌),河北教育出版社,2004年,第149页。

⑧范曾编:《南通范氏诗文世家》(捌),河北教育出版社,2004年,第200页。

作技巧和艺术风格方面还可见明显的借鉴吸收。

　　1.炼字入句。杜甫自觉追求炼字造句，刻画细微，尤其体现于律诗之中。

　　叶梦得《石林诗话》曰："老杜变化开阖，出奇无穷，殆不可以形迹捕。"①平易之字包孕深厚内涵，活字呈现动态美感，虚字斡旋意脉贯通，出神入化，被奉为语言锤炼的典范。范当世也致力于炼字造句，惨淡经营。李猷《近代诗介》曰：

　　　　虽平凡之语，亦用字不同，诗虽不为雕饰，而其句法奥衍，回环曲折，着力处如拗钢铁，密栗处如琢古玉，且不假一二词藻以增其色彩，亦不故作倔强以示坚挺，总之纯任自然，写其心中之意，毫无斧凿，天成苍劲之姿，即令老杜东坡诵之，亦当敛手。②

　　范当世因根植于深厚的经史修养，用字传神，颇见功力，句法曲折，富于变化，且避免了艰涩造作之弊，流畅自然。时人称颂以杜甫为重要参照，等量齐观。此外，叠字的大量运用是杜诗语言艺术的显著特征。仇兆鳌注引明代杨升庵语曰："诗中叠字最难下，唯少陵用之独工。"声谐义恰，超凡入化。范当世诗中叠字也层出不穷：

　　　　寂寂生涯犹赁庑，茫茫吾道欲乘槎。(《清尊微雨息劳歌》)③
　　　　长途碌碌成诗草，一命摇摇付相臣。(《无题》)④
　　　　燕雀纷纷噪余粒，老凤茫茫何处投？(《叠韵速内子和章》)⑤
　　　　翻翻棋局论千变，转转车轮有万周。(《赠爱沧》)⑥
　　　　蓬风卷发垂垂尽，蜡炬烧心寸寸灰。(《舟中劝伯严节哀》)⑦
　　　　零星剩泪朝朝雨，惨澹愁心夜夜灯。(《〈谢客难〉前韵》)⑧
　　　　楼居密密连云黑，灯火萧萧向日青。(《养疴寓楼苦雨吟眺》)⑨

①[清]何文焕辑：《历代诗话》，中华书局，1981年，第420页。
②陈国安、孙建编著《范伯子研究资料集》，江苏大学出版社，2011年，第143页。
③范曾编：《南通范氏诗文世家》(捌)，河北教育出版社，2004年，第95页。
④范曾编：《南通范氏诗文世家》(捌)，河北教育出版社，2004年，第241页。
⑤范曾编：《南通范氏诗文世家》(捌)，河北教育出版社，2004年，第155页。
⑥范曾编：《南通范氏诗文世家》(捌)，河北教育出版社，2004年，第181页。
⑦范曾编：《南通范氏诗文世家》(捌)，河北教育出版社，2004年，第230页。
⑧范曾编：《南通范氏诗文世家》(捌)，河北教育出版社，2004年，第201页。
⑨范曾编：《南通范氏诗文世家》(捌)，河北教育出版社，2004年，第215页。

"寂寂"为生命寂寥,"茫茫"为前途渺然,"碌碌"为成诗匆忙,"摇摇"为命运堪忧,"翻翻"为棋局多变,"转转"为长途跋涉,"垂垂"为芳华零落,"寸寸"为蜡炬成灰,"朝朝"为雨连绵,"夜夜"为灯竟宵,"密密"为楼居林立,"萧萧"为灯火阑珊,状物抒情,随语成韵,随韵成趣,再现了对叠字的高妙演绎。

2. 以议论入诗。《诗经》中已经存在以议论入诗的现象,杜甫的开创之处在于将其作为一种重要的艺术手法普遍运用于各种题材和体裁之中。范当世继承杜甫笔法,以议论入诗,涉及内容丰富。或直斥慈禧专权,"妖姬犹傅粉,群贵尚鸣珂"(《正月四日雨稍止一山拉入市买报阅之因晤诸子同饮次善夫〈元日〉二首韵》)①,将矛头直接指向慈禧及附和逢迎者,一针见血,锋芒毕露。或指责尸位素餐,"怪怪奇奇尽偶然,昏庸柄国已千年"(《元旦叠韵自占》)②,指摘群臣昏庸,蝇营狗苟,置国家安危于不顾,颇显胆识。或悲叹贤愚不分,"蛟龙岂但鱼虾伍,鸿鹄今为燕雀知"(《沪上答张幹堂玙》)③,谴责了愚智颠倒、是非不分的现实,表达了正直之士的悲愤。或评价历史人事,"和亲自古为中策,封禅谁知是谤书"(《读曾文正道光乙未〈岁莫杂感〉诗慨然毕次其韵》)④,感悟过往,品评当下,辛辣讽刺了清廷的割地赔款、卖国求和。或慨叹世事翻覆,"伤心涕仰不可说,万事人孽奚由天? 星火能成燎原势,寸木可置岑楼巅"(《山中一去知几年》)⑤,洞察时弊,意识到危机由来已久,难以扭转。或悲叹生民涂炭,"四民皆疮痍,国成定谁秉"(《次韵王义门景沂见赠之作》)⑥,沉痛指出战争对无辜百姓的巨大戕害。上述议论在全诗中或贯穿引发,成为点睛之笔,或独自成篇,直抒胸臆,有力提升了诗歌思想境界,这与杜诗感情激越、爱憎分明的揭露批判如出一辙。"以诗论诗"是古代文学批评中的奇特景观,杜甫《戏为六绝句》首创以绝句论诗的批评体式。范当世诗中也多处表达诗学观点:

　　　　只今瑰宝天然得,始信人为必不奇。(《答徐昂秀才》)⑦

①范曾编:《南通范氏诗文世家》(捌),河北教育出版社,2004 年,第 196 页。
②范曾编:《南通范氏诗文世家》(捌),河北教育出版社,2004 年,第 195 页。
③范曾编:《南通范氏诗文世家》(捌),河北教育出版社,2004 年,第 145 页。
④范曾编:《南通范氏诗文世家》(捌),河北教育出版社,2004 年,第 149 页。
⑤范曾编:《南通范氏诗文世家》(捌),河北教育出版社,2004 年,第 153 页。
⑥范曾编:《南通范氏诗文世家》(捌),河北教育出版社,2004 年,第 171 页。
⑦范曾编:《南通范氏诗文世家》(捌),河北教育出版社,2004 年,第 245 页。

我言奏曲亦须异，仿佛列鼎调咸酸。(《适与季直论友归读〈东野集〉遂题其嵩》)①

诗家王气必深寒，秘钥谁能拔数关。(《与仲实谈诗境三次前韵》)②

文之于诗又何物？强生分别无乃痴。(《戏书欧公答梅圣俞〈莫饮酒〉诗后即效其体》)③

追求自然天成的审美、丰富多彩的风格、高妙雅致的境界、以文为诗的笔法等，义精词简，形象生动，以杜甫开创之形式对诗歌发展进行持续思考。

3. 风格沉郁。杜甫和范当世诗歌不约而同地形成了沉痛悲慨的风格。首先，感情阔大悲伤。杜甫1400多首诗中138处用了"悲"字，102处用了"泪"字，范伯子1100多首诗中，136处用了"悲"字，87处用了"泪"字，此外，还有大量的"哀""伤""叹""涕"等近义词，阅读其诗幽苦感伤扑面而来。有的悲叹生活艰辛，"寄言贫病都消释，只作空叹泪转加"(范当世《晚眺悲咏寄仲弟广东幕府季弟山东警军》)④；有的感慨年华消逝，"汝曹催我老，回首泪纵横"(杜甫《伤春五首》)；有的慨叹羁旅他乡，"正宜力取还乡锦，何便悲吟作客裘"(范当世《三山会馆晤黄晓秋同饮方知其亦留滞此间翌日出其〈元日试笔〉索和叠二韵酬之》)⑤；有的感叹失志不遇，"行矣强加饭，伤哉不遇时"(范当世《赠别闲伯》)⑥；有的忧愤世事时局，"闻道长安似弈棋，百年世事不胜悲"(杜甫《秋兴八首》之四)，"忧心及邦族，泪下独涟涟"(范当世《自谕》)⑦；有的忧思亲人友朋，"干戈犹未定，弟妹各何之。拭泪沾襟血，梳头满面丝"(杜甫《遣兴》)；有的诉说离情别绪，"聊以凄惶泪，分途泣所亲"(范当世《示伯严》)⑧；有的控诉战争惨烈，"天地军麾满，山河战角悲"(杜甫《遣兴》)，关注一己，放眼天下，真挚恳切，呈现了博大深厚的内心情志，表达了对社会、人生的深刻悲悯。其次，意象衰颓萧飒。杜甫与

---

①范曾编：《南通范氏诗文世家》(捌)，河北教育出版社，2004年，第289页。
②范曾编：《南通范氏诗文世家》(捌)，河北教育出版社，2004年，第58页。
③范曾编：《南通范氏诗文世家》(捌)，河北教育出版社，2004年，第74页。
④范曾编：《南通范氏诗文世家》(捌)，河北教育出版社，2004年，第305页。
⑤范曾编：《南通范氏诗文世家》(捌)，河北教育出版社，2004年，第202页。
⑥范曾编：《南通范氏诗文世家》(捌)，河北教育出版社，2004年，第66页。
⑦范曾编：《南通范氏诗文世家》(捌)，河北教育出版社，2004年，第303页。
⑧范曾编：《南通范氏诗文世家》(捌)，河北教育出版社，2004年，第287页。

范当世建构的意象群熔铸了时代情绪和个人感受,交织着迟暮之叹、孤独之感、哀愁之苦。诗中如漫漫长途疲于奔命的老马,"穷猿号雨雪,老马泣关山"(杜甫《有叹》),"哀今路歧多,老马亦莫审"(范当世《潜之见余倒韵诗复顺和见示而盛以文学教授之事相推以百忙中再依韵奉答并呈梦湘》)①;如晚秋时节缄默其口的寒蝉,"寒蝉静归来,独鸟迟万方"(杜甫《秦时杂诗二十首》),"时危复有忠奸论,俯仰寒蝉只自同"(范当世《和顾晴谷〈六十述怀〉诗》)②;如南北迁徙饥肠辘辘的旅雁,"老雁春忍饥,哀号待枯麦"(杜甫《送李校书二十六韵》),"哀哀雁始征,饥落田夫谤"(范当世《已发冀州苦雨不休夜泊荒野中再与采南叠韵》)③;如夜幕降临盘旋聒噪的啼鸦,"夜来归鸟尽,啼杀后栖鸦"(杜甫《遣怀》),"树树枫容带醉斜,更闻蛮语到寒鸦"(范当世《晚眺悲咏寄仲弟广东幕府季弟山东警军》)④;如日暮黄昏步步深黑的落照,"是日霜风冻七泽,乌蛮落照衔赤壁"(杜甫《醉歌行》),"惟应岁晚风涛外,落照湖山有泪涟"(范当世《酿雪不成送伯严江西省墓》)⑤。此外,还有彻夜哀鸣的杜鹃、怒吼咆哮的风雨、雄心销尽的老凤、渺茫难求的浮槎、飘零纷飞的落花、寒霜浸染的枫林、孤独漂泊的寒鸥、萧瑟凄凉的秋风等。国势危急,家道中落,理想破灭,贫病交困,诗人们愁肠百结,悲观绝望,中心恻怆难尽言,建构的意象群寄慨遥深,深沉蕴藉,是社会人生的真实写照,笼罩了忧郁凄凉的色彩,透露出深切沉重的悲哀。曾克崇《上陈散原先生书》言及范当世曰:"悲壮苍凉之境,凄厉沉痛之音,盖得于杜公为多。"⑥可谓独具慧眼,一语中的。

四、相似的创作背景和命运经历

范当世诗歌创作以杜甫为主要师承对象其来有自,两人在社会政治、家族环境、命运遭际、诗学思想等方面高度一致。

第一,国势危急。在影响诗人诗作的诸多因素中,社会环境毋庸置疑最为深刻关键。杜甫亲历了大唐帝国由盛而衰,天宝十四年(755)十月爆

①范曾编:《南通范氏诗文世家》(捌),河北教育出版社,2004年,第263页。
②范曾编:《南通范氏诗文世家》(捌),河北教育出版社,2004年,第144页。
③范曾编:《南通范氏诗文世家》(捌),河北教育出版社,2004年,第47页。
④范曾编:《南通范氏诗文世家》(捌),河北教育出版社,2004年,第305页。
⑤范曾编:《南通范氏诗文世家》(捌),河北教育出版社,2004年,第285页。
⑥陈国安、孙建编著:《范伯子研究资料集》,江苏大学出版社,2011年,第92页。

发了安史之乱，国家残破，生灵涂炭。广德元年（763）七月吐蕃攻陷河西、
陇右诸州，十月又攻陷长安，抢掠烧杀，全城为之一空。随后，各地军阀混
战，烽火连天，江河日下。范当世与杜甫异代同悲，晚清列强利用坚船利炮
轰开国门，中国进入了灾难深重的时代，诚为三千年未有之大变局。光绪
二十年（1894）八月，北洋舰队在鸭绿江附近与日军联合舰队激战，损失惨
重。紧随其后，日军进犯旅顺、大连等，肆意屠杀。与此同时，德、英、法、俄
等帝国主义国家加入其中，掀起瓜分中国的狂潮，又加群雄割据，各种矛盾
激化，面临前所未有的民族危机和社会危机。国家不幸诗家幸，赋到沧桑
句便工。内忧外患、社会动荡、民不聊生的现实，引发了杜甫、范当世对社
会、历史、人生的深入思考，在传统文人的浅吟低唱之外，生成了丰富深邃
的思想内涵。

　　第二，诗文传家。追流溯源，杜甫、范当世均出生于引以为傲的文学世
家。杜甫曰："自先君恕、预以降，奉儒守官，未坠素业。"（《进雕赋》）十三世
祖杜预以文才武略盛称于西晋，其《春秋左氏经传集解》堪称学界权威。祖
父杜审言是修文馆学士、尚书膳部员外郎，为初唐"文章四友"之一。杜甫
对于家族文学传统尤为自豪，"诗是吾家事"（《宗武生日》），可见一斑。通
州范氏家族为北宋范仲淹直系后裔，明洪武三年（1370）由江西抚州始迁通
州，立身行事秉持先忧后乐的文正家风，五百年间清芬世守，以诗礼书香传
家，八世祖范凤翼（1575—1655）、七世祖范国禄（1624—1696）均以诗文名
震一时，成为了该地首屈一指的文学世家。"不怨不惧，前修之从，则吾范
氏之泽未艾乎！"（范当世《〈通州范氏诗钞〉序》）[①]家族文学传统召唤起范
当世强烈的价值认同和文化自觉，激发出如杜甫一般以诗传家的责任感和
使命意识。

　　第三，壮志难酬。杜甫、范当世以儒家思想安身立命，以重振家声为己
任，锐意进取，积极入世。杜甫自言其志："致君尧舜上，再使风俗淳。"（《奉
赠韦左丞丈二十二韵》）范当世自书对联："揽辔登车，一世澄清须满志；读
书闭户，万家忧乐尽关心。"[②]两人具有安邦国、济苍生的远大抱负和强烈
的爱国忧民之心。他们自幼聪慧过人，因卓越的文学才华曾经一度接近了

[①]范曾编：《南通范氏诗文世家》（玖），河北教育出版社，2004年，第61页。
[②]详见范曾：《吾家诗学与文化信仰》，《中国文化》2007年第2期。

人生理想。唐玄宗天宝十年(751),杜甫进《三大礼赋》,玄宗奇之,命待制集贤院。天宝十四年(755),授河西尉,不拜,改右卫率府胄曹参军。唐肃宗至德二年(757)四月,奔赴凤翔行在,被授予左拾遗。范当世虽为布衣,声名满天下。光绪八年(1882),以《舟中联句倒押五物全韵》一诗为吴汝纶知赏。光绪十一年(1885)至十四年(1888),吴氏延请其至冀州书院担任讲席,声气相应,宏奖后进。光绪十七年(1891),权势正隆的李鸿章聘请为西席,教授季子经迈,宾主款洽。然而,事与愿违,两人在现实中连连遭受打击,人生得意仿如昙花一现。至德二年(757)五月,宰相房琯得罪遭免,杜甫犯颜进谏,肃宗怒,一时有性命之虞,幸得宰相张镐、御史大夫韦陟救之。经历了政治斗争、宦海沉浮之后,乾元二年(759)七月,杜甫毅然弃官,从此远离了政治中心。范当世人生也多不如意,光绪十一年(1885),吴汝纶欲委之信都书院山长,才高遭嫉,不得遂愿。光绪十三年(1887),山长之位空缺,流言再起,又痛失良机。光绪二十年(1894),甲午战争惨败,李鸿章遭到举国群攻,范当世亦成为众矢之的。诋排李者,竟以“东床西席,狼狈为奸”二语,形诸奏牍,西席即指范当世。范氏洁身自好,坚意辞幕,谢职南归。此后与杜甫晚年颇为相似,饥驱道途,郁郁以终。

第四,转益多师。杜甫呈现出博大的文学胸襟,“别裁伪体亲风雅,转益多师是汝师”(《戏为六绝句·其六》),要求辩证地接受和学习前代文学遗产,博采众长,融会贯通,无愧为集大成者。范当世继承了这一优秀传统,游学兴化、上海、金陵、冀州、桐城、湖北等地,师从刘熙载、张裕钊、吴汝纶等名家,在丰富的问学经历和广泛的文学交游中形成了开阔的诗学胸怀。“浮海入江无不可,南山片石是吾师”(《贺李草堂丈七十自寿即用书怀》其二)[1]。他既推崇前贤,如李白、杜甫、韩愈、孟郊、李商隐、梅尧臣、苏轼、黄庭坚、元好问,又褒扬时彦,如张裕钊、吴汝纶、陈三立、黄遵宪、袁昶、沈曾植等,不拘一代,涉猎多家,博观约取,择善而从,可谓深得杜甫诗学精髓,这是学习其人其诗的前提和基础。

晚清同光体声势浩大,以开元、天宝、元和、元祐诸大家为职志,虽然内部分为闽派、浙派、江西派等,杜甫却享有无可争议的初祖地位,范当世诗歌典型地说明了这一现象。由于主观与客观多重因素的契合,范当世具有

---

① 范曾编:《南通范氏诗文世家》(捌),河北教育出版社,2004年,第156页。

鲜明的杜甫情结,奉为楷模,仰慕摹习,表现为思想内容的借鉴,艺术技巧的吸收,精神人格的发扬,产生了跨越时代的共鸣,从具体视角显示了杜甫诗歌在晚清的传播和影响。

第五节　范当世悼亡文学研究

"赋存悼亡、感今怀昔"的悼亡文学在中国源远流长,潘岳、韦应物、李商隐、元稹等历代名家辈出,诗篇凄美动人。时至晚清,陈衍指出:"语云'欢娱难工,愁苦易好',而悼亡诗工者甚尠。王阮亭、尤西堂不过尔尔,则以此种诗贵真,而妇女之行多庸庸无奇。潘令元相所已言,几不能出其范围也。"①不可否认,悼亡文学在漫长的发展过程中形成了趋同的思维模式和写作范式,缺乏创新。然而哀感缠绵、至真至诚的伤悼本身固有的强度和深度不乏突破拘囿与传统之处,晚清范当世即是其中的杰出代表。范当世重情笃义,为前妻吴氏悼亡之作共计诗歌 7 题 10 首,挽联 1 幅,祭文 2 篇,此外还有多篇间接涉及。不仅诞生了广为传诵的名篇,而且可见对这一传统题材的开拓与创新,笔者试论述之。

一、吴氏其人,德艺双全

同治十一年(1872)秋,范当世婚娶同州吴菱庵之女,乳名大桥,是年吴二十三岁,范十九岁。吴氏之名其来有自,通州城郭之东偏十五里许为兴仁镇,该地所谓新地者,有水桥一区,吴氏出生于此,其父母故以"大桥"名之。吴氏与范当世感情深笃,共育两男一女。同治十三年(1874)长子范罕(彦殊、莲儿)生,光绪二年(1876)长女范鞠(孝嫦、菊儿、菊保)生,光绪六年(1880)次子范况(彦矧、褉儿)生。吴氏出生于商贾家庭,其弟吴肇嘉(1862—?),字君夏、元况,号仲懿。光绪十五年(1889)进士,有经说遗著,列于《说文解字诂林》中"引用诸书姓名录"。崇文尚教的家族氛围影响下,吴氏喜读诗书,其子范罕天命之年对此记忆犹新。《回顾》一诗曰:"吾母贾人子,嗜书逾常人。稍诵六经言,训义寻自申。"②吴氏聪敏沉静,嗜书逾

---

① 陈衍:《石遗室诗话》卷十,《民国诗话丛编》第 1 册,上海书店,2002 年,第 148 页。
② 范曾编:《南通范氏诗文世家》(壹拾壹),河北教育出版社,2004 年,第 33 页。

人,诵读六经不拘成说,揣摩体悟以求自得其义,殊为可贵。吴氏多才多艺,具备良好的文化修养,善吟咏,惜诗零落,仅有遗句"惟应作贤者,富贵不相期"①,品性高洁,淡泊名利,由此可见。范当世好友张謇(1853—1917)同治十三年(1874)正月二十八日《日记》载:"招肯堂来,挑灯夜话。闻肯堂夫人喜学书,以笺纸二柙浼肯堂献之镜台,以为临池之助。"②吴氏兼通书法,此为旁证。吴氏婚后尚能不为家庭琐事淹累,濡墨含毫,闻名乡里。夫妻超越简单的生活经营,进行精神层面的沟通交流是题中应有之义。不仅如此,吴氏侍亲课子,辛勤艰苦。范当世父亲如是评价:"冢妇于归雉水吴,十年生聚尽公输。三孙玉立皆心血,未答艰辛蓦木枯。"(《六十述怀七绝》)③诗中忘我持家、辛苦抚育的贤妻良母形象呼之欲出。吴氏言传身教,对年幼诸子产生了深刻影响。范罕追忆曰:"忽哦北门诗,叹息窭且贫。吾儿慎勿惧,此人圣所珍。但知暮出国,不解朝投秦。"(《回顾》)"北门诗"即《诗经·国风》中《北门》篇,诗中低级官吏公务繁重苛细,位卑禄薄,不免牢骚满腹,家人的责备使之更为难堪,深感仕路坎坷、人情浇薄。吴氏教子并非仅仅停留于字面的解读,"吾儿慎勿惧,此人圣所珍。但知暮出国,不解朝投秦",谆谆教诲其子能够矢志不渝,勤勉从事,安贫守业,不可朝秦暮楚,游离无常。"斯言落吾耳,瞬息四十春。幸哉吾获免,艰哉方此辰"④,四十年来母言如在耳边,范罕谨记于心,落实于行。光绪二十一年(1895)以第一名成绩考入州学,光绪二十二年(1896)毕业于江阴南菁书院,光绪二十六年(1900)入上海法国教会学校读新学,光绪三十二年(1906)赴日本,学习英日两国法律、财务预算制度,民国二年(1913)始任政府农商部秘书,先后十年。他一路走来,笃志求学,以实干报国,可谓无愧慈母良苦用心。

二、沉痛哀悼,愧悔由衷

光绪八年(1882),范当世受张之洞聘请,佐张裕钊至湖北通志事局,修撰《湖北通志》。光绪九年(1883)四月二十二日,范氏前往赴职。孰料天有

---

① 姚倚云《题〈大桥遗照〉》诗中自注。
② 张謇:《张謇全集》第8册,上海辞书出版社,2011年,第13页。
③ 范曾编:《南通范氏诗文世家》(柒),河北教育出版社,2004年,第221页。
④ 范曾编:《南通范氏诗文世家》(壹拾壹),河北教育出版社,2004年,第33页。

不测风云，妻子吴氏病情恶化，危及生命，竟于二十九日卒，年仅 34 岁。范当世接到父亲报丧之信已是五月，突闻噩耗，巨痛难抑，倾泻而出，注入笔端。其《湖北通志局闻妻丧于时方修〈列女志〉稍整齐而后行悲哭之余犹翻故纸停笔写哀遂成四绝》曰：

> 耗至惊看吾父笔，行行老泪写哀词。如何薄命无妻日，正是过门不入时。

> 一病新从九死还，分明给我去乡关。平生已种无边恨，此恨绵绵况可删。

> 入棺闻说彩衣鲜，费尽亲心总枉然。十载宵晨有饥饱，不曾销我卖文钱。

> 迢迢江汉泪滂沱，秉烛修书且奈何？读罢五千嫠妇传，可知男子负心多。

哀莫大于死别，悲莫过于生吊。虽然难以相信这遽然而至的死讯，却必须接受妻子永远消逝的事实，老父之笔，行行苦泪，字字哀辞。范氏无比悲痛之外，更是憾恨不已，其一，"如何薄命无妻日，正是过门不入时"。生离竟成死别，双方近在咫尺却错过了人生最后一面。诗中自注曰："四月二十二日余去家，至上海附番船，二十八日成行，二十九日过狼山，而吾妇乃殁于斯时也。"[①]范氏离开通州至上海，转水路乘船赴武汉，途经通州狼山之时，恰为吴氏病殁之刻。过家门竟不入，自此生死异路，阴阳两隔，诚为人世最可哀可恨之事。其二，"一病新从九死还，分明给我去乡关"。范当世临行之前吴氏沉疴在身，却强以撑持，故作精神，以示病情好转。此刻方知出门之际病入膏肓的真相，为了让远行之人无后顾之忧，避免迟迟淹留、操心挂念，默默承受着难忍的巨痛，孤寒无助地走向生命尽头。其三，"十载宵晨有饥饱，不曾销我卖文钱"。范氏家境清贫，穷厄困顿，十年以来吴氏克勤克俭，布衣蔬食。范当世橐笔四方之时独守空闺、强撑门户，却丝毫未能坐享"卖文"之禄。同时，范氏为维持家族生计，糊口四方，诗中亦自伤，由悼亡对象向悼亡主体转移，具有普遍意义，代表了古代多数悼亡文学的情感变迁。"迢迢江汉泪滂沱，秉烛修书且奈何"，为了谋取稻粱，造成了

---

①范曾编：《南通范氏诗文世家》（捌），河北教育出版社，2004 年，第 14 页。

不计其数的离别和无法弥补的永诀。结婚十载，衣食有忧，功名无成，辜负了妻子的全力支持和忘我付出，斯人已逝，追悔由衷。难得的是，范氏是时负责《湖北通志》中《列女志》的编纂部分，接触到大量历史文献，结合身为人夫的现实体验，对负心薄情的男性群体进行了整体批判，对坚贞深情的女性表达了广泛悲悯。"读罢五千嫠妇传，可知男子负心多"，男权社会中如此鲜明的立场尚属少见。五月，范当世回通奔丧，其挽吴氏之联曰：

> 又不是新昏垂老无家，如何利重离轻，万古苍茫为此别；
> 且休谈过去未来现在，但愿魂凝魄固，一朝欢喜博同归。①

　　上联用杜甫三首诗题，语深意长，颇具匠心。"新婚""垂老""无家"之别本是由于内忧外患的国家造成，凄惨悲哀至极，个体无法避免。相比而言，与亡妻之别却是功名利禄诱惑之下的人为选择，重利轻别，无情无义之人终在余生悲凉中自尝苦果。下联由岁月流逝说起，阴阳两隔，无法逾越，在无尽的心灵愧悔中生是折磨，死方解脱，唯期百年终老之时同穴共处。

　　光绪十二年(1886)十月，范当世由冀州南归。十一月，祭扫吴氏之墓，有《大桥墓下》，真情自然流出，一片神行。诗曰：

> 草草征夫往月归，今来墓下一沾衣。百年土穴何须共，三载秋坟且汝违。树木有生还自长，草根无泪不能肥。泱泱河水东城暮，伫与何人守落晖？②

　　岁月悠悠，时光荏苒，此时吴氏去世已是三载，奔波道途之人首次来到墓前凭吊亡妻，心生愧疚，情难自禁，潸然泪下。"三载秋坟且汝违"实属无奈，虽然吴氏溘然长逝对范当世造成了无法言说的精神打击和情感缺憾，残酷的现实生存却不容其尽情表达内心悲痛，甚至不能亲送亡妻最后一程。其《祭吴孺人文》曰："吾暂哭汝，当复之武昌，不去则汝棺不能以葬。汝故欲从吾去，今去耶否耶？呜呼恸哉！"③暂时归来哭丧之后，还需立刻返回为饥所驱的人生道路，不去则亡妻之棺无钱入葬，极见经济之窘迫。无限辛酸，令人不忍卒读，可引起普天之下寒士的共鸣。范当世虽然奔波万里之外，时刻挂念亡妻未扫之茔。"而我作客客何梦，梦见故山枫树茔。

---

①范曾编：《南通范氏诗文世家》(捌)，河北教育出版社，2004年，第332页。
②范曾编：《南通范氏诗文世家》(捌)，河北教育出版社，2004年，第33页。
③范曾编：《南通范氏诗文世家》(玖)，河北教育出版社，2004年，第10页。

雨淋雪压茔不扫，风欺露侵客不宁"(《峄山夜吟》)①，雨淋霜压，风欺露侵，坟茔尚未修整，孤魂飘零，何可安栖？范当世此际为首次谒墓，入土三载方才前来，有何颜面期待百年之后同室共穴？以悲愁之眼观物，所见之物皆愁。环顾四周，深秋时节，松柏葱茏，郁郁苍苍，亡妻墓前坟草枯黄，凋零萎谢。这本为寒来暑往、四时交替中呈现出的自然现象，诗人看来却是由己所致，"草根无泪不能肥"。进而言之，未能与之诀别，又无暇谒墓哭灵，屡失期会，实在有负亡人。诗人毫不掩饰地对自我进行了严厉谴责，内心凄苦不堪，一触即发。在悲情郁结无法挣脱之际荡开笔锋，凝视远方，"泱泱河水东城暮，亡与何人守落晖"之句具有强烈的抒情意味。小城日暮，泱泱河水流向远处，亡立墓冢，斜阳落照，形单影只，泪流满面，此恨绵绵无绝期，寓情于景，感人至深。

　　该诗以饱含深情之语营造悲怆之境，朴素真挚，造诣独绝。颈联更是篇中绝妙之句，广为传诵。钱仲联叹赏道：

　　　　悼亡之作，要情真，但又不要凡俗，前人如元稹不免庸陋，王士禛不免于藻饰，梅尧臣、王安石、陆游，始可称合作。范当世此首，亦是当仁不让。语句清挺，故是其独擅。五、六深挚，尤不易到，是盖以孟郊的古诗意境骨力为七律者。②

　　寒碧评曰："悼亡之作，古今无两。元稹李璧，愧在其前。"③英雄所见略同，"古今无两""当仁不让"的高度评价足见《大桥墓下》一诗在悼亡文学史上的价值和地位。

　　悼亡文学在漫长的发展过程中形成了比较稳定的意象谱系，如冷火残灯、孤帐空床、梧桐半死、鸳鸯失伴等，后代多有凭依。以王士禛为例，其"遗挂空存冷旧熏"与潘岳"流芳未及歇，遗挂犹在壁"，"甘载无衣搜荩箧，不曾悔却嫁黔娄"与元稹"顾我无衣搜荩箧""自嫁黔娄百事乖"，或化用大意，或直接套用，无甚新意。晚清范当世《大桥墓下》即景生情，在中国古典诗歌充分发展到行将谢幕之时，犹能打破沿袭已久的创作范式，独辟蹊径，曲尽心情，书写了悼亡文学史上的又一名篇佳句，殊为可贵。

---

① 范曾编：《南通范氏诗文世家》(捌)，河北教育出版社，2004年，第18页。
② 陈国安、孙建编著：《范伯子研究资料集》，江苏大学出版社，2011年，第112页。
③ [清]范当世撰，寒碧笺评：《范伯子诗文选集》，浙江古籍出版社，2006年，第33页。

三、追忆过往，深情缅怀

古代漫长的男权中心社会中，妻子这一人伦角色困守于狭隘的家庭生活之内，背负着沉重的礼教枷锁，淹没于琐细的家务操劳。在生命的大部分阶段其心志追求、喜怒哀乐处于失语境地，无能言说，亦不被言说。一旦生命消逝，处在无法企及的彼岸，勾起男性对亡妻的深切怀念和对往事的惆怅追忆，强烈的孤独中思念自此海阔天长，妻子形象、婚姻细节渐渐浮出水面。光绪十年(1884)六月初一日，范当世作《祭吴孺人文》，深情回忆过往。文曰：

> 吾昔者之远行而归也，则每尝悬悬恐汝之宁汝父于家不能一日而见汝；吾今也归，则求为千日万日而见汝而安可得耶？汝昔者之宁汝父于家，则未尝不闻吾归而喜，独不肯早归而相见；今吾在此，而汝又安得而见之耶？吾昔者盖过矣，汝悔耶否耶？吾父母及吾之弟妹贤汝临终之言皆章章大义，吾以为此即汝平生之短。昔者或乃尚与吾颇言其私，今将抱此无穷之隐恸而谁告者耶？①

范当世与吴氏结褵十年，家境贫寒，为获得功名、重振家声，选择的重要途径是游学四方，博取声名，以解决生计，其足迹遍及金陵、海门、如皋、兴化、上海、扬州、湖北等地，与吴氏自是聚少离多。"吾昔者之远行而归也，则每尝悬悬恐汝之宁汝父于家不能一日而见汝"，此句逐字读来，可以推测范当世远行期间吴氏常有归宁之举，其间具体原因虽无从得知，但可以断定的是夫妻感情和好，与之无涉。"汝昔者之宁汝父于家，则未尝不闻吾归而喜，独不肯早归而相见"，以细腻的笔触深入吴氏内心，虽然不肯早归等候，矜持的背后掩饰不住满心欢喜，翘首期盼，若非深情用心之人自是无法察觉，夫妻之间深度的理解和懂得可见一斑。在繁琐复杂的家庭关系中也许不无摩擦，然而爱可以包容，可以消释，吴氏临终之言皆章章大义，丝毫未见不满、失望，呈现出善良宽厚的人性之美。诗人在颠沛流离的功名道途饱受艰辛饥苦、世态炎凉，妻子知书明理，又长其四岁，是可以尽情倾诉的对象，可以温暖栖息的港湾。吴氏翩然逝去，此情只可成追忆，无法

① 范曾编：《南通范氏诗文世家》(玖)，河北教育出版社，2004年，第10页。

掩抑的悲凉扑面而来。全诗一昔一今，一死一生，对比鲜明，情辞沉痛，催人泪下。

涸泽之鱼，相濡以沫。范当世蓦然回首，与吴氏共同度过的艰难岁月如在目前。光绪十一年（1885），范氏应吴汝纶之聘启程赴冀州，过山东，有《峄山夜吟》。诗曰：

> 忽闻呢喃语，在我头上鸣。举头见双燕，急泪当时倾。忽忽三年间，未尝闻此声。何因却遘此，待我哀平生。金窗绣户不足择，耦寄蒿下如蓬瀛。人生结发有真意，栖茅饮水何其荣！ 不然远道阻征役，相思万苦皆赝情。①

全诗以乐景衬悲情，孑然一身、羁旅千里之人，举头望见止则相偶、飞则成对的双燕，触景伤情，顾影自怜，泪如雨下。不在金扁绣户，同寄蒿草，栖茅饮水，平淡度日，何尝不是真正的幸福？诗人孤单落寞、寂寥无依的凄苦一览无遗。与亡妻患难与共、贫贱相守是最为深刻的记忆。其《吴孺人四十诞辰祭文》曰：

> 子年三十，吾是时贫甚，犹竭力而致客，客散，子怜其劳，以为何必作此无益耶？ 吾笑曰："是不足言，待我十年而富贵，将惟子之所择焉。"子亦笑曰："君不闻吾厄运在癸，若一木之浮于大泽乎？"②

在人生艰难的起步阶段为了改善现实生存，寻求出路，尽管捉襟见肘，经济拮据，仍然广结友朋，殷勤致客，以求知遇，其间困难可以想象。吴氏恬淡寡欲，虽然不能完全理解和赞同，但是面对志在四海、意气风发的丈夫，竭尽所能，辛勤操持，热情款待，以使宾客尽兴而归。对于丈夫而言，支撑其忍受困窘的是对明日飞黄腾达的热切期待，吴氏却不期富贵，甘于贫苦，坦然面对"厄运在癸"的预言，以尽当下妻子本分。酒阑宾散之际的对话意味深长，贫贱夫妻清寒生活中的真意难以忘怀，丈夫内心的感激不言自喻。

光绪十六年（1890），冯小白为范当世画平生快事图，共12幅，总名之曰《去影图》，每图各题一诗。其中，涉及吴氏的为2幅，《狼山观海》是对光

---

① 范曾编：《南通范氏诗文世家》（捌），河北教育出版社，2004年，第17页。
② 范曾编：《南通范氏诗文世家》（玖），河北教育出版社，2004年，第31页。

绪五年(1879)夫妻游赏的回顾。序曰:"顾延卿之母邀吾母登狼山,大桥从焉,遂与之登大观台观海。指顾苍茫,大桥陨涕,哀恻之意不知所来,而十载失妻犹以此为极乐。"诗曰:

> 狼山若金山,丹碧迎飞盖。孤高又不同,非我必自大。乱后繁华空,今此亦为最。亭亭大观台,江海之所会。少小习于斯,手口俱能绘。惟独闺中人,常年郁尘埃。徒有千秋心,无由得知外。一日登于天,酣然泪滂霈。微生天地间,离群复何赖? 此意深难言,我亦愁无奈。焉知后五年,君已如蝉蜕。登高痛哭之,风浪自硠磕。离魂不可招,酹水吾何酢? 留影丹青间,璘斌亦何害?[①]

十载之间夫妻双方承受着沉重的家庭负累,疲于解决日常生计,如此超然世外、携手同游寥寥可数,因此视作"极乐"。通州襟江临海,狼山仅距城南十里,雄峙江边,峻拔挺秀,成为该地习以为常的游览之处,对于吴氏而言却太过难得。"惟独闺中人,常年郁尘埃。徒有千秋心,无由得知外。一日登于天,酣然泪滂霈",吴氏久处深闺,常年闭塞,一旦登临,举目四望,面对浩瀚奔腾之海,泪下滂沱。吴氏本为灵心慧性之人,天性颖悟,又通诗书,如此豁然之境引发其对自然、生命的直觉感悟,悲从中来,哀恻不绝。作为诗人的范当世自然十分理解妻子之举,因胸怀"千秋心",感触良多。千年一瞬,沧海桑田,人生若梦。诗虽题为"极乐"之事,却道出极哀之情。"登高痛哭之,风浪自硠磕。离魂不可招,酹水吾何酢?"海风呼啸,浪涛汹涌,滚滚东流,如同亡妻之逝,一去不返,情辞沉痛,令人动容。

自唐代韦应物之后,将夫妻之间日常琐事和丧葬经过写入悼亡诗中,成为诗家惯例。此前由于文学观念的影响、材料的缺乏,女主人公仅有模糊的光影和简单的细节。如元稹之妻韦丛、苏轼之妻王弗,墓志铭中也只是生平行迹的大致概括,其他记载也过简略,生活化的细节更是少之又少。范当世不同,生于晚清,夫妻日常生活的记述已很常见,吴氏的祭文不再是传统生平行迹的大致概括,家务事、儿女情的细节在悼亡诗文中相当常见。有鉴于此,范当世悼亡诗文中女主人公形象因为有丰富的生活细节作为支撑,前所未有的鲜明,读者拭目可见,触手可及,这一点是历来的悼亡诗所

---

①范曾编:《南通范氏诗文世家》(捌),河北教育出版社,2004年,第83页。

无法企及的。

四、图画遗照，广泛征咏

范当世与吴氏情深意笃，一旦烟消弦断，曾经沧海难为水，存者深长眷念，魂牵梦绕，陷入无尽痛苦，成为生命中不能承受之重。情动于中，势不能遏，诗人在寻常赋诗为文以表哀思之外，还以多种途径倾吐难以排遣的悲苦和怀念。光绪十二年(1886)，范当世从《百美图》中选取与吴氏容貌仿佛者，悬挂于书斋。生虽多离，死则相守，朝朝夕夕，音容犹在。其《题大桥影子》诗曰："斋阁焚香对画裙，神魂相接若为群。烟霄鸾鹤浑无似，莫向人间索虎贲。"①诗人净手焚香，斋阁招魂，对望画图，希冀打通幽明，亡魂归来，相接重逢。然而，腾云驾雾，骖驾鸾鹤，迷离恍惚，皆为虚妄，朝思暮想之人迟迟未至，生死鸿沟最终无法逾越。凄冷长夜的孤寂、延绵无尽的伤痛挥之不去，辛酸失落无以言说。该诗倾吐了对亡妻的款款深情，悲之久、痛之切由此可见。范当世笃念吴氏，誓不更娶，诸人深以为非，料其一时为情所蔽，未能遽瘳，遂欲改其衷。张裕钊言："其弊甚深，欲破其惑，须面谈乃能往复尽意，必非书疏所能为功。"(《与吴汝纶书》)②诸方压力之下，仍然不为所动，还延请画师图画吴氏生长之桥寄托思念，申表心志。其《大桥遗照诗》序曰：

> 桥之殁，而余不获诀念，欲图其貌而无从为画工言也。文君右泉游楚不得意，吾携以归。而右泉善画，吾因与之棹舟至新地，观于亡妻之故居，而属为之图斯桥，并图其地，以谓此所以存我亡妻云尔。呜呼！地则恒是耳，桥亦不可以百年，而此之曹如著烟雾于纸上者，果何物也哉？而我又能长玩乎此哉？

诗曰：

> 若人一徂逝，杨柳三枯荣；枯荣劫未已，何如人去不复生？君魂匿吾心，君貌悬吾睛。若为相对复愁苦，达者胡为不自宁？大桥莽烟水，从此无君形。亦欲出君魂，持之当风飏。柔脆复几何，凌暴吁可伤。

---

① 范曾编：《南通范氏诗文世家》(捌)，河北教育出版社，2004年，第28页。
② 陈国安、孙建编著：《范伯子研究资料集》，江苏大学出版社，2011年，第290页。

待吾精力消磨尽,及尔同归何有乡。①

图中万柳凄迷,物犹在人已逝,生死两重天,三载之间,树木尚且枯荣交替,斯人永不复生,见桥思人,宛在目前。"君魂匿吾心,君貌悬吾睛""亦欲出君魂,持之当风飏"云云,诗人沉浸于无法自拔的痛苦之中,精神沮丧,百忧攒心,日复一日,痛不欲生。现实已经无可留恋,任凭在无尽的思念中消耗心力,等待生命枯竭,早日实现同穴共处之愿。诗人枯槁憔悴、悲思苦念的形象跃然纸上,呈现了沉痛的内心世界,情意绵长,其对亡妻刻骨铭心的眷恋在古今悼亡史上殊为罕见。

同时,范当世还就《大桥遗照》图画广泛征咏。起初并无响应者,徒以大义相绳,谓不可不更娶。惟独张裕钊赞同其举,为题其嵒,范欣然自得,以示劝其娶者。光绪十五年(1889),诸方压力下范当世续娶桐城姚氏,再见此图十分惭愧,欣慰的是得到其父范如松的莫大理解。范父曰:"吾父乃能悲吾之所悲,笃于吴之亲戚,以谓子其子则不得不父其父、兄其兄,发《大桥图》为诗以见志。"(《书〈诒炜集〉后》)②老父以诗宽慰,范又示于人,自此题者甚众,名贤墨迹于斯图可见。题咏者张裕钊而外,还有吴汝纶、黄遵宪、顾锡爵、江云龙、贺涛、周家禄等时贤。其中不乏身份特殊者,如范当世继室姚倚云父亲姚浚昌(1833—1900),字慕庭,号幸余,安徽桐城人。其《叩瓴琐语》载:

> 范肯堂当世出其前妇遗照乞题,作二律与之,题其后云:"先大夫评吴梅村伟业《题王端士〈北归草〉》云:'世人以此等詈梅村,然如汉宫人谈飞燕、合德事,掩面涕泣,亦自动人。'右诗得无如所云邪?昔王济谓孙楚《除妇服诗》,不知文生于情,情生于文?予谓楚诗但情生于文耳。自古惟文生于情者可贵。"③

虽然其题《大桥遗照图》二律今已不见,由现存诗后题辞可见崇尚真情、表彰文情的价值取向。温温蔼者宽容通达,其举令范当世感念不已,有《外舅用到日饶字韵题〈大桥遗照〉感诵不已叠韵陈谢》。其一曰:

---

①范曾编:《南通范氏诗文世家》(捌),河北教育出版社,2004年,第28页。
②范曾编:《南通范氏诗文世家》(玖),河北教育出版社,2004年,第41页。
③陈国安、孙建编著:《范伯子研究资料集》,江苏大学出版社,2011年,第24页。

丈人诗兴十分饶，椽笔还将细态描。言下双关两端在，眼前一恨十年遥。生惭凡鸟栖凤阙，长使牵牛望鹊桥。三百六旬愁正缛，凄凉故剑复何聊？①

诗中既有对岳丈诗思丰饶的赞美，也有对姚氏门庭清华的仰慕，更多却是对亡妻一往情深的表白。"十年遥""愁正缛""凄凉故剑"流露出强烈的忆念情绪，出语悲苦，给人一唱三叹、愁肠百结之感。又如，姚浚昌子姚永概（1866—1923），字叔节，号幸孙，亦题咏该图。范当世《叔节将行为余题〈大桥遗照〉悲吴仲懿之早亡重以逝者之可哀益觉生存之可宝叠并字韵以送之》曰："江草江花布景长，空明孰配水仙王？当时吴季春风地，剩有君山夜雨凉。"下注："仲懿发名成业于江阴，而叔节亦尝所游憩也。"②前妻之弟吴肇嘉尝与姚永概江阴交游，遗憾的是未及殿试卒，才华空掷。数年之内姐弟英年早逝，门庭衰落，对妻族接踵而至的灾难叹惋不已。

前述诸人题咏之作或表达对范氏夫妻永隔的叹惋，如"扁舟岁岁访桑麻，有约重寻长者家。今日画图君不见，绿荫冉冉是天涯"（顾锡爵《大桥图》）③；或表达对自我婚姻的伤悼，江云龙《题范肯堂当世〈大桥遗照图〉》曰："披图迤逦惨离魂，贫贱夫妻不可论。痛忆桐棺南下日，潇潇暮雨过杨村。"自注诗曰："余元室刘恭人癸巳病殁京邸，明年归葬。"④同为丧妻之人，感同身受，情辞哀婉。范当世继妻姚倚云之作尤为引人注目。

揽图援笔百感并，写我凄凉致我情。人生泡影安足瞬，徒尔哀哀清泪横。他日黄泉会相见，眼前人事归吾营。会须凭吊苍烟处，慰尔穷愁老父兄。（《题〈大桥遗照〉》）⑤

姚氏披卷览阅，感慨无限，对吴氏早逝的悲慨、人生瞬息的感叹、亡者的庄重承诺皆发自肺腑，可见胸怀。

自潘岳以来，确定了悼亡诗追悼亡妻的特定内涵，这也成为后代悼亡文学的基本模式。明清两代，不少诗人都有悼亡之作，王士禛和尤侗尤其

①范曾编：《南通范氏诗文世家》（捌），河北教育出版社，2004年，第81页。
②范曾编：《南通范氏诗文世家》（捌），河北教育出版社，2004年，第78页。
③陈国安、孙建编著：《范伯子研究资料集》，江苏大学出版社，2011年，第40页。
④陈国安、孙建编著：《范伯子研究资料集》，江苏大学出版社，2011年，第51页。
⑤范曾编：《南通范氏诗文世家》（壹拾陆），河北教育出版社，2004年，第59页。

值得关注。然而,"是以多章组诗的规模化制作取胜,在体式上虽有开拓,但艺术表现已没什么新创可言"①。晚清范当世的图画题咏之举可谓别开生面,首先,拓宽了悼亡方式,为诗为文又为图,途径多元,以申琴瑟之情。其次,延展了悼亡内涵,改变了局限于夫妻之间追悼亡者的唯一形式。以对亡妻的悼念为机缘,纳入了更多生者对死者的一瓣心香,呈现了世间可贵的人伦之情。这些均不见于前人笔墨,在悼亡文学史上具有积极意义。

五、追改初衷,不忘故人

范当世与吴氏伉俪情笃,光绪十五年(1889)续娶姚氏实属无奈,其中最主要的因素是吴汝纶极力撮合。首先,躬身游说。范当世《入滩河易舟闻舟人言往月安福使人迎探状惭恐弥甚心神益焦辄复为诗十九韵》手稿注曰:"丙戌在冀州,挚甫先生云当为之媒,而劝谕之先后将及一年。"②此乃范氏光绪十二年(1886)担任冀州观津书院教职期间之事,吴汝纶苦口婆心,以散其哀,败其誓,先后接近一年。其次,求助友人。吴汝纶光绪十二年(1886)、十三年(1887)致张裕钊信札之中,多次提及范当世婚事,请求合力破除执念,玉成新好。然而上述行为奏效甚微。范当世守志坚定,严不可破。又次,说服范父。先时,范父屡令更娶,并托付其友从旁讽喻,无奈范当世坚持初见,以不更娶为词,不能夺志,不再勉其所难。光绪十三年(1887),吴汝纶冒昧通书于范父。"颇挟纵横之策,逞游说之能。范封翁踌躇数月,乃复书见允"(吴汝纶《与姚慕庭》)③,范父此际重新坚持续娶一事,固然得益于吴氏纵横捭阖之说辞,更为重要的是,是年五月,范当世三弟范铠元配彭氏卒。家中两媳先后病故,中馈无主,孤稚懵懂,家事亟待操持。一方面是儿子之坚誓,一方面是家族之生存,范如松踌躇数月之后,从大局出发,致书敦促续娶。范当世《寄仲弟六十韵》透露出书信内容:"一昔邮中得父书,秋门五月新丧俪。此子完完特过兄,周流相览谁当妻? 乃知一妇关一家,莫更青天着阴翳。"范父以范铠丧妻为切入,动之以情,晓之以理。范当世本为至孝之人,面对凿凿之言,难以违抗。

在家庭之责、父母之命、师友之义的重围之下,最终放弃一己之志,变

①蒋寅:《悼亡诗写作范式的演进》,《安徽大学学报》(哲学社会科学版)2011年第3期。
②[清]范当世:《范伯子手稿》,河北教育出版社影印,2005年。
③陈国安、孙建编著:《范伯子研究资料集》,江苏大学出版社,2011年,第362页。

更六年所守，再谋婚娶。虽然如此，其诗歌中还表达了迫改初衷的无奈："吾恨初心不自持，含愁更作他人婿。夫子怜我非登徒，强为导言索珍髦。"①处处话凄凉，"含愁""强为"可见心境。甚至，在光绪十四年（1888）就婚安福途中，一脸愁容，难见喜悦，心情沉重，饱受煎熬。其《杂感二十八首庐陵道中作时点〈临川诗〉至第八卷即用其每诗之题句以穷吾兴端》曰：

> 一日不再饭，吾知未必能；一生不贰辞，昔者余所承。翻翻日月转，事有累千层。凝之或为石，彻之或为冰；冰消质犹在，石毁不复凝。检点平生语，能无作后惩？②

君子一言，驷马难追，何况誓言旦旦，如在耳旁。攘攘凡俗，身非我有，纵身其间，与世迁流，守志何其艰难！面对络绎奔赴的未来，渐行渐远的过往将何处安放？观照艰难的现实人生，范当世进退失据，迷茫困惑之后，表现出对自我与内心的坚守，任凭风霜雨雪，坚如磐石。天不老，情难绝，在心灵深处为其永留一处空间，怀揣对吴氏的记忆与深情走向新的人生阶段。

吴氏谢世之初，深情怀念，前文可见，勿用赘述。吴氏离世之后，范当世对其家人关照有加。母亲成夫人谑之曰："自大娘故后，外戚群从皆赐爵一级也。"（吴汝纶《答张濂卿书》)③致厚故妻之族，更甚妻在之日。更为可贵的是，继妻姚倚云为名门闺秀，与当世珠联璧合、琴瑟静好，孝敬舅姑甚于父母，怜恤子女过于亲生，可谓美满。即便如此，范当世始终不忘故人。光绪十五年（1889）正月初，范当世与姚氏结为连理。正月初四，两人设位祭奠先妻吴氏，以祝其四十冥寿。范当世《与蕴素联吟乐甚因而感怀前室诵其遗诗忽复与之流涕蕴素用前韵余复次之》曰：

> 墙外群山拥髻来，墙隅花萼接莓苔。乌啼清脆蜂声暖，龙井香甜蚁瓮开。好事只今疑过分，悲歌对子不能才。一篇残稿嗟何咎，十七年间事可哀。④

另有《吴孺人四十诞辰祭文》，由文可知，范三十之时，吴氏有言，"待至

---

① 范曾编：《南通范氏诗文世家》（捌），河北教育出版社，2004年，第38页。
② 范曾编：《南通范氏诗文世家》（捌），河北教育出版社，2004年，第52页。
③ 陈国安、孙建编著：《范伯子研究资料集》，江苏大学出版社，2011年，第362页。
④ 范曾编：《南通范氏诗文世家》（捌），河北教育出版社，2004年，第59页。

四十之年,吾墓树积矣。至于其时,子与新夫人奠我一觞,是亦不忘畴昔也"①,此举乃为践行旧约。虽距家三千余里,相隔六年之久,谨记于心。范当世成婚之后,日夕把玩《大桥遗照图》,悲之乐之。这一举动不仅在当时看来过于优柔寡断,即便今日也觉不近人情。

范当世人生最乐图景中《航海北渡》引人关注,此非既往之事的追忆,而为想象之景的虚构。诗序曰:"此预设吾与蕴素航海北渡景也。舟中所指之山,即吾与大桥陨涕之处。魂魄有知,见吾与蕴素之归来,悲乎喜乎?"诗曰:

> 车船何太劳,山川莽回互。山川无变更,斯人自新故。新人烂明霞,故人若宵露。悬之山海间,前后不相遇。我身亦乘化,那能自坚固。浮生迭造因,涉笔偶成趣。构会虚无中,无人解斯慕。魂魄难可招,容华要深驻。指谓吾妻云,此是还家路。吾往还当游,子今托翁妪。莫学故人愁,愁深不我顾。周流良苦辛,归休自调护。②

范当世打破时空局限,设想与姚倚云航海北渡,驶向家乡狼山,那里正是昔日吴氏游赏之处。虽然《航海北渡》一图仅仅摹写了范、姚形象,已逝之吴氏笔墨点画之间无迹可寻,却又无处不在,悲情溢于言表。"莫学故人愁,愁深不我顾",在对新人的殷殷嘱托之中,何尝不是对过往缺憾的沉痛哀悼。在岁月的积淀中,对亡妻之情日渐内敛沉静。

光绪二十六年(1900),吴氏父吴莐庵病,范当世携长子范罕前往探视。其诗曰:"苦月临宵转转亏,昏灯倦眼对迷离。当阶瑟缩惊秋早,引枕低回结梦迟。语世竟难宽病叟,行身不得饭痴儿。回头快婿升堂日,卅载仓皇到此时。"(《七月二十日挈罕儿往省外舅吴公疾自吾庚午孟秋入此门恰三十年矣即夜感赋》)③吴氏虽逝如犹在,范当世努力呵护之下,这份骨肉亲情延续了三十年,九泉之灵如有知,可深感宽慰。同年十二月,吴莐庵逝,范当世携姚氏往吊,有《挽吴外舅》。"老吾见其孝,幼吾见其慈,搔首问天,历历平生多少事;子则未能收,婿则未能诀,含悲入地,茫茫后顾属何

①范曾编:《南通范氏诗文世家》(玖),河北教育出版社,2004年,第32页。
②范曾编:《南通范氏诗文世家》(捌),河北教育出版社,2004年,第87页。
③范曾编:《南通范氏诗文世家》(捌),河北教育出版社,2004年,第212页。

人？"①身为半子，竟未诀别，挽联沉痛，情味深厚。

古代脍炙人口的悼亡作品字字含泪、句句摧肠，虽以感情真挚深厚的面貌示人，真相并非如此。元稹《三遣悲怀》作为悼亡诗歌的经典文本，陈寅恪先生对其艺术成功大加褒奖，"情文并佳，遂成千古之名著"；对诗人行事则不无微词，"韦丛下世甫两年，元稹即纳妾安氏。夫唐世士大夫之不可一日无妾媵之侍，乃关于时代之习俗，自不可以今日之标准为苛刻之评论。但微之本人与韦氏情感之关系，决不似其自言之永久笃挚，则可以推知"②。其浪漫风流的狎妓纳妾和艳情诗作即是明证，这种对感情的言行不一、有始无终在古代文人中屡见不鲜。相比之下，范当世一生故剑情深，笔墨忠实于自身情感，以手写心，把至真至纯的感情加以艺术的熔铸，可谓罕见。

综上所述，范当世因失发妻，陈情不竭，其人不见古代文士才子多情善变乃至眠花宿柳的通病，显示了封建社会中男性难能可贵的专一情感。其悼亡诗文宣泄哀伤，告慰亡灵，以真取胜，强烈持久，淋漓尽致地书写了对吴氏的刻骨深情，真挚无伪地呈现了自我心灵世界，打破前人在悼亡诗中形成的思维定势，冲破以理节情的儒家诗学原则，提供了新的时代质素，在中国古代悼亡文学史上可占一席之地。

第六节　范当世与姚倚云婚姻的文化解读

通州范氏是宋代范仲淹直系后裔，家族跨越明、清、民国，直至当代，450 余年间繁衍生息，绵延 13 代，克绍箕裘，文人辈出，成为该地首屈一指的文学世家。麻溪姚氏开宗立派，声震士林。范当世以诗、古文闻名海内，姚倚云出身名门，涵濡诗礼教泽，能诗善书，在近代文学史和教育史上富有盛名。光绪十五年（1889），范、姚缔结秦晋之好，两人鸿案相庄，如鼓琴瑟，引起了晚清和当代学界的关注。婚姻作为一种文化衍生机制，带来血缘的交织和文化的浸润。笔者拟在前人研究的基础上，以范、姚二人作为对象，将文本研究与社会、文化学考察相结合，采用诗史互证的方式，梳理在十九

---

① 范曾编：《南通范氏诗文世家》（捌），河北教育出版社，2004 年，第 348 页。
② 陈寅恪：《元白诗笺证稿》，上海古籍出版社，1978 年，第 88 页。

世纪与二十世纪新旧交替之际的个体婚姻轨迹,并试图探讨文学世家的择偶观念、家风传承、社会交往、事业开拓等问题。

一、联姻:以文为尚,累世叠加

光绪九年(1883),范当世元配吴氏病逝,壮年丧偶,悲痛欲绝,誓不更娶。光绪十一年(1885),范氏应吴汝纶之聘,主讲冀州观津书院,谈文论诗,深度遇合。吴氏目睹其沉浸于丧妻之哀无法自拔,不以为然。"日夜说之万端,又挟张濂卿同说之,亦不能夺"(吴汝纶《与姚慕庭》)①,虽然侠肝义胆,盛情一片,范氏故剑情深,岿然不动,此际吴氏极有可能尚未物色到合适女子。范当世《已入滩河闻舟人言往月中安福使人迎探之状惭恐弥甚心神益焦辄复为诗十九韵》一诗手稿注曰:"丙戌在冀州,挚甫先生云当为之媒,而劝谕之先后将及一年,未道其人。"②随后,姚倚云父姚浚昌邮寄其女之诗以示吴,嘱其选婿。才子佳人,岂可错失良机?吴氏毅然为介,矢力玉成。首先,向姚父盛赞范氏之才。吴汝纶对范当世赏识已久,此时揄扬更是不遗余力:"肯堂诗笔,海内罕与俪者。君为贤女择对,宜莫如斯人。"(姚永朴《〈沧海归来集〉序》)③姚浚昌择婿谨重,以器识才具为首要因素。范当世文行俱佳,恰合其意,屡以书相托,惟恐错此良缘。其次,向范当世父亲范如松修书求助。范父本不欲夺子坚志,无奈家中两媳先后病故,中馈无主,踌躇数月,随后致书长子,老泪纵横,言辞沉痛,其间用意不言自明。又次,以诗为媒。姚倚云幼承庭训,文思隽永。吴汝纶亟爱其吟咏,叹曰:"风格高秀,体裁澹雅,绝无闺阁之态,固由毓德名家,濡染有源,亦是天挺瑰姿,非复寻常所有也。"范当世于吴处读到姚诗,对其家学渊源、高秀天成深有同感,于是"议始定"(顾公毅《〈沧海归来集〉序》)④。吴汝纶说服了范氏父子,好事将近,甚感欣慰。岂料忽生变故,范父致书姚浚昌,将家中境况据实相告。姚浚昌阅毕,面对离家千里、家族清贫、上有公姑、下有前子等客观因素,忧虑爱女日后处境,长虑却步,甚至有悔婚之念。光绪十三年(1887)七月廿六日,吴汝纶《与姚慕庭》中直陈其作为媒人的尴尬处境。

---

① 陈国安、孙建编著:《范伯子研究资料集》,江苏大学出版社,2011年,第362页。
② [清]范当世:《范伯子手稿》,河北教育出版社影印,2004年,第122页。
③ 范曾编:《南通范氏诗文世家》(壹拾陆),河北教育出版社,2004年,第188页。
④ 范曾编:《南通范氏诗文世家》(壹拾陆),河北教育出版社,2004年,第190页。

"殆非久贫者","贫非士君子所忧也","议婚专以择婿为主,其他皆在所轻"①云云,备陈情理,可谓煞费苦心。姚父最终心回意转,坚定了对文章道德的考量。光绪十四年(1888),范当世至姚浚昌任所江西安福迎娶姚倚云。光绪十五年(1889)正月初,两人喜结良缘。令人遗憾的是,新婚不久范当世患疾,五月病情加剧,且持续恶化。范当世深恐有性命之虞,害怕连累新婚之妻,遂孤身返里,以图还葬,静养五六月方见缓解。光绪十六年(1890)九月,强打精神,以未愈之身前往安福。在姚倚云精心调养之下,病情终见好转。光绪十七年(1891)正月上旬,范当世携妻还里。

通州范氏和麻溪姚氏的联姻是一种文化选择,起决定性作用的是品节操守和文化背景。"蕴素先生承祖若父,有这样的环境的熏陶,其道德学问,自非寻常妇女所可几及。偏又于归于吾通十代诗人的范氏伯子先生,这在当时文教中人确有双璧之目"②,不仅如此,两家并不局限于单一的嫁娶关系,还追求世代敦谊。"婚嫁于桐城者四,燕婉之求,室家之好,通两地亲姻,蔚然以厚吾宗"(《〈蕴素轩诗〉跋》)③。正如潘光旦先生言:"盖优越之血统与优越之血统遇,层层相因,累积愈久,蕴蓄愈深,非社会情势有大更革大变动有若朝代之兴替,不足以摧毁之也。"(《江苏通志增辑族望志议》)④通州范氏和麻溪姚氏形成了婚姻关系的累复叠加,诞生了错综复杂、关系紧密的姻娅网络。这有利于家学的培育和文化的积淀,世家地位得到切实的巩固和提高。

二、家风:孝悌传世,一门风雅

民国的建立推翻了封建专制王朝的统治,随之而来传统家庭结构发生了深刻变革,规模日益缩小,核心家庭呈上升趋势,青年男女渴望摆脱封建大家庭的束缚。通州范氏与桐城姚氏均以孝友传家,耳濡目染之下,范当世和姚倚云具有强烈的家族意识,不为时风左右,坚持累世同居,谨守孝悌之道。范当世《上外舅书》曰:"婿生平最恨人一娶妻则别项夫道不讲,而至割损其祖孙、父子、兄弟之恩,则动称大义。人以女与人,则事事仰人之鼻

①陈国安、孙建编著:《范伯子研究资料集》,江苏大学出版社,2011年,第362页。
②汉杰:《范伯子与姚蕴素》,《北极》第5卷第2期,1944年,第65页。
③范曾编:《南通范氏诗文世家》(壹拾壹)河北教育出版社,2004年,第223页。
④潘光旦:《潘光旦文集》卷八,北京大学出版社,2000年,第265页。

息,不敢稍行其意,惧女儿吃亏,此亦近世人伦惨薄之一端,而婿及大人家岂得毫末有此乎?"①身为长房,两人尊老爱幼,排忧解难,凝聚人心,极力维护家庭的和谐稳定。光绪十五年(1889)正月初四,新婚不久范当世设位祭奠前妻吴氏四十冥寿,姚倚云为其遗照题诗,许下"眼前人事归吾营"的诺言。她回通首次拜谒吴墓曰:"今为子之代表,子之父兄子女,我之父兄子女也。应尽之义务,不得辞焉。"②丝毫不避其难,毅然承担其责,其胸怀令人感佩。姚氏毕生忠实践履誓言,怜于子女,甚于亲生;孝敬舅姑,甚于父母。在拮据窘迫的家境下仰事俯育,殚精竭虑,妥善处理家庭事务和人际关系,堪称中流砥柱。

正如姚父婚前所忧,姚倚云身为继室后母诚属不易。"夫为继母者,实居伦常中最艰难之境"(《论为继母之义》)③,此乃其深有体会之言。范当世与前妻吴氏共育两男一女,光绪十七年(1891),长子范罕18岁,范鞠16岁,范况12岁。姚倚云入门之初,范罕不满父亲再娶,对这位仅大自己10岁的继母十分抵触,离家远游。姚倚云生于诗礼簪缨之族,德行醇粹,其乐善好施之举惠及乡里,其博大之心也日渐感化了范罕。姚氏作为知识女性,更表现出良好的母教。光绪十九年(1893),与丈夫寓居天津,离家万里,有诗寄子。"勉哉吾二子,重堂授经方。愧我手中线,寄汝身上裳。洋洋沧海青,漠漠风尘黄。努力诵诗书,汝亲鬓已霜"(《夫子次三弟〈秋怀十首〉命倚云和之得三首而为俗务所稽因循数月冬日小暇复成七章》)④,爱之深,望之切,鞭策二子刻苦向学,继承父志,振兴家业,殷切叮嘱足见苦心。姚倚云居家之日亲自承担教子之职,精心培育家族后代。正如范当世父亲信中所言,教导范罕读《史记》"颇得微妙",指导范鞠写字、针线、读《温公家训》"颇能振作"(《示子当世书》)⑤,对儿媳教子有方盛赞不已。

姚倚云对舅姑极尽孝道,安福成婚不久,流露出躬身侍亲的迫切心情。"瞬息将三旬,何时见高堂?无违在夙夜,勉力侍姑嫜。欲穿望云心,迢迢川路长。失恃惭妇德,思之诚恐惶"(《呈夫子》)⑥,她对长辈的恭顺敬爱发

---

①范曾编:《南通范氏诗文世家》(玖),河北教育出版社,2004年,第186页。

②范曾编:《南通范氏诗文世家》(壹拾陆),河北教育出版社,2004年,第179页。

③范曾编:《南通范氏诗文世家》(壹拾陆),河北教育出版社,2004年,第178页。

④范曾编:《南通范氏诗文世家》(壹拾陆),河北教育出版社,2004年,第71页。

⑤范曾编:《南通范氏诗文世家》(柒),河北教育出版社,2004年,第228页。

⑥范曾编:《南通范氏诗文世家》(壹拾陆),河北教育出版社,2004年,第47页。

自肺腑。范当世三弟范铠曰："大嫂乃理学才人，合成其品与德所以侍奉两大人者，唯大兄比之无愧，男与二兄皆不及。"（《范铠〈禀父母书〉》）①由陈启谦《持庵忆语》所录之事可知此言不虚。范当世外出就馆，每次归省必具甘旨，以修金奉之父母。一次，久而归家一无所获，其母成氏十分诧异。范不忍告之实情，诡对曰："仅得少数，因携带不便，托钱肆汇来，俟汇到即奉母。"退与姚倚云商议，欲向亲友贷金以进。姚氏曰："不须称贷！吾父遣嫁时，赐我金条脱，可换钱奉母也。"②在姚氏坚持下，范当世听从其言，得金若干，谎称款到，献之母亲。又如，范如松准备寄金三百给寓居天津的范当世夫妇，为范罕娶亲打制金手镯。范当世《与父翁书》中转达了姚氏之见："媳妇大以为不可，而私说父亲不知何以与媳妇分家，若寄此钱，是终以媳妇而外之。一镯不须三百番，即自家要打金镯，亦可于此间束脩取资。束脩及家中存款，皆是父亲银钱，何必自家中寄出？"③如此深明大义、毫无私心难能可贵。

范如松具备良好的文学修养，对儿媳风雅秀慧十分赏爱。"儿媳为子女满盘筹画，泄我父子牢愁，又于忙中以诗博我欢，皆语出性分。而诗风确有李、杜，我何修而得此？"（《示子当世书》）④通州范氏家族一门风雅，诗文唱酬是重要的生活方式，男性家长的包容胸襟为姚倚云抒发才情提供了氛围和场域。不仅如此，范、姚联姻还对双方文学创作产生了积极影响。正如徐雁平言："清代文学世家的联姻，是一种文化选择与生产行为；中国传统文化能绵绵瓜瓞，从文学世家联姻中当能找寻到一种切实的解释。"⑤以姚倚云为纽带，桐城姚氏和通州范氏形成了密集的通家交游唱和，在艺术化与审美化的生活中激发起强大的家族文学能量。光绪十四年（1888），范当世就婚安福，与岳丈姚浚昌，妻舅姚永楷、姚永朴、姚永概，僚婿马其昶，妻子姚倚云，7人吟诗唱和，成《三釜斋唱酬小集》。范当世诗集中明确寄赠岳丈的诗近50首，寄赠妻舅的诗近50首。诗酒风雅，晨夕不辍，留下了生动的交往图景，构造了温情脉脉的人文世界。

---

①范曾编：《南通范氏诗文世家》（壹拾），河北教育出版社，2004年，第317页。
②陈国安、孙建编著：《范伯子研究资料集》，江苏大学出版社，2011年，第272页。
③范曾编：《南通范氏诗文世家》（玖），河北教育出版社，2004年，第183页。
④范曾编：《南通范氏诗文世家》（柒），河北教育出版社，2004年，第241页。
⑤徐雁平：《清代文学世家姻亲谱系》，凤凰出版社，2010年，第16页。

事实上,文化世家之间联姻还普遍存在于明清时期,深刻影响了时代文学的发展。以才华相慕,以道义相期,在血脉相连的姻娅网络中,家族之间保持了紧密联系,共享丰富的文化资源,带来不同背景家族文学的交流、融合和提升。

三、志趣:安贫乐道,以诗为魂

范当世是晚清同光体的中坚力量,诗歌震荡开阖,变化多端,名震一时。他继承了先祖范仲淹"先忧后乐"的责任担当,自视甚高,早年胸怀强烈的济世之志。光绪十四年(1888),第九次乡试不中,遂不再入场。"襟怀磊落如秋月,富贵从来淡若云"(姚倚云《悼亡》)[①],字里行间可见其对丈夫人格的赞誉。姚倚云同为淡泊利禄之人,醉心诗文山水。"富贵安所重,儒术惟可珍。文章增纸价,诗书未全贫。林泉堪养志,穷达任曲伸。贤者固乐道,超然遂天真"(《呈夫子》)[②],安贫乐道、养志林泉的人生取向一览无遗。夫妇志向契合尤其表现于光绪十七年(1891)至光绪二十年(1894)范当世担任李鸿章西席之际。是时李位高权重、炙手可热,范却摒弃分外杂念,毫无荣身之思。身处李府,姚倚云淡定从容,也无传统女性夫荣妻贵之想,并不劝夫用心经营这一难得的仕进机遇,以求显达。"客子苦忆家,养亲恋微禄。离披傲霜枝,经冬有寒菊。人心长波澜,世事那可触?苟存衣食资,山川潜骨肉"(《夫子次三弟〈秋怀十首〉命倚云和之得三首而为俗务所稽因循数月冬日小暇复成七章》)[③],冷眼旁观,理解丈夫饥驱四方、寄人篱下、才高遭嫉等难言苦衷,时时流露出携手归隐的心愿。"居傍池台畔,常怀偕隐心。但存衣食计,归听棹歌音"(《和夫子〈四十自寿〉韵》)[④]。甲午战争中东征之师败绩,李鸿章遭到群攻。姚氏心灵深处对自由简朴生活的渴望,无疑促成了范当世毅然辞职南归的决定。

范当世与姚倚云具备共同的文学志趣,琴鸣瑟应,成为晚清闻名遐迩的文学伴侣。姚倚云敬重丈夫才情:"千篇佳句抗苏黄,健笔雄辞追盛唐。"

---

①范曾编:《南通范氏诗文世家》(壹拾陆),河北教育出版社,2004年,第87页。

②范曾编:《南通范氏诗文世家》(壹拾陆),河北教育出版社,2004年,第47页。

③范曾编:《南通范氏诗文世家》(壹拾陆),河北教育出版社,2004年,第71页。

④范曾编:《南通范氏诗文世家》(壹拾陆),河北教育出版社,2004年,第70页。

(《悼亡二十首》)①一语中的,道出范氏诗学渊源。范当世也毫不掩饰对姚氏之才的推崇:"此人诗才实优,此韵作者且六人,人各二三首,未有能及之者。"(《与三弟范铠书》)②在亲友面前引以为豪,甚至表现出男权社会极为少见的危机意识。"谁令吾子来,咄咄更相逼。房有刀剑光,入我常懔栗"(《成婚有日内子为诗三十韵以道其相与为善之意与其迫欲侍舅姑之忱余亦作三十韵答之》)③,封建社会根深蒂固的夫妻从属观念悄然发生了变化。两人和鸣,让生活超越了平淡和庸常,传为美谈。陈冰如言:"闺中唱和,伉俪能诗,在昔惟伯子与姚。"(《鞠俪庵诗话》)④以文辞相悦,以百岁相期,双方深度的文化、精神契合具有现代婚姻的进步元素。

　　姚倚云是范当世坎坷人生的精神支撑,科举不第时深情宽慰。"便学鸿光能举案,由来孔孟未登科"(《病后重来诗境饶》)⑤,光绪二十一年(1895),范当世欲从张之洞,乞馆不遂,精神沮丧。姚氏以诗劝勉:"澄澄巨鲸潜海底,忽乘风雷起鳞爪。大器抱才终有用,遇合寻常百年了。"(《同夫子和顾延卿见贻原韵》)⑥其乐观与识地令人如沐春风,一扫消沉。范当世体弱多病,姚倚云任劳任怨,悉心调理,他对妻子默默承受的辛劳自是了然于目。"吾病初无毫发损,君愁坐向鬓毛侵"(《次韵内子见慰之作》)⑦,内心怜惜愧疚油然而生。光绪三十年(1904)十一月,范当世肺病加剧,自知不久于人世,作有《自谛》。姚倚云读之不语久之,以诗相慰。"健饭祝君常勿药,江湖挈我共长吟"(《夫子肺疾渐愈私心稍适偶作短章以博一粲》)⑧,以同游共赏之来日激励丈夫战胜死亡的残酷逼近,不无悲壮,可见其面对苦难的坚毅。不久,就医上海,江边候船时两人的唱和感人至深。"久病深愁那有边,求瘳愿速虑时迁。风号旷野抟高树,鸡唱寒宵渐曙天。已去韶华悲旧日,觅来灵药可长年。江干旅舍聊相慰,漫擘云笺和短篇"(姚倚云

①范曾编:《南通范氏诗文世家》(壹拾陆),河北教育出版社,2004年,第87页。
②范曾编:《南通范氏诗文世家》(玖),河北教育出版社,2004年,第199页。
③范曾编:《南通范氏诗文世家》(捌),河北教育出版社,2004年,第56页。
④钱仲联编:《清诗纪事》,江苏古籍出版社,1987年,第14325页。
⑤范曾编:《南通范氏诗文世家》(壹拾陆),河北教育出版社,2004年,第60页。
⑥范曾编:《南通范氏诗文世家》(壹拾陆),河北教育出版社,2004年,第78页。
⑦范曾编:《南通范氏诗文世家》(捌),河北教育出版社,2004年,第304页。
⑧范曾编:《南通范氏诗文世家》(壹拾陆),河北教育出版社,2004年,第85页。

《侍夫子就医沪上候轮旅舍酬其见示原韵》》①,岁暮天寒,狂风怒号,携手
度过了又一个不眠之夜,以至死不渝的温情共同抵御大限将至。

　　当然,夫妻唱酬并未禁锢于儿女私情,亦可见内忧外患、岌岌可危的晚
清时局。光绪二十二年(1896)八月中秋,范当世《叠韵速内子和章》曰:“试
想贤愚定何物,只今泾渭已同流。鹤有乘轩坐麋俸,鹰有调驯不去韝。燕
雀纷纷噪余粒,老凤茫茫何处投?”②诗中抨击朝廷沆瀣一气、贤士失路、群
小得志。光绪二十七年(1901)正月元宵,范当世以诗示妻。“燕市尽屯胡
马迹,汉宫初试晓莺啼。依然鹑首为天府,大帝何曾醉似泥?”“债台高欲入
云去,富媪河山一览空。谁信终南降王母,蛾眉萧飒坐愁穷”(《润生爱余答
徐秀才诗为呓语次其韵余因叠韵以示蕴素以为元夜消遣之资》》③,诗人对
外敌入侵、朝廷昏聩的政局愤恨不已,强烈批判了割地赔款、慈禧专权等,
夫妻日常情感交流上升到对民族命运和时事政治的紧密关注。

　　范当世一生淡漠功名,以诗文为安身立命之本,实现对有限生命的价
值超越。姚倚云由衷认可、深刻理解丈夫的精神寄托。范氏逝后,诗文集
湮没未彰,姚氏忧心如焚,四处奔走,邀请名家校阅遗文。顾延卿《怀肯堂》
曰:“亦见君夫人,授我以巨册。中多蝌蚪文,仓卒不可识。”④陈三立《〈范
伯子文集〉跋》曰:“犹有文集十二卷,今岁君配姚夫人始为录副,寄余卒
读。”⑤范当世诗文集最终以精善的版本传于后世,姚氏功不可没。

四、事业:致力教育,前赴后继

　　姚倚云对范当世的平生志业洞若观火:“风雪归招爱国魂,雪光惨照泪
光深。最怜第一伤心事,辜负平生教育心。”(《悼亡》)⑥与追求科举功名相
比,范当世一生更为执着于教育道途,积极参与了近代中国教育改革,慨然
以助国家培育人才为己任。第一,理念先进。范当世虽为旧学鸿儒,却能
清醒意识到八股取士的弊端。陈三立曰:“虽若文士,好言经世,究中外之
务。其后,更甲午、戊戌、庚子之变,益慕泰西学说,愤生平所习无实用,昌

---

①范曾编:《南通范氏诗文世家》(壹拾陆),河北教育出版社,2004年,第86页。
②范曾编:《南通范氏诗文世家》(捌),河北教育出版社,2004年,第155页。
③范曾编:《南通范氏诗文世家》(捌),河北教育出版社,2004年,第247页。
④陈国安、孙建编著:《范伯子研究资料集》,江苏大学出版社,2011年,第40页。
⑤陈国安、孙建编著:《范伯子研究资料集》,江苏大学出版社,2011年,第71页。
⑥范曾编:《南通范氏诗文世家》(壹拾陆),河北教育出版社,2004年,第86页。

言贱之。"（《〈范伯子文集〉序》）①光绪二十八年（1902），谋建通州师范学校、通州小学堂。《通州小学堂宗旨》可视为范当世近代教育改革的宣言，提倡经世致用，形成了"智育、体育、德育"全面发展的教学大纲，这是对千余年来封建专制教育的本质否定。通州师范学堂是中国历史上第一所私立师范，范当世作为该校创建的重要谋划者，在光绪二十九年（1903）的开学仪式上演说建学宗旨。学校设置国文、修身、教育、伦理、算术、物理、化学、历史、地理、博物、图画、手工、体操等科目，首聘王国维、朱东润等著名学者及本村高俊、吉泽嘉寿之丞等日籍教员，这是其教育思想的成功实践。

第二，矢志不渝。光绪二十八年（1902），范当世与张謇等呈请两江总督刘坤一设通州公立高等小学校，刘甚韪之。为实现教育救国的理想，诸人冲破保守势力的阻挠，以极大热情投入到新学堂筹办之中。无奈晚清财力匮乏，地方兴学经费筹集困难重重，于是拟将邑中旧有书院及乡会试宾兴存款移拨提用，作为开办经费，由范氏启告众人。孰知谣言四起，顾芷庭、顾岊思父子公然鼓动众人为难，一日竟得匿名书盈寸。为获取办学自主，范当世只能另觅他途。其《与三弟范铠书》曰："又楼与我先自承捐五百金作为我欲分大生厂之红，向季直借二千金，合此二千五百金，再向剑星不拘何项借拨二千五百金，有此五千金抵半宾兴，让彼辈发财而我于学堂得自主矣。"②化私为公，废寝忘食，以致积劳成疾。光绪二十八年（1902）十二月二十七日，通州小学堂破土动工，是时范当世身体已难支撑。"嗟兹巨事山难任，嗟彼苦心河水深。行行且无畏，事大不如心"（《筹议学费初集余病困不能多言卧听磐硕季直二君谈默然赞之》）③，满纸悲壮，令人肃然起敬。

遗憾的是，光绪三十年（1904），范当世病逝于上海，其主持兴建的通州小学堂尚未完工。姚倚云最能读懂丈夫内心隐恨："最怜素志未能偿，知道泉台隐恨长。"（《悼亡》）④姚氏并未长久沉浸于夫亡的悲凉情绪中，诉说"未亡人"的绝望，而是将丧夫之痛埋藏心底，毅然继承丈夫遗志。她突破男外女内的固有模式，以兴办女学的方式完成传统悼亡，生出崭新的生命意义。首先，积极投身女学。置身兴学启智的时代、地域、家族背景之下，

①陈国安、孙建编著：《范伯子研究资料集》，江苏大学出版社，2011年，第71页。
②范曾编：《南通范氏诗文世家》（玖），河北教育出版社，2004年，第219页。
③范曾编：《南通范氏诗文世家》（捌），河北教育出版社，2004年，第290页。
④范曾编：《南通范氏诗文世家》（壹拾陆），河北教育出版社，2004年，第87页。

姚倚云十分重视女教。范当世逝后,知州汪树堂致其赡养银。姚氏曰:"伯子有弟,未亡人且有子,如之何其纳之? 无已,其以此兴女学乎?"(徐昂《〈范姚太夫人家传〉序》)[1]不仅以身示范,还通过演说的方式广泛筹集经费,其崇高声望获得了积极响应。"地方仕女多慷慨捐金,乐出钗钗之助者"[2]。光绪三十一年(1905),姚倚云与张詧、张謇等丈夫生前同道购买城东柳家巷陈氏老宅,建立公立女子学校,这是近代教育史上最早由中国人独立创办的女校,意义非凡。光绪三十二年(1906),学校刊布简章,招生开学,姚倚云担任该校首任校长,可谓众望所归。光绪三十三年(1907),随着学生人数急剧增加,又筹款拓展规模,收购顾氏珠媚园旧址建立新校舍,逐渐形成了师范本科、预科及高小、初小的办学体系,其中四年本科为中国女子师范中首次开设。据统计,光绪三十二年(1906)全国仅有女学生 306 人(不含教会学校女生),光绪三十三年(1907)清政府才颁布《奏定女子小学堂章程》和《奏定女子师范学堂章程》,将女子教育纳入整个学制系统。如此背景之下,姚倚云毋庸置疑成为了近代女性教育的先行者。1919 年,姨侄方时简主持安徽实业厅,坚邀其担任安庆女子桑蚕讲习所所长。姚倚云情系通州教育,居皖六年,1924 年仍回通讲授经义。其次,教育成果显著。通州女子师范以"养成高等小学、初等小学教员,期于女学普及"为目标,这是对传统贤妻良母定位的巨大超越。同时,为了适应社会需求,灵活办学,大力开展女子职业教育,如刺绣、蚕桑、编杞柳、编麦杆、保姆等,帮助广大女性走上自食其力之路。姚倚云办学广泛借鉴,"遵信爱护中国三代以来经传相传之妇学,而以日本教育为辅,欧美为参观之助"[3],兼采众长,融会贯通。姚倚云德高望重,循循善诱,讲授四书,"学子由由然如婴儿之得亲慈母也"(徐昂《范姚太夫人家传》)[4]。同时,她重视延请才德俱佳、严谨笃实的师资,如具有丰富幼教经验的森田政子、近代女实业家俞佳钿、被目为"嘉定奇女子"的黄守璪、近代昆虫学奠基人尤金镛、享有国际声誉的绣女沈寿、擅长书画的陈师曾等。姚倚云还属意与教育同道的联络,推动与各地女校的交流,吸纳先进理念和成功经验,这在女学起步阶段尤其重要。

---

[1]范曾编:《南通范氏诗文世家》(壹拾陆),河北教育出版社,2004 年,第 186 页。
[2]汉杰:《范伯子与姚蕴素》,《北极》1944 年第 5 卷第 2 期。
[3]姚倚云:《南通县女师范校十周年概览》,南通翰墨林印书局,1915 年。
[4]范曾编:《南通范氏诗文世家》(壹拾陆),河北教育出版社,2004 年,第 187 页。

姚倚云执掌通州女子师范先后十五年，努力实现女子教育的社会化和普及化，被誉为"南通女界的第一块碑石"。其孜孜不倦的教育实践完成了对范当世情感的升华，可谓无愧丈夫生前之志。

五、交游：视野开阔，相得益彰

范当世以一介布衣名披天下，交游广泛，其社会交往与传统文人相比有三类人物值得关注。首先，投身教育事业之人。光绪十一年（1885）至光绪十四年（1888），范当世主讲冀州书院。张裕钊、王晋卿、贺松坡等声气相应，宏奖后进，遍植桃李，一时学风蔚然勃兴，冀州三载对范当世日后投身教育具有重要推动作用。吴汝纶作为近代教育史上的风云人物，长期主讲保定莲池，是晚清书院改革的力行者。他主张废除科举，晚年担任京师大学堂总教习，并创办了桐城中学，是近代功不可没的教育家。范当世一生与之保持了密切联系，诗文唱酬，书信往还，其中不乏教育思想的交流。如光绪二十八年（1902）十二月二十日，吴汝纶《答范肯堂》中详细表达了对归皖筹办学堂的思考，涉及宗旨、课程、学制等，这对范氏创办新学提供了借鉴。其次，具有留学背景之人。顾锡爵（1848—1917），字延卿，范当世同乡挚友。光绪十四年（1888），随薛福成出使英、法、意、比四国，光绪十九年（1893）回国。严复（1853—1921），字幼陵，一字几道，福建侯官人，光绪二年（1876）留学英国海军学校，两人于李鸿章座上相识。范当世对严复所译《天演论》颇有心得："此乃吾向者之所尝揣，得吾友严几道之传《天演》而益信焉者也。"（《答桂生书》）[1]黄遵宪（1848—1905），字公度，广东嘉应人，以外交官身份先后到达日本、英国、美国、新加坡等地。范当世为其《人境庐诗草》作跋，指出黄诗纳入新事物、新意境的鲜明特点。"诗言起讫一生事，眼有东西万国风"，预见其作"传之后世，则诚异耳"（《旅中无聊流观昔人诗至于千首有感于黄公度之人之诗而遽成两律以相赠》）[2]，这已得到历史的验证。上述人物饱览域外文明，交往中介绍西方科学文化是理所当然的话题。范氏还与外国人士直接接触，如日本武藤百智、小田切、嘉纳治五郎等，这对其开阔眼界、接受国外进步思想大有裨益。又次，致力社会改革之

---

[1]范曾编：《南通范氏诗文世家》（玖），河北教育出版社，2004年，第110页。
[2]范曾编：《南通范氏诗文世家》（捌），河北教育出版社，2004年，第146页。

人。康有为(1858—1927),字广厦,号长素,广东南海人,近代资产阶级改良主义思想家,提倡君主立宪。光绪十九年(1893)五月六日,下车伤足,遂南归。途经天津,拜谒范氏。宋伯鲁(1854—1932),字芝栋,陕西醴泉人。光绪十二年(1886)进士,累迁山东道监察御史。中日甲午战后,上疏条陈新政,坚决拥护维新变法。范当世自言:"芝栋与吾唱和屡矣。"(《近代诸家诗评》)①张謇(1853—1917),字季直,号啬翁,通州人,光绪二十年(1894)状元及第,主张实业救国、教育救国,有力推动了近代民族工业的兴起、新式教育的发展。范当世与之义结金兰,世以张劭、范式目之。诸人提倡变法革新,以实际行动参与国家救亡,对范当世具有激励意义。

　　清末民初女性解放思潮影响下,姚倚云也逐渐突破勤主中馈、贤妻良母的家庭角色,以自身才华开拓了传统女性交往圈。首先,以诗歌参与文学交游。姚倚云天资聪颖,素喜吟咏,少时诗稿为吴汝纶激赏,其奖掖推扬之下,才情受到男性文人的广泛关注。姚氏并不局限于闺阁斗室的自娱自乐、自怨自艾,走向广阔的吟咏空间。光绪十七年(1891),姚倚云随范当世过九江遇熊香海,有《我来浔阳江头泊》;光绪十八年(1892)七月初三,与吴汝纶、范钟等登天津寓园台玩月,有《次仲林韵赠吴挚甫先生》;同年冬,与李经方、范当世等为诗会甚欢,有《次夫子和李伯行〈唐花〉韵》;光绪二十年(1894),与江西薛次申等晤面,有《夫子命题薛次申观察枕经书屋画卷》;光绪二十五年(1899),为徐积余题王渊雅夫妇所书前后《赤壁赋》。联吟迭唱中可见姚倚云活跃男性诗苑文场的身影,这为其展现与提高诗艺提供了平台。其次,以书法获得社会声誉。姚倚云书法精妙,光绪十九年(1893)寓居天津期间,李鸿章嘉叹其"真算写字也"(范当世《与三弟范铠书》)②。各地求笔墨者络绎不绝,光绪二十七年(1901),万星涛请范当世为母撰墓志铭,并邀姚氏写一本而刻之家祠,吴汝纶、刘乃晟、李刚己等亦寄纸求书。不仅如此,姚倚云还积极参与社会赈灾活动。光绪十九年(1893),天津各界为山西灾民筹集赈款,津海道盛怀宣之弟盛薇孙组织书画义卖活动,慕名请姚倚云入局。她以一己之力参与化解社会危机的公益活动,动笔即为饥民,表现出可贵的社会关怀意识。又次,以事业结交教育同道。范当世

①范曾编:《南通范氏诗文世家》(捌),河北教育出版社,2004年,第318页。
②范曾编:《南通范氏诗文世家》(玖),河北教育出版社,2004年,第203页。

去世之后，姚倚云有力拓展了社会交际，最为突出的是广大教育同仁的加入。孙济扶，同里明华女校学生，是开时代风气之先者，追步西方女杰，和浙江大学陆军周赤忱自由订婚，姚有《赠孙济扶》。吕惠如（1875—1925），安徽旌德人，曾任南京女子师范学校校长，姚有《申江舟次用两当轩韵赠吕惠如校长》《和吕惠如〈落花〉诗原韵》。吕美荪（1882—1945），字仲素，吕惠如妹。曾任北洋女子公学监督、奉天女子师范教务长、女子美术学校校长、安徽第二女师校长，姚有《和旌德吕美荪春雪诗》。易瑜，字仲厚，号湘影，湖南汉寿人，姚有《和易仲厚见赠原韵》《酬易仲厚武昌寄怀原韵》等。谢雪（1877—1942），字玉农，浙江嘉兴人，捐产办学投入女子职业教育，姚有《和谢玉农〈孤山〉原韵即以奉赠》。庐隐（1898—1934），原名黄淑仪，又名黄英，福建闽侯人，曾与舒畹苏办女学，姚有《舒畹苏黄庐隐二女士创办女子兴业社举余为名誉社长长辞不获赋二绝以勉之》。"3000多年以来，中国妇女面临的主要问题就是她们生存在一种私人空间，在绝大多数情况下被摒除在公共世界之外"①。清末民初的特殊语境下，姚倚云逐渐打破传统女性局促的生存空间，超越范当世之妻的社会身份，构建起崭新的文化精英网络，呈现出开阔的生命境界和自足的个体意义，显示了近代女性社会交往中从依附走向独立的可贵转变。

文学世家是中国古代文学史上的独特现象，相互联姻不仅是男女双方之事，还是家族繁衍、文化传承的经营策略。范当世与姚倚云的婚姻具有典型意义，其鲜明的文化取向和共同的志趣追求，具体而微地呈现出明清家族文学持续生产的动力、细节和过程。近代中国处于由传统向现代转型的过渡时期，政治、经济、文化等都发生了巨大变迁，范、姚二人既有对传统道德的恪守，又有对时代新风的吸纳，显示出以尊重、平等为核心的全新文人伴侣关系，具有多重文化内涵。

第七节 范当世交游考述

晚清范当世以诗鸣世，一介布衣行走大江南北，交游广泛，上至达官显贵，下至平民百姓，有始有终，多成莫逆。据笔者粗略统计，共达百余人，学

---

① 金天翮著，陈雁编校：《女界钟》，上海古籍出版社，2003年，第21—22页。

界对此已有所关注。笔者重点考察对其一生命运具有重大影响的 5 位人物,这是研究范当世不可或缺的重要线索,以《范伯子诗集》《范伯子文集》为基础,结合交往人物的诗文集、书札、日记等材料,通过文献的全面搜辑、细致辨析,详细解读交往事迹,以期揭示真相,厘清讹误,这对深入了解范当世生平事迹、心路历程、人生取向、文学创作甚有裨益,对观照晚清文士群体的生存境况和精神世界也不乏参考意义。

一、刘熙载

刘熙载(1813—1881),字伯简,号融斋,江苏兴化人,晚清著名学者、文学理论家和教育家。同治十二年(1873),范当世从刘熙载门人顾延卿处始闻其名,对这位品学纯粹的鸿儒无限向往,亟欲拜谒,未果。他自述其间缘由曰:"锡爵初不欲当世之骤见也,以为退一乡一国而友天下,必其识足以观天下之善士,苟尚非其人,则宁姑舍是。"(《哀祭刘先生文》)①刘乃博闻强识之人,延卿劝其不可草率行事,谨慎起见,待博览群籍,沉酣书史,具备一定的积累和识见,方可与之进行对话交流。范当世听从其言,怀揣愿见之诚,开始攻读史籍。"二十丛书史,发愤忘飧饔"(《去影图·燕南并叙》)②,为了早日见到梦寐以求的贤达,认真苦读,废寝忘食,持之以恒。五年之后,光绪四年(1878)正月二十三日,范当世与顾延卿乘船前往拜谒。二十五日至兴化,诚恳问学,以弟子礼贽见,受到了热情接待,终列门墙,激动难以言表。范当世初出茅庐,出手不凡,上所为文数十篇,得到刘熙载的激赏,对其才华留下了深刻印象。二十六日招饭,赐《持志塾言》《艺概》《昨非集》。刘氏一生著述等身,此三种更是其心血之作。范当世服膺刘学,对其赠书如获至珍。二十七日,刘熙载赐书一幅,随后范辞行,有《辞别融斋先生与仁卿联句》。诗曰:

> 觥觥刘夫子仁,德望盖一时。不见萦寤寐肯,一见心向之。宫墙高数仞,美富良难窥。徒聆贶我语肯,可为千秋资。尧舜孝弟者仁,语孟文章师。持此懋所学肯,诚正毋自欺。大哉夫子训仁,不敏愿事斯。愿言辞函丈肯,归而求所知。夫子莞尔笑仁,谆谆订后期。登舟一话

---

① 范曾编:《南通范氏诗文世家》(玖),河北教育出版社,2004 年,第 5 页。
② 范曾编:《南通范氏诗文世家》(捌),河北教育出版社,2004 年,第 86 页。

别肯，李郭神人姿。吁嗟今之世仁，学术日益歧。不有伟人作肯，大道终凌夷。允矣我夫子仁，斯文将在兹。此行各自励肯，我尔如埙篪仁。①

　　登门拜访了仰慕已久的文坛盟主，心情久难平静。首次面晤，近距离领略到刘熙载的醇德清风、富赡学识，由衷钦敬其潜心学术，以弘扬儒家道统为己任，厥功甚巨，无愧千秋楷模。是人数日亲炙如沐春风，受益匪浅，临岐话别，依依不舍，翘首期待他日重聚。范当世现存光绪四年（1878）正月初十至四月三十日日记，不仅详实记述了这一拜谒经历，更可见对刘师所赠三书的珍爱，奉为圭臬，求知若渴，反复研读，悉心领悟。归家之后求字问学的场景如在目前："怀抱清流水，归心薄暮舟。倚闾知望切，论学愧兹游。"②读其书思其人，感戴不尽，难以忘怀。

　　光绪五年（1879），刘熙载在上海龙门书院，嘱其弟子孙点致书范当世，敦促来访。孙点转达了刘师的深长思念："先生念子，子不能来，则先生就子矣。"（《哀祭刘先生文》）③学界刘熙载研究者普遍认为其交游不广，"生活恬淡，交游不多"④，"不喜交游"⑤，对一介晚生殷殷挂念、矜重如此，颇为难得。范当世受宠若惊，是年秋八月赴龙门书院，聆听教诲。刘师和蔼可亲，传道授业，循循善诱，穷日夜之力而与之言。胸怀坦荡，毫无保留，诲人不倦，竭其所有以教。师生重逢，谈文论艺，言笑晏晏，畅叙心曲，交往细节感人至深。一日夜已过半，风雨大作，渴而思饮，范当世手执蜡烛，刘熙载挈茶具至灶下火之，饮而旨，相谈甚欢，其乐融融。刘氏喟然语曰："此乐岂易得乎！吾老矣，逾明年，将寓食于汝所谓黄泥山者，以邻于汝，以遂吾之志。"（《哀祭刘先生文》）⑥黄泥山地处通州江海之交，娇小玲珑，环境清幽。光绪四年（1878）春末夏初，范当世携弟范铠读书养病于该山新绿轩，寄食僧家，初冬返归。范当世与刘熙载交谈中提及该事，描述其景，令刘氏不胜向往，遂定下了黄泥读书之约，比邻而居，朝夕伴读，何等期待！两人忘年

①范曾编：《南通范氏诗文世家》（捌），河北教育出版社，2004年，第308页。
②范曾编：《南通范氏诗文世家》（玖），河北教育出版社，2004年，第246页。
③范曾编：《南通范氏诗文世家》（玖），河北教育出版社，2004年，第5页。
④韩烈文：《刘熙载〈艺概〉》，江苏古籍出版社，2002年，第3页。
⑤杨抱朴：《刘熙载年谱》，《辽东学院学报》2007年第6期。
⑥范曾编：《南通范氏诗文世家》（玖），河北教育出版社，2004年，第5页。

交契,亲密深厚的情谊不仅在晚清罕见,在古代师生交往中亦不可多得。范当世将行之际,刘熙载改定《亲炙记言》者七纸,是为面授语录,此乃独家秘笈,可见刘氏之爱重。

　　光绪七年(1881)二月,刘熙载卒于家,享年六十九岁。范当世有《哀祭刘先生文》,文中以饱含深情的笔墨回忆了交往过程,难以自持,直抒内心深创巨痛。"呜呼!大道茫茫兮哲人已死,成之弥艰兮废之可耻。吾安适归兮而大言若此,心结辞迫以抒一哀而已矣。呜呼恸哉!"哲人已逝,大道茫茫,安可适归? 字字酸辛,血泪交加。刘师治学严谨,范当世高度推崇:"先生之学,独为乎程朱之难而深求乎孔孟之际。"刘氏深受儒家思想熏陶,极力维护和翼赞孔孟,治学并无门户之见,宗尚程、朱、兼取陆、王,是调和汉宋的重要代表与集大成者。提倡穷流溯源,通过读书深求前儒真意,可谓独树一帜。刘熙载著述宏富,范当世钦敬其书,"明明可观,意其更数十年或百年而必显于世"①,预见其著述必流传久远,此言不虚,已得到历史印证,惠及了晚清及后代文人学者。六月,范当世至上海,祭师于龙门书院,有《与同学者共祀兴化刘先生于龙门书院哀感成诗》四首。

　　　城郭三年别,门墙一恸深。池荷还炫日,堤柳尚成阴。游从斋房减,埃尘讲幄侵。黯然值诸子,相对忽沾襟。

　　　亲炙无多日,师恩自觉偏。来时先目断,归路更心悬。待对空山榻,长休大海船。岂知临别语,遗恨已千年。

　　　跋涉师怜我,连年更未休。风尘徒不肖,悲愤已堪羞。独夜一回首,当春那得秋? 嗟哉览兹宇,麟凤去悠悠。

　　　俎豆今来意,诸君兴慕思。师亡胡可倍,道大故应歧。白石犹能碬,狂澜未可知。苍茫千载事,流涕向崇祠。②

　　刘熙载对范当世才情品行、好学深思青眼相加,格外欣赏,汲引后进,如恐不及,这对刚涉文坛的晚辈极具激励意义。范当世虽然亲炙无多日,收获良多,对刘师的赞赏揄扬心存感激,铭刻终身。斯人已逝,阴阳两隔,黄泥山读书之约遂成无法消释的遗恨,哀思复哀思,泪下沾襟,感情深沉,真挚动人。范当世日后声名播扬于同光诗坛文苑,可谓没有辜负恩师当日

①范曾编:《南通范氏诗文世家》(玖),河北教育出版社,2004年,第6页。
②范曾编:《南通范氏诗文世家》(捌),河北教育出版社,2004年,第7—8页。

的殷切期待，名师高徒，相得益彰。光绪十六年(1890)，冯小白为范当世图画平生快意之事，总题曰《去影图》，其三即为《龙门雨夜》。诗曰：

> 游子初辞家，寻师却至沪。师说万余言，先入以为主。后来饥困余，仙家乞麟脯。当时却不然，初若婴啼乳。乳脯味敢歧，恩勤有独苦。风夜培成心，千秋泪如雨。①

该诗感激恩师的肯定厚爱、悉心培植，立志须高，入门须正，范当世初登文坛，成为一代盟主刘熙载的入室弟子，殊为幸运，亟待其教诲"若婴啼乳"，可见哺育之功，赋予了文学的生命与滋养。日后范当世虽游学四方，转益多师，刘熙载却先入为主，深入其心，具有不可替代的源头意义。

刘熙载与范当世的契合，具体表现为以下三个方面：其一，安贫乐道的人生取向。天下熙熙，皆为利来；天下攘攘，皆为利往。两人为逆时流者，淡泊名利，行于当行，止于当止，与贪恋高官厚禄的急功近利之徒形成鲜明对比，表现出可贵的人格操守。咸丰六年(1856)，朝廷大计群吏，考察官员，刘熙载名列一等，被派为道府用。面对这一众多士人渴慕的机遇，刘氏因不愿涉足复杂黑暗的官场，弃之如敝屣，以病为名，请假辞去，显示了贵在择守、粹然无滓的操行。同治三年(1864)，刘熙载被命为广东学政，这也是众人艳羡的钦定之官。因尽裁陋习，遭致小人诬陷，尚未满任，告病而归，箧书襆被，不名一钱。陈澧评曰："盖世之人皆好进，而先生独好退，不知美官厚禄之可美，而惟知读书，此古之君子。"(《送刘学使序》)②独立耿介，清廉自守，其襟怀行止有古人之风。范当世与之相类，光绪十四年(1888)，因九赴乡试而不举，遂绝意仕途，不再入场。如此之举其来有自，家族恬淡安贫，以诗传家，门第清华。范当世继承家风，自剖心志曰："游谈十年而产不进，不以为贫；九试不得一科，不以为贱。唯独病几没身不能不惧，而因此废试亦不以为高。"(《与张幼樵论不应举书》)③心态平和，未尝留意于得失，遇试辄试，顺其自然，并无牢骚怨言。吴汝纶劝其乡试，以期远大，范当世以诗答曰：

> 何哉吾党二三子，犹欲舍命穷跻攀。寄语东堂读书者，看取玉貌

---

① 范曾编：《南通范氏诗文世家》(捌)，河北教育出版社，2004年，第84页。
② [清]刘熙载撰，袁津琥校注：《艺概》，中华书局，2009年，第901页。
③ 范曾编：《南通范氏诗文世家》(玖)，河北教育出版社，2004年，第34页。

还青山。(《挚父先生来书劝乡试欲以诗答会连日用山谷韵乃复效其次韵晁补之廖正一连缀二篇因示叔节》)①

不汲汲于功名，以保身养志为重，不求显贵，清虚自守。光绪十七年(1891)至光绪二十年(1894)，李鸿章聘请范当世为西席，宾主款洽，相处甚欢。当是时，李位高权重，若动荣身之思，功名富贵指日可待也，范氏却无非分之想，安之若素，忠于教职，守分知止，保持了一介文士的兴趣志向。其二，殷切育人的教育活动。刘熙载一生最为重要的事业是教学，笃信儒家传统道德的教化力量，以移风易俗，实现济世宏愿。咸丰三年(1853)，奉命"直上书房，为诸王师"，其方正人品得到了诸王敬重和咸丰皇帝的赞许。咸丰七年(1857)，请假客寓山东，在禹城开馆授徒。咸丰十一年(1861)，离开京城，赴武昌江汉书院主讲。同治八年(1869)至光绪六年(1880)，接受友人应宝时聘请，担任上海龙门书院山长，前后长达十四年，德、学均为学者推服，培养了大量杰出人才。范当世也以教育为平生志业，光绪三年(1877)至五年(1879)，受乡绅马次垣、江德纯之聘，坐馆通州城西欧家坊授徒。光绪十一年(1885)至十四年(1888)，应吴汝纶之聘，任冀州信都书院、武邑观津书院教席，启愚拔萃，点石成金，得才济济。光绪十七年(1891)至二十年(1894)，在天津为李鸿章课子。光绪二十七年(1901)，知州汪树堂聘请担任通州东渐书院山长。光绪二十八年(1902)至二十九年(1903)，排除万难，协办了通州师范学校，主持筹办了南通近代史上第一所新式小学校，并应两江总督魏光焘之聘任三江师范学堂中方总教习。晚清刘熙载与范当世立志教育兴国，坚守教坛，为挽救世道人心，孜孜不倦，前赴后继，鞠躬尽瘁。其三，丰富宏通的诗学思想。刘熙载是古典文艺批评史上的杰出理论家，建构了博大精深的诗学体系。范当世也表现出对诗歌创作的理论思考，诸多方面与授业恩师刘氏深相契合。如重视时代因素，刘有"文之道，时为大……惟与时为消息，故不同正所以同也"②，范有"文章应时出，模拟丧天真"(《为徐积余题王渊雅夫妇所书前后〈赤壁赋〉卷子内人同作》)③，诗歌因时而异，是各自时代精神的呈现；提倡诗文一体，刘有"文之

①范曾编：《南通范氏诗文世家》(捌)，河北教育出版社，2004年，第99页。
②[清]刘熙载撰，袁津虎校注：《艺概·文概》，中华书局，2009年，第11页。
③范曾编：《南通范氏诗文世家》(捌)，河北教育出版社，2004年，第166页。

理法通于诗,诗之情志通于文。作诗必诗,作文必文,非知诗文者也”①,范有“文之于诗又何物? 强生分别无乃痴”(《戏书欧公答梅圣俞〈莫饮酒〉诗后即效其体》)②,诗文具有相通之处,可资彼此借鉴;主张兼收并蓄,刘有“太白诗以《庄》《骚》为大源,而于嗣宗之‘渊放’,景纯之‘儁上’,明远之‘驱迈’,玄晖之‘奇秀’,亦各有所取,无遗美焉”③,范有“浮海入江无不可,南山片石是吾师”(《贺李草堂丈七十自寿即用书怀》)④,要求博采众长,广泛借鉴前代诗学遗产;崇尚主体精神,刘有“诗求佳句挂人口,徇物忘己真可怜”(《与客论诗戏作》)⑤,范有“凡作诗,第一须有我在”(《近代诸家诗评》)⑥,文学是生命的体验,应具独特的风格个性;推崇自然之美,刘有“诗涉修饰,便可憎鄙”⑦,范有“刻意为文亦损真,空持蠹简不能神”(《贺李草堂丈七十自寿即用书怀》)⑧,将自然天成视作最高审美境界,避免刻意修饰;推举文行并重,刘有“诗品出于人品”⑨,范有“德者,文之腑”(《寿言赠李季驯》)⑩,主体品格胸次对文学创作具有决定意义。两人诗学思想颇多相似,薪火相传,其间师承关系清晰可见。

二、张裕钊

张裕钊(1823—1894),字濂卿,湖北武昌人。道光二十六年(1846)举人,授内阁中书。善书,工古文,为晚清大家。范当世终身私淑仰慕曾国藩,自言:“自吾束发读书,慕思曾文正公之为人,而愿睹当时之亲炙者,若张廉卿先生,若吴冀州。”(《故湖南巡抚义宁陈公墓志铭》)⑪由于生晚未能投其门下,转求得其亲炙者。张裕钊居曾门四弟子之首,超轶群伦,相从曾氏数十年,备荷垂注,范当世遂有思见之忱。同治十三年(1874)八月,在邗

①[清]刘熙载撰,刘立人、陈文和点校:《刘熙载集》,华东师范大学出版社,1993年,第573页。
②范曾编:《南通范氏诗文世家》(捌),河北教育出版社,2004年,第74页。
③[清]刘熙载撰,袁津琥校注:《艺概·诗概》,中华书局,2009年,第280页。
④范曾编:《南通范氏诗文世家》(捌),河北教育出版社,2004年,第156页。
⑤[清]刘熙载撰,刘立人、陈文和点校:《刘熙载集》,华东师范大学出版社,1993年,第498页。
⑥范曾编:《南通范氏诗文世家》(捌),河北教育出版社,2004年,第317页。
⑦[清]刘熙载撰,袁津琥校注:《艺概·诗概》,中华书局,2009年,第403页。
⑧范曾编:《南通范氏诗文世家》(捌),河北教育出版社,2004年,第157页。
⑨[清]刘熙载撰,袁津琥校注:《艺概·诗概》,中华书局,2009年,第395页。
⑩范曾编:《南通范氏诗文世家》(玖),河北教育出版社,2004年,第28页。
⑪范曾编:《南通范氏诗文世家》(玖),河北教育出版社,2004年,第88页。

江由同乡张謇引见拜识，范当世出所为文请指教。张氏读毕大赞曰："其辞气诚盛昌不可御，深叹异，以为今之世所罕觏也。"(《赠范生当世序》)①问学伊始，受到文坛巨擘如此评价实属罕见，收获到的自信和激励尤为可贵。七月，范当世携同邑朱铭盘谒张于凤池书院，恳切以问为文之法，张大喜，为范作序，有《赠范生当世序》。同时，又有赠诗曰："名区佳山水，蒸馏孕奇尤。英英范与张，骁骍骖骐骝。与子总六辔，骎骎驰椒丘。"(《赠朱生铭盘》)②感叹人杰地灵，后生可畏，表现出对张謇、范当世、朱铭盘三位同乡青年才俊的赏识。日后他对人言："一日得通州三生，兹事有付托矣。"(姚永概《范肯堂墓志铭》)③作为一代名家，目睹英才辈出，文事有托，深感欣慰。此后，范当世频繁问学张裕钊，切磋琢磨，深受教诲熏陶，留下了难忘的师生交往记忆。其《泛舟秦淮》所记为平生至乐之事，序云："张先生在凤池书院，每携当世及其子导岷、会叔泛舟秦淮，光绪六、七年之际也。"诗曰：

> 一带秦淮水，千秋脂粉香。钟山草堂下，自古声名场。姬传昔驻此，暗澹无华光。沦没百年后，杰兴得湘乡。扬舻载宾客，宛转听吴娘。当时烟月好，山川有主张。蹉跎仅十载，不得同杯觞。觌面成私淑，沿流到武昌。垂髫应乡举，十度秋期忙。繁声与缛色，到我皆颓唐。惟以清游会，同歌吊浑茫。

注曰："余十七岁赴江南乡试，犹及见曾文正公复在，及来师武昌，距公没仅十载耳。"④泛舟清游，抚今追昔，感触良多。姚鼐、曾国藩、张裕钊均亲临此地，演绎了或默默无闻或惊天动地的人生，又前后相接，完成了桐城文脉的传衍。"觌面成私淑，沿流到武昌"，未能亲炙曾氏其人不无惋惜，问学张裕钊之后，成为了曾氏的再传弟子，可弥补此憾。十里秦淮，六朝烟月，岁月悠悠，以无限的敬仰凭吊那些逝去的往彦前贤，这是师生游赏的共同情怀。

光绪八年(1882)，范当世受张之洞聘请，佐张裕钊主湖北通志事局，修撰《湖北通志》，负责其中《列女志》部分。师生孜孜矻矻，晨昏日暮，投入到

---

①陈国安、孙建编著：《范伯子研究资料集》，江苏大学出版社，2011年，第19页。
②陈国安、孙建编著：《范伯子研究资料集》，江苏大学出版社，2011年，第19页。
③陈国安、孙建编著：《范伯子研究资料集》，江苏大学出版社，2011年，第1页。
④范曾编：《南通范氏诗文世家》(捌)，河北教育出版社，2004年，第84页。

紧张忙碌的修志之中。光绪九年（1883）四月，应直隶总督李鸿章之聘，张裕钊主讲保定莲池书院。此间，范当世从季弟范铠处得到手抄姚鼐、张裕钊评点的《前汉书》。此乃张惠言手订之书，增以姚鼐品评，为常州同学谢钟英珍藏本，范铠自南菁书院抄得。范当世刻苦揣摩其间要义，悉心领悟，益知桐城文章之精髓。光绪十一年（1885）三月，范氏北上冀州担任书院教职，终不负吴汝纶三年的翘首期待，诸人书信往还中可知张裕钊发挥了关键作用。其一，敦促范氏北上。"前日得鄂中友人书，知铜士在鄂局，弟已有书趣其遄来"（张裕钊《与吴汝纶》）①。其二，转达书信礼金。"铜士明年当望北来，兹有书币奉迎，即求转达为荷"（吴汝纶《答张濂卿》）②。张裕钊作为授业恩师，如此举动无疑会令其坚定心意、加速北上。闻知范当世如约赴任，张大喜，分别致书双方，对夙愿终成由衷祝贺。

> 得手书，知已至冀州，喜慰无已。挚公才、学、识三者，十倍鄙人。足下得所依归，望益锐意精进，以副鄙怀，幸甚！（《与范当世》）③
>
> 近所得海内英俊之士，惟肯堂及贺松坡最所厚期。松坡，深感阁下遗我奇宝，今肯堂又得亲承教益，尤为喜幸。伏望一铲去宾主形迹，勖励而教诲之，俾得有成。（《与吴汝纶》）④

嘱咐吴氏殷勤教诲，俾之有成；教诲范氏锐意精进，不负众望，张裕钊为两美合璧可谓费尽心力。范当世与吴汝纶文酒高会，相处甚欢，张裕钊羡慕不已。冀州与保定同属河北，仅距三百里之遥，张氏盛情邀请两人前来莲池欢聚，由是年四月其致吴氏书信可见。

> 弟及延卿皆有与肯堂书，此次尊处人来，乃无有肯堂一字，为之怅望。足下此时不能来，诚无可如何。弟与延卿皆盼切肯堂来此，祈足下更一敦促之。（四月十三日）
>
> 万恳足下趣肯堂必宜遄至盼切。（四月十四日）
>
> 范铜士闻尚未来，殊不可解。（四月廿一日）

---

① 陈国安、孙建编著：《范伯子研究资料集》，江苏大学出版社，2011年，第292页。
② 陈国安、孙建编著：《范伯子研究资料集》，江苏大学出版社，2011年，第300页。
③ 郭立志编：《桐城吴先生年谱》卷一，《近代中国史料丛刊》第73辑，台北文海出版社，1966年，第87页。
④ ［清］张裕钊著，王达敏校点：《张裕钊诗文集》，上海古籍出版社，2007年，第467页。

企盼肯堂不可言。(四月廿九日)①

随处可见对弟子范当世的深切思念,迫不及待的心情令人感怀。六月,范当世赴保定拜见张裕钊。张氏《与吴至甫》曰:"连日与肯堂谈,极乐。惟从我之日短,而从公之日长,中心不能无不平耳。"②由怨怼之辞可见连日之欢意犹未尽。七月,范当世与吴汝纶本欲前往拜谒,无奈中生变故。吴氏曰:

> 会闻北邻深、束、河、献及属县衡水皆有贼徒啸聚,恐其阑入为害,因饬令民间整顿联庄。又闻道途阻水,不得不稍从稽缓。当须道通,乃能赴约耳。(《答张濂卿》)③

因贼徒啸聚、道途阻水等耽误了期待已久的面晤。是年冬,两人同赴保定,最终如愿以偿。其《燕南并辔》序曰:"余自冀州同挚父先生就廉卿先生于保定,车中困顿,舍之乘马,先生亦乘马,并辔相语,不知晓寒。"④相聚的美好期待驱走了冬日的天寒地冻,激动难掩,兴会淋漓。

光绪九年(1883),范当世元配吴氏卒,悲痛欲绝,誓不再娶。光绪十五年(1889),吴汝纶开始日夜游说范氏续娶,张裕钊成为其得力助手。吴氏曰:"某欲成此举,日夜说之万端,又挟张濂卿同说之。"⑤起初,范当世请人绘制《大桥遗照图》悼念吴氏,征诗于人,仅张裕钊为其题词,范持之以示劝其更娶者。事实上,张氏并不知晓其立誓不娶,真相大白之后,对其沉迷旧情颇有微词。"此适符韩退之之言,《易》所谓恒其德贞而夫子凶者也",邀同吴氏破除其誓,"它日当相与力破此惑,不患不听从也",与吴汝纶书信中频繁提及此事,分析原因,商量对策。

> 其弊甚深,欲破其惑,须面谈乃能往复尽意,必非书疏所能为功。且延卿至今未来,亦无由询得其中情实委折。为解惑之地,故尔时不作书与之。但肯堂之不娶,其谬已甚,而必宜再娶之理,亦复甚明。以肯堂之英亮,此乃至竟执迷不返,想亦天下必无之事。但一时为情所

①陈国安、孙建编著:《范伯子研究资料集》,江苏大学出版社,2011年,第290—291页。

②[清]张裕钊著,王达敏校点:《张裕钊诗文集》,上海古籍出版社,2007年,第468页。

③陈国安、孙建编著:《范伯子研究资料集》,江苏大学出版社,2011年,第298页。

④范曾编:《南通范氏诗文世家》(捌),河北教育出版社,2004年,第86页。

⑤陈国安、孙建编著:《范伯子研究资料集》,江苏大学出版社,2011年,第362页。

蔽,未能遽瘳耳。

顾延卿一昨来此,肯堂不欲续娶一节,曾约略叩之,尚未得其真际……足下能邀肯堂一同来此,剧谈数日。(《与吴汝纶书》)①

据吴氏深入了解,范当世坚守其志一方面因为故剑情深,同时还缘于与友顾延卿已有成言,不可负背。张裕钊一方面从顾处了解具体情事,一方面努力通过书信、面谈等多种方式,帮助"为情所蔽""执迷不返"之人早日醒悟,煞费苦心。最终玉成良缘,闻之"至为喜慰"(《与吴汝纶书》)②。

光绪十四年(1888)六月,李鸿章欲以莲池书院讲席媚新赘之婿——张佩纶,而荐张裕钊另主湖北江汉书院,实为驱逐之意。张氏耻于下人,十月返鄂。范当世感于此事,有《日赤河水干》一诗。《手稿》注曰:"是日也,感于濂亭先生解馆之事,而动平生之悲,援笔立成,当意遂止。"③悲愤其遇,感叹其志,一气呵成,哀怨动人。随后,张裕钊流转各地,光绪十五年(1889),受湖广总督裕禄之聘主讲武昌江汉、经心两书院。光绪十六年(1890),与新任湖广总督张之洞龃龉难合,辞去书院职务。光绪十七年(1891),赴襄阳鹿门书院。是年范当世入李鸿章幕,提前撰文为其祝寿,有《武昌张先生七十寿言》。

当世比以病体稍差而来为合肥相国教其子,盖不与吾师通问者既二年有余。相国闻其去江汉书院而还武昌,又或传其在襄阳。八月,弟钟书来,乃得所以居鹿门之状。④

两年之间,范当世与张裕钊各自的人生命运发生了重大变化,虽然音问暌隔,踪迹不定,又无时不在默默关注对方境遇。范当世二弟范钟同为张门弟子,自言:"二十后受业于武昌张廉卿师门。"(《与紫石信》)⑤范钟信中对恩师身处鹿门落魄潦倒,感慨唏嘘。范当世寿文将张裕钊与李鸿章、黄体芳对比,指出张师投身教育、殷切育人的优势所在。"彼其所求者易给,而其所为乃天下之所贱简,独可偷为一身之娱而无所庸其得失者

①陈国安、孙建编著:《范伯子研究资料集》,江苏大学出版社,2011年,第290页。
②陈国安、孙建编著:《范伯子研究资料集》,江苏大学出版社,2011年,第293页。
③[清]范当世:《范伯子手稿》,河北教育出版社影印,2004年,第72页。
④范曾编:《南通范氏诗文世家》(玖),河北教育出版社,2004年,第35页。
⑤[清]范钟:《范钟日记》,稿本,南通大学范曾艺术馆藏。

也"①,张远离了政治斗争、是非漩涡,淡泊名利,泰然处之,广植桃李,以纯粹心志实现理想之业,何须心生惨惨戚戚?范文是对恩师超然世外生命境界的叹赏,也是对自我人生价值取向的表达。光绪十八年(1892),张裕钊辞去鹿门书院教职,由其长子张沆接往西安草厂巷养老。光绪二十年(1894)正月十六日,因病去世。二月初六,范当世闻讣,为之茹素三日,三月不与宴会。其《与三弟范铠书》言及此事曰:

> 导岷兄弟犹未有书来,只例讣一函。然我闻其已卜葬于陕,不复归武昌,此亦先生之治命大旨,谓"世将乱,鄂不如陕安"耳,然闻者皆不谓然也。惟墓地在横渠先生之旁,则我闻诸陕人来信者,此即大佳,当使百年后谓二张同千古也。②

张裕钊落魄卒于关中,直令天下士林伤悼,惟其葬处与北宋理学名家张载墓相近,长眠共处,可谓不孤,稍慰人心。可贵的是,在张氏亡后,这份师生之情得到延伸,恩义有加的师生关系意味深长。光绪二十一年(1895),张裕钊之子张导岷客死天津。三岁之中,张氏家族连丧父子祖孙三世。尽管范当世兄弟三人各地入幕谋生,辛苦撑持家业,目睹张师家道中落,生计艰难,毅然慷慨解囊。吴汝纶感叹不已:"欲以百金赙之,君家兄弟真能轻财,吾所万不能逮者也。"(《答范肯堂》)③范氏急人之难,轻财重义,以告慰先师亡灵。光绪二十六年(1900),范当世至桐城凭吊岳丈姚浚昌,在马其昶处见到张裕钊手迹,悲不自胜,诗曰:

> 津门一掬伤心泪,忍向天涯不再挥。持比古人真愧痛,独存今日曷归依?流连手迹寻常有,接对心神旷代稀。三复君文刚恋恋,又伤离乱促征骒。(《题通伯所藏濂亭先生手迹一册》)④

流连贤师笔迹,往事奔赴眼前,昔日音容犹在。斯人已去,此情永存,如此心神交契何可再得?光绪二十八年(1902),范当世在江宁遇到江瀚,其婿为张裕钊孤孙,急切询问近况,对恩师后代零丁感悼不已。

张裕钊作为桐城派发展史上的重要一环,对范当世影响至深,主要表

---

① 范曾编:《南通范氏诗文世家》(玖),河北教育出版社,2004年,第36页。
② 范曾编:《南通范氏诗文世家》(玖),河北教育出版社,2004年,第208页。
③ 陈国安、孙建编著:《范伯子研究资料集》,江苏大学出版社,2011年,第32页。
④ 范曾编:《南通范氏诗文世家》(捌),河北教育出版社,2004年,第209页。

现在以下两个方面:其一,悉心的诗文指点。光绪六年(1880),范当世以诗文问于张裕钊。"气格逼近昌黎,乃并其意量肖之,可谓豪杰之士矣"①,"若诗所谓'安得与君分气力'者,正复浓缛似古语"②。张氏之评赞叹其文气格豪迈,其诗耐人寻味。范当世手稿中《文章出世有晷刻》等四诗言及张师评点,曰:"此诗之佳,前评已悉,鄙意所微不足者乃犹未能操之极熟耳。挚父先生所云,吾不敢视以为妄,盖就其成章而索,其美固宜云然。"③虽吴汝纶称赞有加,张裕钊并不附和其言,独立己说,指出其未臻纯熟之弊。又如《中国学报》1912 年 12 月、1913 年 1 月刊载了《张廉卿先生论文书牍摘抄》,其中有与范当世相关的两则,并不见于《张裕钊诗文集》,十分珍贵。

> 1. 承示《南菁书院记》,词义甚高,足称佳制。而自"人才之兴"至篇末,气势节奏,尚未极动合自然之妙。欲稍稍酌易,然殊非仓猝所能遽定,故且将原稿留此。惟"奉恩命""恩"字,"日营于吾心中""中"字,并拟删去。"与同官出资",拟易"捐资"。后幅所称立功之曾、左二人,左文襄拟易以胡文忠,彼已其人,不足称也。此时以我辈见当代巨公,何啻霄壤;异时则文人之笔,重于邱山。虽王侯将相,皆将听命进退于吾之毫端,不可不慎也。④

> 2. 承惠书并刚己字词,已读过。足下之文创意造言皆绝奇,非凡俗所有。惟声音节奏,时或未及自然之妙。大抵环玮之文,仍须归于平易。曾文正所谓觑幽刺怪,遏之使平者也。其告劼侯谓司马氏之文最奇崛,而实皆珠圆玉润。此言至为精确。今取司马氏之文读之,真乃字字炙輠也。裕钊尝谓能知扬、马之平淡,欧、曾之奇特者,可与言文矣。以足下之智,终必深契此旨耳。⑤

这两条材料足见张裕钊对范当世古文逐字、逐句、逐段的评点,细读文本,随文解析,以示创作门径。既有宏观的布局脉络,又有微观的字句斟酌,明确指出其中优长与不足,眼光独到,见解精辟,并提供了具体修改建议,尤其是对于谨慎文笔与归于平易的谆谆教诲,入情入理,严格的师徒授

①范曾编:《南通范氏诗文世家》(玖),河北教育出版社,2004 年,第 2 页。
②范曾编:《南通范氏诗文世家》(捌),河北教育出版社,2004 年,第 7 页。
③[清]范当世:《范伯子手稿》,河北教育出版社影印,2004 年,第 68 页。
④《中国学报》1912 年第 2 期,第 5—6 页。
⑤《中国学报》1912 年第 2 期,第 8—9 页。

受对其人古文技巧的精进和水平的提高帮助良多。其二,趋同的古文理
论。张裕钊、范当世谨守桐城家法,继承了前代文章学观。首先,文以立意
为主,雅健结合。张有"吾所自为文,则一以意为主,而辞、气与法,胥从之
矣"(《答吴挚甫书》)①、"文章之道,莫要于雅健"(《答刘生书》)②,范有"为
之之道,第一求意雅,不求字雅……古人佳文大抵必多所磊砢不平而含蓄
不露,意思稠叠而随手包裹,不碍于奔放"(《与蔡燕生论文第一书》)③,以
"意"为文章主脑,语辞、文气、法度皆为从属,辅助成文。同时,追求"雅"与
"健"的和谐统一,不平之气、雄壮之势出以渊穆气象,含蓄蕴藉,浑然天成。
其次,重视文章声调,主张因声求气。张有"大抵文章之道,音声最要,必令
应节合度,无铢两秒忽之不叶,然后词足而气昌"(《复黎莼斋》)④、"欲学古
人之文,其始在因声求气。得其气,则意与辞往往因之而并显。而法不外
是矣"(《答吴挚甫书》)⑤,范当世有"声之为物也至神,而其感人也至深,如
之何而可绝也""气行乎幽而不可识也,扬其声而求之"(《况箫字说》)⑥。
"声"体现了文章的精微要眇,熟读深思,通过抑扬顿挫的节奏变化深刻领
悟古文精义。其三,不凡的古文成就。范当世为张裕钊入室弟子,得其真
传,为文立意造言奇绝,非凡俗所有,恢谲怪玮,辞气昌盛不可御,是"裕钊
门下最知名者"(《清史稿》)⑦,时人常将师徒相提并论。李鸿章视曾国藩、
张裕钊、范当世古文为前后相继,一脉相承。吴汝纶《寿伯子三十二岁联
语》曰:"兄弟以头腹尾擅誉,文字与梅曾张代兴。"⑧梅即曾亮,曾为国藩,
张则裕钊,薪传代兴。又如吴氏评其《武昌张先生七十寿言》曰:"此作真可
谓神奇,直当比方欧公而上之,非千年以内之物。曾公及濂老最工之作乃
不过如斯!"(范当世《与姚夫人书》)⑨追步欧公,比肩曾、张,因成绩斐然,
故等量齐观。

---

①[清]张裕钊著,王达敏校点:《张裕钊诗文集》,上海古籍出版社,2007年,第84页。
②[清]张裕钊著,王达敏校点:《张裕钊诗文集》,上海古籍出版社,2007年,第87页。
③范曾编:《南通范氏诗文世家》(玖),河北教育出版社,2004年,第32页。
④《中国学报》1913年第3期,第17—18页。
⑤[清]张裕钊著,王达敏校点:《张裕钊诗文集》,上海古籍出版社,2007年,第84页。
⑥范曾编:《南通范氏诗文世家》(玖),河北教育出版社,2004年,第17—18页。
⑦陈国安、孙建编著:《范伯子研究资料集》,江苏大学出版社,2011年,第5页。
⑧陈国安、孙建编著:《范伯子研究资料集》,江苏大学出版社,2011年,第246页。
⑨范曾编:《南通范氏诗文世家》(玖),河北教育出版社,2004年,第190页。

三、吴汝纶

吴汝纶(1840—1903)，字挚甫，安徽桐城人，同治四年(1865)进士，晚清文学家、教育家。范当世以一介布衣行走大江南北，未届不惑，已扬名天下。世人多以为范当世出入名宦公卿府第，必有故事，因此世间多有曲说。踪其实况，显示诸般隐情，有一人可以助解。吴汝纶与范当世关系非同一般，对其一生命运产生了决定性影响。笔者以《范伯子诗集》《范伯子文集》为基础，结合相关诗文集、书札、日记等材料，通过对文献的全面搜辑、细致辨析，详细解读两人交往以及所涉人事，既可深入了解范当世生平事迹、人生取向、文学创作，还可以小见大，窥视在"三千年未有之大变局"中下层士人的生存境况。

第一，贤主嘉宾，深度遇合

光绪八年(1882)三月，张謇向冀州知州吴汝纶举荐同乡好友范当世。吴氏《依韵送范肯堂南归》曰："一诗初北走，三年怅南睎。"其子吴闿生注云："先公初知范君因见一诗，属张濂翁招致，三年而范君始至。"①言下之意，张謇当年致吴氏函中当有范当世诗一首。根据曾克耑发表于台湾《幼狮学志》上的《论范伯子诗》一文，可知此乃光绪五年(1879)三月范当世、张謇、朱铭盘联句诗《舟中联句倒押五物全韵》，全诗共96句，斗巧争奇，难字险韵纷至沓来。三人联句中才华高下可见，范当世脱颖而出。"可觇其工力，无惭昌黎之石鼎诗也。"(李猷《近代诗介》)②吴汝纶慧眼识英才，对这位青年贤俊留下了深刻印象，拜托范当世授业恩师张裕钊代为招致，恳请其北上。是时，范当世正在湖北协助张纂修《湖北通志》，事务繁杂，无法脱身，只能辜负此番盛情美意。吴氏爱才如命，求贤若渴，迫切的心情于书信中随处流露。

> 铜士鄂志之役，自不宜辞。若肯惠顾，当令遨游张、吴间，修志固不必朝夕追随，即敝处之馆，亦岂肯终岁羁绊？鄙意如此调停，似属一举两得。(《答张季直》)③

---

①陈国安、孙建编著：《范伯子研究资料集》，江苏大学出版社，2011年，第26页。

②陈国安、孙建编著：《范伯子研究资料集》，江苏大学出版社，2011年，第143页。

③陈国安、孙建编著：《范伯子研究资料集》，江苏大学出版社，2011年，第300页。

企盼范氏惠临冀州,嘱以南北兼顾,慰其渴慕。光绪十年(1884)四月,吴汝纶因州判署被盗案,久不见破,郁郁寡欢。"铜士至今无消息,不识何故?弟此盗案不获,方拟怀惭自退,故亦不望铜士北来"(《与张濂卿》)①,羞愧难当,心生辞官之念,故不望范氏北来。一旦案件有所进展,又初心不改,恳挚邀请,"范铜士近有消息否?弟因盗案未获,进退狐疑,今案有端倪,仍拟书币走聘也"(《与张濂卿》)②,并附书信及礼金,请张裕钊代为转交。光绪八年(1882)至十一年(1885)之间,吴汝纶与范当世始终未及谋面,对这份以特殊方式维系的情谊感慨不已。

> 虽日与连榻而居,抵掌而谈,而腹有山河,咫尺千里。若吾二人之南北暌隔,言论不一接于耳,风采不一接于目,而声气相感,兴往情来,尽不必足音趯然,而已若胶漆之不可离别,斯已奇矣。(吴汝纶《与范铜士》)③

世风日下,人心不古,友情淡漠,无情对面是山河,咫尺千里。两人因诗为介,虽素未谋面,南北暌隔,却声气相应,"若胶漆之不可离别",难能可贵。光绪十年(1884)十二月,范当世复函吴汝纶告知次年北上。吴氏《答张濂卿》中难掩夙愿将偿的激动,曰:

> 某于此君,梦想三年,迄未合并,此次作书奉招,而范已决计北行,可谓神情契合。南有南皮而不往就,此则老兄在北,使弟得如孟德挟天子归许下耳。④

"南有南皮而不往"一句值得玩味,可知是时张之洞亦赏识范氏之才,同有罗致之意。范辞官聘而答友招,投桃报李,以答知遇之恩,可敬可叹。

光绪十一年(1885)三月,范当世如约赴任冀州讲席,贤主嘉宾,一朝遇合,可谓赏心乐事。范当世对吴汝纶兴利除弊、勤政爱民耳濡目染,感触颇多,随文以记。吴氏断狱严明,深得民心,有《入冀州境就野人闻吴公断狱事喜而有作》;蝗虫肆虐,亲赴现场,有《挚父先生出行野四日不归极望成诗》,由衷敬佩其为官勤能。吴汝纶对范氏文学才华推崇备至,"当今文学

---

①陈国安、孙建编著:《范伯子研究资料集》,江苏大学出版社,2011年,第300页。
②陈国安、孙建编著:《范伯子研究资料集》,江苏大学出版社,2011年,第300页。
③陈国安、孙建编著:《范伯子研究资料集》,江苏大学出版社,2011年,第33页。
④陈国安、孙建编著:《范伯子研究资料集》,江苏大学出版社,2011年,第300页。

无出肯堂右者"(《答姚叔节》)①，"眼中不羁人，天赋实闳放。高步骋天衢，逸气凌莽苍。回翔翎翮劲，决起风云壮"(《范君大作弟侄皆有和章老夫亦不能再嘿勉成一首》)②。是时，范当世刚刚出道，受到文坛名流如此评价实属罕见，所受之激励和收获到的自信尤为可贵，直接形成了声名播扬同光文苑的局面。吴汝纶本欲范当世担任信都书院山长，因其不拘小节、倜傥不羁，士人不免有所毁谤，因此而止。吴氏诗中有"道高辄惊众，耳语犹断断""弱才那能知，聊使诸生闻"(《答范肯堂四首》)③云云，感慨其曲高和寡、才优遭嫉，知赏之余不无遗憾。光绪十三年(1887)，信都书院山长王树楠中进士，发四川青神知县，此为范氏入主信都的绝好时机，可惜诽谤再起，未能如愿，范当世满腔愤恨无处可告。其《寄仲弟六十韵》直抒胸臆："蛟龙掉尾捎大湖，鹏挡沧溟怒且恸。偃鼠快快伺在旁，偷沾余沥欣然逝。"诗歌生动刻画了群小面目，嫉贤妒能，伺机而动，巧语丑诋，流言飞文。"南方谓我三礼精，北方传我狎清丽"④。诸人言其借道德之学，行盗娼之事。范氏因不善逢迎，招谤得咎，诸人百般诋毁其人格、丑化其形象。需要注意的是，此间风波不止如此，更有甚者居心叵测，挑拨范、吴关系。光绪十三年(1887)，范当世《禀父翁书》详述其事：

> 《百蟹诗》乃叹息人才之少，而目中所见阳刚之文不能多也，并无他意。在此与挚翁原是极乐，即明年贺同门来此，亦不得同于世俗之欢。惟本地无端之小人与从前在此之王公，不知以何故得罪于彼，飞谋钓谤，啧有烦言。即此诗，亦有毁于挚翁者，以为之藐视挚翁。

诸小望文生义，挑拨离间，以其《百蟹诗》为藐视吴氏之作，造言生事。吴汝纶洞若观火，明辨是非，不为谣言所惑，反倒叹赏其乐观开阔的心胸，同情其寡不敌众的处境。两人均非凡俗之辈，听闻流言，"相视而笑"⑤，莫逆于心，这份彼此的契合、信任殊为少见。

光绪二十四年(1898)十二月，范当世父亲范如松离世，呈请吴氏为撰《通州范府君墓碣铭》。吴随文附书曰："命为文志墓，葬期急，得书迟，又老

①陈国安、孙建编著：《范伯子研究资料集》，江苏大学出版社，2011年，第300页。
②陈国安、孙建编著：《范伯子研究资料集》，江苏大学出版社，2011年，第27页。
③陈国安、孙建编著：《范伯子研究资料集》，江苏大学出版社，2011年，第27页。
④范曾编：《南通范氏诗文世家》(捌)，河北教育出版社，2004年，第38页。
⑤范曾编：《南通范氏诗文世家》(玖)，河北教育出版社，2004年，第175页。

朽不能文,辞则义所不可,仅为此急就章,呈君兄弟,聊当挽幛挽联之用,不必果刻石也。"①虽然仓促成文,对范父孝友传家、乐善好施、教子有方等叙述周详。光绪二十五年(1899),吴汝纶六十寿。范当世以诗祝贺:

> 有儒一生高嵯峨,堕地便与书相磨。浸濯滋润成江河,放之一州勤民痫。昼执吏事晨自哦,即饭仍与宾搓摩。判简披牒如交梭,不肯俯首惭羲娥。犹嫌一官遭网罗,于世无补身受瘥。立起自劾投烟萝,从此壹意知靡佗。(《感于东坡生日之作遂为挚甫先生六十寿诗》)②

吴闿生叹曰:"写先公志业,颇得深处。"(《晚清四十家诗钞》)③吴氏自幼聪颖好学,饱读诗书,随后主政深冀,关心民瘼,最终退隐莲池,投身教育,娓娓道来,颇获其心,这也是两人深相契合的最佳注脚。光绪二十六年(1900)七月,八国联军攻入北京,国家处多难之秋,吴汝纶忙于为李鸿章出谋划策,佐其议和。是年,范当世家庭遭遇重大变故,正月岳丈卒于湖北竹山县署,五月其女因病殁于江宁,先后奔赴两地吊丧,此间双方无暇联络。范当世有诗《或传挚甫先生适冀州或曰渡海东矣苦忆成诗》曰:

> 离乱奚从问故交,传闻消息太喧呶。桐乡岂遂营生圹,辽海安能避覆巢?游宴八年悲喜尽,湛冥万古死生抛。嗟麟叹凤皆虚语,何物人间是愈郊?④

国事蜩螗,离乱无数,故友杳无音信,踪迹难求,殷殷之思,萦绕于心。相聚八年,并辔相语,不知晓寒;登楼望月,吹笛赋诗;欢聚数日,谈文论艺;鱼雁传书,频通音问……共享喜悦,分担风雨,铭刻于心。"嗟麟叹凤皆虚语,何物人间是愈郊",以韩愈、孟郊之交往比拟与吴氏的深相知遇,满目疮痍的现实却无处安放这份深挚的情谊,慨叹了国家危难下无法自主的文人命运。同年,范当世偶遇吴氏兄长之子,有《赠挚甫先生之兄子长文》。乱世相逢,感慨万千,时事艰难,人情可贵,成为惨淡凄苦现实人生的重要支柱,临岐不舍,泪下衣襟。

光绪二十九年(1903)正月十二日,吴汝纶卒于桐城,享年六十四岁。

---

①陈国安、孙建编著:《范伯子研究资料集》,江苏大学出版社,2011年,第32页。
②范曾编:《南通范氏诗文世家》(捌),河北教育出版社,2004年,第200页。
③陈国安、孙建编著:《范伯子研究资料集》,江苏大学出版社,2011年,第110页。
④范曾编:《南通范氏诗文世家》(捌),河北教育出版社,2004年,第218页。

二月十日，范当世得讣。二十二日，与夫人姚倚云启程赴桐城吊唁。无奈此时已病不可支，"十旬病腰脚，长路舆难支"（《金陵病中寄内子桐城以代家信》）①，行至江宁，举步维艰，只能遣夫人代吊。其挽联云："君今安往乎，吾末之也已；无不善画者，莫能图何哉？"②下联典出《史记》，田横节操高尚，宾客崇敬其高义愿随死去。范当世与司马迁异代同感，感叹画人虽能穷貌但无法穷神，未能将敬慕之人的精神风貌描绘得栩栩如生，坐令其寂寞无闻。范当世与吴汝纶亦师亦友二十年，风雨沧桑，至交凋零，生死悬隔，无限沉痛寓于至淡之语，诗中流露出对死者的崇敬和追怀。

第二，切磋诗文，投身教育

范当世终身私淑曾国藩："自吾束发读书，慕思曾文正公之为人，而愿睹当时之亲炙者，若张廉卿先生，若吴冀州。"（《故湖南巡抚义宁陈公墓志铭》）③范当世由于生晚未能投其门下，转求得其亲炙者。光绪十一年（1885）至十三年（1887）、光绪十七年（1891）至二十年（1894），范当世分别寓居冀州、天津，与吴汝纶诗文切磋，交往密切，创作也逐渐趋于成熟。范氏言："吾诗大抵皆有挚父先生评。"（《〈三百止遗〉自序》）④吴氏对其诗作品鉴颇多，评《过泰山下》"奇横不可敌"，评《龙虎篇赠挚父先生》"句句横亘万里，字字扪之起棱，不知肯堂吞并几许古人也"，评《次韵王义门景沂见赠之作》"跌宕自喜，大似太白"，评《至父先生出行野四日不归极望成诗》"奇峰耸天，戛然忽止"，评《留别新绿轩》"后半声气并王，可云伟制矣"，评《喜松坡来再次一首》"语非惊人，独起落飘忽，自有奇气，此最难得"（吴闿生《晚清四十家诗钞》）⑤等。范当世诗才雄健，变幻多端，十分符合吴氏力主雄创的诗学审美，故倾力推举，热心揄扬。基于吴汝纶的社会身份和文坛影响，他对范日后名满天下功不可没。吴氏是曾国藩四弟子中唯一的桐城人，以姚氏嫡传自居，被誉为"海内文宗"，交往中必然精研古文义法。光绪十二年（1894），范当世以《况箫字说》一文深入阐述了文章音声之道。吴汝纶赞同张裕钊"姚氏于声音之道尚未能究及其妙"（《与吴挚甫书》）⑥的观

①范曾编：《南通范氏诗文世家》（捌），河北教育出版社，2004年，第287页。
②范曾编：《南通范氏诗文世家》（捌），河北教育出版社，2004年，第355页。
③范曾编：《南通范氏诗文世家》（玖），河北教育出版社，2004年，第88页。
④范曾编：《南通范氏诗文世家》（玖），河北教育出版社，2004年，第126页。
⑤陈国安、孙建编著：《范伯子研究资料集》，江苏大学出版社，2011年，第107－109页。
⑥陈国安、孙建编著：《范伯子研究资料集》，江苏大学出版社，2011年，第291页。

点，范氏一文视角新颖，令其惊喜不已。"发明声音之故，推本韶夏而究极言之，特为奇妙！"以推本溯源的方式强调音声为道至大，古代圣贤一以贯之，其中大有深意。《况箫字说》对吴氏颇有启迪意义，他进一步阐发曰："才无论刚柔，苟其气之既昌，则所为抗坠、曲折、断续、敛侈、缓急、长短、申缩、抑扬、顿挫之节，一皆循乎机势之自然，非必有意于其间。"（《答张廉卿》）①"声"与"气"关系紧密，创作主体内在充盈浩然之气流泻为文中抑扬顿挫之音，水到渠成，非人力可强为，这是对"声音之道"的补充深化，由此可见吴、范两人在晚清对桐城古文发展进行的持续思考和共同探索。光绪十七年（1891），范当世作《武昌张先生寿文》。吴氏评曰："错综变化，尽成妙谛，诡谲多端。此由才气纵横，体格雄富，用能因方为珪，遇圆成璧。"范当世寿文纵横驰骋又自然高妙，笔法多变又气脉贯通，吴汝纶本欲撰文同贺，读罢此文甘拜下风，竟至焚弃笔砚。尤为可贵的是，吴氏赞不绝口的同时又能指陈其间不足：

> 以为合肥、瑞安等字，即所居县为称，似非古法，大率起于明代。古人就所官之地为称则有之，似未尝以籍贯为号，然此固小节，不足为文字轻重也。（《答范肯堂》）②

以古为鉴，对寿文中以籍贯为号提出质疑，范氏从善如流，今观其文，称李鸿章、黄体芳不以籍贯而分别为"相国""通政"，可见对吴氏意见的及时吸收。吴汝纶也请范当世为其改稿，病中写成《淮军昭忠祠记》，"自知漫率不成文，通白颇有议删之处，兹录稿呈政，务望痛加改削"，"拙文疵累，曾不自知，其诗辞平列四事，窒滞可笑，执事所教甚是"③，能者为师，倾囊以授，令虚怀若谷之人感激不尽。两人砥砺切磋，呈现了桐城古文在晚清传承、发展的细节和脉络。

吴汝纶担任冀州知州期间，大力发展地方文教事业，人才辈出，莲池成为晚清北方之重要学府。其重要举措之一是聘请名师，言敦源《〈范伯子先生遗墨〉跋》曰："延新城王晋卿树楠掌书院，教先生主讲武邑，而武强贺松坡涛更以吴先生之学设教于乡。数君子者，声气相应，宏奖后进，一时学风

---

① 陈国安、孙建编著：《范伯子研究资料集》，江苏大学出版社，2011年，第298页。
② 陈国安、孙建编著：《范伯子研究资料集》，江苏大学出版社，2011年，第30页。
③ 陈国安、孙建编著：《范伯子研究资料集》，江苏大学出版社，2011年，第30—31页。

蔚然为畿辅冠。"①范当世是其左膀右臂，自言："与吴君之相遇于此而蚤夜
孳孳以求所谓作兴人才者，此独可以尽心为乐耳。"(《重修观津书院增建试
院记》)②开门授徒，苦心经营，以助育人才为乐，可见双方坚定执着的教育
心志。吴氏赠范当世诗曰："山川无新故，弹压要人文。不才食瘠土，岁久
空纷纭。公来破其荒，龙虎生风云。莘莘媚学子，涔如苗怀新。"(《答范肯
堂》)③吴赞叹其开疆拓荒，辛勤育人，莘莘学子无不欣然推服，受益良多。
光绪十一年(1885)，冀州武邑令郑骧正式聘范当世为观津书院山长，慕名
前来者络绎不绝。两月之后，"诸生来试艺者益多，庭隅狎坐皆满，或至不
容而露坐阶下"(《重修观津书院增建试院记》)④。范氏兢兢业业，诲人不
倦，润物无声，声播四方。在吴汝纶提倡文教的浓厚地域氛围中，郑骧、范
当世克服万难，重修书院，新建试院，大大改善了学习环境。范当世冀州三
年，与吴汝纶教授得人，桃李竞芳菲。如南宫李刚己，十三岁应冀州试，其
文令吴、范击节叹赏，目为奇才，该年李刚己有《冀州宅中用通州先生赠别
桐城先生韵兼呈两先生》。范氏叹曰：

> 此作之惊人，乃又当数倍于昨日之文。此子得道之猛，虽六祖之
> 一夕顿悟，何以过之，而令我抚中自问，平生所受师门笃训，千言万语，
> 强半遗忘，可为痛心，我何足以范此子哉！挚甫先生非上智不传，而过
> 意于我，尚非其人，愿以平生所得于文正公者壹付诸此子，而益非我之
> 所敢忝然并居者也。

吴汝纶评曰：

> 相此儿所诣，便已突过老夫，那得不诧为奇宝。故知殊尤瑰玮之
> 才率由超悟，不藉声闻证禅也。近日强留肯堂，自愧老荒，不能相与上
> 下追逐。得此儿相从问学，不负范公此行矣。(《李刚己先生遗集》)⑤

后生可畏，两人喜出望外，不遗余力地揄扬其人其文，喜悦之情溢于言
表。嗣后，吴汝纶将李刚己留置署中亲自教授，并随至莲池。李不负众望，

---

①陈国安、孙建编著：《范伯子研究资料集》，江苏大学出版社，2011年，第79页。
②范曾编：《南通范氏诗文世家》(玖)，河北教育出版社，2004年，第30页。
③陈国安、孙建编著：《范伯子研究资料集》，江苏大学出版社，2011年，第27页。
④范曾编：《南通范氏诗文世家》(玖)，河北教育出版社，2004年，第29页。
⑤[清]李刚己：《李刚己先生遗集》，《清代诗文集汇编》第792册，上海古籍出版社，2010年，第679页。

每试必列第一。另据刘声木《桐城文学渊源考》，孟有鏖、阎凤华、吴铠、刘乃晟等师事两人，皆一时之秀，吴、范二人为冀州人才的繁荣做出了积极贡献。

　　吴汝纶作为近代著名教育家，在晚清历史上留下了不可磨灭的足迹，其教育改革的深刻思想和辛勤实践直接推动了范当世致力教育兴国，共同助推了传统教育向近现代教育的艰难转型。光绪二十八年（1902），吴汝纶以清朝五品京卿充京师大学堂总教习的身份主动请赴日本考察教育，汇集此行所得成十余万言的《东游丛录》，成为清末教育改革的指南。是年十二月，范当世致书吴汝纶，询问其赴日考察办学的收获，又劝其北上就京师大学堂总教习一职。二十日，吴氏有《答范肯堂》，详述日本教育中的课程设置、学制安排，以及归皖筹办学堂的构想等，倡导西学，提倡兼包新旧，先进的办学理念令范氏大开眼界，对其创办通州新学极具借鉴意义。范当世《通州小学堂宗旨》可视作其近代教育改革的宣言："立国必资乎人才，而培才当始于子弟；立教必遍乎全国，而变国莫先于秀民也。凡为学堂之大纲有三，智育、体育、德育是也。"此三纲实为新学之纲，以"秀民"为当务之急，通过教育培养新人才，实现救国兴国的目的。同时，打破了封闭的思想禁锢，提倡经世致用，形成了"智育、体育、德育"全面发展的教学大纲，这是对千余年来封建专制教育的本质否定。范当世追步吴汝纶，不仅实现了巨大的教育思想解放，还身体力行，协办了中国历史上第一所私立师范——通州师范学堂，主持创建通州小学堂，成为了该地近代教育的先驱，开拓出传统士人生命中的崭新意义。

第三，道义以砥，深相倚托

　　范当世妻子姚倚云是著名散文家姚鼐（1731—1815）第五世侄孙女，爱国将领、史学家、文学家姚莹（1785—1853）孙女。夫妻志同道合，诚如陈冰如《鞠俪庵诗话》中言："闺中唱和，伉俪能诗，在昔惟伯子与姚。"[①]两人诗文唱酬，传为美谈。范、姚能够喜结连理，其中最主要的因素是吴汝纶的极力撮合。吴汝纶不仅成为桐城姚氏与通州范氏文学联姻的桥梁，还是落拓江湖之儒结识权倾朝野之相的中介。光绪十四年（1888），吴汝纶弃冀州官位主讲莲池书院，如此情势之下，讲学其间的范当世只得另谋出路，以养家

---

①钱仲联编：《清诗纪事》，江苏古籍出版社，1987年，第14325页。

糊口。光绪十五年(1889)、十六年(1890)，范当世身患重疾，情况危急，不暇他顾，唯寄身寺庙静心养病。由光绪十六年(1890)六月其与夫人书信，可知此际张之洞复有罗致之意，武昌知府李荣父子也对其渴慕已久。范当世虽为诸人器重，丝毫不为所动。"此外亦不复别图，惟静待至翁之所以处我"(《与姚夫人书》)①，将前途命运专托于吴汝纶，一意等待其安置，可见信赖倚重。吴氏谨受其托，处处留心，等待合适之位。光绪十六年(1890)十二月，电约范当世次年赴天津为李鸿章课子。事实上，对于默默无名的范当世，李鸿章起初并不中意，吴氏巧言申说，对其品格才华大加推扬，方成此事。范当世诗歌《七月七日感灵鹊》揭示了这一隐情：

> 天上无婚媾，灵鹊空中啼。飞飞亦何事，来啄屋上泥？屋上有黄鹄，失路何凄凄。鹊向主人道，借巢乌林西。主人初不怿，鹊语真媞媞。言语纵尔巧，颜色固已低。良知鸦不恶，聒耳遭诃诋。明年多大风，自向低枝栖；低栖那弗智，徒侣相招携。咄彼守雌者，还为天下溪。②

诗中以失路之黄鹄自喻，以巧言之灵鹊指代吴汝纶，主人则为李鸿章无疑。"主人初不怿，鹊语真媞媞"，透露了其入为西席的内幕，起初李鸿章并未欣然邀请，因吴氏大加赞誉，好言相劝，李方允许"借巢乌林西"，招其入幕。李是时权势显赫，炙手可热，成其西席，教授其子，是多少人处心积虑、梦寐以求之事。是时，范当世病体刚愈，不免消沉倦怠，吴氏的倾情举荐激起了久违的生命激情。

> 流电惊飞传好语，华云飘忽动生平。勿言处士今黄润，裸壤龙章倘可并。(《外舅方约当世以明年留此而挚父先生以李相见召传电相告蒲仙诸子皆惜其不久处也六叠前韵倒押之》)③

赵景真《与嵇茂齐书》中有"表龙章于裸壤，奏韶舞于聋俗"④，表达地位悬殊难以取贵之意，范当世反用其意，自谦原处"裸壤"之地，竟与勋业盖世之人同居共处，大喜过望，难掩内心激动。

---

①范曾编：《南通范氏诗文世家》(玖)，河北教育出版社，2004年，第193页。
②范曾编：《南通范氏诗文世家》(捌)，河北教育出版社，2004年，第115页。
③范曾编：《南通范氏诗文世家》(捌)，河北教育出版社，2004年，第80页。
④[南朝·梁]萧统编，[唐]李善注：《文选》，中华书局，2013年，第809页。

光绪十七年(1891)二月末,范当世至天津,课李鸿章次子李经迈。吴汝纶四月十日致其书曰:

> 前接傅相书,深以得名师为幸。旋接来示,敬悉宾主款洽……吾为执事作合,乃自揣文学不足以阐扬傅相志业,将以千秋公议付之雄笔纪载,以正后来国史,不区区为目前计也。①

吴汝纶身为作合之人,对宾主款洽由衷欣慰。书中透露了安排范入李幕的另一重要目的,以其雄文健笔实录李氏言行功业,避免后世误读曲解。光绪十八年(1892)六月二十五日,吴汝纶向范氏明确提出辅修李鸿章年谱的建议。

> 前时名人莫年多有自为年谱者,师相公事少暇,故不能自撰,亦不肯沾沾自喜。然生平所办皆大事,关国家安危,他人传述失真,则心迹易晦,莫若季皋于问业之暇,日记数则,由执事润色而呈之于趋庭之时,以决定事理之是非。②

吴汝纶知人论世,考求心迹,以期真实完整地呈现李氏平生志业。对范当世如此安置,无疑也是吴汝纶和李鸿章二人交往中的重要·笔,不仅调整、增加了彼此的接触,还密切了私人关系。不止于此,吴汝纶还为范当世前途谋划,劝其积极应考。范氏以诗作答,感谢其良苦用心,表达了一己志愿。

> 男儿尚能弃卿相,况我碌碌非辞荣。年增白发举场里,性命区区亦人子。岂不将心比父心,此但多忧少见喜。君不见世上迂生得饱难,有铗无门何处弹? 相公厚我亦已足,更用举手将天攀。(《挚父先生来书劝乡试欲以诗答会连日用山谷韵乃复效其次韵晁补之廖正一连缀二篇因示叔节》)③

范氏科举道路崎岖坎坷,光绪十四年(1888)因九赴乡试不售,因此绝意仕进,加之体弱多病,年岁渐增,承蒙李鸿章优渥厚待,实属万幸,遂谨守教职,已无更多非分之想。当然,因身为相国西席,吴汝纶难免有事相托。

---

①陈国安、孙建编著:《范伯子研究资料集》,江苏大学出版社,2011年,第29页。
②陈国安、孙建编著:《范伯子研究资料集》,江苏大学出版社,2011年,第30页。
③范曾编:《南通范氏诗文世家》(捌),河北教育出版社,2004年,第99页。

其挚友李佛笙弟为定兴县令,交游廿余年,因事被参革,不忍见其全家百口坠落于不测之渊,遂请范当世向李鸿章求情。"万求开一面之网,勿先行参革"。书中叮嘱曰:"某近无言事之责,不敢干与公事……千万勿漏泄此书,恐为不知者所诉厉也。"(《答范肯堂》)①可见深相托付,私交之笃。随后,李鸿章致书直隶按察使周玉山,是人正直忠厚,不徇私情,最终作罢。

甲午战争前后,两人书信中对内忧外患、分崩离析的国势屡发感慨,可见特殊历史情境下正直文人强烈的社会关怀。

> 海上多事,而吾辈乃从容而议文事,真乾坤腐儒也。
>
> 日本此次争高丽,蓄谋已久,特承俄人铁路未成时发难;俄路成,则日本无可措手。日本得之,则俄必拱手分地,而吾国大势去矣。
>
> 近年欧洲各大国无不增兵增饷增船增炮,独我国以外议庞杂,不许添购船炮,一旦有事,船炮不及倭奴,遂至海事束手,渤海任他人横行,则虽陆军麇集平壤,何能济事!(吴汝纶《与范肯堂》)②

信中紧密追踪时事,分析各国关系,批判近年清廷"不许添购船炮"的弊政,痛惜四面楚歌、束手无策的被动境地。甲午海战的全军覆没,加剧了清廷的覆亡和没落,李鸿章成为了众矢之的,范当世亦遭牵连,为避免在清流和李相间成为夹缝中人,遂有辞幕之想。光绪二十年(1894)十一月,以嫁女省亲为名离津。光绪二十一年(1895),范当世念及李鸿章的知遇之恩,欲复就李幕,又恐众叛亲离,犹豫不决。吴汝纶致信曰:

> 执事去年南归,其时后事不可知,盖受人托孤重寄,去就不宜太轻。若缘世人讥讪,则流言止于智者,虽在近亲密友,尊闻行知,各有所守,不必同也。且与人交分,岂得当群疑众谤之际,随波逐流,掉头径去哉!③

吴汝纶恳切劝说不可在李鸿章群疑众谤之际,为流言讥讪蒙蔽,随波逐流,既受人托孤重寄,需要谨慎一己去留。强大的社会压力之下,范氏最终放弃北上。甲午惨败,国家蒙受羞辱,百姓遭受乱离,范氏对战争中李鸿章的严重失误流露怨言。吴汝纶坚定维护李氏:

①陈国安、孙建编著:《范伯子研究资料集》,江苏大学出版社,2011年,第29—30页。
②陈国安、孙建编著:《范伯子研究资料集》,江苏大学出版社,2011年,第31页。
③陈国安、孙建编著:《范伯子研究资料集》,江苏大学出版社,2011年,第32页。

　　　　执事因愤恨吾国败辱之耻，积怨李相，无所发怒，迁怒不佞，则某窃知罪矣，请从此辞，进退唯命。

　　　　某深知执事忠愤勃郁，痛恨国耻，积不能平，有触辄发。但声色加人，施之敌以上，则为气节，为正色不挠；施之敌以下，则为嫚骂。（《答范肯堂》）①

　　字里行间言辞厉色，一改昔日亲密融洽，对范氏的积怨迁怒不以为然，以自责知罪的方式担受其对李氏的批评指责，立场鲜明。虽然如此，当范氏与李氏父子之间产生芥蒂，吴汝纶挺身而出，成为了双方关系的调解者。首先，为范辩白。范当世离开天津之后，南方遂生其"讥诽李相"的传闻。李经迈颇为不满，言于吴氏，"绝交不出恶声，矧从游三载，得益良多，何敢妄言讥诽"。光绪二十二年（1896）五月，吴氏有致李经迈书。

　　　　某以贵师平日为人卜之，窃恐亦有传言过实之处。当今中外贵人皆以诋诽师相为事，贵师进谒时贵，唯唯否否，不欲触犯，则诚恐不免，以贵贱交谈，稍有拂逆，则立见龃龉也。吾皖人往往与人面争，若江浙人则断无此事也。若谓推波助澜，并欲痛诋执事以影响之谤，似出情理之外，疑肯堂不宜出此。弟前闻肯堂谒香帅，欲图馆地，而黄漱兰毁之，目为李党。若果痛诋师相，则黄谮必不行矣。（《答李季皋》）②

　　是时中外皆百般诋毁李鸿章，范氏为谋生进谒权贵，不免触犯拂逆。此辈居心不良，虚构其斥责李经迈，为非议李鸿章推波助澜。光绪二十一年（1895），张之洞欲招范氏入幕，因黄漱兰言其为"李党"之人，谋馆不成，这是其人最终并未叛离李鸿章的直接证据。吴氏辩证分析，入情入理，有力破除了流言，打消了李经迈对范氏的误解。其次，为范谋职。范当世南归之后，饥驱四方，衣食堪忧。光绪二十二年（1896）九月四日，吴汝纶为之向李经迈请托。

　　　　现时肯堂穷居乡里，不能自给。庐州书院一席，倘有更换，弟意欲请执事改荐肯堂。彼未托谋馆而执事为之荐馆，于师友风谊可谓至

---

① ［清］吴汝纶：《桐城吴先生尺牍》，《清代诗文集汇编》第 743 册，上海古籍出版社，2010 年，第 366－367 页。

② ［清］吴汝纶：《桐城吴先生尺牍》，《清代诗文集汇编》第 743 册，上海古籍出版社，2010 年，第 373 页。

厚。人如肯堂,似不宜遗弃也。(《答李季皋》)①

吴建议李不忘昔日师生之谊,在范氏尚未出言求助之前,推荐其任庐州书院讲席,以摆脱目前困境。又次,为范济贫。吴汝纶难以自保,又不忍范氏穷困交加,遂向李氏父子寻求援助。光绪二十二年(1896)十一月十三日,其《答李季皋》曰:"师相久留宾馆,自宜有以始终之。执事亲执弟子之礼,尤宜有以振其饥寒,或为谋道地。"②劝其念及旧情,对范氏师事终身,一如既往地加以优待,振其饥寒,李季皋听从其言。同年十二月五日,范当世《上外舅书》云:"李季皋银信已接到,观此子意思殊不恶,此在大人与挚老析辨后,故有此耳。"③清醒意识到师生最终消除误解、以礼相待,是因为吴汝纶的调停周旋。

置身风云激荡的晚清,未在科举道路上高取功名的知识分子很难实现自己救国救民的人生理想。范当世却是例外,能在困境中激扬诗书,昭名文坛,并以才华而为相府西席。其根本原因是自身心志高远、修身砥砺,而得贤主如吴汝纶的赏识提携。二十余年的交往中两人关系密切,深相知交,患难扶持,有始有终。非范当世,吴汝纶助也无功;非吴汝纶,范当世行也无途。良士相交,垂范若此!

四、李鸿章

李鸿章(1823—1901),字少荃,晚号仪叟,安徽合肥人。光绪十七年(1891),范当世因吴汝纶之荐居李鸿章西席,教授其子李经迈,传道授业,课以诗文。是时李鸿章正得恩宠,权势亦隆,虽居西席,实为幕僚上宾。金鉽《范肯堂先生事略》曰:"文忠日晡退食,恒过先生论政事,先生感其意,亦出己见,多所赞助。"④其时,李鸿章视为"极可爱而最无聊之人"(范当世《上外舅书》)⑤分别为张佩纶、吴汝纶、范当世,可见彼此关系。李鸿章尊师重道,以礼待士,朔望必衣冠以候起居,对范氏的优待主要表现为:首先,欣赏其才。范当世以古文鸣于时,李鸿章心悦诚服,以得名师为幸,推举其

---

①陈国安、孙建编著:《范伯子研究资料集》,江苏大学出版社,2011年,第299页。

②陈国安、孙建编著:《范伯子研究资料集》,江苏大学出版社,2011年,第300页。

③范曾编:《南通范氏诗文世家》(玖),河北教育出版社,2004年,第189页。

④陈国安、孙建编著:《范伯子研究资料集》,江苏大学出版社,2011年,第3页。

⑤范曾编:《南通范氏诗文世家》(玖),河北教育出版社,2004年,第187页。

为曾国藩、张裕钊之后的桐城古文传人。范氏入其幕中,课子之余分担文事也是题中应有之义。其次,敬重其德。光绪十四年(1888),范当世因九赴乡试不售,遂不再入场。入幕之后,李鸿章曾授意吴汝纶、张佩纶劝其应考,范氏有诗《挚父先生来书劝乡试欲以诗答会连日用山谷韵乃复效其次韵晁补之廖正一连缀二篇因示叔节》、文《与张幼樵论不应举书》,申述心志,坚守初衷。再次,排解其难。范氏笃于道义之交,光绪十八年(1892),同乡王尤以庶常应散馆试来津,不久病卒。范氏与通州戴祥元合力经纪丧事,并归其枢。因经济窘迫,向李鸿章支取束脩。李为谋划曰:"此事一付之天津道足矣!"(范当世《上吴挚父先生书》)①范氏力辩王尤与之并无交情,不得扰累。李鸿章送脩金来时,别送四十番,题曰"帮分",足见多情。光绪十九年(1893),范当世岳丈姚浚昌服除,无以为生,负累数千金至以官为券。范氏为其谋职于李鸿章,"相庭夜下一尺纸,饥人如得赦书似"(《送外舅入绥巩支应局仍用前韵》)②。是年五月,求得绥巩支应局差事,由"饥人如得赦书似"可知李氏对其安置直如雪中送炭。又如,光绪二十年(1894),清廷计划设置机器局,择地之权在南北洋大臣,初定于通州。当地官绅唯恐此举扰民,呈请范氏言于李鸿章,终得改置他方。"肯堂一言,而挽留万民生业。此固傅相大恩,而范氏之功在桑梓亦无量矣!"(范如松《与子当世书》)③李鸿章为其解决了桑梓隐患,乡民感激不尽。从次,爱护其身。范当世身体羸弱,入幕之时,病体刚愈,李鸿章对其照顾有加,延请西医治疗。范氏曰:"曩时旬日一发者,今自四月至今未尝发过一次,殆将愈矣。"(《与外舅书》)④效果显著,病情得到了控制。日常生活中也见李鸿章的用心之处,恐其长坐病发,鼓励外出游赏散心。考虑其为南方之人,不耐北方严寒,故为布置御寒之具。范氏与父书信中言:"花费数十金,穷侈极工,生平所创见也。其法出之西洋,署中唯中堂自用之,今为男布置如样,所谓无人知道外间寒也。"李鸿章特别言于范当世曰:"小儿不怕冷,单为先生病体耳!"⑤专设之具,可见用心。甲午战争爆发,李鸿章大举用兵,作为

①范曾编:《南通范氏诗文世家》(玖),河北教育出版社,2004年,第144页。
②范曾编:《南通范氏诗文世家》(捌),河北教育出版社,2004年,第97页。
③范曾编:《南通范氏诗文世家》(柒),河北教育出版社,2004年,第242页。
④范曾编:《南通范氏诗文世家》(玖),河北教育出版社,2004年,第188页。
⑤范曾编:《南通范氏诗文世家》(玖),河北教育出版社,2004年,第178页。

幕府成员，本有随行从军之责，考虑范氏文弱之身，并未如是苛求。

> 今晨相国大用兵，故将门前尽雕荣。岂无平生一片心，且喜从来未伤髀。(《濯发饮瓜汁甚乐也季皋疑之为作一诗以释余之顽钝》)[①]
>
> 何况东兵大蠲手，曾未责我谋平戡。(《中秋次韵高季迪〈张校理宅玩月〉》)[②]

诗中对相国的体谅照顾深表感激。最后，优厚衣食起居。入幕以来，每食，李鸿章奉鱼翅一簋。范当世甘菜根而薄膏粱，却之，不获，李以干翅寄奉其二亲。光绪十八年(1892)，范当世夫人姚倚云、女儿孝嫱来津，李鸿章借吴楚公所东院以为安顿。又如，"三年次第尝新果，弃核仍看载满车"(范当世《以馆中分饷之蟠桃转饷外舅外舅以诗酬走笔奉和》)[③]，"潭潭相府夏生寒，有书可读棋可弹。西瓜斗大南鱼美，宾朋络绎相追攀"(姚永概《我诵子诗略上口》)[④]，或自我陈述，或他人言说，李鸿章为范氏提供的优越生活可见一斑。

教授堂堂相国之子，范当世深知责任重大，勤于教职，终日忙于整饬学生功课，常因此耽误了回复家书。李鸿章不时步入书房，或见其丹铅在手，或为学生口讲指画，每每叹息。李谓其子曰："汝等能效先生一分勤苦否？"(范当世《禀父翁书》)[⑤]如此之师可以子相托，言传身教、潜移默化之下，对李经迈寄以成才之望。在李鸿章幕中，范氏保持了一介书生本色，并无寻常之辈的非分念想。

> 人生一世岂无情，但当画界守坚城。堕地已分天一尺，涉及分外皆非荣。天津一角池台里，明月梅花有妻子。得钱归博亲堂欢，馔有嘉鱼妇翁喜。(《叠韵再示蕴素》)[⑥]

知止守分，动机单纯，以入幕所得维持生计，奉养双亲。与步步为营、处心积虑者不同，"恣意诗歌，感慨身世，与海内贤豪倡和震荡而排奡视禄

①范曾编：《南通范氏诗文世家》(捌)，河北教育出版社，2004年，第135页。
②范曾编：《南通范氏诗文世家》(捌)，河北教育出版社，2004年，第137页。
③范曾编：《南通范氏诗文世家》(捌)，河北教育出版社，2004年，第110页。
④陈国安、孙建编著：《范伯子研究资料集》，江苏大学出版社，2011年，第59页。
⑤范曾编：《南通范氏诗文世家》(玖)，河北教育出版社，2004年，第176页。
⑥范曾编：《南通范氏诗文世家》(捌)，河北教育出版社，2004年，第99页。

秩微尘耳"(徐昂《范无错先生传》)①,广交友朋,置酒高会,切磋往还,引为至乐。光绪十七年(1891),范氏撰《武昌张先生七十寿言》,其中颇多篇幅言及李鸿章。他与父信中曰:"于张先生寿文虽于此老有微词,乃古文大义如此而公道存焉……然至于文字之间,则岂宜变易古人之意量哉!"②虽然处其左右、仰其衣食,与文过饰非、百般谄媚之人迥异,实事求是,秉笔直书,以求古文大义、公道之言。

　　范当世诗歌中保存了大量自陈心迹之作,仔细玩味,有助于深入了解其真实的生存境况以及与李氏的复杂关系。这类诗歌主题多元,或为离家万里之思,"梦里嘻吁尚忆亲,白日思家已无涕"(《濯发饮瓜汁甚乐也季皋疑之为作一诗以释余之顽钝》)③;或为寄人篱下之感,"寂寂生涯犹赁庑,茫茫吾道欲乘槎"(《清尊微雨息劳歌》)④;或为身困牢笼之叹,"我独身为势利挛,可怜终岁如蜗旋"(《雪压沙碛填冰川》)⑤;"身独何为入囚舍,翻覆自缚真如蚕"(《中秋次韵高季迪〈张校理宅玩月〉》)⑥;或为年逝途穷之悲,"四十又徂半,分年恰到中。吾生能几日,大概欲终穷"(《六月三十日外舅以〈写怀〉六首示读谨依韵次上即以自寿其四十而寄示莲儿俾转呈大人一笑云》)⑦;或为不胜高寒之恐,"士有恶为长铗客,身还怕近广寒宫"(《叔节谓我既知通伯深而念之如此其挚也曷不为诗以问之用前韵》)⑧。这类感慨从光绪十七年(1891)开始,不绝如缕,且有愈演愈烈之势。

　　关于范当世在李幕中遭致小人谗言,徐珂《清稗类钞》所载之事可为佐证。李鸿章有皇帝赏赐的紫缰,范氏骑以访友,有人毁之"乘紫缰舆作狭邪游"。李氏听罢,曰:"既用紫缰,不可缺拥卫。"⑨立命戈什哈八员护之。此次非但未受僭礼越法之责,反而成全了近代宾主交往中为人津津乐道的佳话。范氏不拘小节、豪放不羁,受困于虎视眈眈、伺机而动之人,岂能每次

①陈国安、孙建编著:《范伯子研究资料集》,江苏大学出版社,2011年,第6页。
②范曾编:《南通范氏诗文世家》(玖),河北教育出版社,2004年,第178页。
③范曾编:《南通范氏诗文世家》(捌),河北教育出版社,2004年,第135页。
④范曾编:《南通范氏诗文世家》(捌),河北教育出版社,2004年,第95页。
⑤范曾编:《南通范氏诗文世家》(捌),河北教育出版社,2004年,第127页。
⑥范曾编:《南通范氏诗文世家》(捌),河北教育出版社,2004年,第137页。
⑦范曾编:《南通范氏诗文世家》(捌),河北教育出版社,2004年,第112页。
⑧范曾编:《南通范氏诗文世家》(捌),河北教育出版社,2004年,第117页。
⑨陈国安、孙建编著:《范伯子研究资料集》,江苏大学出版社,2011年,第266页。

幸免于谗？"迢迢君子心，鸡鸣在风雨。曾参不杀人，爱惑投其杼"（《和叔节次韵陈后山〈秋怀〉十首》）①。李鸿章好以利禄驱众，喜用小人而有才者，"志节之士多不乐为用"②，幕僚良莠不齐，鱼龙混杂，范氏以曾参的典故暗示了李鸿章最终听信了小人诽谤，这样的推断基本可以成立。上述其身处豪门贵苑，内心的幽怨哀叹也就不难理解了。既然范当世光绪十九年（1893）就决心辞幕，为什么迟迟不见付诸行动？此间重要原因在其与父信中两人多处提及。

　　　舍去天津束脩，独恃湖广、甘肃两路束脩，家事亦安得敷衍？（范当世光绪十九年三月初一《禀父书》）③

　　　初八接到儿讯陈说一切，总不外"贫"之一字，为可叹也！（范如松光绪十九年七月十三日《示子书》）④

　　　今年男婚女嫁，又有家室在津，加之乡场用款，束脩有数，故前讯使儿今年无寄银讯，亦知何窘，合而言之，总属苦心……傥儿子一旦解馆，又当何如？此吾所深忧。（光绪二十年二月二十五日《示子书》）⑤

　　天津束脩成为通州范氏的主要经济来源，如此沉重的家族压力下，岂能洒脱辞幕？范氏自言："人生第一饥须饷，次即微言要人赏。"（《正好从容斗诗口》）⑥理性意识到温饱是人生第一需求，也是实现理想的必要条件，食不果腹，遑论其他？

　　光绪二十年（1894），范当世诗中明显表现出对李鸿章的不满。或直接陈述："即贵终穷好，依人望主贤。"（《〈寓庐杂遣〉十二首次外舅〈糈台杂遣〉韵以示恪士》）⑦或间接影射："暑汗蒸蒸发不启，颇以身居垢污底。一朝省得乌能容，刻苦低头倩人洗。"（《濯发饮瓜汁甚乐也季皋疑之为作一诗以释余之顽钝》）⑧这是范氏居处李府的第四年，了解到越来越多的内幕实情，因与理想距离甚远，最终无比失望愤恨。"身居垢污底""一朝省得乌能容"

①范曾编：《南通范氏诗文世家》（捌），河北教育出版社，2004年，第118页。
②赵而巽等：《清史稿》第39册，中华书局，1977年，第12022页。
③范曾编：《南通范氏诗文世家》（玖），河北教育出版社，2004年，第205页。
④范曾编：《南通范氏诗文世家》（柒），河北教育出版社，2004年，第233页。
⑤范曾编：《南通范氏诗文世家》（柒），河北教育出版社，2004年，第236页。
⑥范曾编：《南通范氏诗文世家》（捌），河北教育出版社，2004年，第109页。
⑦范曾编：《南通范氏诗文世家》（捌），河北教育出版社，2004年，第132页。
⑧范曾编：《南通范氏诗文世家》（捌），河北教育出版社，2004年，第134页。

云云,对李氏及其幕僚腐败肮脏的揭露大胆犀利,范氏不慕荣利,洁身自好,对尔虞我诈、欺世盗名惟恐避之不及。当日心满意足、风光无限的入幕此时看来成了巨大讽刺,悔恨不迭。"橐笔为生事,原知作计非。何愁终不老,只怯未能归。世业贫深见,家书客久稀。塞鸿穷似我,所得是南飞","南归"成为了光绪二十年(1894)范当世诗歌吟咏的主题。还需提及的是,与李鸿章政见的分歧也令范氏苦不堪言。甲午之事,帝党翁同龢主战,后党李鸿章极知不堪战,立持和议,然而在关键时刻苟从主战之说,以国家为孤注,仓促应战。面对国事日非,外侮迭至,范当世百感交集。"彻骨知无用,惟堪细咏同。伤心鼙鼓外,缩手地天中"(《〈寓庐杂遗〉十二首次外舅〈糈台杂遗〉韵以示恪士》)[1],国家危难之际,虽忧心如焚,却束手无策,无以力挽狂澜、报仇雪恨,典型体现了古代正直文人的爱国情怀。战败的消息频频传来,范氏闻之竟不能成一字。"恨不骊探芦荻垒,横思骑猎蕙兰丛"(《秋晖短短焚膏继》)[2],诗歌抒发了驰骋沙场、为国杀敌的强烈渴望。更为可贵的是,范当世具有坚定成熟的爱国理性,一如既往地坚持主和立场。金钺《范肯堂先生事略》曰:

> 中日事起,京朝士大夫集矢和议,先生独违众论,以为未可轻开外衅,时论訾之,虽先生知交,亦有腾书相抵者。先生怃然谢曰:"是非听之,异日终当思吾言也。"[3]

深知武库如洗,国力衰微,不足御寇,预见到轻开外衅的恶果。果如所料,甲午战争的失败给清朝政府带来空前严重的民族危机。"烬余士卒生还少,孤注楼船再战无。九代垂衣魂梦警,卅年补衮血华枯"(《寄某御史》)[4],由于李鸿章指挥失误,北洋水师全军覆没,损失惨重,范氏义愤填膺,痛心疾首。

甲午战争失利,李鸿章遭到清廷问罪责罚,八月十八日,朝廷以统筹全局而未能迅赴戎机,日久无功,令拔去三眼花翎,褫去黄马褂。范当世去意由来已久,先前顾及家境贫寒,显得进退失据、犹豫彷徨。是时,李鸿章身

---

①范曾编:《南通范氏诗文世家》(捌),河北教育出版社,2004年,第131页。
②范曾编:《南通范氏诗文世家》(捌),河北教育出版社,2004年,第138页。
③陈国安、孙建编著:《范伯子研究资料集》,江苏大学出版社,2011年,第3页。
④范曾编:《南通范氏诗文世家》(捌),河北教育出版社,2004年,第138页。

陷困境，反倒暂时收起辞幕之念。"长年与人共烟火，能无一日同苦甘？"
（《中秋次韵高季迪〈张校理宅玩月〉》）①李氏素日待其不薄，恐负知遇之
恩，加以当初吴汝纶全力举荐，岂能有愧师友之望？城池失火，殃及池鱼。
李鸿章遭到全国上下强烈抗议时，范氏遭到牵连，诋排李者，竟以"东床西
席，狼狈为奸"二语，形诸奏牍，西席即指范当世。士人立身处世，需谨慎大
节，明辨清浊忠奸尤为关键。对范而言，因无法左右李鸿章的主张决策，对
其导致的严重后果相当不满，将"败辱之耻，积怨李相"，其致书吴汝纶中多
有流露。一旦泾渭分明被视作同流合污，遭到"狼狈为奸"的误解谩骂岂容
不辩？强大的社会舆论之下，当务之急是要划清界限、澄清自我，以避免进
一步身陷是非漩涡。范氏人微言轻，离开是唯一可以表白立场的方式，这
是其南归的直接促因。光绪二十年(1894)十一月，范当世以嫁女省亲为名
偕姚夫人离津。是时李鸿章奉圣谕进京与端王洽商军机，以书饯行，"先生
南旋省亲，不敢阻留，但时日不可过延耳。今谨奉本年束脩金五百两，外备
二百两，聊助先生代笔清兴，并壮行色。明春聚首在即，余不多详"②，劝其
早归，以子相托，寄望甚殷，言辞恳切。

　　是年年底，范当世返回通州，以《和顾晴谷〈六十述怀〉诗八首》自陈心
迹，远离了是非之地，如释重负。"穷海蛟螭徒脱网，春风牛马自盈阡""吾
土奚为世所争，迂儒逃责一身轻"，这是对长期压抑痛苦的解脱，在偏处东
南一隅的家乡，感受到前所未有的轻松。"自我言从李相公，短衾夜夜梦牛
宫。进无捷足争时彦，退有愚心愧野翁。涕泪乾坤焉置我，穷愁君父正和
戎。时危复有忠奸论，俯仰寒蝉只自同"③，自从担任了李鸿章西席，不可
避免地卷入晚清朋党之争的政治格局。因其不善阿谀奉承、逢迎拍马，又
要傍人篱壁、仰人鼻息，身处进退维谷之境。范当世并非与世隔绝之人，对
委曲求全、割地赔款的议和外交愁肠百结，对内忧外患、岌岌可危形势之下
的忠奸善恶坚守立场。光绪二十一年(1895)，当李鸿章门生故吏纷纷弃之
而去时，范当世本欲应约北上，因马关条约的签订，李再度遭到国人严厉谴
责，其中不乏范氏的近亲密友，如陈宝箴、陈三立、张謇，为避免众叛亲离，
托词谢绝。吴汝纶鼓励其北上就职，曰：

①范曾编：《南通范氏诗文世家》（捌），河北教育出版社，2004年，第137页。
②陈国安、孙建编著：《范伯子研究资料集》，江苏大学出版社，2011年，第18页。
③范曾编：《南通范氏诗文世家》（捌），河北教育出版社，2004年，第144页。

执事去年南归，其时后事不可知，盖受人托孤重寄，去就不宜太轻。若缘世人讥讪，则流言止于智者，虽在近亲密友，尊闻行知，各有所守，不必同也。且与人交分，岂得当群疑众谤之际，随波逐流，掉头径去哉?①

学者郭立志案曰:"范公馆于李氏，甲午之役，李相有决死之志，以其子托范，所谓'受人托孤重寄'也。"②虽然深为李鸿章倚重，吴汝纶又恳切劝诫，然而人言可畏、舆论滔滔，岂能一意孤行。是时李鸿章群疑众谤、孤立无援，范氏"托词以归"之后，双方关系发生了微妙变化。

李经迈对范当世南归讥谤李鸿章的传闻十分不满，双方关系一度濒临破裂。范当世"讥诽李相"之说恐非空穴来风，其对李鸿章早有怨言，只是原本基于立场中立的事实陈述、客观评价，加之书生意气，易于被好事之徒附会增益。范氏绝非忘恩负义之人，甚至还有刻意回护之处。光绪二十一年(1895)十二月，应张之洞之招至江宁。闲谈之时，张之洞说李鸿章家财万贯，范氏虽当时求张谋馆，并未附和其言，反说李府资产贫薄。黄漱兰据此谗于张前，顺理成章的目之为"李党"成员，毁言日闻，范氏乞馆落空是在意料之中。这一挫折对范当世触动很大，傲慢之主、谗毁之人、门户之见，天下何处不然? 有鉴于此，审视过往，对李鸿章态度发生了转变，一改苛责愤激，显得宽容平和。吴汝纶敏锐地捕捉到这一改变，其光绪二十二年(1896)五月廿六日致书李经迈，言及与范氏岳丈姚慕庭相见。姚氏吟诗为李鸿章惋惜不平，"皆无讥谤之意，不似去春议论，似亦肯堂有以易其故见之确证也"③。范氏是年诗中也有表达:"四载热边过，死灰终不温。穷饥焉有道，祸福固知门。执国无中立，忧馋遂负恩。谁知九州错，铸就一寒暄?"(《有所愤叹再次曾文正后〈岁暮杂感〉》)④时过境迁，遥念天津四年，不仅感激李鸿章的知遇赏识，甚至流露了忧馋负恩的愧疚，真实呈现了社会动荡大背景之下小人物真实的心灵世界。随后，在吴汝纶的竭力调解之下，李氏父子与范当世关系趋于缓和。光绪二十二年(1896)，李经迈获知

①陈国安、孙建编著:《范伯子研究资料集》，江苏大学出版社，2011年，第32页。

②郭立志:《桐城吴先生年谱》卷二，《近代中国史料丛刊》第73辑，台北文海出版社，1966年，第120页。

③陈国安、孙建编著:《范伯子研究资料集》，江苏大学出版社，2011年，第299页。

④范曾编:《南通范氏诗文世家》(捌)，河北教育出版社，2004年，第150页。

范当世饥驱四方、贫病交织的境况，寄以银两和信札，以尽弟子之礼。嗣后范氏到处逢迎，不乏友朋，"求如李相国之贤，倾心款接，殊亦难觏"（王守恂《范肯堂先生文集序》）①，流落江湖、艰难谋生之时，内心越加感激李鸿章的礼遇知赏。

光绪二十五年（1899）十一月十七日，朝廷命李鸿章署两广总督，李有携范当世同往之意。范婉言谢绝，以母年老体衰，欲得近馆为便，可见其如惊弓之鸟，刻意远离波诡云谲、惊涛骇浪的官场。光绪二十六年（1900）六月二十五日，李鸿章抵达上海，有"等闲新党"邀同谒见，范氏并未前往，仅答以诗。

> 青天白日沉忧患，远水遥山送语言。世有万年身是寄，民今百死我何冤？可怜黄发承兹难，宁惜丹心为至尊？后鬼前狨啼不已，又能重把劫灰论？（《答诸公要余至上海同谒李相》）②

尾联值得深思，"后鬼前狨"象征了当时政坛的混乱倾轧，范氏不欲重蹈覆辙，有意回避与新党人物交往，却非不念旧情。八月十二日夜，独自乘车至上海拜谒李鸿章，有诗以赠。

> 天津回首阵云屯，重向江头谒相门。天意尚能留硕果，人间何处起贞元？耆年往复乘衰运，老泪滂沱有笑言。一事告公时论定，八州生类赖公存。（《至沪谒李相》）③

山河破碎，人情可贵，双方重逢，感慨淋漓，是非恩怨均成为了过往，其对李鸿章忍辱负重救国图存、解民倒悬寄予了厚望。

光绪二十六年（1900）十月，闻知李鸿章抵达天津，目睹残破不堪之城，放声痛哭。范当世遥寄以诗。

> 相公实下人情泪，岂谓于今非哭时？譬以等闲铁如意，顿教锤碎玉交枝。皇舆播荡嗟难及，敌境森严不敢驰。曾是卅年辛苦地，可怜臣命亦如丝。（《闻李相至天津痛哭》）④

---

① 陈国安、孙建编著：《范伯子研究资料集》，江苏大学出版社，2011年，第74页。
② 范曾编：《南通范氏诗文世家》（捌），河北教育出版社，2004年，第212页。
③ 范曾编：《南通范氏诗文世家》（捌），河北教育出版社，2004年，第214页。
④ 范曾编：《南通范氏诗文世家》（捌），河北教育出版社，2004年，第241页。

天津是李鸿章一生富国强民、辛勤政事的见证,虽才华过人,地位显赫,却生不逢时,在风雨飘摇的历史语境之下、集中专制的政治体制之中,身不由己,命若游丝,范氏对其遭遇深表同情。光绪二十七年(1901)九月二十七日,李鸿章卒于北京贤良寺,享年七十八岁,谥文忠。范当世闻丧,以联挽之。

> 贱子于人间利钝得失渺不相关,独与公情亲数年,见为老书生穷翰林而已;
> 国史遇大臣功罪是非向无论断,有吾皇褒忠一字,传俾内诸夏外四夷知之。①

上联述平生交往,"独"字可见一往情深、肝胆相照;下联论平生功业,"忠"字可见尽心竭诚、坚贞不渝。挽联阔大悲壮,气象万千,感情真挚,宣泄淋漓。

五、陈三立

陈三立(1852—1937),字伯严,号散原,陈宝箴子。光绪十七年(1891),范当世二弟范钟受李有棻之荐,应湖南巡抚陈宝箴之邀,课其孙陈衡恪。光绪十九年(1893)又任湖北武昌两湖书院教习。在此期间,范钟与陈三立交往密切,文酒竟日,相契甚殷,遂撮合陈三立子衡恪与范当世女孝嫦的婚姻。光绪二十年(1894)正月十六日,义宁陈氏向通州范氏下聘礼成,两家互换庚帖。陈宝箴对这一婚事十分满意。

> 我已见君家四代诗文稿,为江南第一。旧家孝友相传,而尊公人品学问,绝非世俗。今我与对亲,真是喜极。我儿子品学,与君家兄弟相类;我孙子师曾又与彦殊略同;及内眷无不相似,真天假之姻!

对通州范氏清芬世守、诗文传家叹赏不已,盛赞两家联姻乃门当户对、天赐良缘。难得的是,念及范孝嫦弱小失母,恐离家迢迢,家人不舍。陈宝箴承诺移家:"我即不做官,我儿子为江苏候补道,我住扬州必不归江西,而一水之地,往还甚易,请堂上及令嫂可无虑。"(范如松《示子当世书》)②以

---

①范曾编:《南通范氏诗文世家》(捌),河北教育出版社,2004年,第348页。
②范曾编:《南通范氏诗文世家》(柒),河北教育出版社,2004年,第238页。

真挚之言,主动打消女方顾虑,可见联姻之诚。

　　光绪二十年(1894)十一月,两家喜结秦晋之好,成婚于陈宝箴湖北按察使署,时陈衡恪、范孝嫦均十九岁。是时,范当世与陈三立首次面晤。事实上,两人早闻对方盛名,心仪已久。陈氏该年《别范大当世携眷还通州》诗曰:"十年万里相望处,真到尊前作弟兄。"[①]以"十年万里"叹恨向往之久、相见之晚。范氏感同身受:

　　　　海内飘摇十数公,更能坚许两心同。(《余以岁莫疾还里濒发而为风浪所阻乃又喜与伯严兄得稍聚也抚事有赠》)[②]

　　　　寒江照此双心合,夜雨怜渠独角成。(《余既与伯严稍稍赠答无几而决行矣携大集以归用韵而成惜今日之作》)[③]

　　"两心同""双心合"可知一见倾心、情投意合。在时代与人生风雨中两人一路走来,结成莫逆。徐一士曰:"综览《散原精舍诗》,所最推许者,当属通州范当世肯堂,集中投赠,独繁而挚。"(《一士类稿》)[④]是为精当之论。根据现存文献,两人诗文交往最早为光绪十九年(1893),陈三立为范当世悼念亡妻而作的《大桥遗照图》题诗。"我妻昔死颍川路,至今已迷系缆处。安问一瓦更一树,诗君此图泪如注"(《题通州范一当世〈大桥图〉》)[⑤],两人同为情深之人,前妻逝去陈氏撰《悼亡诗》《故妻罗孺人状》《故妻罗孺人哀祭文》《亡室罗孺人行状》等,对范氏图中深意自是心领神会,感触良多。两人交往集中于光绪二十年(1894)儿女成婚、光绪二十六年(1900)江西吊丧、光绪二十八年(1902)江宁游赏,酬唱赠答之作记录了交往过程,在欢会雅集、离别相思等传统题材之外独具时代意义和个性色彩。近代中国遭遇到前所未有的民族危机和社会变革,这在正直文人交往中投下了挥之不去的阴影。陈三立以气节学识、道德文章著称,家国之痛是其诗歌最重要的题材,"百忧千哀在家国,激荡骚雅思荒淫"(《上元夜次申招坐小艇泛秦淮观游》)[⑥],国运民生、世事变迁悉纳笔下,沉郁悲痛。范当世继承先忧后乐

---

① [清]陈三立著,潘益民、李开军辑注:《散原精舍诗文集补编》,江西人民出版社,2007年,第117页。
② 范曾编:《南通范氏诗文世家》(捌),河北教育出版社,2004年,第141页。
③ 范曾编:《南通范氏诗文世家》(捌),河北教育出版社,2004年,第142页。
④ 陈国安、孙建编著:《范伯子研究资料集》,江苏大学出版社,2011年,第268页。
⑤ [清]陈三立著,潘益民、李开军辑注:《散原精舍诗文集补编》,江西人民出版社,2007年,第84页。
⑥ [清]陈三立著,李开军校点:《散原精舍诗文集》,上海古籍出版社,2003年,第5页。

的文正家风,"涕泪中皆天地民物"(金天羽《答苏堪先生书》)①,关注时局,以史入诗,感情沉挚。双方唱和中这份相通又强烈的对国家、民族的赤子情怀超越了一己之私,喷薄激荡,势不可遏。光绪二十年(1894)六月,清政府派直隶提督叶志超及太原镇总兵聂士成率领军队赴朝鲜。是时两人分处天津、武昌,诗歌往还中可见这一战事。

> 登车日月雄心改,带甲乾坤老眼稀。(范当世《普天遍饫曾侯德》)②
> 自倚仙槎探斗极,欲提溟渤溅征衣。(陈三立《范大当世由天津寄示和曾广钧诗感而酬之末章并及朝鲜兵事》)③

或忧念前线战况,或急于杀敌报国,卫国抗侮之志鲜明可见。光绪二十六年(1900)八国联军进攻北京,直接造成义和团的消灭以及京津一带的清军溃败,国家危在旦夕。是年七月,陈宝箴去世,范当世奔赴江西吊唁,嵩目时艰,情难自抑,有《西山崝庐吊伯严悲思右铭姻伯作〈伤秋〉五首次韵杜甫〈伤春〉》。该诗涵盖了丰富的时政信息,"沉质苍遒,低回不尽,足当少陵诗史"④。诗人谴责了列强野蛮的侵略行为,"法致群强怒,邦崩万象离";以犀利的笔触指向了独断专权的慈禧太后,"大波平地起,雌霓亘天垂";坚守清廷旧臣身份,强敌入侵,天子蒙尘,担忧遭挟出逃的光绪皇帝,"帝已成奇货,军犹扰近畿","束缚悲天子,颠连及贵嫔"。诗人更对关键时刻不战而逃、弃国家与百姓于不顾的行为表达了极大愤慨,"江河任东下,车驾自西巡。祸极生民日,冤归守土臣"⑤,身为一介布衣,远离政治中心,虽为奔丧慰友之行,国难当前,何能置若罔闻? 又如,光绪二十七年(1901),时局多变,隔日异观。"拗怒横流束一门,凭谁疏引灌千村。公知吾意亦何有,道在人群更不喧"(陈三立《寄肯堂》)⑥,是年李鸿章代表清廷签订了中国近代史上赔款数目最庞大、主权丧失最严重的条约,举国哗然,群情激愤,面对这一空前屈辱陈三立更是义愤填膺,直如"拗怒横流"。天地悠悠,只能向"知我者"一吐满腔忧愤。范当世与之桴鼓相应,"天子从容

---

①陈国安、孙建编著:《范伯子研究资料集》,江苏大学出版社,2011年,第123页。
②范曾编:《南通范氏诗文世家》(捌),河北教育出版社,2004年,第129页。
③[清]陈三立著,潘益民、李开军辑注:《散原精舍诗文集补编》,江西人民出版社,2007年,第115页。
④[清]范当世著,寒碧笺评:《范伯子诗文选集》,浙江古籍出版社,2006年,第208页。
⑤范曾编:《南通范氏诗文世家》(捌),河北教育出版社,2004年,第224页。
⑥陈国安、孙建编著:《范伯子研究资料集》,江苏大学出版社,2011年,第45页。

返里门，西征甲卒散归村""兴复又添垂老泪，荒茫永有未招魂"(《答伯严用叔节韵见寄系以辞曰时势隔日而异观心期极古而并喻来章所慨决答如斯》)①。是年十一月二十八日，光绪帝奉慈禧自保定行宫乘火车至北京。清廷为对抗帝国主义侵略和调整新的社会关系，下诏变法。此乃掩人耳目之举，法变而治不图，兴复之名下并无富国强民的实际举措，皇帝堪忧，国家无望。范当世目睹时弊，孤忠无处寄托，唯赠诗同道，直抒牢愁抑郁。两人诗文酬赠与历史事件紧密相连，博大深沉的胸襟品格令人感佩。

范当世与陈三立志同道合，深度相契，缔结了终身不渝的真挚情谊。光绪二十七年(1901)，陈衡恪将赴学沪上，途经通州拜见岳丈范当世，陈三立以诗代柬。

> 吾尝欲著藏兵论，汝舅还成问孔篇。此意深微竢知者，若论新旧转茫然。生涯获谤余无事，老去耽吟傥见怜。胸有万言艰一字，摩挲泪眼送青天。(《衡儿就沪学须过其外舅肯堂君通州率写一诗令持呈代柬》)②

陈氏思想宏通，适时求变，以宽阔的胸襟吸纳百家精华和西方学说，积极投身维新变法。范当世好言经世，究中外之务，经历甲午、戊戌、庚子之变，益慕西方学说，批判生平所习并无实用。光绪二十六年(1900)，两人会于金陵，"稍喜接乘时之彦及号尸新学者，上下其议论"(陈三立《〈范伯子文集〉序》)③。陈氏引梅尧臣"谈兵究弊又何益，万口不谓儒者知"句以谑，范氏抚掌为笑。"藏兵论""问孔篇"等言谈中足见对传统的突破，超越新旧，以救亡图存为旨归，显示了近代进步知识分子的反思与觉醒、对国家命运的积极关注和深入探索。不仅如此，两人人生遭遇也有相似之处。光绪二十年(1894)，甲午战争中北洋水师全军覆没，李鸿章成为众矢之的。强大的社会舆论压力下，范洁身自好，辞职南归，从此饥驱四方，流落江湖。光绪二十四年(1898)，戊戌政变失败，陈宝箴以"滥保匪人"被罢免湖南巡抚职，陈三立同被革职，永不叙用，一生政治抱负遂尽于此。"生涯获谤余无事，老去耽吟傥见怜"，既是怜人又为叹己，无限酸辛，自难言尽。眼观时事

---

① 范曾编：《南通范氏诗文世家》(捌)，河北教育出版社，2004年，第268页。
② 陈国安、孙建编著：《范伯子研究资料集》，江苏大学出版社，2011年，第45页。
③ 陈国安、孙建编著：《范伯子研究资料集》，江苏大学出版社，2011年，第71页。

风云变幻,百感丛生,泪眼婆娑,惟向知音哀哀以告,吐露衷肠。生逢乱世,双方诗歌中的惺惺相惜尤为令人动容。光绪二十六年(1900),范当世以衰病之躯,长途跋涉,前往江西吊丧。诗曰:

> 怜君似我无根蒂,仍向江山泪眼开。云物徒供一身老,干戈更杀百年哀。蓬风卷发垂垂尽,蜡炬烧心寸寸灰。作述从容要三世,剩容泣导后生来。(《舟中劝伯严节哀》)①

陈宝箴以文才武略叱咤晚清政坛,变法失败后栖身南昌西山,其溘然离世令陈三立悲痛欲绝,诗文屡以"孤儿"直抒丧父的无助凄凉,字字如迸血泪。范当世对于这份刻骨铭心的失怙之痛深有体会,光绪二十四年(1898)十二月,父亲病卒,"怜君似我无根蒂"实乃肺腑之言。烽火连天、风雨飘摇的局势之下,时光流逝,失志不遇,岁月催人老去,吞噬了激情梦想,默默走向生命的尽头,颈联将愁苦推向了高峰。尾联则荡开笔墨,以忠孝传家相砥砺,以父子作述为期待,款款劝慰。是年夏,范孝嫦卒于江宁,年仅二十五,所生次子封怀方满月,尚在襁褓之中。范当世《陈氏女墓碣铭》曰:"女之殁,吾夫妇皆居父丧。逾月,其舅亦遭父丧,故虽其夫与其兄弟皆不得极哀,此尤可哀也。"②两大家族遭遇到接踵而至的灾难,悲痛欲绝,可以想象。光绪三十年(1904)十一月,范当世肺病加剧,以亲家陈三立、妻弟姚永概皆在沪,遂前往医治。居沪期间,陈氏殷勤探视,有诗为记。

> 摇摇榻上灯,海角相诺唯。羸状杂吟呻,形影共羁旅。
>
> 初来奋低昂,稍久勉卧起。云何别匝月,天乎遽至此!(《哭范肯堂》)③

岁暮天寒,羁旅客舍,身卧病榻,瘦削羸弱。挚友来访对重病之人是莫大安慰,尚能勉强支撑,抵掌而谈。岂料分别无多日,竟闻噩耗!光绪三十一年(1905),陈三立至通州为范送葬。诗曰:

> 重来城郭更寻谁?海气荒荒皆所悲。原路一棺寒雨外,衣冠数郡仰天时。斯文将丧吾滋惧,微命相依世岂知?唯待千年华表鹤,河山

---

① 范曾编:《南通范氏诗文世家》(捌),河北教育出版社,2004年,第230页。
② 范曾编:《南通范氏诗文世家》(玖),河北教育出版社,2004年,第92页。
③ 陈国安、孙建编著:《范伯子研究资料集》,江苏大学出版社,2011年,第463页。

满目识残碑。(《正月二十二日通州南郭外会送肯堂葬》)①

重来城郭,是为永别,风号雨泣,寒气袭人。此刻,陈三立不仅感到永失知音之痛,更为畏惧"斯文将丧"。诚如陈寅恪所言:"纵览史乘,凡士大夫阶级之转移升降,往往与道德标准及社会风习之变迁有关。当其新旧蜕嬗之间际,常呈一纷纭综错之情态。"②近代社会天崩地裂的变革中以儒家学说为核心的文化体系轰然倒塌,既有文化信仰的崩溃造成知识分子生存意义的丧失,感受到前所未有的焦虑。"这是一种前代文人未历经的苦痛,毫无前人经验可以借鉴。对知识分子来说,文化价值为其精神支柱,一旦失落,便有灵魂泊漂无依感,其它救治危亡的图谋更无从谈起"③。范当世与陈三立以传统文化为安身立命之本,在新旧文化的剧烈交锋下,努力为古典诗歌的发展开疆拓域,寻求文化复兴的契机。范氏的遽然陨落,陈三立感受到孤军奋战的无助和文化断裂的痛苦。如此至亲兼挚友何可多得,日后陈氏不时深情追忆。"万古只余寒彻骨,连宵翻教梦成灰。仰天佗傺谁相语,断续江湖白雁来"(《雪夜感逝》)④,漫漫雪夜,孤苦一身,仰天佗傺,无可倾诉,感受到彻骨的孤独和寒冷,抑制不住对逝去知音的思念。"谁言死无知,宛宛出我前。老至亲故稀,况有深语传。忧患弃一瞑,抚此岁月延。向怪古人痴,牙琴为绝弦"(《雪夜读范肯堂诗集》)⑤,万籁俱寂,寒灯相伴,通过文字与故人进行情感沟通、心灵对话,昔日之欢宛在目前,亡故之人翩然而至,为枯槁寂寥的当下注入了意义。高山流水,知音难求,是时理解了伯牙破琴绝弦的痴情,领悟到那是对旷世奇交的祭奠坚守!

范当世与陈三立同为晚清文坛举足轻重的人物,比翼颉颃,诗学思想若合符节。首先,将"养气"说引入诗歌创作。陈三立曰:"要抟大块阴阳气,自发孤衾痞痗思。"(《樊山示叠韵论诗二律聊缀所触以报》)⑥范当世与之相类,"积气成华人群卑,变幻吐纳云烟垂"(《金陵门存诗刻中余极赏陶宾南欲穷沧海无涯量及似水楼台柝不喧二首兹来蒙以长篇见赠馨意和

①陈国安、孙建编著:《范伯子研究资料集》,江苏大学出版社,2011年,第46页。
②陈寅恪:《元白诗笺证稿》,台北世界书局,2011年,第82页。
③贺国强:《近代宋诗派研究》,博士论文,苏州大学,2006年,第154页。
④陈国安、孙建编著:《范伯子研究资料集》,江苏大学出版社,2011年,第46页。
⑤陈国安、孙建编著:《范伯子研究资料集》,江苏大学出版社,2011年,第46页。
⑥[清]陈三立著,李开军校点:《散原精舍诗文集》,上海古籍出版社,2003年,第255页。

之》）①。两人提倡感应天地元气,涵养灵心,生成主体充沛的生命力量和高尚的人格节操,呈现为文字间的气韵流动。其次,揄扬宋诗。杜甫诗歌开启了宋调先河,苏轼、黄庭坚等完成了宋诗建构。陈三立对诸人心摹手追,主张以文字为诗、以议论为诗、以学问为诗。

> 吾生恨晚生千岁,不与苏黄数子游。(《肯堂为我录其甲午客天津中秋玩月之作》)②

> 咀含玉溪蜕杜甫,可怜孤吟吐向壁。(《六月十二日山谷生日》)③

范当世学诗也由苏黄上溯杜甫,"得失惟与苏黄争,渊源或向杜李讨"(《叔节行有日矣为吾来展十日期闲伯喜而为诗吾次其韵》)④,途径一致,取法相合。光绪二十六年(1900),陈三立影印日本珍藏宋刻黄庭坚诗集,刊刻精良,赠与范氏,以作撰写陈宝箴墓志铭的润笔费。

> 小文论报吾滋愧,况以黄生内外篇。拙道回还只如此,高名前后一潸然。(范当世《伯严以所影日本遗留之宋刻黄山谷集为中丞公墓铭润笔且诒一诗次韵奉答》)⑤

敬仰黄氏其人其诗,此中深意双方自能领会。又次,推举独具面目。时至晚清,面对两千余年丰厚的文学遗产,师古以求新,均表现出开拓创新的勇气。陈三立论为诗之旨曰:"既入唐宋之堂奥,更能超乎唐宋之藩篱,而不失其己。"(吴宗慈《陈三立传略》)⑥既要入乎其内,窥其堂奥,更要出乎其外,打破藩篱。革故鼎新、求新求变也是范当世诗论的核心观念,"我学山谷作遒健,山谷比我多一炼。惟有参之放炼间,独树一帜非羞颜"(《除夕诗狂自遣》)⑦,融合东坡的高旷豪荡、山谷之劲健骨力,别开生面,自成一家,可见气概胆识。复次,崇尚深寒之境。两人主张以经史涵养道德主体,厚积薄发,追求超尘脱俗的人格和诗品。范当世言:"诗家王气必深寒,

---

①范曾编:《南通范氏诗文世家》(捌),河北教育出版社,2004年,第284页。

②陈国安、孙建编著:《范伯子研究资料集》,江苏大学出版社,2011年,第45页。

③[清]陈三立著,李开军校点:《散原精舍诗文集》,上海古籍出版社,2003年,第375页。

④范曾编:《南通范氏诗文世家》(捌),河北教育出版社,2004年,第77页。

⑤范曾编:《南通范氏诗文世家》(捌),河北教育出版社,2004年,第250页。

⑥[清]陈三立著,李开军校点:《散原精舍诗文集》,上海古籍出版社,2003年,第1198页。

⑦范曾编:《南通范氏诗文世家》(捌),河北教育出版社,2004年,第194页。

秘钥谁能拔数关？"(《与仲实论诗境三次前韵》)①避浅去俗，孤标傲世，肯
定内容的深邃和格调的高逸。避免熟俗也是陈三立诗歌考量的重要标准，
他评王诗曰："吐弃凡近，多骨重神寒之作。力追山谷，笔端可畏。"(《王浩
思斋诗评语》)②赞赏摆脱了浅俗平庸，骨力厚重，雅人深致，寓含了恶俗恶
熟的审美取向。范当世与陈三立诗学主张相近，诗歌成就突出，成为晚清
"不墨守盛唐"的同光体代表诗人，珠联璧合，声气相应，渗透影响，有目共
睹。汪辟疆《近代诗派与地域》中以陈三立为闽赣派领袖，范当世则以他籍
与之沆瀣一气。钱仲联言："以陈三立为首的同光派诗人，展开了宋诗运
动，在江苏的一面旗帜是范当世。"(《晚清以来的各种复古诗派》)③英雄所
见略同，两人作为晚清诗坛魁杰，以丰富的诗歌实践扩大了同光体的影响。

　　范当世与陈三立同为旧体诗的殿军人物，才华相当，互为推奖，诗文切
磋是交往中的重要方面。范氏曰：

　　　　伯严文学本我之亚匹，加以戊戌后变法至痛而身既废罢，一自放
　　于文学间，襟抱洒然绝尘如柳子厚也，此其成就且大于苏戡矣。伯严
　　诗已到雄伟精实、真力弥满之时，所欠者自然超脱之一境。(《近代诸
　　家诗评》)④

　　由衷倾慕其诗气魄宏伟、真力弥满，又客观指出其生涩奥衍、未臻自然
之弊，切中肯綮，后代钱基博、汪辟疆等人多持此论。同时，既能领略其洒
脱超凡的襟抱，又由表及里，挖掘其创作动因，体察到其中一腔幽衷孤愤，
无愧知音之鉴。陈三立对范诗也推崇备至，尤为激赏其《中秋次韵高季迪
〈张校理宅玩月〉》，标举为六百年间的旷世佳篇，仰慕之至，无以复加。光
绪二十年(1894)秋，范当世在天津收录光绪十四年(1888)至十七年(1891)
两次至江西安福诗以及光绪十九年(1893)新得之作，结为《三百止遗》。卷
末有陈三立《识语》，曰："苍然块放之气，更往复盘纡以留之。盖于太白、鲁
直二家通邮置驿，别营都聚，以成伟观。范蔚宗自矜其书为体大思精，吾于

①范曾编：《南通范氏诗文世家》(捌)，河北教育出版社，2004年，第58页。
②[清]陈三立著，潘益民、李开军辑注：《散原精舍诗文集补编》，江西人民出版社，2007年，第
　　294页。
③陈国安、孙建编著：《范伯子研究资料集》，江苏大学出版社，2011年，第135页。
④范曾编：《南通范氏诗文世家》(捌)，河北教育出版社，2004年，第317—318页。

此集亦云。"①范氏雄才大笔,震荡开阖,具有气势磅礴、体大思精的史家风范,令其叹为观止! 不仅如此,陈三立还对范氏古文创作情有独钟。

> 早岁缀文篇,跻列张吴行。承传追冥漠,坠绪获再昌。歌诗反掩之,独以大力扛。噫气所摩荡,一世走且僵。玄造谿机牙,众派探溢觞。手揽橐龠灰,缁此万怪肠。(《哭肯堂》)②

指陈其与张裕钊、吴汝纶一脉相承,是桐城文派的当世代表,善于吸取各家精华,纵横出没,随笔所如,将桐城古文发扬光大。光绪十九年(1893),陈三立早年《文稿》寄与范氏,转交吴汝纶品评。光绪二十年(1894),首次面晤之后,陈氏将《文稿》又由范氏带回通州,范有《余既与伯严稍稍赠答无几而决行矣携大集以归用韵而成惜今日之作》。光绪二十一年(1895),范当世品鉴完毕,又致陈氏信札一通,交流阅读心得。《文稿》由陈三立编选,先后次第已见撰者自评,又经过吴汝纶品鉴,可谓余地有限。范氏能不为拘囿,独立思考,出以己见。他言及鉴赏方法曰:"窃用先师之理论,以读吾友之佳文,虽颇甚微难窥,亦且隐约尽得。"刘熙载论文分为仁、义、智诸气,范氏继承该说,加以引申。"大智兼义,大义兼仁,大仁兼义智"。范当世潜心玩味陈三立之文,实兼多美,《读管子》"超然大智力",《论语》等"大率皆有仁义之气"(《致伯严》)③,为评价陈氏古文成就提供了独特视角。陈三立《文稿》共录存古文 55 篇,范当世以眉批、末注的方式评点了 23 篇,以题下加圈的方式评骘了 45 篇,其中三圈者 4 篇,双圈者 16 篇,单圈者 25 篇。范氏细读文本,悉心揣摩,批语圈画中可见古文理论和审美取向。或宗尚深厚古意,《许氏春秋说叙》"质古瑰厚最可贵"④,《龙壁山房文集叙》"和平博厚,正大之文"⑤,《读管子》"笔力崭巉,则西汉之文也"⑥;

---

①陈国安、孙建编著:《范伯子研究资料集》,江苏大学出版社,2011 年,第 120 页。

②陈国安、孙建编著:《范伯子研究资料集》,江苏大学出版社,2011 年,第 463 页。

③刘经富:《张吴之后有散原——读新发现的陈三立早年〈文稿〉评语和范当世佚函》,《中华文史论丛》2012 年第 2 期。

④[清]陈三立著,潘益民、李开军辑注:《散原精舍诗文集补编》,江西人民出版社,2007 年,第 160 页。

⑤[清]陈三立著,潘益民、李开军辑注:《散原精舍诗文集补编》,江西人民出版社,2007 年,第 133 页。

⑥[清]陈三立著,潘益民、李开军辑注:《散原精舍诗文集补编》,江西人民出版社,2007 年,第 182 页。

或推崇独创一格,《王壮武练勇刍言跋》"挺特而有余"①,《读论语一》"道其心所得,喷薄而出,等闲莫为"②,《书龚童子》"奇崛高妙"③;或激赏音声之美,《老子注叙》"音节和美,读之使人有余思"④,《书赵童子》"节短音长"⑤,《梁节盦诗序》"往复低抑而琅琅可歌"⑥。虽点金碎玉,对把握陈氏古文笔法技巧、艺术风格提供了有益参考。同时,范当世整体观照与细节考察相辅相成,真诚指出小处不足,如《记名提督降补副将姜君墓碑》中"勒勋之山留兹坟"句旁评曰:"疑未深古。"⑦将《故妻罗孺人哀祭文》中"霜夜孤灯,空"推敲改为"皑皑严宵,霜"⑧。《廖秀才珠泉草庐记》中"饰道以靖之,二者而已"批曰:"政道双趋势甚重,舍政言道,宜有单此之笔,不宜默转。严光九句,意气单薄不酣,遽入廖君,遂嫌落套。"⑨范氏结合自身创作经验,具体而微,提供切实可行的修改意见,涉及字句修辞、布局脉络、用笔技巧等,不乏高明之处,对陈三立完善其文具有启迪意义。

---

① [清]陈三立著,潘益民、李开军辑注:《散原精舍诗文集补编》,江西人民出版社,2007 年,第 142 页。
② [清]陈三立著,潘益民、李开军辑注:《散原精舍诗文集补编》,江西人民出版社,2007 年,第 150 页。
③ [清]陈三立著,潘益民、李开军辑注:《散原精舍诗文集补编》,江西人民出版社,2007 年,第 157 页。
④ [清]陈三立著,潘益民、李开军辑注:《散原精舍诗文集补编》,江西人民出版社,2007 年,第 124 页。
⑤ [清]陈三立著,潘益民、李开军辑注:《散原精舍诗文集补编》,江西人民出版社,2007 年,第 158 页。
⑥ [清]陈三立著,潘益民、李开军辑注:《散原精舍诗文集补编》,江西人民出版社,2007 年,第 189 页。
⑦ [清]陈三立著,潘益民、李开军辑注:《散原精舍诗文集补编》,江西人民出版社,2007 年,第 194 页。
⑧ [清]陈三立著,潘益民、李开军辑注:《散原精舍诗文集补编》,江西人民出版社,2007 年,第 131 页。
⑨ [清]陈三立著,潘益民、李开军辑注:《散原精舍诗文集补编》,江西人民出版社,2007 年,第 139 页。

结　语

　　通州范氏家族 450 余年间延续 13 代，人才辈出，勤恳著述，文献相承，蔚为大观，呈现出文化奠基与传承的清晰脉络。范氏家学敦厚，艺文是其立世的鲜明标识，无论成员个体还是家族整体，在逐代耕耘积累之下，影响广泛，引人瞩目。

　　文学家族成为地域文学的主力军始自六朝，明清时期达到鼎盛。范氏是通州文学的核心主体，绵延最久，成就最著，影响最大，家族诗文成为乡邦文学的重要组成部分。范氏成员不仅承载了具体多元的地域文化内涵，还以文学声望和榜样力量推动了通州艺文繁荣，矜式乡里，典型后进，成为一地文学的楷模和代言。范凤翼、范国禄、范崇简、范当世等热衷与志同道合者交游结社，如"山茨社""西林社""五山文会"等，带来地域文学的兴盛和乡邦文脉的建构。其主持创建的通州诗文社团，历时长久，规模庞大。散居各处的文学才俊基于地缘、血缘等关系，联结为特殊的社会阶层，通过唱和、竞赛、品第等形式，形成了稳定的文学交往，带来明清通州文人群体的崛起。在极具审美的人文场域中，营造了浓厚的地域文学氛围，以完成对现实和自我的表达，广袤朴素的乡土具有了审美的意义。前辈汲引后进，后辈景从先达，群体提炼日常雅集中的诗情与深意，多为自然形胜、地方掌故、人文传统、文士交往的歌吟。通州一方水土作为社集现场与背景之时，更成为精神渊薮和文学资源，生成了独具特色的江海人文景观，演变为通州的文学记忆和文化坐标。各地精英慕名而来，带来文学"大传统"与"小传统"的沟通交流，新鲜元素的吸纳与碰撞有力提升了地域文学品位，建构起相对自足、良性发展的通州文学传统。范氏家族推崇艺文传世，重视编纂家集的同时还投身到通州文学文献的辑录和保存之中，为地域文化建设作出了特殊贡献。范凤翼崇祯五年(1632)刻《山茨振响集》，范国祐顺治三年(1646)编《塔山草堂诗约》，范国禄顺治六年(1649)编《西林诗》、顺治十四年(1657)成《狼五诗存》、刊《柳陈甫诗》等，收集甄录，表彰风雅，激发了群体的地域文学意识，成为考察明清基层诗社活动和诗文创作的重要文献。不仅如此，范氏家族素有重视交游的家族传统，对象不拘，地域开阔，社会交往始终贯穿成员一生。各代积极参与多地文学活动，不仅提升了自身艺文能力，更带来与时代文坛的交流互动，广泛的交游中因才华修养赢得了声誉。

> 文人久奉公为主，粲者何妨各自骄。（文震亨《次范太蒙先生秦淮泛舟之作眉生及张王三姬侑酒即事》）①
>
> 十山当年执牛耳，一时贤豪尽诜诜。（程世经《寄怀陈叔霞兼柬范十山暨黄培儒伯仲》）②
>
> 论其（范当世）诗文，非独吾州二百五十年来无此手笔，即与并世英杰相衡，亦未容多让。（张謇《张謇日记》）③

家族开阔的社会交往并非均匀分布于各代，而是集中于明末范凤翼、清初范国禄、晚清范当世，呈现出鲜明的阶段特征。诸人累世相承，成就斐然，文学声名超出了通州一地，照映艺林，远播海内，成为家族文学的三座高峰，带来社会各界对家族整体的认可和赞誉。

虽然通州范氏仅为中国古代浩如烟海的世家大族中的个案，因其跨越明、清、民国，延续至今，拥有清晰的传承脉络和丰富的文化内涵，可称为中国文化史上的奇迹。范当世自评曰：

> 他日兄弟三人各有集数十卷，合而存之，而前编则列太蒙公以来至于大人五世诗文集，后编则列媳妇及莲儿媳妇之作，亦数十百编。果如是，则《清史·文苑传》有体面似吾家者哉？（《与父翁书》）④

诗文是家族最为重要的存在意义，以悠长的文学传统、丰硕的文学成果自矜于世。同时，作为通州久负盛名的诗文世家，文运绵长，风雅相继，脱颖而出，受到社会各界高度赞誉。

> 君家四代诗文稿，为江南第一。（陈宝箴语）⑤
>
> 累叶以诗名，昔人所谓"诗是吾家事"者也。（徐宗干《〈怀旧琐

①［明］文震亨：《文生小草》，《四库禁毁书丛刊》集部第 183 册，北京出版社，1997 年，第 325 页。
②［清］邓汉仪辑：《诗观》三集卷十三，《四库禁毁书丛刊》集部第 3 册，北京出版社，1997 年，第 334 页。
③陈国安、孙建编著：《范伯子研究资料集》，江苏大学出版社，2011 年，第 461 页。
④范曾编：《南通范氏诗文世家》（玖），河北教育出版社，2004 年，第 178 页。
⑤范曾编：《南通范氏诗文世家》（柒），河北教育出版社，2004 年，第 238 页。

言〉序》）①

　　袤然成帙，蔚然有辞，重侯累将，何以加兹？（顾曾烜《为范铜士尊公双庆征诗文启》）②

　　旷观古今，殆鲜与伦比者矣！（陈师曾《〈蜗牛舍诗〉序》）③

　　绍承前烈，历久不坠，这是一个佳话。（曾克耑《近代海内两大诗世家》）④

　　高蹑诗界昆仑之巅……近代世业之传家典型。（钱仲联《〈南通范氏诗文世家〉序》）⑤

　　宏文伟制，可以藏之名山，传之后人矣。（季羡林语）⑥

　　上述称誉非一家、一时之见，可以视为文坛共识。范氏世擅雕龙，文章昌盛，文献遗存丰富。与此同时，范氏诗文传承作为一种独特的文化现象，影响深远。陆明恒言："夫鸠家以成族，鸠族以成国。一家一族之文献，即一国之文献所由本。文章学术，私之则为吾祖吾宗精神之所萃，而公之则为一国儒先学说之所关。"（《〈松陵陆氏丛著〉序》）⑦通州范氏经历了400余年的历史积累，坚定守护家族诗文阵地，代表了基层文学创作的存在。涓涓细流终成汪洋，文采风流，传为美谈，为古代文学世家研究提供了独特案例。诗文扎根现实人生，摄入时代风云，显示出家族文学演变的动态过程和真实轨迹，是对文人生命、社会变迁的生动记录，表达了一己、家族和民族的悲欢离合，积淀了深厚的文化意蕴和历史内涵。不仅具有文学审美价值，还具以诗窥心、以文鉴史的认识意义和史料价值，是地方文学乃至国家文献的重要遗产。

　　目前学界对明清文学世家的研究方兴未艾，成果丰硕，为古代文学发展提供了新的阐释路径。勾勒发展轨迹，揭示文学传统，提炼文化精神，探讨生成的内外因素，形成了研究的基本范式和普遍结论。与此同时，连篇累牍的论述带来研究方法的模式化和雷同化趋势，甚至操作烂熟，亟需检

---

①范曾编：《南通范氏诗文世家》（柒），河北教育出版社，2004年，第204页。
②陈国安、孙建编著：《范伯子研究资料集》，江苏大学出版社，2011年，第26页。
③范曾编：《南通范氏诗文世家》（壹拾壹），河北教育出版社，2004年，第158页。
④陈国安、孙建编著：《范伯子研究资料集》，江苏大学出版社，2011年，第307页。
⑤范曾编：《南通范氏诗文世家》（壹），河北教育出版社，2004年，第16页。
⑥范曾编：《南通范氏诗文世家》（壹），河北教育出版社，2004年，第12页。
⑦［清］陆日爱等：《松陵陆氏丛著》卷首，1927年刊本，南京图书馆藏。

讨和反思①。其间重要原因，笔者认为，是缘于现有研究选题的过于集中，聚焦于传统科举联翩、簪缨相继的士大夫家族，大同小异，千族一面，研究对象的高度相似不可避免导致了重复阐释，止于数量增加，少见对已有认知框架的实质突破。"夫世家者，有以德世其家，有以业世其家，有以文学世其家"（《查介坪寿序》）②。循名责实，文学的世代传承是文学世家的核心价值命题，虽然科举仕宦对其具有重要推动和影响，却不能将两者简单等同、混为一谈，更不能本末倒置，将科甲视为文学家族主要的衡量标准。明清作为古代文学家族发展的黄金时期，类型众多，形态多元，现有研究模式不能够涵盖其全部面貌，也不符合真实的历史存在。中古以后文学创作重心逐渐下移，然而长期以来的文学史研究中，"大量生动的基层写作的现场被遮蔽了，其丰富的创作成果也被湮没"③。明清文学家族也是如此，散布于大江南北许多名不见经传者隐藏在历史的深处，虽地位不高、声名不著，却是古代文学和文化传承的深厚根基所在，具有较大增补空间。这正是现有家族文学研究的薄弱环节，等待发现和挖掘。关注更多非主流的家族、非大家的文人，从点到面，从个案和群体，以家族为单位的梳理和阐释会带来全新视角和意外收获。处于研究困境的我们，不妨挣脱传统思维模式，拓宽对研究对象的选择，更新对研究价值的评判，积极加入新鲜元素，关注主流之外的布衣文学家族，在典范意义之外开辟广阔天地。通过对现有研究布局和方向进行调整，由类型单一走向丰富生动，多重维度地呈现明清各类文学家族生成的过程和细节，最终深入认识古代世家兴替发展和社会复杂多样的本来面貌。笔者以通州范氏作为课题，就是基于上述思考的一次尝试和努力，企图突围，提供新一类型的观察，旨在抛砖引玉，呼吁学人推陈出新，将更多具有独特形态和文化精神的世家纳入研究视野，以推动明清家族和家族文学研究走向深细和广博，从而准确揭示家族文学在古代文学史中的地位和价值。

---

① 曾礼军《古代文学世家研究的学术巡视与前瞻》一文提出重个案研究轻系统考察、重南方家族轻北方家族、重汉族家族轻少数民族家族、重作家梳理轻作品辨析、重现象探讨轻理论归纳、重家族封闭考察轻家族开放关注六个方面。
② ［清］余集：《秋室学古录》卷二，《续修四库全书》集部第 1460 册，上海古籍出版社，2002 年，第 306 页。
③ 罗时进：《关于文学家族学建构的思考》，《江海学刊》2009 年第 3 期。

附　录

一、范凤翼诗文辑佚

1.《平沙乱建安民营记》(注:辑自《如皋县志》卷五《赋役》二)

皋地南阻江,濒江之区既为波臣所啮,而时复吐之为洲,则多为豪家所业,不复以业故主者。民哄激,以其田献勋弁,用军兴法,以戈船载旗鼓来夺收禾稼,势猖甚。知县李衷纯以单车往为陈说利害,乃屏焉。尚宝丞范凤翼《平沙乱建安民营记》曰:

嘉禾李公之莅皋也,越又明年,政行教洽,皋人悦安之。士颂于庠,农歌于野,吏民商估行讴于市,则相与述其政迹,凡四十则,合诸士民之谣咏数千言,缮以洛阳侧理,简而播之通都,盖不啻舆人之于众母矣。而未已也,则又相与谋锲之石,以当南国之棠,而诸业沙者遂以公治沙一事,俾予为记之。

盖维扬之邑,半倚于江,而皋与通其受江势之壮,以故濒江而田者,岁为阳侯所啮,奢于邻邑。其赋仍坐之,主者徐而俟夫波臣之属餍而吐之,以取偿焉,故江之有沙。或者阳侯之灵实悔祸于向受啮者之家,藉手以偿其宿赋,非故为豪有力者垄断地也。第沙吐之初,平芜一抹,尚隐隐巨浸间,欲阡之陌之,畚锸之资且半于折券,故即向所受啮者,亦或望之却步,而凿渠筑堰,不无借有力者为之先,而诸从事者胥隶焉,此予向之已事也。闻之皋则有异焉者,盖繇一二大姓始不晰于疆理,而豪奴者为政,既而奴渐挟主之威以填其壑,遂收内亡命以自卫。盖盗所繇海矣。沙民苦之,渐抱耒以去。而奴与盗益钩致其党为柴栅计,遂借势戚畹,恣行剽劫,至怒眥以逆兵。使者颜行,公愤然曰:"不谷承乏,百里衣带之间,鳀其人而日出其地,何以守土之吏为哉?"乃先后授策,募师以计,歼其渠魁,而散逐其余党,因廉得其豪奴罪状,悉收而置之法。仍定功令,令诸受啮者各还其故业,以偿宿赋。饬豪右毋得侵据,因单骑行沙中,乑沙之父老子弟而慰安之,民乃乐业如故。

公则又瞿然曰："夫皋南北两沙，悬踞江外，故萑苻出没之薮。今者潢池之弄虽销，而伏莽之戎不更有可虞者乎？"为请于当事者，立营于沙，曰："安民就沙田。"岁出饷千二百金，募丁壮者。简一材官董之，为戈船下濑之师，往来巡徼。即他啸聚者亦睊之，而莫可谁何矣。又仿古小学之制，选里中良士二为塾师，令往教沙民子弟，曰简祓□者，而干揪之，又不若饰干揪者，而诗书之也。向者格斗之区，乃今而鸡犬桑麻，安堵无惊，骎骎乎化域矣。

居顷之，会东房告警，大司农忧饷急，闾左之侠乃上议，欲以维扬诸邑沙田计亩入值，以佐军兴。当事者荧而听之，令下，皋人自一二大姓外，无不人人失色。盖自计其岁之所入，以偿其抽棘之费，即少羡，亦仅仅不馁其孥云尔。归而探之橐中，枵如也。急且生他变，公乃力请于当事者罢之，而后皋人喜可知已。其波而及于邻邑者，又公之余也。

昔虞诩令朝歌，盗充斥境内，诩设三科，募壮士，悉剿平之，说者以为非常烈，不可易及。然而，以盗惩盗，即无为盗，劝其于汉三章法，不几顿乎文翁之化蜀也。惟是，因其朴野而文饰之，未闻有所大创也。虞廷五臣，德业之盛，蔚乎千古。然繇为理弃，司稼契明伦，不相摄也。而周官、司马、虞衡之职，亦各以其事相统，盖兼材若斯之难矣。今侯即治沙一事以刑罚开利养，以干戈翊教化，恩威并著，意法双美，其它治绩大率类是。《诗》曰："文武吉甫，万邦为宪。"李侯有焉。

公讳衷纯，字符白，以礼经冠贤书北雍，文名藉甚，海内尊之为广霞先生，浙之秀水人。

2.《如皋尹李公德政碑记》(注：辑自《如皋县志》卷二十《艺文》一)

夫皋，故通比邻邑也。其风尚相习，守望相佽，旱溢灾患相从同。民生其间，白首而相往来，犹之乎一家之亚旅。然为之父母者，其吴越人，肥瘠视之，何则？有为尉墝之说者，罔其利而嫁之祸，吉凶苦乐，靡所与同。彼嫠纬之不恤，何惠于邻封，不即自为煦沫已。耳语曰："鞭虽长不及马腹，若者其恩陜而波不远也。"

皋邑令秀水李公，令皋邑余四年，所恩施，所覃及，波及吾通。于是公以肆觐去，通之青衿父老，走而告于不佞，曰："皋父母李公去矣，天子葵公也，久尝录其名于宬，计公去必留公台垣，不复令兹土。"唯是日者，甘棠余荫尚依依,百里而近也,以吾子之辱幸于公,其一言以识之石。

盖公方井渫时,雄才茂谊,业噪名海内。已,舍褐为皋邑令,益束脩自矢,清操劲节,委致于三尺间所悬视甲乙象,令凿凿而见之。行如省词讼、赈饥荒、开陂池、教纺织、招流移、崇学政、修武备、清灶田,先后凡四十余则。皋人士悉疏之,以薄蹏缮刻成帙,家户佩若符箓。然予不能悉纪,纪其邮且恩荄吾下邑,及可为下邑观者,盖有三大政焉。

按职方令郡国,户口十年一过,稽审有司,时其悉耗,以上下其徭役而负之版。向有司者,循故事,拱手听里胥之胪报,籍左右移而莫訾。单户窭夫,岁奔走不给,而豪右之族,以一丁应役,即余千百指,皆媮矣。穴蠹百年,几至不可究诘。公为闭阁,凝精握算者久之,条分支派,向者□蝥之弊,荡然一洗。令既具,民初不无疑骇,居间之牍,纷沓而至。公持之不为动,民卒便之。传所谓非常之原,黎民惧焉,及臻厥成,天下晏如也。

皋地南阻于江,与通形相埒,濒江之区既为波臣所啮,而时复吐之为洲,则多为豪家所业,不复以业故主者。洲民哄激,以其田献勋弁,用军兴法,以戈船载旗鼓来夺收禾稼,势猖甚。公闻之,以单车往为陈说利害,其事乃解。有大盗薛良金,乌聚数百人,倚洲为窟,数恣行劫掠,群洲之人,无敢格者。公为请兵追捕,馘其渠魁,逐散其余丑。更议造战舰,募兵百名,以一材官统之,日逻行江中。岁裹饷千二百金,以洲所入之毫厘,护洲所入之全赋,不加饷而民便之,萑苻之盗尽亡匿远去。诸傍洲左右介在吾通者,亦获以高枕。《诗》曰"四国于蕃",其公之谓与。

皋与通虽号江乡,然江水仅足引灌一隅,不能入河身及中区卑湿地,无论魁阜矣。岁稍旱,即河腹作十字裂,故时藉黄河之水以为外援,而黄河水自扬州茱萸湾迤入,而东历泰,以迄于皋,业二百里以远,河流如线。乃皋之上游有河,岐而入海,曰牙桥河。故伪吴张士诚所濬,绦诸盐场以入中原者也。高皇帝统一区宇,分命廷臣视诸要害,乃实此河,其为虑深远矣。迩者奸民利于走险,乃矫举以诳前鹾使者康公,康公过听而误开之。亡论害民稼穑,阻漕渠而淤商船,且使走险之民得以出没其间,将酿它日叵测之祸。有识者忧之,而莫敢谁何。公既规得其形势要害,辄思所以实之,土木甓石皆具。上其事于各台使者,佥曰:"可撰日以沉璧焉。"而奸民重夺所利,益肆狂嫚为梗。公乃侦得其指使者主名,将坐以法,于是争自走。畚锸从事,凡浃月而工告成。远迩闻之,莫不拊掌大忭,为公称快,且为国计民生快也。且河所隶其地，为泰之海安镇、徐家堰。海安聚落千万家，游胶序者若而人，自未有登贤书者。今河一塞，而徐君辄襃然高荐，杨君亦得列乙榜。然则是役也，匪直皋与通之民并蒙其利，即彼方之风气，亦若因之而培者。兹何？莫非公赐哉！

夫世之为长吏者，率以官为传舍，第取嘉肺之羡，果然其橐，云："尔不知忧国计，恶问民生哉？"而公乃以实心图治，任劳任怨，不避豪右，不畏疆御。且其经纶妙用，呼吸变化，更有匪夷所思者。使之风议台垣，借箸以襄圣明，何忧社稷哉？行当载陟华津，聿调元气，沛霖雨以渗濑四宇，又讵独吾维扬一郡之民获蒙其荫已也。

公讳衷纯，别号广霞，浙江秀水人。

3.《明工科右给事中聚洲王公行状》(注：辑自王元翰《王谏议全集》卷首)

崇祯癸酉之七月，王谏议聚洲病于白门之邸次，不佞凤翼仓皇往视。谏议口语琅琅，曾不及乱，但云："病中虽有千魔，心上原无一事，弟无意人间世矣。"越一日而化，囊无余赀，敝书数篚而已。

盖谏议以嫉恶过严，横被诬陷，放弃长林者垂十六年。晚遇赵忠毅、高忠宪两公知己，才得荐起为郎，而群奸故玩弄于掌股，度其间关跋涉，已远去里门，乃以一疏论罢之。谏议欲留不可，欲归不得，栖迟旅邸者九年。至是，乃困顿以死，亦可悲矣！因忆当时诬蔑之疏，蜣螂掷粪，自其口出，动辄曰："暮夜之金，多至七八十万。"已而变其说曰："埋藏寄顿，实繁有徒。"已而再变其说云："辉县腴田，半入其手。"今谏议已矣，桐棺三寸，羁魂万里，其所谓七八十万安在？所谓寄顿埋藏者安在？所谓腴田又安在？天下有心男子，遂不能一昌言耶。

嗟夫，古语有云身后乃知廉吏，又云盖棺论定，此语似然，实不然，徒伤人心耳。夫言官以触邪之故，至以一官狗之，并不得保其身名。既已，长夜不晨，九京难起矣。落落身后名，何与人事？况谁夷谁跖，空自日星，谁其显白？中朝以备信史，则所谓论定者，亦不过二三同人。碧血自怜，青燐遥吊而已，岂不悲哉？

谏议有子曰开，愤谏议方正之不容也，魂魄不归故乡也，唏嘘泪不止，手《行述》一册，往见方孩未先生。先生曰："固也，盖终古如斯矣。然彼何敢以一时谣诼，而骄我千万年。方今知谏议之深者，莫过于范吏部异羽、刘司空念台两君，皆一时麟凤，不朽乃公，后死者不得辞其责也。虽然，会稽之山，有所谓倪鸿宝先生者，其文章炳燿，可以嘘枯润朽，光蔽日月。子幸丐吏部为状，因司空以达于倪先生。埋隧之石，倘并借先生以贞永久，补乃公平生未足，其在是乎？孝子勉之矣。”嗣子再拜曰：“然。”乃以孩未言乞余为状，余不得辞也。

状曰：公王姓，讳元翰，字伯举，号聚洲，世为南直凤阳人。高皇帝时有讳珊者，从征六，诏有功，授武略将军，世袭于滇，遂家焉。数传而至尚絅公，砥行著大节举大夫。子三，季曰寀，以谏议贵赠工科右给事中，是为征仕君。配黄氏，赠孺人，孝慈静婉，实钟谏议。谏议数岁时，双目炯炯，有圣童之誉。九岁，黄孺人捐巾。继张孺人，再继曹孺人，谏议庄事两母，如其所生。十四补弟子员，虽发未覆额，然见局促老生，龌龊章句，便窃笑之。或感时不平，每至发上冠指，如先文正。为诸生，已毅然以天下为己任矣。年廿四，中万历戊子乡试，会征仕君病，谏议刲臂肉以进，征仕君竟不起。谏议匍匐苫次，哀毁不欲生，几以身从征仕君地下。服阕，精心名理。其为文擢筋露髓，不复一切蹊径。辛丑成进士，选庶吉士，读中秘书，座师冯琢庵先生谓之曰：“子知华选之自乎？四明相实器子，谓子笔舌互用，腕有鬼工，以苏玉局相期，子勉之矣。”公正色曰：“知己之恩同于在，三生何敢忘？然而人臣无私交，使相君而开诚布公，生请北面，精谨以事之。不然者，庇私门而忘国恤，负相君莫大焉。千古不愧师门，唯罗彝正之于李南阳。”耳语稍稍洩于外，识者已知其不能留矣。亡何，改授吏科给事中，寻升工科右。是时，显皇帝深拱既久，政府意在持禄驱锄异己，善归己，过归君，国是清议不无混淆矣。公首疏时事五条，一曰责法令，二曰专会推，三曰慎名器，四曰广赐环，五曰严奏辩。会四明相被言乞归，犹娓娓吴门太仓之贤，语复浸山阴王公家屏。公上疏，言其颠倒是非，诪幻其说，恐贤否溷殽，凶害于国不小。显皇帝悟，罢四明相，而四明又牵归德沈公龙江，与俱去。公又上疏曰：“皇上一日之间，并罢沈一贯、沈鲤两阁臣，其当罢不当罢，举朝不敢为鲤伸一词。夫是非可否，能使举朝不敢言，皇上不得闻，大非有国者之福也。即今枚卜在迩，宜博咨确访，仿古瓯占梦卜，以防他途之进。”时晋江李公廷机，以清削自持，好为苛细，雅负一时之望。公上疏言廷机局幅褊浅，非宰相器，恐以敝衣羸马误尽天下也。语甚苦切，返复三四上。晋江迁寓旅寺者逾年，辞疏凡二十余，卒不得久据纶扉而去，畏公以清议持其后也。公自念一介小臣，得以议论关国是非，徼圣神特达之知不及此，感恩图

报，唯有知无不言，言无不尽。一切利害升沉，置之度外，誓洒此一腔热血
而已。于是巡视厂库，则有条陈九款、五款二疏，有苏困商二疏，有参中贵
杨致中多索铺垫之疏，有参中贵王道剥商之疏，皆留中未下。滇中寇变，有
计处土囚阿克、参武弁张名世之疏，有参和曲州之疏，有开路之疏，有添设
云贵司官疏，皆前后报闻。寻又上痛哭疏，语极恺直，劝显皇帝下诏罢开
采，下考选，起废逐，御朝讲，且曰："吾废之，吾能用之。吾取之，吾能舍之。
吾塞之，吾能通之。吾弛之，吾能振之。此君道之至乐也，何嫌何疑而不
为？"疏虽不报，上实感悟。是时，山阴朱公赓方独相，数致灾异。公疏论
之，谓其与吴门传灯，即如邹元标、顾宪成、赵南星、高攀龙、逯中立等，皆经
邦济世之才。谁秉国成，乃使国家不得收其用。选司间一起废，如于玉立、
刘元珍等，皆不得列名辅臣。好恶拂人之性，伤割天心，天鸣地震，此燮理
之明验也。疏入不报，上亦寻猒山阴矣。公姜桂之性，不能包荒，凡内而九
列，外而督抚，稍见覆𫗦，皆抨弹无少假借。其疾恶也，如驱蝇而蘋怨也，几
如集蜩矣。给事中王绍徽，险邪小人也，又曾令同心之人嘱公为汤宣城地。
公峻拒之，以是恨刺骨。至是，遂捏造单疑无影之赃数几百万，嗾御史郑继
芳首为发难，群小因附和之。公不胜愤，而聚蚊成雷，无以自明，乃集五城
坊官，以行李十数抬暴正阳门外，诣阙痛哭，曰："臣职在纠驳，不敢负陛下。
今乃为人反噬至此，臣不能蒙面复入含香署矣。"遂挂冠策蹇出春明去。于
是御史史公记事等、给事中胡公忻等、南垣段公然等、南台周公达等，前后
上疏白公之冤，极言公骨鲠指佞，功在社稷。继芳等受人唆使，为撰路复
仇，皆不报。而继芳复嘱吏部论公擅离职守，赖显皇帝知公，仅降刑部简
较。辛亥内计，冢宰孙公丕扬，雅知公冤，犹薄处以塞群小之怒，则当时之
贝锦可知矣。公自是一意纵情山水，泛东海看海市蜃楼，登太华极顶，遍历
嵩少，穷百泉诸奇胜，渡江住金、焦上，与端文顾公、忠宪高公等诸大君子，
探讨性命之学，留滞岁余。癸丑始归滇中，守先人丘垅，闭门却扫而已。普
囚杰骜，中藏不轨，每每干士大夫以脂润，公数却其馈遗。或他酋重文墨
者，多致珍贶丐诗文，皆不应。所居不园亭、不声乐，终年栖一草堂间。兴
至则出游，时出没金碧、昆池间，或一登鸡足，跋涉几二千余里，不以为劳。
尝曰："吾平生无他长，唯不敢负道义知己与名胜山水。"切以是自慰也，十
五年绝口雒中。岁癸亥赵忠毅公秉铨政，奖拔淹滞，起公湖广按察司知事，
寻升工部主事。是时黔路绝，公方取道会川。比行至荆门，而逆阉魏忠贤

已窃据太阿，赵公且得罪去，御史张讷者，阉门所称"十孩儿"之一也，疏论公赵公私人，奉旨予闲住。而王绍徽者，特起田间，已躐跻冢宰矣。复修前怨理赃私等语，人无不为公吐舌相戒者。公独怡然曰："吾与高梁溪、杨应山诸公相从地下，有何不自得，而烦诸公惴惴耶？"幸而仅予削夺，然犹虑有后命，飘泊大江南北，不复能归旅次，薪水数至断绝，非故人问遗，公且为若敖鬼矣。丁卯，今皇帝御极伸冤理枉，给事中宋公鸣梧上疏理公冤，列名吏部访册。而王永光者入为冢宰，则又魏、崔遗孽，传授心法者也，阴谋秘计，巧为阻挠。公至自上疏，亦格不得用。前后荐公者，总宪曹公于汴、少司空刘公宗周等，皆为永光所扼，不得达。癸酉，公病于白门而卒，卒之日殓衾不备，买棺无资，不佞实与黄公正宾、闪公继迪等，经纪其事。而公观化之时，意则甚适，若曰："吾不死于朋友之手，千秋万岁谁复知我心者。"嗟夫！前之厄公者为王绍徽，后之厄公者为张讷、王永光，是皆羽翼逆贼，冀他日得列土而封者也。彼为人作何等事，而不岌岌为当门之锄乎？然公之生平大节亦因此大著，又何幸而得此三逆之厄也耶？绍徽与讷，万年遗臭，永光虽幸而漏网，卒以党邪取败，盖鬼神厌之矣，噫！孰谓无天道哉？

公生于嘉靖乙丑年九月九日，卒于崇祯癸酉年七月廿日，得寿六十有九。配赵氏封孺人，无出。侧陆氏生子即开，以明经进士授太学学博，沉毅亢爽，以忠孝自矢。是必能光大其宗，谏议可谓有子。他婚娶多名家，具开行述中，不具列，列其大者。

范凤翼曰："公之出处一身耳，而与世运消长、善类之祸福相关，且三朝之梗概略见于此。故余之为状也，无媚辞，无简词。司文章之柄者，其有所取衷乎，其有所取衷乎？"谨状。

4.《过狼山公署》(注：辑自王扬德《狼五山志》卷二《诗赋》)

幕府大江隈，青山面面开。嘉鱼纷人馔，幽鸟促衔杯。得句云霞丽，谭兵风雨来。建夷方狡命，藉尔靖边才。

5.《三瑞园》(注：辑自《如皋县志》卷二十《艺文》二)

仙李蟠根自昔宽，盈庭况复尽芝兰。尊前不断函关紫，篋里长余勾漏丹。种得名花曾并蒂，插将枯竹亦成竿。寻常却笑鹰扬叟，何事轻辞渭水滩。

6.《寿长孺先生六袠诗》(注：辑自丁元荐《尊拙堂文集》附录)

世有骨鲠臣，足以绵国祚。吉水曰尔瞻，吴兴曰长孺。忠说由性生，劲挺无回互。筮仕中书省，抗论当世务。吐愤气成虹，观者毛发竖。直道时岂容，飘然挂冠去。再起佐礼曹，三朝即上疏。指摘诸奸邪，为国祛螫蠹。拟塞群小门，将辟众正路。国狗争猖狤，依然复高翥。寡嗜独嗜茶，以其严冷故。手自锄芥山，种茶几千树。为德遍闾里，饥寒藉煦妪。节义及文章，当代推独步。公意殊漠然，个中别有悟。问年方及耆，精神正严固。邹公念苍生，强起入朝宁。屡疏尉荐公，良由共衷愫。公也倘幡然，永慰四海慕。整顿国事了，还山未云暮。

7.《介寿赋》（注：辑自《四库禁毁书丛刊》集部第 112 册《范勋卿诗集》二十一卷《文集》六卷，2004 年范曾编：《南通范氏诗文世家》丛书失收）

戊子岁仲春念有九日，为社友李羽中之悬弧日。不佞实与心交，谨仰福谦，良友足延无量寿。因敢奏赋以风，其词曰：

惟万类之凭元气兮，伏领大块之洪钧。虽任阴阳之变化兮，犹仗信修为环循。何意乎九爻阳厄，大运栋倾。时际鼎革，难望重更。平地霆骇，上见欃枪。天降丧乱，阖郡虓惊。何幸乎明神有灵，眷注李生。贤哉李生，隽秀奇特，骏茂贞夷，涵淳泳德。笃学则孔孟之及门兮，何愧乎鲁儒之圣域；储才则扬马之同途兮，实有裨于汉英之羽翼。虽曰自然无为，游神守道，总之有体有用，奇才雅抱。满握有赤野之珠兮，盈积则有禹氏之玉。修路有高骈之逸骥兮，排空则有虚翩之黄鹄。若夫重裘之有群腋兮，兼以崇台之多众材。又于高鸟游鱼而无惭愧兮，再则龙腾蠖屈之共低回。好林蔚之与波清兮，不必为挂瓢洗耳之事。效清狂之与静养兮，亦无效冶锻长啸之方。畏孤身之婴时网兮，匪若南荣趆之防营而损道；将一日而作千秋兮，何殊和璧之时暗而文章。引兴于书草馨兰兮，岂但芳槿之一新；息躬于春萝秋桂兮，尤有贞松之千古。随时宜而任闲云兮。自知否泰之递运；遭势乱而急奔浪兮，惟有义气之自主。厌赀累而弃家兮，犹端文叔之遗派；聚众饮以作文兮，是种明逸之流风。轻富贵之于我兮，同天边之朝露；重清贞之绝俗兮，如海上之孤峰。贤哉李生，弱不好弄，寡乃和高，含经味道，振响挥毫，只身砥行，良友托交。利断金兰，如侨肸之相识缟素；和通车辅，似宣笃之共避荆州。爰摘藻以流声兮，嘤鸣结群英之道契；慕圣途与仙境兮消摇，经遐瞩而云游。引修日与朗月兮，多挥词而梦笔；题千山与万水兮，昭文采之风流。北游燕以涉胡沙兮，南入闽而穷夷岛。东登岱岳，而弔七十二君兮；西望河源，而游千万里之古道。独托妻而寄子兮，慰丁内翰之托坚；谁排难而解纷兮,致李文选之有造。有典剧者招以弓旌兮,乃谢朱绂而指挥;有席显者分以余镪兮,乃捐黄金而全归。有天部天垣之华幕而屡借重兮,乃家贫家众仍蓬户而守寒微。苦奇惨之离乱,惟正志以无违;独寡欲而饥寒,因介性以觉非。许考功之国亡殉难兮,冒血刃而褴殓以礼;郑侍卫之城破捐生兮,找遗魂而望祭以时。贤哉李生,山林清品,草野忠臣,美新可耻,元亮同伦。计泛敛乃周贫之义兮,何独辞古风之所厚;况公论无过情之誉兮,想众宜月旦之所遵。咄哉彭祖乔松,身今安在? 三芝五药,食亦无功。年寿有尽,文章无穷。屈原词赋,悬日月上;嵇康养生,空天地间。惟我羽中,甫经年而耳顺,将奉圣教以全真;辄闭门而隐服,无愧尧天之保身。惟我羽中,忠孝性生,学问无量,无量无穷,长寿无恙。词曰:美矣哉,天布阳和有脚兮,万花有意笑迎人;岁岁之花相似兮,一杯美酒寿千春。老夫愚拙作赋以陈,以讽后世,以风串亲。

8.《枯桐再生赋》(注:同上)

余车墅蒙稗修手造,有小包山,山中种梧桐一本,冉冉荣木,已经弥载,继而连雨三月伤根,自春徂秋,不发一叶,园丁嫌以为槁,欲伐去,余怜而止之,至孟冬忽发数叶,今且扶疏,布阴满地矣。诸游客惊喜,今令余赋诗以纪异,余因作赋一章,其词曰:

厥惟江上山狼五,若通灵乎五洞天,仰包山之分秀,临予东墅而超然计。似若木扶桑之越海,乃至中原崇茂而硈硈。幸山中之佇柯,招群鸟其来哗;宜梧桐之朝阳,拟高冈以鸣凤。初孟冬而植干,乃伤雨之无情,至春夏求之枯集,何怪哉而发冬菁。想《淮南子》有言曰:"木落叶而长年悲。"桐久雨以衰变,量殊无患木之能支。又想子山《枯树赋》谓:"桐何为而半死?"今乃同聚窟之返魂,又幸比员丘而不死矣。树将交让良抗贞,一边枯而一边荣。龙筋鹤骨如松柏,凤鸾终和琴瑟声。殆根石排云之幽眇,偏含烟漏月于昏晓。吾徒据重生之荣木,快已哉,倾尊酒而窈窕。

9.《宗枝赋送夫山和上》(注:同上)

繄维白狼之郁葱萃,灏气弥沧海而汹溏,或钟奇秀之儒术,宜令声名乎洋溢。讵意师顿悟之超轶,独系溥沱之宗一,殆如生右胁于兜率,追玄轸而家乃出。岂常住曹溪之圭筚,惟精进秘藏于波罗蜜。想八万一言之专壹,并马鸣龙树而呵叱。方寂照为门而通慧为室,将兴化杨岐之同表;率其道无为为有而空为实,恐奥妙冥会之如漆。即诱道之为慧日,然神圣登坛而谁无惴慄。计凡愚之惊虎迹为羊质，欲摹羚角而犹不必大端。恭仰师之奉亲也，虽遵如来之仪式，而孝道则毫无失。更仰以孔礼而兼佛律，尤赐乎桑梓以慈恤。倘欲救众生之多疾，何幸现有今日之摩诘。况天人听法之俱悉，奈何即欲梯空而上，使求教为弟子者，而愿难毕也哉。

10.《仁寿赋赠保济寰乃弟七十》（注：同上）

厥惟季俗兮彫素朴，有美难弟兮秉清淑。励经纬兮绝奇衮，笃孝友兮光望族。仰庚位兮万物生，载秋成兮瑞丰亨。开玄宴兮椿运永，泛耳谷兮菊酒盈。讵须还丹兮待仙授，计惟积德兮荷天祐。神脉无穷兮元会通，日月并照兮天地寿。

二、范国禄交游续考

钱谦益。钱谦益（1582—1664），字受之，号牧斋。常熟人。晚明国事日非的政局之中，钱谦益与范国禄父亲深度遇合，频繁问候，范凤翼文集收致钱氏信札六通。钱氏明确指出彼此非同寻常的情谊，曰："同病相怜者，余两人似之，松柏之悦、芝蕙之叹，视他人尤为笃挚。"（《〈范凤翼诗文集〉序》）[1]两人以义为交，声息相通，在政治风雨、人生苦难中建立了深厚友谊。范国禄作为挚友之子，过庭承训，耳目熏染，与父执钱谦益的交往亦在情理之中。范国禄对钱氏怀有高山仰止之崇敬，表现于三个方面：其一，政治作为。范氏《赠钱大宗伯谦益》一诗可系于顺治十一年（1654），曰："太平礼乐赞思宗，召对曾撄殿上锋。一日鼎湖遗只履，百年风骨寄长松。东山久渴苍生望，北海虚腾万户封。吾道只今多患难，岿然江表独从容。"[2]崇祯即位，钱氏奉诏入阙，官至礼部侍郎，作为东林首领，朝堂廷对，秉正嫉邪，无私无畏，风骨凛然，声震朝野，堪称清流士大夫之表率。其二，文学创作。"四十年来，虞山为斯文宗主，海内知与不知，无不倾心仰止"。钱谦益作为明清之际的四海宗盟，学问淹博，著述宏富，享有盛名。对扫除明末诗坛积弊、开创有清一代崭新诗风厥功甚巨，成为众望所归的文学泰斗。其三，操持选政。钱氏《列朝诗集》经历先后两次编选，第一次是明天启年间，

---

①范曾编：《南通范氏诗文世家》（贰），河北教育出版社，2004年，第244页。
②范曾编：《南通范氏诗文世家》（肆），河北教育出版社，2004年，第140页。

第二次始于顺治三年(1646),终于顺治六年(1649),顺治十一年(1654)正式刊刻流传于世,轰动一时。范国禄叹赏不已:"上下三百年,诗道大备,真一代之巨观也。"(《奉钱牧斋先生书》)①钱氏《列朝诗集》选录近2000名诗人作品,内容丰富,体例完备,完整反映了明代诗歌的发展轨迹,堪称一代诗史,其学术内容和史料价值远在一般选集之上。

　　范国禄与钱谦益交往中的重要事件是为父表幽。顺治十二年(1655),范凤翼去世,其后范国禄恐先人湮没无闻,两次致书钱氏,以故家子弟身份恳切请托一代宗主为先人表彰。"前奉遗命,以困顿有年,未敢讪闻左右,重伤知己之心;顷理旧笥,愿寄托不朽,惟有明赐吹嘘,拜荷千秋之贶"(《上钱大宗伯启》)②,"仰惟先生道高名重,选政有关,倘得择取数篇附之卷末,由此播传久远"(《奉钱牧斋先生书》)③。危机四伏、党争激烈的晚明,范凤翼命运多舛,万历三十八年(1610)挂冠归隐,其后寻求传统事功之外的生命意义,在艺文领域开疆辟土。据《真隐先生年谱》,范凤翼《范玺卿诗集》二十一卷成于崇祯十三年(1640),《范勋卿文集》六卷成于顺治八年(1651),钱谦益均为之撰写序言。钱氏与范凤翼互为倾慕,同道相济,且对其文学创作亦评价颇高,诗"清妍深稳,有风有雅,出入六朝、三唐,不名一家"④,文"原本经术,贯穿古今"⑤。斯人已逝,落落一生,选征其诗,扬名后代,传之久远,这或许是人子与挚友的共同心愿。钱谦益念及旧情,信札中流露出对故人之子的殷切惦念,其关切令范氏感激不已,"不遗通家犹子","何道义骨肉之情深而靡间"(《奉钱牧斋先生书》)⑥。钱谦益与范氏父子两世交游,一脉相承,一往情深。需要关注的是钱谦益《列朝诗集》最终并未将范凤翼纳入其中,笔者推测主要是因为两人诗学观点的差异。范凤翼提倡复古,对明代前后七子十分倾慕,反对取法以唐代元和、长庆至宋元时期的诗歌。钱谦益思想融通,不独以盛唐为尊,广师唐宋,对明代前后七子深恶痛绝,其《列朝诗集小传》中进行了不遗余力的抨击,"模拟剽贼"(李梦阳),"讹谬之学"(何景明),"谬种流传"(李攀龙),检讨清理,立场鲜明,言

①范曾编:《南通范氏诗文世家》(伍),河北教育出版社,2004年,第259页。
②范曾编:《南通范氏诗文世家》(伍),河北教育出版社,2004年,第245页。
③范曾编:《南通范氏诗文世家》(伍),河北教育出版社,2004年,第259页。
④范曾编:《南通范氏诗文世家》(贰),河北教育出版社,2004年,第237页。
⑤范曾编:《南通范氏诗文世家》(贰),河北教育出版社,2004年,第245页。
⑥范曾编:《南通范氏诗文世家》(伍),河北教育出版社,2004年,第259页。

辞犀利。两人诗学思想可谓泾渭分明,故不在选录之列。

　　林古度。林古度(1580—1665),字茂之,号那子。福建福清人,流寓金陵。林古度是范国禄父亲寓居金陵时期的交游,范凤翼有《丙子中秋前二日携酒钱过汪遗民托园邀同薛千仞黄海鹤程德懋周安期林茂之经行一李芳生小集同赋》《丙子六月浃旬不雨酷暑偶邀程德懋林茂之李芳生史弱翁小饮以清言消之率赋一章博和》等。通州范氏家族风雅传世,范国禄保持了与父亲诗友的来往,两世交好。范氏深情回忆彼此相识,曰:"先生以诗文名于世四十年,范子之闻于先生者二十余年,往在陪京识先生于俞光禄座上邂逅定交距今且十有五年。"(《与林茂之》)[①]俞光禄名彦,字仲茅,号容自,应天府上元人,万历二十九年(1601)进士。其官南京兵部主事之际,范凤翼、林古度皆为其座上客。林古度被时人称为"东南硕魁",崇祯五年(1632)至崇祯十三年(1640)范国禄随父避难金陵,对之仰慕已久,与林氏结识于俞彦座上,缔交时间应在丙子(崇祯九年)前后,遂成忘年诗友。虽然崇祯十三年(1640)范国禄归乡,顺治十二年(1655)范凤翼谢世,这份情谊始终未曾中断。顺治十六年(1659),林古度八十,范国禄寄诗以贺,有《赠杜比部倪中翰士奇林山人古度》。诗曰:"故旧今三老,同时八十强。振衣如伯仲,怀古各徜徉。失意怜游子,登堂笑辟疆。江南未凋谢,鼎足有灵光。"[②]清初林古度为文坛耆宿,一生历明万历、泰昌、天启、崇祯四朝,年辈高,声名著,岿然灵光,海内敬仰,范氏尊崇之意溢于言表。范氏另有《送林山人再入都门兼寄诸友人》,具体作年无从可考。诗曰:"萧寺风清秋峭然,门前暂系过淮船。到京预定小春日,分袂曾怜六月天。自信壮游尝万里,因辞故国动经年。京华上客应相问,烦托羁愁为我传。"[③]六月分袂,清秋又晓,其人远行,临岐依依,语近情深,耐人寻味。此外,《十山联句稿》中收林古度、范国禄等金陵联句诗《六朝松石十二韵》。"苦历冰霜遍,枝撑世代绵。并教关气运,各得保贞坚。"[④]今昔变迁,陵谷代谢,六朝松石遍历人世沧桑,兀傲枝撑,诸人联句叹赏,饱含对坚贞不渝的精神歌颂。

　　范国禄家学渊源,诗才横溢,林古度对其赏爱有加,曾为范氏《咏梅》作

①范曾编:《南通范氏诗文世家》(伍),河北教育出版社,2004年,第300页。
②范曾编:《南通范氏诗文世家》(叁),河北教育出版社,2004年,第350页。
③范曾编:《南通范氏诗文世家》(肆),河北教育出版社,2004年,第148页。
④范曾编:《南通范氏诗文世家》(肆),河北教育出版社,2004年,第403页。

序,赞不绝口。文曰:"深得咏梅之旨,其为意深远,为句甚秀,于赋比兴具,而又出于赋比兴之外,有一段远想高致。"虽然梅花深为文士喜爱,咏叹之作连篇累牍,范氏咏梅诸作别具一格,深得咏梅之旨,寓意深远,文句清秀,以法为归,却又无迹可寻,别有一番高情远致。更为重要的是,林古度不仅指出范氏咏梅卓越之处,还独具慧眼,挖掘到深层原因。范氏超凡脱俗,清新俊逸,才品俱佳,"与梅花并传不朽"(林古度《〈咏梅〉序》)①。范氏咏梅倾注了人格理想、生命情感,寄托遥深,故能成此佳构。林氏之言不仅是对范氏文学才华的充分肯定,更是对晚辈人格节操的高度褒扬。同时,范国禄与林古度诗歌审美宗尚的趋同值得关注,这已成为了当时诗界共识。范氏《与林茂之》中俱言以告,"里人杨子赤文读范子之诗以为有闽中林先生之风","先生之里人陈子石华读范子之诗亦以为有吾林先生之风","范子游四方,四方之人多有如二子所言者"②。时人评价其来有自,洵为不虚。王士禛编选的《林茂之诗选》是林氏仅存的传世诗集,呈现出"清华省净"的总体风貌。范氏天姿清越,诗作亦然,"有清拔之气"(张文峙《〈十山楼诗〉序》),"淡远清深"(周士章《〈十山楼诗〉序》),"蔚然深秀"(李长科《〈山游草〉序》),"冽而清"(李渔《〈纫香草〉序》),"清微玄远"(凌录《漫烟草〉序》)③,与林氏之相似不一而足,有目共睹。范国禄读其书友其人,与林氏交游中切磋诗艺,交流心得,沾溉既久,收益颇多,在诗歌风格的形成中受到潜移默化的影响。

龚鼎孳。龚鼎孳(1615—1673),字孝升,号芝麓。安徽合肥人。明崇祯七年(1634)进士,授兵部给事中。李自成进京,曾迎降。清兵入关,复降清,累官至礼部尚书。与吴伟业、钱谦益并称"江左三大家",卒谥端毅,乾隆朝被列入《贰臣传》。康熙三年(1664)十一月,龚鼎孳擢刑部尚书。康熙五年(1666),龚鼎孳归里葬母。康熙五年(1666)九月,迁兵部尚书,秋沿运河北上,取道扬州,宾客云集,拥塞水陆。范国禄诗《奉送大司寇龚公鼎孳晋秩大司马还朝》正作于此际,由"天南有大老,今日见鸿仪"可知此时方论交,龚氏出类拔萃,德高望重,堪称士表。范氏相见恨晚,"最怜小子生辰

---

① [清]蒿蒿幽人等:《十山书刻序》,抄本,中国科学院图书馆藏。
② 范曾编:《南通范氏诗文世家》(伍),河北教育出版社,2004年,第300页。
③ [清]蒿蒿幽人等:《十山书刻序》,抄本,中国科学院图书馆藏。

晚,犹辱先生道义亲"(《奉挽大宗伯龚端毅公》)①,赋诗以贺升迁,"恩光悬北极,德望系南维。舟楫盐梅佐,文章礼乐师"②,对其道德勋业、文章风节闻名海内尊重敬仰,极尽歌吹。范氏并非普通追随者,而与龚氏有着通家之谊。范国禄《寄白业师》曰:"合肥山斗之望,海内所宗,寒家以濡须吴司马忝为四门姻谊。"③范国禄女兄适吴胤□,为少司马吴公光义子,吴氏又与龚氏联姻,这一关系也为范氏获得这位风云人物的援引提供了便利。其《复毕载积先生书》曰:"合肥公,姻旧也,可以倚赖。"④范国禄一生表现出强烈的济世之志和政治热情,真率袒露对于功名的向往追求。龚鼎孳为人慷慨多意气,奖掖风流,不遗余力,享誉士林,无疑是范氏可以信赖和依靠的人物。康熙五年(1666),彪炳词史的"广陵唱和"结为《广陵倡和词》一卷,收录范国禄等17人204首词作。龚鼎孳为撰序言,曰:"忠爱之怀于斯而寓,则有不仅歌场舞榭擘轴题笺,仅作浅斟低唱柳七之伎俩已尔。"⑤龚氏敏锐捕捉到此次词界唱和中出现的稼轩风气,诸人经历了清初家国沦丧、四海震撼的易代背景,案狱迭起、残酷镇压的政治局势。前朝遗民痛定思痛、哀唤难尽,当朝士子或以小故坐废,或困抑未伸,群情激越,满腔抑郁之情表现为激昂豪宕之作。执掌文坛的龚鼎孳肯定和推扬这一崭新风气,对于清初词坛冲破花间、草堂之牢笼,走向广阔的社会和人生至为关键。

　　康熙十三年(1674)九月,龚鼎孳卒于京师,范国禄获悉,以诗沉痛悼念,有《奉挽大宗伯龚端毅公》二首。其二曰:"天下安危关出处,一生忧乐为君亲。官高八座头还黑,禄受千钟家仍贫。不独斯民登衽席,仅教多士荷陶甄。未完心事骑箕去,留取荧荧一点真。"⑥对龚氏一生功绩全面概括,其一勤政为民、忧念天下,其二官运亨通、廉洁自律,其三才思敏捷、弘奖英俊,高度评价,颇为客观。明清鼎革之际,范国禄也同样身陷历史夹缝,经历在忠孝节义的正统信仰和求取功名的现实人生之间的选择和妥协,对龚氏出处同情理解,从而回避进行易代政治立场的人格评判。龚鼎孳辞世之后,古文诗歌播之海内,独词作散漫无纪,布衣孙默收辑略备,成

①范曾编:《南通范氏诗文世家》(肆),河北教育出版社,2004年,第256页。
②范曾编:《南通范氏诗文世家》(叁),河北教育出版社,2004年,第346页。
③范曾编:《南通范氏诗文世家》(伍),河北教育出版社,2004年,第331页。
④范曾编:《南通范氏诗文世家》(伍),河北教育出版社,2004年,第276页。
⑤[清]孙默编:《国朝名家诗余》,康熙留松阁刻本,南京图书馆藏。
⑥范曾编:《南通范氏诗文世家》(肆),河北教育出版社,2004年,第256页。

《香严词》二卷,收于《国朝名家诗余》。康熙十六年(1677)刻成行世,范国禄倾情作跋。文中除了表彰其事功文章,更对《香严词》成书过程细加叙述。"孙子默留心词学,公特嘉与之,不以台衡之重遗其草莽。每一摛词,弗辞数千里往复商略,其谦光大度迥出寻常如此"。一为朝廷重臣,怜才爱物,一为穷巷布衣,留心雅事,以词学定交,过从甚密,生死不渝。"默,贫士也,顾能捐资以授梓,又于公薨之后无所希冀","感其书问之频,爱其才情之盛,不惜手口拮据以广其传"①。孙默之举与功名无关,与利禄无涉,全力以赴,倾囊而出,校而梓之,只为成就对于词学的热爱,这份纯粹与担当令人动容。范氏跋语以饱含深情的笔墨曲尽其事,为考察龚鼎孳和孙默交往留下了珍贵材料。

　　冒襄。冒襄(1611—1693),字辟疆,号巢民,又号朴巢。如皋人。如皋冒氏与通州范氏均为地方望族,比邻而居,明清以来有着通家之谊。冒襄父冒起宗(1590—1654),官至湖广布政使参议,海内硕望,是范国禄尊敬的前辈,范氏有《寄赠冒少参》《酬冒少参》《次韵为冒少参舟泊黄池寄次公试周之作》等,对其功业、道德、文章极尽仰慕。范国禄、冒襄生于名门世家,同为贵介公子,又热情好客。如范氏,"过通者得见禄,则无忧东道主,四方名宿及琴弈篆刻诸艺术士,莫不愿游五山,以范在也"②。冒襄归隐如皋水绘园,宴集四方之士,汇聚天下名流,观赏胜景,诗酒流连。故后世常将两人相提并论,《五山耆旧今集》言及范国禄曰:"家颇饶,举尽于客,与皋邑冒巢民相等。"③吴江陈赫《海陵杂咏》云:"冒巢民亦让名高,范十山真意气豪。"④范、冒性情豪迈,有北海遗风,诸人等而视之。

　　两人有文献记载的交游始于顺治七年(1650),范氏《冒少参招同李翀黄经集拙存堂备览著述诸书时长公及诸季在座》《深翠山房同吴绮马乔郭定麟看月》均系于是年。冒襄水绘园声动海内,范国禄近水楼台,慕名前来,跻身于这一文化舞台,徜徉其中,交游唱和。范国禄对冒襄朴巢之精致叹为观止,赋诗以记,序曰:"雉皋古龙游河畔,大树名朴,虬卧蓑垂,不可尽

①范曾编:《南通范氏诗文世家》(陆),河北教育出版社,2004年,第249页。
②[清]梁悦馨等:(光绪)《通州直隶州志》卷十三,光绪元年(1875)刻本。
③[清]杨廷撰辑:《五山耆旧今集》卷二,道光四年(1824)一经堂刻本。
④杨锺羲《雪桥诗话续集》卷六,《近代中国史料丛刊续辑》第230辑,文海出版社,1975年,第1162—1164页。

状。冒氏藩篱为园，倦飞息影，乃于其上置小桥，构屋支台，可渔可景，张功甫四松或不能逮，有巢人氏之风。"(《朴巢》)①冒氏借巢傍干，构屋支台，可渔可景。诸人灵心高寄，栖息其间，神游远古，飘飘云表，诚为旷绝。顺治十二年(1655)，范国禄游处水绘园，有诗《雉皋同佘继美黄经冒襄颜光祚马乔郭定麟曹绣会饮得全堂时冒将之郡佘亦将之蒲》。冒襄设宴饯别，欢聚一堂，跌宕文酒，彬彬之盛，令后世追慕不已。康熙五年(1666)，范、冒同寓扬州，参加了冬孟的"红桥唱和"、小春十月的"广陵唱和"，诸人汇集一堂，蔚为大观，文事交游频繁。康熙七年(1668)，冒襄在扬州招集范国禄诸人，《同人集》收范氏《长至前六日巢民先生招集邗江客舍同岱观伯右射陵公涵孟新湘草穆倩园次艾山子发坦夫前民舟次叔定荇文诸公即席漫成》。诗曰："平时好客见情真，羁旅相逢似更亲。斗室乍依书画舫，一尊咸载海山春。兴来割席仍同气，老去逃名莫问津。共道岁寒分手易，可知还有不归人。"②孤客天寒，飘零他乡，故人相逢，邀同话旧，诸人兴致高涨，意气勃发，寂寞凄凉遂即烟消云散。冒襄此次招集令范氏亲切不已，备感温暖。康熙十五年(1676)，冒襄为姜蔡含三十生日设宴，蔡氏寄情丹青，工苍松墨凤山水禽鱼花草，预先将所画凤凰、松石悬于四壁，请赴宴名士赏画赋诗。范国禄应邀前来，有《寄调沁园春·寿蔡少君》。词曰："论闺秀，似管夫人笔，并驾同骖。"③蔡氏笔墨精妙，画艺高超，令范氏击节叹赏。康熙十六年(1677)冬，范国禄至水绘园，有《水绘园同徐尧章包掖俞楷徐祥麟赏梅》《冒襄筑圃未成先集诸同人小饮》，漫步林苑，胜景如云，盘桓竟日，文采风流，宾主尽欢。

还值得关注的是范国禄与冒襄晚年之交往。中国科学院图书馆藏范国禄《十山楼尺牍》，稿本，编号为273167－8。该藏本不但正文笔墨参差，涂抹增删之处甚多，而且眉批尚有多条增补内容，说明此本经过范国禄整理校订，意欲付之剞劂。值得关注的是范氏致冒襄书信三通分别改为《与冒少参嵩少》《与石夏宗书》《与冒大》，此改事出有因。冒鹤亭先生推测："十山与征君弟爱及契，殆迁怒而削其名，以助爱及张目耶。"④先生所言甚

①范曾编：《南通范氏诗文世家》(叁)，河北教育出版社，2004年，第123页。
②[清]冒襄辑：《同人集》，《四库全书存目丛书》集部第385册，齐鲁书社，1997年，第299页。
③[清]冒襄辑：《同人集》，《四库全书存目丛书》集部第385册，齐鲁书社，1997年，第522页。
④冒怀苏编著：《冒鹤亭先生年谱》，学林出版社，1998年，第488页。

是。冒裔字爰及（1647—?），为冒辟疆庶弟，书画兼擅。康熙十五年（1676）四月，冒襄母亲马恭人病逝之后，冒氏兄弟在家庭财产分割上产生了尖锐矛盾，次年冒裔告发冒襄"通海"，最终冒襄出让水绘园、逸园以息事宁人。范国禄康熙十六年（1677）之前与冒氏兄弟交往频繁，此后直至康熙二十三年（1684）冒襄去世，未见范国禄与之诗文唱和，而见范氏与冒裔优游艺苑。康熙二十九年（1690），范国禄作《为冒裔题康昕诗画卷》，诗有"我于海内论交游，冒子诗画称兼擅""彼此一心在文事，风义高绝洵可传"[1]云云，对冒裔风节品格、诗画才艺赞叹有加。由上述材料可知，在冒襄、冒裔兄弟反目、水火不容之时，范国禄旗帜鲜明地站在了冒裔一边，其中具体缘由尚待考察。

王士禄。王士禄（1626—1673），字子底，一字伯受，号西樵，王士禛伯兄。山东新城人。据《王考功年谱》，康熙三年（1664）十一月，王士禄南下扬州，徜徉江南山水之间。康熙五年（1666），与王士禛归里，同月复游扬州。康熙六年（1667）十月，归里。王氏寓居扬州期间，"乐与诸贫士游，与当路稀复交接"[2]，四方文士赴之如归，范国禄欣然前往，两人交游以王士禛为契机。范氏《与王阮亭书》曰："奉教于令兄先生之左右者先后凡二年，极承教爱，实皆推老师之谊。"[3]范国禄对王士禄推崇备至，其《赠王司勋士禄》曰："龙门丰格矗千寻，吏部文章重盍簪。已许国书推物表，更令风教入人心。"[4]山东王氏诗书传世，一门风雅，王士禄诗文卓著，风操清峻，淡泊远志，堪称国士，字里行间可见范氏之敬重钦佩。王士禄对范国禄亦青眼相加，倾心交接，范氏"极承教爱"。两人交游先后凡二年，尤以康熙五年（1666）接触最为频繁，共同参与了广陵声势浩大、备受瞩目的文坛风会。其一为"红桥唱和"。是年孟冬，"谦集群公于红桥，卿大夫士凡四十余人，缁衣二人，女史一人，携樽馇，溯濠流，达槐子河，人限二字，赋唐人五言近体二首"（孙金砺《红桥雅集记》），王士禄、范国禄等46人欢聚一堂，诗酒文会，蔚为风雅。"红桥唱和"中王士禄得"陈"字、得"公"字，范国禄得"公"字、得"人"字，灵感互激，抚景徘徊。其二为"广陵唱和"。小春十月，"诗酒

①［清］王藻编：《崇川各家诗钞汇存》卷首二下，咸丰七年（1857）刊本。
②［清］王士禛：《王士禛全集》，齐鲁书社，2007年，第2509页。
③范曾编：《南通范氏诗文世家》（伍），河北教育出版社，2004年，第291页。
④范曾编：《南通范氏诗文世家》（肆），河北教育出版社，2004年，第229页。

谯聚,交欢浃月,初集时分赋五言近体,复限'屋'字韵,赋念《奴娇词》,嗣是诸子踵华增美,倡予和汝,迭相酬赠,多至十余首,少者七八首"(孙金砺《〈广陵倡和词〉序》)①。王士禄、范国禄等17人挥笔生花,成《广陵倡和词》一卷。王士禄有《小春红桥宴集,同限一"屋"韵,时有鱼校书在座》《次韵答范汝受,兼柬陈散木,时散木以〈含影词〉属订》《次韵陈其年"赠阿秀并示西樵"之作,兼答邓孝威、李云田、陈散木、范汝受》等12首,宴集唱和,送别怀人,气势博大,境界开阔。康熙二年(1663),王士禄迁稽勋员外郎,典河南乡试,康熙三年(1664)五月,以磨勘墨吏议下狱,经竭力营救,十一月事白出狱。康熙四年(1665),范国禄远行江楚,然而游况不佳,黯然以返。王士禄、范国禄经历了巨大的人生打击,悲愤难抑,在唱和赠答中尽情倾诉慷慨不平之气。

王士禄游居扬州时,主持风会,其寓园频繁举行各类小型雅集,范国禄是重要的参加对象。王氏有《季冬八日邀顾庵伯吁豹人孝威散木介夫汝受方邺夜集寓园同用灯字》,《十山联句稿》收王士禄、范国禄、李长祥、谈允谦、宋琬联句诗《王考功寓园赠云然女史》,琳琅相晔,笑言咳唾,连夕达曙,颇极欢洽之致。是年,范国禄有《王铨部士禄招同曹学士尔堪孙文学金砺陈明府世祥周较书云然集饮寓斋》,注:"时余将归狼五。"②王士禄《岁暮送范汝受归通州》当作此之后,曰:"晚暮羁情乱,冰霜去路微。帆随孤鸟没,人向五狼归。避客愁持券,支贫但质衣。峥嵘岁事里,傥许掩荆扉。"③顺治十二年(1655),范凤翼去世是范国禄一生的重要分水岭,因拙于谋生,陵谷旦异,家道中落,糊口四方,前途渺茫。范氏不堪生计压力,困顿至极,由"避客愁持券,支贫但质衣"可想其境况。岁暮天寒,依依饯别,王氏极为关注范国禄的现实处境,忧心殷切,临别黯然,无限伤感,情见于词。范国禄回赠《次韵王司勋见送归里》四首,首以感叹身世,惺惺相惜,"岁晚人情恶,途穷身影微""我应如此别,公岂不能归";次则折服王氏杯酒论文的超绝群伦,"之子金闺彦,论诗入细微。总因才似海,更以法为归";终则回味深情,渴望重逢,"梦觉纷投咏,情深当解衣""相期丛夜话,重叩寓园扉"。赠答之间情韵深长,格调浑成,相得益彰。据《王考功年谱》记载,康熙六年

---

①[清]孙默编:《国朝名家诗余》,康熙留松阁刻本,南京图书馆藏。
②范曾编:《南通范氏诗文世家》(肆),河北教育出版社,2004年,第230页。
③[清]王士禄:《十笏草堂诗选》,《清代诗文集汇编》第98册,上海古籍出版社,2010年,第738页。

(1667)，王士禄"欲渡江游金陵、姑孰，不果"①。在其计划出游时，曾邀请范国禄同行。范氏诗《赠王司勋士禄》注："先生拉游金、焦，余以他事不得去。"诗曰："咫尺江山游兴好，追陪空负妙高吟。"②范氏性嗜山水，每一登临，辄经旬累月，吞丘壑而吐江海。吟赏烟霞之际又可与倾慕之人朝夕为伴，错此良机，殊为遗憾。

范国禄对王士禄《炊闻词》的悉心鉴赏也是交游内容。评其《送宋荔裳前辈北行兼寄舍弟贻上用顾庵即席见示韵》曰："叙述数语特缠绵尽致，正如大苏尺牍工妙绝伦。"评其《次韵陈其年赠阿秀并示西樵之作兼答邓孝威李云田陈散木范汝受》曰："香艳之姿，出以幽婉，当一篇绿窗小记看。"③或着眼于叙述语词，或着眼于体式风格，皆能深得其旨，曲尽其妙。

熊文举。熊文举（？—1669），字公远，号雪堂。江西新建人。崇祯四年（1631），成进士，授合肥县令。明亡后曾附李自成，授伪职。顺治元年（1644），降清，擢任通右政，两任吏部左右侍郎。康熙初因病致休，后起补吏部左侍郎兼兵部右侍郎，卒于官。康熙四年（1665），范国禄有江西之行，时值熊文举引疾归里，交游正于此际。范国禄自叙："余以丁巳（康熙四年）客南州，时巨源、士业、于一已不在，犹得见梅公、博庵、雪堂、鹤胙、旅庵、伯玑诸公，相与倾倒甚至。"（《何德中〈西江诗〉跋》）④熊氏礼才好士，倾意宾客，与范国禄、周令树、黎元宽等人雅集频繁，诗会文酒，相与倾倒，联句成《侣鸥园偶集》。鱼鸟亲人，花木扶疏，士子联翩，襟期清绝，聊共怡悦。范氏此时为避祸而漫游，如此遇合弥足珍贵，带来心灵的慰藉。康熙十八年（1679），范国禄入幕南安，故地重游，物是人非，十余年间熊文举等同游诸公竟无一存者，人情物态迥异当时，昔日文酒欢会历历在目，百感交集，叹息悲歌。其《忆昔》曰："爱我更延誉，自信非标榜。因而两侍郎，时时并驾枉。司马慕先猷，家乘频相访。少宰任元宴，摛词蒙过奖。""两侍郎"下注"李公元鼎、熊公文举"，"少宰任元宴，摛词蒙过奖"后注"熊公序余《江湖游草》，倾倒甚至"⑤，交代了康熙四年（1665）交游的具体情况。是年，范氏游

①[清]王士禛：《王士禛全集》，齐鲁书社，2007年，第2508页。

②范曾编：《南通范氏诗文世家》（肆），河北教育出版社，2004年，第229页。

③[清]孙默编：《国朝名家诗余》，康熙留松阁刻本，南京图书馆藏。

④范曾编：《南通范氏诗文世家》（陆），河北教育出版社，2004年，第244页。

⑤[清]王藻编：《崇川各家诗钞汇存》卷首二中，咸丰七年（1857）刊本。

览江西、湖南、湖北等地，历时三月成《江湖游草》，熊氏为撰序言。范国禄父亲范凤翼万历三十七年（1609）至三十八年（1610）任吏部验封、考功、文选三司主事，稽勋司员外郎，声名卓著。熊氏备员鹤厅，"闻先生出处本末，风尚凛然"，尊其品目，对其刚正不阿的政治操守、光明磊落的人格风范敬而慕之。范国禄作为前辈之子，熊氏振恤孤寒，对其爱怜万分，倾心纳交，情兼师友。读范氏诗知其人，对诗才文思真诚欣赏，誉之为"江北名家，词坛耆宿"，赞叹其人"深于情，而工于诗"，嘉许其作对南国风物之歌咏，下笔有神，"传下里之山川，台榭藉以生色"①。凡山水清华、人物瑰异、世情喧寂、陵谷变迁，无不俯仰低徊，一唱三叹，引人入胜。熊氏感触最深的是范氏集中《四公咏》，诗作以精炼笔墨刻画了波谲云诡的晚明政坛中，陈子贞、徐良彦、熊明遇、王时熙四位名士忠肝义胆之品节、拯救时艰之作为，足补史缺。范氏《四公咏》表彰前贤，气势雄放，格调昂扬，激励其东山再起、建功立业，令休病闲散之熊氏为之一振。

随后范氏以诗致谢，有《上熊少宰文举兼谢序言之赠》，直抒胸臆，表达了获登龙门之喜悦，"小子生淮南，向往知所趋。登龙怀凤愿，负笈游江湖"，感激其不遗余力之推举，"却于度量中，包荒荷吹嘘。摛词不宿诺，吐握意有余"②。范氏流寓南州，获其知遇，感激不尽。熊文举文名籍甚，贤声卓著，康熙八年（1669）去世，范国禄屡次致以哀悼，感叹其逝世后"西江无巨公"（《再寄陈伯玑》）③，尊崇之意由此可见。此外，范国禄与熊文举之子熊业华亦有交往，有诗《陈允衡熊业华招集侣鸥园倍施大参闻章》《武昌山遇熊业华饷酒茗》，时相过从，多有关照，颇为相得。

宋之绳。宋之绳（1612—1667），字其武，号柴雪。江苏溧阳县人。少擅凌云之才，明崇祯十六年（1643）进士，授翰林院编修。清廷诏举隐逸，授编修，充日讲官。顺治十八年（1661），迁江西参议，分守南昌瑞州。范国禄长兄范国祐与宋之绳交情甚笃，有"十七年骨肉之谊"（《寄张穉恭》）④。据《柴雪年谱》，崇祯十一年（1638），"交范汝申，汝申名国祐，吏部泰蒙先生长

---

①［清］蔼蔼幽人等：《十山书刻序》，抄本，中国科学院图书馆藏。
②范曾编：《南通范氏诗文世家》（叁），河北教育出版社，2004年，第179页。
③范曾编：《南通范氏诗文世家》（伍），河北教育出版社，2004年，第329页。
④［清］宋之绳：《载石堂尺牍》一卷、《柴雪年谱》一卷，《四库未收书辑刊》第7辑第18册，北京出版社，2000年，第147页。

子"①。是年,范国禄与兄随父避难金陵,与宋之绳定交,"读书乌龙潭,有兄弟之雅"(《乙巳南州书事》)②。宋之绳对范氏甚为怜爱:"昔为公子,今为寒人,汝受遇虽厄,才则奇高,与之谈说,实学海也。"叹息其家道中落,爱赏其博学多识。他对范氏诗文创获尤为期待:"愿我汝受,破除一切,多作好文好诗,流传当代。"(《复范汝受》)③崇祯十三年(1640),范国禄归居通州,日复一日的别离,令人惆怅难遣。顺治五年(1648),范国禄以《怀宋太史之绳》寄思。诗曰:"十年同意气,五年长别离。风雨沉寒江,杳冥消当时。重重南山雾,不与青云期。未洗山川心,徒含孤剑悲。濑水照明月,清光愁一涯。相思复相思,叹息何所为?"④结交十年,别离五载,清光明月之夜,孤身独处之时,遥想其人,思绪绵绵,深情无限。"未洗山川心,徒含孤剑悲"一句值得关注,其时易代未久,或含故国山河之思,以义相勉,同道之人自能心领神会其深意。顺治六年(1649),宋氏居虎丘,"范汝申自通州来度夏,汝申家破矣,酒酣相泣,复相慰也,如是者百日"⑤。范氏家破之际,宋氏感同身受,相泣相慰,劝勉砥砺,如此患难与共之人何可多得。此际,范国禄从游。其《〈宋肩吾诗〉序》曰:"往余从宋其武游虎丘,把臂既庭右之诸公。"⑥范有《虎丘秋怀》六首,"寺沉新涨半塘冷,人隔故乡千里悲""途穷枉向深山哭,客久翻同故国依"⑦,途穷思回,久客思乡,又无家可归,无尽凄凉落寞,一触即发,悲难自禁。

宋之绳曾亲至通州,与范氏兄弟交游甚欢。顺治九年(1652),范国禄作《松石歌》。序曰:"小松石在玉树堂左,檐外青松一株,清阴可抚。宋太史之绳题其名,愧主人无以对此松。"⑧据此可知,顺治九年(1652)前宋氏有通州之行,欢聚同游,广为题赏。顺治十二年(1655),范凤翼去世,宋之

①[清]宋之绳:《载石堂尺牍》一卷、《柴雪年谱》一卷,《四库未收书辑刊》第7辑第18册,北京出版社,2000年,第98页。

②范曾编:《南通范氏诗文世家》(陆),河北教育出版社,2004年,第319页。

③[清]宋之绳:《载石堂尺牍》一卷、《柴雪年谱》一卷,《四库未收书辑刊》第7辑第18册,北京出版社,2000年,第124页。

④范曾编:《南通范氏诗文世家》(叁),河北教育出版社,2004年,第104页。

⑤[清]宋之绳:《载石堂尺牍》一卷、《柴雪年谱》一卷,《四库未收书辑刊》第7辑第18册,北京出版社,2000年,第104页。

⑥范曾编:《南通范氏诗文世家》(陆),河北教育出版社,2004年,第31页。

⑦范曾编:《南通范氏诗文世家》(肆),河北教育出版社,2004年,第108页。

⑧范曾编:《南通范氏诗文世家》(肆),河北教育出版社,2004年,第19页。

绳为撰墓志铭,有《真隐先生行状》,范国禄《寄宋太史》亦可系于是年。诗曰:"相念其如道远何,野人山泽日蹉跎。方今羽籍皆连茹,羡尔风流早佩珂。乐府词能添半臂,黄庭字可换双鹅。长安花月三春色,傲得燕台骏骨多。"①昔日同窗,旧时文友,居身朝堂,擅名京师,自是艳羡。范氏兄弟科举受挫,功名无望,难掩心间巨大落差。他向宋氏祖露心迹:"定鼎以来,世家大族以次汇征,独吾两人守株蓬户之下,无能邀尺寸之荣,使先人寂寞丘垅,思之不能刺心","吾两人蹉跎积岁,援纳无资"(《寄宋其武太史》)②。信中慨叹文章遇合、功名成就之艰难,屡试不售,援纳无资,素志难伸,自伤自艾之余,不无请托之念想。顺治十八年(1661),宋之绳单车就道,赴任江西参议,途中致书范氏,约以邗江夏晤,未果。范国禄有诗《宋太史之绳赴江右藩司迟余邗沟不值作此寄之》,"谋面良有日,不在朝与暮。真气相往还,珍重前途去",对错过面晤良机憾恨之余,更对友人深情劝慰,祝愿前程似锦。宋之绳任职江西参议,范氏对其仕途寄予厚望。"豫章为天下之材又理学事功之会,借养望以裕大用,台辅可拾级而登耳。况朝廷优重外台,非同故例,须以全副精神干理之,使得内外上下端绪认清,则挥霍无不如意"(《简宋其武少参》)③。范氏综合分析多方形势,激励宋氏趁此良机,尽忠竭智,大展宏图,激动欣喜由衷而发。

　　康熙四年(1665),范国禄远游江楚,除以饱览大好河山,还有深层原因:其一,通州改制增兵,部营凶悍恣肆,地方如在水火;其二,女婿袁生负债数千金,范氏力为争之,身受其累,祸不旋踵;其三,屡试不第,父兄见背,兀守闾里,附骥无途;其四,康熙三年(1664),人言宋之绳死,范氏闻而恸之,愧负良友顺治十八年(1661)邗江之约,"不禁泪溻溻下矣","愿往吊之"④。孰知传言有误,南行竟晤得宋之绳。久旱逢甘雨,他乡遇故知,喜出望外,宋氏置酒高会,抵掌促心,听歌观剧,朝夕游处,范氏有《宋少参招饮观剧赠秦生》《少参席上为诸同游解嘲》《宋少参署中》诸诗以记。令人感动的是,宋氏对范国禄生活极为关照。范氏《谢宋少参惠葛》曰:"卿在杭州

---

①范曾编:《南通范氏诗文世家》(肆),河北教育出版社,2004年,第142页。
②范曾编:《南通范氏诗文世家》(伍),河北教育出版社,2004年,第303页。
③范曾编:《南通范氏诗文世家》(伍),河北教育出版社,2004年,第304页。
④范曾编:《南通范氏诗文世家》(陆),河北教育出版社,2004年,第319页。

旧有名,为遭逐客典衣行。比来赠我西山葛,独有绨袍恋恋情。"①《蒋怡惠鲜荔枝》注:"得自宋少参,宋为闽中门生所致。"诗曰:"人情自古重周旋,恼杀悲秋客可怜。不是穷途遇知己,枉教方物咽清涎。"②范氏困顿忧愁、飘零无依之际,宋氏接纳款待,推衣分食,暖人肺腑,令人感佩。范国禄与宋之绳情同手足,又意外重逢,范氏南行获其庇护是符合情理之想。事实上,两人关系在此发生了急剧变化。范氏《复尤石盟》曰:"弟不惯作游客,而西江风景远非吾乡,物力艰苦,人情刁恶,不能久郁郁兹土矣。原托宋其武为主人,此老近况狼狈已不可言,末后一段周旋可想见也。"③物力艰苦,人情刁恶,范国禄对南州之行失望至极,这与宋之绳此时交游关系密切。笔者叙述其间来龙去脉:范氏惓惓以故人为念,投宋氏门下,期待甚高,庶几托畴昔之欢,以通当世之好。不谓宋氏"以病苦相告",范氏兴味索然,计以告归。然而出门既久,行资拮据,舟金匮乏。百般无奈之下,请宋氏一书以助归里。宋氏两过其处,"虑复按君不敢为人通札"。范氏对此甚为不满:"迂哉! 按君职纠察,当从其重者,守南一道,得失颇多,岂以一札关优劣? 士大夫往来邮筒,无日无之,何尝一切谢绝? 又无关节情弊,玷官方而违功令,何嫌何避哉?"对其谨小慎微、忧馋畏祸之举牢骚满腹。情急之下他对宋氏其人颇有微词:"改弦易辙,自命以贤者,其何以处当世之诸君子乎?"(《复施愚山少参》)④平心而论,范氏其言不无过激之嫌。宋氏之病为事实,自言:"舌本强如挺然,语言不清如含糊然,神情恍惚如梦寐然。"范氏追溯其源,宋氏告以"贫"和"官冷"⑤,其人境况堪忧。果不其然,清康熙六年(1667),宋之绳被裁缺归乡,计东随从,"具悉公贫病无聊状",三余月即逝。计东言及宋氏为人,"与人交,输写心腹。人有缓急,呼公必应","其人藉公成名,既贵负公,公亦不屑意也"(《清故江西布政使司参议分守南瑞道宋公行状》)⑥。宋氏当是敦尚气谊、慷慨豪放之人。康熙四年(1665),与范氏交游,自且不保,故未能满足故人之请,这应该可以得到谅解。

吴绮。吴绮(1619—1694),字薗次,亦作园次,号丰南,一号听翁,又号

①范曾编:《南通范氏诗文世家》(肆),河北教育出版社,2004 年,第 349 页。
②范曾编:《南通范氏诗文世家》(肆),河北教育出版社,2004 年,第 348 页。
③范曾编:《南通范氏诗文世家》(伍),河北教育出版社,2004 年,第 381 页。
④范曾编:《南通范氏诗文世家》(伍),河北教育出版社,2004 年,第 319 页。
⑤范曾编:《南通范氏诗文世家》(伍),河北教育出版社,2004 年,第 85 页。
⑥[清]计东:《改亭文集》,《清代诗文集汇编》第 97 册,上海古籍出版社,2010 年,第 269 页。

红豆词人。清江都人,歙县籍。吴绮才华富艳,范国禄服膺已久:"过江才子定推足下,登坛执耳,谁分半席。"可见吴氏地位之举足轻重。首次面晤之时,范氏难掩内心喜悦,"邂逅雄皋,无异洛下生招手池上坐春风玄渚中"(《寄吴园次》)①,盛宴乘欢,觞咏良辰,邂逅其人,如沐春风。有文字记录的两人交游最早为顺治七年(1650)春,范氏、吴氏集如皋冒襄深翠山房,"倾倒十日"(《寄李小有》)②,范国禄有《深翠山房同吴绮马乔郭定麟看月》以记其事,《同人集》收吴绮《月夜集辟疆社长深翠山房喜范女受至自崇川即席限韵》。诗曰:"寒城水石自成湾,游子乘春共往还。星影乍怜今夜合,月明独爱此中闲。深林浑讶都如水,群玉何方别有山。更订堂前听旧雨,五狼心在白云间。"③寒城月夜,携手游园,荡舟水上,清辉四溢,美不胜收。两人一见如故,引为同调,此次交往意犹未尽,更订通州五狼之游。范国禄还有《赠吴绮》一诗,"竹西鼓吹无多地,乱后文章不值钱。杜宇长杨清夜怨,铜鞮青草客心怜","鹿囊半隐天难问,宝匣全韬剑可怜。珍重仲宣楼上好,养成虹气待飞仙"④,所言是定鼎未久顺治十一年(1654),吴绮受命弘文苑中书舍人之前寓居水绘园一事,当亦为该年范氏所赠。诗中以汉末王粲喻吴绮,勉励其在百废待兴之时沉潜心志,以待日后建功扬名,实现拯世济民的宏伟抱负。康熙五年(1666),吴绮出任湖州知府,康熙八年(1669)失官归。康熙十五年(1676),两人交往频繁。范氏有《赠吴湖州》六首,赞叹吴氏廉以处己,"最是湖州太守贤,罢官归去竟无钱。纵然不免俗情怪,赢得心闲已六年"⑤。吴绮解组归家,一度贫不能自给,除了依靠友人救济,还开荒种地,有求诗文者,则以花木为润笔,范氏之诗是对其为官清正廉洁的真实写照。同年,范氏《次韵孙八兄喜吴太守绮归自湖州》曰:"放歌曾为使君赓,官似瓶山酒务清。岂有簿书能见困,更无畸节许相惊。高才自触人间忌,公论何须事后明?吾道未应终落落,龙门还藉树风声。"⑥吴绮湖州为官,爱好风雅,政务之余,四方名流过从,赋诗游燕无虚日。"高才自触人间忌"透露了吴绮失官之缘由,因才高受人嫉妒被劾,范氏深相宽

①范曾编:《南通范氏诗文世家》(伍),河北教育出版社,2004年,第312页。
②范曾编:《南通范氏诗文世家》(伍),河北教育出版社,2004年,第301页。
③[清]冒襄辑:《同人集》,《四库全书存目丛书》集部第385册,齐鲁书社,1997年,第198页。
④范曾编:《南通范氏诗文世家》(肆),河北教育出版社,2004年,第101页。
⑤范曾编:《南通范氏诗文世家》(肆),河北教育出版社,2004年,第393页。
⑥范曾编:《南通范氏诗文世家》(肆),河北教育出版社,2004年,第281页。

慰,激励其重振门庭。是年,冒襄为妾蔡氏三十生日设宴,延请吴绮、范国禄等十六位名士赏画赋诗。吴绮有《鹊桥仙·为蔡少君寿》《鹊桥仙二阕·再为蔡少君寿》《蔡少君三十生辰序》,范国禄有《寄调沁园春·寿蔡少君》。此外,范氏《题吴湖州看弈轩》《黄宗招集杜濬吴绮宋曹孙默蒋山得真字》《古重九日,同西陵吴山涛、丁澍,高阳李珩,北平冯贲徵、纪昚、张铭彝、左取印,桃源胡徵献,射陵宋曹,秦淮白梦鼎、柳埼、周京,黄山吴绮、程邃,竹西孙继登、陈箕康、华衮宴集平山堂》亦成于康熙十五年(1676),跌宕文酒,谈笑风生,过从甚密。康熙二十八年(1689)夏,范氏、吴氏等同登平山堂,范氏有《杨廷镇招同孔尚友吴绮蒋易孙铨乔寅朱其慎卓尔堪张韵朱紫周稚廉王文谟文穆文范吴寿潜赵永怀登平山堂观壁间欧苏词分得七虞十灰二首》,平山堂地势高峻,视野开阔,环境清幽,文章太守之流风余韵令人浮想联翩,相携觞咏,风雅无限。

　　吴绮与范国禄交游的重要媒介是词学。首先,推尊词体,积极实践。词学复兴的前提是文学认同和价值重构,明末清初词为小道、不屑为之的观念依然流行,成为繁荣发展的严重障碍。重振词体必然要尊体,范氏、吴氏不约而同地推尊词体,成为“尊体说”的鼓倡者和拥护者。两人积极投入词学实践,范氏有《腻玉词》《十山楼词》二卷,吴氏有《艺香词》四卷。其次,辨析词体,严审音韵。范氏、吴氏深于诗又精于词,具有高度自觉的文体观念,范氏以沈谦《词韵括略》为底本,精益求精,参酌辨析,删定甚严,剞劂流传,命名为《词韵严》。吴氏有《选声集》三卷、《词韵》一卷。其《凡例》曰:“是集专取音节和畅,可谓可歌,以毋失乐府审声之旨。固凡一调有数体者,只取一体入谱,既法省而谐,毋复错综之莫定,抑调佳而尽致,不至律吕之相差,识者鉴之。”①态度严谨,标准严格,希冀确立词韵之规范和准则。又次,才华相当,互为倾慕。吴绮和范国禄是广陵词坛引人瞩目的人物,词学交游,商讨考订,先著赞叹二人“于词皆有专家之长”②。范氏、吴氏词作成绩斐然,均为选家垂青,孙默欲刻清初 56 位名家词集,《国朝名家诗余》仅刻 17 家,范国禄、吴绮均列 39 家待刻之目。吴绮对范氏词作高度评价:

①[清]吴绮:《选声集》三卷附《词韵》一卷,《四库全书存目丛书》集部第 424 册,齐鲁书社,1997 年,第 436 页。

②南京大学中国语言文学系《全清词》编纂研究室编:《全清词·顺康卷》第 12 册,中华书局,2002年,第 7243 页。

"如霞引新桐,如云横古木,如琴弹清夜,独爱月明,如花发空山,偏临流水,皆以自然之韵抒其不染之怀。"(《范汝受〈十山楼词〉序》)①清水出芙蓉,天然去雕饰,洗尽铅华,澄澈洁净,独树一帜,吴氏之评独得范词精义。同时,范氏亦表彰吴氏词作:"最夸词令关风教,侧耳先听掷地声。"(《次韵孙八兄喜吴太守绮归自湖州》)②对其选词充分肯定:"近日吴湖州之选,可谓救敝。"(《陈子涵词评》)③他表彰吴氏通过对优秀词作的遴选,树立经典,提供示范,实现了对当下词坛弊端丛生的拯救。

黄虞稷。黄虞稷(1629—1691),字俞邰,一字楮园,著名藏书家。清江宁人。崇祯十二年(1639)前后,范国禄父范凤翼与黄虞稷父黄居中结社联吟。清潘宗鼎辑《扫叶楼集》载:"江宁黄居中,家构千顷堂,藏书极富,慕其(龚贤)名,因结诗社于秦淮。一时名隽若郑千里、范玺卿、朱元卫、张隆甫等,迭主坛坫,争相引重。"④文采风流,带来规模宏大、盛极一时的文人结社。范国禄与黄虞稷相识当在此间,"相挈盘桓,尽情极致"(《候徐太史书》)⑤,双方延续了父辈交往,遂成两世之好。范国禄对金陵怀有特殊情感,作为前明故都,不仅经历了朝代更替,更见证了家族辉煌。"先君结客非等闲,一时名隽相追攀。开阁下榻无虚日,南北交游恐不给"(《江宁感寓》)⑥,家国沧桑,风流繁华烟消云散,范氏将这一深沉的情感倾注于具有相似经历的故地交游,黄虞稷即是其中为数不多者。康熙六年(1667),范氏有《黄虞稷两过旅邸不值》。诗曰:"乱后论知己,如君更几人?拥书七万卷,惜别十余春。两世交情在,相过客舍频。无能一携手,凄绝欲沾巾。"⑦故地重游,风物依旧,人事全非。黄氏笃于友道,珍视情谊,频频过访,范氏错此面晤,伤痛不已,几欲泪下。康熙十五年(1676),范氏有金陵之行,黄氏招聚,有《黄虞稷招同吴期远梅文鼎黄中集饮剧谈》。诗曰:"天涯气分感相通,荐岁辛盘喜更同。斗室无心娴部署,星躔有法量高空。龙雷奋满天

---

① [清]吴绮:《林蕙堂文集续刻》卷四,《清代诗文集汇编》第68册,上海古籍出版社,2010年,第236页。
② 范曾编:《南通范氏诗文世家》(肆),河北教育出版社,2004年,第281页。
③ 范曾编:《南通范氏诗文世家》(伍),河北教育出版社,2004年,第120页。
④ [清]潘宗鼎辑:《扫叶楼集》,民国十八年(1929)铅印本,第109页。
⑤ 范曾编:《南通范氏诗文世家》(伍),河北教育出版社,2004年,第296页。
⑥ 范曾编:《南通范氏诗文世家》(肆),河北教育出版社,2004年,第43页。
⑦ 范曾编:《南通范氏诗文世家》(叁),河北教育出版社,2004年,第350页。

方旦，鼓吹休明日渐中。羁旅不须愁委顿，乾坤担子藉诸公。"[①]是时清廷定鼎已久，海内承平，诸子饮酒剧谈，品文论诗，海阔天空，意气风发，慷慨激昂，一扫沉郁凄楚之感伤。同时，范氏还介绍友人童鹿游与黄虞稷结交，《与黄俞邰》中为其热情延誉。

康熙十八年（1679），范国禄入幕横浦，次年返归，取道金陵。康熙十七年（1678），黄虞稷以诸生荐博学鸿词，越年丁母忧，未与殿试。康熙二十年（1681），召入翰林院，授检讨，与修《明史》。为修撰《明史》，黄虞稷广泛搜集材料，与范氏金陵会面之际，"垂问三大案，以及崇祯五十相臣"。范氏博学多识，出经入史，"习于先朝典故，洞于人才消长之原"（熊人霖《〈江湖游〉序》），著《崇祯宰相年表》。是书大部分材料来源于诸多当事者，其细节的丰富和情事的确凿不难想见。可贵的是，范氏史论"无丝毫门户恩怨之见"[②]，为黄氏修史提供了有益参考。黄虞稷在明史馆10余年，其间范氏有书以寄，除了表达羡慕和愧疚之外，更陈以心事，为父鸣不平。"先君一吏部郎耳，而参四明、山阴、晋江三相，养亲林下十七年矣，竟不免逆珰之削夺"。范凤翼正道直行，嫉恶如仇，尽管自觉疏离朝政，仍被卷入党争漩涡。万历三十八年（1610）挂冠，退居林下，天启五年（1625）遭到阉党严酷打击，削籍为民，追夺诰命。《通纪实录天官表》《颂天胪笔》《同时尚论录》《清流摘镜》等详述其事，凛然风节斑斑可考。令范国禄愤慨的是，已修之《明史》仅载"削范某、姜某、孙某等"一笔，而未详所以。在修之《明史》将如何书写范凤翼其人其事，范国禄甚为担忧。"窃臆今日之修《明史》亦必不详，且不知此一笔尚存而不去乎？痛哉！""若并此一笔亦不复留，则正气之终不得伸于世也。苦矣！"范氏家贫如洗，策蹇无从，恐先人之无闻，恐正气之不伸，惟向与修《明史》之黄虞稷述以心曲，重以相托。遗憾的是，黄虞稷所撰列稿并未流传下来，《艺文志》原稿亦已丢失，范氏之请是否最终如愿尚不可得知。《千顷堂书目》是黄氏为《明史·艺文志》编撰进行的资料筹备，两书体例、内容存在紧密联系，多数学者认为前者是后者的底本。《千顷堂书目》中收"范凤翼"条目，通过该书推测，黄虞稷极有可能在所修《明史》中满足了范氏请托。

---

① 范曾编：《南通范氏诗文世家》（肆），河北教育出版社，2004年，第273页。
② ［清］邓之诚：《清诗纪事初编》上册，上海古籍出版社，2012年，第511页。

　　毕际有。毕际有(1623—1693),字载积,号存吾,王士禛从姑丈,蒲松龄馆东。山东淄川人。顺治二年(1645)以拔贡入监,顺治十三年(1656)考授山西稷山知县,顺治十八年(1661)擢升通州知州,康熙二年(1663)罢官。毕际有和范国禄交游集中于其任职通州期间,短暂相处中鱼水相得,亲密无间,遂为终身莫逆。范国禄与毕际有情谊深厚渊源有自:首先,父辈交往。毕际有为明末户部尚书毕自严仲子。范国禄言:"少保秉宪节,忧居在林泉。先君佐铨司,特推卓异先。"(《别毕使君》)①据《真隐先生年谱》,万历三十七年(1609)八月,范凤翼任考功司主事,大力举荐毕自严,随后其人忠实为政,大有建树。其次,诗文相得。毕际有嗜书如命,热衷风雅,广交文友,宦情淡漠。"混迹山茨狎野樵,闲抛词赋佐宾僚。松阴拂麈尝移日,夜雨篝灯每近宵"(《次韵使君〈归田〉诗》)②,"山茨"指范凤翼万历三十九年(1611)创办且延续至清代的通州诗社,毕氏与以范国禄为中心的地方文人相与倾倒,诗酒文会,唱和不辍,夜以继日。范氏自言:"余尝和毕使君诗,有《移花》《画眉》《登云台》《秋柳》《盆莲》《朱鱼》《红指甲》《归田》,先后凡三十七首。"(《〈春游图诗卷〉跋》)③两人联吟之作连篇累牍,毕际有成为范国禄一生诗文唱和最多者。范氏对毕氏仰慕不已,首先是其诗才。范氏《毕载积〈秋柳〉诗评》曰:"以性情相深,自抒机轴而天真烂漫,所见无非自然,此极致也……此诗作法最娴,可谓手调心适,而缀次工匀量细,直补博物诸篇所未备。"④历来咏物不易,和韵尤难,毕氏之作独出手眼,以情纬文,自然入化,堪称典范。其次是其政绩。毕载积任职通州期间,勤政为民,兴利除弊,广受拥戴。康熙元年(1662),范国禄有《赠毕使君际有》二首,注:"时方丈量洲田,破除一切,独抒心计,人甚便之。"⑤通州襟江负海,其沙田与江海潮汐互相消长,宵小舞文乱法,频加常例,中饱私囊,百姓苦怨不迭。是时,毕际有清丈沙田,以合沙课银,减轻民役,此举甚得人心。范氏《贝丘》八章为颂扬毕氏之作,该诗具有现实基础,一定程度上反映了百姓心声。

---

①范曾编:《南通范氏诗文世家》(叁),河北教育出版社,2004年,第168页。
②范曾编:《南通范氏诗文世家》(肆),河北教育出版社,2004年,第196页。
③范曾编:《南通范氏诗文世家》(陆),河北教育出版社,2004年,第232页。
④范曾编:《南通范氏诗文世家》(伍),河北教育出版社,2004年,第111页。
⑤范曾编:《南通范氏诗文世家》(肆),河北教育出版社,2004年,第176页。

秀水项嵋雪与毕载积为同年友,渡江来通,赠毕氏陆游菱花砚。此砚色绀而姿腻,黝然垩,斐然文,莹然而精气,视其文,曰"心太平庵",诚为稀世珍宝。范国禄撰《陆放翁砚记》,赞叹人物相得,天意作合。同时,范氏广邀海内文人歌咏。其《菱花砚征言引》曰:"其中固有天焉。非一人撰述所可尽其意蕴也。用播海内,仰藉宗工,相与咏歌,体裁惟意。"①欲以不同体裁广泛吟咏,以竭其深意。康熙二年(1663)仲冬,毕载积与范国禄在官署接待了陈维崧、吕师濂,范氏有《和毕使君》。诗曰:"把臂无忧部署劳,高谈一夜沉清听。定交原于臭味中,偶然相见心忡忡。"②陈维崧诗《仲冬九日崇川署中即事》注:"时共读吕生绝句。"③毕氏作为地方官吏,延引文士,如恐不及,论文赋诗,莫不称心。康熙二年(1663),毕际有被免职,"以通州所千总解运漕粮,积年挂欠,变产赔补不及额"④。范氏对毕际有遭劾惋惜不平:"倾都人士泪斑斑,积向寒空雪拥关。借冠愿排天上闼,讼冤才达石头湾。看来功罪初无定,话到升沉尽可删。他日苍生望霖雨,朝廷应为起东山。"(《次韵使君〈归田〉诗》)⑤他婉转批判当政是非功过之裁断,期待昭雪洗冤,毕氏东山再起。对毕氏而言,厌恶积弊丛生、互相倾轧的官场,又淡泊功名,洁身自好,朝廷之罢正可遂其归隐心志,其后优游林下三十载。康熙三年(1664)初春,毕载积归里。黯然销魂者,唯别而已!毕氏既为衣食父母,更为诗文知音,临行在即,范氏千种离愁,万般情思,不能自遣,有《别毕使君》十九首。诗中感谢知遇之恩,"独于俦类中,蒙以国士期。推分及细故,曲折亦不辞";追忆文酒之欢,"两年托高厚,优优乐育多。自非木石心,安能忽忽过";倾诉离别之苦,"千里洎有尽,寸心恐不胜。珍重响前途,携手惜别情",情深意浓,思致凄婉。毕际有返归淄川,范氏一路追陪。途径东皋,冒大节宴请,"歌舞妙绝代,梨园有九青。浪吟惆怅词,莫若相见亲";取道泰州,刘使君、贾守备招饮,"大夫倒屣迎,将军结袜至。敢邀平原饮,谋为十日醉"⑥。同时,范氏作诗《奉陪使君游平山》《使君招集韩园》《同使君登西山》,记述扬州登临宴饮;撰文《吴陵联辔记》,描绘泰州揽辔夜

①范曾编:《南通范氏诗文世家》(陆),河北教育出版社,2004年,第190页。
②范曾编:《南通范氏诗文世家》(肆),河北教育出版社,2004年,第45页。
③[清]陈维崧撰,陈振鹏标点,李学颖校补:《陈维崧集》,上海古籍出版社,2010年,第556页。
④[清]毕岱煜修:《淄川毕氏世谱》,民国十二年(1923)刻本。
⑤范曾编:《南通范氏诗文世家》(肆),河北教育出版社,2004年,第196页。
⑥范曾编:《南通范氏诗文世家》(叁),河北教育出版社,2004年,第167—168页。

游。形影不离,流连复流连,不忍言别,最后的欢愉相伴情深意长,真挚动人。

　　更为重要的是,康熙三年(1664)分别之后,范氏、毕氏邮筒寄答,往来不辍,这份情谊超越了环境的改变、时间的流逝,益加诚挚动人。康熙四年(1665),范氏女婿袁璐家素饶,不善治产,竟至负债数千金。范氏致书毕氏,申诉其事,"事属虚无,人遭实祸,发难之后,骨髓俱枯。且一介书生,非若辈敌手,万一决裂,何以劲其后乎"(《寄毕使君》)①。范氏虽施以援手,无奈势单力薄,身陷绝境,声败家破,唯向故友澄清事实,吐心中冤屈愤恨。另有《复毕载积先生书》,曰:"某年逾不惑,学愧无成,守拙食贫,不必言矣。每见故人子弟举业初成,一入北雍则高魁如掇,心甚艳之。而援纳无资,可胜浩叹!合肥公,姻旧也,可以倚赖;新城两先生,至爱也,可以吹嘘。然诸公能佐佑我,而不能使我之脱然出门。"②范氏年逾不惑,学愧无成,援纳无资,虽有显宦可供援引,然而家贫如洗,加以各种拖累牵绊,竟至无法远行。此札范氏将热切的功名向往和无奈的现实困境和盘托出,毫无隐私,其面对非深可信赖之人,定不会如此真率坦诚。康熙十三年(1674),范国禄有诗《寄毕使君》四首。其一曰:"敝缊从无泪渍斑,回思当日唱阳关。官亭有柳因心折,周道如弦信步弯。岁月任随风物老,诗书好待布衣删。临歧曾订他年约,五岳先登第一山。"③别离依依,如在目前;岁月悠悠,将近十载。良友远隔,嘉会难再期,怀远思人,愁肠百结。康熙十四年(1675),范国禄避难四方,行至山东访毕际有,毕氏之园在其父石隐故址,范氏题其轩曰"就石",有《淄川名园记》。"把臂经旬,曲尽盘桓之致,差不虚此一游,深以自慰"④。虽迢迢千里,颠沛淋漓,此行如愿以偿,曲尽人意,足慰生平。此外,毕载积本流通之义,以钱之为泉,考究其史,成《泉史》。范氏为之撰序:"宋、元、明诸家收辑未备,公可谓集大成矣。考据详核,词义精瞻。"⑤毕氏独树一帜,定其式,正其文,辨其源,梳其流,使晓然于兴废之相循,范氏大力表彰其独特撰述。

---

① 范曾编:《南通范氏诗文世家》(伍),河北教育出版社,2004 年,第 335 页。
② 范曾编:《南通范氏诗文世家》(伍),河北教育出版社,2004 年,第 276 页。
③ 范曾编:《南通范氏诗文世家》(肆),河北教育出版社,2004 年,第 256 页。
④ 范曾编:《南通范氏诗文世家》(伍),河北教育出版社,2004 年,第 207 页。
⑤ 范曾编:《南通范氏诗文世家》(伍),河北教育出版社,2004 年,第 424 页。

陈世祥。陈世祥(1615—1676),字善伯,号抚烟,归田后号及隐,晚年更号散木。通州人。陈氏与范氏均出生通州名门望族,世代相交。崇祯十一年(1638),两人始识于学舍,陈氏制义骏发犀利,范氏"敬爱之,交甚欢"。崇祯十二年(1639),陈氏膺荐应天,时值范氏随父寓居金陵,"把手余秦淮、龙潭间,最相乐也"。崇祯十三年(1640),范氏返归通州。陈氏会试报罢,闭门苦读,不轻见客,独与范氏兄弟"数数往来"(《文林郎新安县尹陈君行状》)①。鼎革之初,陈氏高尚不上公车。顺治六年(1649),始赴京会试,踌躇满志。顺治九年(1652),陈氏谒选新安太守,主管之所"地偏人稀",流露出职位低卑、不受重用的消极情绪。范国禄致书以贺,欣慰其踏上仕途,更百般劝解,"僻则无转输应酬之苦,小则无簿书频仍之劳"(《贺陈新安》)②,鼓励其脚踏实地,勤政安民,以待朝廷日后选拔。新安百姓贫苦又桀骜不驯,为地方豪强垄断把持,遂使陈氏不安其位。顺治十一年(1654),解组归,不能治装,游食燕赵五年。其间范氏有《寄陈善百书》,信中设身处地,为陈氏诚恳分析归乡之必要:父母年事已高,祖父治棺待葬,自身尚未举子,又劝其念及桑梓之分、亲故之谊、友朋之义、道路之情。同时,还为其极力筹划归乡之银两,或谋于旧治知交,或请于同寅僚佐,或同乡之在京者,或同里之在临邑者。晓之以理,动之以情,可谓至诚至切,如此牵挂定令其人深思。顺治十七年(1660),陈氏终返里门。

　　范国禄和陈世祥志趣相投,文才相吸。范氏对陈氏之词倾慕不已,评《客中》"以草木叙时令,其法本于国风",评《赠采文》"字字精嫩",评《赠歌童》"短语隽致,拾有寻变入节之妙"③,对陈世祥词作手法渊源、字词锻炼、结构章法等广泛关注,提炼其精彩卓绝之处。陈氏对范氏之诗独有心得,为其《扫雪》撰序,"天地闭万物,剥穷阴晦,陆中敷葩丽彩,幽人逸士,掇拾而写,咏之籁于天欤,籁于地与物、于人欤"④,以空灵之笔概括诗篇清远幽绝的风味,与范氏之作相得益彰,不愧知音之评。清初通州文士从事文学活动的普遍与雅集活动的频繁达到前所未有的程度,范国禄与陈世祥是当之无愧的领袖人物。诗酒唱酬,谈艺论文,规摹示范,取长补短,结为"云

①范曾编:《南通范氏诗文世家》(陆),河北教育出版社,2004年,第397页。
②范曾编:《南通范氏诗文世家》(伍),河北教育出版社,2004年,第324页。
③[清]孙默编:《国朝名家诗余》,康熙留松阁刻本,南京图书馆藏。
④[清]蒿蒿幽人等:《十山书刻序》,抄本,中国科学院图书馆藏。

社"咏梅,成《梅聘草》。柳应芳,字陈父,诗才卓著,通州人。范氏、陈氏等心怀对乡贤之崇敬,瓣香其诗思文采,痛惜其零落散失,重刻《柳陈甫诗》以表彰风雅,传之后世。"山茨社"作为通州地区历史悠久、规模庞大的诗社,范氏、陈氏等人责无旁贷,努力振兴,风雅共举,兴味盎然。康熙二年(1663),范国禄有《王兆升招同陈维崧陈世祥陶开虞饮酒赋诗得衣字》。诗曰:"岁晏沧江客未归,踏残霜影弄灵晖。清樽颜色对灯火,旧社声名老布衣。病却黄门须鬓改,调惭白雪和歌稀。稻粱无计俟中泽,翘首天南鸿雁飞。"①诸人或为功名道路的落拓者,或无意科举功名者,流落江湖,甚至饱受生活困乏之煎熬,壮志难酬,不容于世,诗中可见一斑。山茨诗社以文会友,以友辅仁,实现了诗意的栖息。康熙三年(1664),诗社活动频繁,"佳节追陪不厌频,词坛振业赖斯人"(《重阳后一日喜大兄恕招凌允昌刘之勃陈世祥姜廷铉康昕陈弘裔修社事》)②,"风雅嗣兴感独劳,东南美胜尽贤豪"(《九月十三日社集》)③。范国禄、陈世祥等以诗词文艺相切磋,将雅集融入日常生活,诗酒流连,光华相映,创作活跃,热闹非凡。此外,两人还屡联句成诗,有《为褚生寿其母》《送郑太守升任南昌》《寿杨郡侯》等。

范国禄、陈世祥才华横溢,不仅是通州杰出文士,还在清初扬州文坛享有盛名。康熙五年(1666),两人以"广陵州县者"的身份积极参与了名噪一时的扬州诗词唱和。深秋赏菊,陈维崧有《被酒呈荔裳顾庵西樵三公并示豹人孝威梅岑舟次方邺希韩女受散木诸子仍用原韵》。孟冬"红桥唱和"中陈世祥得"梅"字、得"方"字,范国禄得"公"字、得"人"字,纸墨烂然,刻为《红桥唱和集》。小春"广陵唱和"中,各以《念奴娇》"屋"韵作词十二首,抒发感慨,一改婉约缠绵之风,转为慷慨激昂、磊落不平之气,共同推动了清初词风的演变。"广陵唱和"词作结为《广陵倡和词》,收录陈世祥《含影词》一卷。其中《同范汝受旅病戏遣》曰:"萧廖僧舍,算两人佳趣,穷愁千斛,立踬行僵无是处。鬼曰其穷未足,二竖揶揄,膏肓可据,共煽穷愁独。看教尪瘵,欹床而扪枯腹。也只几首新词,描愁写怨,便折平生福。谁者中黄真起痼,一匕不劳参茯。鸡距能花,鱼肠自吼,起舞何须蹴。咄来而鬼,乃以余

①范曾编:《南通范氏诗文世家》(肆),河北教育出版社,2004年,第193页。
②范曾编:《南通范氏诗文世家》(肆),河北教育出版社,2004年,第200页。
③范曾编:《南通范氏诗文世家》(肆),河北教育出版社,2004年,第200页。

为形桔。"①陈氏苦中作乐,以诙谐之笔写患病意态,宣泄调侃中寄寓了对现实处境的感喟,两人之风趣亲密亦由此可鉴。是年季冬,同集于王士禄寓园,范国禄有《王铨部士禄招同曹学士尔堪孙文学金砺陈明府世祥周较书云然集饮寓斋》,陈世祥有《烛影摇红·集饮西樵司勋寓园,听云然女史度曲,分得八字》,又联为《王考功寓园赠云然女史》。年终岁暮,羁旅他乡,追游同处,围炉夜话,丝竹盈耳,聊以慰藉现实的漂泊失意。

康熙十三年(1674),范国禄因修州志,遭遇文字祸,寓居邗上,咫尺天涯,陈氏"中间屡辱慰问,知己之谊甚厚,不特畴昔之欢为可念也"(《文林郎新安县尹陈君行状》)②。落拓潦倒之际,诗书频传,故人深情,韵致悠长。康熙十五年(1676),陈世祥去世,范国禄有诗《哭陈新安》,文《文林郎新安县尹陈君行状》,淋漓倾注,旁写曲诉,感情深沉。

陈允衡。陈允衡(?—1672),字伯玑,号玉渊。江西南昌人。范国禄目陈氏为"南州高士"(《答彭大参》)③,两人情投意合,结交当在康熙元年(1662)之扬州,范国禄《郑公子星招同杜征君濬喻太守珩程山人邃张山人羽陈文学允衡谦集天瑞堂时杜陈将南归喻郑将游淮上余亦将之真州》系于是年。诗曰:"公子诗名快独雄,一时词客藉宗工。相依南国心偏远,回首西园兴未穷。"④公子设宴款待,词客云从景附,慷慨任气,磊落使才。范氏、陈氏一见倾心,分手在即,仍兴会淋漓,握别之作情调高昂。康熙四年(1665),范国禄有江楚之行,两人再次同游共处,交往密迩,范国禄有《晤陈允衡》。诗曰:"几度芜城黯客魂,月明空复叩柴门。西江浩荡君孤往,东海沉沦我仅存。建武垂成还把钓,鲜卑再过已无裈。此生若问谁凭藉,别后行藏总莫论。"⑤芜城一别,音信杳隔,同为孤客,浪迹江湖,重逢相对,无限感伤。"建武垂成还把钓,鲜卑再过已无裈",用东汉严子陵耕读垂钓与东晋范信高洁清廉之典故,比况双方江湖飘零之处境、贫困无依之身世。是年,同游东湖之畔侣鸥园,范国禄有《侣鸥园游记》。文曰:"规模滕王阁差小,其上可风可眺,下可避暑。后为亭三楹,精雅可坐,叠石为山,奠其后,

①南京大学中国语言文学系《全清词》编纂研究室编:《全清词·顺康卷》第1册,中华书局,2002年,第611页。
②范曾编:《南通范氏诗文世家》(陆),河北教育出版社,2004年,第398页。
③范曾编:《南通范氏诗文世家》(伍),河北教育出版社,2004年,第337页。
④范曾编:《南通范氏诗文世家》(肆),河北教育出版社,2004年,第181页。
⑤范曾编:《南通范氏诗文世家》(肆),河北教育出版社,2004年,第202页。

四围杂植花木,绿荫中余红袅袅。"亭台精雅,山石错落,花木葱笼,诸人抚此幽妍,心目畅遂。"余与(程)士哲手谈,(宋)少参、(陈)伯玑缀以诗话,(熊)芋僧则往来二者间"①,范氏、陈氏等人高情雅致,极清旷闲适之乐,呈现出浓郁的文化氛围。同年,范氏有《为陈允衡题浣花君小影》四首。其一曰:"话到临邛久不闻,陈生何以得文君?爱琴自与琴心合,挑动难将一缕分。"②陈允衡构屋于南州苏公亭畔,傍湖以筑,楼台亭馆,清风明月,范氏等文友徜徉其间,自是胜赏。陈氏署其堂为"爱琴",范国禄将之与司马相如挑动琴心之典故巧妙联系,以喻陈氏伉俪情深、琴瑟好合。除此,是年范氏、陈氏等人雅集东湖侣鸥园,联为《侣鸥园偶集》;欢会宋之绳署中,联为《宋少参署中》。诸人究心风雅,赏山水之清嘉,喜相聚之难得,陶醉流连。康熙十八年(1679),范氏舟行东湖,此地已是一片荒芜,不胜浩叹,"不到南州十五年,东湖蔓草藉荒烟。旧时亭馆纷何在,长日风晴似各天。白鹭有家占浩荡,青尊无地寄流连"(《陈允衡别业遗址》)③,蔓草丛生,亭馆残败,遥想当日,诗文樽酒只可成追忆。

康熙四年(1665)分别之后,虽山水遥迢,范、陈两人千里神交,有如晤对。范国禄寄书陈允衡,或介绍至亲与之交游,"孝廉为弟至亲,与熊芋僧同年友也,才品英妙,宜与订交"(《寄陈伯玑》)④;或欣慰其备受礼遇,"闻当路高式庐之驾,知足下相得甚欢,殊为欣慰";或渴慕接续前欢,"东湖别业,风景依然,把臂何时,临颖神往"(《寄陈伯玑》)⑤,不一而足,意之所至,深情贯注。另外,范氏与宋之绳、周体观、彭大参、李维饶、杨新建等人书信屡次提及陈氏,"巨源、于一、士业、伯玑诸后人近况何似"(《寄李维饶》)⑥,"文章故人仅陈士业、王于一、陈伯玑三人在,糊口四方,潦倒可念,观风之暇,肯不惜齿颊及之乎"(《简宋其武少参》)⑦,其深切挂念可见一斑。

范国禄与陈氏不仅诗才相当,更有共同的选诗爱好。清初陈氏一生以选诗为业,贫病交加,网罗搜讨,不遗余力,其《诗慰》选布衣之诗,与《列朝

---

①范曾编:《南通范氏诗文世家》(伍),河北教育出版社,2004年,第208页。
②范曾编:《南通范氏诗文世家》(肆),河北教育出版社,2004年,第348页。
③[清]王藻编:《崇川各家诗钞汇存》二中,咸丰七年(1857)刊本。
④范曾编:《南通范氏诗文世家》(伍),河北教育出版社,2004年,第328页。
⑤范曾编:《南通范氏诗文世家》(伍),河北教育出版社,2004年,第328页。
⑥范曾编:《南通范氏诗文世家》(伍),河北教育出版社,2004年,第338页。
⑦范曾编:《南通范氏诗文世家》(伍),河北教育出版社,2004年,第304页。

诗集》形成互补之势。《国雅初集》录明遗民诗 50 余家,成于康熙元年(1662)或康熙二年(1663)。陈氏对范国禄诗作甚为欣赏,因其后至,不及入集,"尝惜之"(《为陈允衡题浣花君小影》)[1]。范国禄《五狼诗存》是通州地区诗歌总集的开山之作,且计划作《选选诗》,"选者,选诸名家所选刻已成之书也"[2]。故范国禄深刻理解陈氏对选政事业的执着热爱,表现出由衷敬佩和高度礼赞,"谁凭《国雅》翻遗稿,也为诗人慰下泉"(《陈允衡别业遗址》)[3]。范氏是陈氏名副其实的同道知音。

宗元鼎。宗元鼎(1620—1698),字定九,号梅岑,别号小香居士。清江都人。王士禛顺治十七年(1660)至康熙四年(1665)任职扬州推官期间,范国禄与宗元鼎同随其后,皆以门生弟子自居,得到赏识揄扬。王氏赞叹范国禄,"翩翩浊世佳公子,只属扬州范十山"[4],激赏宗元鼎,"诗以才调为主,风华婉媚,自成一家"。两人在文学实践与交流探讨中,成为了诗词兼擅、享誉江淮的名家,文才相吸。范国禄著述宏富,有《漫烟》《扫雪》《纫香》《听涛》《腴卮》《簇锦》《步尘》《离忧》等。宗元鼎《题范汝受临流把卷图》形象刻画了范氏啸傲沧州、临流把卷的形象,"伊人啸傲在沧洲,潇洒临流把卷秋。曾读君诗十五种,手中应是十山楼"。宗氏仰慕范氏诗才,广泛品阅其作,达至十五种,尤为认可方以智的评价,"范子诗歌乐府风度,翔武黄初以上者也"[5]。范氏诗学打破清初门户界限,不受时代拘囿,加强了对文学源头的探寻,复古色调鲜明,并将其诗论积极付诸实践。宗氏获其诗作深层意蕴,不愧文学知音。清初两人交游频繁,活跃于江北诗界词坛,见证与参与了扬州文学盛事。康熙五年(1666),范国禄与宗元鼎等人同在扬州赏菊,陈维崧有《被酒呈荔裳顾庵西樵三公并示豹人孝威梅岑舟次方邺希韩女受散木诸子仍用原韵》。同年冬孟,范氏、宗氏等 47 人参加了红桥雅集,宗元鼎得"林"字、得"妍"字。范国禄得"公"字,"歌舞繁华地,由来感慨同。名园留气色,我辈托高空。啸绝千年调,诗占列国风。竹西如可作,今日藉诸公",得"人"字,"文物江山丽,清华水木春。楼台宜得月,鱼鸟欲亲人。

①范曾编:《南通范氏诗文世家》(肆),河北教育出版社,2004 年,第 348 页。
②[清]张潮辑:《友声后集》(辛集),清乾隆四十五年(1780)刻本。
③[清]王藻编:《崇川各家诗钞汇存》二中,咸丰七年(1857)刊本。
④[清]杨廷撰辑:《五山耆旧今集》卷二,道光四年(1824)一经堂刻本。
⑤[清]宗元鼎:《宗定九新柳堂集》卷六,康熙年间刻本。

说法石肯首,含香花效颦。夕阳桥影乱,归路隔风尘"①。扬州自古为歌舞繁华之地,范国禄、宗元鼎等登临揽胜,徜徉山光水色,置身楼台亭阁,联席结吟,酬唱赓续,声势浩大,传播遐迩。同年小春,范国禄、宗元鼎等17人参加了"广陵唱和",酒筵歌席之间,切磋技艺,规摹示范,同赋《念奴娇》,竟日唱和,交欢月余,宗元鼎有《用前韵,柬宋既庭、孙豹人、冒巢民、陈其年、孙介夫、李云田、沈方邺、孙无言、范汝受、季希韩、冒青若诸君子,兼呈西樵先生》。词曰:"宵来城外,共稽阮、把臂深林咏竹。自古江南多好景,凉月清风满屋。观画围棋,谈庄说易,雅意琴樽绿。诗狂酒态,不劳修饰边幅。谁为领袖群英,丰神高迈,朗朗如行玉。同预黄公垆畔者,半是旧游相熟。携妓登临,放情丘壑,亹亹千年续。土山非远,广陵一片溪麓。"②旧游相熟,把臂同堂,清风凉月之夜,诗文樽酒之席,观画围棋,谈庄说易,放浪形骸,真有竹林之风;诗狂酒酣,群情激荡,篇章腾涌,极尽风雅之兴。

康熙十三年(1674),范国禄经历了人生的重大变故,修撰《通州志》时以文字得罪通州镇帅诺迈,情势危急。其《十山楼诗年》"甲寅"下注:"春在泰州,五月客淮上,而文字之祸作,遂从延令之吴门、京口、白下,赴各宪,八月以后待罪扬州。"③范氏不仅史志无名,竟有性命之虞,幸得宗元鼎等友人斡旋营救。是年,范国禄有《酬纪映钟丁日乾柳文越闿许承家刘芳世宗元鼎诸君子》。诗曰:"见说名成身隐高,从来浮慕不坚牢。鄙夷刍狗真同幻,凌厉风霜快所遭。谁信文章能嫁祸,却将意气任吹毛。主持清议凭公等,颠倒安排总莫逃。"④范氏应知州之邀,编辑通志,接古续今,对文字之祸始料未及,一介布衣无力与当权辩解抗衡。岁寒知松柏,患难见真情。遭此飞来横祸,宗氏等人主持公道、伸张正义,范氏感铭五内、记忆终身。随后,范国禄忧谗畏祸,远离家乡,流浪四方近十年,在此生命最为低落的阶段,宗元鼎与之交往不辍,互诉衷肠,排遣失意,经历岁月的磨炼,这份情谊益加真醇。康熙十五年(1676),范国禄、宗元鼎集听花书屋,范氏有《席

---

①范曾编:《南通范氏诗文世家》(叁),河北教育出版社,2004年,第346页。

②南京大学中国语言文学系《全清词》编纂研究室编:《全清词·顺康卷》第4册,中华书局,2002年,第2301页。

③[清]范国禄:《十山楼诗年》,抄本,中国科学院图书馆藏。

④范曾编:《南通范氏诗文世家》(肆),河北教育出版社,2004年,第255页。

居中招同邓汉仪宗元鼎黄云秦定襄华衮张天中集听花书屋》,暂抛闲愁,把酒清谈,十三楼外,廿四桥边,缅怀前贤,追步风雅。康熙十三年(1674),平山堂开工复建,康熙十六年(1677)竣工,范氏、宗氏等人泛舟共赏,饮觞吟诗,山高水远风流长。范国禄有《汪舍人懋麟招同程邃孙枝蔚邓汉仪宗元鼎陶澄王宾华衮泛舟登平山堂》。范氏流寓他乡、饥驱各地之时,诸人深切体察其困境,邀同游赏。"园亭历遍穿红桥,柳堤曲曲风摇摇","青松如抹缘深径,周回却与坡垞称","远冈更递晴景来,楼阁翚飞翠相映"①。清风徐来,水波荡漾,穿红桥,过柳堤,远冈更递,楼阁翚飞,美不胜收,欣喜愉悦自非往日可比。尽管困境依旧,漂泊如故,这份短暂的欢愉足以驱散漫漫避难之途的孤苦阴霾。另外,康熙二十八年(1689),范氏为宗元鼎赠诗学宪,有《再和〈仙舟图〉为黄云宗元鼎赠学宪田公》。

　　邓汉仪。邓汉仪(1617—1689),字孝威,一字旧山。泰州人。邓汉仪博洽通敏,贯穿经史百家之籍,尤工于诗。范国禄折服其主盟风雅的地位:"阮亭、园次、孝威诸公并建旗鼓。"(《〈王学臣词〉序》)②邓氏以在野布衣之身份领袖文坛,匹敌诸公,尤为引人瞩目。范国禄与邓汉仪因地缘、业缘、趣缘之便,倾心交接,遂成莫逆。康熙五年(1666)冬,两人参加了扬州文坛盛会。"红桥唱和"中邓汉仪得"临"字、得"庵"字,"广陵唱和"中邓氏有《小春红桥宴集,同限一"屋"韵》《听范汝受谈崇川近事》等。此外,同集诸人亦记录了是年两人交往,诗如王士禄《季冬八日邀顾庵伯吁豹人孝威散木介夫汝受方邺夜集寓园同用灯字》《送顾庵还武塘方邺还宣城限人字同散木孝威汝受介夫赋》,词如陈维崧《被酒呈荔裳顾庵西樵三公并示豹人孝威梅岑舟次方邺希韩散木汝受诸子仍用曹韵》,良辰嘉会,宴饮唱和,迎来送往,相叙情思,抒发感慨,篇章迭出,尽显风雅与才情。康熙十三年(1674),范氏遭遇文字之祸,人生遭受到沉重打击。邓氏宅心仁厚,体贴人意,理解同情友人处境,默默守候,深情宽慰,风雅共举。范氏《一生清兴寄壶觞》注曰:"吴陵同邓大学汉仪、汪舍人懋麟饮黄云寓园,迟主人不至,次韵即事。"诗曰:"云封鹤径草烟迷,高阁平林恰听鹂。话到世情惟一醉,订来交谊许重缔。"③又如诗《金祖诚使君邀同程邃侯康民沈明邓汉仪集孙少府寓园听

---

①范曾编:《南通范氏诗文世家》(肆),河北教育出版社,2004年,第75页。

②范曾编:《南通范氏诗文世家》(陆),河北教育出版社,2004年,第78页。

③范曾编:《南通范氏诗文世家》(肆),河北教育出版社,2004年,第250页。

须校书度曲》曰:"扬州自古称佳丽,诸公宛转能留连。东海鲰生适多难,感兹意气相周旋。"①置身烟草迷离之径、鸟语花香之林、声情并茂之乐、酣畅淋漓之饮,范氏与邓汉仪等宛转流连,暂可抹去待罪之人的惶恐与无助,此时此刻弥足珍贵。范国禄另有《就酌孙少府喜邓黄二子同至》《同程邃白梦鼎邓汉仪诸君集金使君寓斋》诸作,邓汉仪不仅是范氏文学交游的对象,更是现实生活中的密友,朝夕相伴,悲欢分享,在范氏这段特殊的人生岁月中留下了深刻记忆。

康熙十五年(1676),两人集听花书屋,范氏有《席居中招同邓汉仪宗元鼎黄云秦定襄华衮张天中集听花书屋》;康熙十六年(1677),同游平山堂,范氏有《汪舍人懋麟招同程邃孙枝蔚邓汉仪宗元鼎陶澂王宾华衮泛舟登平山堂》,相携游赏,饱览风光,荡涤胸次,极尽登览唱和之乐。此外,彭桂诗《淮南喜晤程穆倩孙无言邓孝威宗鹤问范汝受》、词《黄仙裳邀同邓孝威范汝受何奕美小饮扬州秀野园是日饯春》,杜濬诗《二月十二日李匡侯招同邓孝威范汝受于高座上人房同用青字》,以及邓汉仪、范国禄等人联句诗《城南游兴》。上述诸作虽均无法明确系年,透露出范氏、邓氏的交游之频毋庸置疑。邓汉仪守持气节,宁为饥凤,不为鸿雁,厥志终隐。康熙十七年(1678)春,为户部郎中谈宏宪荐,秋偕孙枝蔚上京应试,此行实属无奈。时范氏与邓同寓金陵,赋诗以赠,有《送孙枝蔚邓汉仪同时应荐》《白下喜邓徵君汉仪同寓即送入都》,诗作欢欣鼓舞,表现出对友人的由衷祝福,不无艳羡之意。范氏的热衷功名与邓氏的无意仕进形成鲜明对比,现实命运的错位或为双方交往的深入提供了更多机缘。

邓汉仪游心翰墨,以编书吟啸为事,执选政数十年,倾注了毕生心力,范氏与其选诗结下了不解之缘。首先,成为邓氏选录的重要对象。《诗观初集》收范氏《入庐山》《三峡桥》《甘将军庙》《同杨酒生登楼看月》《广陵舟泛》《送钱舒庵之广陵》六诗,《诗观二集》收《集送曹学士归嘉善沈文学归宣城》《白螺山谣》《王阮亭使君署中题抱琴堂》《水绘园》《泊东江脑》《汉口遇杨护军至自河池》《听金生度曲》七诗,《诗观三集》收《胥郎挟美人跨马歌》一诗,邓氏赞叹其健笔凌云,幽致高情,诗思清远。同时,对范氏之豁达胸襟尤为激赏。"十山十年避地,今始还家,闭门不出,然宾客访之者辄倾倒

---

① 范曾编:《南通范氏诗文世家》(肆),河北教育出版社,2004年,第65页。

不厌,不以家贫为解,为诗益豪迈,有振动三山之力"①,虽避地十年,资财荡尽,仍好客不倦,诗益豪迈,气壮山河。其次,成为邓氏选诗的得力助手。清代数量可观、类型众多的选集中不乏标准失当、选择芜滥者,范国禄视野开阔,提出"以人之诗定人之诗,不以我之诗定人之诗"(《徵刻诗就引》)②的编选原则。邓氏对此十分肯定和赞赏,引为同人,切磋交流。康熙十一年(1672),范氏与同人集海陵,"与邓子孝威商略《诗观》之选"(《〈两黄子诗〉序》)③。范氏审阅诗稿,发表建议,提供参考,《诗观》之成不无其力。又次,成为邓氏诗学的同道知音。为挽救明末诗坛流弊,清初范氏、邓氏表现出不约而同的诗学建构。范国禄言:"邓子孝威继《诗观》而选《诗品》,独于二名家有使集之目,因得读而绅绎之。"两人坚守儒家正统诗学理论,《慎墨堂诗品》中二家之作可资"观政治考风俗",邓氏"品藻甚详"。范氏"服膺已久"(《〈二名家使集〉序》)④,为撰序言,以阐扬诗歌的政教功用。又次,成为邓氏选辑的积极补充。范氏《寄李维饶》曰:"向承惠教太夫人诗刻什袭已久,比见邓孝威《诗观》失载,特转送之,嘱其《二集》登选。"⑤范氏积极荐稿,嘱以登选,邓氏加以采纳。《诗观》二集《闺秀别卷》收朱中楣,注明"李维饶尊慈"⑥,录其《寄怀金吴江相国夫人》《仲春熊蓼庵姑母招集东湖侣鸥阁》《寄挽嘉禾三烈》三诗。朱中楣,工诗词,新奇细腻,富有生活情趣,在清初闺秀诗人出类拔萃,范之荐、邓氏之录可谓眼力不凡。

　　孙默。孙默(1623—1678),字无言,号柽庵。安徽休宁人。清初扬州俊彦云集,"为天下人士之大逆旅,凡怀才抱艺者,莫不寓居"(孔尚任《与李琬佩》)⑦。黄山孙默为生计所迫,孤身跟从商人来往江淮。孙氏喜游名胜,乐于交友,"文章朋友之嗜,不啻饥渴之于饮食"⑧。寓居扬州之后,留心雅事,获交各地贤人君子,范国禄即是其中关系密切者。"辛丑岁,无言

---

① [清]邓汉仪辑:《诗观》三集卷九,《四库禁毁书丛刊》集部第3册,北京出版社,1997年,第184页。
② 范曾编:《南通范氏诗文世家》(陆),河北教育出版社,2004年,第186页。
③ 范曾编:《南通范氏诗文世家》(陆),河北教育出版社,2004年,第24页。
④ 范曾编:《南通范氏诗文世家》(陆),河北教育出版社,2004年,第3页。
⑤ 范曾编:《南通范氏诗文世家》(伍),河北教育出版社,2004年,第338页。
⑥ [清]邓汉仪辑:《诗观》二集《闺秀别卷》,《四库全书存目丛书补编》集部第40册,齐鲁书社,2001年,第334页。
⑦ [清]孔尚任撰,徐振贵主编:《孔尚任全集辑校注评》,齐鲁书社,2004年,第1235页。
⑧ 钱仲联辑:《清诗纪事·明遗民卷》,江苏古籍出版社,1987年,第497页。

游于广陵且十有余年焉,然后即归黄山老焉"(孙枝蔚《送无言归黄山序》),"辛丑"即顺治十八年(1661),是年孙氏萌生归隐黄山之念,广邀众友以诗相送。范国禄《岩岩黄山》六章下注:"送孙默归山之作。"诗作畅想孙氏优游林下、寄情山壑的逍遥超脱,"山之阳,可以构堂。知子者来,一咏一觞","山之麓,可以为屋。尚友古人,媚此幽独";"山之下,亦可以厦。不雨不风,无冬无夏"①。漫步黄山,高卧林泉,远离尘嚣,亲近自然,诗意盎然,令人向往。四方送归之作几盈数千首,孙氏欲结集刊行,范氏濡墨挥毫,为撰序言。文中理解孙氏欲归之举:"慷慨意气,觉游者之不得尽如我,我之交游,将不得不废于游,于是浩然有归志。"事实上,非游之难,而交游之难也,游者虽多,鱼龙混杂,不乏追欢借色之人,如此交游,其道废矣。孙子虽喜接四方文士,又严守交接之道,急流勇退,高蹈世外,欲以成就闲适生活和诗意人生。同时,范氏流露出惋惜不舍:"子归矣,江淮间跂足而相待者,故人之情可念也。"(《〈送孙无言归黄山〉序》)②平淡之言道出依依别离之情,意蕴深婉。康熙五年(1666),范氏、孙氏共同参加了"红桥雅集""广陵唱和",群起影从,桴鼓相应,诗酒文会,蔚为风雅。康熙十年(1671),两人相见,孙氏请范氏重为"归山"作序,此时距离顺治十八年(1661)已十载,孙氏仍存栖隐黄山之想。作为交往多年的文友,范氏设身处地地分析其可行性,"黄山白岳之间,虽多隐君子,比来烽燧孔炽,草木告灾,求所谓白石清泉犹然无恙者,已不可得",更对之百般开导,"不必定是黄山,则淮南、江左随处皆山,更无论大隐在市,闭户即是深山矣"(《与孙无言》)③,帮助友人通过圆融通达的方式实现对自我的坚守,获取精神的自由,恳切挽留之意溢于言表。康熙十五年(1676),范国禄因修州志,泛论风土,触怒镇帅,离乡避难,此间孙默与之频繁交接,世情冷暖,范氏深为感念。康熙十五年(1676),范氏有《黄宗招集杜濬吴绮宋曹孙默蒋山得真字》《同程邃杜濬黄朝美孙默小集光霁堂》,康熙十六年(1677),陈维崧有《丁巳仲秋广陵寓中病疟不获为红桥平山之游怅然有作奉柬观察金长真先生并示豹人穆倩孝威定九鹤问仙裳蛟门叔定女受仔园龙眉爰琴扶晨无言诸君》,孙默等参与建构了范氏雅集丰富、诗情洋溢、温情脉脉的生命历程。

---

① 范曾编:《南通范氏诗文世家》(叁),河北教育出版社,2004年,第14页。
② 范曾编:《南通范氏诗文世家》(陆),河北教育出版社,2004年,第103页。
③ 范曾编:《南通范氏诗文世家》(伍),河北教育出版社,2004年,第370页。

　　清初孙默以一穷老布衣,而名闻天下,其文坛声望与刊刻《国朝名家诗余》紧密关联。该集是以孙默为中心历经十四载集体殚精竭虑、共同参与的词集丛刻,范国禄是其中重要的实际参订者。其《月湄词跋》自叙:"余与孙子搜辑名家词,得备参阅。"①孙氏《国朝名家诗余》作为清代第一个规模宏大的词集,先后刊刻四次,共收录 17 家词集,总计 40 卷,完整记录了清初词风的发展演变,显示出广陵词坛对于清词中兴的重要贡献。范国禄对于孙氏《国朝名家诗余》的编选或有收集之功,或有审阅之力,与孙默操持选政,博观约取,相互切磋,交流词学,通过对当时优秀词作的遴选,以指导词坛健康发展。范国禄撰写了其中《梅村词序》《香严词序》《月湄词跋》,评点了吴梅村、梁清标、王士禄、曹尔堪、陈维崧、季公琦、陈世祥、陆求可 8 人词作。评点条目具体为康熙六年(1667)《广陵唱和词》8 条,康熙七年(1668)《含影词》4 条,康熙十二年(1673)《月湄词》9 条,康熙十六年(1677)《梅村词》5 条,康熙十六年《棠村词》3 条,共计 29 条评语,列于王士禛、邹祗谟、王士禄、尤侗、彭孙遹、陈维崧、曹尔堪、宋实颖、董以宁、宋琬、徐士俊、邓汉仪、杜濬、孙枝蔚、宗元鼎、孙默 16 人之后,表现出对《国朝名家诗余》成集积极持续的参与。清初编选刊刻词集者,邀请名流参评以扩大影响,《国朝名家诗余》中评点者达到 308 人,着眼于参评时间、出现频率、评点条数,范国禄在该词选成集中的作用可见一斑。同时,上海图书馆藏《国朝名家诗余》前附目录分为 4 页,"范国禄汝受"见于第 3 页,据目录后"诸名家词未刻者嗣出"之语,可知孙默计划庞大,欲刊刻 56 位名家词集,《国朝名家诗余》仅刻 17 家,范国禄位列 39 家待刻之目,孙氏对其词学成就的高度认可毋庸置疑。

　　黄云。黄云(1621—1702),字仙裳,号旧樵。泰州人。黄氏善谈论,负气慷慨。范国禄对其敬重有加:"吾党不至寂寞,赖有斯人。"(《〈两黄子诗〉序)》②两人擅长诗文,喜好风雅,同为布衣,加之通州与泰州相邻,一生交往密切。康熙二年(1663),黄云赋诗移家,范国禄有《次韵黄云〈移居北埠〉兼寄白敏李基》。诗曰:"作客自应怜旧好,移家聊可任新傭。相过拟趁南风便,愿与诸君快景从。"③拜访旧友,恰逢乔迁,轻快欢快的笔触难掩内心

①范曾编:《南通范氏诗文世家》(陆),河北教育出版社,2004 年,第 250 页。
②范曾编:《南通范氏诗文世家》(陆),河北教育出版社,2004 年,第 24 页。
③范曾编:《南通范氏诗文世家》(肆),河北教育出版社,2004 年,第 186 页。

喜悦。同年,范氏有《过北埠坐吴文蔚池上遇雨留宿同张靖黄云李基赋》。诗曰:"诸君如见待,坐唤风雨来。绿暗天边树,红翻池上台。征军劳渐定,旱魃焰将回。能不欢相对,篝灯命酒杯。"①酷暑难耐之日,风雨从天而降,大快人心,秉烛夜话,举杯同饮,以尽其欢。如此交游虽显琐碎,但是相处的友好适意,时时流于笔端。康熙四年(1665),范氏将游江西,道出北埠,访黄云,谈及豫章六君子祠、东湖、西湖、北湖、孺子亭等名胜。是年,范氏久客江楚,黄云遥思其人,有《怀范汝受久客楚中》。诗曰:"翩翩浊世佳公子,共许扬州范十山。家破长贫惟我共,路难远涉赖君堪。重闻黄鸟移春树,尚采芳蘅滞楚潭。纵是曰归归未得,八行何惜一邮函。"②首联高度赞同王士禛对范氏其人的评价,颈联深切同情范氏家道中落、一贫如洗。黄氏伫立翘望,山遥遥,水迢迢,路难远涉,杳无音信,归期何日,重逢何时,关切之情一览无遗。康熙十一年(1672),范国禄寓居海陵,有诗《吴陵城北同黄云过访秦定襄不值》《次韵丁日乾黄云为女师吴琪东皋留行》二首,同来共往,宴饮游乐,诗文唱和。黄云幼年早孤,事母至孝。康熙十二年(1673),黄母去世,范国禄赋诗以悼:"先生孝义动时贤,阿母心怡足大年。共道鹤觞须鼎食,未应鸾驭遂骖天。断机不为教儿设,剪发还怜受者传。多少执经门下士,感怀重废《蓼莪》篇。"(《为黄云哭母》)③慈母含辛茹苦,辛勤养育,溘然长逝,黄云悲不自胜。范氏感同身受,心情沉痛,笔墨简括,娓娓入情,寄托了深切追念。康熙十三年(1674),范氏因修州志,待罪扬州,这段艰难岁月中屡现黄云身影,双方交情真挚,有殊寻常。范氏《重九前二日同丁日乾黄云集席居中斋头》曰:"客里悲秋藉友生,一樽相对意峥嵘。雨因近节无情下,天似留人不欲晴。命世文章怜伯仲,撄时患难听和平。禁霜莫被黄花笑,傲骨输他狎旧盟。"④客里悲秋不胜愁,开怀畅饮,论文赋诗,意气峥嵘,黄云等体贴人情,增添了范国禄面对生活苦难的勇气。是年,范氏另有《就酌孙少府喜邓黄二子同至》,孙枝蔚有《秋夜社集张与参宅同纪粲子黄仙裳范汝受佘来仪》,范氏、黄氏时常雅集,真诚面对,挥洒才情,特殊人生境况下范氏感受到友情的弥足珍贵。康熙十五年(1676),集

---

① 范曾编:《南通范氏诗文世家》(叁),河北教育出版社,2004年,第315页。
② [清]黄云:《桐引楼诗》,清康熙二十四年(1685)吴宗清刻本。
③ 范曾编:《南通范氏诗文世家》(肆),河北教育出版社,2004年,第247页。
④ 范曾编:《南通范氏诗文世家》(肆),河北教育出版社,2004年,第254页。

听花书屋,范氏有《席居中招同邓汉仪宗元鼎黄云秦定襄华衮张天中集听花书屋》,欢聚一堂,吟唱风雅、觥筹交错中实现了对各自苦难的超越。是年,范氏《洪水后过访黄云于北垞》一诗值得关注,"惊看阡陌变为湖,一叶于中似浴凫。烟井几家留喘息,秋风万丈失支吾。藏身泽国何人伴,托兴巢民且自娱。并食更无鱼果腹,忧时能不问天乎"①,洪水无情,奔腾而过,汪洋一片;故人有意,前来探望,关爱备至,范氏深情由此可见。康熙十六年(1677)仲秋,同登红桥、平山,陈维崧有《丁巳仲秋广陵寓中病疟不获为红桥平山之游怅然有作奉柬观察金长真先生并示豹人穆倩孝威定九鹤问仙裳蛟门叔定女受仔园龙眉爰琴扶晨无言诸君》。范氏、黄氏等携手文学同道,领略山光水色,追步胜踪遗迹,驰骋诗思文采,如此盛会,何可多得?

　　诗文切磋交流是范氏、黄氏交往中的重要内容。一、商略诗选。清代出现了数量浩繁、类型众多的诗歌选集,以表彰风雅,保存文献,引导文坛健康发展。时代氛围影响下,范氏、黄氏积极投身选诗。康熙十一年(1672),范氏有海陵之役,"以塞缩不见人,独二黄子日夕相过,与邓子孝威商略《诗观》之选"(《〈两黄子诗〉序》)②。范氏、黄氏具备良好的诗文修养,晨夕相对,网罗放佚,品藻异同,删整芜秽,细心裁定,直接参与了邓汉仪《诗观》之选。二、讨论词学。黄仙裳与范国禄有着截然不同的词学观念。黄氏认为:"小技不足为,为之亦无所于名。名手若周柳,若辛陆,品论殊不同,何况以下哉?"③(《〈樵青词〉序》)黄云贬抑词体,以词为宴嬉逸乐、聊佐清欢之娱乐工具,无法与传统诗文并驾齐驱,不屑为之。范氏认为:"文章之道,各溯其源,支节虽分,无小大之异也,自成一派而止耳。"(《〈潘文水词〉序》)④范氏推尊词体,诗之为词,词之为曲,升降代变,具有文体发展的内在逻辑,并无高下优劣之分。与范国禄的交往,是黄云词学观念转变的重要契机。范氏曰:"余幸前言之有合,而仙裳能坚信之,即诗余一端,而文章之道不外乎此。"其后黄氏对词体加以重新审视,积极投身词学实践。"山川游览、朋友赠答之词,为时不多,诸美悉具"(《〈樵青词〉序》)⑤。其作

①范曾编:《南通范氏诗文世家》(肆),河北教育出版社,2004年,第279页。
②范曾编:《南通范氏诗文世家》(陆),河北教育出版社,2004年,第24页。
③范曾编:《南通范氏诗文世家》(陆),河北教育出版社,2004年,第72页。
④范曾编:《南通范氏诗文世家》(陆),河北教育出版社,2004年,第77页。
⑤范曾编:《南通范氏诗文世家》(陆),河北教育出版社,2004年,第72页。

不仅内容丰富,而且兼具众美,黄云词学如此巨变与范氏交游有着直接关系。三、撰写序言。范氏为黄氏《两黄子诗》《樵青词》撰序,大力推许其诗。"以陶咏性情、导扬声气之事为之播传而流畅,庶几矜式乎当时以兴起后世"(《〈两黄子诗〉序》)①。黄子之诗感于哀乐,缘事而发,情得其真,性得其正,代表了传统儒家诗教。同时,爱慕黄词不拘一格:"时而周柳,则以周柳之才思学问出之而兴会及焉;时而辛陆,则以辛陆之才思学问出之而兴会及焉。盖兴会其主也,而才思学问又能随其量以奔赴,故无所为而不得耳。"(《〈樵青词〉序》)②敏锐才思驱遣之,广博学养酝酿之,多方境地激发之,兴会神到,笔随心遣,点染生趣,表现出对黄氏词作的充分肯定。

先著。先著(1651—1721),字渭求,又字染庵,号躅斋,又号迁夫,别号盍旦子。四川泸州人,流寓金陵。善书画,尤工诗词。范国禄康熙十三年(1674)遭遇文字祸,避难四方。康熙十九年(1680)离开横浦幕府,返归扬州之际途经金陵,此间与先著交游。先氏曰:"余于庚申(康熙十九年)、辛酉(康熙二十年)间,幸从之游,尤有知己之感。"③先著熟悉、同情范氏当时落拓困苦的人生境况,"贾祸缘文字,曾来白下游。忘形如旧识,抵掌话清流"。范国禄、先著一见如故,相得甚欢。先氏对范国禄父亲仰慕不已:"旧德推名父,先朝重党人。"(《挽范十山》)④范凤翼正道直行,刚正不阿,其耿介清贞的政治操守、光明磊落的人格风范堪为清流士大夫典范,在时贤后辈中享有崇高声望。范凤翼以及与之密切关联的明末党争,成为了范国禄交游中的重要话题。先氏有《西河·王成公携酒范十山寓》,注:"是日听十山谈党祸甚详。"词曰:"桐雨洗。首夏顿生秋意。有人携酒过僧寮,推书而起。澜翻麈尾闪双眸,瓶花座畔如醉。南朝事,伤驰水。烦君指点就里。因谁始祸中边疆,依稀牛李。党人一网痛衣冠,血溅黄门北寺。纷纷半局残棋止。长太息、过江名士。只手河山送与。且挥杯话尽、吾能稳记。大有悲虫草间涕。"⑤范凤翼高瞻远瞩,深刻洞察明朝必亡之局,急流勇退,坚

①范曾编:《南通范氏诗文世家》(陆),河北教育出版社,2004年,第24页。
②范曾编:《南通范氏诗文世家》(陆),河北教育出版社,2004年,第72页。
③南京大学中国语言文学系《全清词》编纂研究室编:《全清词·顺康卷》第12册,中华书局,2002年,第7243页。
④[清]先著:《之溪老生集》卷四,《清代诗文汇编》第182册,上海古籍出版社,2010年,第55页。
⑤南京大学中国语言文学系《全清词》编纂研究室编:《全清词·顺康卷》第12册,中华书局,2002年,第7246页。

卧不出,然而在积弊难返、错综复杂的晚明,无可奈何、终其一生地陷入了党争漩涡。范国禄从父交游,耳濡目染,其谈党祸细节丰富、情事确凿,引人入胜,具有强烈的感染力,激发先氏诸人对晚明历史进行反省和深思。先著对范国禄词学成就钦敬推崇,称其于词“有专家之长”[1]。是年,呈请范氏评阅其《劝影堂词》廿余阕。范氏具备深厚的词学素养和较高的鉴赏能力,是孙默《国朝名家诗余》的重要评点者。范氏激赏先著词作,曰:“天分既高,才情复妙,文心似缕,笔力如锋。”此评绝非浮泛之夸、应酬之辞,范氏对《劝影堂词》“往复读之,三日而后卒业”(《先渭求词评》)[2],圈点勾画,悉心揣摩先氏行文运笔之精诣,方发表上述赞誉。

　　盛会不常,聚散匆匆。康熙二十年(1681),范氏离开金陵,其后与先著未有重逢之时。相处甚欢的金陵交游成为了双方美好温暖的记忆,山水相隔,无限思念,发为诗篇,先氏有《金井梧桐·次韵赠范十山》,“种秋移家,来于何日,待之忍涕”之句透露出范氏与先著交游时期移家金陵之念。范国禄泛论风土,语触镇帅诺迈,家破声败,“身无立锥,不知将来何以结局?且寒族与镇帅同城,出入行动不免嫌疑”(《寄李维饶》)[3]。如此处境下,范氏久客异乡,欲归不得,遂有移居金陵之想。先氏情深意长,守候约定,希冀等待。然而,移家空有约,重面竟无缘,望断秋水,其人遥不可及!岁月迁流,挚友暌隔,这份思念愈加强烈,难以释怀。先著有词《金缕曲·叠前韵酬垢区兼怀通州范十山、鄞县周铁珊》,范国禄有诗《简先著》,各言长相思,久别离,醇厚浓烈的友情感人至深。康熙三十一年(1692),范国禄致书先著,感谢音书频传、深切挂念,“不见先先生十年余矣,文章声气岂能一日而忘?两接书问,知先先生亦不忘我,我心不更悬切乎”,更邀日后同游、以慰苦思,“他日某整顿旧游,从两先生于白门,或者两先生乘高兴,拿一叶之扁舟,泛邗江而东登狼山,眺青海,把盏论心,倾倒二十年中曲致,足乐也”[4]。范氏垂暮之年贫病交织,知音零落,先著的诚挚问候带来了温暖和安慰。康熙三十六年(1697),范国禄卒,先著有《挽范十山》四首。其一曰:

①南京大学中国语言文学系《全清词》编纂研究室编:《全清词·顺康卷》第12册,中华书局,2002年,第7243页。
②范曾编:《南通范氏诗文世家》(伍),河北教育出版社,2004年,第119页。
③范曾编:《南通范氏诗文世家》(伍),河北教育出版社,2004年,第338页。
④范曾编:《南通范氏诗文世家》(伍),河北教育出版社,2004年,第334页。

"食忆行厨美,相于屡见招。乍谈愁即破,一见意恒消。故老俱零落,斯人永寂寥。凄然望江海,有泪托春潮。"①清昼良宵、携游赋诗如在目前,斯人已逝,不堪回首,遂发生死存亡之痛、人天寥廓之想,泪下涟涟,衣襟为湿。

两人交游中的重要方面是词学思想的趋同。一、推尊词体。清初范国禄、先著为振兴词学,大力鼓倡"尊体"说,不遗余力地通过多种途径提升词体地位。范氏认为:"乘于势之所至而怀古振今,终不外乎观化适时悲天悯人之意,则所关甚大,宁止倚声之艺而已。"(《李董自词序》)②先著主张:"诗所不能尽者,以长短句出之。名以诗余,固与诗同源而别体也。风骚五七字之外,乃另有此一境。"③英雄所见略同,力图转变世人对词为小技、词为附庸的偏见,指出词具有独特的表达内涵和抒情方式,其产生是文体发展的必然现象,两人通过"尊体"为词学复兴推波助澜。二、提倡创新。为挽救清初词坛模仿成风的流弊,标举独创成为范氏与先氏的共识。先著曰:"宋人之于词,犹唐人之于诗也,以其人各一面目,故为一代独绝之作。"④先氏眼光独到,反对专事模仿,提倡风格的"人各一面",并将之付诸实践。范国禄评价其词曰:"有不及古人之处,有不必古人之处,有逼似古人之处,有压倒古人之处,且有扫除抹煞古人之处。不怕惊绝时流,自成《劝影》一种。"(《先渭求词评》)⑤范氏客观指陈先氏词作,对其广泛师承基础上的自成一家赞叹不已。范国禄、先著鼓励词作冲出藩篱,超越传统,百花齐放,呈现出崭新的时代风貌。两人进步通达的词学观点,对于清初词体健康发展具有积极意义。

三、范国禄尺牍辑佚

范国禄尺牍之一(注:辑自张潮《友声初集》丙集页十八)

日来因酬人事,仆仆道途。不知大驾贲光,有失倒屣,可胜罪歉。尊词见教,时与学臣把玩,不能去手。上不侵诗,下不涉曲。周柳辛陆,各极其

---

① [清]先著:《之溪老生集》卷四,《清代诗文汇编》第182册,上海古籍出版社,2010年,第55页。
② 范曾编:《南通范氏诗文世家》(陆),河北教育出版社,2004年,第75页。
③ [清]先著:《劝影堂词》,康熙玉渊堂刊之溪老生集八卷本。
④ [清]先著:《劝影堂词》,康熙玉渊堂刊之溪老生集八卷本。
⑤ 范曾编:《南通范氏诗文世家》(伍),河北教育出版社,2004年,第120页。

诣,观止矣。彼以大江东、杨柳外,强分优劣者,皆麻木也。闻斋中《笺韵》最精,希分得一册。弟亦有此刻,因旱途未及带来。归时专力驰送,何如?余不一。

范国禄尺牍之二(注:辑自张潮《友声初集》丙集页十八)

前蒙枉驾,有失倒屣为罪。《韵牌》一刻,自有韵来,未见精妙如尊订者,不知记室肯容刷印否?弟欲得十余本,以广同好,惟命是荷。倘原板不便搬移,弟当备资缴上,以烦左右经理之,何如?

范国禄尺牍之三(注:辑自张潮《友声后集》庚集页八)

数年不得一晤教,客秋大会,真赏心也。时以朋友之急,来去匆匆,不能自主。曾托毕右老持小作呈览,想已入记室矣。岁底陈鹤山至,得先生台翰,如对面谈。鹤山此时,尚在敝地,未北行也。近日,吾郡好客重声气,舍先生无两。斯文之幸,吾道之光也。友人李心构,高才绝俗,留心风雅,不可不一识先生。而先生爱重交游,亦必知有心构。惟左右进而见之,兼祈引谒朱先生为快。

范国禄尺牍之四(注:辑自张潮《友声后集》庚集页三十三)

心构归,极道先生教爱之殷。弟代为感,复承翰教,把对如觏面谈,稍慰契阔。弟家居无事,拟有《选选诗》之役。"选选者",选近日诸名家选本也。诸名家选本,约有三十种,弟曾收得一半,为王仔园借去未还。今作那移之想,郡中如尊府及朱其老、席允老各处,以三法那移:一则出赀交易,一则藏本兑换,一则逐部借看。如或可行,祈示一信,以便专力走恳,特托友人黄百忍晋谒。时申达百老,吾社英士,风雅注疏皆精,久仰龙门,亟为通引,把晤时自得声气之合也,临颖翘切。

范国禄尺牍之五(注:辑自张潮《友声后集》辛集页二十四)

弟老颓无所事事,友人屡订刻近代选选诗。"选选者",选诸名家所选刻已成之书也。近代名家选本,约计之有三十部。弟曾有十五部,为王仔园借去未还。今徒束手,虚友人之意,时歉于中。不知藏书之家,或借或换或卖,肯成就此事否?不去人而去诗,部头不繁,收买容易,似乎便当。竟无机缘,惟有唤奈何而已。前曾托周长年,谋之左右,顷古愚先生持台翰见过,谨烦转达。先生相与玉成,不敢劳尊府工费,以鉴定归先生,何如?古老选本,弟欲附先君及拙稿数首,而行甚速,不及录出。祈侍史留心,存一地位,以待弟寄到谋梓。统惟台照,不一。

四、范当世《南通范氏家世遗文目录》

庭示《五十述怀诗》自序，男铸恭录

古人多自序以传于世，予乏可称，不足以语。此述怀之作，特偶为之，顾遂有不能已者，书数百言示诸子。吾家以忠宣公十世后徙通，又八世而显，论者谓我云从、太蒙两公犹文正、忠宣继美云。嗣是清才硕德，代不乏人。迄大父以文采风流之资，修寿世业，抱道自乐者垂六十年。家故充，以不治生，中身即需我府君养。府君之养之给，则妣金孺人之力也。孺人为胡尚书印渚公养女，公夫人为孺人姑姊，故爱孺人。笃随公任十八年而归府君，助府君供甘旨，至质衣粥簪珥弗恤。又以病不任箕帚，劝府君纳庶室徐孺人。生不孝兄弟三，徐生庶弟四，独孺人不异视。大父卒，诸父有拥赀者，孺人襄府君为具，一无所仰，于是府君日益贫。孺人病百日益增，竟食苦，六年卒，呜呼痛哉。府君课不肖严，以不肖愚无所就，府君亦遂哀，命不肖游清惠徐公浙藩幕，两年而归，萧然故我。兵荒更作流离转徙，生趣略尽，而府君哀甚。不肖虽有馆谷入，不能给家十之二一，斋之养有如熊蹯。丙寅秋，府君中痰疾，辗转逾月。当此之时，笔楮难状，弥留时谓不肖曰："尔后将昌，吾目瞑矣。"呜呼痛哉，府君之孝，皇皇数十年，未尝收膝下之报于万一。一兄逝，弟弱，其何能罪？所可罪者，徒不肖耳。以不肖之庸懦，无一可以娱府君者，犹复重为府君所眷顾付托祖宗数百年之绪于终天之时。呜呼痛哉，小子志之家积累久则兴，予幸当其会，恒惧德薄，不足以胜。小子实闻祖考言，勉修尔职，毋似尔父之抱恨也。

《家世遗文目录》第十世铸编，钟校

叙曰：馨遗乔砚，涕泣宝贵。诒孙念祖，盖世风矣，矧非区区之故也。吾先人之泽，略如吾父自序篇。郡有明诸巨家，零落几尽，吾家十世，一甎恒温，幸矣哉。然代都文苑，著作山积，荜门圭窦，光辉烂然，造物者忌之，遂一再厄。于吾大父之世，散亡其什之七。悲夫，数百年手泽，一旦非所，闻者动心。若为人子孙，而尚有残缺之可守，厥亦未尝非福，编而藏之，以待范氏乘之作。

光绪三年八月既望

注：家世著作曰《内篇》，外人赠答曰《外篇》。

云从公第一世

按：盛甫公徙通后七传至云从公，其间六世，家祐祀主未尝阙，凌苏《范少卿传》曰："少卿上世，代有闻人，至少卿大父介石公，高才绩学，仅以一经终老。"然则云从公于通为第八世，溯渊源不自公始也。独摩挲手泽，公以上无传焉，即公亦仅一外篇可稽，其有遗文，或不成副，惜哉！

外篇

《尊腰馆七十寿言》一卷：少师大学士叶向高等文八首，少卿丁元荐传一首，文学钱良胤词一首，少保大学士朱国桢等诗三十三首，郑三俊、黄汝亨序。

《尊腰馆八十寿言》三卷：内阁大学士朱国桢等文九首，少师大学士叶向高等诗一百三十一首。

太蒙公第二世

内篇

《勋卿文集遗一卷》：《文集》六卷失矣，从杂订本中得传三首，订为卷。

《尺牍稿》一卷：公手迹亦罕，此公自书者，自《与钱守备》以下十八首。

《耕阳客问》一卷：怀宗初政，起复东林为民者，公不愿出山，故有此作。

《乱案》一卷：乱民明铎等啸聚劫掠，公首入告，一案始末也。

《勋卿诗集》二十一卷：按《年谱》，公所著诗名甚多，同宗大司马质公请汇刻之，山人俞明良等主其事，有大司马及大学士何如宠等七序，今存两部六本。

《历代诗选》勋卿集一卷：同时侯官曹学佺《石仓十二代诗选》中有公诗一卷，公见之取其简而便于赠友，复自序梓行。

《诗稿》一卷：濂夫公手抄者，末附公时诸手书《乐府古题要解》一卷。

《楚辞》二书：公序刻者。

按公《行述》：公所著有《勋卿文集》六卷，《诗集》二十卷，《续诗集》三卷，《诗余》一卷，《法帖》二卷，杂刻十六种，暨未刻诗文十二种，杂著六种，藏于家，今遗如此。

外篇

《真隐七十寿言》十六卷：宫保大学士钱士升等文九首，大宗伯王铎等诗三百三十一首，包壮行序。

《真隐八十寿言》底本：吴江二尹陈魁文赋一首，都御史阮鞠廷等文九首，文学钱岳等诗二百七十九首。此本刻否未悉，陈赋原绢藏于家。

《真隐家乘》一卷：敕命四道，吏部主事刘宗周《诸贤纪异》及叙事小传论、像赞、赋状、铭表、碑诔、行述等作十四篇，大司马史可法《范公论》，二尹陈魁文《荣寿赋》从寿言选出，目标嗣刻，《天官表》《列传》等五种阙，又别有杂订《留青集》阙本。

《真隐年谱》一卷：十山公手抄本也，太子太保户部尚书张有誉辑，宜兴教谕刘之勃注，此嗣刻五种之一也。公盛德大业，子孙犹能详知而感奋者，赖有此耳。

又按，公先后所著，《行述》略而《年谱》详者，书有《经络图说》《宅经宝》，校刻《说庄》《左传抄》《楚辞解》《乐府古题要解解题》《奉法要》《女诫汇集》等，诗有《吴中吟》《湖上吟》《摄山游草》《超逍遥草》《适患草》《山茨振响集》等名，今遗《楚辞》《乐府》《超逍遥草》三种而已。又公在朝有参大学士李廷机《摘发权奸》一疏（代大司马赵世卿）、《酌放军粮》一疏，在告有《海上乱起请正国法》一疏、《中都告陷追原祸本》一疏，文集失，仅遗《乱案》一疏。

十山公第三世

内篇

《十山楼文稿》四本：文集失矣，此四本公遗手稿也。杂订二，序一，尺牍一，凡赋、论、序、记、辞、说、纪、辨、疏、启、尺牍、赞、颂、引、跋、题辞、书卷、公约、祭告文十九种，虽颇残缺，或重出，尚数百首。

《法会因由录》一卷：公手抄本，为尧封老人作也，有完初公跋。

《十山楼诗集》三十二卷：亦抄本也，有项玉筍序，起风雅之什，至七言绝句，凡十一种，共十本，方伯王藻刻《十山诗钞》三卷，从此集选出。

《漫烟》一卷：刻本，序失，诗末阙。

《冬日游狼山诗一卷》：刻本，有记，附詹瑶等三人诗，即《寒山游》。

《诗余习孔》一卷：公手抄本，一名《二十九日醉填词记》也。

外篇

《十山书刻序》一卷：亦抄本也，书名凡《十山楼文》《十山楼诗》《山游草》《纫香草》《扫雪》《漫烟》《秋深声》《听涛》《浪游草》《滦江游》《步尘篇》

《离忧》《江湖游》《波余草》《古学一斑》《咏梅》十六种，蔼蔼幽人等序三十三首。

《十山同人集》一卷：亦抄本也，朱之臣等赠序七首，公梓别集王兆升等序七首，沈白《〈通州志〉评》等五首附后。

按：公平生以文字穷，犹穷于《通州志》一书，修而不用，自削其名以去，其间始末缙绅先生能言之。沈白《〈通州志〉评》曰："列传论序简洁详瞻，得龙门之遗，如此才而不与史席，良可叹也。《唐平淮西碑》改命段文昌，而昌黎所撰流传千古。李义山云：'公之斯文若元气，先时已入人肝脾。予于斯志亦云。'"今《通州志》沈先生锽序曰："范公子旷代史才，犹中时忌，不佞何人，而肩是役？"按此则公论灿然，公书虽不传，亦不朽矣。或曰续修者因仍大半，然鱼目混珠，观者惜之。又，公史才一斑，见于保氏宗谱。今犹及见之文稿中，有序、论、书后等篇。

《十山联句稿》一卷：亦抄本也，唐侯锦幛词等作六十首。

《塔山草堂诗约》一卷：亦抄本也，公顺治丙戌、戊子间同人集，中有公次兄讳祐公诗。

《广陵倡和词》一卷：刻本，此公别集王兆升等序三种之一。

《祭袁孺人文钞》一卷：吾家自云从公以来，代臻大年，配未有以节称者。然恒贫，代得内助力，笃于孝友，袁孺人其冠也，读兹篇可想见云。文凡十八首，祭者百六十余人。

濂夫公第四世

内篇

《一陶园存今文集选》一卷：凡赋、序、文、记、论、说、题后、书八种，四十一首，陈维崧、钟之昇选，徐咸池序，各一本，有二本，皆阙数首。

《文稿》二本：摘文中俦语为题，包虞部壮行体也，兹二本亦然。按，公集有借刻虞部文者。虞部公师，未知谁属，别有虞部文集二本。

《东游草》一卷：亦抄本也，沙澄、林兆升、范标序，沙序不完，诗末阙。

《月因集》一卷：刻本，金泽远序，公诗全集失，遗此二种。

《词韵约》一卷：抄本，有韵而无注。

《心印》一卷：刻本，百十二方印，连缀成文也。

《归田倡和集》一卷：刻本，程佩等六十七人三首，后附古风词，程佩序。

《杂钞诗》一本：公手抄者，无题识，固应是公诗，然如《赠顾司马陈司寇》等作似太蒙公诗，《侍王阮亭》等作又似十山公诗，又有《寿太蒙公》《题河上坨》等作为外人诗。多至数百首，皆不书名，惟《秋郊》诗题下注"自作"二字，统下与否又不可知，大抵随笔简本。其中公诗自多，集失无可稽，恨事。

韶亭公第六世

内篇

先公太蒙《勋卿诗集》，先公汝受《十山楼诗集》，先公濂夫《一陶园诗集》，承继盖三世，为海内名家伟矣。迄先公君宰，少负奇气，奋然投笔，有班定远封侯意，竟老于家。乃还使先公韶亭理家世业，遂上承三世，而下开我曾王父。设公之世复弃而之他，先泽殆将坠乎。然则是卷虽寥寥数十首，盖吾家中流砥柱云。

完初公第七世

内篇

《懒牛诗钞》：公著诗几六十年，富可知也。故贫不能梓，公自署"懒"，亦诚懒。大父又以贫累，仰视俯蓄之不暇，竟未编年订全集，惟散本及零楮无筭，然犹十年前光景也。今遗者李懿曾序本，王藻、徐宗干读本，大父暨父手抄数本而已。徐序曩见之，今亦失。王刻《懒牛诗钞》一卷，在《各家诗汇存》中。又曩尝见公《送穷文》一首，公作定不仅此。《清惠集》中载公《怀旧琐言》一书，亦未之见也。

外篇

《山茨倡和集》一卷：亦抄本也，同李懿曾等八人作，凡五律、七律、五排三种。

《悬壶集》《徐湘圃诗册》：湘圃自书诗凡前后二册，公交游江南北士甚广，凡寄赠皆零楮或不完，无从录，惟《徐》册灿然。

静斋公第八世

内篇

《小休诗草》：公不甚治诗，惟侍完初公作，及与清惠诸公赠答数十首，订为草,以完初公诗又名《浮休集》,故自号"小休"。

外篇

《悬壶再集》:亦绘图倡和如完初公,《知州事刘先生传》曾赞一首,《知州事金咸》等诗百余首,有散佚者。

《徐清惠诗卷》:清惠自书《泰山道中》等作,凡一卷,公生平无他交游,惟与清惠总角欢,故清惠官中寄赠手书稿无算。

荫堂公第九世

内篇

无错公第十世

内篇

《范伯子文集》

孝毅公第十世

内篇

《范季子集》

五、姚倚云女子师范教育思想研究

姚倚云(1864—1944),字蕴素,古文宗师姚鼐后人,晚清文学家南通范伯子继室。1906 年清廷正式批准女学前夕,中国近代实业家、教育家张謇创办了我国最早的女师教育学校——南通女子师范学校。姚倚云担任首任校长,参与管理,亲自授课,先后十五年,赢得社会各界赞誉。笔者以1906 年南通州翰墨林书局印行的《女子师范学校章程》为主要依据,探析其办学实践中进步的教育思想和管理经验。

一、教育思想之成因

晚清政局动荡、经费紧缺的时代背景下,女子学校教育不仅需要艰难地开疆拓宇,更要打破封建教条、保守势力的束缚抵制。姚倚云投身女学受到多种因素影响:

1. 兴办女学的时代氛围

19 世纪 30 年代，美国传教士在广东设立女塾，拉开中国女子学校教育序幕。随后教会女学相继涌现，客观上为中国自办女学提供了参考模式。太平天国运动最值得称赞的"就是妇女地位的改善"①，基于基督教原始平等观，结合革命战争环境，在女性军营、家庭、社会教育等方面作出大胆尝试。

随着西方社会制度、价值观念的传入，近代早期资产阶级改良派宋恕、郑观应等人开始介绍国外教育制度，主张实施女子教育和强迫义务教育，标志近代女学思想的发端。甲午惨败，救国图存的现实焦虑下维新派将女学与国家富强、种族兴亡紧密联系，鼓励女性走出家庭接受教育。"为人类自立计，女不可无学；为人种改良计，女尤不可不学"②。1897 年谭嗣同妻李闰等在上海独立出版中国近代首份女报——《女学报》，宣传男女平等，支持女子教育。兴办女学成为历史发展之必然。梁启超著《倡设女学堂启》，拟定《女学堂试办略章》，对"立学大意""学规""堂规""学成出学"等诸项提出具体方案，为 1898 年 5 月第一所国人自办女学——经正女塾成立提供理论指导。高举资产阶级天赋人权、民主平等的旗帜，有识之士通过报刊不遗余力地批判封建纲常，阐释女子教育意义，如董寿《兴女学议》、亚特《论铸造国民母》等，提高社会思想觉悟，为女学发展提供良好的舆论氛围。1907 年清政府学部颁布《女子师范学堂章程》和《女子小学堂章程》，将女子教育纳入学制轨道，具有里程碑意义。

其后，金天翮、陈以益等最早一批女性教育专家，提出进步的教育构想，将女性塑造为"高尚纯洁完全天赋之人"，承担救国救民之责。曾懿、秋瑾、吕碧城等新型女性率先垂范，以主人翁姿态倾力实践，激励同胞为获得解放奋斗，成为推动女学发展的内在动力。民国期间，孙中山将女子教育与民主革命相系，视女子师范"尤为重要"③。政府支持奖励下，在全国掀起兴办女学热潮。以初等教育为例，1907 年女生 11936 人，1919 年达至215626 人④。壬子癸丑学制向壬戌学制的演进，标志男女平等教育权完全

①［英］呤唎：《太平天国革命亲历记》（上册），上海古籍出版社，1985 年，第 239 页。
②康有为：《大同书》，北京古籍出版社，1956 年，第 133 页。
③舒新城编：《中国近代教育史资料》（下册），人民教育出版社，1980 年，第 1006 页。
④丁致聘：《最近三十五年之中国教育》，商务印书馆，1931 年，第 182 页。

确立,推动了女性初等、中等、高等、留学教育蓬勃发展。女子教育是中国近代化进程中重要课题,政治、经济、文化的深刻变革为其提供了发展契机,以历史审视与现实批判为起点,加以民族思潮之熏染,营造出普遍关注女学的时代氛围和大力兴办女校的社会现象,持续的改革实践逐渐褪去封建色彩,深化着对制度观念、目的途径的本质认识。

2. 热心新学的地域环境

为了实现挽救国运、振兴中华的现实目的,南通地方具备远见卓识、创新精神的官绅改革教育,创办新式学堂,造福家乡。广阔的社会基础、多元的社会力量形成强大的凝聚力,励精图治,建立起涵盖基础、职业技术、特殊、高等教育的较为完备的体系,推动了地方教育发展和文化普及,奠定了南通在近现代教育史上的特殊地位。

张詧与兄张謇是突出代表,两人提倡实业救国、教育救国,在南通创办及参与筹建小学 370 余所、中等学校 6 所、高等学校 3 所、特殊教育学校 2 所、职业教育学校多所,类型丰富,惠泽深远。"师范为教育之母"[1]。通州民立师范作为我国首家独立设置、学制完备的中等师范,地方绅商鼎力支持,1902—1911 年得到张謇、张詧捐银 118937.33 元,沈敬夫、陆藕堂等人捐款 28323.889 元。以张氏为核心聚集了热心新学、献身教育的地方贤达:潘荫东创设丰利市立师范传习所、半日学校、初高等小学、白桥女子初小等;孙宝书潜心教育 10 余年,筹办公立高小、公立中学、狼山初等小学;沙元炳在如皋创办高等小学堂、公立简易师范学堂、中学堂、乙种商业学校、测绘专修科等学校;蔡映辰赞助兴办启秀高初两等小学堂、东区初小、西区初小、康庄小学、蔡氏女子高初等小学堂等;赵梅孙集资兴学,建成辅仁学堂,迅速形成规模可观的农村教育格局。

女师在兴师重教的地域氛围中应运而生,1905 年张詧捐资购买城内吕家巷旧宅,修葺为校舍,张謇、陈启谦、冯熙宇、徐联蓁等亦慷慨解囊。1907 年张詧复筹款收购顾氏珠媚园旧址,建筑新校舍需四万余元,资金紧缺,张謇、张詧夫人徐氏和邵氏毅然组织通州、海门、如皋等地上层妇女,在城南别业举行捐募,诸女士"撤环脱珥,极形踊跃"[2]。1911 年因武昌战事

---

[1]张謇:《张謇全集》第 4 册,上海辞书出版社,2012 年,第 123 页。
[2]姚倚云:《南通县女师范校十周年概览》,南通翰墨林印书局,1915 年。

影响,经费奇窘,张謇、吕四彭培根堂分别捐垦牧区田四十万步和六万步为学校基产。南通各界扶植女师发展,截至1916年,受捐情况如下:

捐者姓名	捐款数额（银元）	捐助时间	捐者姓名	捐款数额（银元）	捐助时间
张　詧	16205.85	历年	张月波	500	1907
张　謇	7889.72	历年	陈端书	100	1907
张　徐	1100	历年	茅　樊	80	1907
张　杨	3500	历年	张　周	40	1907
范　成	1000	1906	沈　曹	30	1907
顾淑基	4000	1908	施女士	575.5	1908
沈　朱	800	1907	刘　张	40	1907
陈南琴	2800	1906	恩女士	100	1907
陆女士	250	1907	梁女士	100	1907
陆芙轩	900	1907	胡女士	100	1909
李女士	100	1907	张　周	60	1909
刘　吴	300	1907	姚女士	50	1909

3. 殷切育人的家族渊源

南通范氏与桐城姚氏均是以重教授业闻名的教育世家,执教授徒,殷切育人。姚氏先祖姚鼐托病辞官后,任江南梅花、敬敷、紫阳、钟山等书院讲席;祖父姚莹于福建、台湾、江苏任职期间,大力举办文教事业;兄姚永朴曾为广东起凤书院院长,山东高等学堂、安徽高等学堂、京师法政学堂、京师大学堂经文科教习,北京大学、东南大学、安徽大学教授;弟姚永概曾任安徽高等学堂教务长,安徽师范学堂监督,京师大学堂文科学长、教授,北京正志中学教务长;姊夫马其昶曾任学部主事、京师大学堂教习、安徽高等学堂监督。南通范氏明朝范希颜,经史淹贯,乡里推为祭酒,都讲学舍;子范应龙1582年始设帐授徒,从事私塾教育多年;范应龙子范凤翼早年进行官学教育,后居乡里,开席演教。范伯子母亲成氏,创女学堂之际捐五百元兴女子教育;弟范钟,任两湖书院教习,河南巡抚文案并大学堂教习,后调为广东巡抚文案兼课吏馆讲席,山西巡抚文案、学务处坐办,山西大学堂、农林学堂教习;弟范铠,入甘肃学幕,到甘州、肃州、西宁等地视学,任直隶寿光县令时支持新学教育,亲拟学堂章程,捐集开办经费和常年经费共二万五千金。范伯子长子范罕任教南通学院、南通农校、江西南州国学专修院;次子范况,游学日本后讲学东南大学;婿陈师曾,著名美术教育家,执教通州师范学校、北京师范学校、北京美术专门学校。桐城姚氏、南通范氏兴学重教传统源远流长,参与人数之多、延续时间之长、投身领域之广实属难得。

范伯子对姚倚云矢志教育有着直接影响:"以吾夫子宿抱教育乡里之志,天倾大命,不得竟其愿,遂起热心于死灰之中,勉尽绵薄,补遗憾于万一。"(《侯蕊金女士诗序》)①范伯子是南通近代教育先驱,早年从事私塾教育,后顺应时代教育变革趋势,热衷新学,服务桑梓,"以助国家长育人才为己任"(姚永概《范肯堂墓志铭》)②,"多方以求济,推其诚之所到,计惟孝子之奉病父始足相喻焉耳"(范铠《上胡鼎臣方伯书》)③。他协办通州师范学校,在学校落成的开学典礼上演说建学宗旨,与张师江等人筹建通州高等小学堂,潜心探讨教育问题,撰写《通州小学堂宗旨》,确立了以"德、智、体"为纲领的新学思想。

二、解放女性的教育思想

置身兴学启智的时代、地域、家族背景下,姚倚云以解放女性为己任,坚守教育志向,躬身实践,百折不挠,最终形成丰富深刻的女子师范教育思想。

1. 进步的培养目标

一是宗旨明确。立学宗旨是教育的起点与归宿,梁启超倡办女学,赋以相夫教子、宜家善种之功能。清廷规定女师,"养成女子小学堂教习,并讲习保育幼儿方法,期于裨补家计,有益家庭教育"④。女性的终极定位仍是家庭,通过家庭教育间接作用于社会、国家。与此相比,南通女师"养成高等小学、初等小学教员,期于女学普及"的目标,是对贤妻良母角色的超越,培养输送小教师资,自觉觉人,先觉觉后,提高整体文化素质,不仅提供

①范曾编:《南通范氏诗文世家》(壹拾陆),河北教育出版社,2004年,第176页。
②陈国安、孙建编著:《范伯子研究资料集》,江苏大学出版社,2011年,第286页。
③范曾编:《南通范氏诗文世家》(拾),河北教育出版社,2004年,第255页。
④舒新城编:《中国近代教育史资料》(下册),人民教育出版社,1980年,第803页。

女性接受教育的机会,且将其社会工作合法化。从家庭依附性存在的强调到主体社会责任的凸显,体现了教育观念的日趋彻底、成熟,具有较强的近代意识。南通女师第一、二届本科毕业生17人,仅1人在家,2人升入高等学校深造,余者直接投身学校教育。

二是借鉴多元。悠久的文化传统作为集体记忆具有稳定性和连续性,是新型思维方式、价值取向诞生的母体。面对道德失范、观念混乱的现实危机,"遵信爱护中国三代以来经传相传之妇学,而以日本教育为辅,欧美为参观之助",涵濡诗礼教泽之人努力从传统中寻求合理因素,为现实转型提供思想缓冲和心理凭藉。"复三代妇学宏规"[1],"征诸经典史册,先儒著述,历历可据"[2],"贵观于今而慎其所当取,尤贵鉴于古而知其所当守"[3]。立足国情,继承宝贵遗产,以国外教育为参照,成为中国近代教育体制改革的基本方式。姚倚云勇于吸收人类文明成果,兼采中西,融通古今,保障女师健康发展。

三是重点突出。学高为师,身正是范,教师具有示范效应,对国民道德和社会文明发挥深远影响。女师要求学生,"为人师表,尤注重妇德,一切偏宕激烈之学说概屏弗谭"。风云激荡的近代社会,传统与现代、本土与外来文化的冲突和整合,带来既定价值观念的重审和修正,创办女学是对封建陋习的否定,解开禁锢女性的沉重枷锁,激发对生命参与和价值实现的热情。"二南之化行,妇人皆知,抑骄忌、守贞洁、勤女工、躬节俭,是以风俗隆盛"[4]。谦虚谨慎、勤劳节俭、婉顺贤淑等与以三从四德为核心的礼教纲常大相径庭,绝对性、必然性的教化升华为对人格修养的濡养。这是对传统妇德的扬弃,对超时空意义美德的历史追溯与弘扬。

2. 优秀的教师群体

1906—1916年南通女师聘用教师状况如下:

姓名	性别	籍贯	所授科目	任教时间
姚倚云	女	南通	校长兼修身	1906—1916

①舒新城编:《中国近代教育史资料》(下册),人民教育出版社,1980年,第790页。
②舒新城编:《中国近代教育史资料》(下册),人民教育出版社,1980年,第804页。
③姚倚云:《南通县女师范校十周年概览》,南通翰墨林印书局,1915年。
④姚倚云:《南通县女师范校十周年概览》,南通翰墨林印书局,1915年。

姓名	性别	籍贯	所授科目	任教时间
保吴	女	南通	监理	1906
森田政子	女	日本	算术 体操 唱歌 国画	1906
陈瑞书	女	海门	图画	1907
沈明涛	女	上海	英文	1907
易瑜	女	湖南	修身 国文 历史 地理	1907
钱丰保	女	浙江	算术 图画	1907
孙拯	女	浙江	修身 国文 手工	1907
秦卓然	女	无锡	理科 体操 唱歌	1907
汤兆先	女	吴县	体操 唱歌 国画	1908
邹婉华	女	无锡	体操 唱歌	1908
俞佳钿	女	浙江	监理	1907—1908
周绮琴	女	吴县	体操 唱歌	1909
杨锡纶	女	吴县	体操 图画 手工	1910
王萱龄	女	无锡	体操 图画	1910
习浣玉	女	南通	唱歌 手工	1908—1911
张嘉树	女	南通	算术	1909—1911
闵之完	女	南通	图画 体操	1911
习絜华	女	南通	裁缝	1910—1911
张杏娟	女	南通	唱歌 体操 手工	1911—1912
段李婉	女	江宁	修身 国文 历史	1910—1912
徐万芳	女	南通	裁缝 手工	1912
杨钟蕙	女	南通	修身 国文	1912
吴肇封	男	如皋	算术	1910—1912
保思毓	男	南通	数学 国画	1907—1913
黄守璟	女	嘉定	地理 体操 唱歌	1912—1913
保江	女	南通	裁缝	1913
王崇烈	男	南通	国文	1910—1914
闵之宣	男	如皋	体操 唱歌	1911—1914

续表

姓名	性别	籍贯	所授科目	任教时间
张淑钟	女	南通	体操 唱歌	1913—1914
陶学恒	女	无锡	体操 唱歌	1913—1914
王汪	女	南通	舍监兼修身	1909—1916
周冰	女	南通	学监	1911—1916
尤瑜	女	南通	舍监	1914—1916
徐昂	男	南通	二年级国文 习字	1914—1916
曹文麟	男	南通	一年级国文 习字	1914—1916
黄彦昇	男	南通	预科国文 习字 地理	1909—1916
顾公毅	男	南通	二年级教育	1910—1916
尤金镛	男	南通	理化 博物	1907—1916
孙锦标	男	南通	历史	1908—1916
尤金捷	男	南通	数学	1912—1916
葛懋修	男	南通	图画	1913—1916
杨汝骐	男	南通	音乐 体操	1914—1916
方洁良	女	上海	裁缝 手工	1913—1916

客观形势、职业特点要求教师具备渊博知识和科学方法,"教员任教一学科或两三学科,当辨正本学科之宗旨及教授之次序,尤须注意本学科与他学科联络之关系"。面对师资严重匮乏的局面,打破地方和国家界限,广泛延请。前期教师以分布各地的女性为主体,流动性大。随着社会观念的进步、南通师范人才的培养,以实际教学效果为准,学校逐渐突破性别固守。1908 年始,除体操、唱歌、手工、裁缝课程,一律改聘男性讲学,不断充实稳定教师队伍,提高专业化程度。

女师汇聚了一批才德俱佳、严谨笃实的教师,森田政子在日本受过专业训练,具有丰富幼教经验;易瑜是湖南汉寿女教育家;俞佳钿为近代女实业家;钱丰保是最早留日女性,见识颇丰;黄守璟毕业于北洋女师,武汉起义后参加革命运动,被誉为"嘉定奇女子"。尤金镛是江阴南菁书院名士,翰墨林书局编辑,近代昆虫学奠基人。顾公毅,通师首届毕业生,留校任教,代替日籍教师讲授心理学、伦理学等,编辑出版《伦理学》《心理学》等校本,填补国内此类教材空白。群体言传身教,满腔热情,其敢为人先、无私奉献的精神具有强大激励作用。

3. 科学的课程设置

一是综合性。为适应教师知识储备要求,女师分科设教,涵盖修身、国文、历史、地理、算术、图画、乐歌、体操、外国文、手工、家政、理科等,其中外国文、手工为随意科,学生根据兴趣特长选择,彰显了主体性与灵活性。教育内容突破"道本器末"的传统原则和"德言容工"的性别规限,引导学生从自然、社会、科学、艺术等维度对世界进行把握。具体而微,地理含中国、外国地理之大要兼摹地图;理科有植物、动物、矿物、生理、物理、化学;图画为毛笔、铅笔、用器、简要投影、透视画等;体育课程颇具象征意味,体操等正常教学之余开设网球、拳术、随意游戏部、运动会、远足会等,从缠足禁锢、隐居深闺走向强身健体、竞技赛场,走向生命完整和精神自由。课程设置努力发挥整体效应,实施知识能力、艺术修养等全面教育,体现了伦理本位传统模式向知识本位近代模式的飞跃。

二是系统性。女师根据学科内在知识衔接、学科间有机联系,遵循课程特点和认知规律,统筹规划各科年度教学内容,成为教师安排进度的指导。算术第一年:四则、诸等数、小数、分数;第二年:比例、百分、开方;第三年:几何;第四年:初级代数。乐歌,第一年单音唱歌,第二年加入乐器用法,第三年为复音唱歌与乐器用法结合。由浅入深,由易至难,由具体而抽象,循序渐进地进行学科内涵与外延的拓展,形成对该课程相对扎实深入的理解。横向贯通方面,以教育宗旨为价值取向,本科四年文理皆施,德、智、美兼顾,基础知识与专业理论、传统内容与现代科学并呈,科学配置,以期建立广博的知识体系。

三是师范性。学校课程突出了师范内涵,开设教育理论课程,帮助形成职业意识和技能,提升专业素养。第二年增设教育史,通过历史回顾揭示教育实践中的因袭沿革,了解其内在逻辑和经验教训等。第三年设置教育原理兼心理之大要,掌握教育目的、本质以及教育与人、社会的关系等。教育以心理学为途径和指导,心理活动基本原理、性质规律等是教学的基础和前提,女师将其定为必修课程。第四年开设教授原则、保育方法、学校管理法和实习,整体把握教育基本原则、规律,以期有效指导实际工作。基于对当时女性多种就业可能的预设,涉及保育、管理等方法传授。第三、四年讲解历史、地理、算术、图画、乐歌、体操、国文、家政、外国文等学科时,遵循实用主义原则,注重"次序方法"的渗透。

四是实践性。实习是师范教育的重要环节,学生将基础知识、专业理论运用于实践,检验知识掌握情况,多角度认识教育教学。学校通过多种途径提高实习质量,首先,提供稳定的实习场所,保障充分的实地锻炼。女师附属高等寻常两级小学校、蒙养院为实验练习之地。1911年为方便家政课实习建灌濯所,凿井两口。其次,进行科学策划,加强有效指导。1910年女师首届本科生在附属小学参观实习,教育科顾怡生为主任,实习完毕参观城南师范附属小学以及明义女校,组织实习教授批评会总结反思,考核评价,编辑《通州女师范第一次本科实习教授评案》。1915年聘李元薗担任教授法兼实习主任,前往附属小学实习,编辑实习评案,观摩课堂、亲历教学,深化了对教育本质的理解,扎实有效地提高了学生职业技能。

五是生活性。"服习家政、勤俭温和"校训指导下,课程设置亦具性别意识,强化家政能力培养,成为区别男性师范教育的显著特点。鲜明体现于"家政"科,教学内容第二年开始涉及衣、食、住、裁缝、编物、烹饪、育儿、看护、家计簿记等家庭日常生活领域。又如,学生作业多属家事实习,"1.衣服之洗濯及缝纫;2.烹饪之实习;3.教室寝室之扫除整理;4.庭园花木之栽植;5.报章之编订;6.阅书室之管理;7.课余杂志之编辑及缮印;8.各种会合之准备及收拾;9.假期中之课业"[①]。家政教育旨在让女性掌握基本生活知识,培养家事技能,改善生活质量。特定历史阶段女性教育多种主题并存,残存传统观念对其家庭期待意识的流露,折射出性别社会定位差异。

4. 严格的学生管理

女师坚持从严管理,开办之际制定了详尽细致的规章制度,是新环境下对学习习惯、行为举止、集体生活的制度化建设。通过持之以恒的教育引导,内化成学生普遍的信念准则,体现为自觉主动的选择。伴随教育实践的深入、办学规模的扩大,集思广益,逐渐成熟健全。学校分设岗位,建立层次清晰、分工明确的行政管理体制。

女师明确入学和卒业要求,"性情和淑,行止端重,文理通顺者;身体健全

---

①姚倚云:《南通县女师范校十周年概览》,南通翰墨林印书局,1915年。

无疾病者"，"经本校考试合格者遵例纳愿书及父兄亲族保证书；入校试业两月为期，如考验品行学业均各合格者方许留学，不合格者退学"，"修业期满，考试及格者给以卒业证书，不合格者退班留学，不留者给修业证书"。施加适当压力以激发学习动力，营造积极向上的氛围。教师严格课堂考勤，"每上课之先必点名，记生徒未到者于簿，下课后报监理检查"。敦促学生端正态度，"授课外当以时察诸生勤惰而劝惩之"。重视课前预习和巩固复习，学生每日参加晚自修，"非身体小有不适，不得旷课"。为养成坚持不懈、勤奋刻苦的品质，学校将考试分布学习全过程，设学期、年终、毕业三种常例考试，作为控制教育质量的重要手段。根据学生现有水平提出切实可行的考核标准，发挥激励甄别功用，"八十分以上者为最优等，六十分以上者为优等，四十分以上者为中等为及格，二十分以上者为下等，二十分以下者为最下等"。强化平时学习，各科分数每月张榜公示，考试分数与日常功课平均计算，修身以平日行为为准。建立反馈制度，"每学期终将诸生学绩刊报告单交各家属考察"。与家长定期保持联系，每年举办恳话会，加强沟通，形成教育合力。

为规范学生日常行为和集体生活，女师纪律严明，如告假，"除本校例假外，必有不得已之事方许告假，仍以本学生之家长来信为凭；凡告假由班长具假启呈监理，监理注事故月日于假簿上，给假筹。守门者验明出校，无假筹者不得私出校门；告假者缴名筹于监理，销假时缴假筹领名筹"。寝室，"在校寄宿之学生，非有亲属签字之函报明在外寄宿者，虽星期六不许在外寄宿"，"室内每人只有一坐具，不得擅移他室坐具入己室"。食堂"闻号钟后即至食堂会食，不得过二分钟；赴食堂时分行鱼贯随入，不得凌竞参错"。将学生健康教育纳入日常管理，形成良好的卫生习惯，宿舍门窗日间打开，被褥定时曝晒，教室寝室每日洒扫拂拭，各场所均置痰盂，每星期举行大扫除。校园摒弃喧嚣浮躁，营造专心为学的静土，"独以质静闻"（顾公毅《〈沧海归来集〉序》)①。课后学生"挨次下，不得嚣竞"，温习室"必静肃，勿高谈喧笑"，寝室禁止"体操唱歌及娱弄乐器"，"饮食以肃静为主"，休息日"不得乱移几案、狂笑大呼及狎侮忿争等事"。她引导学生追求勤俭朴素的生活作风，"十五岁以内辫发，十六岁以外梳髻。衣服棉夹用元色，单用白色或月白色。脂粉及贵重首饰不许携带"。

---

① 范曾编：《南通范氏诗文世家》（壹拾陆），河北教育出版社，2004年，第190页。

　　姚倚云利用制度监督管理时有两点值得关注：其一，提倡自治。学生是管理客体更是主体，女师相信和解放学生，尝试民主管理模式。实行级长、班长、室长等责任制，分解落实，彼此配合，锻炼组织协调能力。级长每级二人，监督教室规则之实行及同级生关于规律等事，每班设正副长一人，职掌为"留意同班生学行，率先劝导之；留心教室温习室规则之实行；同班生有请假者代具假单呈监理；同班生有缺课者，每小时报告教员"，室长关注宿舍实行规则及清洁卫生等事，值日生"监察洒扫教室教坛，整理生徒座位，拂拭黑板"，选定事务生协办体操及写报章及阅书室之图书。自治作为他律的必要补充，有利于培养学生自我教育、自我调节能力，调动学生参与管理的自觉性与主动性，实现由客体约束向主体自律的转变。专制服从的训诫到自主平等的教导，唤醒传统文化格局中饱受压抑的女性主体意识，实现了具有历史意义的超越。

　　其二，以人为本。学生健康发展是女师管理的终极目标，体现了人文关怀的育人理念。学校关爱学生身体健康，每年延请女医生检查学生体格，留有个人体格表、体格一览表、体格统计表备案。通过食后休憩、多种运动项目，培养健康的运动和生活习惯。遇有身体不适可免上课，预告厨房私备菜蔬。因材施教，尊重差异，采用符合教育规律和客体特点的方法，提高教育针对性，"训练生徒之法以各人之个性为原则"[1]。推崇启发式教学，通过点拨与指导激发学生主动探索，培养主体学习意识。加强情感渗透，读经之课亦非机械灌输，而是循循善诱，学生"由然如婴儿之得亲慈母也"（徐昂《范姚太夫人家传》）[2]。她及时了解学生愿望想法，聆听建议诉求，"遇有生徒关于训练足资参考之事项"，"以为指导诱掖之准"。引入激励机制，贯彻公正原则，"赏罚生徒宜公平，不得少有偏颇"，"功过互见者并宜之，使不相掩而知惩劝"[3]。

　　5. 生动的校园文化

　　校园文化是容纳历史传统、时代精神、主体特色等因素的动态系统，成为封闭课堂的有益延伸。女师营建了富有特色的物质环境和人文空间，将道德、知识、审美等内容渗透到具体事物、过程中，对陶冶主体气质情操、充

---

①姚倚云：《南通县女师范校十周年概览》，南通翰墨林印书局，1915年。
②范曾编：《南通范氏诗文世家》（壹拾陆），河北教育出版社，2004年，第187页。
③姚倚云：《南通县女师范校十周年概览》，南通翰墨林印书局，1915年。

实精神生活产生了潜移默化、持久深刻的影响。

女师新校在城北明末蓟辽总督私家园林——珠媚园废址上建起,"面临市河,东倚北城,地尚静爽,交通亦便"[①]。精心策划下,校园清新雅致,具实用与审美的双重功效。中心建筑为西北口子楼,南排为校长室、监理室、初等教室;东排是教室和办事室;西排为成绩展览室、教员室、初等教室;北排是教员室、雨操场和教室;操场位于楼中央。口子楼东南有方塘回廊,绿波荡漾,荷叶摇曳,游鱼宛然可见。方塘东侧土丘顶建亭一座,松林葱茏郁茂。礼堂之南分布两处大型花坛,柔茵籍地,彩蝶穿径。花坛向南是门房、庶务室、会计室,寝室在门房东南。校园内疏密、动静、高低、形色错落有致,相得益彰。漫步诗意盎然的校园,细腻感触与优美景致悠然会合,唤起灵魂深处的契合共鸣,与自然的对话交融孕育出女性温婉幽雅的生命吟赏,获得精神的启迪抚慰。

女师以生动新颖的活动为载体,满足多元文化需求,寓教于乐,激发潜能。1907年,周六课余时间组织学生演讲会,6月举办暑假休业仪式、游艺会,定为校园传统活动。1909年7月参加"全省各学堂成绩展览会",参展手工与图画作品受到一致好评。1912年举行开校纪念会。1913年举行秋季远足。1914年体育教员杨汝骐成立排球会。1915年6月,为响应全国储金救国运动,教职员捐以月薪十分之一,学生自愿捐款,学校减膳节款。1919年5月,选派学生参加南通学生联合会,参与声援"五四"运动的宣传、游行、罢课等。同时,她还重视校园文化辐射,推动女性教育观念的普及和女性解放思想的传播。1917年5月,举办游艺会节目54项,声势浩大,校内外参加、观摩近2000人。精心组织的校园活动,带来师生与自然、社会和他人的接触,增进了解协作,增强了集体意识和社会责任感。

姚倚云以宽广胸襟和开放心态,搭建学校交流的平台,加快女子教育发展进程。她主动学习各地成功经验,关注最新动态成果。1906年建校之初至上海考察。1912年偕教员周瑞和前往省教育会开图书审查会。1913年4月同教员叶孟青赴沪、锡、宁调研,归校后与教员分享心得体会,营造出教育研究氛围。1915年5月,附属小学主事叶孟青和黄彦昇带领实习生到沪、苏、锡学习两周,此后毕业生教育参观成为定制。"以生徒能

---

①姚倚云:《南通县女师范校十周年概览》,南通翰墨林印书局,1915年。

时聆名人之言论大有益于人格之修养,故来自各地之名人辄延请演讲"①。致力改良中国教育的美籍德国学者卫西琴博士,1916 年受邀参加师生座谈,带来富有前瞻性的先进教育理论。研究反思提高了教育自觉性,在姚倚云校长带领下,师生戮力同心,辛勤耕耘,受到各界高度赞誉,同仁络绎前来观摩。

剧烈转型的近代社会语境中,文化性格和生活经历决定姚倚云教育思想不可避免地表现出由传统走向现代的过渡形态,如"本校礼堂中悬孔子画像以资景仰,东西分悬孟母、桓少君、二程母、寡妇清诸画像,并摘录其行谊以深观感"②。然而富有科学民主倾向的教育主张和实践是其主要方面,具有时代进步意义。此番新旧蜕变、挣脱超越的痕迹显得真实顽强、令人敬仰。姚倚云以智慧和勇气将女性教育视为生命职志,孜孜不倦,其人格魅力和教育实践启迪着女性自我意识的觉醒,"受其化者有千百之弟子"(曹文麟《〈沧海归来集〉序》)③。对近代女性师范教育有着筚路蓝缕之功,在今天教育改革和女性培养中仍不失借鉴意义。

---

①姚倚云:《南通县女师范校十周年概览》,南通翰墨林印书局,1915 年。
②姚倚云:《南通县女师范校十周年概览》,南通翰墨林印书局,1915 年。
③范曾编:《南通范氏诗文世家》(壹拾陆),河北教育出版社,2004 年,第 189 页。

参考文献

一、古典文献举要

［南朝·梁］刘勰撰，黄叔琳注，李详补注，杨明照校注拾遗：《增订文心雕龙校注》，中华书局，2012年。

［南朝·梁］萧统编，［唐］李善注：《文选》，中华书局，2005年。

［宋］晁公武撰，孙猛校证：《郡斋读书志校证》，上海古籍出版社，1990年。

［宋］范仲淹撰，李勇先、王蓉贵校点：《范仲淹全集》，四川大学出版社，2002年。

［元］脱脱等：《宋史》，中华书局，1977年。

［明］范曾编：《南通范氏诗文世家》，河北教育出版社，2004年。

［明］范凤翼等撰，［清］范当世编：《通州范氏诗钞》，稿本，南京博物院藏。

［明］范凤翼：《勋卿集》一卷，顺治八年（1651）刻本，山东大学图书馆藏。

［明］范凤翼：《范玺卿诗集》，明末刻本，上海图书馆藏。

［明］范凤翼：《范玺卿诗集》一卷、《补遗》一卷，清咸丰十一年（1861）姜渭抄本，国家图书馆藏。

［明］范凤翼：《范勋卿文集》六卷、《诗集》二十一卷，《四库禁毁书丛刊》集部第112册，北京出版社，1997年。

［明］林云程、沈明臣纂修：（万历）《通州志》，明万历刻本。

［明］冒起宗：《拙存堂逸稿》，《清代诗文集汇编》第6册，上海古籍出版社，2010年。

［明］邵潜辑刻：《皇明印史》，天启元年（1621）刻本，国家图书馆藏。

［明］邵潜：《邵潜夫别集》，明末刻本，上海图书馆藏。

［明］邵潜：《州乘资》，南通市图书馆影印，1985年。

〔明〕汤有光:《汤慈明诗集》,明天启二年(1622)周长应刻本,首都图书馆藏。

〔明〕王扬德:《狼五山志》,明万历刻本,复旦大学图书馆藏。

〔明〕叶向高等:《尊腰馆寿言》,明启祯间刻本,国家图书馆藏。

〔明〕朱当㴐:《沧海集》,民国十八年(1929)刊本,国家图书馆藏。

〔清〕曾灿:《六松堂集》,《四库未收书辑刊》第7辑第25册,北京出版社,2000年。

〔清〕陈济生辑:《天启崇祯两朝遗诗》,中华书局,1958年。

〔清〕陈三立撰,潘益民、李开军辑注:《散原精舍诗文集补编》,江西人民出版社,2007年。

〔清〕陈三立:《散原精舍诗文集》,上海古籍出版社,2003年。

〔清〕陈田辑撰:《明诗纪事》,上海古籍出版社,1993年。

〔清〕陈维崧撰,陈振鹏标点,李学颖校补:《陈维崧集》,上海古籍出版社,2010年。

〔清〕陈作霖:《金陵通传》,光绪三十年(1904)瑞华馆刻本。

〔清〕戴本孝:《余生诗稿》《不尽诗稿》,清康熙守砚庵自刻本,国家图书馆藏。

〔清〕邓汉仪辑:《诗观》,《四库禁毁书丛刊》集部第1—3册,北京出版社,1997年。

〔清〕杜濬:《变雅堂遗集》,《清代诗文集汇编》第37册,上海古籍出版社,2010年。

〔清〕范当世:《南通范氏家世遗文目录》,抄本,中国科学院图书馆藏。

〔清〕范当世撰,寒碧笺评:《范伯子诗文选集》,浙江古籍出版社,2006年。

〔清〕范当世撰,马亚中、陈国安校点:《范伯子诗文集》,上海古籍出版社,2003年。

〔清〕范当世:《范伯子先生全集》,《近代中国史料丛刊续编》第24辑,文海出版社,1973年。

〔清〕范当世:《三百止遗》,稿本,南通市图书馆藏。

〔清〕范国禄辑:《狼五诗存》,抄本,中国科学院图书馆藏。

〔清〕范国禄:《范十山诗稿》,抄本,中国科学院图书馆藏。

［清］范国禄：《范十山诗集四种》，抄本，中国科学院图书馆藏。

［清］范国禄：《十山楼尺牍》，稿本，中国科学院图书馆藏。

［清］范国禄：《十山楼稿·文部》，抄本，中国科学院图书馆藏。

［清］范国禄：《十山楼诗》，抄本，国家图书馆藏。

［清］范国禄：《十山楼诗年》，抄本，中国科学院图书馆藏。

［清］范国禄：《十山楼序稿》，稿本，中国科学院图书馆藏。

［清］方以智：《方子流寓草》，《四库禁毁书丛刊》集部第 50 册，北京出版社，1997 年。

［清］顾鸿辑：《通庠题名录》，清光绪元年（1875）刻本。

［清］顾梦游：《顾与治诗集》，《四库全书存目丛书补编》第 1 册，齐鲁书社，2001 年。

［清］何文焕编：《历代诗话》，中华书局，1981 年。

［清］黄传祖、陆朝瑛辑：《扶轮续集》，清顺治八年（1651）刻本，扬州大学图书馆藏。

［清］黄传祖辑：《扶轮广集》，清顺治十二年（1655）刻本，南京图书馆藏。

［清］黄云：《桐引楼诗》，清康熙二十四年（1685）吴宗湆刻本，南京图书馆藏。

［清］黄宗羲著，沈芝盈点校：《明儒学案》，中华书局，2008 年。

［清］黄遵宪撰，钱仲联笺注：《人境庐诗草笺注》，上海古籍出版社，1999 年。

［清］黄遵宪：《人境庐集外诗辑》，中华书局，1960 年。

［清］黄虞稷：《千顷堂书目》，上海古籍出版社，1990 年。

［清］金榜编：《海曲拾遗》，清乾隆刻本。

［清］孔尚任撰，徐振贵主编：《孔尚任全集辑校注评》，齐鲁书社，2004 年。

［清］李斗撰，汪兆平、涂雨公点校：《扬州画舫录》，中华书局，1960 年。

［清］李渔等：《十山书刻序》，抄本，中国科学院图书馆藏。

［清］李渔：《李渔全集》，浙江古籍出版社，1991 年。

［清］梁悦馨等：（光绪）《通州志》，清光绪元年（1875）刻本。

［清］刘名芳：《五山全志》，乾隆十六年（1751）刻本，南通市图书馆藏。

［清］刘熙载撰，袁津琥校注：《艺概注稿》，中华书局，2009 年。

［清］马汝舟等：《如皋县志》，嘉庆十三年（1808）刊本。

［清］冒襄辑：《同人集》，《四库全书存目丛书》集部第 385 册，齐鲁书社，1997 年。

［清］冒襄：《巢民诗集》《巢民文集》，《清代诗文集汇编》第 37 册，上海古籍出版社，2010 年。

［清］钱谦益辑：《列朝诗集》，《续修四库全书》集部第 1622—1624 册，上海古籍出版社，2002 年。

［清］钱谦益撰，［清］钱曾笺注，钱仲联标校：《钱牧斋全集》，上海古籍出版社，2003 年。

［清］钱谦益：《列朝诗集小传》，上海古籍出版社，2008 年。

［清］阮元辑：《淮海英灵集》，《续修四库全书》集部第 1682 册，上海古籍出版社，2002 年。

［清］阮元校刻：《十三经注疏》，中华书局，1980 年。

［清］宋之绳：《载石堂尺牍》，《四库未收书辑刊》第 7 辑第 18 册，北京出版社，2000 年。

［清］宋之绳：《载石堂诗稿》，《清代诗文集珍本丛刊》第 55 册，国家图书馆出版社，2017 年。

［清］孙默辑：《国朝名家诗余》，康熙留松阁刻本，南京图书馆藏。

［清］孙翔辑：《崇川诗集》《补遗》1 卷，《四库全书存目丛书补编》第 42 册，齐鲁书社，2001 年。

［清］王夫之等：《清诗话》，上海古籍出版社，1978 年。

［清］王士禛：《王士禛全集》，齐鲁书社，2007 年。

［清］王宜亨等：（康熙）《通州志》，南通市图书馆，1962 年。

［清］王豫、阮亨辑：《淮海英灵续集》，《续修四库全书》集部第 1682 册，上海古籍出版社，2002 年。

［清］王豫辑：《江苏诗征》，清道光元年（1821）刻本，南京图书馆藏。

［清］王藻编：《崇川各家诗钞汇存》，咸丰七年（1857）刊本，南通市图书馆藏。

［清］吴绮：《林蕙堂文集续刻》，《清代诗文集汇编》，上海古籍出版社，第 68 册，2010 年。

［清］吴汝纶撰，施培毅、徐寿凯校点：《吴汝纶全集》，黄山书社，2002 年。

［清］吴伟业撰，李学颖集评标校：《吴梅村全集》，上海古籍出版社，1990 年。

［清］先著：《劝影堂词》，康熙玉渊堂刊之溪老生集八卷本，国家图书馆藏。

［清］先著：《之溪老生集》，《清代诗文集汇编》第 182 册，上海古籍出版社，2010 年。

［清］徐缙、杨廷撰纂：《崇川咫闻录》，道光八年（1828）刻本，南通市图书馆藏。

［清］徐钒：《南州草堂集》，清康熙刻本，国家图书馆藏。

［清］徐宗干：《斯未信斋杂录》，《近代中国史料丛刊续编》第 98 辑，文海出版社，1973 年。

［清］杨廷撰辑：《五山耆旧集》，道光四年（1824）一经堂刻本，南通市图书馆藏。

［清］杨廷撰辑：《五山耆旧今集》，道光四年（1824）一经堂刻本，南通市图书馆藏。

［清］永瑢等：《四库全书总目》，中华书局，1965 年。

［清］袁景星、刘长华纂辑：《崇川书香录》，清同治刻本。

［清］张潮辑：《友声后集》，清乾隆四十五年（1780）刻本，国家图书馆藏。

［清］张潮：《心斋聊复集》，《四库禁毁书丛刊补编》第 85 册，北京出版社，2005 年。

［清］张謇：《张謇全集》，上海辞书出版社，2011 年。

［清］张廷玉等：《明史》，中华书局，1974 年。

［清］张裕钊撰，王达敏校点：《张裕钊诗文集》，上海古籍出版社，2007 年。

［清］赵尔巽等：《清史稿》，中华书局，1977 年。

［清］赵宏恩等：(乾隆)《江南通志》，《四库全书》史部第 0507—0512 册，上海古籍出版社，1987 年。

［清］朱铭盘撰，郑肇经校点：《桂之华轩遗集》，《近代中国史料丛刊正

编》第1辑,文海出版社,1973年。

　　［清］朱绪曾辑:《金陵诗征》,清光绪十八年(1892)刻本,南京图书馆藏。

　　［清］朱彝尊辑录:《明诗综》,中华书局,2007年。

　　［清］卓尔堪辑:《遗民诗》,《四库禁毁书丛刊》集部第21册,北京出版社,1997年。

　　［清］卓尔堪:《近青堂诗》,《四库禁毁书丛刊》集部第21册,北京出版社,1997年。

　　［清］宗元鼎:《宗定九新柳堂集》,康熙年间刻本,南京图书馆藏。

　　［清］邹祗谟、王士禛辑:《倚声初集》,清刻本,上海图书馆藏。

　　陈衍著,钱仲联编校:《陈衍诗论合集》,福建人民出版社,1999年。

　　范当世、曾克耑辑:《通州范氏十二世诗略》,曾克耑私印本,1966年。

　　郭绍虞编选,富寿荪校点:《清诗话续编》,上海古籍出版社,1983年。

　　金天羽著,周录祥校点:《天放楼诗文集》,上海古籍出版社,2007年。

　　梁启超:《饮冰室合集》,中华书局,1989年。

　　南京大学中国语言文学系《全清词》编纂研究室编:《全清词·顺康卷》,中华书局,2002年。

　　汪辟疆著,王培军笺证:《光宣诗坛点将录笺证》,中华书局,2008年。

　　汪辟疆:《汪辟疆说近代诗》,上海古籍出版社,2001年。

　　王国维著,谢维扬、房鑫亮主编:《王国维全集》,浙江教育出版社、广东教育出版社,2010年。

　　吴闿生评选,寒碧点校:《晚清四十家诗钞》,浙江古籍出版社,2006年。

　　徐世昌编:《晚晴簃诗汇》,中华书局,1990年。

二、今人论著举要

　　陈伯海主编:《近四百年中国文学思潮》,东方出版中心,1997年。

　　陈国安、孙建编著:《范伯子研究资料集》,江苏大学出版社,2011年。

　　陈平原、王德威、商伟编:《晚明与晚清:历史传承与文化创新》,湖北教育出版社,2002年。

　　陈水云:《明清词研究史》,武汉大学出版社,2006年。

陈文新主编:《中国文学编年史》,湖南人民出版社,2006 年。

陈旭麓:《近代中国社会的新陈代谢》,上海人民出版社,1992 年。

邓之诚:《邓之诚文史札记》,凤凰出版社,2012 年。

邓之诚:《清诗纪事初编》,上海古籍出版社,2012 年。

费范九:《南通县金石志》,南通净缘社,1948 年。

费孝通:《乡土中国》,北京大学出版社,2012 年。

费行简:《近代名人小传》,《近代中国史料丛刊》第 8 辑,台北文海出版社,1967 年。

费正清:《剑桥中国晚清史》,中国社会科学出版社,2007 年。

傅璇琮、许逸民编:《中国诗学大辞典》,浙江教育出版社,1999 年。

龚延明:《中国历代职官别名大辞典》,上海辞书出版社,2006 年。

管劲臣:《南通历史札记》,南通博物苑,1985 年。

管林、钟贤培主编:《中国近代文学发展史》,中国文联出版公司,1991 年。

郭前孔:《中国近代唐宋诗之争研究》,齐鲁书社,2010 年。

郭绍虞:《照隅室古典文学论集》,上海古籍出版社,2009 年。

郭延礼:《中国近代文学发展史》,高等教育出版社,2001 年。

韩进廉:《无奈的追寻:清代文人心理透视》,河北大学出版社,2001 年。

何宗美:《明末清初文人结社研究》,南开大学出版社,2003 年。

何宗美:《明末清初文人结社研究续编》,中华书局,2006 年。

何宗美:《文人结社与明代文学的演进》,人民出版社,2011 年。

胡晓明:《诗与文化心灵》,中华书局,2006 年。

黄霖:《近代文学批评史》,上海古籍出版社,1993 年。

黄强:《八股文与明清文学论稿》,上海古籍出版社,2005 年。

黄强:《李渔研究》,浙江古籍出版社,1996 年。

江庆柏等编:《清代地方人物传记丛刊》,广陵书社,2007 年。

江庆柏:《明清苏南望族文化研究》,南京师范大学出版社,1999 年。

蒋寅:《清代诗学史》第一卷,中国社会科学出版社,2012 年。

蒋寅:《清代文学论稿》,凤凰出版社,2009 年。

蒋寅:《清诗话考》,中华书局,2005 年。

柯愈春：《清人诗文集总目提要》，北京古籍出版社，2001年。

来新夏、徐建华：《中国的年谱与家谱》，商务印书馆，1997年。

李灵年、杨忠主编：《清人别集总目》，安徽教育出版社，2000年。

李泽厚：《美学三书》，安徽文艺出版社，1999年。

李泽厚：《中国近代思想史论》，天津社会科学院出版社，2003年。

凌郁之：《苏州文化世家与清代文学》，齐鲁书社，2008年。

刘声木：《桐城文学渊源考》，庐江刘氏直介堂丛刻铅印本，1929年。

刘声木：《桐城文学撰述考》，庐江刘氏直介堂丛刻铅印本，1929年。

刘世南：《清诗流派史》，人民文学出版社，2012年。

龙榆生：《龙榆生词学论文集》，上海古籍出版社，1997年。

陆勇强：《陈维崧年谱》，中国社会科学出版社，2006年。

罗时进：《地域、家族、文学——清代江南诗文研究》，上海古籍出版社，2010年。

罗时进：《明清诗文研究的新视野》，台北文史哲出版社，2004年。

罗宗强：《明代后期士人心态研究》，南开大学出版社，2006年。

马积高：《清代学术思想的变迁与文学》，湖南出版社，1996年。

马亚中：《中国近代诗歌史》，复旦大学出版社，2011年。

冒怀苏：《冒鹤亭先生年谱》，学林出版社，1998年。

孟森：《明清史讲义》，中华书局，1981年。

南京师范大学古文献整理研究所编：《江苏艺文志》，江苏人民出版社，1995年。

宁夏江：《晚清学人之诗研究》，暨南大学出版社，2011年。

潘光旦：《明清两代嘉兴的望族》，商务印书馆，1947年。

彭林：《清代经学与文化》，北京大学出版社，2005年。

钱锺书：《谈艺录》，中华书局，1984年。

钱仲联编：《清诗纪事》，凤凰出版社，1987年。

钱仲联辑：《近代诗钞》，江苏古籍出版社，2001年。

钱仲联：《梦苕庵清代文学论集》，齐鲁书社，1983年。

任访秋：《中国近代文学史》，河南大学出版社，1988年。

舒新城：《中国近代教育史资料》，人民教育出版社，1961年。

孙之梅：《明清学术与文学》，中国戏剧出版社，2003年。

孙之梅:《钱谦益与明末清初文学》,齐鲁书社,1996年。

孙之梅:《中国文学精神(明清卷)》,山东教育出版社,2003年。

唐圭璋编:《词话丛编》,中华书局,1986年。

唐圭璋:《词学论丛》,上海古籍出版社,1986年。

通州师范学校编:《通州先民书画目录》,通州师范学校影印,民国二十二年(1933)。

汪超宏:《吴绮年谱》,浙江大学出版社,2011年。

王尔敏:《中国近代思想史论》,社会科学文献出版社,2003年。

王先霈:《中国文化与中国艺术心理思想》,湖北教育出版社,2006年。

王永平:《六朝江东世族之家风家学研究》,江苏古籍出版社,2003年。

王运熙、顾易生:《中国文学批评史》,复旦大学出版社,2001年。

魏中林整理:《钱仲联讲论清诗》,苏州大学出版社,2004年。

魏中林:《清代诗学与中国文化》,巴蜀书社,2000年。

邬国平、王镇远:《清代文学批评史》,上海古籍出版社,1995年。

吴梅:《词学通论》,复旦大学出版社,2005年。

吴仁安:《明清江南望族与社会经济文化》,上海人民出版社,2001年。

谢国桢:《明清之际党社运动考》,上海书店出版社,2006年。

谢桃坊:《中国词学史》,巴蜀书社,2002年。

谢正光、陈谦平、姜良芹编:《清初诗选五十六种引得》,社会科学文献出版社,2013年。

谢正光、余汝丰:《清初人选清初诗汇考》,南京大学出版社,1998年。

谢正光:《清初诗文与士人交游考》,南京大学出版社,2001年。

徐雁平:《清代世家与文学传承》,三联书店,2012年。

徐雁平:《清代文学世家姻亲谱系》,凤凰出版社,2010年。

徐扬杰:《中国家族制度史》,人民出版社,1992年。

严迪昌:《清诗史》,人民文学出版社,2011年。

杨萌芽:《清末民初宋诗派文人群体活动年表》,河南大学出版社,2008年。

杨萌芽:《古典诗歌的最后守望:清末民初宋诗派文人群体研究》,武汉出版社,2011年。

杨廷福、杨同甫编:《清人室名别称字号索引》,上海古籍出版社,

1988 年。

　　叶嘉莹:《叶嘉莹说诗讲稿》,中华书局,2008 年。

　　余英时:《士与中国文化》,上海人民出版社,2003 年。

　　袁行霈:《中国诗歌艺术研究》,北京大学出版社,2009 年。

　　袁行云:《清人诗集叙录》,文化艺术出版社,1994 年。

　　张宏生:《清代词学的建构》,江苏古籍出版社,1998 年。

　　张慧剑编著:《明清江苏文人年表》,上海古籍出版社,1986 年。

　　张剑、吕肖奂、周扬波:《宋代家族与文学研究》,中国社会科学出版社,
2009 年。

　　张杰:《清代科举家族》,社会科学文献出版社,2003 年。

　　张舜徽:《清人文集别录》,中华书局,1963 年。

　　张寅彭编:《民国诗话丛编》,上海书店出版社,2002 年。

　　赵园:《明清之际士大夫研究》,北京大学出版社,1999 年。

　　郑方泽编:《中国近代文学史事编年》,吉林人民出版社,1983 年。

　　周骏富编:《清代传记丛刊》,明文书局,1985 年。

　　朱光潜:《诗论》,广西师范大学出版社,2004 年。

　　朱良志:《中国艺术的生命精神》,安徽教育出版社,2006 年。

　　朱万曙、徐道彬编:《明代文学与地域文化研究》,黄山书社,2005 年。

　　朱则杰:《清诗史》,江苏古籍出版社,1992 年。

　　宗白华:《美学散步》,上海人民出版社,1981 年。

　　〔美〕黄仁宇:《万历十五年》,中华书局,2006 年。

三、期刊论文举要

　　曾克耑:《论范伯子诗》,《幼狮学志》1969 年第 8 期。

　　陈平原:《西潮东渐与旧学新知——中国现代学术之建立》,《北京大学学报》(哲学社会科学版)1998 年第 1 期。

　　范曾:《〈南通范氏十三代诗文集〉序》,《南通大学学报》(哲学社会科学版)2004 年第 3 期。

　　范曾:《吾家诗学与文化信仰》,《中国文化》2007 年第 2 期。

　　龚敏:《论范当世诗学观念的形成》,《中国韵文学刊》2014 年第 1 期。

　　侯长生:《范当世与李鸿章》,《社会科学论坛》2006 年第 12 期。

黄伟、董芬:《范伯子诗学渊源考论》,《南通大学学报》(社会科学版)2009 年第 5 期。

蒋寅:《清代诗学与地域文学传统的建构》,《中国社会科学》2003 年第 5 期。

李朝军:《家族文学史建构与文学世家研究》,《学术研究》2008 年第 10 期。

李真瑜:《明清文学世家的基本特征》,《中州学刊》2006 年第 1 期。

李真瑜:《吴江沈氏文学世家作家与明清文坛之联系》,《文学遗产》1999 年第 1 期。

罗时进:《家族文学研究的逻辑起点与问题视阈》,《中国社会科学》2012 年第 1 期。

罗时进:《清代江南文学家族的特征及其对文学的影响》,《江苏社会科学》2009 年第 2 期。

梅新林:《文学世家的历史还原》,《中国社会科学》2011 年第 1 期。

邵盈午:《诗礼书香说范家——〈南通范氏诗文世家〉出版的当代意义》,《文艺研究》2005 年第 5 期。

王成彬、杨晓辉、孙静:《范伯子与南通范氏教育世家》,《南通大学学报》(社会科学版)2005 年第 3 期。

王成彬:《范氏诗文世家发展的几个时期》,《南通大学学报》(社会科学版)2005 年第 2 期。

徐雁平:《清代文学世家的家族信念与发展内动力》,《苏州大学学报》(教育科学版)2012 年第 4 期。

严迪昌:《文化世族与吴中文苑》,《文史知识》1990 年第 11 期。

张宏生:《清初"词史"观念的确立与建构》,《南京大学学报》(哲学·人文科学·社会科学版)2008 年第 1 期。

张剑:《家族文学研究的分层与守界原则》,《华南师范大学学报》(社会科学版)2011 年第 3 期。

四、学位论文举要

唐一方博士论文:《范伯子的诗学世界》,华东师范大学,2013 年。

夏文婕硕士论文:《范钟年谱》,苏州大学,2011 年。

谢遂联硕士论文:《范当世诗歌研究》,暨南大学,2001 年。

徐丽丽硕士论文:《清末民初才媛姚倚云研究》,苏州大学,2014 年。

朱菊颐硕士论文:《范罕诗歌研究》,苏州大学,2010 年。